O

疯脑:五百年神经学奇案

The Tale of the Dueling Neurosurgeons

Sam Kean

[美] 山姆·基恩 著

叶盛 译

湖南科学技术出版社
·长沙·

图书在版编目（CIP）数据

疯脑：五百年神经学奇案 /（美）山姆·基恩著；叶盛译 . —长沙：湖南科学技术出版社，2024.3
书名原文：The Tale of the Dueling Neurosurgeons: The History of the Human Brain as Revealed by True Stories of Trauma, Madness, and Recovery
ISBN 978-7-5710-2248-8

Ⅰ . ①疯⋯　Ⅱ . ①山⋯ ②叶⋯　Ⅲ . ①长篇小说—美国—现代　Ⅳ . ① I712.45

中国国家版本馆 CIP 数据核字（2023）第 103818 号

湖南科学技术出版社独家获得本书简体中文版出版发行权
著作权合同登记号：18-2023-113

FENGNAO: WUBAI NIAN SHENJINGXUE QI'AN
疯脑：五百年神经学奇案

著者	**厂址**
［美］山姆·基恩	宁乡市金州新区泉洲北路 100 号
译者	**邮编**
叶盛	410600
出版人	**版次**
潘晓山	2024 年 3 月第 1 版
责任编辑	**印次**
吴诗 吴炜	2024 年 3 月第 1 次印刷
出版发行	**开本**
湖南科学技术出版社	710mm×1000mm 1/16
社址	**印张**
长沙市芙蓉中路 416 号	23
泊富国际金融中心	**字数**
网址	328 千字
http://www.hnstp.com	**书号**
湖南科学技术出版社	ISBN 978-7-5710-2248-8
天猫旗舰店网址	**定价**
http://hnkjcbs.tmall.com	98.00 元
印刷	（版权所有·翻印必究）
长沙超峰印刷有限公司	
（印装质量问题请直接与本厂联系）	

引言

　　我不能仰面朝天入睡——或者应该说，我不敢这么做。用这个姿势睡觉，我常常会在不知不觉间陷入一种神游的状态：我的意识已经从梦中醒来，但我的躯体却仍旧动弹不得。在这种半梦半醒的状态下，我还是可以感知周遭的世界：感受到几缕阳光穿过窗帘带来的温度；听到楼下街道上行人的嘈杂声音；感觉到毯子覆盖在双脚上的压力。但是，当我想让自己的身体打个哈欠，伸个懒腰，起床开始新的一天时，身体却毫无反应。然后我会再次给身体下达指令：你倒是动一动啊！但指令只是被身体原样奉还而已，毫无反应。我抗争，我挣扎，我竭尽全力想要动一动脚趾，或是皱一皱鼻子，结果却完全没有作用。这大概就是化身成为一尊雕像之后的感受吧。它就是与梦游症相对的另一面——睡眠瘫痪症。

　　这种病症最糟糕之处其实在于它所带来的恐慌感。既然我的意识已经醒了，它就期望我的肺能够进入全力开工的状态，呼吸要稳健有力，喉咙要张开，胸骨要来个15厘米的大抬升。但是从生理上来讲，我的身体其实还在睡觉，仍在浅浅地呼吸。我能感觉到自己正在一点一点地窒息。我还能感觉到恐慌正在我的胸膛里灼烧，甚至就连现在写下这种感受，我都能感觉到喉咙变紧了。

　　这些情况已经够糟了，但某些睡眠瘫痪症患者的感受比这还要更糟。我的发作时间并不会持续太久。只要像入定的禅师那样集中意念去抽动右手的小指，通常我能在几分钟内摆脱这种半梦半醒的状态。有些人的发作时间会持续长达几个小时，更有甚者会经历一整夜的折磨。有一位退伍老兵就曾经说，一次睡眠瘫痪症发作期间的感受比他全部13个月的战斗还要恐怖。有些人打个盹也会发病，大白天就能进入这种糟糕的状态。英格兰的一位女性更惨，曾经三次被宣告为已经死亡，甚至有一次是在太平间里醒过来的。还有些人发病时曾经有过"灵魂出窍"的体验，感觉到自己的灵魂在房间里横冲直撞。最倒霉的患者会察觉到某种"邪恶的存在"——比如女巫、恶魔，或是梦妖——正压在自己的脖子上，令自己渐渐窒息。英语梦魇（nightmare）一词中的mare指的就是一个喜欢蹲在人们胸口上取乐的女巫。今天的人们有时会把这种睡眠瘫痪症的感受与被外星人绑架的故事编织到一起，感觉自己被绑在一个台子上等着接受检查。

当然，睡眠瘫痪症并不会真的打开一扇通往超自然世界的门。另外，尽管我年纪尚轻的时候会认为这种病症可能代表着什么、意味着什么，但实际上睡眠瘫痪症并没有提供任何心-身二元论的证据：意识不可能出现在躯体之外，独立存在。与之相反，睡眠瘫痪症是人脑工作方式之下自然而然的副产品。更准确地说，它是人脑三大部分之间沟通有误的副产品。

包括脑干在内的人脑底部控制着呼吸、心跳、睡眠，以及其他基本的身体机能。脑干还要和旁边的小脑紧密协同，后者是人脑后部一个皱皱巴巴的球状物，帮助协调人体的运动机能。脑干和小脑合在一起有时被称为爬行脑，因为它们的功能大致相当于随便哪只美洲鬣蜥[1]的脑功能。

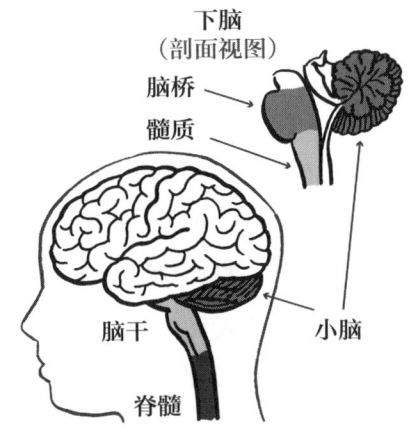

下脑
（剖面视图）

脑桥

髓质

脑干

脊髓

小脑

1　美洲常见的一种爬行类动物。（本书脚注均为译者注）

第二部分是所谓的哺乳脑，位于颅内深处，就在脑干正上方，能够把感官的输入信号转发到周围。哺乳脑还包含了边缘系统，帮助我们形成记忆、调整情绪，并让我们能够区分令人愉悦和令人厌恶的体验。与直觉驱动的爬行脑不同，哺乳脑学起新东西来相当容易。必须承认，有些神经学家不屑地认为哺乳脑／爬行脑这种划分方法过于简单，但它的确是一种很实用的方式，可以帮助我们认识脑的下部区域。

中脑／边缘系统

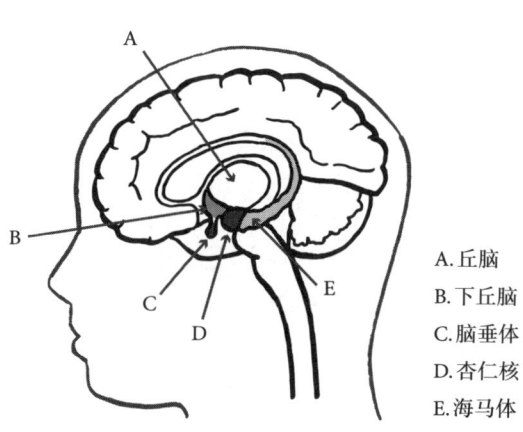

A. 丘脑
B. 下丘脑
C. 脑垂体
D. 杏仁核
E. 海马体

这两个下部区域控制的都是自动进程，既不需要我们去思考，也不需要动任何念头。这种自动导航的方式解放了脑最外层的区域，也就是灵长脑，令其可以执行高级的任务——对于人类而言尤其如此。我们可以把布满褶皱的灵长脑进一步划分成四个脑叶：额叶（靠近脑的前部），它发出运动的命令并帮助我们制订计划、做出决定、设定目标；枕叶（脑的后部），它能够处理视觉；顶叶（在脑的顶部，即头顶的位置），它综合了视觉、听觉、触觉，以及其他感官，形成"多媒体"的世界认知；还有颞叶（脑的侧部，位于太阳穴后面），它帮助我们处理语言、辨认物体，并把感官与情绪联结到一起。

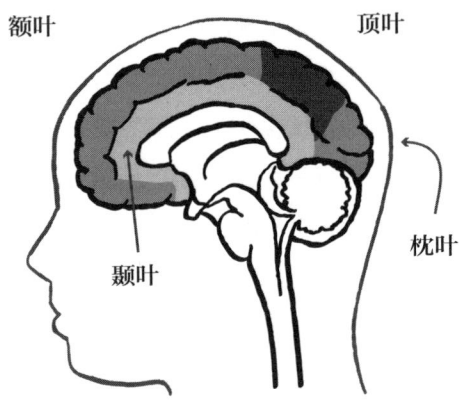

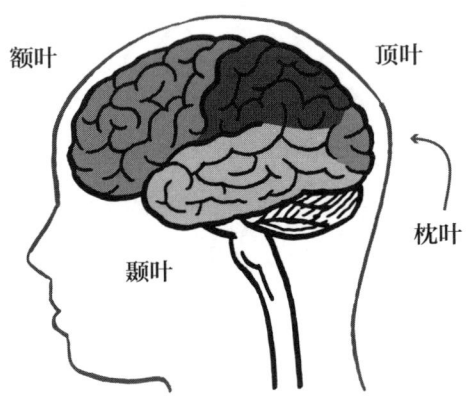

爬行脑、哺乳脑以及灵长脑一刻不停地彼此交换着信息，这通常是借助于化学物质，而且它们不同的内部结构之间几乎能够以无缝对接的方式共同工作。但只是几乎而已。

在爬行脑内部的深处坐落着一座脑桥，是脑干上约2.5厘米长的一段隆起。当我们睡着时，脑桥经由哺乳脑向灵长脑发送信号，从而引发了灵长脑内的做梦现象。在做梦的同时，脑桥还向其下方的脊髓发送了一个信息，让后者生产出令你肌肉松弛的化学物质。这种暂时性的麻痹可以防止你把噩梦表演出来，比如逃出卧室，或是对着狼人挥拳相向。

虽然这种无法动弹的状态主要是出于保护性的目的，但有时也会引火烧身。仰面朝天而睡可能会压瘪你喉咙里的气道，令肺部丧失氧气。在无梦非麻痹状态下的睡眠中，这种情况不算什么事儿，因为你脑中监控氧气水平的部分会让你的身体稍微抬起来一点，进入半睡半醒的状态，你会开始打鼾，动动脑袋，或是翻个身。不过，要想在做梦的时候获得氧气，你的脑就必须命令脑桥停止麻痹你的肌肉。然而出于某种原因——可能是化学平衡被打破了，也可能是神经连接出了问题——脑桥不一定总会俯首听命。于是，当脑还在继续一点点唤醒你的意识时，它却关不上神经麻痹剂的阀门，而肌肉也就保持着松弛的状态。

由此，事情变得越来越糟。如果这种"前不着村，后不着店"的状态持续下去，意识被完全唤醒，并且察觉到有什么事儿不太对劲，它就会触发一个包括了杏仁核在内的回路。这个杏仁核位于哺乳脑内，能够放大我们的恐惧。于是，一个"战或逃"的反应出现了，但却只是让情况进一步恶化，因为你既无法战，亦无法逃。就在此时，恐慌开始了。同样地，有些人的情况要糟糕得多。至少对我而言，我的梦境会在意识醒来时立刻停止。有些人的情况却并非如此，他们根本没有真正脱离过梦境。他们对周围的环境保持着半警戒的状态，全身瘫痪，脑子里却不停变出稀奇古怪的梦境来。因为人类的意识特别善于制造欺骗性的联系，所以他们会把幻觉之中的角色与身体的瘫痪联系到一起，就好像前者是后者的原因所在。这样看来，有些人会相信恶魔与外星人的存在就不足为奇了，因为他们真的看到并感觉到了这些超自然的存在。

所以说，是的，我不再仰面朝天睡觉是有原因的。但即便我会惧怕那种体验，睡眠瘫痪症的确还是教会了我一些关于脑的有价值的东西——所有的一切都有其内在的联系。不谈别的，仅从爬行脑深处的化学物质开始，耐心地一路上溯到细胞、回路，乃至脑叶，只要我沿着多米诺骨牌翻倒的路径追寻得足够远，甚至能洞见人类意识最为圣洁的领域——对于超自然存在性的信仰。脑的一处小小的功能失常，却能够被放大成如此之多的问题。

事实上，越是深入了解神经科学[1]，以及不同神经结构之间的相互作用方式，我就愈发认识到：上述由疾病而获得巨大知识收获的过程并非不同寻常之事。一直以来，脑中的微小缺陷都有着奇怪但却显著的后果。某些情况下，这些缺陷能够把语言或记忆这样的系统整体抹除。另一些情况下，消失的是某种极为特定的功能。摧毁一个小小的神经节，人就失去了辨认水果与蔬菜的能力，但却不影响对于其他食物的辨识。摧毁另一个神经节，人就失去了阅读的能力，但却仍旧能够书写。还有某些功能失常导致人的躯体上附加了并不存在的第三根手臂，或是让一个人相信他胳臂末端的那只手是属于另外某个人的。总而言之，这些缺陷展示了脑是如何进化的，以及它的结构是怎样的。我甚至意识到，仅以这类案例为素材就能写出一整部脑的自然史……

* * *

在一二十年以前，神经学家研究人脑的唯一途径就是等着灾难降临到某个人头上，而受害者还得以存活下来的话，就能看到他们的意识在头部受创之后能够以何种不同的方式工作。这些可怜的男人们和女人们遭受了中风、癫痫、长刀的切口、糟糕的手术，以及可怕的意外——比如让一米多长的标枪穿透头颅。在如此的不幸之下，他们的存活几乎就是个奇迹。要说这些人"存活"下来了，并不完全符合事实。他们的躯体是存活下来了，但他们的意识其实并没有，而是被歪曲成了某种全然不同的存在。有些人对死亡完全不再恐惧；另一些人躺下就不再起来；有少数的人则变成了恋童癖者。但是无论多么令人震惊，这些转变被证明是可以预见的，因为有着相同变化的人往往在同一脑区受到过伤害——为这些脑区的功能研究提供了至关重要的线索。这样的故事在神经科学中像天方夜谭那么多，本书讲述了其中最棒的那几个，鲜活地展示了国王、食

1　英语的 neuroscience 一词直译为"神经科学"，但在我国的学科体系中通常也被称为"神经生物学"。在本书中主要使用"神经科学"的译法，因为它的内涵其实还包括了心理学、神经医学等范畴，而"神经生物学"容易令人误解它仅仅是生物学的一个子学科。书中还反复出现了 neuroscientist 一词，相应地译为"神经学家"，它与"神经生物学家"的含义在大部分语境下是等同的。

人族、矮人以及探险者的各色生活。正是他们与命运的抗争令现代神经科学成为了可能。

在这些人当中，很多人的一生颇为坎坷，因为病魔在几天甚至几分钟之内就击倒了他们。在这本书中，我尽己所能不去引述医生问诊的细节，或是连篇累牍地呈现一个又一个枯燥的脑扫描研究，而是深入患者的意识中，让你多多少少体会到那些可怜人的真实生活状态：他们或是患有严重的失忆症，或是坚信所有自己深爱的人都已经被别人冒名顶替了。有些故事中的人物或许是你熟悉的［现在写作神经科学如果不提到H.M.[1]或是菲尼亚斯·盖奇（Phineas Gage）大概属于违法行为吧］，但大多数人物都会是全新的。即使是某些曾被反复介绍的人物，比如盖奇，你所"知道"的事情当中恐怕也有很多是错误的。并非所有这些故事都是悲剧，某些还相当令人着迷，比如有人的各种感官融合在了一起，就像嗑了药一样，气味制造出了噪声，而纹理产生了彩色的闪光；某些甚至是种提升，比如盲人学会了通过蝙蝠一样的回声方式来"看"到周围的环境。即便是那些关于意外的故事大多也是一场场的胜利，展示了脑的可塑性，以及重写自身的能力。而且，这些故事都与今天的神经科学有关联：尽管功能性核磁共振成像以及其他一些脑扫描技术有着很多优势（不过也经常有些言过其实），脑伤害仍旧是推断某项特定脑功能的最佳途径，甚至是唯一途径。

总体来讲，本书的每一章各讲述了一个故事——这种故事形式也是人脑记忆信息的最佳方式。然而在这些令人愉悦的轶事之下，还有着更深层次的线索，贯穿了所有章节，并把它们联结在一起。其中一条线索有关于尺度。前面几章探索的是小的机体结构，比如细胞。你可以把这几部分想象成是装进织机里的红线、绿线和黄线。在每一个后续的章节中，我们将涉及越来越大的机体结构，直到我们能够看到脑这张波斯挂毯的全景为止。另一条线索则有关于神经的复杂程度。每一章都为挂毯加入了一点点新的装饰图样，而前面章节的结构单元与主题则会在后面重复出现，令你得以窥见人脑错综复杂、相互缠绕的

1　为保护患者隐私，原书中皆用姓名缩写指代，译作中保留，全书同此处理。

图案——只要你每一页书都读得足够仔细。

这本书的第一部分"粗陋的解剖学"带你了解脑和头颅，为后面的章节提供了一张地图。它同时也为你展示了现代神经科学的起源，来自于医学史上最重要的案例之一。

"细胞、感官与回路"深入探究了位于我们思想之下的根本所在——那些微观层级的现象，比如神经递质以及电脉冲。

"身与脑"建立在那些较小的结构之上，显示了脑是如何控制身体并驱使其运动的。这一部分还显示了像情绪这样的身体信号是如何回馈给脑并影响它的。

"信仰与妄想"在躯体与精神之间建立了桥梁，展示了特定的缺陷（比如睡眠瘫痪症）如何能够引发固执且具破坏性的妄想。

最终，所有这些章节导向最后一部分——"意识"，探索了记忆与语言，以及其他一些高级的功能。这其中包括了我们的"自我意识"——那个存在于我们每个人头脑中的"另一个我"。

读完这本书之后，对于脑的所有不同部分是如何运作的，你将有一个不错的了解，特别是了解了它们彼此之间协同工作的方式。实际上，本书中最重要的概念就是，你不能对脑的任何一个部分进行割裂的研究，就好像你不可能把巴约挂毯[1]扯成碎片之后还能领略其中的复杂性。此外，读完这本书之后，你将能够带着批判性的眼光去看待你读到的其他神经科学内容，并能够理解这一领域未来的新进展。

然而，我写作这本书的首要原因是为了回答一个问题，一个自从我遭受了睡眠瘫痪症那些可怕的体验之后就一直耿耿于怀的问题：脑与心智的界限到底在哪里？科学家们根本无法回答这个问题。从一个物质的人脑中如何诞生了有意识的精神？这仍旧是神经科学中的核心悖论。不过，我们现在有了一些很棒

---

[1] 又名玛蒂尔德女王挂毯，创作于11世纪，长70米，宽0.5米，描绘了黑斯廷斯战役的整个过程，以其复杂性而著称。

的线索，而这主要要感谢那些无意间成为先驱的人。他们通常不是出于自己的过错，却承受了罕见的意外事故或疾病，最终牺牲了正常的生活，为人类认知的大义做出了贡献。在很多的故事中，真正吸引我的是那些英雄身上的平凡。事实上，这些突破性的进展并非迸发于布罗卡（Broca）[1]、达尔文，或是牛顿这样的单个头脑中，而是来自于普通人的头脑，普通得就如你、我、他，还有我们每天在街上擦身而过的千千万万的陌生人一样。他们的故事拓展了我们对于人脑能力范围的认识，并且表明：当人脑的某一部分功能被关闭之后，某些全新的、不可预知的，甚至有时是美丽的东西就会呼啸着闯入生活。

1　指保罗·布罗卡（Paul Broca），法国19世纪著名医生、解剖学家、人类学家。本书第十一章介绍了他在脑的语言功能研究中所做的贡献。

目录

疯脑：五百年神经学奇案

第一部分

粗陋的解剖学

第一章　神经外科医生的对决

在医学发展的历史中，有一些病例具有里程碑式的意义。其中之一就与法国国王亨利二世有关。他所遭受的痛苦几乎涉及了神经科学在接下来4个世纪的发展中所有的重要主题。他的病例也恰好是对人脑层次结构与大致组成的一个简介。

在法兰西国王的眼中，整个世界应该先是明亮得令人感到震惊和恐怖，尔后又突然归于黑暗。在冲锋的过程中，几乎没有光线能够穿透他头盔的包裹。黑暗意味着安全。但是当面甲被撞开，阳光猛击在他双眼上的时候，就像是从地牢之中拖出一名人质，头上的布袋被猛然扯下的那一刻。在国王亨利（Henry）作为一个正常人的最后一刹那，他可能已经对面前的景象留下了匆匆一瞥：他的坐骑四蹄翻飞，扬起了闪亮的沙尘；他长枪上缠绕的白绦在空中颤动不停；攻击他的对手从盔甲后面射来了凝视的目光。然而当他遭受重击之后，周围的一切立刻就黯淡下来。在1559年的地球上，只有少数几名医生能够预见到他的头颅中已经有某种损伤扩散开来了。但即便是这几位医生，也从不曾接触过如此严重的病例。11天之后，亨利国王的危险永远成为了过去。然而就在这11天之中，此后400年间神经科学领域的大多数重大问题都在这位国王头脑之中的小小世界里得以演绎。

本不可能的国王，本不可能的王后，还有本不可能的王室"小三"，他们那天正在庆祝的本该是暴力的终结之日。王后凯瑟琳（Catherine）身着一条镶金丝的丝绸礼服长裙，看起来就像是王权的象征。然而她实际上是个孤儿。1533年，当她的家族——佛罗伦萨的美第奇家族——为了将她嫁给一位没有王位继承权的法国王子而进行谈判时，年仅14岁的凯瑟琳看起来是如此的无助。接下来的十年间，她还要忍受未能给亨利生育一儿半女的压力，直到她终于"挤"出来一双子嗣，才算是拯救了自己。在此期间，她还不得不忍受着来自表姐黛安的竞争。黛安·德·波迪耶（Diane de Poitiers）曾经嫁给了一个比她年长40岁的男人。这段婚姻一直持续到凯瑟琳到达巴黎之前。在她丈夫去世后，黛安只穿黑白两色的衣物(法国服丧的颜色)，以显示对丈夫的忠贞不渝。然而这位35岁的美人并没有浪费任何时间，一转身就盯上了年仅15岁的亨利王子，先是把他变成了自己的裙下之臣，然后又把对他的控制变成了实实在在的政治权力，令王后倍感厌恶。

法兰西国王亨利二世本来从未准备过要继承王位。他之所以能够成为王位继承人，显然只是因为他那位更为英俊、更有魅力的兄长在一场网球比赛之后不幸亡故了。此外，亨利的执政初期颇为坎坷。因为对新教徒间谍的无谓疑惧，他切下了"路德教渣[1]"们的舌头，并对他们处以火刑。这些行为令整个法国都开始憎恨这位君主。他还发动了一系列复杂到令人错愕的战争，事关与西班牙争夺意大利的领地，结果直接导致了王国的破产。到了16世纪50年代末期，亨利共欠债权人4 300万里弗[2]——比他每年财政收入的两倍还多，并且有一部分债务的利息高达16%。

于是，在1559年，亨利为法国带来了陡然而至的和平——他与西班牙缔结了条约。虽然他割让意大利的决定令包括凯瑟琳在内的很多人感到愤怒，但他还是终止了耗资巨靡的军备竞赛。在这份条约中有两项重要的条款建立了以婚姻为基础的联盟：一桩联姻是亨利和凯瑟琳的14岁大的女儿要立即嫁给西班牙

1　亨利二世是顽固的天主教徒，对当时欧洲新教徒的宗教改革持反对态度，并对国内的新教徒进行了残酷的迫害。因为16世纪的宗教改革运动主要由马丁·路德所倡导，所以亨利二世等保守势力蔑称新教徒为"路德教渣"。

2　法国古代的货币计量单位，指重量为一磅（约0.45千克）的白银，并无实际对应的贵金属货币。

国王；另一桩联姻则是亨利一直未婚的妹妹要嫁给一位意大利公爵。为了庆祝两桩婚事，亨利组织了一次为期五天的马上长枪比武竞赛。为了建造这次竞赛的场地，他不得不又多借了200万里弗，而工人们则在5月和6月期间一直忙着敲碎鹅卵石，再把碎砂铺到他位于巴黎的宫殿旁边的比武场地上。工程的喧闹声连在附近地牢里等着接受刑罚的新教徒都能听到。离竞赛还有一两周的时候，木匠们竖起了摇摇晃晃的木架，并用旗帜和横幅加以装饰，那是为王室客人们准备的看台。在比赛的日子里，农民们爬上了屋顶看热闹，一边指指点点，一边大声吆喝。

在这次庆典的第三天，6月30日，星期五，亨利决定自己亲自参加比武。他不顾炎热的天气，穿上了重达20多千克[1]的贴金盔甲，上面还装饰着黛安的颜色——大多是黑白两色组成的漩涡图案。无论曾有什么样的功过，骑上马的亨利看起来的确庄严华贵。他驾着一匹栗色的骏马进入了竞赛场地。在他的第一轮比武中，亨利用他的长枪将他未来的妹夫击落马下；不久之后，他又将一位本地的公爵击落马下，令后者摔了个四脚朝天。亨利年轻时曾以他忧郁的气质而闻名，但在比武那天，他却兴致极高。于是，他又安排了自己的第三轮也是最后一轮比武，对手是一位强壮的苏格兰年轻人，加百列·蒙哥马利（Gabriel Montgomery）。

国王与蒙哥马利之间的距离或许拉开到了将近100米远。当小号吹响的时候，两个人都催马向前冲去，然后猛撞在一起。亨利被撞得眼冒金星，因为蒙哥马利的武器狠狠地打到了他颈部稍靠下一点的位置。亨利的一只脚脱出了马镫，整个人差点就翻落马下。

受到羞辱的国王调转马头，宣布"我们"还要跟蒙哥马利再比试一次——无论从任何角度来看，这都是个糟糕的主意。这个提议违背了骑士精神，因为他已经达到了马上长枪比武所允许的最高轮次——三轮。这个提议还吓坏了他的王室亲眷。凯瑟琳在前一天晚上就梦到亨利趴倒在血泊之中的景象。她的两

1　原文为英制单位。为方便国内读者理解，书中所有英制单位均换算为公制单位。下文不再一一说明。

位御用占星师，其中包括诺斯特拉达穆斯（Nostradamus），已经预言了国王的劫数。诺斯特拉达穆斯甚至早在4年前就写下了一首四行诗："年轻的雄狮战胜年暮，/在战地上的一场冲突。/他穿透金笼刺中他眼，/伤及两处，惨死亡故。"焦躁无比的凯瑟琳于是命人前去劝告亨利罢手。

不得不提的是，亨利在比武之前的这段时期正在饱受晕眩和头痛之苦。他的侍从也发现，在刚刚的最后一次比武之后，亨利开始发抖。然而残忍的是，血往上涌往往能蒙蔽某些人的心智，特别是在他最需要明智一点的时候。最终，就像今天的美式橄榄球队中的线卫[1]或是一名拳击手一样，亨利坚持要再比一次，蒙哥马利对此表示反对。围观的人群看到了尴尬的一幕：亨利痛斥蒙哥马利，并在上帝面前以他的忠诚来挑战蒙哥马利再比一次。下午5点的时候，他们两人准备就位。有些目击者后来声称，一位侍从没有正确地系紧国王的面甲。另一些目击者说，亨利抹了抹额头的汗水，却在错乱的情绪之下忘了重新系紧面甲。还有一些目击者则说，他是故意掀开了面甲。无论如何，亨利这一次没等号声响起就发起了冲锋。

在马上长枪比武中，一道低矮的木篱笆把比武双方隔在了两边。两人冲向彼此的时候是左肩对左肩，持盾手对持盾手。4米多长的木制长枪夹持在他们的右臂下，还要斜在身体前方呈一定角度才能攻击到对手。因此，正确的一击不但会令对手的身体倾斜，还会令其扭转，而巨大的冲力常常会把长枪折断。的确，国王的长枪碰到蒙哥马利的时候碎掉了，而蒙哥马利的长枪在击中国王颈部下方之后也炸成了碎片。重击之下的两个人都猛晃了一下。穿着长筒袜和紧身衣的朝臣们，佩戴着鸵鸟羽毛的妇人们，还有聚在房檐上的农民们，全都为这令人齿寒的精彩一击欢呼叫好。

然而，在比赛场内，事情还没有结束。由于人群的喧闹，没有人真正清楚接下来发生了什么。或许是蒙哥马利折断的枪柄弯曲变形，像是一记上勾拳一

1　线卫是美式橄榄球比赛中防守一方的上场球员，站位于防守线上的线锋球员身后，是在防守过程中的场上指挥，根据临场情况决定着要向对方四分卫施压还是防守对方跑锋的冲击。

样，又或许是一块木头碎片像弹片一样飞溅向上——不管怎么说，就在那一瞬间的混乱之中，有什么东西撞开了国王那副贴金的面甲。

许多那个时代的人都把接下来所发生的事情归咎于蒙哥马利，因为当他的长枪碎裂开来的时候，他就应该把它扔下。但头脑对于刺激的反应只有那么快——最好也就是十分之一二秒左右，而一个正沉浸在比武之中的头脑，其反应只会更慢。况且，蒙哥马利还有着可怕的动量，甚至连人群的欢呼声都已经渐渐平息了，他的马还是继续奔跑了一段才停下来。在两人相撞后转瞬之间，蒙哥马利手中折断的长枪击中了国王裸露的面部，恰好就在两眉之间的正中央。枪柄参差不齐的断口从他的脸上犁过，把他的头拧向了另一侧，还插进了他的右眼之中。"他穿透金笼刺中他眼。"一语成谶！

但是诺斯特拉达穆斯预言了两处伤害，其中的第二处，也是对于亨利脑部更深处的伤害，才被证明是更糟糕的。与大多数哺乳动物相比，人脑的四瓣脑叶膨胀得有些夸张。虽然我们的颅骨提供了某种很好的保护，但颅骨本身的硬度也构成了一种威胁，特别是颅骨内部粗糙到了令人吃惊的程度，满是边沿与沟壑。不仅如此，人脑实际上还是以一种几乎半自由的状态漂浮在颅骨内的。它与身体的连接部位真的只有底部而已，在靠近脑干茎部的位置。的确，我们有脑脊液充斥在颅骨与脑之间，起到了提供浮力和缓冲的作用，但这种液体只能吸收一定的能量而已。那么在受到冲击的时候，人脑实际上相当于向着颅骨运动方向相反的方向滑动，并以极高的速度狠狠撞在无法弯曲的骨头上。

当来自蒙哥马利枪柄的打击起到效果时，亨利应该会同时感受到一击和一扭，就好像是下巴上挨了一记凶狠的勾拳。这一击可能会让一道不太强烈的冲击波扫过他的脑部，激起一波痛苦的涟漪，而旋转力可能会更糟，因为转动力矩对于头脑不同位置的作用力是不同的，撕扯着数以亿计的神经元之间柔弱的接缝处，并在脑中各处打开了微小的出血口。作为一位骑术高手，亨利在冲击之后仍保持在马鞍之上：他脑中的肌肉记忆回路令他得以保持平衡，并让他的大腿紧紧夹住了胯下的坐骑。但是在更深的层次上，扭转和重击切断了成千上万神经元之间的连接，令泄漏出来的神经递质横扫他的脑部。这会让难以计数

　　　　　　　　　　　　　　　　　　　疯脑：五百年神经学奇案

的更多神经元在恐慌之中激发信号。这样一波电信号的浪涌就像是一次微型的癫痫。虽然当时研究科学的人当中几乎没有谁会相信以上这些事情，但巴黎至少有一位医生能够判断出亨利遭受了剧烈的脑震荡。

相撞之后，蒙哥马利猛拉坐骑的缰绳，掉转马头，想要看看他都干了些什么。亨利已然趴倒在了他的土耳其良驹的脖颈上，这匹马后来一直被人们称为Malheureux，是法语"不幸"的意思。但是，无论多么不幸，"不幸"仍是一匹训练有素的马。即便是感觉到亨利轰然倒下，缰绳也已放松，它仍旧猛冲向前。与此同时，已然失去意识的国王伏在马背上颠簸起伏。仿佛是为了附和颠簸的节奏，他的面甲反复掉落下来，撞在从他眼中伸出来的尖利木头碎片上，发出叮叮的清脆响声。

*   *   *

欧洲最伟大的两位医生即将会聚于国王这里。但在此之前，身着各式条纹图案的大臣和侍臣们涌出了看台，围在了亨利的身旁。他们每个人都伸长了脖子想要看一眼国王的情况，并且盘算着这位国王一旦驾崩，自己的财富会增长还是会减少。对于大多数围观者而言，整个法兰西的王权此刻就如同那木制的看台一样岌岌可危。太子（王位的继承者）是一位身体单薄、意志薄弱的15岁男孩。仅仅只是看到亨利受伤，太子就直接晕倒了。凯瑟琳与黛安之间风雨飘摇的和平共处完全依赖于亨利的存在，而政治上虚假的休战也同样如此。这两场皇家婚礼似乎将以崩解而告终，更不用说整个欧洲的和平也将土崩瓦解。

被从马上抬下来之后，已然昏厥的亨利平躺在地上。蒙哥马利推开人群挤到了最前面，一边请求国王宽恕他，一边又请求国王砍下自己的头和双手，多多少少有些自相矛盾。渐渐恢复意识之后，国王却赦免了蒙哥马利，既没要砍他的头，也没要砍他的手。此后，亨利时而清醒，时而昏迷，并最终坚持要站起来，并在别人的搀扶之下走上宫殿的台阶，回到自己的寝宫。他的医生开始着手从他的眼部移除那块10厘米长的木头碎片，但是也不得不把许多更小的碎片留在原位。

国王的主治医生之一是安布鲁瓦兹·帕雷（Ambroise Paré），一位消瘦而整洁的皇家外科医生——这份工作并没有听起来那么受人尊重。帕雷是一位柜子工匠的儿子，来自法国北部的一个小镇。在家乡，他已经接受了"理发师–外科医生"的训练。简单来说，"理发师–外科医生"负责切除东西，因此与正统的医生有所区别。他们日常的一天或许要从早上6点的刮胡子和修剪假发开始，而午饭后或许要给一条疽坏的腿做截肢。早在13世纪初期，罗马天主教会就已经宣布：一位真正的基督徒是不会令他人流血的，包括医生在内。所以，正统的医生们都看不起外科医生，视后者为屠夫。在帕雷的事业初期，他甚至比大多数外科医生还要再低人一等，原因说来很搞笑，因为他不会讲拉丁语。此外，他也负担不起办许可证的费用，于是他在26岁那年成为一名战地外科医生，作为下等人参了军，既没有军衔，也没有固定的薪水。受伤士兵付他报酬时只能是有什么给什么，让他收了不少葡萄酒、马匹、半克朗的硬币，有时也可能是钻石。

对决的神经外科医生安布鲁瓦兹·帕雷
（来自美国国家医学图书馆）

帕雷对于军旅生活应付自如，白天与将军们高谈阔论，晚上与下级军官们一醉方休。在接下来的30年里，他参与了遍及欧洲的17场战役。然而，他最重要的发现却发生在他还是一名新手的时候。在16世纪早期，大多数医生认为火药是有毒的，所以无论是多么轻微的枪伤，他们都会给伤口浇上滚烫的接骨木油来进行烧灼消毒。有一天晚上，在一场战斗之后，帕雷懊恼地发现他的接骨木油用完了。于是他只好用蛋黄、玫瑰水和松节油混合而成的一种药膏包扎在了战士们的伤口上，并在心里乞求他们的原谅。他满以为这些"没有得到治疗"的战士们全都会死去，但第二天早上他们却全都好好的。实际上，他们的状况比那些用滚油处理过的伤号要好，后者全都疼得来回打滚。帕雷意识到，他做了一次卓有成效的实验，结果极为震撼，因为他的实验组的情况比对照组的好得多。

在那个早晨，帕雷的整个医学观彻底改变了。他拒绝再用滚油处理伤口，而是着手完善他的蛋黄/松节油药膏。那些年下来，这个配方多少有些变化，最终还包含了蚯蚓和死掉的小狗。在更深的层次上，那个早晨教了帕雷一件事情：要自己进行实验并观察结果，无论古代的权威曾经说过什么。这真正是一次有着象征意义的转变：通过抛弃滚油，以及其所附带的中世纪意味，帕雷实际上抛弃了中世纪的思想方法——依据信念来接受医疗建议。

就如帕雷的病例报告中所展示的那样，他所生活的那个时代的暴力程度简直跟动画片差不多：某一天他可能要去治疗一位被国王的宠物狮子抓伤的12岁女孩；而另一天又要站在一位公爵的脸上，只为有足够的杠杆力矩把一根断在头颅里的矛头撬出来。但是所有这些，帕雷都处理得游刃有余，而他愿意做实验的这种想法则让他成为一位富有创造力的外科医生。他开发了一种"钻锯一体"的新玩意儿用于在颅骨上开洞。这样做可以释放由于炎症或积液造成的脑部压力。他还开发出一种测试方法，在处理血肉模糊的头部伤口时尤其有用，它可以分辨出可以安全刮除的脂肪与不能去除的脑组织，后者从伤口渗出来也是油腻腻的感觉。简单来说，脂肪能浮在水上，脑组织则会沉底；脂肪在炒锅里会液化，脑组织则会皱缩。当写到病人的康复情况时，帕雷通常会淡化自己的贡献："我治疗了他，上帝治愈了他。"这已经成为他的名言。但是他那近乎起死回生的众多病例还是为他赢得了相当不错的声誉，于是亨利后来任命他为"国王御用外科医生"。

尽管帕雷是头部外伤方面的专家，但是在当时的医疗体系之中，他的级别仍是低于国王的内科医生们，因此在比武事故之后忙乱的几个小时里必须要遵从后者的指挥。内科医生们给亨利强行灌服了一剂药，含有大黄以及埃及木乃伊烧成的灰——帕雷私下里对这种疗法很是不屑。他们还通过静脉给国王放血，尽管他同时还在从结肠里出血。根据英国公使的记录，国王受伤后的第一夜过得"非常痛苦"；但是大多数主治医生却乐观地认为除了右眼以外，他几乎没受什么其他的伤害。而且事实上，当国王第二天早上恢复意识的时候，他似乎也的确是神志清醒的。

但是，亨利很快就不得不面对一个现实：凯瑟琳已经成功掌控了法兰西。亨利还问起了蒙哥马利，却不悦地得知这个苏格兰人因为信不过凯瑟琳，已经逃走了。亨利想要宣召他的情人晋见，但凯瑟琳已经在宫门安排了士兵，阻止黛安入宫。最令亨利感到震惊的或许是，他得知凯瑟琳命令处斩了四名犯人，然后让亨利的医生们用蒙哥马利的断枪在死囚的脑袋上做实验，以求找到一种治疗方法。

与此同时，一名信使正快马加鞭地穿过森林与田野，赶往东北方向的布鲁塞尔，西班牙国王菲利普二世的领地。（令人不解的是，西班牙的国王却住在欧洲北部由他征服的领地内。）虽然刚刚签署的和平协定确保了菲利普与亨利女儿的婚姻，但他还是没有屈尊到巴黎去参加自己的婚礼，恰恰诠释了那句话："西班牙的国王不会追着新娘子跑。"不过，菲利普派了一位公爵作为自己的代理人去参加婚礼。为了能够"圆房"以合法地完成这桩婚姻，那天晚上，这位公爵去了公主的寝宫，脱掉了靴子和紧身裤，把一只脚伸到了被子下面蹭了蹭姑娘赤裸的大腿。当时巴黎有很多下流的臆测，讨论这种方式能不能满足那个女孩[1]。尽管对亨利的家人表现得很傲慢，菲利普还是希望亨利可以活下来。收到消息后不久，菲利普派出了他手下最好的医生——欧洲唯一一位在脑伤领域可

---

1 此处及下文中所有星号标注均统一列在书后的"注释与杂记"中，对一些有趣的事情做了更为详细的介绍。

疯脑：五百年神经学奇案

以与帕雷相媲美的专家。

安德烈亚斯·维萨里（Andreas Vesalius）十来岁时生活在佛兰德斯（Flanders），已经解剖过鼹鼠、老鼠、猫、狗，以及他能用陷阱抓到的任何其他动物。但是，肢解动物并不能令他感到很满足。没过多久，他就开始追逐他真正的激情所在——人体解剖。他开始在午夜偷盗墓穴，有时为了几块残躯还要跟野狗打架。他还会在晚上成心让自己被锁在城墙外，好从绞刑架上偷骨架。为此他要爬到将近10米高的木架上，把在风中摇曳的小偷或杀人犯脖子上的绳索割断。如果乌鸦没有把骨架的结构破坏得很厉害，他就觉得自己很走运了。他要把这些尸骨藏在衣服下面偷偷运回城里，在他床下一放就是几周，他仔仔细细地进行解剖，就像是一位食人族的美食家细致地品味一顿大餐一样。他也喜欢把每一样器官都紧握在手中，甚至是把它们攥碎，看看手指间会流出些什么东西来。无论多么令人毛骨悚然，他的痴迷的确给科学带来了革命。

对决的神经外科医生安德烈亚斯·维萨里
（来自美国国家医学图书馆）

维萨里后来进了一所医学院就读。像此前1300年间的所有医生一样，他的医学训练基本就是死记硬背生于公元129年的医生盖伦（Galen）的那些著作。在盖伦的时代，人体解剖是一个禁忌。幸运的是，盖伦是一名医治罗马角斗士的医生，那几乎就是解剖学家在当时可能接受到的最佳训练了：角斗士所受的伤害可能极其糟糕，所以他所看到过的内脏大概比其他任何人都多。他很快就成立了一所解剖学的学校，而他的工作非常有创造性且包罗万象，以至于他成了这个领域继续发展的阻碍——他那些没什么气量的继承者们无法超越他的成就。到了文艺复兴时期，解剖学作为一门新科学重新诞生的阵痛已经袭来，但大多数"解剖学家"们仍旧尽可能不去用刀切割人的身体。解剖学的课堂近乎一个笑话：通常是一位专家坐在一把大椅子上大声复述盖伦的著作，同时有一位卑微的理发师在他下面切开动物的身体，举起那些滑腻腻的内脏。那时的解剖学是门理论，与实践无关。

维萨里肤色黝黑，脸上的黑色胡须很有男子气概。他原本很崇拜盖伦，但是浸淫在人类躯体的解剖之中，令他开始注意到盖伦的金科玉律与解剖桌上的证据之间有着矛盾之处。一开始，维萨里拒绝相信这一切，并告诉自己，肯定是碰上了一些畸形的身体。他甚至还考虑过这样一种理论：人类的躯体自盖伦的时代以来发生了改变，这或许是因为男人如今穿着紧身的裤子而不是宽松的袍子。然而，维萨里最后还是不得不承认，他这只是在寻找救命的稻草；而且无论有多么不可思议，但盖伦的确错了。在1540年前后，他编纂了一份由两百多处谬误组成的列表，确认盖伦在角斗士身上得不到的解剖信息是从绵羊、猿、公牛、山羊那里得来，然后再推及人类身上的。这样的大杂烩让人类的肝脏添加了额外的叶，心脏变成了两腔的，子宫上多出了肉质的"角"，还有其他很多变异。盖伦理论的缺陷在维萨里探究人脑时变得极为显著。盖伦解剖的大多是奶牛的脑，因为奶牛的脑比较大，而且在罗马时期的肉铺里有的是。对于盖伦来说很不幸的是，人类的脑远比奶牛的复杂得多。在此后的1300年间，医生们都努力试图在错误的脑构成的基础上解释脑的工作原理。

维萨里立志要革新解剖学这门科学。他开始向主要的"解剖学家"们大声疾呼，甚至曝光他们从未费心去亲自解剖过人的身体。比如对于其中一位解剖学家，维萨里就曾嘲讽道：他从未见这个人手里拿过刀，除了吃饭切羊肉的时候。更重要的是，为了让更多的人接触到自己的观念，维萨里写了一本书——《人体的构造》（*De Humani Corporis Fabrica*）——西方文明最为珍视的著作之一。

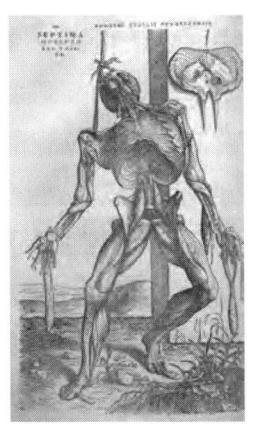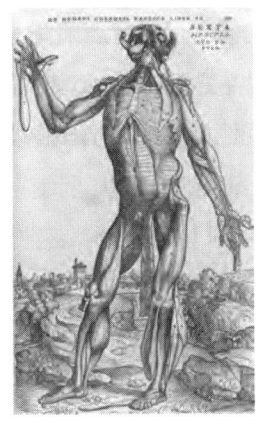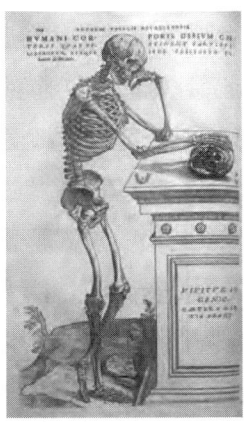

来自安德烈亚斯·维萨里《人体的构造》中的插图，此书是已出版的科学书籍中最精美的图书之一（来自美国国家医学图书馆）

这本书中的插图超越了其他同类书籍中粗糙的图画，成为第一本包含有人体结构栩栩如生的真实图解的解剖学教科书。维萨里找到了当地最棒的画家来为他这部包罗万象的作品绘制插图。因为维萨里是在帕多瓦（Padua）工作，所以这位画家恰好就是提香（Titian）[1]，他那所美术学校里的艺术家们很快就让维萨里眼中的人体结构跃然纸上。不同于现代的教科书，《人体的构造》中所画的人体不是了无生气地平躺在桌子上。他们或大步前行，或昂首而立，或者摆出经典雕塑作品中的姿态。有一些简直就是名副其实的"脱衣舞者"，身上的血肉被一层又一层地揭开，展示了体内的器官和有机体的本质。另一些则身处黑暗的时刻，躯体悬吊在绳索上，或者双手紧扣，做垂死前的祷告。有一副骨架

1　指提齐安诺·维伽略(Tiziano Vecelli)，意大利文艺复兴后期威尼斯画派的代表画家，曾在帕多瓦创作宗教题材的教堂壁画。

正在挖掘他自己的坟墓，另一副骨架则在凝视着一个骷髅头，就像是"啊！可怜的尤里克！"[1]那个造型。提香的学徒们甚至不辞辛劳地画上了背景，让腾跃的尸体身处帕多瓦那地势起伏的美景之中。如同那个时代的其他画作或雕塑一样，现实主义是不可逾越的原则。这让《人体的构造》成为历史上艺术与科学最为完美的联姻之一*。在这本书的第七卷，同时也是最为闪亮的一卷中，关于脑和相关结构的插图首次展示出了大量的重要细节。此前的解剖学家们都忽略了人脑，而维萨里是第一个真正看见人脑的人，就像一位伟大的艺术家一样。

维萨里近乎偏执的个性令他在《人体的构造》的每一个细节上都无比纠结，包括用什么纸，用什么字体。他甚至穿越了阿尔卑斯山地区，从意大利来到瑞士，只为亲自监督书的印刷过程。在第一本装订好的成书上，他又另找了一位画家来手绘全部插图，并用紫色的天鹅绒包裹了这本书，然后继续向北前进，把这本书献给了神圣罗马帝国的皇帝查理五世。当时是1543年的6月，万分巧合的是，尼古拉·哥白尼（Nicolaus Copernicus）刚刚在一周前出版了《天体运行论》。虽然古稀之年的老人写就的《天体运行论》把人类从宇宙的中心拉了下来，但是28岁的解剖学家写作的《人体的构造》却把我们抬升到了构造的奇迹这一高度，并为此击节欢庆。这种近乎于异教徒式的对于躯体的赞颂不是每个人都会愉悦地接受的，甚至包括一些解剖学家。他们侮辱中伤维萨里，要求他收回对于盖伦的全部批评。维萨里之前的一位导师蔑称他是Vesanus，拉丁语"疯子"的意思，在后面简洁地缀上了一个解剖学双关语的词尾。出于对医学的无知，查理五世反倒很喜欢《人体的构造》这本书，于是把维萨里提拔为宫廷医师。

然而到了1559年，查理已经去世。维萨里发现自己的服务对象换成了查理的儿子，冷漠而不易亲近的菲利普[2]。他的大部分时间是在治疗贵族们的痛风、性病或肠梗阻，只剩下极少的时间做原创性的工作。所以，当亨利灾难性的马

1　出自莎士比亚著名剧作《哈姆雷特》第五幕第一场，哈姆雷特举着小丑尤里克的骷髅头开始的独白的第一句。

2　即为前文所说的西班牙国王菲利普二世。他的父亲查理五世早在1555年和1556年就先后两次将西班牙和低地王国的王位禅让给了菲利普二世，而神圣罗马帝国和奥地利则禅让给了自己的弟弟斐迪南。所以菲利普二世没能继承神圣罗马帝国皇帝的头衔。低地王国包括今天的比利时、卢森堡、荷兰以及法国北部等地区。查理五世和菲利普二世都以法语为母语，居住在低地王国的布鲁塞尔，也即前文所说的"令人不解"之处。

上比武的消息传来时，维萨里一跃而起，一路换乘邮车向着巴黎猛扑过去，仅用48小时就走完了300多千米的距离。

他很快就会遇到帕雷的。现代的神经学家们有时会抑制不住激动的心情，想象这次碰面的情景——两位巨人，最终得以会面！其实，他们本有可能更早遇到彼此：1544年，在圣迪济耶（Saint-Dizier）附近，当时维萨里服役的军队围困住了帕雷所在的部队。不过这一次，任何"战斗"都将是面对面的，这两位骄傲而有进取心的男人很可能会彼此绕着圈子，估量着对手的实力。但实际上，他们几乎没有时间装腔作势。

如果当时的画作是准确的，那么国王的寝宫已经被搞成了一个动物园。狗在房间里跑来跑去，床边的药剂师们正在剁碎草药和木乃伊碎块，侍臣们像秃鹫一样团团转，打扰着亨利的休息。亨利自己躺在一张四柱的大床上，盖着奢华的毯子，床头板上立着一个女性的裸胸雕像。病历上记载着，亨利的脸肿到了夸张的程度，而他的脖子僵得像是时间放久了的法式面包。他的左眼仍能看到东西，但是长枪弄瞎了他的右眼，暴露出了眼眶周围的颅骨。他脑袋上被脓水浸透的绷带，与他脑袋下面丝绸的枕头极不协调。根据现代医学对于头部创伤的知识，我们可以推测出亨利的嘴里会有一种金属的味道。最糟糕的是，他肯定会感到如同黑云压顶一般，在头颅后部有一大片抽搐式的头痛。在清醒的时候，亨利顽强地坚持处理国家政务，派发信件，安排他妹妹的婚礼继续进行，甚至还对一些"路德教渣"做出了宣判。但是，随着他的脑部持续肿胀，头痛不断扩散，他开始变得神志不清，视力时好时坏。他睡得断断续续，不断要求听一些令人宽慰的音乐，但却始终没有得到满足。同样没有得到满足的，是他对于黛安的召唤。

神奇的是，帕雷和维萨里在亨利的颅骨上没有发现骨折，甚至连发丝那么细的裂纹也没有。（从古代起，医生们就有一些方法可以找到骨折裂纹。他们可以涂一些墨水在头顶上，看它们是否会渗进去；或者可以用一根棍子敲在头上，仔细听回声，因为有裂纹的头颅和完整头颅的声音是不同的，就像破钟和完好的钟的声音不同一样。）许多宫廷医师听到这个消息都感到很欣喜，因此正式宣布亨利将存活下来。就像那个时代的大多数医生一样，他们相信如果没有颅骨骨折的话，脑部不可能遭受严重的伤害，就像蛋壳没有打碎时，蛋黄不可能被破坏一样。在当时的某些审判中，甚至认为没有导致骨折的头部重击不算是谋杀。必须承认的是，颅骨骨折的确看起来很血腥很糟糕，比没有骨折的情况要恶心得多，所以这样的推断也有些道理。

维萨里和帕雷却有着不同的推断。见到国王时，维萨里给了他一块白布，让他用嘴叼起来。但接下来，维萨里无礼地从国王嘴里一把扯走了那块布。亨利的身体开始抽搐，双手打到了头上，于是他痛苦地哀嚎起来。你可以想象，由于这一冒犯行为，十几把剑被同时拔出鞘的声音，但是这个小小的花招令维萨里相信，亨利必将殒命于此。《人体的构造》的作者比其他任何人都更清楚人脑是何等地脆弱——你甚至可以用勺子去挖它，就像挖一个熟透的鳄梨。长期以来的经验告诉他，有着如此巨大痛苦的人通常是活不过去的。

帕雷这边的经验则是由战场上得来的。一位战士头部被炮弹或弩炮的石头击中，却没有显现出外部症状，这并非很罕见的事情。实际上，他可能连一滴血都不会流。但是，他的意识会变得时好时坏，脑部很快就会停止工作。为了探查这种神秘的功能下降，帕雷会对尸体进行简单的尸检。尸检在那个时候并不常见，往往还是违法行为，但这种法律在战场上常常没有什么效力。当帕雷偷偷摸摸地进行尸检时，通常会在尸体的脑中发现肿胀、淤青，甚至是坏死的组织——标志着一种在当时有争议的新型诊断结果，称为脑震荡。帕雷甚至还看到过这样的病例：头部所受的打击在这一侧，而脑部的伤害却集中在对面的一侧，也就是所谓的"对侧伤害"。实际上，这往往是最致命的一种伤害。于是，帕雷做出了一则甚至能够超越占卜师的预言：他认为亨利的脑部受到了对侧冲击型脑震荡，伤害位于脑的后部。两位专家利用不同的专业知识得出了国王已是将死之人的判断，他们都抛弃了古人的观点——出血的伤害才是最严重的伤害。他们没有去关注骨折或失血的情况，而是关注于脑本身。

至于具体的治疗措施，他们讨论过在国王的头颅上钻孔，以除去多余的液体，还有内部那些"腐坏的"血液。但是，这一方法的风险大于效益，于是他们放弃了。与此同时，他们检查了被处斩的犯人的头部。历史没有记录他们具体所用的方法，是把每个头颅都固定在台钳上以提供一个稳定的打击目标，还是把头颅穿在绳索上，像皮纳塔[1]那样等着被击打？无论具体方法如何，蒙哥马利的断枪可是的的确确不断重复地破坏着这些头颅上的脸部。这是一种骇人听闻的杂合，既有中世纪的野蛮，又有现代实验科学的理性。帕雷和维萨里满怀热情地检验着那些头颅，以期寻找一些线索。然而，它们却未能在治疗方面提供什么灵感。

其实，这两个人本可以仅仅通过观察国王就获取到很多知识，因为国王经受的痛苦为此后4个世纪里神经科学的许多重大发现都做出了预示。亨利的条理性始终时好时坏，勾勒出了无意识状态的边缘所在。他遭受了癫痫和暂时性瘫痪的折磨，这两种病痛的成因在当时还是个谜。奇怪的是，瘫痪或癫痫每次发作时只会让他半边的身体遭殃。从后世的眼光来看，这是一个清晰的信号，说明脑对身体两侧的控制是独立进行的。亨利的视力也是时好时坏，这个线索说明脑的后部，也就是帕雷认为会发生对侧冲击伤害的区域，控制着我们的视觉。最糟糕的是，亨利的头痛持续扩散。这一情况告诉帕雷，亨利的脑部在持续肿胀，颅内的血管已经破裂了。我们今天已经知道，炎症和积液造成的压力能够挤碎脑细胞，摧毁控制着身体和意识的那些开关与回路。这就解释了为什么即便颅骨没有骨折，脑伤害同样可能是致命的。实际上，颅骨骨折还可能救人一命，因为这样就能给肿胀的脑或是积血提供扩张的空间。神经科学的历史已经证明，脑部有着惊人的复原力，但它无法忍受的一件事情就是压力，而脑伤害的间接影响，比如肿胀，被证明往往比最初那一击更为致命。

法兰西国王亨利二世最终于7月10日下午1点殁于颅内大出血。王后凯瑟琳命令所有教堂每天都要做6遍安魂弥撒，而所有教堂的钟都要保持安静，不要再为国王而悲鸣。在这片突然而至的不祥寂静中，维萨里和帕雷开始了他们那次著名的尸检。

不要说切开一位国王的身体了，就算是提出这样的建议都是很鲁莽的。在

1　一种纸糊的容器，用于在聚会上悬挂起来，让人用棍棒击破，令其中的玩具与糖果掉落下来。

那个时代，解剖学家要打开一个人的身体只能是出于以下两个原因：一次解剖学公开课或是一次尸检。这两种活动都会有损他们的声誉。在16世纪中叶，有一些城市（尤其是在意大利）对于以教学为目的的解剖已经放松了原有的限制，但仍旧非常有限：当局可能会允许一年进行一次解剖（通常选在冬天以防腐烂），而且只能是在犯人身上，因为官方宣判"处死并接受解剖"也算是对于恶棍的一种死后惩罚。多数王国都把尸检限制在与毒杀、杀婴，或是其他十恶不赦的罪行有关的可疑案例上。在某些情况下，"尸检"甚至都并不需要真的切开尸体。为什么凯瑟琳在尸检上对帕雷和维萨里做出了让步，允许他们对亨利进行一次全面的、涉及身体内部的尸检？这个原因现在并不清楚，毕竟所有的人都知道他是被谁杀死的，以及如何被杀死的。不过，历史还是要感谢凯瑟琳做出了这个决定。

维萨里在《人体的构造》一书中就早已写下了打开颅骨的恰当步骤，通常都要先把头砍下来，以使检验操作变得容易。但是出于对国王的尊敬，他只是在国王的脖子后面垫了一个木块，抬高了他的下巴而已。有人在旁边抓住国王一大把泛灰的头发，稳定住他的头部，而另一个人(推测应该是维萨里，专家级的解剖者)则开始在眉毛以上两三厘米处锯开头颅。绕头转了一圈之后，他取掉头盖骨，就看到了包裹着脑的薄膜，也就是脑膜。在《人体的构造》中，维萨里建议学生们用拇指的指甲在脑膜上划一个开口，然后再把这层膜剥掉。而后，他鼓励学生们把手指插进去，挤压和抚摸每一个褶皱——对他而言，触觉和视觉对于解剖同样重要。但是在这个问题上，维萨里又一次限制了自己对于亨利的行动，或许部分原因在于，亨利的脑部看起来已经没什么吸引力了。前部和侧部看起来都算正常，但是在后部——与打击相反的方向上*——维萨里和帕雷发现脑膜下凸起了一大摊已经变黑的液体，就像是将要破裂的水疱。后部的脑组织也已经发黄腐烂了，形成一块一拇指宽、两拇指高的肿块。同样重要的是，他们发现蒙哥马利的木头碎屑从未贯穿亨利的脑部。

如果用现代的说法来讲：脑损伤是如何导致死亡的？对于这个问题，维萨里和帕雷到底有些什么了解，其实我们不是特别清楚。在他们的报告中，他们常常偏离正题，去谈论体液[1]的失衡以及"动物灵魂"逃离了亨利的身体。他们对于神经或定位是全然无知的。来自蒙哥马利长枪的碎片可能导致了感染，削弱了亨利的身体，加速了他的死亡。这种复杂的事情是当时的他们不可能掌握的。但是，这两个人清楚地知道，是亨利脑后部的"混乱"和"腐烂"，以及所导致的积血，最终杀死了他。他们认定，脑部本身所受的伤害就可能是致命的，即便是没有颅骨的骨折。通过证实这一点，他们远远胜过了那个老骗子诺斯特拉达穆斯不清不楚的预言。诺斯特拉达穆斯模棱两可地提到了狮子和金笼子。维萨里和帕雷则预测了他们将在亨利的脑部发现什么样的伤害，以及确切的发现部位——而他们也的确发现了这样的伤害。他们证明，科学胜于预言。

＊　＊　＊

亨利之死的余波给所有他喜爱的事物都带来了伤害。在他之后，法国的国王被禁止参加马上长枪比武，以保护他们不受伤害。黛安·德·波迪耶不得不交出了她作为亨利的情妇所挣得的珠宝、房产，以及宫廷地位。新的法国国王，虚弱的弗朗索瓦二世在一次狩猎之后染上了耳痛，在位17个月后就去世了。接下来的国王查尔斯九世只有10岁，于是凯瑟琳以摄政王的身份取得权力，让一个意大利的梅第奇人掌管了法国。

亨利的殁亡其实压垮了凯瑟琳。尽管他待她如此刻薄，但她依然爱着他。她甚至改换了自己的皇家标志，从最初的彩虹改成了一支折断的长枪。但是，她在此后几年内的政策与政治活动却背叛了亨利对长久和平的渴望，很快就导致了天主教保皇党人与新教徒之间长达数十年的内战。在1572年8月发生的圣巴托罗缪[2]大屠杀让这场战争到达了最为黑暗的时刻，而凯瑟琳很可能是这场大屠杀的策划者。虽然本意是进行一次手术式的定点打击，以除掉关键的新教

1　此处指的是古希腊医学理论中的四体液学说，认为是血液、黏液、黄胆汁和黑胆汁这四种体液的平衡和配比决定了人体的情绪以及健康状况。

2　圣巴托罗缪（St. Bartholomew）是耶稣的十二门徒之一，其纪念日为8月24日。凯瑟琳指使人于22日暗杀一个新教教派领导人未遂之后，又于24日凌晨暗杀了包括该领导人在内的多名教派高层，最终引发了此后的大屠杀。

领导人，但是这场杀戮却像滚雪球一样一发不可收拾，遍布乡间的暴徒屠杀了数以千计的人。历史学家更多地称其为一季屠杀，而非一日屠杀。作为目标的新教徒之一不是别人，正是加百列·蒙哥马利，他在误杀了亨利之后的流亡期间放弃了天主教的信仰。在这场大屠杀之后，蒙哥马利逃往了英格兰，却又于次年回到法国与保皇党人战斗，占领了诺曼底，并威胁要征服整个法国北部。对他漫长的追捕最后终结于1574年，他被保皇党人的部队俘虏。凯瑟琳仍旧将丈夫的死归咎于他，所以很高兴看到这个男人被活生生地肢解为4块，然后又被砍去了头颅。

至于那两位科学家，帕雷在1560年于病榻前对弗朗索瓦二世进行了救治。这个男孩的耳痛最终导致了脑积液。帕雷又一次拒绝在法兰西国王的头上开洞以释放压力。没有人确切地知道他为什么要拒绝这么做。一直以来，恶毒的流言都说帕雷把毒药灌进了年轻国王的耳朵，就像《哈姆雷特》中所写的那种方式，而这或许是凯瑟琳的授意，以使她自己能够以摄政王的身份夺权。但是，帕雷不去施行这个神经外科急诊手术其实还有另一个原因。在头颅上开洞的风险是极高的，他知道他很可能会因为小小的意外而招致责难。还有一个情况进一步加重了这种可能性，那就是此时的帕雷实际上已经转变成为一名新教徒了。因此，凯瑟琳绝不可能信任他，让他去执行一桩变相的谋杀。事实上，帕雷在王后陛下政权中的地位并不稳固。在十几年后的圣巴托罗缪大屠杀中，帕雷真是勉强才得以逃生。

不过，在斗争间隙和平时期的巴黎，帕雷的事业蒸蒸日上。他为军队的外科医生写作了一本手册，还写了一本抄袭维萨里的解剖学教科书。不过帕雷并不认为这有什么大不了的，并称他的盗用如同"用一根蜡烛的火焰去点亮另一根蜡烛一样无害"。他还发起了对木乃伊、独角兽角，以及其他无用疗法的抵制运动。最重要的是，对亨利的尸检启发了帕雷，令他写了一本关于头部创伤的著作。书中呼吁人们重视对侧冲击伤害以及积液的危险性，同时还持续推进了一项至关重要的工作：在特定的脑伤害与特定的症状之间建立联系——这是此后4个世纪里神经科学的操作模式。当时世界上最杰出的外科医生在巴黎度过了他的暮年，一生共服务于4位国王。最终，在他五处房产之中的一处，帕雷死在了自己的床上。

维萨里的结局要更悲惨一些。在亨利尸检之后不到一个月的时候，菲利普国王离开了寒冷的布鲁塞尔，去往阳光灿烂的西班牙。维萨里随侍同行，但很快就后悔了。对于维萨里最终为何会离开西班牙，有两个故事版本。

可能性较低的故事说维萨里某天晚上在给一位贵族女性做尸检时有点过于心急了，打开胸腔却发现她的心脏还在跳动。她的亲属本该告到宗教裁判所去，但维萨里同意去耶路撒冷来一趟朝圣之旅，才得以保住了项上人头。

第二个版本的故事虽然或许更真实，但却更为离奇。西班牙的王位继承人，唐·卡洛斯（Don Carlos）王子是一位虚弱且患有热病的男孩。但是没有人对他抱以太多的同情，因为他同时还是个变态。他生来就长有牙齿，从小就喜欢咬保姆的乳头取乐，直到保姆的乳头流血并感染。他在童年时期还花了很多时间活生生地把小动物烤死。到了十几岁时，他的兴趣变成了夺取年轻女孩的贞洁。在1562年的一个夜晚，王子飞奔下一处楼梯，想要抓住一位他跟踪已久的少女。然而，命运却绊倒了他。他翻了一个空翻，脑袋狠狠地撞到了楼梯底部，躺在那儿流了一段时间的血。西班牙的医生无法救治王子，于是菲利普派去了维萨里。维萨里发现在王子的头颅底部有一道细微但很深的红色创口，于是建议在头颅上开洞，以缓解颅内压力，但西班牙的医生们怀着对外国人横插一手的不满，拒绝了维萨里的建议。相反地，他们允许当地市民挖出了迪亚哥修士已有百年之久的干瘪尸体。这位修士生前是当地修道院的一名厨师，并号称是一位奇迹制造者。然后这些市民进入了王子的寝宫，把迪亚哥塞进了王子的被单下。这个男孩当时的意识多多少少有些不太清醒，舒适地蜷缩在修士的尸体旁，梦到修士前来造访他。几天之后，他几乎没有什么好转。维萨里最终说服了其他的医生，同意他在王子头颅靠近眼眶的地方钻了一个孔，放出了一些像脓一样的东西。此后一周之内，王子的病情得以好转，但是医生们和市民们全都认定这是迪亚哥的功劳。不久之后，这个由维萨里制造的奇迹却让迪亚哥修士被宣布为圣徒。

这一整出闹剧令维萨里感到恶心，也让他下定决心要离开西班牙。于是，他安排了一次神圣的朝圣之旅来出逃。他先是到访了帕多瓦——他创作《人体的构造》的地方，并设法找回了当教授的老工作。然而，大概是对于利用朝圣来施行诡计感到内疚，维萨里还是继续了自己前往圣地的旅程，最终于1564年夏天到达了雅法。他造访了耶路撒冷和杰里科平原之后，心满意足地乘船返回，但却再也没能回到帕多瓦。实际上，他预订的归程航船是艘装载游客的船，出于吝啬没有备齐充足的给养。当风暴开始蹂躏这艘返航之中的船只时，乘客们开始由于食物和淡水的缺乏而丧命。再之后，死人的尸体被拖上了甲板，就像是籍里柯（Géricault）的《梅杜萨之筏》[1]中的画面成为现实。跟尸体打了一辈子交道的安德烈亚斯·维萨里生平第一次被死尸的景象吓到了。他变得疯疯癫癫的，在船漂流到位于今天希腊西部的岛屿扎金索斯（Zakynthos）的时候，他匆匆忙忙地爬上了岸。根据不同的记述，他要么是死在了港口城市赞特(Zante)的城门前，要么是爬去了一家污秽肮脏的小旅店，由于当地人怕他传染瘟疫，于是让他独自一人死在了旅店里。无论是哪种结局，都是令人唏嘘不已的亡故。没有人对维萨里进行尸检以确定他的确切死因。

最后，如果说唯一有什么人或地或事物从亨利之死中有所收获的话，那就是早期的神经科学。最起码的一点是，亨利的尸检确证了对侧伤害的存在，平息了对此的质疑之声，并且证实了即便颅骨未受损坏，脑部同样可能遭受创伤。可悲的是，直到今天，我们仍在重新学习这一课。使用倚绳战术的拳击手、美式橄榄球的四分卫、北美冰球的执行者[2]，他们一直都以"没有出血就没有受伤"为原则来摆脱脑震荡的麻烦。但是，每一次脑震荡都让脑部变得更松软，提高了发生更多次脑震荡的可能性。经历多重击打之后，神经开始死亡，海绵状空洞开始出现，人的性格分崩离析，变得抑郁、消沉，出现自杀倾向。4个世纪过去了，富有男子气概的现代运动员们*仍有可能把衬垫换成盔甲，跟亨利

1　该幅画作是浪漫主义画派的开山之作，表现了法国军舰梅杜萨号遇难之后，船员们自制木筏，甚至以同伴尸体为食，最终只有少数人获救的情景。作者以此暗喻在维萨里的船上发生了骇人听闻的食尸现象。

2　北美冰球队中特有的角色，不被官方承认，在场上专司打架，负责挑衅对手或接受挑衅。

疯脑：五百年神经学奇案

来一场马上长枪比武。

在更深的层次上，亨利之死帮助开创了一种神经科学的新方法。你无法说维萨里和帕雷是现代式的：他们两人都对盖伦、希波克拉底（Hippocrates），以及其他古希腊的医学先贤们心存敬畏。但他们两人又都在发展之中超越了古人，更加强调实验与观察。维萨里留给后人一张全新的脑部地图，帕雷则留下了新的诊断方法和外科手术技术。虽然亨利不是第一个接受尸检的人，但是从声望的角度来说——无论是患者的声望还是尸检执行者的声望——那都是早期医学科学的一次总结。对于皇室成员的治疗处置方法常常会成为以后对平民百姓执行的标准。在亨利死后，尸检开始在欧洲大地上传播开来。这种扩散效应使得在特定的脑损伤与不同的行为之间建立联系变得更加容易。每一次尸检都能让神经科学家对于人类的某种症状定位得更加精准。

不久之后，科学家们甚至超越了对脑部的粗陋解剖，进入了帕雷和维萨里不曾想象过的一个领域——显微科学。就像物理学家不断深入宇宙基本粒子内部的更深层次一样，神经科学家开始不断深入脑的物质基础内部的更深层次，把脑分解为组织、细胞、轴突、突触，最终直到脑的基本流通物——神经递质。

第二部分

细胞、感官与回路

第二章　刺客之汤

现在，我们对于脑已经有了一个整体上的认识。在接下来的章节中，我们将对它分块进行研究。首先来说说脑中最小的东西——在细胞之间传递信号的神经递质。

上帝之方式非人之方式，上帝之缘由非人之缘由。所以，当上帝告诉查尔斯·吉托（Charles Guiteau）去向总统开枪时，查尔斯·吉托同意了。当然，如果这样做还能同时拯救他所热爱的19世纪的共和党的话，那就更好了！

上帝和吉托是老相识了。在吉托的少年时期，他母亲曾经把自己的头发剃光，并把自己锁在卧室里，念诵《圣经》上的章节。他的父亲痴迷于一个叫约翰·诺伊斯（John Noyes）的人的激进布道。高考落榜之后，查尔斯自己也加入了诺伊斯在纽约州奥奈达的乌托邦组织，一个性生活糜烂的邪教。在那里，吉托避开了美国的南北战争。奥奈达的女士们可以提供免费的爱情，对多人性交也无所谓，却仍然要把吉托排挤在外，因为他突出的双眼、歪斜的笑脸，以及偏执的性格都很令人厌恶。他们嘲笑他是查尔斯·滚蛋[1]。

吉托在1865年真的滚蛋了，开始了传播福音的事业。他先是办了一家叫《神权政治日报》的报纸，倒闭了。随后他又开始尝试向人群布道，用魅力感染人

们，而他演讲的题目是《为什么三分之二的人类将走向毁灭？》这一类的。他还自费出版了一本书《真相》，讲述了基督的二次降临。这本书的大部分内容都很疯狂，他称斯坦利(Stanley)[1]和列文斯顿(Livingstone)[2]是世界末日的征兆。书中不那么疯狂的部分则是从诺伊斯那里剽窃来的。在这个过程中，吉托通过了律师资格考试，当时依年份不同，考试内容可能是三个或四个问题，只需答对两题即可通过。但是在接手的第一个案子中，吉托朝着陪审团挥舞拳头，还唾沫横飞、大嚷大叫地发出威胁，结果他当然输掉了官司。然后他又开始提供催债服务，但总是侵吞客户的钱。后来因为交不起房租上了黑名单，他搬去了芝加哥，在他姐姐弗朗西丝（Frances）和姐夫律师乔治·史高维尔（George Scoville）处白吃白住。这种安逸的日子一直持续到他朝着姐姐挥舞一把斧子的时候。吉托又漂泊回了纽约，娶了一位基督教青年会的图书管理员，却对她拳脚相加，还把她锁在衣橱里供他咒骂。后来吉托从一位妓女那里染上了梅毒，他的妻子照料他直至康复，然后就跟他离了婚。但是梅毒实际上已经感染了吉托的脑部。

很自然的，吉托自认为适合从事政治活动。在1880年，他作为一名共和党的坚定支持者，写了一篇充满陈词滥调的竞选演讲来支持尤利西斯·S.格兰特（Ulysses S. Grant），后者正在努力争取自己的第三个总统任期。但是共和党最后提名了詹姆斯·加菲尔德（James Garfield），吉托就直接把演讲中的人名换成了加菲尔德。他恳求加菲尔德在纽约的竞选团队［其中包括了副总统提名人切斯特·阿瑟（Chester Arthur）］给他机会使用这篇演讲稿。共和党最后让他去了黑人劳工的一次集会进行演讲。由于严重的怯场，吉托嘟嘟哝哝地讲了几段之后就下台了。然而，他却相信自己已经帮加菲尔德把纽约州的选票搞定了。所以，当加菲尔德赢得了选举之后，吉托花了自己的最后几美元买了张去华盛顿

1　指亨利·莫顿·斯坦利爵士(Sir Henry Morton Stanley)，威尔士裔美国记者、探险家。

2　指戴维·列文斯顿（David Livingstone），英国探险家、传教士，在非洲有多项伟大的探险发现。他一度6年没有任何音讯，被怀疑已经死在非洲。斯坦利于1871年受雇前往非洲，历经艰难险阻，最终在非洲中部找到了列文斯顿。两人的故事于1939年被好莱坞改编后拍成了电影《斯坦利与列文斯顿》，因此在美国被人们所熟知。

特区的火车票，想要在新政府中谋求一个职位。

　　天下熙熙，皆为利来；天下攘攘，皆为利往。此时的华盛顿就是顶级的分赃大会，任何一届政府的头几个月都会变成一个职位集市。尽管不会讲任何一门外语，也从没有出过国，但吉托决定要找一个去欧洲的职位。在排了几个小时的队之后，他最终见到了加菲尔德，递上了那份"搞定了"纽约州的演讲稿，并在页顶端潦草地写上了"巴黎领事"的字样。此时的吉托已经只剩最后一件衬衫了，脚上穿的是橡胶雨鞋，连一只袜子也没有。但是他却把自己那歪斜的笑脸呈现给加菲尔德，然后退了出去，留下总统在那里纳闷刚刚到底是发生了什么事儿。

　　在当时，普通公民无须预约就可以造访白宫。在3月下旬，吉托为了获得自己那份在巴黎的工作的最新消息，开始不断地烦扰加菲尔德的秘书，甚至是内阁成员们。国务卿最终已经是尖叫着让吉托闭嘴了。当吉托被人发现正在偷白宫的文具时，他被抓进了监狱。然而，吉托实在是一个极端乐观的人，他仍旧坚持在报纸上找寻着自己获得任命的只言片语。

　　任命一直也没下来，而报纸上的其他一些消息让他更加烦乱。尽管加菲尔德曾经是一名成功的校长，内战中的军官，来自俄亥俄州的国会议员，但是他的政府却很快陷入了危机。一些没能兑现的承诺导致了共和党内部的分裂，两位来自纽约州的共和党参议员愤而辞职。每看到一则该死的头条新闻，吉托疯狂的眼睛就愈发向外突出：大老党[1]正在分崩离析。必须有人出来拯救它。

　　"杀死加菲尔德！"上帝第一次在吉托耳畔低语是在1881年的5月。用他自己的话说，这让他大吃一惊，"耶稣基督公司"竟然选中了他来执行这项任务，但吉托越想越觉得这事很合理。"杀死加菲尔德！"是啊，只要加菲尔德一死，自己在纽约的同伴切斯特·阿瑟就会继承大权，平息共和党内部的风浪。一旦吉托说明了自己是受上帝的驱使，阿瑟肯定就会宽恕他的。嘿，他还有机会见到巴黎！

　　1　美国共和党的别称。

吉托借了10美元在距离白宫一个街区远的枪铺里买了一把"英格兰斗牛犬"左轮手枪，还用多出的钱配了一个象牙手柄，这样它将来进了博物馆的话能更好看一点。吉托从来没打过手枪，所以他走到了波托马克河（Potomac）的潮汐港湾去进行了练习。枪的后坐力几乎把他掀翻在地，而且他也只击中了一次目标，在一棵小树上打了一个洞。但他却已经信心满满，开始每周跟踪总统的行程。他还开始修订自己那本《真相》，因为它肯定马上就会变成畅销书。

吉托决定要在教堂刺杀加菲尔德，于是在一个礼拜日尾随他到了教堂侦察周边情况。全然不顾隐藏自己的需要，兴奋异常的吉托在某一刻站了起来，对着布道者大喊："你以为基督是什么啊？"在加菲尔德的日记中记录了这一幕，称他为"一个愚笨的年轻人，声音非常大"。在那一周的晚些时候，吉托又改变了主意，决定要在火车站向加菲尔德开枪。不过他又临阵退缩了，但完全是出于情感因素，因为他当时看到加菲尔德夫人与她的男人挽着胳膊走在一起。

几周后，吉托取消了第三次行刺计划，原因是天气太热。接下来还有第四次取消，原因是他不想打断总统与国务卿之间看起来非常重要的一次谈话。最后，报纸上宣称加菲尔德将在7月2日离开华盛顿特区去度暑假，于是吉托终于坚定了采取行动的决心。在那个重要的日子，他早上4点就起床了，在波托马克河边做了些射击练习，擦亮了靴子，乘着一驾出租马车来到了火车站。然后他在洗手间里取出了手枪，等待着。

加菲尔德那天早上起床的时候心情愉悦，急于摆脱特区这片散发着臭气的沼泽地，还有这里上演的所有那些党派纷争，以及邋遢不堪的觅职者。他闯进了两个年幼的儿子艾布拉姆（Abram）和欧文（Irvin）的房间，像个十来岁的孩子似地做出各种搞怪的事情：一会儿倒立；一会儿唱着吉尔伯特（Gilbert）和苏利文（Sullivan）[1]作品中的曲子；一会儿又用跳马的动作跃过孩子们的床，证明老家伙还很能干。他在上午9:20左右到达了火车站，和一位幕僚一起走向他的火车。

---

[1] 吉尔伯特是剧作家，苏利文是作曲家，两人在维多利亚时代联手创作了很多脍炙人口的滑稽音乐剧。

"杀死加菲尔德！"吉托鬼鬼祟祟地走出来，到了离总统不到两米的距离。他的第一枪擦伤了加菲尔德的胳膊，也吓住了总统。吉托又开了一枪，击中了加菲尔德的背部下方。第二枪彻底搅乱了站台——尖叫、大喊，还有混乱。吉托快步走开，但是却在车站出口被一名警察逮住了。

与此同时，加菲尔德的双腿蜷缩起来，整个人倒在了地上，背上绽开了一团红色。过了一会儿，两名医生赶到了现场，一同赶来的还有加菲尔德的幕僚们，其中包括了罗伯特·托德·林肯（Robert Todd Lincoln）[1]，他在16年前亲眼目睹了自己的父亲被从福特剧院中抬出来。一位医生问："总统先生，您受的伤重吗？"根据后来的记载，总统的回答是："我死定了。"

就此，全国性的詹姆斯·加菲尔德死亡观察开始了。有了当时刚刚扩展到全世界的电报线网，加菲尔德的受伤真正成为一个实时事件。加菲尔德的主治大夫，一位名叫道科特·布里斯（Doctor Bliss）的医生（资料中的姓名原文如此[2]）在新媒介形式的传播中占尽了便宜。从东海岸到西海岸的报纸都在转载他的每日通告，而有些城市把每天的情况更新贴到了公共广场的巨型广告牌上。

不幸的是，道科特医生在公关方面提供的福音远多于他用医学治疗所能提供的。加菲尔德在接下来的几个月中主要承受着三方面的痛苦：孤独、饥饿以及疼痛。孤独是因为布里斯不让总统下床，甚至在初期禁止家人来看他。饥饿是因为布里斯害怕出现肠道感染，所以对总统施行直肠喂食，食物是一种浆糊状的东西，含有牛肉汤、蛋黄、牛奶、威士忌，以及鸦片。腹内空空的总统在那个夏天花了很多时间想象他童年时期在边疆地区的那些丰盛菜肴，比如松鼠汤。疼痛是因为吉托的第二发子弹在加菲尔德的身体里安了家：他把那种不适感形容为像一只"虎爪"在挠他的腿和生殖器。自然，布里斯尝试过把弹头取出来，但无论他尝试了多少次把手指伸到伤口里，在加菲尔德的腹股沟附近摸索，子弹却总是躲着他。其他医生也试着下过手，布里斯甚至还招来了亚历山

1　遇刺身亡的美国总统亚伯拉罕·林肯的长子。

2　这位医生的名字叫Doctor，即英语医生一词，而他的姓是Bliss，意为福音，均较为罕见，又恰巧与事情有关，所以作者此处特别加以说明。

大·格拉汉姆·贝尔(Alexander Graham Bell)[1]用电池和电线组装了一台简陋的金属探测器，可弹头仍旧无处可寻。有几个医生请求布里斯检查一下加菲尔德的脊髓附近，因为总统的双腿在车站时的无力以及随后的疼痛听起来都像是神经方面的问题。布里斯轰走了他们，继续挖弹头。与此同时，他坚持发布着被一位历史学家称为带有"欺骗性的乐观"的通告，介绍着加菲尔德的病情发展以及确定无疑的康复进程。其他医生则泄露出一些负面的判断，导致总统的医疗团队内部出现了裂痕。

布里斯最终批准了加菲尔德离开沼泽一样的华盛顿特区的愿望。他们搬到了总统位于新泽西州海岸地区的木屋。钢铁工人们为此新铺了将近1 000米的铁轨，让铁路一直延伸到木屋门口，而加菲尔德的火车还在山上抛了锚，最后400米的路程不得不由人力推着走。景致的改变以及海边的空气的确让总统的情绪轻松了一些，但很快就又变得消沉了，因为他还是不能进食。总的来说，加菲尔德在这不幸的80天中共减轻了36千克的体重。当布里斯的手指最终感染了加菲尔德的伤口之后，那里变成了一个黏糊糊的口袋，里面满是黄色的脓水。加菲尔德已经没什么可为之抗争的了。他在1881年9月19日去世。尸检发现，子弹卡在了他的脊椎附近。

无论是北方还是南方的公众，都发出了痛苦的哭喊。加菲尔德就是美国理想的写照，真正从草根成长为富有者的总统，对他的悼念——更不用提对吉托的愤恨——把这个国家统一在一起，这大概是自美国南北战争以来的第一次。实际上，吉托几乎没能参加那年稍晚时候对他的审判，因为两名像杰克·鲁比(Jack Ruby)[2]似的家伙想要为总统报仇。其中一人是名监狱看守，在1.5米外开枪打偏了。另一人的子弹打穿了吉托的外衣，却没有造成任何致命伤。

吉托最终于11月站上了法庭，身边是负责为他辩护的乔治·史高维尔，他那可怜的姐夫。令人惊叹的是，这位平常负责处理土地证的律师竟然为吉托提

1　加拿大著名发明家和企业家，电话专利享有者，并有其他众多重要发明创造，还创办了贝尔电话公司。

2　杰克·鲁比是杀害李·哈维·奥斯瓦尔德的凶手，而后者是杀害肯尼迪总统的刺客。所以作者此处将两人比作杰克·鲁比。

交了精神障碍辩护。吉托嘲笑了史高维尔，认为自己神智完全正常——要不然上帝怎么可能选择了他呢？然而，他的行为却在无意之间帮史高维尔证明了后者的观点：在法庭上，吉托用各种方式一次又一次地打断审判，有时用他刺耳的嗓音反复背诵叙事诗，有时哼哼唧唧地唱着《约翰·布朗的身体》，有时骂陪审员是蠢驴，有时又宣布自己是1884年总统选举的候选人。他还大声嚷嚷说：对他的谋杀指控是不公平的，因为他只不过朝加菲尔德开了枪而已，但杀死他的人是医生们。在这一点上，他可能还真说对了。吉托神经质的举动还不仅仅局限于法庭之内。报刊记者发现他还在牢房里贩卖自己亲笔签名的性感照片——9美元一张。

神奇的是，即便是吉托把自己比作了拿破仑、圣保罗、马丁·路德，以及西塞罗，对他的精神障碍辩护最后竟毫无进展。公众对于复仇的渴望已经变得太热切了，而公诉人还把加菲尔德碎裂的脊椎骨拿出来给大家传看，进一步激发了这种复仇欲。此外，一位又一位的精神科医生作证称，吉托有能力明辨是非，因此是心智健全的。在140位出庭作证的人中，事实上只有一个人坚定不移地、无条件地认定吉托已经疯了。

虽然只有29岁，爱德华·查尔斯·斯皮茨卡（Edward Charles Spitzka）已经作为一名脑病理学家在其圈子内赢得了声望。吉托的案子让他一时间出了名，部分原因是有些人担心他的证词可能会让吉托脱罪，因此给他发出了死亡威胁，但斯皮茨卡还是按自己的见解作了证。除了对上帝的臆想等精神病征兆之外，斯皮茨卡指出吉托还存在神经方面的问题。比如吉托歪斜的笑脸、慵懒的左眼、耷拉的舌头，都表明他可能无法对两边的脸做出同等有效的控制。总而言之，斯皮茨卡后来称吉托是"法医心理学历史上，在态度、行为，以及语言三方面最为一致的一个精神障碍案例"。

陪审团对此并不认同，于1882年1月对吉托做出了有罪判决。吉托被遣送回牢房后，一直等着阿瑟赦免他。然而等了好几个月，最终也没等来。不过他只是耸耸肩，急于品尝天堂之果的美味。在安纳柯斯蒂亚（Anacostia）河边的绞刑架上，他甚至还复诵了他为此情此景新写的一首诗："我要去见老天爷了。"

但市政府拒绝了他关于管弦乐队伴奏的要求。当行刑人用布袋罩住他的脑袋，遮住了他最后一次显露出来的扭曲笑容时，吉托让手中的诗篇随风飘走了。片刻之后，他自己坠向了地面。

在90分钟之后的下午两点半就进行了尸检。整体而言，吉托的身体看起来毫发无损，除了绳子在颈部留下的勒痕。在死去之前，吉托像许多处以绞刑的死囚一样甚至还勃起并射精了。更为重要的问题是，吉托的脑部是否看起来也是完好无损的？当时的许多科学家相信，精神障碍——真正的精神障碍——总是能通过明显的脑部损伤得以发现，比如病变、出血、组织腐烂，等等。但是在吉托的头颅中，最初看不出有任何的毛病。他的脑部被放在一个售货秤上称了一下，重1.4千克，比平均水平稍高。除了一些轻微的畸变（某些位置有多余的褶皱，右半球稍平）以外，他的脑部看起来很正常，正常得吓人。

刺客查尔斯·吉托（左图）和他的脑（右图），罐子的标签上写着："如果这真是吉托的话，这就是他的脑所剩下的东西。"（来自国家医学博物馆）

不过，自维萨里和帕雷以后，尸检已经越来越成为一门显微艺术。在显微镜下，吉托的脑组织看起来简直糟透了。在脑部表面的外皮，也就是控制着高级思考能力的"灰质层"，某些部位已经薄到几乎没有了。神经已经成批死亡，留下了微小的孔洞，就好像有人给这坨脑组织充过二氧化碳似的。死亡的血管留下了黄棕色的黏性物质，抹得到处都是。总体来讲，病理学家发现"确定的慢性病变……遍及了脑的所有部分"。正如斯皮茨卡的证言所说，吉托肯定是有精神障碍的。

然而，由于精神障碍的特征，也就是脑损伤的实质征兆，只有在显微层次上才能被观察到，许多神经学家仍旧怀疑这些证据的可信度。这是因为，当时的神经学家大多还未意识到显微解剖的重要性。实际上，直到20年以后，神经学家才在解释脑细胞如何工作方面迈出了真正的第一步。此类认知的出现恰好及时地赶上了下一桩针对美国总统的刺杀，以及下一场针对罪犯是否有精神障碍的全国性大辩论。

*   *   *

在19世纪末期，大多数生物学家都相信"细胞学说"——认为活的生物整个都是由微小的、黏糊糊的、叫作细胞的砖块堆砌而成的。神经学家对此却不这么确定。的确，分立的细胞可能存在于身体的其他部分，但是神经在显微镜下却看不出彼此之间有分隔或间隙。恰恰相反，它们看起来似乎是融合在一起，形成一整个大型的蕾丝网络。而且，神经学家们相信，与其他那些各自为政的细胞不同，神经细胞是协同行动的，像一个整体一样脉动和思考。他们把这个神经组成的大网络称为神经网。

神经网理论的崩塌始于1873年某个夜晚发生的一起事故。据说，卡米洛·高尔基（Camillo Golgi）当时正在意大利一家精神病院的厨房里秉烛工作。他的胳膊肘不小心碰倒了一个烧杯，把其中盛的银溶液洒到了一些猫头鹰脑部的切片上。糟糕！这些银溶液本来是用于给组织染色的，高尔基估计他的笨拙行为已经毁了那些样品。不过，他还是在几周之后用显微镜检查了那些样品，并且欣喜地发现，银已经对脑细胞完成了染色，而且是以一种不同寻常又非常有用的方式。几乎没几个细胞吸收了银，但是只要吸收了银的细胞都变得异常突出——黑色的轮廓呈现在果汁黄的背景之上，连它们最细微的纤维和卷须都突然变得清晰可辨。着迷于此，高尔基开始着手优化这项染色技术，他称之为 la reazione nevo，即"黑色反应"*。

当时的科学家已经知道神经系统主要包含两大类细胞，即神经元细胞和神经胶质细胞。神经元在脑中负责处理思想和感觉，也构成了神经的躯体。神经胶质细胞负责把神经固定在其位置上，并为其提供营养，还有其他一些功能。但是，高尔基成了第一个看到这些细胞全部细节的人。圆形的神经胶质细胞周围有着一缕缕纤细的触手，令高尔基极为震惊。它们看起来就像是凝固在琥珀之中的黑色水母。神经元细胞看起来同样奇异，由三个区别明显的部分组成。每个神经元有一个圆形的中央主体，一丛错综复杂像灌木一样的"树突"从主体上萌发出来，还有一根壮观的"轴突"像一条胳膊一样从主体上伸到了难以置信的远处，一路上缠绕回转，跨越了显微世界中几千米远的距离，最终在远端的尖部生发出自己的微小分支。高尔基推断，神经元肯定是通过它们的轴突来彼此通信的，因为在轴突远端的分支常常与其他的神经元又纠缠在了一起。实际上，轴突靠得如此之近，以至于高尔基根本看不到神经元之间存在任何空间。结果他成了神经网的强烈支持者。

就像高尔基的感受一样，包括圣地亚哥·拉蒙-卡哈尔（Santiago Ramón y Cajal）在内的其他神经学家发现黑色反应法的点点滴滴都可爱极了。卡哈尔热情地表示："它让解剖分析既有乐趣，又可消遣。"他还把这种染色方法比作是"用优质的印度墨水在透明的日本羊皮纸上作画"。这种描绘也太具体了点，但卡哈尔知道：他在西班牙长大时一直渴望成为一名画家。这个梦想在他10岁时终结了，因为当地的一位风景画家宣称卡哈尔毫无天赋可言，并且劝卡哈尔的父亲没收他的画笔和画架，送他去读耶稣会学校。在无聊与愤怒中，卡哈尔变得挥霍无度，并在11岁那年用油桶自制了一门加农炮，轰垮了邻居家的大门，因此被抓进了监狱。卡哈尔的父亲对这些事情都没做计较，但是当他的成绩开始下滑时，父亲把他从学校里揪了出来，送去理发师那里当了学徒。卡哈尔突然之间认识到了受教育的重要性，于是重新回到学校，开始学习医学的不同领域，包括催眠在内。他最终选择了神经科学，而高尔基的新方法打开了他的双眼，令他得以窥见这个领域的美丽所在，并让他有机会把神经科学与艺术结合到一起。

无论卡哈尔多么喜爱高尔基的艺术天分，他却不能认同高尔基的结论，特别是关于脑部灰质的问题。在解剖学上，脑包含了两种迥然有别的物质，即灰质和白质。灰质有着更高比例的神经元，而且大多数灰质位于脑的表面，在一片布满皱纹的外层上，称为大脑皮质。或者说，至少大多数灰质位于接近表面的位置，因为大脑皮质的三分之二实际上从外面是看不到的，被褶皱挤压和折叠在表面之下。如果把大脑皮质全部展开铺平的话，差不多有枕套那么长那么宽，却只有两三毫米厚。卡哈尔用他的显微镜检查了数百个染色切片之后，他发现灰质看起来并非完全像高尔基所说的那样把所有神经元融合在一起。卡哈尔观察到了分离的神经元细胞。不仅如此，当卡哈尔在实验中掐死几个神经元，使之枯萎时，凋亡总是能在旁边邻近神经元的边界处停止，而非继续波及它们。如果两者真的是融合为一体的，那么你可以想象，凋亡一定不会停止的。

卡哈尔还舍弃了高尔基对于脑细胞宏观组织形式的比喻。高尔基认为脑细胞形成了水平展开的像头发套网一样的神经网，而卡哈尔看到的神经元形成了微小的垂直"柱状体"，每个大约含有100个神经元。这样一小堆又一小堆的垂直柱覆盖了脑的表面，就像是收割之后留下的庄稼茬儿一样。卡哈尔也承认，来自同一个垂直柱的轴突和树突的分支有时的确也会水平伸展到邻近的垂直柱中，但是垂直的组织形式*是普遍的原则。

最后一点，高尔基相信神经元只用其轴突来通信，卡哈尔却不这么认为。比如在眼睛附近，卡哈尔观察到树突转向了视网膜，准备好要吸收信息，而在长链中，神经元通常排成队，让轴突对树突，一个接一个。实际上，一个神经元的轴突与下一个神经元的树突"装配"到一起时，就像是一只有一百根手指的手伸进了一只有一百根指套的手套。所有这些只能意味着一件事情：神经元或许是通过轴突来发言的，但它们是用树突来听的。两者对于它们的通信都很重要。

疯脑：五百年神经学奇案

这些发现让卡哈尔提出了"神经元学说"——在神经科学领域最为重要的一项发现。简单来说，卡哈尔认为神经不是连续的，而是在彼此之间有着微小的间隙。而且它们只朝着一个方向传递信息：从树突到细胞主体，再到轴突。也就是说，无论信息是什么，都要从树突进入一个神经元，穿过细胞主体来进行处理，然后才能分流到轴突。我想过这个过程，其英文单词的首字母恰好是字母表的倒序：d → cb → a[1]。当这个信号到达轴突尖端时，神经元就会挠挠排在下一个的神经元的树突，然后同样的过程又一次开始了。高尔基或许是最先看到神经元形状的人，但卡哈尔确定了这些高深莫测的轮廓是如何工作的。

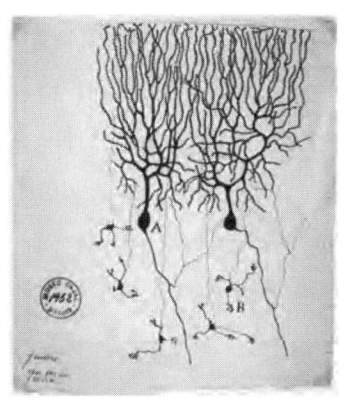

左：圣地亚哥·拉蒙-卡哈尔所绘的华丽而又错综复杂的神经元
右：身为神经学家，偶尔也是艺术家的卡哈尔本人

不过，卡哈尔发现神经元学说很难说服别人。实际上，他不得不自己创立了一本期刊来传播他的思想。然而，就连这个方法也没有奏效，因为几乎没有医学科学家会费心去读一本西班牙语的期刊。于是，在1889年，他把自己的事业赌在了一场在德国这个最伟大的世界科学中心召开的学术会议上。当他的大学拒绝给他支持时，他甚至自己掏了路费。他很走运，因为他那些唯美的手

1　树突的英语为dendrite，细胞主体为cell body，轴突为axon。几个词的首字母按信息传递方向排序恰好是字母表倒序。

绘神经元图片为他赢得了一些皈依者。在接下来的十年间，神经元学说在科学圈站稳了脚跟——不过仍然很勉强。许多科学家仍旧拒绝相信卡哈尔。到了1900年，神经学家泾渭分明地划分成两派，分别是高尔基的"网络派"和卡哈尔的"神经元派"。年复一年，双方越来越看不上对方。

历史总爱开玩笑，于是高尔基和卡哈尔在1906年分享诺贝尔奖也就是不可避免的事情了。卡哈尔对此满腹牢骚，抱怨说："命运的讽刺真是残忍，竟然把科学上的对手，如此相反的两个角色，配对在了一起，简直就像是肩部连体双胞胎一样。"在他们的获奖演讲中，两个人都在持续攻击着对方"令人作呕的错误"以及"蓄意的疏漏"，高尔基尤甚。这肯定不是诺贝尔和平奖。

最终，神经元学说获得了全面胜利，因为它能让很多事情变得可以解释，甚至是对于查尔斯·吉托心智的解析也变得合理了。吉托的尸检表明他的神经胶质细胞有大规模的损伤，而它们本来的功用是支撑和滋养神经元。没有了它们的支撑，神经元变得衰弱并渐渐死去，尤其是在关键性的灰质中，有些位置都变得像梳子一样了。即便是神经元存活下来的那些位置，它们也常常比正常神经元有着更少的轴突和树突分支，这进一步降低了他们通信和处理思想的能力。事后来看，吉托的脑提供了丑陋但却确定性的证据，证实了神经元是如何工作的，或者说如何无法正常工作的。

像所有伟大的发现一样，卡哈尔的神经学说引发的新问题与它能够回答的问题一样多。最重要的一个问题是，如果神经元是分立的，那么一个信号到底是如何跨越它们之间的间隙的？似乎只有两种可能性：电流或化学脉冲。再一次地，这场神经科学之战的双方都有冲锋陷阵者，也都有摇旗呐喊者："火花派"拥护电流，而"汤派"拥护混杂的化学物质。再一次地，两者之间的争论牵涉了超越神经科学领域的流血事件——在这次莫名其妙的刺杀之中是否有精神障碍的因素？人们的争论也被染上了血色。

* * *

微笑，握手，轻推。微笑，握手，轻推。微笑，握手，眨眼，大笑，微笑，握

　　　　　　　　　　　　疯脑：五百年神经学奇案

手，轻推——在1901年9月6日，威廉·麦金利（William McKinley）状态正佳。在他5年的总统任期内，麦金利一向都很喜欢与民众接触：跟家庭主妇说几句轻浮幽默之言；朝着银行家们微脱礼帽；轻捏挂着缎带的小女孩的脸颊。但是，为了不让为他祝福的人群堵塞在原地，他发明了"麦金利式握手法"。他要首先做一个大大的微笑，握手时截住对方的手指握住而不要握住对方的手掌，这样就可以按自己的意愿随时松手了。然后，他会用自己的左手架住对方的胳膊肘，并轻柔地推一把，让对方失去平衡，从而不得不向边上移动，为他的下一个接触对象让出空间来。微笑，握手，轻推——1分钟能搞定50个握手者。但是在9月6日访问布法罗的时候，一个留着八字胡的外国人以速度胜过了麦金利。他紧扣住了总统的手掌，甚至在麦金利的保镖倾身干预的情况下，他还是跟总统握了很长时间的手，着实可疑。

在布法罗举办的泛美博览会开展几个月的时间里，它一直让前来参观的民众们惊叹不已。这里有斗牛，有仿建的日本村镇和凡尔赛宫的喷泉。一个名为"月球之旅"的展览以穿得像外星人的侏儒为卖点，他们还会为你供应绿色的奶酪。一座高达120米的电塔上装饰着数千个"电蜡烛"（也就是灯泡），在夜里闪耀着绚丽的光芒，令观者为之落泪。麦金利的四日之旅将这次博览会推到了顶峰，使之成为国家的年度事件。作为回应，麦金利在9月5日下午做了一次在他总统任期内最棒的演讲，主题是美国的无限繁荣。

在多达5万人的欢呼人群之中，却有一个人异常愤怒。他是一名工人，体形纤瘦，胡须不多，几乎没有希望能够分享美国的繁荣。1883年，里昂·乔戈什（Leon Czolgosz）在他10岁的时候就开始全职工作了。到1893年时，他在克利夫兰附近工作，纺一天线的工资是4美元。但是他的工厂在1893年的经济萧条中削减了工人的工资，并在他参加了一次罢工之后开除了他。之前曾是忠诚的共和党人的乔戈什，现在宣称自己是社会主义者。其时刚刚萌芽的社会主义运动在十年间不断与工厂主们发生冲突，而这些冲突已经把这个国家在意识形态上割裂开来。工厂里恶劣的条件令大多数人惊骇不已，但是同样令美国人感到恐惧的是不受控制的人群在街道上肆意游行，引发骚乱，甚至带来革命。

乔戈什最后用假名字重新获得了原来的工作。但是当他在 1898 年发生了一次离奇的精神崩溃之后，他的职业生涯就结束了。他回到了家里的农场，在那儿虚度光阴，偶尔也做些机械工的工作，但大部分时间是在捕猎兔子或者研究社会主义者的主张。他还变得很孤僻，只在阁楼上他自己的房间里独自一人吃饭，食物就是生牛奶和薄饼干——他可能是怕他的继母卡特里娜（Catrina）想要毒害他。这是多疑症的迹象。他这些年间唯一快乐的回忆来自于 1900 年的 7 月，当时他在报纸上读到了一位意大利裔美国人，丝绸纺织工人盖塔诺·布雷西（Gaetano Bresci），刺杀意大利国王翁贝托一世（Umberto I）的新闻。布雷西的英勇事迹吸引了乔戈什，后者把这则新闻剪下并保存起来。

在 1901 年 5 月，乔戈什听说无政府主义的领袖艾玛·古德曼（Emma Goldman）正在克利夫兰发表演说，而她有时会对刺杀行为加以美化。按照后来乔戈什对他的监狱看守所说的，当他听了古德曼的演讲之后，"我的头几乎要裂开了……她把我彻底点着了"。就此，他从一名社会主义者转变为无政府主义者。之后，他尾随古德曼来到了芝加哥，并缠着当地的无政府主义领袖，口口声声称他们为"同志"，并用阴险的语调要求参加他们的"秘密会议"。总体来说，大多数无政府主义者认为乔戈什很可悲。另一些无政府主义者则认为他要么是无知，因为从一点上就能看出来，他似乎并没有领会到社会主义与无政府主义之间的矛盾所在；要么就彻底是个危险人物：一家无政府主义报纸的编辑在报上公开指责他是警察的密探。

为了证明自己，同时用他自己的话说，也是为了"在事业上做出些英雄事迹来"，乔戈什于 8 月 31 日在布法罗的一家酒吧楼上租了个房间。他告诉别人自己打算在博览会上卖些纪念品。酒吧的主人后来回忆称自己还挺喜欢乔戈什的，因为他提前支付了 2 美元的房租，总是喝上好的威士忌，不像那些老主顾们只喝 5 分一杯的松节油。在那周的某一天，乔戈什买了一把 4.5 美元的镀银左轮手枪"周六特别夜"，跟布雷西刺杀翁贝托国王所用的枪是同一个牌子。作为一名好猎手，乔戈什无须事先练习射击，但他的确在晚上花了几个小时的时间独自练习迅速地把枪从兜里掏出来，再立刻用一块白手绢包上来掩盖金属的光

　　　　　　　　　　　　疯脑：五百年神经学奇案

芒——特拉维斯·拜寇（Travis Bickle）[1]似的迹象。

9月3日，麦金利的火车到达布法罗的时候，乔戈什也在场。但在他有机会开枪之前，欢迎总统到访的一排加农炮先开火了。齐射的冲击波震碎了火车上的窗户，令麦金利的安保人员绷紧了神经。于是乔戈什偷偷溜走了。在接下来的3天里，他在博览会上一直跟踪着这位"统治者"（他的原话），尾随麦金利去了"自由电塔"以及"墨西哥之街"的斗牛场，还有其他一些展览。但是乔戈什始终没有找到开枪的好机会。

在9月6日，也就是总统停留在布法罗的最后一天，麦金利游览了为点亮博览会的直流发电机提供动力的尼亚加拉大瀑布。记者们记录了当天上午一个惊险的瞬间，当时麦金利的马车在行驶过程中非常接近一条粉笔线，那是与加拿大之间的国境线。在此之前还没有过美国总统在任期内离开这个国家的情况，于是麦金利提醒他的马车夫离那条线远一点。避免了一场危机之后，麦金利在酒店享用了一顿自助午餐。然后，他在开始这一天的活动之前跟妻子说了再见，后者因为炎热而满脸通红，疲惫不已。只剩下男人之后，他们点上了雪茄，轻松地闲聊起来。一位当地的头面人物评论说，麦金利似乎很享受在布法罗的日子。麦金利开玩笑道："我都不知道自己还要不要离开这儿了。"

到了下午过去一半时，麦金利只剩下一项行程安排了，要在华丽的"音乐殿"做一次10分钟的民众会面活动。会面场所位于一个巨大的白色圆顶之下，面积有2 000多平方米，有着鲜艳夺目的彩色装饰物。几个小时之前，人们就已经开始在音乐殿外排队等候了，在28摄氏度[2]的高温中只能用手帕遮住脸。在队伍前面，一个身高1.93米，名叫詹姆斯·帕克（James Parker）的黑人侍者想要跟一个新刮过胡子的年轻人聊天来打发时间，里昂·乔戈什却没有理睬他。

下午4点整，麦金利的保镖们扳开了音乐殿的巨型大门，引导人群进入一

1　特拉维斯·拜寇是美国著名影片《出租车司机》中的男主角，人物创作的灵感来自阿瑟·布雷莫（Arthur Bremer），后者于1972年行刺民主党总统候选人乔治·华莱士（George Wallace）未遂。在对布雷莫的审判中，法庭指定的精神病专家认为他患有精神分裂的人格障碍等精神疾病。

2　原文为82华氏度，相当于27.78摄氏度。

条用带有彩带装饰的椅子围出来的通道内。在通道一侧，一位风琴手正在演奏巴赫的曲子，所用的乐器是这个国家最大的管风琴之一。乔戈什只能辨认出麦金利站在队伍的最前面——这位统治者正站在像丛林一样的盆栽树木之间，头顶上是两面巨大的美国国旗。微笑，握手，轻推；微笑，握手，轻推。麦金利只中断过一次，为了把他扣眼上别的幸运红色康乃馨送给一位年轻的女孩。

在4:07左右，麦金利的保镖之一注意到了一个肤色黝黑、留着八字胡的意大利人，似乎特别着急要见总统。那位保镖考虑过把他拦截下来，但又犹豫了。就在此刻，意大利人抓住了麦金利的手掌，把总统拉到了身前。那位保镖的肠子都拧紧了，猛地向前跳过去。他打断了两者近乎贴面式的谈话，转过脸去盯着那个可疑的家伙离开。

与此同时，一个用手帕将右手绑起来的人向前踏了一步。乔戈什离得是如此之近，以至于他的第一枪在麦金利的马甲上留下了火药烧灼的痕迹。然而，小小的弹头打到一粒纽扣上，又在麦金利的胸骨上弹了回来。医生们后来发现，这颗子弹被包裹在了他的衣服里。第二枪则正中目标，在麦金利的胃和胰脏上撕开一个口子。手帕此时还包在枪的外面，被火药点燃了。

乔戈什本想像布雷西那样，把五发子弹都打光。但是排在他身后的大块头詹姆斯·帕克一拳猛打在乔戈什握枪的手上，接着又狠狠地揍在了他脸上。另一位保镖猛冲过来，然后是更多的保镖。乔戈什倒在了地上，鞋子和步枪枪托像雨点一样朝他落下来*。1米开外，保镖们把麦金利扶到了一把椅子上，血从他的腰封上冒了出来。喘了几口气之后，麦金利注意到了乔戈什身边的混乱局面。于是他喊道："小伙子们，别为难那个家伙。"这句话很可能救了乔戈什的命。过了一会儿，麦金利的随行幕僚们聚集到了他身边，其中包括罗伯特·托德·林肯，19世纪共和党总统的"希望之钻"[1]。

博览会的救护车是一辆电动的"无马马车"，这也是最早的电动车之一。它

1　一颗巨大的深蓝色钻石，因被认为带有诅咒而广为人知。由于在美国历史上前三位死于刺杀的总统刚刚遇刺后，罗伯特全都在场，所以作者有此一说。

迅速地把麦金利转移到了附近一座闪亮的急救站。布法罗最好的外科医生此时深陷另一台手术之中难以脱身，于是官员们抓来了他们所能找到的最资深的医学相关人士，一位妇科医生。这位医生的头发只剃了一半，因为他是在理发店被揪走的。在妇科医生准备手术的时候，麦金利吸入了乙醚气体。令人沮丧的是，尽管博览会上处处都是电灯的光芒，这间急救站却没有接电。即便是助手们用镜子把西沉的夕阳的光线反射进伤口内，这边医生也还是看不清。他设法补上了胃部的口子，却无法找到第二颗子弹，最后没有排干伤口的积血就给麦金利缝合了。

此时，成千上万的民众聚集在音乐殿，高声喊叫着要立即处死刺客，还有些人挥舞着从附近的展览中扯下来的绳索。布法罗的警察差点都没能把乔戈什活着送到监狱。警察在他身上找到了一些个人财物，其中包括1.54美元、一支铅笔、一个婴儿奶瓶上的橡胶奶嘴，据说还有一份关于布雷西刺杀行动的新闻剪报。

在手术之后的一周里，麦金利留在了博览会的总统宅第中休养。泰迪·罗斯福(Teddy Roosevelt)[1]，与麦金利搭档的那位桀骜不驯的副总统，赶到了他的病榻前。同样赶来的还有麦金利的妻子艾达(Ida)。她多年来患有癫痫，受到丈夫的悉心照料，现在终于可以回报他了。像加菲尔德一样，麦金利也被自己的医生采取了大肠进食的措施。同时他的医生也会每天向媒体发布简报，通告麦金利39摄氏度的体温和每分钟120次的脉搏。虽然这些数值有点高，但还算稳定。而且由于麦金利神志清醒，甚至还曾问过乔戈什的情况，所以人们对于他的康复很有信心。事实上，罗斯福很快就离开了城里，跑去打猎了。有人提出可以用博览会上的一件展品，由托马斯·爱迪生（Thomas Edison）设计的X射线仪，来定位那第二颗弹头，但麦金利的医生们谢绝了这个提议。《纽约时报》在9月11日的头版头条正式宣布《总统将会很快康复》。

1　本名西奥多·罗斯福(Theodore Roosevelt)，美国第26任总统，被认为是美国最出色的总统之一，现代美国的缔造者，而泰迪是民众对他的昵称。在中文环境中，为与第二次世界大战时期担任总统的远房表亲富兰克林·罗斯福相区别，西奥多·罗斯福常被称为老罗斯福总统。

麦金利在12日吃了一点他的第一顿固体食物，烤面包片和溏心蛋。这也是他最后的一顿固体食物。他的胃和胰脏并没有完全复原，一场感染在他体内迅速发展起来。到了当天晚上，他的意识时有时无。助手们发了疯似的寻找罗斯福，但后者却完全消失在了阿第伦达克山脉的深山之中。最后，是一位公园巡警在9月13日看到了泰迪·罗斯福。他们立刻在午夜的细雨中翻过一座山，想要赶上去往布法罗的一趟列车。但是太晚了，麦金利的病情发展迅疾，他在9月14日凌晨2:15去世了。

就公众对无政府主义者和外来移民由来已久的憎恶而言，麦金利的死无疑是火上浇油。因为乔戈什虽然是美国公民，生于底特律，但是大多数体面人都支持《美国医学会会刊》上的观点：看看他名字里的双元音和奇怪的读法吧，"感谢上帝赐给他一个不会被误当成美国人名的名字"。尽管整个国家都在为此喧嚣，乔戈什似乎并不关心自己的命运。守卫们记得乔戈什隔壁牢房里的一个自行车贼因为被抓几乎要崩溃了，而乔戈什只是日复一日迟钝地坐在那里。他的胡子在此期间长出来了，令他比之前看起来更像是人们印象中的无政府主义者。为了让他看起来肮脏邋遢，他的监狱看守在他接受审判之前一直让他穿着同一套染血的衣服和内衣。乔戈什也没等太久：他的审判开始于9月23日，距离麦金利的死亡仅仅过了9天，而接下来发生的事情则是美国司法历史上的一个低潮点。

两天的审判共计持续了8小时，其中还包括了2小时挑选陪审团成员的时间。在接受挑选时，12位陪审员都承认，其实他们内心差不多已经做好了决定。乔戈什援引其无政府主义信条，拒绝承认法庭为其指定的律师的合法性，甚至拒绝与律师交谈。他们本来希望提出精神障碍辩护，但是所有与乔戈什交谈过的精神病专家都已经声明他没有多疑症或是妄想症。这些心理学家没有去调研乔戈什的背景或动机，最多只是研究了一下他的阅读习惯，或是试图在他对于枪杀过程的叙述中找到谎言。两位精神病专家甚至没能在两个小时的会面中让乔戈什说出一个字来。反正他们声称他可以参加审判。没有了精神障碍辩护的可能，乔戈什的律师们基本上只能投降了，并且转而为自己进行辩护，说他们是不得不接受这一"令人反感"的指派任务。他们没有传召任何一名证人。庭审结束后，陪审团只用了半个小时就回来了，而这半个小时还主要是用来争论别的事情：他们要等多长时间再出去宣布乔戈什有罪，看起来才算说得过去呢？两天之后，一位布法罗的法官判处了乔戈什死刑，在奥本州立监狱以电椅执行——倒是与这次博览会"电力奇迹"的主题很是相称。

1890年，这个国家的第一次电椅行刑也是发生在奥本监狱，而且监督者正是爱德华·查尔斯·斯皮茨卡——那位坚称查尔斯·吉托精神不正常的精神病专家。那次行刑并不顺利。犯人被烤焦了，却没死掉，头发和血肉烧糊的味道充斥在小小的执行室里。斯皮茨卡尖叫着又一次合上了电闸，但是电工却要等整整两分钟才能让发电机重新充好电。要为他们辩解一句的是，此前在马身上做的电击实验要顺利得多。

到了1901年，奥本监狱已经有了电椅行刑的操作指南。守卫们在10月29日早上5点叫醒了乔戈什，给了他一条深色的裤子，在两侧留有开口。在死刑室里，一名电工把一串22个灯泡接到电椅上测试电流。当这些灯泡开始发光发热时，他宣布电椅准备好了。乔戈什在7:06进入房间，坐在了"老火花"上，这是一把用木头随意砍制而成的大椅子，椅子腿下垫着一块橡胶垫。他适时地又一次谴责了政府。与此同时，守卫们把一块浸过导电盐水的海绵放在了他的头顶上。然后是金属头盔，以及另一个通过裤子上的开口夹在他腿肚子上的电极。最后戴上的是皮制面具，遮住他可能出现的可怕表情。这个面具也捂住了他的最后一句话："非常遗憾我没能再见父亲一面。"电工一直等到乔戈什呼出了一口气才啪地一声合上了电闸，因为气体会受热膨胀，肺里的空气越少，由于死亡的痛苦所带来的令人不适的哀号声就会越少。乔戈什抽搐起来，挣断了对他的捆绑。1 700伏电压的几个脉冲过后，一名医生已经无法摸到乔戈什的脉搏了。死亡时间，早上7:15*。

当乔戈什被放到附近的一张桌子上准备接受尸检时，他的头发仍旧湿着，嘴唇仍旧因为电流的冲击而卷曲着。一位医生解剖了躯体部分，而最重要的脑部的尸检留给了第二位医生，包括确定乔戈什是否有精神障碍的任务也留给了他。这第二位医生准确地说是一个想要成为医生之人，他其实只是一名来自哥伦比亚大学医学院的 25 岁的学生。

为什么把这样的任务托付给了一个没有行医执照的人呢？当然，一方面是因为他已经发表了不少关于脑的学术论文，包括一项关于高剂量电击是否会损伤脑组织并改变其外观的研究，在这儿是个重要的考量因素。他在研究中发现，外周神经通常会被烤焦，但是除了少数几处小的出血点以外，脑部本身几乎不受什么影响。他还声称自己有颅相学的专业技能，具备将精神缺陷与不同寻常的解剖特征建立联系的能力。但真正导致这一选择的原因在于他的出身：他是爱德华·安东尼·斯皮茨卡（Edward Anthony Spitzka），那位为吉托做过辩护的爱德华·查尔斯·斯皮茨卡的儿子。医生父子分别参与了两起如此重要的历史事件，恐怕再没有人能够吹嘘这等神奇的经历了。尽管老斯皮茨卡活着的时候没能够让世人相信吉托是有精神障碍的，但小斯皮茨卡仍旧有可能给予乔戈什身后的科学宽恕。

但他根本没这个机会。斯皮茨卡在上午 9:45 取出了脑部，注意到它还是温热的——电刑能够把身体加热到 54 摄氏度的高温。在乔戈什的脑降温时，斯皮茨卡为它画了个草图，然后就开始研究每一处褶皱和沟回。如同吉托的脑一样，乔戈什的脑粗略来看也很正常，正常得可怕。但是在斯皮茨卡能够进行显微检查之前，典狱长横插了一脚。之前已经有人给典狱长出价 5000 美元想要得到乔戈什的头颅。为了不让乔戈什有机会成为受人膜拜的殉道者，典狱长决定要把他的身体全都毁掉，一寸皮肤也不能放过。斯皮茨卡提出保留哪怕一块微小的脑部切片以供今后研究，还是被典狱长满怀恶意地残忍拒绝了。典狱长命令中午就把尸体缝合好，然后用一桶又一桶的生石灰把尸体腌了起来，还倒进去了成桶的硫酸。根据他之前用动物的整条腿做的实验，估计乔戈什在 12 个小时内就会液化。到了午夜时分，里昂·乔戈什出问题的脑子就再也不存在了*。

就像当初他父亲一样，年轻的斯皮茨卡同样不能救赎刺客的名声。但是，神经科学还没有发出最后的声音。作为一位优秀而冷静的科学家，小斯皮茨

　　　　　　　　　　　　　　　　　　　　疯脑：五百年神经学奇案

卡在官方尸检报告中承认：他没有发现精神障碍的任何迹象。但是在总结时，他添加了一个限定修饰："有些形式的精神疾病，并没有可以探明的解剖学基础……这些精神疾病是由于回路的紊乱或化学的紊乱所造成的。"

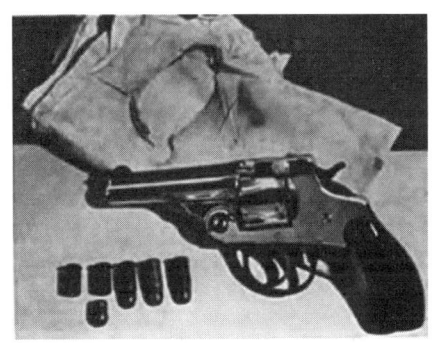

左：刺客里昂·乔戈什
右：乔戈什在对麦金利总统的刺杀中所使用的手枪和手帕

　　化学紊乱！也就是说，即便脑部解剖看起来完全正常，这个脑仍有可能无法正常行使功能，原因就在于化学平衡被打破了。斯皮茨卡在这件事情上的直觉被证明是非凡的。为了理解吉托的精神问题，神经学家必须要检查他的细胞；而为了理解乔戈什的精神问题，神经学家必须要探究到更深的层次。

＊　＊　＊

　　就在这两位总统刺客受审之间的年月里，圣地亚哥·拉蒙-卡哈尔已经发现神经元是分立的细胞。那么一个必然的推论是，它们之间一定有着微小的间隙把彼此分隔开来，这个间隙如今被称为突触。但是，神经元究竟是如何让信号跨越这个间隙的，是通过一批又一批的化学物质，还是通过一波又一波的电信号？这个问题的答案当时还不清楚。两种观点的支持者分别称自己为"汤派"和"火花派"，而他们互相之间的无情攻击则决定了此后半个世纪里神经科学的进程。

一开始，火花派占了上风。用电来传递信息，这看起来既新鲜，又时尚，而化学传递早就过时了，就像早已成为老古董的古希腊医学体系中的四种"体液"一样。同时也有实验证据支持电信号的理论。当时刚刚发明不久的探针已经细到足以刺进单独的一个细胞内，从而发现神经元总是在其被激发的时候放电。这只是细胞内部的放电，但是顺理成章的是，神经元在细胞外也可能同样用电信号来彼此交流。

用蛙的心脏来进行的一系列令人毛骨悚然的实验似乎进一步支持了这一理论。到1900年的时候，生物学家们已经知道，从蛙体内取出的心脏浸入盐水中还能自行搏动。它就悬浮在那儿，跳动着，全然摆脱了肉体，却不知为什么仍然好好地活着。科学家们还发现，他们甚至能够减缓或加快心跳的速度，办法就是给连接到心脏上的不同神经束施加一个电脉冲。的确，也有别的科学家发现，给溶液里加点特定的化学物质也能够让心脏产生类似的加速或减速现象。但是，由于那些化学物质是人类生产的，所以它们所引起的化学反应似乎更像是一个奇怪的巧合。

一位年轻的科学家奥托·勒维（Otto Loewi）在1903年来到了英格兰，发现蛙心这套小把戏非常令人着迷，于是决定，一回到奥地利就要研究研究神经之间的这种联系，看看究竟是电还是化学物质。然而，勒维有着一种心不在焉、爱做白日梦的个性。年轻时，他常常翘了生物课去听歌剧或是哲学讲座。所以即便是他已经成为一名知名药理学家的时候，他还是没有想起来跟进蛙心这件事。但在此期间，火花派已经得到了迅猛的发展。

最终，勒维于1920年又回到了蛙心的研究上来，不过是在一种很偶然的情况下。那一年的复活节前夜，他拿了一本小说来看，读着读着就打起了瞌睡。就在他即将进入梦乡之前，一个诺贝尔奖级别的实验在他脑中一闪而过。勒维醒了过来，昏昏沉沉的，便把这个想法草草写了下来。第二天早上醒来，他却看不懂自己究竟写了些什么。勒维先是觉得很烦，继而是很绝望。他仔细地研究了笔记中的每个字和每个笔画。然而，他所能记起的只是当时那一刻的极度兴奋，那种一切都变得合理融洽的感觉。于是，勒维只好满怀失望地回到床上去睡觉了。

那天夜里3点左右，那个梦又回来了。勒维又一次醒了过来。这回他不敢再冒看不懂自己笔迹的风险，而是一路狂奔到了自己的实验室。在那儿，他用乙醚麻醉了两只青蛙，并把它们樱桃大小的心脏放进了两只装有盐水的烧杯里。蛙心不停地跳动着，激起的轻微水波撞击着玻璃杯壁。两颗蛙心中有一颗还带着相连的神经，当勒维给其中特定的神经纤维一个电流冲击时，心跳就会像预计的那样减缓。接下来的步骤才是真正令勒维激动的事情。他从第一颗心脏里面吸取了一些盐水，然后注入另一个烧杯中。第二颗心脏的跳动也立即放缓了。1分钟之后，勒维给不同的神经纤维通电，让第一颗心脏的跳动加速。这一次的盐水转移令第二颗心脏也加速了。这一切与他梦到的完全一致。勒维就此得出结论：在上述两种情况下，神经接受了电信号的刺激之后都释放出了某种化学物质。这些化学物质随着盐水一起被转移到了第二颗心脏。

勒维的实验为汤派学说提供了一个巨大的推动力，证明了神经系统至少在某些动物体内是用化学物质来传递信息的。其他的科学家很快就在哺乳动物甚至是人类身上发现了同样能让心跳加速的化学物质。汤派学说迅速地被人们广泛接受，而勒维也凭借其"梦中的实验"将1936年的诺贝尔奖收入囊中。不过，他典型的漫不经心的性格令他不得不在1938年放弃了这块奖牌，把它留在了一个银行保险库里。尽管勒维是犹太人，但他完全没有注意到纳粹的阴云正在逐步笼罩欧洲。当希特勒吞并了奥地利的时候，他不得不仓皇出逃*。

即便如此，勒维和汤派也并没有大获全胜。火花派心不甘情不愿地承认，身体可能是在外周神经系统使用化学信使，用来控制四肢和内脏。但是在脑和脊髓中，也就是神圣的中枢神经系统中，火花派仍旧坚持认为，只用电信号进行传导。同样，他们在这个问题上有很好的证据：神经元每次被激发都会放电。火花派进一步指出，化学物质——也就是"唾液、汗液、鼻涕和尿液"里面那些东西——活性不够强，不足以承载思维的重任。只有电才足够灵敏，足够光明，能够成为思维的载体。就像高尔基的神经网学说一样，火花派宣称，脑的工作方式不同于身体的其他部分。

但是，那些宣称脑多少有所不同，在生物学上多少有些特别的人，实际上总是成为自食其言者。在接下来的一二十年间，汤派实际上在脑中检测到了多种多样的用于传递信号的化学物质，而且是只在脑部起作用，即所谓的神经递质。这些发现侵蚀了火花派的根基所在。到了20世纪60年代的时候，大多数科学家对于神经元工作原理的认知中都整合进了神经递质这个概念。

下面来说说细节。无论何时，只要神经元被激发，一个电信号就会沿着轴突传导下去，直至轴突的尖端——这就是火花派很久以前就检测到的电信号。但是，电无法跨越细胞之间的间隙，即便那只是将两个神经元分隔开的宽达0.000 002厘米的突触。所以，轴突必须把电信号翻译成化学信号，后者才能跨过这道裂缝。轴突的尖端就像是一个化学品供应仓库似的，制造并存储了各种各样不同的神经递质。取决于将要传递的信号的不同，轴突尖端会把特定的神经递质装入微小的泡泡中。然后，这些泡泡会把所包含的物质倒进突触里，让神经递质可以流过这个间隙，接入另一端神经元的树突。这一对接会触发第二个神经元沿着轴突发送一个新的电信号。此时，信息已经传导完毕，清理工作开始了。附近的神经胶质细胞开始将多余的神经递质分子从突触中清除出去，或是通过吸除的方法，或是通过释放特定酶类的方法，后者就像是神经递质的捕食者，能够把神经递质撕碎。这样一来，突触实际上就被重置了，神经元就可以再次激发了。所有这一切，只在毫秒之间就发生了。

总的来讲，你可以把脑想象成既是汤又是火花[1]，取决于你要测量什么，以及在哪测量——这很像是光的波粒二象性。

在这两个方面中，汤这个方面被证明要复杂得多。脑部含有数百种不同类型的神经元，它们激发电信号的方式全都是相同的基本型。结果就是，电信号无法传递什么复杂精细的信息。但是神经元使用的神经递质有100余种*，能够

---

1 有意思的是，在1959年，化学突触的概念已经被广为接受的时候，以电信号连接两个神经细胞的电突触在小龙虾体内被发现了。接下来，在脊椎动物中，特别是哺乳动物中也发现了电突触的存在，并且广泛存在于中枢神经系统的各组成部分中。电突触的主要优势是速度快，几乎没有滞后。然而，电突触仍然只占很少比例，因为它只能传导单一的电信号，不像化学突触那样，有着丰富的信号类型，能够构建复杂的神经网络。

传递思想之中的各种细微之处。有些神经递质（比如谷氨酸）能够让其他神经元变得兴奋起来，激怒它们。另一些神经递质（比如 γ - 氨基丁酸）能够起到抑制和麻醉的作用。有的脑过程甚至会同时释放兴奋型和抑制型的化学物质。例如，当脑干让我们进入梦乡的时候，它通过让特定的神经元兴奋来产生梦境，但又通过抑制另一些神经元来麻痹我们的肌肉。因此，位于信息接收端的神经元在决定要激发与否之前，必须在近旁的突触中小心地"尝汤"，品味其中的每一道配料。

*　　*　　*

查尔斯·吉托脑中那锅汤的味道尝起来一直是糟糕的。回头来看，他几乎肯定患有精神分裂症，这会扰乱他的神经递质，打破其在脑中的平衡——当神经元不应该被激发时却被强制激发，而该被激发时却又被抑制。同时，梅毒也导致了严重的破坏。精神分裂症本来已经把吉托推到了悬崖边缘，而当神经梅毒开始杀死他的脑细胞时，他的精神也就开始一点一点地错乱了。

里昂·乔戈什的情况要更棘手一些。最起码，在评判他的精神状态时几乎不可能抛开那个时代令人畏惧的政治混乱。有些精神病专家甚至认为：无政府主义本身实际上就是精神疾病。对于吉托，所有精神病专家就像唱诗班一样吟唱着整齐划一的同一句歌词，相比之下，乔戈什在受审前，5 位检查过他的精神病医生宣布他是神志正常的，这听起来多少有点空洞。乔戈什受审前的行为也并不能提供明确的证据。有一天在牢房中，乔戈什崩溃到大喊大叫，但也有些目击者认为他是装的。他曾经承认过：在决定要杀死麦金利之后，这个想法便"挥之不去"，就算"我可能有生命危险"也挡不住这个想法。但是，这是否就已经到了精神不正常的强迫症的程度了呢？另外，他在牢房里时，不断重复地用手帕包裹自己的手，这又该怎么解释？是良心发现后的内疚，还是精神错乱的抽搐？那就要看你问谁这个问题了。

就在乔戈什死后，几位独立的精神病学家找到了他的家人和几位熟人，并对他们进行了访谈。他们事后再回想，相信乔戈什是在去布法罗之前不久才精神失常的。线索之一就是，射杀总统似乎并不符合他的性格。乔戈什之前并没有暴力史。事实上，那些监狱里的常客还常常笑话他总是把苍蝇赶到室外，而非直接拍死它们。这几位精神病学家还注意到，乔戈什几乎不太理解什么是无政府主义，却在1901年5月的一个月之间成了一名无政府主义者——在如此之短的时间内成为一名坚定的信仰者，甚至愿意为之放弃生命，没有过任何动摇。乔戈什对于麦金利的问题揪住不放，这甚至让真正的无政府主义者们感到困惑不解。在当时的争辩之中，总统在处理劳动者的问题上总体上站在管理层这边，但他并不是洛克菲勒(Rockefeller)，也不是卡内基(Carnegie)，并没有直接压榨过工人，自己一生也没有积累起什么财富。那么从这个角度来看，吉托的目标还更理性一些。因为吉托只不过是想让切斯特·阿瑟入主白宫而已，而乔戈什却想在一击之内搞垮资本主义和共和政体。

最为重要的是，研究乔戈什生命轨迹的这些精神病学家们强调了他于1898年精神崩溃并返回老家农场之后所发生的变化——更为烦躁易怒，多疑，更爱独处，还有就是偏执妄想。正是在这一点上，斯皮茨卡所做的"化学紊乱"的评论显得极有预见性。乔戈什在他十五六岁时精神崩溃了，这也是精神分裂症发生的常见年龄段（一些历史学家已经注意到了这一点）。我不认为这样的诊断结论就能说明一切：乔戈什不是吉托，没有与现实脱节。不过，考虑到精神病学在1901年时的原始状态，以及公众急于惩处乔戈什的冲动，那些精神病学家们可能有意或无意地忽略了一些更为细微的征兆或是更为细微的失调。不管确切的诊断是什么，乔戈什在崩溃之后变成了另外一个人：一个绝望而孤独的人，渴望友谊，渴望做些有意义的事情。但是就连无政府主义者这一在美国最为边缘化的人群对他都唯恐避之不及。在这方面，他倒不太像那个喜爱社交、整日生机勃勃的吉托，而是更像不合群的李·哈维·奥斯瓦尔德（Lee Harvey Oswald）*和小约翰·欣克利(John Hinckley)[1]。

对于脑化学来说，理顺因果关系是一件很需要技巧的事情：是抑郁导致了

1　生性内向自闭，于1981年刺杀里根总统未遂，受审时因被证明患有精神疾病而获无罪释放。

脑化学的改变，还是脑化学的改变导致了抑郁？这很可能是双向的事情。但是，现有证据中较为确凿的那些的确显示：孤独、与世隔绝以及无助感都能大大减少神经递质——给汤里下毒，去除其中至关重要的配料。这肯定就是小斯皮茨卡在1901年10月那个微凉的清晨冲洗干净那个还冒着热气的脑子以寻找精神障碍的证据，但却一无所获之后所想到的，并由此在记录中指出了难以发现的化学平衡紊乱问题。

"我从来没在什么事情上走运过，"乔戈什曾经有一次感叹道，"而这点却保佑了我。"的确，这对他的保佑超乎他的所知：长期的精神压力会令轴突和树突枯萎，以不可预料的方式破坏脑中的思维。斯皮茨卡在1901年仅凭直觉就得出这样的推断，实在是很了不起。今天，我们可以做得更好，因为我们对于神经元能够如何影响整体的思维模式有了更多的了解。我们所要做的，只是扩展自己的视野，探索单独的神经元是如何彼此连线在一起形成回路的，而正是回路为我们的思维提供了最初的原料。

第三章　连线与重连线

我们已经看到了单个的神经元是如何工作的。但是，神经元往往要在更大更复杂的单元中才能发挥最大的工作效能。这种由一些神经元为着某一共同目的而连线在一起形成的整体称为回路。

这套装备大概是世界上最适合旅行的装备了：一件浆洗过的白衬衫，一条白色男士领巾，一条奶白色的镶扣马裤，一件双排黄铜扣的深蓝色及膝长礼服，一顶边缘下垂且不怎么搭调的草帽，还有最重要的一样东西——金属尖端的胡桃木手杖。正是用这根著名的手杖，海军上尉詹姆斯·霍尔曼（James Holman）敲出了一条自己的路，穿越了西伯利亚、蒙古、耶路撒冷、毛里求斯、中国、南非、塔斯马尼亚、特兰西瓦尼亚，似乎还有已知世界的所有其他地方。

1798年，时年12岁的霍尔曼加入了英国海军，一直服役到了美国第二次独立战争爆发之前。当时，他在北美沿海得了一种神秘的怪病。海军的军医被他这种游走性的关节疼痛和头疼给难住了，诊断他为"游走性痛风"——这个包罗万象的病症名称毫无意义。虽然这个诊断是生捏硬造出来的，但这种病痛的确妨碍了霍尔曼的日常生活，迫使他不得不在25岁时就从海军退役了。

当霍尔曼在英格兰努力适应他伏案工作的新生活时，他被任命为温莎海军爵士——听起来十分光鲜，但实际上却意味着枯燥与乏味。他唯一的职责就是一天两次参加教堂的活动，为国王、他的领主、还有温莎城堡周边那些各色的谄媚者们进行额外的祈祷。其余的时间里，他则独自一人坐在他的小小公寓中，无所事事。他甚至无法阅读。霍尔曼发现在温莎的生活是如此切实的一种折磨，以至于他的身体健康状况都恶化了，他患上了漫游癖。不久之后，他逃离了英格兰，一头扎入地球上那些奇诡而又危险的角落，把他余生大部分时间都花在了旅行中。

在早期的一次旅程中，他心中原本的计划是要穿越西伯利亚。由于那里的道路太过糟糕，车辙颠得人牙齿咯咯作响，他最终用双脚走完了大部分旅程——紧紧抓着一根绳子，跟在马车旁边一起往前溜达。但是，他还没有到达太平洋就被沙皇的官员抓了起来，被当作间谍遣送出国了，因为没人相信会有人为了好玩而到西伯利亚来旅行。在之后的旅行中，他还曾追踪过奴隶贩子；给澳大利亚内陆地区绘制过地图；跟凶残的野蛮人进行过谈判；躲避过森林大火；冲进过交战地区；还曾乘着一艘运送糖和香槟酒的货船穿越印度洋——看来也并不全都是苦难的经历。他还爬过正在喷发之中的维苏威火山，这趟旅程差点把他的鞋底烤掉了，但也证明了他有能力应对任何情况，尽管他的身体有所残缺。在旅途之中，他相当讨女人喜欢的名声不胫而走。而且，他还做了足够出色的科学研究工作(关于种子在岛屿之间漂流的问题)，令他被选为了英国皇家学会的会员，连查尔斯·达尔文（Charles Darwin）都引用了他的研究。他在旅行中总是很节俭，要知道，他的养老金一年加起来也只有84英镑。为了让这些钱尽其所用，他无论到哪儿都穿着他那身海军的旧军服，而且自带食物——通常是水果、红酒，还有舌头，这块打折肉倒是永远都不会变质。霍尔曼和他的海军军服、草帽，以及手杖一起，总共旅行了40万千米*，相当于绕地球赤道10圈，或者一趟月球之旅。这让他成为世人所知的去过最多地方的旅行者。

霍尔曼总是尽可能不回英格兰。如果他真的被困在了家里，他就会好好利用这段间歇期来撰写记录旅行见闻的书。这些书的内容兼收并蓄又曲折离奇，这一页可能还在讲酱油的制作配方，下一页却在介绍捕猎袋鼠的方法。而且，他还在书中不断地引用他记忆下来的许多诗作。他也写了很多八卦逸事，有的是关于抢劫，有的是关于风流韵事，还有的是关于当地的习俗，比如海绵浴。然而，甚至等不到霍尔曼写完一本书，他要漫游世界的渴望就会涌上心头。实际上，当他的第一本书于1822年出版的时候，他几乎没有看完印刷清样就急匆匆地离开了英国。那本书后来成了一本畅销书。不过，当伦敦的文人学士们拿到这本书并翻到书的扉页，看到这位令人好奇的作者的画像时，霍尔曼已经在1 000千米之外了。

霍尔曼当时不可能知道的一件事情是，他在扉页上的画像虽然总体上相当英俊，但有一处五官却令读者不安，那就是他的眼睛，似乎是在看向两个不同的方向。再后来的画像中甚至更为不加修饰。在有一本书的扉页上，他看起来就像吸了毒一样，双眼迷离。此后的一幅油画中，他留着不怎么好看的瑞普·凡·温克尔（Rip van Winkle）[1]似的大胡子，有着空洞的白色眼睛。在另一幅画作中，霍尔曼的一只手随意地放在一个纯白色球体上——就像是一个巨大的没有虹膜的眼球。在他身边画一个缺乏所有地理特征的地球仪，这似乎令人难以理解，而且是完全不恰当的，因为霍尔曼走过的地球表面比任何人都多。然而事实上，这种空白才更恰当。因为，霍尔曼是位盲人。

霍尔曼的健康问题始于在海军服役时期。他所在军舰的巡逻路线是在加拿大的新斯科舍省与加勒比海之间往复上下——前者是如此寒冷，以至于寒风真的能在人的鼻子里冻出冰柱来；而后者是如此炎热，以至于阳光能把水手的蜡烛烤化掉。这种极端天气条件损坏了霍尔曼的关节，他的脚踝变得僵硬且疼痛，令他无法再穿上靴子，更难以在摇摇晃晃的甲板上顺利行走。他休了一个上岸假期之后康复了，但是更可怕的东北风暴[2]以及能把人晒干的午后阳光最终还是击垮了他。很快，他的眼睛开始出奇的疼，仅仅是阳光就令他感到像是被针刺穿视网膜一样。他的世界逐渐陷入了黑暗之中，而他的医生却只是用蚂蟥、膏药、鸦片，还有铅油膏来治疗他，但都无法挽回他的视力。最后在霍尔曼25岁时，他视神经当中负责连接大脑的一些片断死掉了*，令他永久性地失去了视力。终将有一天，他的足迹会遍布地球上几乎每一个国家，但是他的眼睛却一个国家也看不到。

霍尔曼受他的伪贵族头衔所困，差点就没有任何机会去旅行。根据法律，

1　美国小说家华盛顿·欧文所写的短篇同名小说中的主人公，他在山上游玩时睡着了，一睡就是20年，胡子已经长得及胸长了。在美国文化中，这个名字也是落后于时代的代名词。

2　在冬季或春季沿北美洲东北海岸运行的巨大风暴，因其在陆地上引发的大风是从东北方向吹来的而得名。

作为海军爵士的他，以及他的6位爵士同伴，离开英格兰的时间每年不得超过10天。霍尔曼一开始遵守了这个规定，但是温莎单调乏味的生活最终被证明是无法忍受的。只过了几个月，他又再次开始发烧，游走性痛风也重新缠上了他。他需要活动，需要刺激。于是，他的医生恳求海军爵士的两名监管人员允许霍尔曼搭乘下一班船出海。两名监管人员一开始很同情霍尔曼，让他离开了温莎。那次旅行的效果出奇的好，然而当他回到温莎，重回单调乏味的生活时，他的疼痛与痛苦又一次开始折磨他。于是，他又得到了一次出行许可，并立即感觉好多了。但是当他再一次回家时，病痛也再一次缠上了他。如此往复，一次又一次。写书能够让疼痛多少缓和一点，因为记忆是强有力的止痛剂。但是，每次当他完成书稿的时候，他都会感觉更糟，需要更多的出行来让身体康复。在霍尔曼错过了一些国葬和加冕礼之后，温莎的监管人员开始抱怨了。

他们也不是唯一不满的人。霍尔曼的每一本书面世之后，专家们都会质疑：一个盲人已经，或是有可能已经，旅行了如此之多的地方，这怎么可能？正如我们下面将要看到的，现代神经科学给了霍尔曼以信任。但是，在19世纪早期，整个社会对待盲人的态度是非常不公正的。大多数瞎子只能捧着碗乞讨一些零钱；幸运一点的（或者是更不幸的？）家伙可以在巡游嘉年华会中找到工作，他们要装扮上驴耳朵或是巨大的假眼镜，然后被推上台。他们在台上的表演磕磕绊绊，也没有什么真正的剧本可以依据，而观众的乐子就在于看到他们的演出频频出糗。乞丐或小丑，这就是当时的人们想到盲人时脑中会浮现的形象，而非周游世界和历险。

即便是那些并没有蔑视霍尔曼的人，仍会以一种高人一等的姿态对待他。"我常常被问到的问题是，"他曾经写道，"对于一个看不见的人来说，旅行有什么用呢？"有些蠢货甚至质疑霍尔曼是否真的离开过英国，因为七块大陆在他"看"来肯定是一模一样的。霍尔曼强忍愤怒，咬紧牙关回应道：外国的不同地域听起来是不同的，闻起来是不同的，有着不同的气候特点，以及不同的生活节奏。事实上，霍尔曼在写作中从未忽略过其他的感官：树木会尖啸，陶器会摔碎，而船只会在风暴中颠簸得令人呕吐。霍尔曼吃过"用爱尔兰炖锅的方式烹煮的"猴子，还形容了所有一切东西的触感，从蛇皮到梵蒂冈博物馆里的雕塑，不一而足。霍尔曼无需双眼就可以形容痫疾的可怕，或是形容那种大群的苍蝇或蚊子，密集到需要穿上锁子甲来保护自己。而且霍尔曼还表示：从某种角度来讲，正是他的残疾令他成了一名更棒的旅行者*：他不会依赖于表面化的视觉来感受景物，因为他的失明迫使他与人们交谈并问问题。

不过，霍尔曼还是有一些实用的技巧和策略，可以帮他在自己看不见的世界里导航。他坚持使用硬币作为现金，而非无法区分的纸币。他还得到了一块特别的怀表，令他能够得知指针的位置，却又不会干扰到指针的运行。为了记录下自己的所见所闻，他使用了一个无需墨水的称为夜间写字框的代书装置*。这东西是一块木板，上面每隔1厘米左右绷了一根金属线，用来帮助他的手在纸上定位。为了换取到免费乘船的机会，他常常要提供一些服务，特别是像古代的荷马那样用讲故事的方式来调剂海上旅行的枯燥乏味。其中有一个他肯定讲述过的故事发生在一次短途旅行（2 200多千米远）中，他与一位朋友结伴同行，而后者恰好是个聋子。"当时的情形多少有些滑稽，"他后来写道，"我们时不时就会在这个问题上开开玩笑，而且两个人都要说上几句，有时还会让事情变得更为滑稽。"所有的旅行者都需要点幽默感。

盲人探险家詹姆斯·霍尔曼，注意他没有聚焦一处的双眼，以及他笔下的夜间写字框

詹姆斯·霍尔曼之所以能够成功地一人独闯天涯，最重要的可能在于他很好地利用了神经科学带来的便利。像大多数盲人一样，霍尔曼靠他的双手来探索身边的环境。出于这一原因，人们很喜欢霍尔曼高度敏锐的触觉。女人们甚至因此发现霍尔曼很有魅力，常常允许他来"看看"自己的脸，甚至是身体。然而，要在更大尺度的世界中导航，躲避立柱与树木，顺利穿过拥挤的集市，霍尔曼所依靠的不仅是他的双手，还有他的胡桃木手杖。他使用手杖的方式不像今天的盲人那样，把手杖当成是手指的延伸，用来感觉脚下的道路。他的手杖太短，太重，不够灵便，无法实现这样的用途。与之相反，他每走几步就要用金属尖端敲击路面，并且侧耳倾听。

每当他敲击手杖的时候，声波会在附近的物体上反弹回来，而回声到达每侧耳朵的时间会有些微的不同。经过一定的练习之后，他的脑部学会了如何对这样的时间差进行三角定位，从而确定面前场景的布局如何。回声还能揭示很多细节，比如物体的尺寸、形状，以及材质——坚硬顾细的雕塑与柔软宽大的骏马听起来是不一样的。这种回声定位的能力正是蝙蝠也在使用的，而掌握这种感官能力需要年复一年坚持不懈的训练。但是，坚持恰恰是詹姆斯·霍尔曼的长处。一旦他磨炼好了这种技能，他在哪里都能通行无阻，无论是梵蒂冈的画廊还是喷发之中的维苏威火山。如同漆黑房间中的手电筒闪烁的微光一样，这些由手杖制造的敲击声变成了霍尔曼的视觉。

科学家们常常把人脑称为世上最为精密的机器。它含有数千亿的神经元，而一个普通神经元的轴突尖端就可能连接着多达数千个邻居，构成了远多于实际需求的连接数目，用于进行数据分析。神经元的连接之多，以至于它们似乎遵从所谓的六度分隔理论：任意两个神经元之间的分隔都不超过六次连接。像詹姆斯·霍尔曼这样的案例则揭示了更为错综复杂的特性，它们展示了人脑有能力背离其原本的标准连线方案，有时甚至能随着时间流逝不断改变其连线模式，从而为自己建立新的连线方案。在这样的改变之中，有一些听起来就很惊人，比如盲人爬上一座火山这种事情；而大多数的改变则给了我们一个机会，让我们得以洞察人类神经回路令人难以置信的可塑性。

＊　＊　＊

为了说明脑回路是如何工作的，让我们想象一下詹姆斯·霍尔曼的耳中听到了某种噪声——比如敲击鹅卵石发出的嗒嗒声。这种嗒嗒声令他耳道内的一些骨头和膜结构发生了振动，声波最终把自身的能量传递给了他内耳中的一种液体。这种液体来回冲刷一排排微小的绒毛细胞，促使它们弯折到或大或小的不同程度——取决于听到的声音本身。这些绒毛与附近神经细胞的树突相连，这些神经细胞会被立刻激发，沿着它们长长的轴突"导线"向脑部传导电信号。等到了脑部，这些信号导致轴突向邻近的突触中喷射出一团化学物质。这才最终唤醒了听觉皮层的神经元，这片灰质皮层位于颞叶部位，负责分析声音的音调、音量，以及韵律。

然而，到达听觉皮层还只是个开始。对于霍尔曼来说，要想有意识地分辨这种嗒嗒声，或者借助其探路，那么信号还需要通过回路送往其他灰质区域进行进一步的处理才行。要想到达其他的灰质区域，就需要走下层路线才行——钻入灰质表层之下，进入脑的白质区域。

听觉皮层

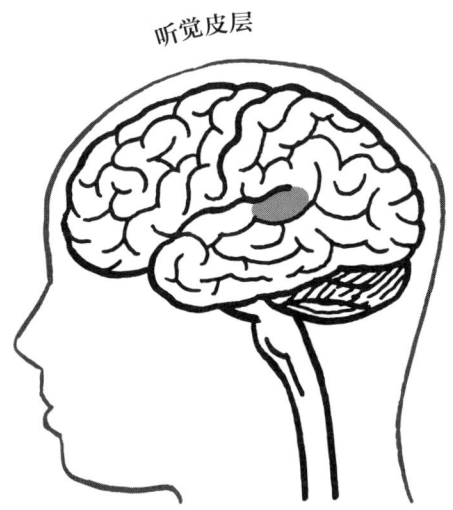

白质主要由高速轴突缆线组成，能够把信息从一个灰质节点快速发送到另一个灰质节点，速度高达每小时400千米。这些轴突之所以能够快速转运信息，是因为它们比普通的轴突更"胖"，而且还包裹在一层叫作髓鞘的脂肪物质之中。髓鞘的作用就像是导线外面的橡胶绝缘层，防止信号逐渐耗损衰减掉：在鲸、长颈鹿这类躯体尺度较大的动物身上，髓鞘包裹的神经元能够把信号送到几米之外还保证不失真。与之相反，如果髓鞘被多发性硬化症等疾病所侵蚀，就会破坏脑中不同节点之间的通信。总结来说，你可以把灰质想象成众多芯片拼接而成的电路，每个芯片负责分析不同类型的信息，而白质就是在这些芯片之间传递信息的电线。

在我继续往下介绍之前，有必要指出一点：所谓的"灰"与"白"都是不恰当的命名。在一个活生生的头脑中，灰质看起来兼有桃红色和棕黄色，而构成脑主体的白质看起来则是发灰白的浅粉色。灰和白的颜色只有在把脑浸泡到保存液里之后才会显现出来。保存液还会让脑变硬，而它原本应该是像布丁一样柔软的。或许你曾经在生物学课上解剖过脑，却发现没法把它从手指缝中挤出来，原因就在于那是用保存液泡过的脑。

在白质线缆中传递的一条消息，既有可能让其他的神经元活跃起来：注意啦！也有可能让其他神经元变得麻木：别理我！但是要知道，我们脑中神经元的数量多到离谱，而不同神经元区域之间的链路更是不计其数，于是神经科学就有了一个关键问题：那"嗒嗒"声的信号怎么知道该要去往哪一片灰质，又怎么知道该去激发哪个邻居，抑制哪个邻居？问题的答案竟然相当简单：就像詹姆斯·霍尔曼行驶在西伯利亚的马车一样，脑中的信号也走在它们的车辙上。

让我们先来考虑两个神经元。如果其中一个神经元一次又一次地快速连续激发另一个神经元，那么作为一种响应，两者之间的突触实际上会发生改变。前一个神经元的轴突尖端会变得肿大，并开始准备更多的神经递质小泡，用以填充两个神经元之间的突触，尖端上甚至还会出芽形成新的轴突分支；而后一个神经元则会伸展出更多的树突朝向前一个神经元，从而把收听前一个神经元列为优先任务。这让后一个神经元即便在低强度的刺激之下也能做出响应。总的来说，这就像是马车的车轮在不断重复的旅程中会在路上印下车辙一样，重复的神经元激发会在脑中印下"车辙"，让信号传导更有可能发生在这些路径，而非其他路径之上。

科学家则会用一个不同的说法来解释神经连接越用越强的现象："一起激发的神经元就会连接在一起。"通常来讲，一起激发并连接在一起的神经元可不只是两三个。一旦有一条"车辙"建立了起来，回路中成千上万的神经元就会按顺序激发*。

感谢这些白质线缆的存在，回路能够把相距甚远的两片灰质连接起来，从而让脑自动执行一些复杂的行为。在我们脑的下部区域中，有着与生俱来的回路，比如控制着打喷嚏、打哈欠、呕吐这些反射活动的回路。在这些回路中，只要第一个神经元被激发了，序列中的其他神经元就会跟着依次激发，就像是多米诺骨牌一样。这就是为什么打喷嚏、打哈欠这种动作中涉及的步骤很少会有变化。在脑的上部区域中的神经回路也是同样的。经过不计其数的练习之后，我们都学会了把"狗"这个字与一种毛茸茸的四足动物的影像以及"汪汪汪"的叫声建立起联系。最后，这三者之中的任何一者都会自动唤起另外两者。同样，负面经历也会让神经元联系在一起。走在一条你曾经受过惊吓的小路上，它的气味和阴影都会重新唤醒你的恐惧回路。

所有人脑本来都制订了一份标准的连线方案，它确保某些特定的神经元总是能与另一些特定的神经元沟通——而这是一件好事儿。你的眼睛最好能唤起你的畏惧回路，而你的畏惧回路最好能让你的双腿能够逃跑，否则的话你很难在户外环境中存活太久。这一通用的连线图早在我们的胎儿时期就已经确立下来了，那一时期轴突刚刚开始像根一样萌芽生长。不过，通用连线图在人与人之间可能有着细节上的差异。关于这种差异的一个有趣例子就是通感——人们的感官知觉混合在一起的一种情况，就像是由于药物作用而产生的幻觉。

对于大多数人来说，一种感觉输入只能产生一种感觉体验。樱桃尝起来就是樱桃味儿，在皮肤上刮蹭一张纸就会感到刺痒。对于具有通感的人来说，一种感觉输入会导致多重输出——除了原本期待的樱桃味儿，可能还要加上幻听的音调。这些叠加在一起的感觉是无意识的，并且是一致的：某位通感者每次听到升G的音调，鼻子里都会莫名其妙地感受到一模一样的青椒味道。同时，通感又是因人而异的：如果一个人总是把数字5看成是紫红色的，另一个人可能却坚持说那是墨西哥酸橙派的绿色。

最常见的一类通感会产生一曲色彩的交响乐，尤其是当人们听到特定的声音或看到特定的字母或数字时。理查德·费曼（Richard Feynman）[1]在方程中会看到米色的字母j，靛青色的字母n，以及巧克力色的字母x。弗拉基米尔·纳博科夫（Vladimir Nabokov）[2]曾经说过，对他而言，一个长元音"啊——"有着"风化树木的色彩"，而短"啊"则会"带来抛光乌木的颜色"。弗朗茨·李斯特（Franz Liszt）[3]曾经痛斥他的管弦乐队把他的音乐演奏成了错误的颜色——而乐手们对此只能困惑地干瞪眼。李斯特说："先生们，请再蓝一点！曲子的风格全都取决于此了！"另一次他又恳求道："那应该是深紫色的……不要那么偏玫瑰色！"

带颜色的声音，带颜色的字母，这类通感是最常见的。其原因与脑部的"地理"有关：某些分析声音、字母，以及颜色的区域彼此离得很近，于是信号很容易就从分界处泄漏出去。不过从理论上来讲，通感可以连接脑中的任意两种感觉，而已知的通感已经有60余种了。听觉－运动通感者能够从屏保或移动的圆点中听到海妖的歌声。触觉－情绪通感者能够在丝绸中感受到平静，在橙子上感受到震惊，在蜡的表面感受到尴尬，在牛仔布上感受到阴郁（再喜欢的牛仔裤也是一样）。对于触觉－味觉通感者而言，锻铁打造的篱笆可能摸起来是咸的，而某种肉却有可能是"带尖的"。有一个人曾经在晚宴开始之前不悦地表示，他本来要用来做肉汁的鸡肉太"球状"了。性通感者或许会在做爱的时候看到有五颜六色的形状飘浮在他或她的面前。颜色－时间通感者对于一周之中的不同天，或是一年之中的不同月份，甚至是生命之中的不同阶段的感受，就像

1　美国著名理论物理学家，建树颇多，主要成就包括在量子力学路径积分等领域的工作。

2　美国著名俄裔小说作家，创作了极具争议的《洛莉塔》等美国当代小说名著。

3　匈牙利作曲家、钢琴演奏家，浪漫主义音乐的主要代表人物之一。

是不同阴影与色调拼接起来的。想象一下，当你听到《皆大欢喜》[1]中雅克（Jacques）关于"人生七幕剧"的演讲时，你会看到有一道彩虹包裹住了舞台。

通感可能有遗传的因素，因为它会出现在同家族的成员之中，同时也存在于大多数文明之中。还有一点很重要的是，神经学家们已经排除了通感者只不过是在使用夸大的比喻方式来说话的可能性。我们普通人日常生活中就会这样说话，比如"这件衬衫的花色太噪了"，或者"这块奶酪的味道太锐利了"。但通感者的脑部确实在以不同的方式工作着，这已经被一些实验证实了。比如有这样一个实验，

```
88      88
88      88
88      88
88888888
        88
        88
        88
```

在纸上标有很多液晶面板上那种分段的数码5，其中还混有少量的数码2。普通人会发现几乎不可能从中挑出2来，除非一个数码一个数码看一遍；而对于通感者来说，每个2都以鲜亮的颜色跃然纸上，而且只是在一瞥之间。这种感觉就像是在色盲测试中看到那些数字自己浮现出来一样。在另一个有趣的实验中，如果你给通感者看一个巨大的数字4，而这个4又是由一排排小小的数字8组成的，那么这个图案的颜色就会变化，取决于通感者是把注意力放在整体上（即数字4）还是细节上（即数字8）。还有一些测试就让通感者比较窘迫了。普通人阅读文字的时候，无论是什么颜色，基本都没什么困难。对于通感者而言，以"错误"颜色呈现的数字或字母可能会让通感者被误导，或是感到厌恶，因为纸上的实际颜色与他们头脑中的颜色发生着严重的冲突。

神经学家们大体上知道通感是如何形成的：处理某一种感觉的神经元回路意外地撩动了处理另一种感觉的神经元回路，导致两个回路同时被奏响了。然而，要想确切地搞清楚这种情况为什么会发生，已经被证明是一件很有难度的事情。人们曾经提出了两种可能的解释：一种是从解剖学的角度，一种是从功

1　莎士比亚创作的喜剧作品之一，实践了莎士比亚最广为人知的一句名言："世界是一个大舞台。"所以才有下文剧中人雅克关于"人生七幕剧"的演讲。

能的角度。

　　基于解剖学的理论认为，问题出在儿童时期神经元的修剪上。所有的婴儿都有着远多于所需数量的神经元，而这些神经元也有着极多的轴突和树突分支。正因为如此，年幼的孩童可能一直都存在着通感的体验。随着孩子的生长发育，某些神经元开始一起激发，并被连接到一起。这些活跃的神经元就会保持健康。与此同时，用不到的神经元得不到营养，就会接连死去，多余的分支也会被修剪掉，就像是行道树那些靠近高压线的树枝一样。这个淘汰过程可以说是神经达尔文主义，听起来很残酷，却可以在存活下来的神经元之间构筑更紧密、更强壮、更高效的回路。或许通感者的脑部没有修剪好，或许他们的脑部留下了额外的连接，把不同的感觉区域联系了起来。

　　基于功能的理论认为，神经元的修剪并没有出问题，但是有些神经元却不能很好地抑制它们的邻居。我们脑部高度互联的神经元网络必须要阻止那些误入歧途的信号，防止它们进入脑部错误的区域。为了达成这一目的，神经元会向邻居释放起抑制作用的化学物质来压制后者。但是，即便这些“歧途”处于休眠的状态，它们仍旧存在于那里，理论上有可能被打开并活跃起来。或许，通感者的脑正是因为未能抑制这些地下通道，才让信息从一个脑区被泄漏到了另一个脑区。

　　判定解剖学说与功能学说孰对孰错的第一条线索来自于一位瑞士化学家。1938年，阿尔伯特·霍夫曼（Albert Hofmann）的药物公司正在搜寻一种新的兴奋剂。为此，他开始研究来自于一种真菌之中的一些化学物质。很快，他的研究就转向了其他化合物，但是却总有一种挥之不去的感觉：真菌还能够教会他更多东西。于是，在1943年4月的一个周五下午，他匆匆赶制了一批新鲜的化学物质，称为麦角酸二乙胺（德语是Lyserg-Säure-Diäthylamid）。在合成的过程中，他突然感到一阵晕眩，并且看到了彩色的条纹。他后来猜测是自己在手指上沾了一些化学粉末，然后又揉到了眼睛里。但是他并不是很确定，于是又在4月19日星期一验证了自己的猜测——这一天也被永远地称为了“自行车日”加以纪念。他把一丁点儿化学粉末溶在了水中，大概是0.25毫克溶于四分之一杯水。这东西在嘴里没什么味道，于是他把这种溶液全喝下去了。此时是下午4:20。尽管霍夫曼试图在实验记录上记下自己的感觉，但是到了5点钟的时候，他的字迹已经变得潦草不堪了。他最后写的字是"想笑"。由于感到非常不安，他让助手护送自己骑车回了家。这一路可真够受的。

在骑车的时候，彩色的条纹重新又出现在了霍夫曼的眼前。他感觉所有的东西都变长了，扭曲了，就好像是在哈哈镜里看到的一样。时间也变慢了：霍夫曼觉得这一路骑了好几年，但他的助手记得当时骑得非常快。在他家的客厅里，霍夫曼竭力想要组织出条理清晰的句子，但费了半天劲才说明白：他觉得牛奶能把自己治好（出于某种原因）。一位邻居女士耐心地送来了一桶又一桶的牛奶，他那个晚上灌下去两升，但还是没有用。更糟糕的是，霍夫曼开始出现超自然的幻觉。在他的神智看来，邻居女士变成了一位女巫，而他自己的体内感觉有个恶魔正在浮现，并且紧紧抓住了他的灵魂。就连他的家具都像是着了魔一样，因为惧怕而战栗。他当时感觉自己肯定会死在自己的沙发上。

只过了几个小时，他就平静下来了。事实上，他甚至很享受最后一个小时。他的眼睛变成了名副其实的万花筒，有着像《幻想曲》（Fantasia）[1]一样的色彩喷泉，"色彩以恒定的速度流动着，又在不断地爆炸、重排、杂合"。他后来还记录说，这东西也令他很愉悦，"每一次听觉的感知，比如门把手的声响，经过的汽车声音，都会变成视觉的感知。每个声音都产生了栩栩如生的图像，有着自己与之相符的形状与颜色"。换句话说，这种药导致了通感——那是他之前从未有过的体验。

霍夫曼的 Lyserg-Säure-Diäthylamid 最后被称为 LSD。自那以后，成千上万"钓鱼"乐队和"感恩至死"乐队的粉丝也都有过了类似的体验。LSD 之旅显然不可能改变脑部的回路硬件。但是，LSD 会妨碍神经递质的工作，让信息在回路中流动几个小时之久。这就好像是把你的电视从肯·伯恩斯（Ken Burns）的

1　作者此处指的应是迪士尼公司于1940年公映的一部音乐动画片，其中有些段落没有故事性的动画角色，只有抽象的色彩与形状。

纪录片换台成了大卫·林奇（David Lynch）的惊悚电影系列：提供画面的电路还是同一套，但内容却要狂野得多。LSD为通感的功能学说提供了强有力的证据支持。的确也有一些证据表明，天生的通感者可能在脑部的连线方式上与我们有些许不同。但是霍夫曼以及其他许多多人的经历表明，我们所有人的体内都可能潜伏着成为通感者的天赋，只要我们能够唤醒它就行。

＊　　＊　　＊

霍夫曼由药物诱导实现的通感表明，特定的行为能够改变我们神经线路中信息的流向，至少暂时可以。但是，有没有什么行为确实能够永久性地改变脑部回路的连线方式呢？

小孩的脑能够很容易地自我重塑，形成各种各样的新连接：这就是他们为什么能够迅速学会语言等新东西的原因。然而在20世纪的大部分时间里，神经学家认为成人脑的重塑是不可能的事情。这之中部分要归咎于圣地亚哥·拉蒙-卡哈尔（Santiago Ramón y Cajal）。卡哈尔花了十余年时间研究动物的神经以及神经元受到伤害之后自我恢复的情况。他发现，外周神经能够自己重生。（这就解释了为什么外科医生能够重新连接断掉的手、脚、阴茎，并让它们重新发挥功用。）但是，成年人脑中的神经元从来不能重新生长出来。这让卡哈尔无望地宣称："在成人脑中，神经通路是固定的，不可变更的。这里的神经会死去，但没有什么能够重生。"

其他一些观察结果也支持了卡哈尔的悲观论调。与孩子相比，成年人学习语言等新技能的过程要痛苦得多——又是一个僵化的标志。如果成年人遭受了中风或其他的脑损伤，他们可能会永久性地丧失某种特定的技能——因为神经元永远不能重新生长出来。不仅如此，成人脑在可塑性方面的缺乏甚至在进化的角度来看还是很有道理的。如果成人的脑很容易发生改变，那么控制重要行为和记忆的回路就有可能解体，某些技能就有可能从我们的意识中蒸发掉。正如一位科学家所评论的：一个完全可塑的脑"能够学会所有事情，但是一样也记不住"。

所有这些都是正确的。但是神经学家们还是有些操之过急了，他们宣称婴儿的脑就像是柔软而易变的黏土，最终总是要变成为坚固而脆弱的陶器。就算是成人的脑不能够生长出新的神经元*，或是修复受损的神经元，那也并不意味着所有的神经通路都是固定的，一成不变的。通过正确的训练，神经元确实能够改变它们的行为方式和传送数据的方式。旧的脑部连线图同样能掌握令人震惊的新把戏。

在20世纪60年代后期，威斯康星州一位16岁少年罗杰·贝姆（Roger Behm）的两个视网膜都罹患了一种退行性眼部疾病，导致双目失明。40年后，他拿到了一张"视觉替代"设备的宣传单。这种由当地一位科学家制造的设备，包括了一个安装在贝姆额头上的黑白视频摄像头，还连着一根排线一直延伸到他的嘴里。排线的末端是一块长方形的绿色电极，比一张邮票大不了多少，贴在贝姆的舌头上。摄像头会把图像传送到这个电极上，而电极会把每个像素转化成电流的刺激，就像是苏打水的气泡打在舌头上的感觉。白色像素对舌头的刺痛感最强烈，而黑色像素完全没有刺痛感，灰色则介于两者之间。贝姆需要用这种舌尖上的"图像"来与他周围的世界互动。

正如你所预料到的，这种设备最初令他很不适应。不过他倒是很快就学会了如何辨别运动与静止的影像。不久之后，他开始能够在图像中分辨出三角形、圆形，以及其他一些几何形状。而后，他的技能又升级到了可以分辨常见物品，比如杯子、椅子，以及电话。又过了不久，他就能从橄榄球头盔上分辨出不同队伍的标志了，还差不多能辨别花色打扑克了，甚至可以通过简单的障碍物训练场。不过，贝姆在学习这些技能方面并非是独一无二的。其他盲人还学会了如何使用镜子，如何从堆叠在一起的东西中找出目标物体，甚至是观察蜡烛火苗飘忽不定的舞蹈。

这件设备的发明人，保罗·巴赫－利塔（Paul Bach-y-Rita）成为一名神经学家的过程有点曲折。虽然巴赫－利塔来自布朗克斯[1]，却有着一个加泰罗尼亚式的复合姓氏，就像前文中的圣地亚哥·拉蒙－卡哈尔一样。巴赫－利塔为了挑

1　纽约市五大区之一，位于曼哈顿岛以北。

战自己，在墨西哥城上了医科院校，却又中途辍学打工去了。然而他的工作并不稳定，干过按摩师，也在佛罗里达当过渔民。他还给那些想当按摩师的盲人教授过人体解剖学，这一经历令他得以理解盲人与世界的互动方式。盲人由于有着高度敏锐的触觉，因此可以成为很好的按摩师。最后，他还是回到了医科院校，开始研究失明的病人。但是，巴赫－利塔真正找到人生的意义还是在他父亲佩德罗（Pedro）于1959年遭受了一次严重的中风之后。这次中风令他父亲失去了说话的能力，并患上了半身不遂。

佩德罗被送到了一家康复诊所，但是当他的康复计划陷入停滞的时候，他的医生宣称他已经没救了，并建议送他去一家看护中心——因为他那固定的，一成不变的脑，永远也不可能恢复了。这种当时在康复中心很常见的宿命论惹恼了巴赫－利塔的兄弟，一位名叫乔治（George）的医生。于是乔治自己设计制订了一套康复计划。计划的内容听起来很残酷，要让佩德罗首先像婴儿一样爬行，重新学习如何移动四肢，然后再逐步去用他的双腿走路。然后，乔治又让佩德罗去做一些零星的家务劳动，比如打扫门廊，擦洗锅碗。佩德罗尽全力与疾病抗争，却似乎收效甚微。但是，重复性的动作最终还是重新训练了他的脑：他不仅重新掌握了说话和走路的能力，还恢复了自己的教学工作，甚至还再婚，并重新开始进行徒步远足。实际上，佩德罗就是7年之后，在哥伦比亚的山区徒步旅行时因心脏病去世的，时年73岁。在尸检中，还是能看到他脑部大量受到破坏的痕迹，特别是在连接不同灰质区块的白质线缆区域。然而重要的是，这些灰质区块本身仍旧能够工作，而他的脑被证明有着足够的可塑性，绕过了被破坏的组织，为行走和语言的信号重新建立了新的线路。也就是说，不再从A到B来建立联系，而是从A到C，再从C到B来建立联系——虽然不是效率最高的路径，但却能够随着意识的车辙越压越深而不断改进。

受到这件事的启发，保罗·巴赫－利塔在神经科学和康复医学方面多花了很多精力，并最终决定自己研究脑的可塑性，特别是盲人如何能够获得某种残存视觉的问题。他最初的"脑接口"使用的是一部手持摄像机，通过安装在牙科椅子靠背上的特氟龙按钮的震动，来把图像投射到观看者的背部。由于只有

400个像素，图像看起来就像是黑白电视里对焦不准的影像。然而，通过练习之后，人们能够通过发型和脸来分辨不同的人，包括20世纪60年代的超模崔姬（Twiggy）。不过，当给病人"看"《花花公子》的中间彩插页时，他们只是耸耸肩——看来，触觉在某些领域还是不及视觉。

当微处理器变得足够小之后，巴赫-利塔制作了能够刺激舌头的设备，那是人体触觉最敏感的区域之一。唾液也能够让口腔比光秃秃的皮肤更容易导电，降低了所需的刺激电压。当科学家去扫描正在使用这台设备的盲人的脑部时，这台设备背后的合理性就显现出来了。扫描发现，虽然视频信息是通过舌头输入的，脑部的视觉中心却在生机勃勃地活跃着。从神经科学的角度来讲，这种另类的输入与"视觉"输入是无法分辨开来的。从心理学的角度来讲，这些盲人所体验到的舌头上的刺激数据就是"视觉"。使用这台设备的盲人能够感知到物体就"处在"他们面前的空间中，而非是在他们的舌头上。他们能躲避开抛向他们的球，并且能够感知物体正在接近或远离他们——因为这些物体的影像会变大或变小。他们甚至还会产生某些视觉错觉，比如"瀑布效应"。如果你盯着某个移动的东西（比如一道瀑布）看上几秒钟，然后再看向别处，你接下来聚焦去看的东西都好像自己动起来了似的。巴赫-利塔的这台设备在盲人身上同样能引发这种令人目眩的错觉，进一步证明是某种潜在的神经系统的能力在"看"。

与此同时，巴赫-利塔的团队还开发了别的感官替代设备。麻风患者会丧失双手的触觉，因为麻风病会损伤神经系统。给这样的病人戴上一种特殊的手套，能够把刺激信息传导到病人的额头上。几分钟之内，他就能感觉到桌上的裂缝，分辨粗糙的木头和光滑的铝管，以及柔软的厕纸卷。巴赫-利塔还研发了一种"电子避孕套"，许多瘫痪病人仍旧能够勃起，虽然他们对此并没有什么感觉。如果巴赫-利塔的这台设备能够研究成功，那么就能把电子化的高潮传导到病人的脑中。

最引人注目的是，巴赫-利塔的团队还帮助病人重新找回了平衡感。这项工作始于来自威斯康星州的一位名叫谢丽尔·施尔茨（Cheryl Schiltz）的39岁女性。她在1997年的一次子宫切除术之后服用了一种名为庆大霉素的抗生素。庆大霉素能有效地对抗感染，但是却有着一个烦人的毛病，就是会破坏内耳里面用以保持我们平衡和直立的那些微小绒毛。虽然这些绒毛与那些帮助我们听到声音的绒毛处于不同的管道之中，但两者工作的原理基本是相同的。当我们的头转来转去的时候，管道中的一种胶状液体会来回冲刷这些绒毛，就像是来回晃动的一块果冻一样。于是，胶中的这些绒毛就会来回弯折，并触发特定的神经元。从这些数据中，我们的脑就能知道自己的身体站得是否正直，进而纠正偏差。如果这些绒毛被损坏了，施尔茨脑中的平衡中心（前庭神经核）就发生了故障，开始向她的肌肉发送随机的信号，导致她来回摇晃，还有些许抽搐。更糟糕的是，她总是觉得自己处在摔倒的边缘，即便躺下也是如此，就像是永远处于醉醺醺的状态一样。施尔茨和其他庆大霉素的受害者称自己为"摇晃者"。他们大多几乎不能在自己家中走来走去，更不要说敢于挑战外面的世界了，随便在地毯上走一小段都会让他们趔趔趄趄。摇晃者中选择自杀的人不在少数。

虽然施尔茨心存疑虑，但她还是让巴赫－利塔的团队给她戴上了装备——一顶绿色的建筑工人头盔，里面安装了微小的平衡器以及其他一些电子设备。与贝姆那台设备一样，这个头盔用线一直连到施尔茨嘴里的一块电极上。当她站得正直时，她会在自己舌头的正中央感受到一种轻微的电击。当她的头低下来或是摇头的时候，她会感到电击的位置向前、向后，或是向两侧移动。她的目标就是通过改变自己的姿势让电击的位置始终处在中央。这种电击一开始让她感觉到很奇怪，但她很快就掌握了。经过了几次时长仅仅5分钟的训练，她发现已经能够自己站上几秒钟了。有一天，她一口气训练了20分钟，结果发现自己已经能够不再磕磕绊绊地走路了。进一步的训练也同时提高了她自身的平衡能力，最终施尔茨可以不再需要那个头盔了。她甚至还重新学会了跳绳和骑车。

更令人感动的是，施尔茨后来开始训练别人如何使用这件设备，而受训者中最后竟然还有巴赫－利塔本人。在2004年被诊断为癌症之后，巴赫－利塔服用了一种化疗药物，损害了他自己的内耳绒毛，摧毁了他的平衡感。于是施尔茨一步一步地教他如何使用那个绿头盔，以此报答他的恩情。在她的帮助下，巴赫－利塔直到2006年去世之前，始终能够自己直立行走。

感官替代设备究竟是如何改变了贝姆和施尔茨他们的脑？对于这个问题，科学家们仍旧争论不休。一个较为合理的猜测是，这些设备在把来自舌头的信息重新导向视觉或平衡中心的时候，所利用的仍是脑部已有的路径和反馈回路。举例来说，当你吃一个苹果的时候，你的脑自然会把它的味道、口感，以及光滑鲜亮的红色外表等信息综合在一起，从而给你一个更全面的认识。所以，我们实际上已经混合了不同感官的输入，而来自舌头的数据能够被转化为视觉数据只不过是一个比较极端的例子罢了。此外，正如LSD通感所展示的那样，我们的脑中有的是休眠中的、地下的，类似于通感的通道可供开发。

看来，我们的脑至少是部分可塑的，能够把一种感觉转换成为另一种——无论它们是从何种途径输入而来的。这一结论提供了一种深刻的暗示，令我们得以大体上理解感觉是如何运作的。从这个角度来看，耳朵、眼睛、鼻子等所有感觉器官真正在做的事情不过就是触动特定的神经。结果就是，所有的感官输入离开感觉器官进入神经系统之后，看起来都差不太多：它们不过就是一些化学物质以及电信号而已。实际上是我们的神经元回路，而非我们身上的感官设备，通过解读输入信号才呈现出了感觉。

科学家们根本还没有解决这里面所有的科学问题，更不要说其中的哲学之谜了。而且坦率来讲，围绕巴赫－利塔这种设备的争论甚至与耶稣有了很大关联：盲者真的能看见吗[1]？但是照巴赫－利塔所说，"我们不是用眼睛来看的，我们不是用耳朵来听的。所有这些都是在脑中完成的"。如果这是真的，那么盲人就真的能够重新学会看东西，无论是像贝姆那样借助于他们的舌头，还是像詹姆斯·霍尔曼以及现在某些盲人那样借助于他们的耳朵。

* * *

1　此处指《圣经》中记录的耶稣的著名神迹之一，治愈了盲者的眼睛。

巴赫－利塔通过开发现代电子设备重塑了人脑。但实际上，我们并不需要这么精密的设备就能利用神经的可塑性。回声定位者改变他们脑部功能时，所用到的不过就是他们自己的牙齿、舌头以及嘴唇。

　　目前在世的最著名的回声定位者是丹尼尔·基什（Daniel Kish）。他在13个月大时就因为眼癌失去了双眼，所以他空空如也的眼眶里只有瘢痕。但是到了2岁的时候，他完全是自己发现了回声的妙用。他发明的方式是用舌头发出"嗒、嗒、嗒"的声音——像是燃气炉的声音，但要更慢一些——以此发射出探测环境的声波。他现在可以通过倾听周围环境反射的回声来引路。

　　要想了解基什是如何做到的，让我们来想象一下他沿着人行道行走时接近一个物体的情形。"嗒、嗒、嗒！"他注意到舌头发出的嗒嗒声从接近地面的位置反射回来，然而到了腰部以上就没有回声了；再走几步之后，回声到达了胸部的高度；然而再走几步，回声的高度又下降了。这种回声的轮廓说明，他的身边有一辆停在那儿的轿车。与之类似，投币电话亭则会形成瘦高的回声轮廓。声音的质量也能提供线索：汽车返回的回声更尖锐，而灌木的回声更闷。

　　基什的回声定位能够为他提供足够的敏捷度，让他能够爬树、跳舞，在拥挤的车流中骑自行车。他还在洛杉矶国家森林公园里买了一栋长宽各3米半的小木屋。那里离他家不远，他会在那儿独自待上好几天，探索小径，踩着湿滑的石块穿越溪流。基什这些任性的行为让他时不时就会受伤，撞碎过牙，也折断过脚踝。还有一次，他半夜在小木屋中醒来，发现屋里失火了（烟囱有点问题），差点没能逃出来。但是，他把这些惊恐的经历都视为"自由的代价"。正如他所写的，"撞上一根柱子确实是件恼人的事情，但是从来不被允许撞向一根柱子则是一场灾难"*。如果詹姆斯·霍尔曼能够听到这一观点的话，一定也会认同的。

　　事实上，正是像基什这样的现代回声定位者的存在才让霍尔曼的生涯故事变得更为可信。通过脑扫描发现，回声定位者在倾听回声时，他们的视觉皮层显示出了强烈的活跃信号。这可能是因为，帮助我们看到东西的视觉神经元，同样也帮助我们在周遭的世界中辨清方向。所以，尽管输入的是音频信号，但这些视觉神经元还是会被自然而然地招募进来，共同完成回声定位的任务。经年累月地倾听手杖的回声，詹姆斯·霍尔曼的脑部几乎肯定也以同样的方式重塑了。他的听觉神经元和视觉神经元如此频繁地同时激发，最终把两者连接在了一起。这种连接是如此紧密，以至于把声音地图转换成为空间地图已经成为他的一种本能。

不幸的是，霍尔曼能够去锻炼他这种本能的机会后来变得越来越少了。他的健康状况依赖于他的旅行。可是，他从海军爵士监管人员那里请求的离岗时间越来越长，旅行的目的地也越来越远，甚至还通过出版游记从这些旅行中获利——那些书中满是探险的经历，就像爬上维苏威火山这种事情似乎只有身体健全的人才能做到。于是监管人员开始生气了。现在来看，霍尔曼可能患有心理因素造成的疾病：当他在英格兰发呆的时候，压抑的气氛不仅毒害了他的精神，也伤害了他的肉体；与之相反，旅行不但振奋了他的精神，也缓解了他的疼痛。但是，随着他一次又一次的旅行，温莎的监管人员越来越确信霍尔曼是在欺骗他们，于是禁止他再次去旅行，实质上是宣判了他的软禁。在此期间，霍尔曼向他能联系到的每一家医学和政府机构上诉以寻求帮助，甚至还包括当时年轻的维多利亚女王。但是，这些监管人员就像是年迈的法老一样，铁了心不让霍尔曼出行，无论别人说什么都听不进去。

到了1855年，霍尔曼已经将近70岁了，连去法国度假都已经做不到了，而实际上，糟糕的健康状况还仅仅是他不得不面对的痛苦之一。在国外旅行的时候，他总是穿着他那套羊毛的海军制服。但是后来那件上衣和那条裤子已经严重过时了，就连其他的水手们看见他也不会把他当成是前海军军官。更糟的是，霍尔曼在公众之中的热度也变得越来越低。他的最后一本游记出版于1832年[1]，此后随着时间一年一年地过去，他变得越来越默默无闻。在很偶然的情况下，会有同时代的书提及他，所使用的也是过去时态。

在霍尔曼70岁以后，他再也没去旅行过，甚至很少离开自己的公寓。朋友们

1　原文如此。实际上，霍尔曼的四卷游记出版于1834—1835年，而其中所记录的旅行发生在1827—1832年。

都很担心他，结果却发现他实际上已经投身于此生的最后一场旅行之中，那是他撰写自传时的回忆之旅。由于长时间全神贯注地使用夜间写字框，他的身体被进一步掏空了，但他还是不断督促自己加紧工作，因为他认为这本书将能够让他最终给这个世界留下自己的遗产。他仍旧希望得到人们的承认，承认他的那些旅程是有意义的，而且这一意义不仅仅在于这些旅程是由一个盲人完成的。他并没有把自己视为失明的马可·波罗，而是视为另一个同等重要的马可·波罗。

1857年，霍尔曼在临死之前终于完成了自传。可悲的是，没有出版社愿意出版它，因为他之前的著作销量寥寥。他把自传的手稿留给了一位文人，但那个人也很快就去世了。不到一二十年的时间，这本书就消失在了历史的迷雾之中。

于是，我们对于霍尔曼私人生活所知的一切都来自于他那些得以留存的著作，而这些书的数量很少。他最喜欢的一段回忆是什么？他最失望的事情是什么？他的爱人叫什么名字？所有这些都没有答案。他也从未解释过他最初是如何学会回声定位的。事实上，令人惊讶的是，他的游记中几乎没花什么笔墨来讨论他无法视物的问题。在他的作品中只有一个段落比较特别，直白地讨论了他的残疾，以及这种身体状况如何改变了他的世界观。在这段文字中，霍尔曼追忆了他过去曾经有过的几次幽会经历。他承认，自从失明之后就没法知道自己的情人长什么样子了，甚至不知道她们是不是相貌平庸。更重要的是，他也不在乎了，他宣称，放弃了可见世界的标准之后，他可以挖掘出更纯粹，更真实的美。倾听一位女士的嗓音，感受她的爱抚，然后用他的想象力来填补空缺的信息——他说这样的过程比单纯看到女士的样貌更令他感到愉悦，这种乐趣超越了现实。霍尔曼曾经问道："有没有人会这样认为，我失去了视力就一定会失去这种精神享受的能力？那些人其实是在精神上走进了黑暗，才会有这样错误的想法。我觉得他们非常可怜。"

霍尔曼在这里谈论的精神是指爱情。但如果谈论的是渴望，是在他的眼睛所能看到的事物之上的冥想，那么他的话就有了更为重大的意义——关乎他自己，也关乎所有人类感知世界的方式。关于感官替换，保罗·巴赫-利塔说："我们不是用眼睛来看的。我们是用脑来看的。"这一观点在更宽泛的一个范畴上同样是正确的。我们多多少少都在构建属于自己的现实。如果说霍尔曼通过自己的想象给周遭的世界增加了场景的话，那么我们其他人也都在这么做。换言之，我们的神经元所做的事情，不仅仅是记录我们身边的世界。正如我们在下一章中将要看到的，神经元回路实际上还会把自己连接在一起，构成更大的单元，让我们的脑可以对我们所看到的东西重新进行解读，重新进行处理——给简单的视觉赋予不同层次的含义，或是用我们的渴望给单纯的感知渲染上丰富的色彩。

第四章　面对脑损伤

神经元的回路还会联合在一起，形成更大的结构。比如我们的感官系统，它们分析信息的方式就非常高级。

一个男人躺在一张桌子上，脸上盖着一张石膏的面具。那面具看起来很普通，有鼻子、耳朵、眼睛、牙齿、嘴唇。但是当面具被拿起来的时候，士兵隐藏在面具下的那张面庞似乎也有一些部分被揭掉了，在血肉之上留下了几个坑洞。坐起身来，这位士兵总算能够深深地吸一口气了，因为这张面具已经画了半个小时了。要是有鼻子的话，他可能会捕捉到花的香气，因为在这间位于巴黎的工作室中装点了不少的鲜花。要是有耳朵的话，他可能会听到房间另一边传来的多米诺骨牌撞击的声音，因为还有其他身有残疾的士兵们正排队等着来到这张桌子上。要是有舌头的话，他可能会呷一口白葡萄酒提提神。要是有眼睛的话，他可能会看到有另外几十张面具挂在墙上——它们属于在他之前以及之后来做面具的伤残者，他们都在第一次世界大战中失去了面孔，并且希望这些面具能帮他们恢复正常的生活。

制作这些面具的女士并没有行医执照，只是一位艺术家。虽然自己是美国人，但安娜·科尔曼·莱德（Anna Coleman Ladd）前半生的大部分时间都生活在巴黎。那是19世纪末期，她在这座城市里学习雕塑，曾经师从奥古斯特·罗丹（Auguste Rodin）[1]本人。然而，她缺乏对于成名的强烈渴望。最终，她的工作就是为喷泉和私人花园雕刻那些古板的神祇与仙女雕像。当她返回波士顿嫁给一位哈佛的医学教授之后，莱德干脆彻底放弃了雕塑。在她的婚姻中，夫妻双方有着非同寻常的独立性，但莱德还是追随丈夫于1917年来到了欧洲，随后又偷偷返回了巴黎。在伦敦时，莱德知道了一家名叫"锡鼻店"的小店。受其启发，她于1918年在巴黎开了一间自己的假面工作室，位于一幢覆盖着常春藤的建筑中的五楼。她在楼下的庭院中布置了很多自己以前的雕塑作品，这些雕塑都有着经典的完美面庞——虽然没有得到艺术世界的认可，却一定唤起了伤残者们的希望，他们往往都是在清晨或暮色的掩护下偷偷溜进来预约的。

从某个方面来说，莱德的工作室其实是开展了一项艺术实验，传承自皮格马利翁[2]：写实主义的艺术到底能有多写实？与此同时，她也在开展一项心理学实验：她能否骗过我们的脑，令其误把冰冷的面具当成有血有肉的面孔？我们人类常常把自己的面孔与真正的自我混为一谈。所以，通过复原一副被子弹撕裂开来的面孔，她实际上是在尝试着恢复一名士兵的身份认同。但是，她却无法知道其他人，或是士兵们自己，能否真正接受他们的新面孔。

在1914年之前，面部重建可不是医生们需要操心的事情。历史上曾经有一些战士或决斗者曾经在挥剑对决时失去过鼻子，其中最知名的大概就是皇帝查士丁尼二世（Justinian II）[3]以及天文学家第谷·布拉赫（Tycho Brahe）[4]。他们大多得到了一个银制或是铜制的鼻子替代品。其实的确有一些医生开发出了"自然"的方式来替换失去的组织。其中一种方法是把病人的脸和胳膊肘的弯曲部位缝合在一起，几周之后，手臂的皮肤就会附着在鼻梁上，挂在那里起到遮盖的作用[*]。但是，第一次世界大战的堑壕战令面部受伤的人数前所未有地提高了几

1　法国著名现实主义雕塑家，主要作品有"沉思者"等世界闻名的雕塑。

2　希腊神话中的塞浦路斯国王，爱上了自己用象牙雕刻出的女神雕像，后来爱神维纳斯被其感动，赋予了那尊雕像生命。

3　东罗马帝国皇帝，于7世纪末至8世纪初两次在位，其间被政变推翻过一次，并在该事件中失去了自己的鼻子。

4　16世纪丹麦著名天文学家，他一生积累了海量天文观测数据，其精确程度达到了当时设备水平的极限，为其助手开普勒后来总结提炼"开普勒三定律"奠定了基础。他在与一位丹麦贵族的决斗中失去了鼻子。

个数量级，而罪魁祸首就是手榴弹、迫击炮、机关枪，以及其他武器所制造出来的高速飞溅的金属碎片。在被击中之前，许多战士都会听到轻微的爆裂声，或是来自弹片的尖啸，然后就感觉到自己脸部的骨头炸开了。有人把这种感觉比作是"一个玻璃瓶掉到了陶瓷浴缸里"。即便是致密的下颌骨也可能会碎成像沙子一样的粉末埋藏在皮肤下面。此外，金属头盔在保护头部的同时，本身也有可能在被击中时炸裂成尖锐的碎片，钻进眼睛或耳朵里。总体上大概有数以万计的男性（以及少数女性）在泥泞的坑道里苏醒过来，却发现自己的鼻子不见了，或是发现自己的舌头挂在嘴边。他们之中有些人失去了上眼皮，结果因为眼角膜渐渐干涸而失明。另一些战士的脸看起来则像是被一拳打扁了，就像是弗朗西斯·培根（Francis Bacon）[1]笔下的那些肖像画一样*。军官们对于哨兵的命令是：如果要探头观察敌军，一定要把头和肩膀都伸到战壕以外，因为对方的狙击手更愿意瞄准躯干部分，毕竟这个目标比头部更容易打中。

在1916年发生了如同世界末日一样惨烈的索姆河战役。报纸报道阵亡者名单时不是印了几列，而是印了几页。这场血战促使英军在肯特（Kent）郡的一个奶牛养殖场里专门开了一家诊治面部创伤的医院。作为一名业余画家，这家医院的首席外科医生见识到了整容手术可以做得多么仓促而草率：他曾经遇到过一位战俘营的年轻人，在鼻子上长出了毛，因为有人把他的头皮移植到了他的脸上。这位外科医生决心要终结这种现状，因此在面部重建手术中更加着力强调美学的重要性，即便要通过多次手术才能达到效果也在所不惜。这家位于肯特郡的医院一共为5 000余名英国士兵做了11 000台手术，经常还需要在一位病人的两台手术之间持续照顾他数月之久。有些病人只能吃流食，于是医院还在农场里养了鸡和奶牛，制作了鸡蛋和奶油混合而成的糊状食物，给这些病人补充蛋白质。作为康复计划的一部分，有些士兵还要去照料那些牲畜，而另一些士兵则要学习一技之长，比如玩具制作、钟表修理，或是理发。许多病人

1　20世纪英国著名画家，作品以强烈的暴力和噩梦一样的图像而著称。

之间建立了深厚的友谊，他们称呼彼此为"滴水口怪兽"[1]。还有一些病人虽然身为军人，却能跟身边遇到的任何女性聊上几句，撩动她们的心弦。其中最勇敢的一些病人真的就赢得了某些护士的芳心，还最终娶其为妻。有一位造访这家医院的女士就曾经兴奋地表示："没有鼻子的男性很美，就像是古代的大理石雕像一样。"

也不是所有人都这么想得开。虽然在这家医院里，病人们都很有安全感，可以随意取笑彼此，甚至说对方丑。但是去附近的小镇时，他们总是系上红色的领带，穿上亮蓝色的外衣，好让人们能够远远地避开他们。镇上的小店店主也不愿意把酒卖给他们，因为有些病人喝醉之后会撒酒疯。外人则惧怕跟他们一起吃饭，因为在他们咀嚼和吞咽的时候，吃下去的食物说不准又会从哪个别人没有的洞里冒出来。有些医院会禁止这类病人照镜子，而当他们终于从整容病房破茧而出的时候，许多人却最终选择了自杀。也有一些人在新的行业找到了工作，作为电影放映员在黑暗之中享受着长时间的孤寂。在所有病人之中，受损伤程度最恐怖的那些战士就连外科医生也没办法拯救他们，于是他们都找到了莱德的工作室，或是伦敦等地与之类似的工作室。

雕刻一张面孔需要参照的样板。有时莱德会用病人兄弟的照片，也有时候会用病人受伤前的照片。少数满怀希望的士兵也会带来鲁伯特·布鲁克（Rupert Brooke）的照片，他是当时的名人，一位魅力十足的帅气诗人。不过，大多数人并不在乎帅气这件事情，他们只想重新变成普通人。操作过程的第一步是将病人脸上所有的孔洞都用棉花堵住，然后莱德会把石膏涂到所有需要被面具覆盖的区域之上。至于那些缺失的部位，她会用黏土来雕刻。几天之后，需要通过电镀的方法在黏土上覆盖一层薄薄的铜或银，真正的面具就完成了。如果病人的泪道里会不自觉地涌出眼泪来，或是唾液腺总是漏出唾沫来，她可能会在假面后面附上吸附性的衬垫。如果没那个必要的话，这只将近0.2千克重

1　指西方旧式建筑雕刻在屋檐等处的怪兽雕像，用于美化屋顶排水系统的滴水口，后来有些不具备排水功能的类似雕像也被俗称为滴水口怪兽。

　　　　　　　　　　　　　　　　　　　　疯脑：五百年神经学奇案

的面具就会直接戴在病人的脸上，用像眼镜一样的方式来固定。为了贴近皮肤的色调，莱德给面具上色时选的是浴缸用的奶油色搪瓷，并用金属箔来制作胡子，因为真的毛发在这种面具上无法附着。制作一个面具需要一个月的时间，价格是18英镑，相当于今天的250美元。这种面具可以用土豆汁来清洗。莱德的工作室在面具制作这方面做得十分出色。她能画出漂亮的眼睛，还会在面颊上留一些淡淡的青蓝色，看起来就像是刚刚刮过胡子一样。她用金属箔做的胡子也是如此逼真，以至于来自法国的病人们可以捻他们的"胡子"，而法国人非常爱做这个动作。莱德甚至在面具的金属嘴唇之间留了一个开口，方便他们吸烟——这也是法国人非常爱做的事情。

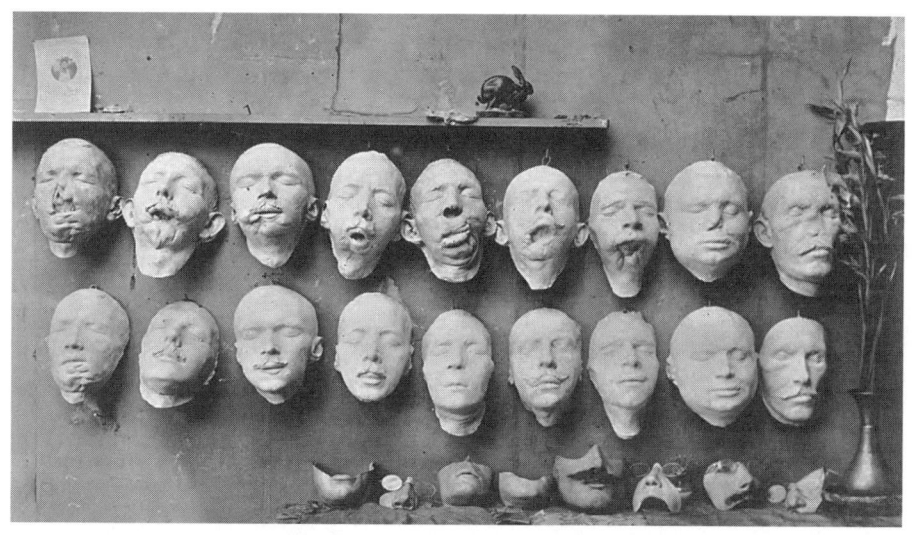

士兵面部的石膏模具，注意看，最下面就是已经制作完成的可以佩戴的面具（来自国会图书馆）

莱德和她的助手们让数以百计的战士们在痛苦中重新找到快乐。"我爱的女人不再觉得我令人厌恶了，"一位小伙子写道，"但她的确有理由这样做。"一位退伍老兵戴着他的面具举行了婚礼，而更多的人在此后的几十年间也是戴着他们的面具进入坟墓的。然而，无论大家多么心存感激，他们之中的大多数人还是觉得在日常生活中戴着这种面具太不舒服了。面部有着数量极多的神经末梢，而面具会把伤疤处磨得十分刺痛。更糟糕的是，这种面具并不具备真正面孔的功能。它不能咀嚼，也不能微笑，更不能回吻所爱的女人。就连在视觉上来看，这些面具有时也不怎么合格。那些人为制作的样貌不会像真正的皮肤那样衰老；搪瓷表面会碎裂或者被腐蚀；而当时逐步兴起的电灯照明则会把他们的脸照得像是《剧院魅影》中的角色一样——介于面具与血肉之间的某种东西。

所以，莱德的工作室最后也没能满足病人们的需求：无论有多么艺术，她的面具不太能够引发人们看到一张真实人脸时的体验。那么，她的工作也就带来了一些更为深刻，更为心理学层面的问题：脑能否适应在镜子中看到一张新的面孔？这是否会改变一个人对自我的认知？这些问题至今仍未得到回答。实际上，可能还需要一个世纪的研究，我们才能够触及这些问题，而要回答这些问题，不仅仅需要理解脑是如何分析面孔的，还要在更基础的层面上理解脑是如何看待我们周围这个世界的。

* * *

20世纪关于视觉的第一项重大发现又是与战争相关联的。俄国一直渴望得到一个太平洋上的温水港口。于是在1904年，沙皇派遣了几十万大军入侵当时的满洲国和朝鲜，要从日本人手上抢一个港口走。这些士兵装备的是高速来复枪，使用的是6.35毫米口径的小型子弹，出膛速度达到了每小时2 200多千米。这样的子弹快到足以击穿颅骨，却又小到不会造成大范围的创伤。于是，它留下的伤口干净利落而又十分精准，就像是虫子在苹果里留下的孔洞。如果日本士兵被这种子弹从脑后击中的话，由于那里恰好是枕叶部位的视觉中心，所以他们会在苏醒之后发现自己的视野中有一些微小的盲点，就好像是戴着一副甩上了黑色颜料的眼镜一样。

井上达二（Tatsuji Inouye）是一位日本的眼科医生。他的工作不是什么令人舒服的任务——要计算这些斑点状失明的士兵应该得到多少抚恤金，依据就是损失的视觉所占的百分比。井上本可以轻松搞定这项工作，只要给士兵们看几张图片，确定他们能看到什么细节，看不到什么细节就行了。但是他恰恰是那

疯脑．五百年神经学奇案

种为数不多的完美主义者，做事细致而刻板。他发现自己的这项工作揭示了别的什么东西。

在1904年的时候，神经学家对于脑是如何处理视觉的，已经略知一二了。他们知道在你鼻子左侧的一切（被称为左视野）产生的视信号都被传送到了脑的右半球，而你鼻子右侧的一切（右视野）都被传送到了脑的左半球*。除此以外，科学家们还知道枕叶以某种方式参与了视觉处理，因为这个部位的中风往往会导致患者失明。但是，中风造成的损伤太混乱了，范围也太广，无法借此来研究枕叶内部的工作原理，因此这还是未解之谜。与此相反的是，俄国人的子弹射入和射出脑部时所留下的创伤是比较聚拢的。井上意识到，如果他能够把每一位受伤士兵具体的脑损伤位置画在图上，并与他们眼睛如今所出现的盲点位置相对比，他基本上就能够绘制出一张枕叶的视觉地图来，并据此确定脑的哪个部分对应分析视野中的哪个区域。

在井上深入着手开展这项工作之前，他首先要验证一个重要的假设——子弹穿过脑部的路径是一条直线。因为子弹也有可能在头骨内反弹，发生跳弹的现象，或者被脑组织粘住，留下一条扭曲的路径。于是，井上开始寻找面朝地面趴着时，头顶被击中的士兵。在这种情况下，子弹会走一条与脊椎平行的路径。于是，除了头部的射入和射出伤口之外，大多数这样的士兵还会有第三个伤口，是子弹穿过头部击中胸部或肩部时留下的。井上让这些士兵重复出自己被击中时的姿势，就此发现三处伤口总是形成一条直线。现在，他确信自己没有忽视任何因素，于是开始了枕叶地图的绘制，特别是针对今天被称为初级视觉皮层的部位。

他最重要的发现是，我们的脑能够有效放大我们正在看的东西，因为有更多的神经元被用于处理视野的中央部分。初级视觉皮层的一部分位于脑的表面，就在脑袋后面突出部的下面；而初级视觉皮层的另一部分则被埋在脑的表面之下。结果发现，在视野中央有黑斑的士兵，受伤的总是表面的脑组织；而外周视野中有黑斑的士兵，总是表面以下的脑组织受损。这种关系的一致性证明：特定的脑区域总是管理着眼睛所见视野中的特定部分——与井上的预期一致。

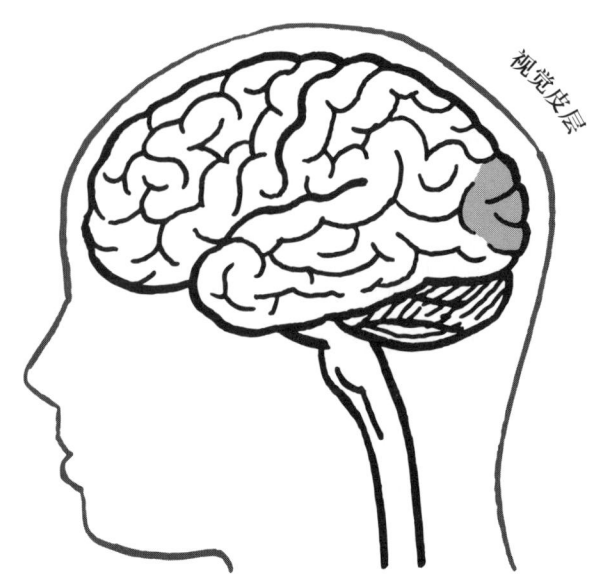

视觉皮层

　　但是，他发现用来处理中央视野的脑区，在面积上远远大于用来处理四周视野的脑区。实际上，这一结论离事实还差得很远。科学家们现在已经知道，眼睛聚焦的中心，也就是视网膜中央凹，只占了视网膜表面积的万分之一。然而，它却占据了初级视觉皮层十分之一的处理能力。更进一步，初级视觉皮层2.5亿个神经元中，有一半都被用来处理视野中央仅占百分之一的区域。井上那些半盲的病人们帮助他在人类历史上第一次观察到了这种特殊的放大效应。

　　不幸的是，其他科学家抢走了本该属于井上的荣誉。在第一次世界大战期间，两位英国医生无视井上的工作，利用他们手上的脑损伤士兵复制了井上关于视觉皮层的实验。他们得到了一样的结果，但却有着身为欧洲人的文化优势。此外，在井上关于视觉的主要论文中，他使用了化简为繁的笛卡尔坐标系来绘图，用以描述眼睛与初级视觉皮层之间的关系。这种方式很精确，但却让读者们看花了眼。英国人则采用了一种更为简化的示意图，让科学家们一瞥之下就能掌握其要义。当这种更直观的示意图被印到教科书中传播到全世界时，井上已经被人们忘记了。看来，失明也可以是一整代人共同的病痛。

疯脑：五百年神经学奇案

在视觉神经科学方面发生的下一项重大发现则远离了战场。1958年，约翰·霍普金斯大学两位年轻的神经学家开始研究视觉皮层中的神经元。他们一位是加拿大人，一位是瑞典人，分别名叫大卫·休伯尔（David Hubel）和托斯坦·威泽尔（Torsten Wiesel）。他们想知道是什么视觉信息或形状让神经元兴奋起来的——是什么让它们激发的？根据其他科学家的已有工作，他们对于这个问题已经有了一个很成型的猜测。实际上，来自眼睛的视信号会在脑中央的丘脑做一个快速的短暂停留，然后才送达视觉皮层。其他科学家的研究表明，丘脑的神经元对于黑白点的图像有着强烈的反应。显而易见，接下来要做的就是研究视觉皮层对于黑白点图像的反应，而这正是休伯尔和威泽尔决定要研究的问题。

当看到他们的实验室是一个脏兮兮的没有窗户的地下室时，休伯尔和威泽尔反而感到很高兴。没有窗户就意味着不会有干扰的光线——这是视觉研究的理想场所。至于他们所接手的设备，可就没那么令人欢欣鼓舞了。他们要做的实验有点像是《发条橙》里的场景：把一只被麻醉的猫绑在一副夹具上，固定住它的眼睛，强迫它盯着投影在一张床单上的圆点图像看。可是因为他们得到的这副夹具是水平的，猫要背朝下躺在上面，所以只能直直地盯着天花板看。结果，他们俩也只能把幻灯机立起来冲着天花板放映，把床单挂在屋顶的管道之间，"就像是马戏团的帐篷一样"，休伯尔回忆道。上面不断有虫子和尘土掉落，而他们俩为了看到屏幕，自己也得抬头朝天，窝得肚子酸痛。

但这还只是实验的准备工作而已，真正研究神经元的工作更不简单。1958年，科学家们已经制造出了灵敏到可以检测脑中单个神经元的微电极，有些研究人员利用这样的电极已经检验了数百个单独的神经细胞。这一情况让休伯尔和威泽尔有了紧迫感，感觉自己就像是业余的一样。用他们自己的话说，他们"要让别人对他们另眼相看"，于是就把实验中的细胞计数都从3 000开始数。无论什么时候，只要有人来参观他们的实验室，他们都一定会报出当前正在检测的神经细胞编号。

这种微小的电极是用极细的铂金线制成的，可以刺入猫的初级视觉皮层中。休伯尔和威泽尔把电极的另一端连到一个扬声器上，只要神经元对图像中的圆点作出反应从而被激发，扬声器就会咔嗒作响。最初的实验非常糟糕，每次要做9个小时，让他们的脖子疼得要死，然后就是小便时间了。一般到了凌晨3点钟的时候，威泽尔就开始用瑞典语扯胡话了，而休伯尔有天夜里开车回家时打起了瞌睡，差点撞车。更糟的是，他们监测的神经元都没有被激发。他们试了白色圆点；他们试了黑色圆点；他们还试了波尔卡圆点[1]。休伯尔后来回忆说："我们试过了所有能够想到又容易实现的图案。"甚至连从杂志上弄来的诱人的奶酪蛋糕的图案他们也尝试了。但是那些又顽固又蠢笨的神经元就是拒绝发声。

　　一个又一个疯狂的星期过去了，时间来到了1958年9月。在某天夜里实验进行到第5个小时的时候，检验的细胞是第3009号，他们把又一张画有另一种圆点的幻灯片插进了幻灯机里。根据后来不同的记述，有人说是幻灯片被卡住了，也有人说是幻灯片歪了，倾斜了一个角度。无论怎样，总算是有点事情发生了——休伯尔说，当时那个神经元"像机关枪一样开火了"，在扬声器里发出了"咔嗒咔嗒咔嗒"的声音。然而，声音很快就归于沉寂了。花了1个小时绝望地进行了各种重复尝试之后，他们才终于意识到了究竟是怎么回事。神经元根本就不在乎那些圆点；它们被激发是对幻灯片作出了反应——确切地说，是对幻灯片歪斜的边缘在屏幕上形成的阴影的锐利边缘有所反应。神经元喜欢的是直线。

　　接下来又进行了更多个小时的重复尝试，他们两人很快就意识到自己刚刚多么走运。只有位于某一朝向10°以内的直线，才会激发他们当时正在监测的那个神经元。如果他们刚才插入幻灯片时歪斜的程度稍微差一点，神经细胞给出的信号仍旧只会是沉默。在接下来的实验中，他们进一步发现，其他神经元同样是很挑剔的，只会被"\"或"/"这样的直线激发。后来又过了很多年，用了很多猫，人们才把相关的知识真正研究清楚。但是当时休伯尔和威泽尔已经窥

---

[1]　即在日常服装上常见的规则排布的圆点图案，因与波尔卡舞同在19世纪中叶流行起来而得名。

见了视觉的第一定律: 初级视觉皮层中的神经元喜欢直线, 但是不同的神经元喜欢不同的直线, 散开来呈不同的角度。

接下来要做的事情之一, 就是把研究范围拓宽一些, 确定这些喜爱直线的神经元的几何分布模式。是否所有喜欢特定角度的神经元都聚在一起呢? 还是随机分布的? 结果证实前一种猜想是正确的。其实, 差不多在1900年的时候, 神经学家已经知道神经元是以柱状形式组织在一起的, 就像是脑表面刚被收割完的微型庄稼茬秆。休伯尔和威泽尔则发现所有位于同一个皮层柱内的神经元有着类似的品位: 它们都会喜欢同一个特定朝向的直线, 比如"\"。更进一步, 如果休伯尔和威泽尔把他们的铂金线平移一点点, 也就0.05毫米左右, 移到另一个皮层柱上, 那个柱体内的所有神经细胞可能都是对"|"作出反应的, 与之前的线有10来度的朝向差异。接下来, 微微移至再下一个"朝向柱", 神经元就只会被"/"激发, 以此类推。总而言之, 每个皮层柱最优的直线朝向从一个柱到另一个柱会渐渐发生改变, 就像是分针缓缓扫过表盘。

然而, 视觉神经元的几何分布还不止于此。更深入的挖掘发现, 就像神经细胞以柱的形式一起工作一样, 柱也会组成更大的簇一起工作, 就像是一捆吸管一样。每一捆之中都有足够数目的柱, 覆盖了全部180°的直线方向, 从"-"到"|", 再回到"-"。每一捆皮层柱还只对一只眼睛有着最佳的响应, 或是左眼, 或是右眼。休伯尔和威泽尔很快就意识到: 由一个左眼簇加上一个右眼簇就组成了所谓的"超级柱"——它能够检测到视野内某一个像素点上任意朝向的任意直线。这一部分工作同样是历经数年才最终得出了确定性的结论。但有意思的是, 无论我们的眼睛看到了什么优美的形状——比如蜗牛壳的螺旋或是美女臀部的曼妙曲线——脑部都会坚决地把它们拆成微小的直线段。

最后, 休伯尔和威泽尔的脖子还是得以被拯救了, 因为他们得到了新的实验用具, 有着正确的朝向角度, 能让绑在上面的猫瞪着正前方一块正常的屏幕。他们发现的脚步从未停止, 除了检测简单直线的神经元, 休伯尔和威泽尔还发现了喜爱追踪运动目标的神经元。这些神经元中的一部分会因为上下运动而彻底兴奋起来, 而另一部分对左右运动反应最强烈, 还有一些则会检测对角线运动。实际上，这些检测运动的神经元比检测直线的神经元多得多。这就提示了我们一件事情，也是从未有人怀疑过的事情：相比于静止的物体，脑对于运动物体的追踪更容易一些。我们对于运动检测有着与生俱来的偏好。

为什么呢？因为对于动物来说，观察到运动的物体（捕猎者、猎物，或是倒下的大树）可能比看到静止的物体更至关重要一些。毕竟，静止的事情可以等等再处理。事实上，我们的视觉对于运动的偏好是极强烈的——严格来讲，我们根本看不见任何静止的物体。为了能看见静止不动的物体，我们的脑必须让眼睛迅速而轻微地转动。实验已经证明，如果你能通过结合微电子技术和特殊的隐形眼镜技术，人为地在视网膜上制造一幅静止的图像，那么这幅图像就会从视野中消失。

井上的视觉皮层地图，再加上直线检测器和运动检测器的知识——这些元素齐备之后，科学家们最终得以描绘动物视觉的基础所在。最重要的是，每一个超级柱都可以检测到一个视野像素内所有可能朝向的直线的所有可能的运动。（超级柱中也包含了更深层次的结构，称为团，能够检测到颜色。）那么总体来讲，每个一毫米宽的超级柱都可以作为一只微小的、功能齐备的眼睛有效地运作——这样的设置不禁令人联想起了昆虫的复眼。这个像素化系统的优势不仅仅在于它的敏锐，还在于它只要在 DNA 中存储制造一个超级柱的一份指令即可，然后不断地按复制键就能覆盖整个视觉区域[*]。

有人宣称，在休伯尔和威泽尔并肩合作的 20 年间，科学在视觉领域的收获比此前 200 年间的所得还要多。这两人于 1981 年共同获得了实至名归的诺贝尔奖。尽管他们的工作无比重要，但视觉科学在他们的引领之下也仅止于此。他们的超级柱理论轻易就把世界细分成了直线与运动这两样要素，但世界所包含的远不只是蜿蜒盘绕的一幅幅简笔画。实际上，识别一样物体并唤起与之相关的记忆与情感，这还需要更多的处理才行，所调用的处理区域也超出了初级视觉皮层。

*　　*　　*

视觉神经科学方面的下一项进展——"双流"理论，恰如其分地出现在了1982年，正是休伯尔和威泽尔获得诺贝尔奖的次年。所有五种感官在脑部都有对应的初级处理区域，能够把感官信息分解成基本要素。所有五种感官也都有所谓的"联合区"，能够对基本要素进行分析，并提炼出更高级的信息来。视觉由初级视觉皮层大致处理为物体的形状与运动之后，数据恰好又分为两股信息流用于进一步的处理。定位信息流确定了物体所在的位置，以及它移动得有多快。这道信息流从枕叶流向顶叶，最终要叩响脑部的运动中心，从而让我们可以抓住（或是躲开）我们视野中所跟踪的东西。识别信息流确定了物体到底是什么。它从枕叶流向颞叶，唤醒记忆与情感，最终让一大波混杂的感官参与到识别过程中。

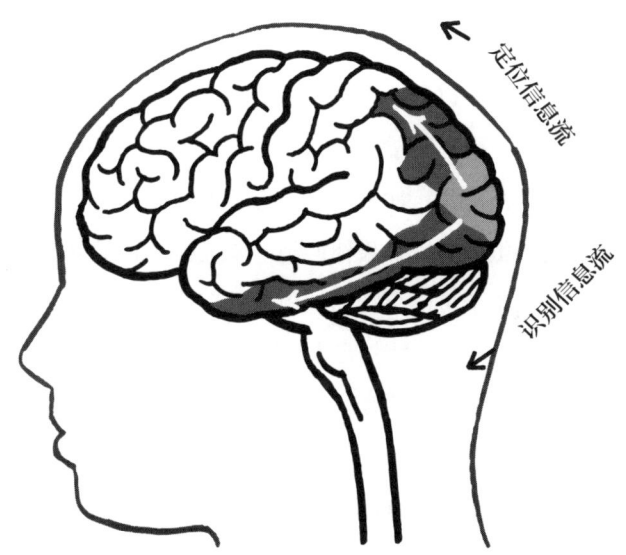

没有人确切地知道这一过程是如何发生的。比较合理的猜测是，其中牵涉了神经元回路的同步激发。在识别信息流的起始处，神经元其实是不加区别的：它们可能会为了任何水平线进行激发，或是为任何一抹红色而激发。但是，这些前端的神经元把它们的数据传入了位于更远的上游位置的回路中，而上游

的回路会更加挑剔。比如说，它们可能只会为了红色且水平的直线而激发。在更上游的位置，回路可能只会为了闪烁着金属光泽的红色水平线而激发。与此同时，其他神经元正在同步工作着，为了以一定角度倾斜的透亮的玻璃线条而激发，或是为了黑色的橡胶圆圈而激发。最终，当所有这些神经元同时活跃时，你的脑回忆起了这一模式——红色金属、玻璃、橡胶——于是说道："哦，是一辆红色超跑啊！"*脑还会在零点几秒的时间内整合车辆的声音、材质、味道，进一步帮助你进行识别。所以，总体来说，识别的过程会扩散到脑的不同部位，而非只局限于某一点上。（重要的注解*）

在日常生活中，我们当然不会费力去区分看见一辆车（初级视觉皮层），识别一辆车（识别信息流），以及在空间中定位一辆车（定位信息流）。我们只是看而已。即便是在脑内部，这些信息流也不是彼此独立无关的，它们之间有着丰富的反馈与交叉，以确保你能在正确的时间获取正确的结果。不过，这些步骤之间也有着一定的独立性，以至于当其中任何一个环节出问题时，就会导致灾难性的后果。

如果初级视觉皮层被破坏，病人就会失去基本的知觉能力。这个问题在他们画东西的时候会变得很明显。如果他们画一张笑脸，眼睛可能最后会跑到脸外面去。画车的时候，轮子可能会跑到车顶上。有些人甚至不能画出封闭的三角形，或是不会打叉。这一类是最令人悲痛的视觉损伤。

对于定位信息流的破坏会妨碍在空间中定位物体的能力。这类病人总是不能抓住眼前的东西，或是不停地撞上家里的家具。更离奇的事情发生在一位40多岁的瑞士妇女身上。她于1978年遭遇了一次顶叶部位的中风，之后所有对于移动的感觉都消失了。她的生活变成了一系列即拍即得的相片，大概每5秒钟一张。当她倒茶的时候，她会看见液体冻结在半空之中，就像是冬天的瀑布一样，而接下来，她所看到的就是茶杯里的茶水已经满出来了。当她穿过街道时，她能够看到汽车，甚至能够辨别车牌上的数字。但是上一时刻这些车还离她很远，下一时刻却可能快要撞到她了。在跟别人对话时，她看到人们讲话却不动嘴唇——所有人都像是腹语表演者一样。在拥挤的房间中她尤其感到眩晕，因为人们会出现在她身边，然而又重新出现在她另一边，就像是幽灵一样。她还是能够通过触摸或声音来感知运动，但所有视觉上的运动都消失了。

最后来说说识别信息流。如果这个部分的功能出了问题，病人仍旧能够定位物体的位置，却不再能够区分不同的物体了。如果他们把一支笔放在了一张杂乱的桌子上，那么他们就再也找不回这支笔了。在商场的停车场，他们也会因为找不到车而感到绝望。然而诡异的是，他们仍旧能很好地感知到物体表面的细节。如果让他们临摹一幅马的画、钻戒的画，或是一座哥特式教堂的画，他们可以很好地完成绘画——但还是认不出来那是什么东西。有些病人甚至能把记忆中的物体画出来，但如果之后把他们的画作拿给他们自己看，他们还是想不起来画上是什么东西。总的来说，这些病人保留着知觉能力，因为他们的初级视觉皮层仍旧在正常运转，但是细节却不能合成为识别结果。他们被事物的名称抛弃了。

有时，对于识别信息流的破坏会更有选择性。相应的病人无法识别的事物只是很窄的一类，而非全部。许多这种所谓的类别缺陷者源于疱疹病毒的攻击，而这种病毒也正是造成唇疮的罪魁祸首。疱疹病毒英语单词"herpes"的拉丁语原意是"令人毛骨悚然的"。虽然这种病毒通常无害，但有时撒起野来却会沿着嗅觉神经向上迁移到脑部，并最终摧毁颞叶。一旦发生这种情况，神经元就会惊慌失措地胡乱激发，于是病人就会抱怨说闻到了奇怪的气味或是听见了奇怪的声音。当坏死的神经越来越多时，他们就会感到头痛、脖子僵硬，甚至突然中风。很多病人最终陷入昏迷，直至死亡。那些能够重新苏醒过来的病人往往有着非常集中的脑损伤区域，就像是被那种俄国子弹射穿了一样。如果损伤恰好发生在特定的区域，那么他们就有可能会显现出相应的非常特定的精神缺陷。最常见的情况是，病人会失去辨别动物的能力，对于无生命的物体却能够识别得很好，比如婴儿车、帐篷、公文包，或是雨伞。但是，让他们看动物的时候，哪怕只是猫和狗而已，他们却只能瞪眼看着，迷惑不已，就好像面前是一只从什么外星动物园弄回来的动物一样。

类似的案例还有很多，其中一些令人难以置信。与前面的病人相反，有些受到疱疹病毒侵害的病人对于活的东西能够辨识得很好，却完全不认得工具或是其他人造物体：收银机变成了"口琴"，镜子变成了"枝形吊灯"，飞镖就像是被施了魔法一样变成了"鸡毛掸子"。更可怕的是，有一个患有所谓"物盲症"的人还在继续开车。他分不清汽车、大巴，以及自行车，但是因为他的定位信息流工作正常，所以他还是能够检测到物体运动，并且轻易打方向盘绕过车前面的任何物体。有些脑损伤病人的情况更加细化一些，他们能够辨识物体和动物，但是分辨不了食物。还有些病人只有面对特定类别的食物时才会大脑一片空白，比如水果和蔬菜。另一些病人能说得出切下来的肉块是什么东西，却说不出它来自于什么动物。"颜色失忆症"患者想不出淡黄色位于彩虹色谱中的什么位置，或是不知道血液与玫瑰是否有着类似的色调。有一位女性患者时常纠结的问题是，青豆和橙子分别是什么颜色的——我可真没开玩笑[1]！

通常，这种"精神盲人"能够通过其他感官来辨别事物：比如让他们触摸一把牙刷或者闻一个鳄梨，相关的记忆就会回来了。不过，这个方法也不是总能起作用。有位女性患者不能通过视觉辨识动物，也不能通过动物的叫声分辨它们，但却能够分辨无生命物体发出的声音。她在空间尺度方面也有障碍，但仍旧仅限于与动物相关的情况。她知道西红柿比豆子大，但却不记得是山羊更高还是浣熊更高。顺着这些线索，科学家们为她设计了一些奇怪的测试，画了一些四不像的东西给她看（比如带有煎锅把手的大水罐），她能够认出这些东西根本不存在。但是如果科学家们画出来的是长着马头的北极熊，或是其他什么拼接出来的怪兽，她却不知道这些东西到底存不存在。出于某种原因，只要有动物牵涉其中的时候，她的脑子就乱成一团浆糊了。

这种纯粹单一类别的缺陷虽然罕见，但却提示我们：人类意识的进化过程可能在这个问题上是很重要的。我们的祖先花了很多时间来思考动物的问题，无论是长毛的、披羽的，还是覆盖在鳞甲之下的。原因显而易见。我们自身就

1　青豆原文是 green bean，橙子原文是 orange，这两个词语中已经包含了颜色词"绿色"和"橙色"，但病人还是不知道物体的颜色是什么，听起来匪夷所思，所以作者才说自己没开玩笑。

是动物，而对我们身边的其他动物（可能是食物、捕食者、同伴，以及伯顿山野兽[1]）进行辨识与分类，为我们祖先的野外生存提供了一个巨大的优势。最终，我们可能发展出了专门的神经回路来负责分析动物。当这些回路被破坏时，对应的类别就整个消失在了脑海中。我们的祖先同样会利用水果与蔬菜，还有类似于工具的小物体。或许并非出于巧合，这两类东西也是辨识障碍病人中常见的无法识别的两个类别。我们的脑天生就是分类学家：把某样事物分辨为某一类，这是我们无法控制的不自觉行为。但是，专门化的回路带来的危险就是，一旦回路出了问题，相应的一整个类别的事物也就在意识中灭绝了。

我们对世界加以分类的方式还告诉了我们其他一些关于意识－脑进化的事情。我不知道是不是该使用那个"模"字打头的词汇，因为这是个极具争议的问题。但是，知道了这么多水果障碍、动物障碍和颜色障碍之后，似乎很明显的一点是，我们的脑在某个层次上具有"模块"——半独立的"器官"，用于执行专门的意识任务，能够在不损坏其他脑区的情况下被单独去除。有些神经学家在这个问题上甚至更为激进，宣称整个脑就是一台由模块组成的鲁布·戈德堡（Rube Goldberg）机器[2]，而这些模块是独立进化的，用以完成不同的意识任务。他们还宣称，把这些模块用胶水和橡皮筋固定在一起，就构成了我们对世界的认识。对另一些科学家来说，这种"超级模块化"的概念走得太远了。这些科学家更愿意把意识和脑看作是非专一性的问题解决者，而非是专门化组件的集合。无论如何，大多数神经学家都认同：无论你使用"模块"还是别的什么称谓，我们的意识的确使用了这些专门化的神经回路来完成特定的任务，比如辨识动物、辨识可食用的植物，以及辨识脸。

＊　＊　＊

1　《伯顿山野兽》（*Beasts of Burden*）是美国的一个漫画系列，讲述五只狗和一只猫组成的小队调查伯顿山这个动物社区中出现的各种灵异事件的故事。

2　鲁布·戈德堡是美国漫画家，所画漫画以通过一系列环环相扣的复杂机械装置来完成简单任务而著称。与他画笔下的这些装置相类似的东西被统称为鲁布·戈德堡机器。

从某个方面来看，我们对脸的分析方式与对其他物体的分析方式是一样的：用双眼快速扫描我们所看到的线条、阴影，以及凸凹程度，这会导致特定的神经元群共同发出和谐的蜂鸣。虽说如此，与分析其他物体相比，对面孔的分析还是需要更高级的脑部组件。这一方面是由于作为社会生物的我们需要从别人的表情中读出别人的想法和情绪来；另一方面是由于大部分人的面部器官都长得太像了——别不承认这一点。

与意识方面的其他任何功能一样，分析面孔这项工作也是由许多不同的灰质区域合力完成的。不过，脑的"南极"附近的一些区域在脸的识别中有着特别的作用，其中就包括"梭状回面孔区"。脑扫描表明，只要人们在分析别人面孔的时候，梭状回面孔区就会被激活。如果通过电的手段来干扰梭状回面孔区，被试者看到的脸就会像从哈哈镜里看到的一样变形、拉伸。梭状回面孔区最重要的特征是其对面孔信息的整体化处理。我们处理普通物体的视觉信息时，似乎是把它们的不同特征一块一块拼合起来的，然而我们阅读一张脸时，却是在一瞥之间立刻完成的。换言之，一整张脸要比单独的眼睛、单独的鼻子、单独的嘴唇加起来的总和更好。

要说明的是，梭状回面孔区在其他一些情况下也会被激活。鸟类学家研究鸟类时，赛车迷研究赛车时，以及威斯敏斯特的裁判们[1]研究狗的时候，这个脑区也会被频繁唤醒。换句话说，只要我们需要分析很窄的一个类别当中几近一致的事物时，我们那可塑性极强的脑就会调用梭状回面孔区来帮忙。

不过，所有证据综合表明，我们有着一个专门化的面孔回路——纵使它有时也被挪作他用。就算在那些研究某一物体或动物的专家的脑中，梭状回面孔区也是对于面孔的反应最强烈。但梭状回面孔区还只是一个更大系统中的组成部分之一——我们的脑处理面孔的方式要比处理物体的方式复杂得多。我们有专门的回路，只在看到带有某些特定情绪的表情时才会被点亮，或者只在看到对方的面孔朝向某个特定的方向时才会被点亮。还有一点与处理汽车或别的

1　此处指的是纽约著名的威斯敏斯特养犬俱乐部每年举办的宠物犬比赛中的裁判。

什么东西不同的是，就算看不到面孔，我们的脑也总是在不断地检测有没有面孔出现，比如在卫浴用品上，在玉米饼上，在其他某颗星球的随便哪堆岩石上。任何时候，只要我们看到有两个深色的圆点挂在一条接近水平的直线上面，我们就会不由自主地想要去做自我介绍。在视野中发现面孔已经成为我们的一种义务了。

至少对于大多数人来说是这样的。关于专用面孔回路的最佳证据都是来自于那些与脸盲症抗争的病人，他们或是由于梭状回面孔区受到损伤，或是由于那里的接线方式发生了错误。有些脸盲症患者在街上与自己最亲密的朋友擦肩而过，却连眼都不眨一下。在生日聚会上（甚至包括他们自己的生日聚会），脸盲症患者可能会要求人们佩戴名牌，甚至在家族聚会中也是如此。为了能够真的分辨清楚周围的人，他们要么就得倾听别人说话的嗓音，要么就得回忆别人走路的姿态，要么就得寻找有别于他人的痣、伤疤，或是发型。伟大的肖像画家查克·克洛斯（Chuck Close）就患有严重的脸盲症。这起初看来有点讽刺意味，但是这种病令他不得不仔细端详面孔，这可能恰恰增强了他的天分。有些脸盲症患者甚至连别人的性别和年龄都分辨不出来。有一位威尔士采矿工程师小酌几杯之后睡着了，结果就出现了中风，当他醒来之后发现自己没法区分他的妻子和女儿了。在另一个案例中，一位英国人的脑损伤令他饱受脸盲症之苦，他不得不脱离了社会生活，成为一名牧羊人。几年之后，他能够仅凭外表就区分他的大多数绵羊，却再也没有能够重新回归人类社会*。

如果脑损伤选择性地只留下了面孔回路的功能，也能揭示不少事情。1988年，一位名叫C.K.的男子在加拿大安大略省慢跑时被汽车撞倒，导致了严重的封闭性脑损伤。除了一些情绪控制以及记忆方面的问题，他多多少少算是痊愈了，并最终在一台语音控制电脑的帮助下完成了历史专业的硕士学位。不过，还是有一方面的缺陷一直没能治愈：C.K.无法分辨任何没有生命的物体，甚至连食物也不行。治疗他的神经科医生记得有一次带他去吃自助，只见他走来走去，困惑不已。所有的食物在他看来都像是"不同颜色的大块"。到了餐桌上，他似乎是在用他的叉子乱捅一气，随便叉着什么就吃什么。在家里，他无法再用他喜爱的兵人收藏品摆一场模拟大战，因为希腊、罗马、亚述人的兵人现在看起来都是一样的。他也不能分辨身体部位：不止一次，他曾经想要把被子底下伸出来的一团奇怪的粉红色东西扔一边去——然而那只是他的一只脚而已。虽然有着如此之多的奇怪问题，C.K.在面孔识别方面却是专家的水平，而且轻而易举。有一次在健身房的浴室遇到那位神经科医生，C.K.甚至在医生认出自己之前就跟他打了个招呼，吓了医生一跳。

着迷于C.K.这种独特缺陷的纯粹性，神经学家们让他接受了一系列的面孔识别测试。结果表明，他能轻易认出社会名流，甚至是遮盖住一部分脸他也能分辨出来；如果科学家们在面孔照片上叠加了一些伪装物（比如格劳乔[1]式的眼镜），他一样能认得出来。他能够迅即找出"寻找隐藏的……"图片游戏中的所有面孔。在这种游戏中，面孔都是藏起来的，比如说混在一幅森林场景中。C.K.能够辨认出兔八哥和巴特·辛普森，还有其他卡通角色，也能认出猫王、鲍勃·霍普[2]和迈克尔·杰克逊的漫画形象。事实上，这类漫画常常能让人脑的梭状回面孔区陷入癫狂，因为在漫画中往往会夸大人物的面部特征，简直就像是为面孔识别回路准备的色情片一样。最令人印象深刻的是，C.K.在一张照片中只要对陌生人的脸看上一眼，就能从一组长得极像的人的照片中把那个人挑出来，就算陌生人再次出现在照片中时，脸部朝向了不同的方向也没关系。在许多此类测试中，C.K.的得分都比对照组的普通人要高。

另一方面，C.K.在其他一些测试中却一塌糊涂。例如，给他看上下颠倒的面孔时，即便是自己之前辨认出来过的面孔，他也无法辨认出来。神经学家长久以来就知道，把任何物体颠倒过来都会加大辨识的难度，而颠倒面孔带来的困难又远超颠倒动物、建筑，或其他任何东西带来的困难。但是，其他人通常费点劲都能认出上下颠倒的面孔，C.K.却毫无头绪。他甚至连上下颠倒的卡通面孔也辨认不出来，而大多数人却会发现这个任务很是轻松。把一张面孔撕掉

---

1 美国著名喜剧演员和电影明星，其外貌特征就是夸张的胡须、眉毛以及眼镜。

2 美国家喻户晓的喜剧明星。

再搅乱，就像炸成碎片一样，然后再拿给C.K.看，他同样无法辨认。如果把一幅阿尔钦博托（Arcimbaldo）的作品拿给他看（就是那种诡异的，来自16世纪的"肖像"画，用水果和蔬菜拼凑出了一张脸），C.K.几乎什么也看不到，却能看出整体的一张脸来。他察觉不出来画上有梨做的鼻子，苹果做的脸颊，青豆做的眼皮，这些东西只会让我们普通人看了不舒服。

C.K.的问题暗示我们：脑辨认面孔时有两条正常的渠道。其中之一是梭状回面孔区回路，能够快速地从整体上识别面孔。这一系统在C.K.所受的伤害中幸免于难。但是，梭状回面孔区回路很挑剔：它需要看到双眼挂在嘴的上方，并要检测到粗略的对称性，否则的话就无法启动。在这种情况下，有一个后备系统应该能够接手。这个后备系统速度比较慢，可能要把颠倒过来或是碎裂的面孔信息一点一点拼凑起来。也就是说，它对待面孔的处理方式更像是对待物体。事实上，它可能调用的正是我们处理一般物体识别所用的脑区——这就是为什么C.K.在有些面孔识别测试中表现得无所适从的原因，因为他的物体辨识能力属于最弱的一类。把一张面孔去人性化，也就是把它转化成纯粹的物体时，面孔识别高手就成了脸盲症患者。

＊　　＊　　＊

你用来辨别身边其他人的那些回路，自然也会在你辨别镜子中自己的样貌时发挥作用。但是，看见自己的脸还会唤起更深层次的联结关系：它会涉及你的身份、你的自我、你对于自己的感知。由于这件事与人们自己有着深刻的联系，以至于在一战中面部受伤的士兵们才会因为这方面的原因而深受其害。

对于面部毁容的研究的确是始于20世纪的，但不仅仅是因为现代战争的出现。手枪的兴起，特别是汽车的出现，造成了平民百姓中大量的伤亡事故。然而令人吃惊的是，在所有被研究的伤者人群中，总有许多人可以很好地重新融入社会，即便是有些受了最严重伤害的人也几乎没有表现出心理方面的问题。就比如那些娶了护士为妻的伤残士兵，他们更倾向于把残疾的事情扔到一边，用心地过自己的生活。甚至于，他们中有些人如果碰到别人盯着他们看，还会拿自己的伤疤开玩笑，说自己曾经是个跟熊摔跤的角斗士，只不过很糟糕罢了；或者说"上帝拿平底锅砸在了我脸上"。

不过，还是有很多伤者的反应完全是在意料之中的。对于自己面孔的遭遇，他们表现出的症状先是哀伤，而后是悲恸，就像是对待某人的死亡一样。而且，在身体的伤痛治愈之后很久，他们依然无法融入社会，在沉默中承受着别人目瞪口呆的凝视或讶异。受伤多年之后，有少数人还会被自己在玻璃上的倒影吓一跳。他们对于自己的这副尊容很难彻底放下。

在过去十年间，心理学家通过对新的一类病人的研究拓展了他们对于面部创伤的认识。这些病人就是接受了面部移植的人。面部移植顾名思义，就是通过外科手术把死人的鼻子、嘴唇、面颊，或其他面部组织移植到一个活人脸上。通过这种方式，一战期间开创性的面部重建手术与安娜·科尔曼·莱德等人制作的栩栩如生的面具就被结合到了一起。不仅如此，由于面部移植涉及一张活的面具，一张能够说话、能够表达情绪的面具，于是心理学家们终于得以探究那个很久以前由莱德的工作所引发的问题：脑能否接受自己的全新面孔？

第一个接受面部移植的人是一位38岁的法国女性，名叫伊莎贝拉·迪诺埃尔（Isabelle Dinoire）。她在2005年5月的一天，因为与女儿吵了一架，一气之下吞下了一大把安眠药。虽然她并不期望能够再次醒来，但却还是醒了过来。昏昏沉沉之下，她在嘴里放了一支雪茄，却发现自己叼不住它。此时她才发现身边有一大摊血迹：她养的拉布拉多猎犬在她昏迷期间抓破了她的脸。迪诺埃尔跌跌跄跄地走到镜子跟前，看到粘着血污的乱糟糟的金发仍然环绕着她的面庞，但是猎犬已经把她的鼻子啃掉了，只剩下两个深可见骨的空洞，也没有嘴唇覆盖在牙齿和牙床上了。虽然赶来的急救人员稳定住了她的情况，但是迪诺埃尔在接下来的几个月内却变成了一个隐居者，每时每刻都躲在手术面具后面。

在迪诺埃尔手术之前的几年里，医学界陷入了关于面部移植伦理学问题的无谓空谈之中。有少数散播恐慌情绪的医生甚至表示，移植物捐献者的家人有可能会偷偷跟踪接受移植的人，或者有可能出现一个交易完美脸庞的黑市。有些激进分子主张就连关于面部移植的讨论都要杜绝，以免给伤残者带来情感上的伤害。不那么歇斯底里的反对者则是基于医学方面提出的反对意见：皮肤移植会激发极其严重的免疫排斥，所以接受移植的病人需要服用大量的免疫抑制药物，从而又增加了他们罹患很多其他疾病的风险，而且有可能缩短他们的寿命。

然而，另外一些医生则很推崇面部移植这个想法。他们引用的调研结果表明，人们实际上宁愿用许多年的生命来交换一个修复被毁面容的机会。支持面部移植的外科医生还指出，心脏移植手术的反对者也曾经散播过类似的对于身份认知危机的恐惧，但是他们的担心无一成为事实。医生们同时也强调了替代疗法的局限性。整形外科医生能够做一些很神奇的事情，比如用一个脚趾头改造出一个全新的鼻子来(这是真事儿)。但是，这往往看起来很糟糕，而且肯定也不具备相应的功能。问题在于，我们身上没有能够替代面部组织的东西。

为了检验面部移植的风险，医生们研究了他们所能找到的任何与之类似的事情。为了确定新的脸是会更像移植物的捐献者（提供了皮肤和软骨）还是更像接受者(提供了底下的骨骼结构)，外科医生们交换了尸体的脸，然后请志愿者评判术前和术后的照片。他们的结论是，除了眉毛等某些特定的特征以外，这张新的面孔既不像是捐献者，也不像是接受者。它将是一张新的、与众不同的脸。同时，医生们还检验了其他一些彻底性的移植手术的结果，比如舌、喉，特别是手。与面部移植相同，手的移植也涉及不同类型的身体组织，因而对于病人免疫系统的要求是类似的。手的移植还证明，脑能够轻易地整合移植组织在神经方面的需求。有必要说明的是，与面孔相同，我们的脑中也有专门只在看到手时才会激发的神经元——这大概是语言诞生之前靠手势沟通所留下来的遗产吧*。

医生们还评估了手的移植在心理方面的影响。首先，最重要的在于，病人得接纳外来的组织成为他们身体的一部分才行。在手的移植问题上，医生们竭力避免任何弗洛伊德精神分析式的小错误，比如要求病人在讲话时要说"我的手"，不要只是泛泛地说"手"。医生们还很强调在日常生活中使用新手的重要性，越是亲密性的举动越好。有一位移植了手部的病人紧张时会咬新手上的指甲，移植团队中的外科医生看到这一情景很是生气，然而心理医生看到了却很开心——要知道，你是不会去咬别人的手指甲的。不幸的是，那些心理学上的保障措施并不总是会奏效。1998年，第一例手移植手术的接受者名叫克林特·哈勒姆（Clint Hallam）。他的手术进行得相当顺利，而且哈勒姆的新手也渐渐有了感觉，每天发展几毫米的样子。但是，在29个月之后，哈勒姆不再服用免疫抑制剂了。他说新手的感觉又一点点消失了。他的免疫系统开始攻击这只新手，最后医生不得不为他做了截肢。

如果面部移植出了什么问题，截肢可不是什么可选的处理方案。尽管如此，一群通过把自己比作哥白尼、伽利略、埃德蒙·希拉里（Edmund Hillary）[1]来嘲弄命运的法国外科医生，于2005年在伊莎贝拉·迪诺埃尔身上推进了面部移植的发展。他们选择迪诺埃尔的部分原因在于，她"仅仅"失去了鼻子、嘴唇和下巴（面部三角区），这让手术变得容易一些。2005年11月，一位合适的捐献者出现了，她是附近小镇上的一位46岁女性，因为上吊自杀而陷入了脑死亡。她与迪诺埃尔在年龄、血型，以及肤色方面都很匹配，于是迪诺埃尔的医生们迅速行动了起来。他们花了数个小时"取回"上吊女性的脸：首先把她的皮肤和连接其上的组织揭下来，带着血管和神经，只留下一张血红色的肌肉面具。接下来移植给迪诺埃尔的手术反而是那天比较容易的一个任务。

在康复期间，迪诺埃尔的新面孔肿得吓人。在术后第18天的时候，她的身体几乎就要排斥这张新脸了。与此同时，媒体也相当疯狂，有家英国小报甚至挖出了那位脑死亡捐献者的身份。但迪诺埃尔康复的速度远超任何人的预期。一周之内她就已经用她的新嘴唇吃东西了，不久之后就能说话了。一两个月之内，热和冷的感觉也回来了，同时找回来的还有大多数的面部运动。最重要的是，她又开始离开她的家了，恢复了社交生活，还认识了新的人。比较滞后的一项面部运动是微笑——花了10个月的时间，而且她只有半张脸能笑，像是中

---

[1] 新西兰探险家，在可证明的记录中是最早登顶珠穆朗玛峰的人。

风一样。但是到了14个月的时候，她又能够做出一个完整的微笑了。当然，她有充足的理由去微笑。

中国的外科医生于2006年4月做了世界上第二台面部移植手术。此后很快有了更多此类手术跟进，并且取得了引人注目的成就。许多病人到了术后第4天就能讲话、吃东西、喝东西了。触觉通常会在一两个月内恢复，而脑扫描发现，他们的面孔在脑中很快就重新"上线"了，比手快得多。事实上，病人们看到自己一度休眠的面孔脑区在扫描中"苏醒"，感到很兴奋。心理学方面的调整通常也进行得很顺利。与手不同的是，你不用整天看着自己的脸，这或许也对心理调整有帮助。当病人们真的照镜子时，他们发现很容易接受新的形象。当然，那不再是旧的"他们"。但是，隐藏其下的骨骼结构还是足以让他们的镜中形象唤起"是我，那是我"的感觉。

受到这些早期成功案例的推动，有少数团队现在已经在进行要求更高的全脸移植手术了。世界上接受此类手术的第三位患者名叫达拉斯·文斯（Dallas Wiens）。2008年11月，时年23岁的文斯在得克萨斯州沃思堡一座教堂的屋顶上做粉刷工作时，他操作的液压升降机意外撞上了输电线。据目击者称，他头部周围的空气持续15秒钟发出蓝色的光芒，而流经他面部的电流把他的脸熔化成了一张空白的面具。有位作者写道："简直就像是没有安装任何面部器官的土豆头先生[1]。"*2011年3月，文斯移植了一张脸。新的脸是被装在一个蓝色的冷藏箱中运来的，泡在冰水混合物之中。无论是面积还是厚度，这张新脸都跟一张中等大小的还没烤过的生比萨面饼差不多。

外科医生们首先把捐献来的面孔跟文斯的血液供给连在了一起，连接点是他的颈部大动脉。为了完成这个步骤，医生们采取了一些创新性的缝合术，因为捐献者的动脉有雪茄那么粗，而文斯的血管由于萎缩的原因只有吸管那么粗了。当准备移植的面孔开始泛起粉红色时，医生们总算松了一口气，因为这标志着面孔接受了文斯的血液。整台移植手术持续了17个小时，在此期间，当医

1　曾经流行于美国的一种玩具，在一个像土豆一样的光脑袋上可以自己组合安装不同的五官。

生们操纵这张新的面孔，把不同的神经和肌肉重新接上时，这张脸就像是一会儿在傻笑，一会儿在眨眼，一会儿又在扮鬼脸。最后，医生们把文斯推到了重症监护室，等着看他能否自己笑，自己眨眼，自己扮鬼脸。

当文斯醒来的时候，他感觉自己这张严重肿胀的新脸重重地压着他，就像是个铅制的面具一样。他只能通过一根插在气管上的管子来呼吸。但是，仅仅几天之后就证明，所有的不适似乎都是值得的。在一个无比寻常的时刻发生了一件令人感动得落泪的事情：文斯发现自己又能闻到食物的味道了，那是一盘烤面条。触觉没过多久也回来了，他多年以来第一次感觉到了，真真正正感觉到了他女儿的亲吻。文斯甚至开始在梦里梦到他的新面孔了。这些时刻是第一次世界大战时期那些面具，哪怕是其中最艺术的那些，也永远无法复刻的。

跟手的移植一样，医生们发现病人越常使用他们移植的脸（比如刮胡子，微笑，化妆，咀嚼，亲吻，接受别人的亲吻），他们就越容易接纳他们的新脸成为身体的一部分，而与这张脸是什么样子无关。人类对于视觉的依赖的确达到了一个极高的程度，而我们的视觉回路也的确比其他感官回路占据了大得多的脑区。那么，以下这一点也就丝毫不令人奇怪了：相貌与我们对自身的认识有着紧密的联系。然而，最后我要说的是，神经科学中有一个重要的事实就是，脑对于我们自我认知的构筑远远不只是相貌而已。正如我们在接下来的章节中将要讲到的，我们对于自我的感知还会激发情绪核心区、记忆区，以及我们对于自己一生的记叙。最早一例面部移植发生在2005年，所以从医学上来讲，长期的可行性仍是未知的。但是至少在心理学层面上，这些手术已经成功了：脑的确能够接纳镜中的新面孔。其中部分原因在于，那只是样貌而已，只是一层遮盖物。正如一位评论者所写的："人类到底是怎样的？对于这个问题，面部移植的成功或许证实了一件事情，那就是人类并没有我们自己所认为的那样肤浅。"

第三部分

身与脑

第五章　动与脑

现在，我们已经知道了脑的一些内部结构，是时候来探索一下脑的下部区域与外面世界的相互作用方式了。最初级的相互作用是通过运动来实现的，涉及通过神经向身体传递信息的过程。

乔治·戴德罗（George Dedlow）。一毛钱的硬币、两毛五分钱的硬币，还有一美元的银币，不断汇聚到费城的"伤残医院"。这些捐助往往还附带字条，表达着对于乔治·戴德罗的同情。聚集在医院大门前的每一个男人都想要对乔治·戴德罗脱帽致敬，而每一个女人都想要给乔治·戴德罗送上飞吻。虽然医院的负责人极力劝说人们不要再关注此事，但祝福者们仍是不知疲倦地询问着乔治·戴德罗上尉的情况。

《亚特兰大月刊》1866年7月号的封面故事就是《乔治·戴德罗病例》——美国南北战争期间最为悲伤的故事之一。在引言中，戴德罗声称他原本努力想要在一本医学期刊上发表他的报告，但是屡次被拒之后，他才把这份报告改成了一篇个人自述。事情始于1861年，戴德罗作为一名助理军医加入了印第安纳第十志愿旅[1]——尽管他当时连医学院一半的课程都还没有读完。彼时的美国陆军军医严重短缺，仅有113人，相对于交战双方在战争期间实际所需的11 000

---

[1] 美国南北战争期间响应林肯总统号召组织的北方志愿军队之一。

名军医来说，只能是杯水车薪。于是，很多作战部队连戴德罗这样的新手也要抢走。

戴德罗在文中写道：1862年他驻扎在纳什维尔[1]南边一处疟疾横行的沼泽地，有天夜里，他们接到命令要深入敌方阵线30多千米，去夺取一批奎宁[2]。前进了27千米的时候，他中了敌人的埋伏，双臂全都中弹，分别位于左臂的二头肌和右侧肩膀部位。而后，他就昏了过去。等他苏醒过来，发现身边都是南方叛军。他们就像是十字架前的百人队长[3]一样，从他身上搜刮走了很多东西，包括他的帽子、手表和靴子。不过最终，他们还是把戴德罗扔到了一辆医疗马车上，载着他向南颠簸了400多千米，到达了一家位于亚特兰大[4]的医院。他的右臂一路上都在跳痛，疼得就好像架在火边烤一样，只有往胳膊上浇点水才能让他稍感缓解一些。这种灼痛感之后持续了6周，并且变得越来越强烈。医生建议他截掉这条胳膊，但医院却缺乏麻醉所需的乙醚。尽管如此，戴德罗实在忍受不了胳膊的灼痛，还是同意了进行截肢手术。

康复之后，戴德罗通过交换战俘回到了北方。然而这位独臂医生却没有回到家乡，只是休了仅仅30天的假就重新加入了他所属的部队。这些来自印第安纳的小伙子们又一次来到了田纳西州，而田纳西州又一次没有好好款待他们。就在奇卡莫加河附近，发生了美国历史上最为血腥的战斗之一。在这场战斗中，当戴德罗的部队向一座山上仓皇奔逃的时候，他们卷入了战斗双方的猛烈交火之中。枪炮的硝烟如同云雾一样将他们笼罩，唯有枪口红色的闪光和来复枪的轰鸣不断刺穿着烟雾。这次戴德罗是双腿中枪，成为这场战斗留下的3万多名伤亡者之一。

戴德罗醒过来的时候发现自己被压在一棵树下，双腿的大腿骨都被砸碎

1　美国田纳西州首府。田纳西州于南北战争初期脱离美国联邦，加入南方阵营，成为内战的前线。

2　又称金鸡纳霜，广泛存在于多种树皮中，是树皮能够治疗疟疾的关键药用成分。

3　此处指《圣经》中记载的耶稣被钉在十字架上受难时，跟前守卫的几名罗马帝国百人队长却袖手旁观。作者以此比喻南方叛军对戴德罗见死不救。

4　美国佐治亚州首府。佐治亚州是南北战争前第一批宣布脱离联邦的七个州之一。

了，他整个人吓蒙了。医护兵们给他喝了点白兰地酒，把他的长裤剪开了。两名穿着海军蓝色的军服[1]，围着绿色腰带[2]的军医弯下腰来检查了他的伤情，然后撇了撇嘴走开了，根据战场上的优先救治原则抛弃了他。然而又过了一段时间，戴德罗感觉到有块毛巾捂住了他的鼻子，然后他就吸入了微带水果香气的化学物质——氯仿。原来是另外两位军医来到了他身边，并决定要在战场上就地给他的双腿截肢，而已经不省人事的戴德罗对此一无所知。

南部邦联的军医通常采用"环形切断术"施行截肢。他们会在皮肤上做一个360°的环形切口，然后把皮肤像撸衬衫袖口一样卷上去。把肌肉和骨头切断之后，他们再小心翼翼地把皮肤放下来，包裹住残肢。这种方法留下的伤疤较小，也不太容易感染。北部联邦的军医则更喜欢用"瓣状切断术"施行截肢。医生们会在伤口两边各留一些皮肉与残肢相连，并在截肢后把这些皮肉覆盖到断面上。这种方法操作速度更快，并且能让残肢与今后义肢的接合处更舒服一些。南北双方加在一起，共在内战期间截除了6万余根手指、脚趾、手、脚，或是四肢。在路易莎·梅·奥尔科特（Louisa May Alcott）[3]的《医院速写》中，有一位联邦士兵叹道："主啊！等我们这些老兵在审判日爬出坟墓的时候，那得是怎样一幅胳膊腿乱飞的混乱景象啊！"一台典型的截肢手术可能会持续4分钟，而在最糟糕的日子里，一名军医一天要做100多台截肢手术，有些就在战场上，有些则在谷仓、牲口棚，或是教堂里，还有一些手术在两个木桶上面架块木板就做了。有些伤者的病情可截可不截，但军医们都会谨慎地选择截肢，因为当时开放性骨折[4]的死亡率是极高的。这也并不是说截肢的死亡率就很低。当时双腿高位截肢的病人有62%的死亡率。

对于戴德罗后来的经历来说，他的手术结果或许是一种遗憾，因为他在双腿高位截肢之后并未死去，而是苏醒过来。不过当他醒来的时候，他仍是浑浑

1　南北战争期间，北方军队的军装为普鲁士蓝色，又称海军蓝色。此处用颜色说明军医是戴德罗自己一方的。

2　南北战争期间，南北双方的军官都佩戴丝制腰带，并通过颜色区分身份，绿色腰带代表医务相关军人。

3　19世纪美国著名女性小说家，著有《小妇人》等脍炙人口的作品。

4　又称为复杂性骨折，指折断的骨头刺穿皮肤，暴露在空气中的骨折，大大增加了感染的可能。

噩噩的，并不知道发生了什么事情。就在这个时刻，他的传奇开始转向了，超越了一般士兵的悲惨故事。尽管接受了双腿高位截肢手术，但他醒来的时候却感到两边小腿肚子都在抽筋。

他叫住了一位医院的护工，喘息道："帮我揉揉左边小腿肚子。"

"小腿？你没有小腿了，"护工回应道，"都截掉了。"

"我自己的身体，我自己还不清楚？我两条腿都很疼。"

"好吧，我可不这么认为。你连一条腿都没有了。"

据戴德罗回忆，护工说到这"掀开了被单，出于对我的敬意，让我自己看……"

戴德罗感到一阵晕眩，打发走了护工。他艰难地躺回床上，怀疑自己是不是疯了。可是见鬼了，他明明感觉到两条腿都在抽筋——两条腿"感觉"完好无缺。

不久，另一个悲剧降临到戴德罗的身上。上次在纳什维尔遭受伏击之后，他的左臂一直也没有彻底痊愈，始终都在流脓。如今在这个并不整洁的康复病房里，他的左臂又染上了"医院坏疽"——这是一种发展迅猛的疾病，能以每小时1厘米多的速度吃掉他的皮肉，得这种病的患者几乎有一半都死在了病床上。虽然心不甘、情不愿，但戴德罗还是让医生把他四肢中仅剩的左臂也截掉了。他后来感叹道，当他再次醒来的时候，感觉自己像是缩起来的什么东西，不太像人，更像条"肉虫子"。

1864年，戴德罗被转到了费城的南街医院——人们习惯称之为伤残医院，因为医院的走廊里满是蹒跚而行的伤残截肢患者。但即便是在伤残医院，戴德罗的极端无助也让他成了一个另类：医护兵必须每天早晨给他穿衣服，时不时拖着他去上厕所，还要吹吹他的鼻子，给他挠痒痒。实际上，他就像是一直在打坐一样，因为医护兵无论带他去哪儿都得把他放在一把椅子上抬着。戴德罗几乎不用睡觉，他的心跳也只有每分钟45下。因为需要营养的身体部件少了很多，他每一餐都不太能完全吃掉，而这还得靠医护兵一口一口地喂给他。

然而，不知道为什么，戴德罗仍旧还是能感觉到他已经失去的那五分之四的身体：仍能感觉到看不见的手指在发痛，仍能感觉到看不见的脚趾在抽搐。"在夜里我常常会试着用一只已经失去的手去摸索另一只已经失去的手。"他如此回忆道，但是虚幻的双手总让他的愿望难以达成。出于好奇，他也询问过伤残医院里其他的病友，结果发现他们也有着类似的感觉体验——刺痛、抽筋、痒——都发生在已经失去的肢体上。实际上，这种存在于他们虚幻四肢上的邪恶痛楚常常让他们失去的肢体比真实存在的肢体更能引起自己的注意，这令他们十分困扰。

戴德罗并不知道是什么原因导致了这样的现象。就这样沮丧了几个月之后，他遇到了一位伤残病友。这位长着淡蓝色眼睛和浅黄色胡须的中士给他带来了答案。他们有一次谈话的时候聊到了招魂术，以及与离开的魂灵沟通的问题。戴德罗对此报以嘲笑，但中士还是说服了他参加次日的一场降神会。降神会开始之后，先是一些神神道道的过场，然后灵媒便开始召唤人们死去的孩子或是亡故的爱人。这种把戏常常会让参与者陷入一种歇斯底里的状态。灵媒还通过像是通灵板一类的东西转达了来自另一个世界的信息，具体方法是指向字母表卡板上的不同字母，然后聆听代表"确认"的敲击声（显然幽灵能够发出敲击声来），这个时候所指向的字母就是正确的字母。终于，这位面色苍白、唇红似血的灵媒，尤菲米娅大姐转向了戴德罗。她让戴德罗在心中默默召唤他想要见到的人。戴德罗后来记叙道：突然之间，他有了一个"疯狂的想法"。过了一会儿，尤菲米娅询问戴德罗的客人是否已经到来了，屋里响起了两声敲击声。当尤菲米娅问他们的名字时，他们通过敲击给出了一个匪夷所思的答案："美国陆军军医博物馆，第3486号、3487号。"

尤菲米娅的眉头皱了起来，但是作为一名军医的戴德罗却明白这是什么意思。根据沃尔特·惠特曼（Walt Whitman）[1]（以及其他很多无法忘记那幅场面的人）的记述，医院日复一日地在门外堆积起截下的残肢，它们就像是一座座由腿、胳膊以及手构成的坟冢。然而这些残肢并没有被掩埋，而是被军方泡在了

---

[1] 美国19世纪著名诗人、文学家，著有诗集《草叶集》等，在南北战争期间志愿担任陆军医院的护士。

一桶桶的威士忌酒中，统一运到了美国陆军军医博物馆。在那里，所有的残肢都被归类编号，以备未来的研究之用。戴德罗的两条腿显然编号为3486号和3487号。他们借由戴德罗的心念，被尤菲米娅召唤到了降神会上。

戴德罗的故事到了这儿，又一次改变了方向。他突然哭了，然后开始从椅子上直起身来。戴德罗后来宣称：他当时能感觉到自己消失的双腿重新回到了身体下面，重新连接到了大腿根上。过了一会儿，他的躯干抬升起来，他开始蹒跚前行。一开始他走得并不稳当——对此他写道：毕竟，两条腿一直都在酒里泡着。但他还是穿过了半间屋子。然后，那两条腿消散了，与此同时，他也倒了下来。

写到这儿，戴德罗的故事戛然而止了。他与另一个世界的短暂接触并没有让他感到愉快，反而是提醒了他所失去的，令他更加消沉了。正如他对负责记录他故事的执笔者所说的，对于任何人而言，如果"失去了自己身体的一部分，那肯定也会失去自我存在感的一部分"。他总结道："我所剩下的，恰好不是一个人欢乐的那一部分。"

虽然这个故事被医学期刊拒绝了，但《乔治·戴德罗病例》引发了大众的强烈同情——这对于公众施加的影响力是一篇学术论文永远也不可能达到的。南北战争导致了数十万人的伤残或毁容。几乎每一个人都有某位兄弟、叔伯或是表亲受到了永远无法修复的伤害。不仅如此，作为第一场被图画所完整记录的战争，南北战争给这个国家留下了无法磨灭的图像印记，有残肢，有裸露的伤口，还有本不该有洞的地方出现的孔洞。这些出现在博物馆里以及期刊杂志上的骇人图画，在某种意义上可以说是对维萨里《人体的构造》的一种传承。只不过，这些图画并非在赞颂人体的形态，而是在记录人体形态的毁灭。

即便这些记录着残破人体的图画有着这样重要的意义，它们却一直不为人知——直到乔治·戴德罗为它们发出了声音。他的故事在为每一个村落广场上残疾的士兵代言，在为每一个教区教堂长椅上哭诉的伤残者代言，在为每一位在深夜里被消失的残肢折磨得痛苦嘶吼的截肢者代言。

在1866年的夏天，从全国各地而来的捐助者们为了戴德罗上尉而会聚到了费城。人们甚至聚集在伤残医院的门口，恳求要见一见他们的英雄。当他们听说戴德罗这个人根本就不存在时，全都大吃一惊。医院的负责人带着无尽的遗憾告诉人们，在这里的病人之中并没有乔治·戴德罗这个人。他也没有在医院的档案中找到任何叫乔治·戴德罗的人。为了此事，军队也检索了他们的档案，同样没有在任何地方找到这个名字，甚至没有任何四肢都被截掉的病人。医院的负责人解释说，《亚特兰大月刊》上发表的故事只是一篇小说而已。这个故事中唯一真实可信的事情，就是戴德罗所患的失调症，而这种病症此前从未被医学界重视过。荒诞的是，故事中唯一真实存在的细节，就是并不存在的幻肢。

*   *   *

自从人类懂得发动战争以来，军医就已经开始截除肢体了——然而直到近代，经过手术的士兵们才有机会存活下来亲口讲述自己的体验。与枪伤创口处理方法上的革新相类似，安布鲁瓦兹·帕雷也劝说16世纪的军医们不要把刚刚截肢的创面泡在滚油或硫酸中消毒。相反地，他推荐连接法，包括把截断的动脉扎起来，把创面缝合等。这一举措大大降低了血液流失和感染的概率，更不必说避免了滚油或硫酸所带来的剧痛。结果就是，截肢者终于有了还算可以的存活率。事实上，帕雷对于伤残者的存活极有信心，以至于他开始为他们设计义肢。其中某些义肢得益于机关和弹簧的帮助，甚至还可以活动。不过他的假耳朵、假鼻子和假阴茎等一系列设计仍是不能活动的。

丝毫不会令人感到意外的是，关于幻肢的第一批零散记录出现在帕雷的笔下。这些记录很快变成了哲学家们所痴迷的问题。勒内·笛卡尔（René Descartes）也曾偶尔涉猎神经科学，他在这方面最为著名的论断是曾经宣称：松果体*，一个位于脊髓上方像豆子似的小块肉球，是人类灵魂于尘世间寄存的容器。他对于幻肢的含义也曾冥思苦想。当时有一个女孩因为坏疽而失去了一只手，但苏醒过来却在抱怨那只手很疼。这个故事令笛卡尔感到尤为触动。他后来写到，此事以及其他类似的事件"摧毁了我对于自己感官的信心"，以至于他不再将感官信奉为通往知识的确定途径。由此，笛卡尔向着"我思故我在"迈

         疯脑：五百年神经学奇案

出了一小步——根据他的这一著名论断，他只相信推理的力量。

英国海军英雄霍雷肖·纳尔逊（Horatio Nelson）也从幻肢的问题上一跃而至玄学。他的军事生涯中最大的一次失误就是1797年对于加那利群岛特内里费岛的进攻。在这次进攻中，一发火枪的弹丸撕碎了他的右肩。军医不得不在一艘摇摆的战舰上昏暗的舱室内为他截去了右臂。此后数年间，纳尔逊一直感觉他并不存在的手指戳在并不存在的手掌之中，导致了精神上的巨大痛苦。然而实际上，他却从中得到了救赎，将其称为灵魂存在的"直接证据"。理由就在于：如果手臂的物质消失之后，其灵魂仍可存续，那么身体的其他部分为什么不可以呢？

医学家伊拉斯谟斯·达尔文（Erasmus Darwin）（查尔斯[1]的祖父）、哲学家摩西·门德尔松（Moses Mendelssohn）（费利克斯[2]的祖父），以及作家赫尔曼·梅尔维尔（Herman Melville）[3]（在《白鲸记》中）均曾涉及幻肢的问题。但是，关于幻肢的第一个清晰明确的临床记录来自美国南北战争时期的医生塞拉斯·威尔·米切尔（Silas Weir Mitchell）——他甚至还是"幻肢"这个说法的创造者。

威尔·米切尔(他十分讨厌塞拉斯这个名字）成长于费城，早年是个爱幻想的小伙子。白天在教堂听了"圣灵"的故事，他晚上就会做一连串魔幻一般的噩梦。年轻的他对于诗和科学都有所涉猎，但尤其喜爱他的医生父亲在自家实验室里用"魔法"召唤出来的那些闪亮的、精致的化合物。最终，米切尔决定去读医学院——他的父亲对此并不支持，因为他觉得米切尔坚持不下来。然而米切尔不但坚持下来了，甚至还在蛇毒方面做了缜密的医学研究工作，而后才于19世纪50年代在费城开了家私人诊所，安顿下来。

1　指开创进化论的查尔斯·达尔文。

2　指德国著名音乐家费利克斯·门德尔松，浪漫主义音乐的代表人物。

3　美国著名小说家、诗人。他根据自身水手经历创作的长篇小说《白鲸记》在其身后被誉为美国文学史上最伟大的小说之一。这篇小说的主人公亚哈是一位捕鲸船船长，因为被白色抹香鲸莫比·迪克咬掉了一条腿而立志复仇，最终命丧大海。亚哈在故事中也有过幻肢的体验。

神经学家塞拉斯·威尔·米切尔

　　尽管痛恨奴隶制，但米切尔并没有把内战的爆发当回事。与当时北方和南方的大多数美国人一样，他推断自己所在的一方会在短期内横扫对手，而且形势肯定会如此发展。但他很快就意识到自己错了，并且就此成了一名为军队提供医疗服务的签约医生。在不同的军队医院巡诊了几个月之后，米切尔发现自己有着解决神经医学病例的诀窍，而对这种病例，其他医生唯恐避之不及，甚至有些惧怕。于是，当士兵的尸体不断积少成多时（整个战争期间费城的伤员总数达到了2.5万人），他于1863年帮着创立了一个神经医学研究中心，也就是位于费城郊区一条土路旁的特纳街医院。

　　曾有一位病人称特纳街医院为"痛苦的地狱"——这是个还算公允的评价，部分原因在于这所医院创立之初的本意即是如此。军方将大多数神经医学创伤的患者最终都转移到了这里，而米切尔甚至还会把一些"容易"的病人送到其他医院，交换回来更有挑战性的病人，比如用已处康复期的简单胃部创伤病人换回抽搐的癫痫病人，或是头颅粉碎、鬼哭狼嚎的步兵。于是，特纳街医院成了许多人的救命稻草。尽管米切尔的很多病人最终也没能康复，但他还是感觉这份工作很值得。在这里，他成了神经损伤方面的专家，特别是幻肢这个领域——因为南北战争造成的截肢患者数量达到了史无前例的规模。

在特纳街医院开业几个月之后，他急匆匆地赶往葛底斯堡战役的战场，在那里，他目睹了为什么内战会带来如此之多的截肢者。在19世纪60年代以前，大多数士兵使用的都是火枪。火枪从前端装弹，而且装弹速度快，因为子弹比枪管的直径小。然而，在枪管与子弹之间的这条缝隙导致了涡流的产生，会让子弹在沿着枪管前进的过程中发生不规则的旋转。结果就是，当子弹离开枪口的时候会发生偏转，就像是做过手脚的棒球[1]一样。这样一来，瞄准就变得没什么意义了。就像一位美国独立战争时期的老兵所感叹的那样："在将近200米的距离上用一把普通的火枪瞄准射击，你也可能把子弹打到月亮上去。"

另一种常见的军用枪械，来复枪，则有着相反的问题。它很精准，能让士兵们在几百米之外打中一只火鸡的垂肉[2]，但是装弹速度却很慢。来复枪的短板来自于枪管的内壁，上面刻着紧密的螺旋沟槽。正是这些沟槽让子弹规则地旋转起来，获得了空气动力学上的稳定性，就像射向球门的足球一样。然而，要让这些沟槽起作用，子弹与枪管之间必须紧密地贴合在一起。这就要求子弹和枪管几乎要是同一个直径才行——于是装弹就变得很困难了。士兵们必须用棒子把子弹一寸一寸塞进枪管才行。这可是个真正的体力活，弄不好就会卡住，引得士兵们一片咒骂声。

在19世纪，几位有创新精神的士兵总算把来复枪和火枪的优点结合到了一起。一位驻守在印度的英国人注意到当地的战士们常常会在吹镖上绑一个中空的莲子。当用吹管发射这种吹镖时，莲子会向外突起，在前进过程中贴紧吹管内壁，很像是来复枪的原理。受此启发，这位英国人发明了一种有着中央空洞的金属子弹。到了1849年，一位名叫克劳德－埃迪尔内·米涅（Claude-Étienne Minié）的法国人大大改进了这种设计。米涅的子弹比来复枪的枪管小，所以装

1　特指棒球比赛中已被规则禁止的一类行为，包括投手在球上沾一些口水，或用砂纸打磨球的一侧等，这些行为的结果不尽相同，但主要都是导致球的飞行路线变得不规则，不可预测，干扰对方击球手的判断。

2　又叫作肉垂，指鸡等鸟类位于喙部下方颜色艳丽的一块肉质赘生物，通常为雄性求偶所用。

弹很快；同时又像莲子一样会在发射时扩张（在灼热气体的冲击下），从而在飞速前进的过程中贴紧枪管的沟槽，令这种枪的精度得到了惊人的提升。更糟的是，为了让子弹能够膨胀，米涅使用了柔软易弯的铅作为原料。这就意味着，米涅的子弹与40年后俄国人的子弹不同，它们会在撞击之下变形，扩大成一团，把人体组织撕碎，而非直接穿过去。这简直就是完美的杀人机器。基于其准确度、发射速度，以及造成阔口创伤的极大可能性，后来的历史学家们对于米涅子弹与来复枪这一对组合的评价是，比任何曾有过的枪械都要致命三倍。而那些没有在枪口下丧命的士兵，他们四肢所受的伤根本没法医治修复。

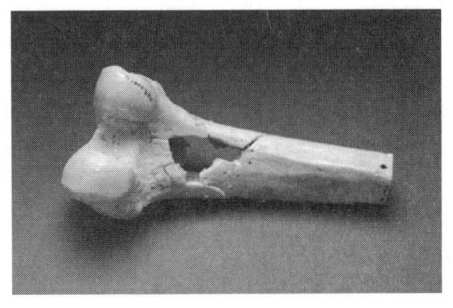

左：一根股骨，被米涅子弹击中后碎裂了，并被从身体上截了下来
右：铅制的米涅子弹
（来自美国国家医学图书馆）

　　1855年，当时的美国战争部长杰斐逊·戴维斯（Jefferson Davis）选择了米涅弹／来复枪组合，作为美国军队的官方枪械装备。6年后，作为美国南方邦联的总统，戴维斯毫无疑问地对他当年热情坚持的选择感到追悔莫及。制造商海量生产出了难以计数的廉价米涅子弹——士兵们则称之为"明妮[1]球"。尤其是北方的军火制造商，像冲压玩具一样批量生产了数百万与米涅子弹相匹配的来复枪，在美洲大陆上从东岸到西岸，杀戮了无数的年轻人。这种枪重4.5千克，长约1.5米，成本15美元（相当于今天的210美元），还带有一把45厘米长的刺刀。这把刺刀的存在很滑稽，因为这把枪本身多多少少令刺刀变成了愚蠢的陪

1　明妮英语拼写为minnie，与米涅的法语拼写很近似，但发音更符合英语习惯。

　　　　　　　　　　　　　　　　　　　　　疯脑：五百年神经学奇案

衬——士兵们很少能够接近到能用刺刀去捅对方的距离。米切尔曾经估算过，在南北战争中被骡子踢伤的士兵都比被刺刀刺伤的士兵多。米涅子弹的使用还让加农炮远远退到了步兵阵线以后，并且极大地削弱了骑兵列队冲锋的威力。毕竟，战马比人更容易瞄准。根据一些有关统计，死于米涅子弹之下的士兵占了战场上阵亡者的90%。

不幸的是，许多内战时期的指挥官们从未根据新的现实情况做出调整——他们仍旧沉浸于古旧的战术之中，死抱着拿破仑式冲锋的浪漫精神不放。最声名狼藉的事件就发生在米切尔抵达葛底斯堡的那天。当时，有大约12 500名南方士兵向北方据守的一道石头堆砌的防线发起了暴风雨般的冲锋，这就是著名的皮克特冲锋。在北方一侧严阵以待的诸军之中，就有不少带着成袋米涅子弹的士兵，这些子弹在整条冲锋线上把南方士兵的肠子搅成了浆糊，把他们的骨头撞成了齑粉。

在战斗中受伤的士兵可能要在痛苦中煎熬好几天，然后才会有担架队或救护马车来把他载到一处战地医院。在那儿，他可能又要等上几个小时才能看到一位穿着血围裙的军医，嘴里还叼着一把刀。医生会首先用手指探查一下伤口，可手指上还沾着上一位病人的血污。如果他决定要截肢，一位助手会用氯仿或乙醚把伤员迷晕，另一位助手把需要做截肢的胳膊或腿紧紧夹在腋下，第三位助手则要做好夹住大动脉的准备。4分钟之后，断肢落地。军医吼一声："下一个！"然后就离开了。这样的工作可能会持续一整天。有一位来自肯塔基州的军医回忆说，他的指甲因为一直浸在血里，都泡软了。新建的众多坟冢则环绕着每一家医院*。沃尔特·惠特曼曾经回忆道："坟前那些粗糙的墓碑，只不过是'插在泥土里的一块木桶侧板或是破木板'。"

在葛底斯堡战役之后，米切尔回到了费城来处理汹涌而来的众多伤员。尽管他仍旧维持着自己私人诊所的运营（军方的工作每个月只给他80美元），但他把大部分日子里最好的时间段都花在了特纳街医院。米切尔常常早上7点就到达医院，花1个小时巡房，然后离开。下午3点他会再次回到医院，往往一待就直到午夜。他还花了很多时间撰写病例报告——这一过程很富有启发性。米切尔早期所受的科研训练强调了严谨性和数据的重要性，但他发现眼前的这些病例却无法用数字和图表来表述，只有记叙性的报道才能真正表达出受伤士兵的感受。实际上，这些记叙文对他的影响非常之深远，以至于他晚年开始根据自己的经历创作小说，并从那些病例报告中汲取灵感。

米切尔所做的最出色的，也是最具原创性的研究工作，就是关于幻肢的研究。在他之前，几乎没什么人承认这种现象的存在，因为他们怕被别人当成是疯子。米切尔则肯定这种现象的存在，并且通过调查发现他的截肢病人中95%都有幻肢的体验。然而有趣的是，幻肢的分布情况并不平均：病人们对于上半身幻肢的体验要比下半身更为真实生动；对于手、手指、脚趾的幻肢体验要比腿上的或肩膀上的体验强烈得多。另外，虽然大多数人的幻肢是瘫痪的，冻结在某一个姿势上，但有些伤员则能自主地"移动"他们的幻肢。有一个人每当遇见一阵大风吹过的时候，就会不自觉地抬起他的幻臂去扶住帽子。另一个人失去了一条腿，总在半夜起来上厕所。踉跄之中，他还要抬起那条幻腿去踩住地面，结果就是摔个大跟头。

米切尔还研究了幻痛的问题。抽筋或坐骨神经痛都可能沿着幻肢游走，一波一波地袭来，持续数分钟的时间。还有一种不那么强烈，但可能更让人发狂的现象，那就是病人的幻指或幻足可能会发痒——痒又不可能挠得到。心理压力会让不适感进一步恶化，伤口开裂、咳嗽、排尿也都能加重不适感。米切尔的研究之中最为重要的成果或许就是，他发现如果这名士兵在截肢之前正在体验某种痛苦（比如指甲戳在手掌中，这是肌肉痉挛的常见结果），那么同样的痛苦往往就会"印"在他的神经之中，并在此后数年间始终存在于幻肢上。

为了解释幻肢现象从何而来，米切尔提出了一些彼此之间有联系的不同理论。他的病人们在残肢上常常会继续长出一些突出物来，其下面就是切断的神经。这些像"按钮"一样的肉垫对于触碰极其敏感，导致很多截肢者无法佩戴义肢。从这种触碰敏感性中，米切尔得出推论：创面下面的神经肯定都还活着，仍旧能向脑部发送信号。结果就是，脑的某些部分根本就"不知道"胳膊或腿已经溜号了。作为进一步的证据，米切尔援引了自己治疗的一个病例——他在这个病人的治疗中真的重新复苏了病人的幻肢。这个病人几年之前就已经感觉不到幻肢的存在了（这种情况有时会发生），但当米切尔在他残肢创面的肉垫上施加了一些电流的时候，他感觉到消失的手腕和手指突然之间就在残肢上具象化了——就像乔治·戴德罗在降神会上的经历一样。"哦，手，手！"那个人呼喊道。这表明脑部的确仍能从残肢接收信号。

米切尔还指出，脑本身也是幻肢现象的成因之一——这是个关键性的发现。有一位老兵，尽管几十年前就失去了他的惯用手，但仍旧会在梦里用那只手吃饭写信。与残肢的痛楚不同，这个现象纯粹是精神层面的，因此其原因也肯定就在脑中。更令人吃惊的是，米切尔发现有些在婴儿时期失去一只手或一条腿的人，对失去的肢体应该是没有记忆的，然而他们也能产生幻肢的现象。从这些案例中，米切尔得出结论：人脑中肯定包含了一个永久性的意识框架，代表着整个身体的不同部分——其中四肢的"架构"固执地拒绝接受截肢的事实。于是，人脑自己的形而上学战胜了物质世界的现实。

此后，其他科学家的研究工作证实了米切尔的洞见，并在此基础上有了进一步的发展。例如，米切尔关注截肢前的疼痛或瘫痪如何能被带到幻肢上，而后来的科学家们发现不那么痛苦的感受同样可以被印在幻肢上。有些截肢者会感觉到并不存在的婚礼腕带或劳力士表。有些关节炎患者的膝盖或指节能让他们感觉到即将到来的暴风雨，而截肢之后，他们仍旧能在幻肢上体会到同样的感觉。除此之外，神经学家们还证实了米切尔的另一个猜想，即人脑包含一个由神经连接成的框架，对应于自己的整个身体。比如生下来就没有胳膊或腿的孩子，有时也能感觉到幻肢的存在。还有一个生下来就没有上肢的女孩，在学校里可以用她的幻指做算术。

医生们还把记录在案的幻肢现象推广到了更为令人惊讶的身体部位。拔牙之后能产生幻齿。子宫切除术之后能产生幻经痛和幻产痛。经历过结直肠手术后，病人可能会感受到幻痔疮、幻肠蠕动，以及幻肠胀气。此外还有幻阴茎，当然少不了幻勃起。大多数幻阴茎源于阴茎癌或是弹片造成的伤害，那都是我们多数人不愿去想象的场景。但是与常常冻结在爪子状态或是带来巨大精神折磨的幻肢不同，大多数幻阴茎的体验者觉得这事儿很享受。而且这种体验是如此的真实，以至于阴茎切除几十年后，患者如果感觉到了幻勃起，还会小心翼翼地用有点可笑的姿势走路。更了不得的是，有些人的幻阴茎还能导致真正的高潮。所有这一切表明，人脑中的相当一部分感官和情绪都能够与幻肢捆绑到一起*。这些工作还有助于人们把幻肢的研究重点从残肢转向脑本身。

＊　＊　＊

虽然米切尔让幻肢成为一个真正意义上的科学研究对象，但这些知识却并不容易转换成诊疗方法。事实上，20世纪的大部分时期与米切尔的时代没有什么不同，医生们只是为截肢者配上义肢，而如果他们的幻痛变得严重，就给他们开一些镇痛药。但是在20世纪90年代，幻肢的研究迎来了一次复兴，因为神经学家们意识到，这一现象为他们提供了一个独特的视角，让他们得以一窥脑部运动中心的秘密，特别是能够借以研究人脑的可塑性。

脑部主要的运动中心是运动皮层，那是从你耳朵附近一直延伸到头顶的一条灰质。它所发送的命令会刺激脊髓来驱动你的肌肉。但是，就运动皮层本身而言，它只能引发粗糙的动作，比如猛踢或猛戳。想象一匹未经驯化的野马——强壮有力，但缺乏优雅。协调性的运动实际上源自于两个相邻的区域，分别是前运动皮层和运动辅助区。从本质上讲，这两个区域帮我们把简单的运动协调成为精巧的动作。换个比喻来说，它们把运动皮层当成一架钢琴来演奏，快速连续按下不同的区域，这才产生了动作之中复杂的和弦与升降调。比如说，行走这个动作就需要在不同的时刻让不同的肌肉群以精确的力量来收缩。刚学走路的幼儿常常会摔倒，就是因为他们的脑还总是弹不到正确的琴键上。

要执行一个复杂精细的动作，运动区域还需要在各个阶段得到来自肌肉的反馈，以确保它们发出的指令得到了正确的执行。这些反馈中的大部分是由体感皮层提供的，它是人脑的触觉中心。你可以把体感皮层当作是运动皮层的孪生兄弟。与运动皮层一样，它也是一个窄窄的纵条，实际上就紧挨在运动皮层旁边，就像两条平行的培根一样。这两条皮层的组织构成方式也是一样的，对

　　　　　　　　　　　　　　　　　　　　　　　　　　　疯脑：五百年神经学奇案

应着不同的身体部位。它们都有一个手区、一个腿区、一个唇区，等等。于是，运动皮层和体感皮层各自都包含了一张"身体地图"，每一个身体部位在图上都有自己的领地。

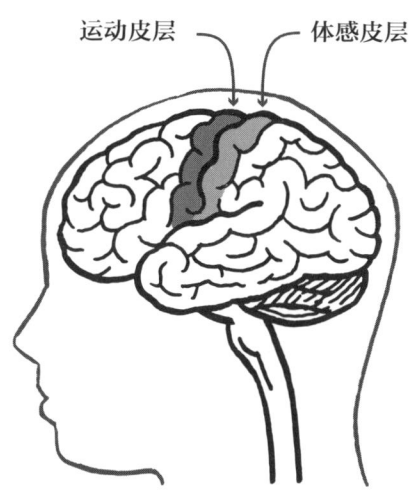

从某些角度来看，这张身体地图很简单明了，而从另一些角度来看则不然。举例来说，正如在你的身体上一样，这张图上的手区紧挨着臂区，臂区又紧挨着肩膀区，并依此类推。但在某些位置，身体结构的拓扑被搞乱套了。比如手的领地与脸的领地是接壤的，然而你的手本身并不跟脸挨着。还有你的脚的区域靠着胯间的区域，简直就像是随意安排出来的。

脑中的身体地图还有一个与直觉相左的特征。你或许会认为大的身体部位需要大的灰质区域来行使功能，但实际上并非如此。以双腿为例，虽然它们强壮有力，但并不需要复杂的指令来做出跳或踢的动作，而且它们对于触碰也并不十分敏感。结果就是，这些健壮的大型身体部位在触感以及运动的地图上，只得到了不起眼的领地，就跟卢森堡差不多。与此同时，嘴唇、舌头和手指因为要参与讲话或使用工具这种错综复杂的动作，所以得到了像西伯利亚似的巨大区域的神经元。换句话说，某些身体部位在这些地图上被放大了。这也就解释了为什么截肢的士兵感觉到幻指的情况多于幻手，而幻手的情况又多于幻臂。毕竟，我们的脑对于与精细运动相关的结构给予了更多的关注。

知道了上面这些知识，让我们来想象一下当一只手被截肢之后会发生什么。首先，在脑中的地图上有一大片地区熄灯了，就好像从太空中俯瞰夜幕下的美国，从城市到郊区蔓延着明亮的灯带，却突然发现芝加哥地区停电了。可是关键在于，这个位置不会一直这样空下去。因为人脑有可塑性，邻近的区域会侵入手区，借用这里的神经元来完成它们各自的任务。就手的截肢而言，通常会是旁边资源短缺的脸区来侵占手区的领地。

这类入侵发生得非常快，有时在几天之内就能完成，而入侵的距离对神经而言是非常长的，能够达到两三厘米。由此，科学家们怀疑这个鸠占鹊巢的过程不会仅仅只是神经元出芽形成新的触须，"入侵"了空的地区。与此相反，入侵者可能是激活了此前就存在，但一直处于蛰伏期的神经回路。在此需要旧话重提的是，脑中本来就有着多如天文数字的神经回路，连通着各个可能的方向。这些通路之中有一些可能恰好始于脸的领地，落在了邻近的手区之中。这些回路中涌动的信号大多与手没什么关系，所以手区把这些回路都屏蔽掉了。但是，当手区归于寂静之后，它就失去了抗拒的能力。旁边的面颊和嘴唇区域突然之间失去了对手，于是就顺利接手了。

不过，就像历史上每一个殖民政权所意识到的问题一样：占领一处领地并不等于同化它。有太多的"手回路"等着接受重新编程，而手的领地也总会保存一点残余力量，铭记着自己的身份。结果就是，新的脸回路与老的手回路重叠混杂在了一起，导致两者能同时被激发。

这一切在更高一级的层面意味着什么，或者说在感知的层面是什么样的感受？它意味着，对于某些截肢者而言，触碰或活动他们的面部就会唤起对于失去的手的感觉。比如，如果让一位截肢者戳戳自己的面颊，他可能会感到有东西扫过自己并不存在的拇指。如果他吹口哨或者嚼口香糖，可能会感到并不存在的食指发生了抽搐。如果他们挤掉脸上的一个粉刺，可能会感到并不存在的小指被攥住了。就算有些截肢者没有意识到有这样双感的现象，他们的脑中仍

　　　　　　　　　　　　　　　　　　　疯脑：五百年神经学奇案

有信号的混杂。最终结果就是，面部的感觉不断撩拨关于手的精神记忆，并不断唤醒幻肢的感觉。

　　与此类似，由于脚部与生殖器的领地在脑的地图上是相邻的，当小腿以下被截肢后，生殖器的区域会接管空出来的皮层。很确定的是，有些小腿截肢者总是在性生活时持续感觉到幻肢的存在，有少部分患者甚至报告说感觉到高潮的战栗一路传到了幻肢的脚趾尖上。于是，就像是敲了一个大号的调音叉一样，这种高潮区域的拓展给他们带来了相应的更强烈的快感*。

　　关于幻肢，科学家们所获得的另一个关键性的深入认识来自于一系列几乎有些滑稽可笑的低技术水平的科学实验。做这些实验的人是一位来自南加利福尼亚的神经学家，名叫V.S.拉玛钱德朗（V. S. Ramachandran）。拉玛钱德朗有一位名叫D.S.的病人，在一场摩托车事故中失去了左臂，并从此以后一直饱受幻肢严重抽筋的折磨。为了治疗他，拉玛钱德朗找了一个上面打开的纸板箱，在里面安装了一面镜子。镜子把箱子内部分成了两部分，分别是左室和右室。拉玛钱德朗又在镜子两侧的箱子侧壁上各打了一个洞，然后让D.S.把他的右手从洞中伸进箱子的右室里。D.S.还要在想象中把他的幻肢左手伸进箱子的左室里。关键点在于，镜子的反光面要冲着右侧。于是，当D.S.把手伸进去，并且从上面往下看的时候，看起来就像是自己又有了完整的两只手一样。

　　拉玛钱德朗让D.S.闭上眼睛，开始前后甩动两只手，要求两边动作一致，就像是在指挥乐队一样。起初什么都没有发生。幻肢仍然是僵死的，寂静无声。然后D.S.睁开眼睛，看着镜子重复之前的动作。就在那一刻，交响乐队轰然而响，奏出美妙的音乐。当他的手前后摆动的时候，他的幻指十年以来第一次伸展开了。他的抽筋消退了，他僵直的手腕彻底放松了。"我的天啊！"他大喊着，欢呼雀跃起来："我的胳膊重新连上啦！"

　　在此后的几年间，更多的截肢者在拉玛钱德朗的办公室里体验到了同样的欢乐。当然，"镜箱"这东西看起来没多大意思。但是，"看见"消失的肢体在运动，的确解冻了人们意识中的幻肢。这又一次说明，我们把相当一部分脑力用于处理视觉，而且我们对于视觉的信任绝对超过对于其他感官的信任——正所谓"眼见为实"。所以当眼睛看到胳膊或腿动起来的时候，我们的脑也就相信它能动了。

基于这些发现以及其他一些认识，像拉玛钱德朗一样的科学家们如今已经对于幻肢的成因，以及为什么它们总是伴有剧烈的疼痛，给出了一个大略的解释。因为脑部对于身体有一个由神经连接构成的意识架构，它期望时时刻刻都找到全部的四肢——这是它的缺省设定，也正因为如此，生来就缺少四肢的人一样可以感受到幻肢。进一步说，幻肢的真实感会在脑部不断收到虚假信号时得以强化，假信号可能来自发炎的截肢创面，也可能来自侵占了空白神经区域的贪婪脑区。所有这些活动欺骗了脑，使之认为那只手或脚仍然存在。于是脑仍旧向那里发送着运动信号，于是失去胳膊的人仍旧在大风中试图用那条不存在的胳膊去扶住帽子。

这解释了幻肢的感觉，而幻肢的瘫痪和疼痛则来自于不同的原因。如果截掉的肢体在截肢之前就已经瘫痪了，那么截肢之后的幻肢通常也是瘫痪的。但即便是那些一开始可以"活动"的幻肢，往往在后来也会失去活动的能力。还记得吧，当脑部发出一个运动指令之后，它会寻求收到感受器的反馈，借以确认运动的确发生了。不存在的胳膊显然不可能提供这样的反馈。于是，随着时间的推移，大多数截肢者的脑会得出结论：幻肢已经瘫痪了。

如果截肢之前正在经历疼痛的话，这样的疼痛也能像瘫痪一样印记在幻肢上。但是运动指令也能够加重这种疼痛。由于溜号的肢体不可能对运动指令做出回应，而脑又特别痛恨命令得不到执行，于是它便会逐级提高指令强度：一个"握住左拳"指令没能得到执行，指令就会变成"紧握左拳"，然后是"再握紧点"，最后是"玩命握紧"。这会从两方面导致疼痛：其一，疼痛信号在警告身体，有什么事情不太对劲，由于运动指令与感官反馈之间不匹配，这其中肯定有哪里出了差错；其二，像那样过度的指令过去通常都是与痛苦相伴的，比如你的脑已经在经验中学习认识到，紧握拳头会导致你的指甲戳进手掌中。最终，握拳的回路与疼痛的回路会连线在一起。结果就是，只要脑部试图让幻肢握拳的时候，疼痛的感受就会不由自主地被激活。

　　　　　　　　　　　　　　　疯脑：五百年神经学奇案

然而，镜箱解开了神经的戈耳狄俄斯之结[1]。它解决了运动指令系统与感受器系统之间不匹配的问题，而且由于脑真的看见了自己的指令得到了执行，它也就可以不用再发送"握紧些""握得更紧些"这样的指令了。在突然获得的平静中，疼痛消散不见了。需要说明的是，一开始，这种缓解效果只能持续一两个小时，尔后幻肢就会重新卡死。此外，也不是所有病人都能在镜箱治疗中缓解痛苦。但是，对于那些有效的人来说，如果他们坚持用镜箱训练，随着时间的推移能够看到巨大的改善效果，因为他们脑中的地图也相应地重组了，在很多情况下疼痛能够全部消失。你可以把这种解耦的过程看作是"一起激发的神经元就会连接在一起"的逆过程。这里发生的是，"不同步的神经元就不会连接在一起"。在某些情况下，幻肢本身也可能消失。拉玛钱德朗的第一位病人D.S.使用镜箱训练了几周之后，他感觉自己的幻肢左臂一寸一寸地缩短了，"压缩"进了他的肩膀里。最终，只留下了一点点残余的感觉。拉玛钱德朗称之为第一例成功的幻肢截肢术。

＊　　＊　　＊

　　在1872年发表了那篇威力非凡的作品之后，塞拉斯·威尔·米切尔在事业上又取得了更多耀眼的成就。有一位仰慕者称米切尔是"自本杰明·富兰克林（Benjamin Franklin）之后最为多才多艺的美国人"。他帮助开创了对于睡眠瘫痪症、创伤性休克、物盲症的最早研究。他后来还恢复了自己早期对于蛇毒的研究，并在自己身上实验尝试了一些致幻剂，比如墨斯卡灵。他最不为人知的工作是发明了"休养疗法"来治疗精神紊乱——这应该算是个副产品，来自于他一直以来对于帮助内战老兵回归正常生活的兴趣。

　　对于男性，米切尔的休养疗法持续一两周的时间，其中有牛仔的套小牛活动，也有户外的睡眠，地点在达科他州的恶地国家公园或是其他更深入西部的

　　1　戈耳狄俄斯是很早以前弗里吉亚的国王，他留下了一个很难解的绳结。传说可以解开此结的人就可以成为小亚细亚的王。后来亚历山大大帝用剑将此结劈为两半，解开了绳结。这一说法通常喻指用非常规的办法解决了极为复杂困难的问题。

地方。米切尔在1878年对他的好朋友沃尔特·惠特曼进行检查之后发现，这位诗人的头昏眼花、头痛以及呕吐都是由一处小小的中风造成的，于是他开出的药方就是一次这样的休闲之旅，能够呼吸到充足的山地空气。画家托马斯·艾金斯（Thomas Eakins）也体验过这样的"西部疗法"。这一养生法应该还在19世纪80年代治好了年轻的泰迪·罗斯福那女里女气的嗓音和矫揉造作的行为举止。在此之前，罗斯福被认为是个柔弱的人，常被人们拿来与奥斯卡·王尔德[1]（Oscar Wilde）相提并论。对于女性，特别是歇斯底里症[2]，米切尔给出的休养疗法方案又不太一样。其中包括6~12周在黑暗房间中卧床休息，配以按摩、肌肉电击、令人作呕的过量肥腻饮食，以及彻底的隔离（不接触朋友或爱人，也没有信件或小说可读）。你可以想象，精力充沛的女性们对此感到无比愤怒。女作家夏洛特·帕金斯·吉尔曼（Charlotte Perkins Gilman）生下女儿之后患上了产后抑郁症，对此米切尔只是简单地命令她待在床上，别再制造麻烦了。"尽可能过家庭生活吧，"他说道，"永远别再碰钢笔、画笔或是铅笔。"而她的回应则是写了一篇小说《黄壁纸》（*The Yellow Wallpaper*）。在这个经典的女权主义故事中，一位女性最终被这样的治疗给逼疯了。[弗吉尼亚·伍尔夫（Virginia Woolf）[3]给米切尔的回应则是小说《达洛维夫人》（*Mrs. Dalloway*）[4]。]吉尔曼后来把这篇小说寄给了米切尔，并且声称由于她的影响，米切尔改善了他对待女性的方式。但实际上，米切尔依然对他的女性病人摆出一副高高在上的姿态来，特别是对于歇斯底里症病人。有一次，一位女性歇斯底里症病人拒绝听从他让其结束休养疗法治疗的命令，于是他威胁道："如果你在5分钟之后还没有从床上下来，那我就上床去。"当米切尔脱掉外衣和马甲的时候，她仍旧坚持

1　爱尔兰文学家，英国唯美主义艺术运动倡导者，曾因同性恋而接受审判，是同性恋群体的一个文化偶像。

2　全称是女性歇斯底里症，是一种被认为只会发生在女性身上的精神病症，有着众多的表现，包括眩晕、紧张、性渴望、失眠、气短、易怒，以及具有招惹麻烦的倾向，等等。实际上，这一病症本身是对女性的歧视，随着20世纪女权运动的发展，它已经不再被现代医学承认为一种病症。

3　英国女性作家，20世纪现代主义与女性主义的先锋，意识流的代表性人物之一。

4　弗吉尼亚·伍尔夫的长篇意识流小说，是其代表作之一。故事中的第二主人公蒂默斯·史密斯是一位第一次世界大战退伍军人，由于战争创伤患上了狂想症和抑郁症，被医生强制进行隔离治疗，最终选择了跳楼自尽。

不动，但当米切尔拉下裤子拉链的时候，那位病人飞也似的逃开了。在另一个案例中，有位妇女假装患了致命的疾病，米切尔于是让所有助手都到房间外面去。当他1分钟之后走出房间的时候，他保证那位病人马上就会起来。米切尔怎么能这么确定？因为他把她的床单点着了。

在医学实践之外，米切尔还开始研究医学史，特别是战争与医学之间深刻而又令人深感不安的协同关系。他深知，只有在战争期间，医生们才有机会看到足够多的病例和各式各样令人作呕的东西，比如被炸碎的四肢，这才让他们得以成为某方面的专家。不仅如此，美国南北战争对于医学的方方面面都有着巨大的促进作用，比如病人的转运、麻醉，以及医院的卫生消毒问题。米切尔的总体观点对于其他战争也同样适用。现代护理始于克里米亚战争中的弗罗伦斯·南丁格尔（Florence Nightingale），而普法战争从此证明了疫苗的重要性。后来的日俄战争引发了对于视觉的重要研究，而第一次世界大战促进了对于面部创伤的治疗与处理。更为近代的朝鲜战争、越南战争，以及其他局部冲突教会了外科医生们如何重建损毁的神经、静脉，以及重新连接切断的肢体，从而从一开始就杜绝幻肢出现的可能。最近在伊拉克和阿富汗爆发的战争中，常有街巷近战中发生的爆炸，导致数以千计的士兵遭受了轻度但是大范围的神经元损伤，类似于脑震荡的情况。毫无疑问，这两地的战争也将贡献属于它们的创新性医疗方法。无论这些战争在短期内造就了多少苦痛，它们对于医学都将产生永久性的助益。

尽管米切尔在学术和科学领域声誉日隆，但他却越来越被自己的另一项嗜好所吸引，那就是写作。他关于神经系统疾病的临床研究论文一直都令他感觉缺少人性：太循规蹈矩，在对一般性真理的追求中，忽略了个人的故事。与之相反的是，小说创作让米切尔得以捕捉到一个人生活中的微妙之处，捕捉到对于幻肢这类事物的体验方式。米切尔实际上还加入了一场更为宏大的文学运动：巴尔扎克（Balzac）、福楼拜（Flaubert），以及其他一些作家都悄悄参与了医疗工作，以此提升他们的现实主义创作，为痛苦描绘出更为令人信服的肖像。不过，当时的人们并不认为小说创作对于医生来说是一项令人尊敬的嗜好。米切尔的朋友（也是他的医生同事，并且是一名作家）老奥利弗·温德尔·霍姆斯（Oliver Wendell Holmes, Sr.）就建议他在写作上尽量低调一些，因为病人们可不会信任一位会把他们的病例当成写作素材的医生。

直到19世纪80年代，米切尔已经匿名发表作品20年之后，他才在作家这个身份上"出柜"了。在他的科学工作逐渐减少之后，他开始把几乎全部时间都用在写作上，最终发表了20多篇小说。他往往会让笔下的角色患上中风、歇斯底里症、人格分裂，或是其他神经系统疾病。虽然米切尔还是有可能会在作品中加入鬼魂这类元素来让故事更多姿多彩，但他的写作总体仍是现实主义的，着眼于道德上的两难境地。米切尔最畅销的一本小说《休·韦恩：自由贵格会教徒》（*Hugh Waynne: Free Quaker*）被泰迪·罗斯福誉为可能是他读过的最有趣的小说。在生命的晚年，75岁的米切尔终于坦承他就是40年前《乔治·戴德罗病例》的作者。戴德罗这个名字是费城郊区一家珠宝店的名字。之所以选择这个名字，是因为米切尔觉得戴德罗听起来很有双腿截肢的意味[1]。他把这个故事寄给了一位女性朋友，让她给提提意见。那位朋友的父亲也是名医生，读到幻肢的故事感觉非常精彩，就把故事转给了一位《亚特兰大月刊》的编辑。米切尔称，他完全忘了这个故事的事情，直到印刷清样和85美元的支票寄到了他的邮箱里他才想起来。无论如何，这个故事的成功给了他很大鼓舞。当时，他还从未发表过任何有关幻肢的学术论文。如果没有公众对于戴德罗的巨大热情，他可能永远也不会让他的医生同行们认真对待幻肢的问题*。

米切尔的一位朋友曾经评论说他所写下的"每一滴墨水都带着南北战争的鲜血味道"。1914年1月，整个世界都在为一场即将发生在欧洲的新战争做着准备，而此时的米切尔已是弥留之际，但他的思绪仍然只会飘回葛底斯堡和特纳街。事实上，他在临终前已然神志不清时，仍在与幻想中身着蓝色或灰色军装的士兵们[2]对话，追逐着幻影，直至生命的终点。

1　戴德罗的英文是Dedlow，接近dead-low，意即"下半部死亡"，所以米切尔感觉它有双腿截肢的意味。

2　此处以军服颜色指代美国南北战争中南北双方的军人。

第六章　笑与病

目前为止，我们主要考虑的是单向通信——比如从脑到身体。但是神经系统还用到了反馈回路，以对传输中的指令做出微调，并把信号以一种新的、更精密的方式组合在一起。

直至最终，这些患者开始笑，狂笑，暴笑，毫无掩饰地笑，笑到跌倒，甚至笑到滚入火堆之中。在这个阶段之前，他们身上的其他症状，比如昏睡、头疼、关节痛，或许都可能是什么其他原因所造成的。就连当他们走路都开始跌跌撞撞，不得不胡乱挥舞着手臂来保持平衡的时候，这样的抽搐或许也可以被解释成是巫术的结果。但是，笑，就只能意味着库鲁病。库鲁病的患者主要是巴布亚新几内亚东部的妇女和儿童。他们之中的大多数人在早期症状出现的几个月内就会失去自行站立的能力，必须挂着竹竿或木棍才行。很快，他们连坐也不能自行坐直了。在病症的晚期，他们会失去对括约肌的控制，并失去吞咽的能力。在病症发展的过程中，他们大多会开始大笑。那是一种反射性的笑，与感受无关的笑，不带有愉悦，不带有欢乐。走运一点的患者会在饿死之前死于肺炎；不走运的患者会一直消瘦下去，死的时候已是皮包骨头，如果是女性，乳房就像泄了气的皮球一样挂在胸前。

经过几天的悼念之后，当地的女人们会把亡故的病患放到树枝和树皮做成的担架上，抬到一处远离男人们的僻静竹林或是椰树林里。在那里，女人们默默燃起一堆篝火，并给自己身上涂上猪油。这可以帮助她们对抗蚊虫以及巴布亚新几内亚山区高地的寒夜。她们会把遗体放在香蕉叶上，从每个关节处锯开，用石刀一点点砍断软骨。然后她们要给躯干部分开膛破肚，取出凝结成块的心脏、黏腻的肾脏，还有卷曲的肠子。每一样器官都会被堆在叶子上，切块、撒盐、加入生姜，最后塞进竹筒之中。女人们甚至还会把骨头烧成粉末，也塞进竹筒里去。只有苦的胆囊才会被扔到一边。处理头颅之前首先要把头发烧掉，并忍耐着烧焦头发的那股刺鼻恶臭。然后，要在头盖骨上凿一个洞。有人会把手卷成蕨类植物叶子的形状，从洞里伸进去，挖出脑子，填到更多的竹筒里去。这些竹筒会被放在一个浅坑之中的温热石头上蒸烤。面对这场食人族的烧烤野餐会，女人们的嘴里会不自觉地流出口水来。瓜分这顿大餐的时候，像女儿、姐妹、侄女、外甥女等亡者的成年亲眷会要求得到那些比较好的部分，比如生殖器、屁股和脑子。除此以外，人们会分享所有其他部位，甚至连蹒跚学步的小孩子也能参与这场盛宴。一旦宴会开始，人们会一直吃，一直吃，直到吃得肚子疼为止。最后，剩下的食物也会被大家带回家，留着再饱餐一顿。

这个部族从未给自己取过名字，不过探险者们根据他们的语言将其称为法雷人（Fore）。在法雷人的信仰中，吃掉一个人的尸体能够让他或她的五灵更快地升入天堂。不仅如此，把至爱之人的血肉融入自己的血肉能够让法雷人感到安慰，他们认为这种方式更为人性化，好过让蛆虫去玷污亲人的尸体。不过人类学家注意到，这场盛宴背后还有另一个较为乏味的原因——获取食物。法雷人主要以采集果实和蔬菜为食，也食用很少量的从山地浅薄贫瘠的土壤中种植出来的考考（kaukau，甜马铃薯）。有少数村庄养了一些猪，猎人还会用矛捕猎大鼠、负鼠和鸟类，不过男人们通常会把这些打来的好东西偷偷囤起来，丧葬盛宴才令女性和孩子们也能够享用到蛋白质的饕餮大餐，而他们尤其喜欢吃库鲁病的死者。得了库鲁病的人不爱活动，无法行走或工作，如果他们死于肺炎，或是在饿死之前通过窒息的方式被施以安乐死，那么他们身上常常会有不少的肥肉。

库鲁这个词在当地语言中是"冷战"的意思。尽管享用着库鲁病患者尸体的大餐，但这种疾病还是引起了法雷人的警觉。他们隐瞒了这种疾病的存在，不让外面的世界知晓，时间达数十年之久。做到这一点并不太困难，因为他们生活在新几内亚岛东部的高地，是世界上最为与世隔绝的地区之一。直到20世纪中叶，那里的很多部族还不知道世界上有海水的存在。但是很快，外部世界的触手就伸到了法雷人和附近其他部族的周围。在20世纪30年代，淘金者的脚步横穿了这片高地；第二次世界大战期间还有一架日本人的飞机坠毁在那里；传教士也源源不断地来到这里。1951年，澳大利亚在此建立了一个巡逻站，服务于那些喜欢穿着卡其布短裤来此巡猎的人，而他们的享受就是把来复枪瞄向那些甚至没有任何金属工具的原住民。当时，库鲁病已经达到了流行病的程度，但大多数外来人更在意的仍是其他一些事情，比如这些原住民有着严重的暴力行为以及奇特的性习俗：这片高地上四分之一的男性成年人死于袭击和伏击；有些部族男孩子的成人仪式是接受鸡奸。也有一些白人研究者时不时地会瞥见某个库鲁病人被推搡着消失在视线之外，或是注意到在这样一个死亡率如此之高的地方却奇怪地没有墓地。但是，即便是第一个亲自检查了库鲁病人的西方医生，也只是得出了维多利亚时代的诊断结论，认为这是歇斯底里症，而诱因则是当地遭受的殖民，以及传统部落生活方式造成的精神腐蚀。

然而，随着越来越多的库鲁病案例浮出水面，那诊断越发显得空洞苍白。一个对于部落生活没什么记忆的7岁孩子怎么可能患上歇斯底里症？更不用说还会死于这种病。库鲁病显然是器质性的疾病，其在运动和平衡方面显现的问题暗示是脑部有了麻烦。但是，没有人知道库鲁病是遗传性的还是传染性的疾病。更让事情显得扑朔迷离的是，其他已知传染病或神经退行性疾病对于人种与宗教信仰是无差别对待的，而库鲁病却只会攻击法雷人和他们的邻居，总计大约4万人。《吉尼斯世界纪录大全》曾经把库鲁病称为地球上最罕见的疾病。但恰恰是由于它的古怪，这种最罕见的疾病很快就成为全球热点：法雷人的脑样本被迅速送往世界各地，并由此开启了神经科学的全新领域。

* * *

这片高地吸引来的都是一类奇异的访客：他们对水蛭和虱子一笑置之；他们不在意当地人用抚摸他们胸口或向他们泼洒猪血的方式来表示欢迎；道路再一次被冲毁时，他们只是耸耸肩膀；当被告知距离村庄还有几千米的路却需要在峡谷与山崖之间跋涉8个小时的时候，他们连眼都不眨一下。几乎必须得是在艰难困苦之中成长起来的人，才能应对这一切，而在整个20世纪50年代，新几内亚岛吸引着一批这样与世人格格不入的家伙——他们之中最格格不入的就是D.卡尔顿·盖杜谢克（D. Carleton Gajdusek）。

盖杜谢克生于纽约州的一个屠夫家庭，他从小就显现出了科学方面的天赋。对于学校的学习，他显得游刃有余。而在他家通往阁楼实验室的台阶上，他漆上了很多伟大生物学家的名字，比如詹纳[1]（Jenner）、李斯特[2]（Lister）、埃尔利希[3]（Ehrlich）。据不太可信的传言说，他把台阶最上面一级空了出来，留给了他自己。不过，他跟同龄人之间也有不少的麻烦——这还是客气的说法。他曾经威胁要用氰化物毒死他的全班同学，而那些毒药本来是他姨给他用来收集虫子的。于是，到了19岁的时候，这位有着冰蓝色眼睛和煽风大耳的年轻人跑去了哈佛医学院，并且因为他的暴烈性子在学校里得了"原子弹"的绰号。他的专长是小儿科，后来又在加利福尼亚从事微生物方面的研究工作。他在那里的同事包括詹姆斯·沃森（James Watson）[4]。

但是，就在盖杜谢克开始在美国科研圈建立声誉的时候，他却开始对美国资产阶级的生活方式感到愤怒。最终，借由陆军医疗队的身份，他逃离了美国，开始了辗转多国的游历，包括墨西哥、新加坡、秘鲁、阿富汗、韩国、土耳其、伊朗。每到一处，他都会去搜寻患有狂犬病、瘟疫，或是出血热的孩子，在知

1　指爱德华·詹纳（Edward Jenner），英国医生，接种牛痘方法的首创者，被誉为疫苗之父。

2　指约瑟夫·李斯特（Joseph Lister），英国外科医生，外科手术消毒术的发明者和推广者，大大降低了因手术期间感染而造成的死亡率。

3　指保罗·埃尔利希（Paul Ehrlich），德国生物学家，在细胞染色法方面的巨大贡献为当时的血液疾病诊断提供了全新的检测手段，因其在免疫学方面的成就获得了1908年的诺贝尔生理学或医学奖。

4　美国著名生物学家，与同事弗朗西斯·克里克（Francis Crick）共同提出了DNA的双螺旋结构模型，并因此共同获得了1962年的诺贝尔生理学或医学奖。

之甚少的疾病上做出开创性的研究工作。他很容易交上朋友，但更容易失去这些朋友，往往是以大干一架收场。实际上，他在自己的儿科工作之外，几乎没有什么私生活。一位同事曾经评论说："他对女人完全没有兴趣，但对小孩有着痴迷一般的兴趣。"就像花衣魔笛手[1]一样，他每到一个偏远的村镇，都能吸引来一大群男孩子。对此他曾经在日志中写道："哦，我们就像是彼得·潘和他的伙伴们，永远生活在永无岛上。"

神经学家、冒险家卡尔顿·盖杜谢克(来自美国国家医学图书馆)

在1957年早些时候，盖杜谢克到达了新几内亚岛，本打算乘船继续前行，结果听说了库鲁病的事情。库鲁病综合了他对于微生物学、神经科学、儿童，以及迥异文化的诸多兴趣。最先向盖杜谢克简要介绍这种病情的医生把他的反应比作是"让一头公牛看见了一面红旗"。盖杜谢克赶上最早一班轻型飞机飞上

---

1 出自一个德国民间故事，吹响魔笛就能引诱孩子们跟着他走。

了那片高地，开始跋涉于那里的村庄之间，穿行于某些堪称地球上最令人难以置信、最令人难以捉摸的地域之上。他很快就记住了这种病的症状：眼睑抽搐、步履蹒跚、吞咽困难、大笑不止。在一周之内，他就诊断出了20多名库鲁病患者，而一个月内这个数字就攀升到了60。一方面他对于新发现感到越来越激动，另一方面他也给同行们写信，提醒他们当心这种新的疾病。

接下来的几个月，他做了一次关于库鲁病的普查，造访了每一个他能到达的村庄，并从病人那里采集了组织样本。此时，他已经用足球和其他玩具召集了一支随从人员的队伍，全是10~13岁的医疗童子军。几十个这样的男孩会在盖杜谢克寻访的过程中一直陪着他，每天跟他一起走上数个小时的路程。他们全身只在腰间围了一条遮羞裙，还要在肩膀上用担子挑着成箱的大米、肉罐头以及医疗物品。他们要躲避蜜蜂、泥石流，还有扎人的植物。他们用溪水冲茶，入夜点起竹制的火把。他们晚上住的简易遮蔽处往往都很难与周围的灌木丛区分开来。他们还要整日为来自邻近村庄弓箭手的伏击而担惊受怕。到达某些村庄需要从竹桥上跨越峡谷，但那些竹桥每踏一步都像是要散架一样，剥落下来的碎片飘落到二三十米之下的河流上。很自然地，大多数男孩子们把这种巡行视作是伟大的探险，是他们生活中最快乐的时光。

每到一处，盖杜谢克都会询问库鲁病的事情。那些事业心极强的医疗童子军会悄悄钻进灌木丛中，把躲藏其间的患者赶出来。有些孩子也曾因此被患者的亲属们责打，因为亲属们可能会希望他们的母亲、阿姨、姑姑，或是孩子在平静中死去。但只要是患者同意，盖杜谢克就会取得其血样和尿样，放进临时代用的竹管中，收到他的装备箱里。

走了1 000多千米之后，盖杜谢克已经发现了问题的严重性。这里每年大约有200人死于库鲁病，按比例换算相当于美国每年有150万人死亡，而且实际情况比听起来的更为糟糕。由于库鲁病专门针对女性和孩子，于是年轻一代得不到补充，所以它实际上已经威胁到了整个法雷人部族的存续。更严重的是，作为捕猎－采集型部族，它们之间的战争常常就是因为女性的长期短缺，而这种女性短缺的现状似乎又令库鲁病所造成的后果显得愈发严重了。

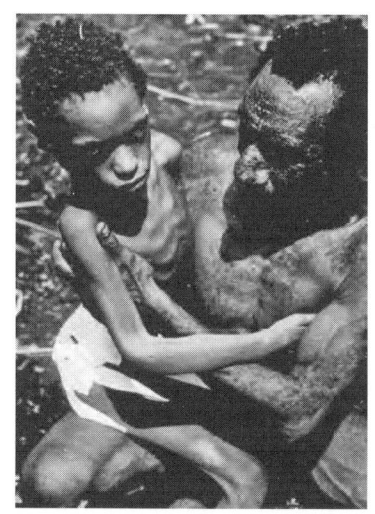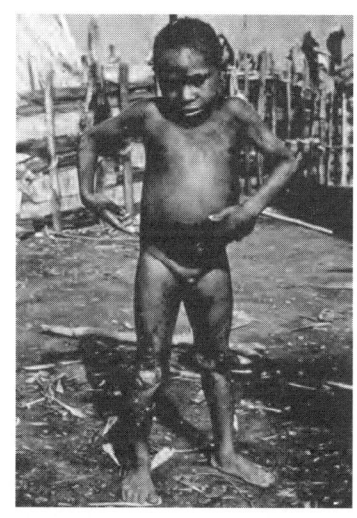

两位年幼的库鲁病患者（出自卡尔顿·盖杜谢克的论文《库鲁病初期的图片以及奥卡帕的人们》
Early images of Kuru and the People of Okapa，发表于 Philosophical Transactions of the Royal Society
B 363, no. 1510 [2008]: 3636–43)

　　局面如此棘手，彼时统治该地的澳大利亚政府也害怕了。在第一次世界大战之后，澳大利亚获得了这片高地。当时的政治家认为新几内亚是澳大利亚走向殖民政权的一次机遇。与大多数殖民地的统治者一样，澳大利亚曾经非常积极地想要以高人一等的姿态把当地土著带入"文明"社会，而其背后也伴随着对于利益的强烈渴求。到1957年的时候，这两方面的愿望都达成了。越来越少的原住民会戴着阴茎套，或是把野猪獠牙穿在鼻子上。巴布亚新几内亚人现在修建的房子是矩形的，而非传统的椭圆形。他们还放弃了自己那些用竹管浇水灌溉的简陋甜马铃薯园，转而在咖啡种植园或采矿场辛勤劳作。与此同时，谋杀的发案率直线下降，像热带肉芽肿和麻风病等肆虐了几个世纪的疾病也已消失。但是库鲁病仍旧是一种威胁，令高地上的居民感到恐慌，对政府失去信任，从而搅扰着当地"澳大利亚强权治下的和平"。殖民当局试图隐瞒这种疾病，所以对于盖杜谢克传播相关消息很着恼。更见鬼的是，他们甚至认为是盖杜谢克在各个村庄之间辗转奔波才传播了这种病。于是，殖民当局试图把盖杜谢克的行动限制在高地区域内，甚至还请求美国国务院禁止他的旅行。他们同时还使了些阴招，花钱掀起了一场针对盖杜谢克的宣传战，公开指责他是一名"科学海盗"，并威胁其他科学家不要与他合作。盖杜谢克的一位竞争对手嘲讽他说："你的名誉已经被踩在泥里了。"

但是澳大利亚人很快就会发现，卡尔顿·盖杜谢克并没有输掉这场对峙。他起初对于这种干扰感到怒不可遏，但随后就决定要用研究成果来击败那些搞破坏的人。他要更为深入地挺进法雷人的腹地，比澳大利亚人收集更多的血液、尿液和唾液。果不其然，盖杜谢克在5个月的时间里诊断了数百位库鲁病患者。他甚至还用甜言蜜语说服了一些病患的亲属（或是用小刀、毯子、盐、肥皂以及烟草贿赂他们），允许他对患者遗体的脑部进行解剖。盖杜谢克自己也快成了个伪食人族——某些尸检就是在他简陋住处的厨房条案上完成的，把脑取出来放在他的餐盘上切开，就像是处理一块厚厚的白色意大利香草橄榄油面包一样，只不过面包外面还有层灰质的硬壳。他把这些宝贵组织样本中的大多数都寄回了位于马里兰州的美国国立卫生研究院中属于他自己的实验室里，同时也非常精明地寄了一些样品给澳大利亚的科学家，既安抚了他们，也部分抵消了政客们在他们耳边说的那些坏话。最终，澳大利亚认识到，他们不得不接受盖杜谢克的存在。

与此同时，盖杜谢克的研究工作面临着另一个他未曾想到过的障碍——巫术。法雷人无论男女老幼，几乎全都相信库鲁病是巫师作法的结果。当他们听盖杜谢克讲授微生物或是遗传学时，他们脸上要么就是困惑无比，要么就像是在看某种表演。根据传统，巫师们的巫术是通过一个人身上的东西来起作用的，包括身体的各种废弃物，比如头发、指甲以及粪便。巫师首先要用树叶把这些东西卷起来扎好，然后对其施加咒语，并把施过咒语的小卷埋进沼泽里。当这些身上的东西腐烂时，这个人的健康也会一同腐烂。需要说明的是，法雷人觉得以这种方式施加咒语的行为大多完全可以接受，但是"施加咒语来制造库鲁病"可就算不得正派行为了。为了阻止巫师施法，法雷人用篝火把身体的废弃物都烧掉，还建造了一批这个星球上最深的茅坑。安全起见，如果他们万一在树林里内急的话，可能也要把拉出来的粪便带回茅厕。已经得了库鲁病的人会雇一些穿着打扮引人注目的反巫师。他们会吟唱一些咒语，开一些草药，并禁止病人喝水、吃盐，或是与异性交往。如此深信巫术的人们，肯定不会积极地把自己身上的液体交给一个陌生人。这一点并不令人感到意外。于是，为了让人们相信这样做并无危险，盖杜谢克弄了一把看着就很可靠的大锁，锁在自己的样品箱上。

当盖杜谢克采集了样本之后，这些样本的命运仍是前途未卜。如果他恰好有吉普车可用，那么他会开车把样本送到最近的巡逻站去。然而更多的情况下并没有这么走运，车轴可能断裂了，道路可能冲毁了，他就不得不派一名医疗童子军为此走上几个小时山路。就连巡逻站的冰箱能不能工作也要看运气。然后就要期望那些血液或脑的样本能够在几天之内装上一架飞机运往有国际机场的大城市。在那里才会有技术人员最终把样品保存在干冰中，然后发往马里兰或墨尔本，或是几十个其他地点，那里都有受盖杜谢克鼓动而从事库鲁病研究的实验室。

神经学家们也开始源源不断地来到这片高地，实地探访库鲁病患者，寻找脑损伤的征兆。在他们对法雷人实施的检测中，有一些看起来就像是酒驾测试。比如走路，但要脚跟先着地再过渡到脚趾着地；用手指触碰鼻子；单腿站立，同时举起双臂。库鲁病患者一般都无法完成这些测试。神经学家们还会检测特定的神经反射。如果你轻敲婴儿嘴部周围的皮肤，他们就会自动地噘起嘴唇来。这种"噘嘴反射"能让婴儿更容易吸吮乳头。与之类似的是，轻拂婴儿掌心的某些部位就会让他们的手指自动弯曲，被称为"抓握反射"。这些反射在我们长到两三岁时就会消失，因为脑在发育成熟，某些其他神经回路会抑制这些反射回路。但是当脑损伤之后，这些反射现象又会重新出现，并且常常会出现在库鲁病患者的身上。

基于一系列测试的结果，神经学家们发现库鲁病患者最初所受的损伤位于脑的运动中心，特别是小脑部分。正如我们之前已经看到的，人脑灰质上的几块不同区域（比如运动皮层等）合作才能引发身体的动作。此外，脑的运动系统有一些关键性的反馈回路来确保动作得以正确执行。这个反馈回路中的一个关键结构就是小脑。

作为所谓爬行脑的一部分，小脑的位置很靠后，接近脊髓。它皱皱巴巴的样子使得它本身看起来就像是一个迷你版的脑*。尤其是在运动协调与平衡方面，小脑扮演了重要的角色。简而言之，小脑从脑的各处收集输入信号，包括全部四个脑叶，这使得它能够通过多重渠道监测身体在空间中的位置，包括触觉、视觉、平衡感，等等。然后它才能检查你正在执行的动作是否与你意图要做的动作相接近。如果答案是否定的，小脑会向另一个脑结构（丘脑）发出信号，后者会把信息转发给运动皮层，告诉你的肌肉应该如何调整。小脑可能会提醒你"别太快"或是"往左边点"。要是没有小脑，你偶尔也会走运，准确拿起葡萄酒杯，但更可能出现的情况是：你胳膊朝一边甩得太远，然后又矫枉过正甩到了另一边去，把酒杯直接打翻。换句话说，小脑令优雅与精确成为可能。它帮助你控制着运动的时间节奏，让你能够行走、跳跃、讲话，以及平顺地吞咽。甚至就连有些被动运动，比如呼吸，也在一定程度上依赖于小脑。

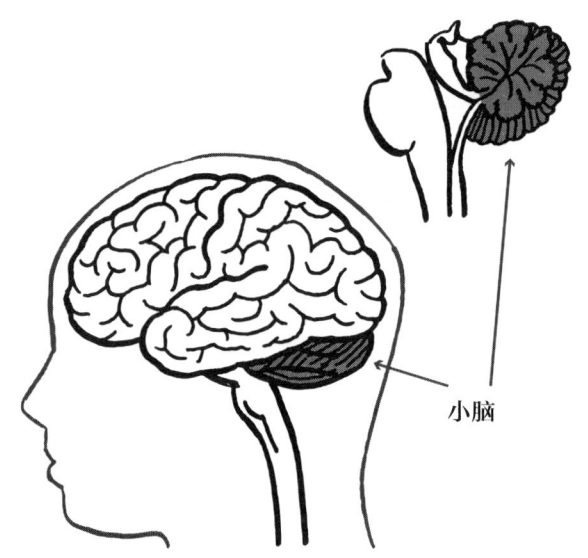

小脑

那么，当小脑发生病变的时候，你的平衡性就会被破坏，你的运动也会变得笨拙。因此，库鲁病患者才会有身体的抖动、眼睑的颤搐、步态的抽搐。病

　　　　　　　　　　　　　　　疯脑：五百年神经学奇案

理性的大笑同样也可以由涉及小脑的神经回路受损所导致。当然，神经退行性疾病很少会只局限于脑的一个区域。噘嘴反射和抓握反射的出现，以及患者认知能力的下降，都在告诉神经学家们：库鲁病最终会辐射到小脑之外，影响像额叶这样的其他脑结构。

　　然而，即便是解剖学上的损伤已经清楚了，库鲁病的根本病因还是没有搞清楚，特别是在分子层次上。由于库鲁病往往在一个家庭之内肆虐，所以有些科学家草率地得出了它一定是遗传病的结论。但正如盖杜谢克所知道的，这一理论是有漏洞的。就说其中一点，库鲁病不仅会在家庭内部传播，有时还会在无亲缘关系的成年人之间传播，而这根本不是遗传病的传播方式。此外，成年男性几乎从不会得库鲁病，但成年女性常常会罹患此病。这或许暗示有与性别有关的原因，可是在青春期之前的小孩子身上的发病率却又是男女一致的。盖杜谢克怀疑库鲁病是通过感染来传播的。但是这个理论在一个事实面前也搁浅了，那就是他所解剖的患者脑部都没有炎症，也完全没有其他感染的迹象。

　　不过，尸检也的确揭示了一些其他线索。1957年，盖杜谢克的一位美国同行在库鲁病患者脑中发现了一些"小斑块"——由蛋白质组成的黑色多瘤状物体，直径只有1厘米的千分之一。这位科学家还注意到了星形胶质细胞有增生的现象，这种细胞属于神经胶质细胞。在脑中有将近一半细胞都是星形胶质细胞，在构建血脑屏障的过程中扮演着重要的角色，这道屏障是围绕着血管的一层鞘，能够阻止外来物质进入脑部。但是不知道为什么，在库鲁病患者的脑中，只要有神经元死亡的部位，星形胶质细胞就会不受控制地在灰质中增生，最终形成一道道"瘢痕"。这位科学家不知道究竟是什么原因导致了库鲁病患者脑中蛋白块和星形胶质细胞瘢痕的形成，但他的确注意到这种现象与克雅氏病（也就是人感染的"疯牛病"）的相似之处。

　　两年之后出现了另一条线索，来自于大西洋彼岸。一位名叫威廉·哈德罗（William Hadlow）的美国兽医在朋友的推荐之下，去参观了在伦敦一家博物馆举办的库鲁病展览。他在法雷人的手工制品之间转了一会儿，感觉有些意思但并不怎么吸引他。直到一些库鲁病患者脑部的放大照片出现在他眼前时，才深深吸引住了他。这些照片中的脑组织看起来很古怪，像是海绵一样，并且让哈德罗莫名地感到很眼熟。他曾经研究过羊痒病，这种病会破坏绵羊的脑，特别是小脑部分，导致它们跟跄不稳，还会在树上或篱笆上蹭痒。还有些羊甚至会像兔子一样蹦来蹦去。染上羊痒病的神经元上会出现穿孔，就像是被什么微型的食肉蛾咬出来的一样。染上羊痒病的脑部也会出现大洞，那是成束成束的神经元死掉的结果。哈德罗发现，库鲁病患者的脑部有着完全一样的孔洞分布——完全一样的海绵状外观。他就此迅速写了一篇论文，而此后不久，盖杜谢克就联系了他。就像与克雅氏病的关联一样，与羊痒病的关联也是一个重大的线索，但同时也更令人沮丧，因为没有人知道这些病到底是由什么东西所引起的。毒素？基因？病毒？还是几种因素的组合？

* * *

"慢慢来"这个说法对于盖杜谢克来说是没有任何意义的，但是既然有如此之多的科学家现在正在研究库鲁病，他便决定纵容一下自己在其他方面的兴趣，特别是在人类学方面。他在新几内亚东部高地上给自己搭了一间简陋的竹屋，开始记录当地的生活，拍摄了几千张照片和几千米长的盘式电影胶片。尽管当地常年被迷雾笼罩，湿度大得能让纸卷起来，但他还是记录了多达10万页的日志，写满了他在实地考察中的笔记，涵盖了阳光下的几乎每一样事物——当地的乐曲、词源学、流言蜚语、食谱、共产主义以及基督教对当地人民的渗透程度。他同时也会把日志当成日记来写，记录他在野外掉了多少体重（11千克，减到了73千克），以及他幻想看到了苏联的人造卫星在头顶的星空间穿行。

作为一位儿童发育方面的专家，盖杜谢克在诸多问题中最着迷的一项就是性启蒙仪式。为了收集这方面的信息，他横跨了整个高地，远远超越了法雷人的活动范围。在有些高地部族中，当男孩子长到差不多7岁的时候，他们就会搬到特别的一处圆顶棚屋里去住，并在那里没日没夜地服侍比他们年长的青少年，偶尔也会有成年男性。大孩子会教小孩子们："你们不应该惧怕含住阴茎。"他们相信精液能够让年轻的男孩更强大，就像母乳让婴儿更强大一样。口交和肛交还能让男孩子们"存储"精液，因为有的部族相信男人并不能自己制造精液。盖杜谢克把他能接触到的每一次仪式都记录了下来，连"谁搞了谁"这种细节都不放过。令他感到惊奇的还包括，某些男孩子竟然会跟他"调情"，冲着他抛媚眼，爱抚他苍白的皮肤。在他的野外考察记录中，盖杜谢克强调，所有这些未成年人的性活动都是其部族正式允许的。他认为这一现象的重要社会意义在于：阻止男性为了争抢女性而争斗。（其他一些人类学家对于这种解读只会翻翻白眼。）不仅如此，这些仪式还帮助盖杜谢克认识到，他所成长的那个世界里"古板"的性习俗并非是普世的。

事实上，盖杜谢克越是深入了解高地文化，他越是觉得自己过去的生活方式有太多的不足。不过他从未彻底抛弃西方文明，尤其是亨利·詹姆斯[1]（Henry James）和马塞尔·普鲁斯特[2]（Marcel Proust）的颓废文学，他利用野外调查的闲暇时光全都如饥似渴地读完了。但有时读到某些关于公爵及公爵夫人的段落，他可能会抬眼看看自己屋子外面正在跳舞的年轻巴布亚新几内亚人，他们戴着羽毛装饰的头饰，鼻子上穿着猪獠牙。与高更[3]（Gauguin）一样，盖杜谢克被这些原始的生命强烈吸引了，理智与原始这两种对立的冲动争夺着他的灵魂。他的一位同事后来回忆道：他可能会消失在树林中长达几周之久，然后突然跌跌撞撞地闯入一场晚宴，身上穿着脏兮兮的T恤和短裤，还丢了一只鞋。无论多么蓬头垢面，他总是能用高谈阔论把客人们惊得目瞪口呆，他能精力充沛地一直聊到早上4点，话题从梅尔维尔（Melville）[4]到田鼠，从柏拉图到清教徒，再从自杀到苏联的外交政策。聊够了，他又会重新消失在荒野之中。与《黑暗之心》

1　著名英籍美裔作家，被认为是19世纪现实主义文学的代表人物，其小说尤为著名的是展现了美国人与欧洲人及欧洲文化之间的碰撞。

2　法国著名作家，意识流文学的代表人物之一，著有《追忆似水年华》等著名小说。

3　指保罗·高更（Paul Gauguin），法国著名印象派画家，因城市生活的窘迫以及对自然生活的向往，于中年时期前往塔希提岛，并在那里创作出了很多他一生中最为重要的画作，最终在那里病逝。

4　作者指的应是赫尔曼·梅尔维尔。本书的第五章中曾提到梅尔维尔被奉为经典的《白鲸记》。世人关注梅尔维尔的作品始于他去世后的20世纪，而盖杜谢克在巴布亚新几内亚考察的20世纪50年代，正是美国所谓"梅尔维尔复兴"的第二个高潮期，所以赫尔曼·梅尔维尔应该是当时知识分子的谈资之一。

（*Heart of Darkness*）中的库尔兹（Kurtz）[1]一样，盖杜谢克似乎一直在与西方文明的一切较劲。

另一边，法雷人自己也有不满要跟西方文明说道说道，特别是在西医方面。在这个地区，医生们近来已经开始使用"打针"的方式将药物注射到患者身体里以彻底根除麻风病。虽然感激西方医生的治疗，但当地人并不认为这是西方科学的优越性，反而得出了结论：西方医生一定是法力强大的巫师，远比当地制造了疾病的巫师要强大得多。所以，当医生们开始着手尝试治疗库鲁病的时候，法雷人的期望值是很高的。不幸的是，盖杜谢克和其他医生所能想到去尝试的药物，无论是维生素、镇静剂、类固醇、肝浸膏，还是其他什么药，都没什么好的效果，库鲁病仍是不治之症。年复一年的无效治疗之后，法雷人的心中开始有了怨气。他们抱怨说，白人一直拿走、拿走、拿走，拿走了尸体，拿走了血液，拿走了脑子，但他们什么回报也没给我们。就连那些相信西方医学的人后来也耗尽了信心。有一位陪伴盖杜谢克的当地人就曾愤怒地表示：他知道美国有"巨大的显微镜"，能够治愈任何疾病，他不明白盖杜谢克为什么就不能快点搞定库鲁病。

急于寻求库鲁病治疗方法的澳大利亚政府发现当地这种情况之后，开始考虑绕着法雷人的聚居地建一道巨大的围墙，把他们限制在这个"保护区"内。他们还意识到，这道围墙不仅可以把法雷人隔绝在墙内，还可以把盖杜谢克隔绝在墙外。当局受到库鲁病遗传理论的启发，甚至还讨论过禁止这个部族生育。

但是，随着越来越多新库鲁病患者的出现，有一件事情变得越来越清楚，那就是遗传理论根本就不靠谱。原因很简单：库鲁病传播得太快了，很多患者根本来不及传播自己的遗传物质就被这种病杀死了。此外，有些女性与法雷人没有什么血缘关系，只是嫁入了这个部族，最终也会染上库鲁病。

与此同时，也没有其他看起来靠谱的可能病因。显然，库鲁病是一种神经

---

1 《黑暗之心》是波兰裔英国小说家约瑟夫·康拉德（Joseph Conrad）的著作，在非洲殖民贸易的背景下描写了人性的黑暗面，是西方文学研究的重点。在这个故事中的库尔兹是非洲一处贸易站的负责人，被当地土著奉为神一般崇拜，于是库尔兹在重病之下仍旧不愿意回到文明世界，最终客死他乡。

系统疾病，但是科学家们没能在患者的脑中找到任何细菌或是病毒。另一些实验则排除了激素失衡、自身免疫性疾病、重金属、植物毒素、昆虫毒素、酒精中毒以及性病的可能。有些医生提出他们的食人习俗或许是病因之一，但是当时这种习俗已经被宣布为非法了。况且，法雷人吃掉的尸体都是彻底蒸熟的，他们的习俗也不允许孩子们在食人宴上享用死者的脑，因为吃脑子被认为会阻碍孩子的成长。

随着法雷人心中的怨气越来越重，在这里进行实地考察的医生们不得不通过以物易物来获得组织样本，致使局面变得不那么好看。医生们往往会在有库鲁病晚期患者的村庄外面扎营，竖几根杆子，搭上一块防水布，搞出一个临时验尸房来。听到悼念者的第一声嚎哭，他们就会来到亡者家的小屋里，开始谈判。他们会提出用斧子、毯子、烟草、咸蛋糕，甚至是美元钞票来交换遗体。一个当地人会提出：如果白人拿走了他的"肉"（他妻子的脑子），他也应该得到肉作为补偿。医生们搞到了一块重达一千克的火腿，于是这位丈夫对他们表示了感谢，然后回到屋外的悼念者中间，继续号啕大哭起来，声音比谁都大。尸检常常要在煤油灯下或是蒙蒙细雨中进行，需要花几个小时的时间切、敲、锯，才能让脑和脊髓显露出来——这在没什么制冷设备的地方就像是过了一个世纪一样。医生们尸检的最后一步是在头颅里填上棉球，然后把尸体还回去。此外他们还有一件不太让人喜欢的工作：确保村民们把遗体埋葬，而不是吃了它。

至于盖杜谢克，他继续着他"人类学附带医学"的工作。尽管他总是劝诫自己不要陷入病人的私人生活之中，但却越陷越深。其中一件令他感到悲伤的事情与一位名叫卡盖纳罗（Kageinaro）的年轻男孩有关。在两人之前的接触中，这个男孩精力充沛，甚至还跟盖杜谢克"调情"。但有一次进入卡盖纳罗的村庄后，盖杜谢克发现这个孩子表现得很冷淡，还躲着他。盖杜谢克问那个男孩的一位朋友是怎么回事，那个朋友叹道："我香特的病了[1]。"病！盖杜谢克后来回忆道："突然之间我就意识到，我的一位童子军得了库鲁病。"那天夜里，盖杜

1　原文使用了一些错误的拼写，以此表示土著孩子英语讲得很不标准。此句应该是说："我想他得病了。"后文中有一些神经疾病造成的类似语言问题也做了类似处理，不再一一说明。

谢克坚持要让卡盖纳罗睡在他身旁，以求给他安慰。他第二天早上在日志中写道："如果库鲁病是传染病，我肯定已经得上了。"盖杜谢克几个月后又回来了，陪着卡盖纳罗走完了生命最后的旅程。当时，这个男孩子的家人已经把他抛弃在了肮脏的"穴窝"之中，而盖杜谢克把他拉了出来。卡盖纳罗满身臭气，眯着眼睛躲避阳光，因为难堪而转过头去，不想让盖杜谢克看到自己已然龟裂的嘴唇。盖杜谢克尽己所能地安慰着他，抱着他，喂他水喝。这些水大多像小溪一样顺着卡盖纳罗的脸颊流了下来，因为他已经无法吞咽了。盖杜谢克的脸上同样有两道溪流，那是他呜咽的泪水。

科学家们很快就把卡盖纳罗的名字写进了"那本书"里。那是一摞白色的活页纸，绑在一起，装在一个公文箱里。它差不多算是巴布亚新几内亚的末日裁判书，记录着1957年以后每一位已知的库鲁病死者。作为科学记录来说，"那本书"是一个奇迹：科学家们还从未如此精确地跟踪过一种疾病的发展；作为社会记录来说，"那本书"则尽是悲伤，是独一无二的毁灭编年史。根据它的记录，该地区172个小村庄中有145人死于库鲁病，有的村庄甚至在一年之内就失去了10%的妇女。在那本书的字里行间，你可以读到当地社会秩序的崩塌。尽管医疗童子军们不停奔忙，把亲人的脑样本送往巡逻站，甚至为了收集样本而去往敌对的村庄，但"那本书"仍是越来越厚。最终，它达到了十几厘米的厚度。

到了20世纪60年代中期，终于有一个突破即将出现了。盖杜谢克虽然以野外考察工作为主，但也一直在马里兰州开展着活跃的实验室研究工作。对于库鲁病、羊瘙病和克雅氏病之间的联系，盖杜谢克和他的科研团队百思不得其解，于是他们开始把感染了这些疾病的细胞注射到啮齿动物的脑中，看看它们到底是不是传染性疾病。为了把羊瘙病带入美国，盖杜谢克不得不无视相关的禁令，亲自把组织样本偷运入境。不过，盖杜谢克也从没觉得在那些无足轻重的法律条文之中，有哪一条能够限制得了他。但这些疾病的确是有传染性的，于是他在1963年采取了进一步的行动，在马里兰州乡间一处并未隔离的煤渣砖房内弄来了一群灵长类动物。

此前不久，巴布亚新几内亚又有一位名叫埃罗（Eiro）的男孩和一位名叫凯吉娅(Kigea)的女孩死于库鲁病。在临死之前，他们除了呼呼喘气，什么也做不了，已经靠糖水维持了几周的生命。当凯吉娅的医生给她一支棒棒糖时，她甚至虚弱得没有力气拿住它。他们的家人都同意了进行尸检。得益于一种神奇新材料聚苯乙烯泡沫的帮助，两人的脑样本得以在低温下，以完好的状态送抵马里兰州。1963年8月17日，盖杜谢克和同事们把五十分之一克的凯吉娅脑样本与水混合，注射到了一只名叫黛西(Daisey)的黑猩猩的脑袋里，而埃罗的脑样本则在4天之后被注射到了一只名叫乔治特(Georgette)的黑猩猩的脑袋里。

当这支团队把一切都处理好，准备要监视两只黑猩猩的健康状况时，他们还不得不应付美国农业部的调查。官员们想要搞明白，到底为什么会有人在马里兰州农村一座不安全的建筑里倒腾生物试剂。与此同时，盖杜谢克这个从来都闲不住的人仍旧满世界飞来飞去，远程指导着他在美国国立卫生研究院那个无政府主义的实验室里开展的其他一些研究项目。来此参观的人们清楚地记得，音响里轰鸣着鲍勃·迪伦[1]（Bob Dylan）的歌，令人目眩的海报在墙上熠熠生辉，而实验室里的人正在练瑜伽。

盖杜谢克为了能在离开巴布亚新几内亚的时候，仍能维持与那里的那种特殊联系，他还开始"收养"来自巴布亚新几内亚的年轻人。1963年，他收养的第一个年轻人是个没什么规矩，但活力十足的小伙子，名叫莫巴金塔欧(Mbaginta'o)。在前往马里兰州之前，莫巴金塔欧不得不先学会很多事情，包括怎么用冲水马桶、穿鞋走路以及用盘子和碗吃饭。不过，盖杜谢克还是把他送入了当地一所精英私人高中——乔治敦预科学校，并给了他一个新名字："伊凡·盖杜谢克"。伊凡适应得很好，于是后来盖杜谢克又给他带来一位"兄弟"。第二个男孩一样成长得不错，于是又有了一位新的兄弟，然后又是一位。很快，盖杜谢克又一次展现了他特有的行为方式：他变得热衷于此事，在接下来的一二十年间把来自其他部族的几十位青少年带到了美国，有些孩子最初甚至是被强迫带来的。盖杜谢克为所有这些孩子提供了吃穿用度，还把他们都送进

1　美国著名唱作人，创作并演唱了很多反抗民谣，因在2016年获得诺贝尔文学奖而引起广泛关注。

了好学校。然而，他的"儿子"中有许多人并没有把心思花在学习上，而是更喜欢酗酒、赛车、诱奸当地慈善人士家中的女孩，总体来说就是"到处胡搞"——这是盖杜谢克盛怒之下的原话。简而言之，他们的行为就像是十来岁的孩子。盖杜谢克的确也定了一些规矩：他的孩子们得用洗衣机洗衣服，给草地除草，做饭以及打扫自己的房间。但这些都没什么用，因为"老爸"去追踪某些怪异的疾病时，一走就是几个月才回来，偶尔还有可能不安排任何人看管他们。

真正的突破出现在1966年。年复一年的平淡无奇与毫无结果之后，黑猩猩黛西出现了唇下垂、拖着脚走路和步态断断续续的症状——这些都是小脑受损的征兆。乔治特不久之后也出现了这些症状。团队成员给猩猩抽了血，逐一排除了疾病、营养不良、中毒等其他所有他们能够想到的因素。然后，他们把盖杜谢克从关岛叫了回来。盖杜谢克来的时候很不高兴，因为他痛恨被迫中断自己的行程。但是看到两只黑猩猩的时候，他兴奋了起来。研究人员给两只黑猩猩实施了安乐死，然后对它们进行了尸检，并把一些脑组织样本寄给了一位病理学家。她在脑样本中找到了斑块和海绵孔。盖杜谢克的团队在一天之内就迅速地整出了一篇论文投给《自然》，这篇论文两周之后就被刊发了，并如炸弹一般引发了巨大的反响。他们不仅终结了库鲁病的遗传理论，还证明了有这样一种可以在灵长类动物之间传播的脑神经退行性疾病——这是大家闻所未闻的事情。不仅如此，他们还将其研究工作在医学上做了更进一步的大胆推测。他们提出，既然库鲁病、羊瘙病以及克雅氏病都会导致"海绵样"脑损伤，又都会在肆虐发作之前潜伏长达数年之久，那么它们很可能是由一类新的微生物所导致的。他们将这种新的病原体命名为"慢病毒[1]"。

库鲁病的流行病学研究也在20世纪60年代取得了成果。盖杜谢克始终不能坚定地把库鲁病与食人习俗联系起来，因为这会加深大洋洲土著都是野蛮人的刻板印象*。此外，与食人习俗的联系并不能解释以下几个事实：其一，在葬

1　盖杜谢克及其同事在这篇论文中提出的新微生物被称为slow virus，但如后文所介绍的，这一概念已基本被科学界弃用。目前仍有慢病毒这个名词，即lentivirus，指病毒中的一个属，成员都是有较长潜伏期的病毒，比如著名的艾滋病毒等。

礼大餐上，只有妇女才会吃脑子，但小孩们还是会得库鲁病，而且男孩女孩都会生病；其二，尽管基督教的传教士们坚持要让法雷人吃基督的血与肉[1]，但他们却在20世纪50年代中期就已经成功杜绝了法雷人的食人习俗，可是库鲁病仍然未被消灭。

不过，对于一部分人而言，库鲁病与食人习俗之间的关联仍是很有道理的。法雷人直到19世纪90年代才有了食人的习俗，当时葬礼大餐的风俗从北方流传到了南方。有趣的是，最早一例库鲁病就出现在十来年之后。而库鲁病的大暴发则令部族人对于葬礼大餐的热情更盛。更重要的是，死缠不休的人类学家最终发现，法雷人对于谁吃了什么撒了个小谎。黏糊糊的脑灰质和脑白质本来应该禁止让小孩子食用，但法雷人当中的母亲们出于母爱的本能，常常会纵容自己的孩子吃一些，从而为感染提供了可能的渠道。而且，虽然食人习俗的确在20世纪50年代终止了，但黑猩猩的实验已经证明了滞后期的存在——即便是直接注射到脑袋里，库鲁病也可能需要好几年才能浮现出症状来。当所有这些事实摆在面前的时候，科学家们意识到食人习俗能够解释所有的问题。

这是长久以来在库鲁病研究方面出现的第一拨好消息。好在，它们并不是最后一拨。到了20世纪60年代末期，库鲁病患者的人口构成已经改变了，而且也越来越罕见。没有了更多的葬礼大餐，"那本书"中记录的死者的平均年龄一年比一年更大，因为患病的年轻人越来越少。库鲁病一直也没有彻底消失，但等到1975年巴布亚新几内亚从澳大利亚的殖民统治下独立的时候，高地上的居民终于感觉可以把这段长达四分之三个世纪的可怕历史抛在身后了。

更重要的是，高地人的捍卫者盖杜谢克于1976年获得了诺贝尔奖，奖励他对于慢病毒的发现。盖杜谢克引领了那一年美国人横扫诺奖的风潮，与他一同获奖的还有米尔顿·弗里德曼（Milton Friedman）[2]和索尔·贝娄（Saul Bellow）[3]。

1　基督教的圣餐礼源于《圣经》中记载的耶稣基督受难前最后的晚餐，其中的面团代表着耶稣的身体，而葡萄酒代表着耶稣的血。

2　美国著名经济学家，主张自由市场，为自由市场主义提供了诸多经济学理论依据，获得了1976年的诺贝尔经济学奖。

3　美国著名文学家，1976年普利策奖和诺贝尔文学奖得主。

盖杜谢克以其一贯的作风，对于与这个奖有关的种种小题大做和正式礼节都跟有仇似的。他的朋友们猜测，在这次颁奖礼之前，他大概从没系过领带。但是，获得诺贝尔奖的确是一种肯定，肯定了库鲁病是一种有着相当重要性的疾病。另外，盖杜谢克想要带八个养子参加颁奖礼的要求被拒绝了，但他们还是来到了斯德哥尔摩，住进了那里最棒的酒店——只不过是睡在地板上的睡袋里。

＊　　＊　　＊

但是，即便是获得了诺贝尔奖的认可，仍旧有一个问题让科学家们寝食难安：导致了库鲁病、羊痒病和克雅氏病的慢病毒到底是什么东西？

慢病毒理论的一个问题在于血脑屏障的存在。早在1885年，科学家们就已知道，如果你把蓝色染料注射到血液中，那么心脏、肺、肝以及身上的几乎每一个其他器官都会变成蓝色。但脑不会，因为血脑屏障只允许预先规定好的一些特定分子通过。不幸的是，它也阻挡了我们吃进去或注射进去的大多数药物，令阿尔茨海默病和帕金森病等常见脑部疾病难以治疗。微生物要想通过这道屏障更是难上加难，只有少数特例除外，比如感染了查尔斯·吉托的那种梅毒螺旋体。绝大多数小生物都无法闯入神经的圣殿之中。

此外，库鲁病患者的脑部也从没有炎症发生。这个现象与任何已知的微生物感染都对不上号。这种假想中的病毒还被证明能够抵抗各种消毒措施，这一点尤其令人担忧。感染了库鲁病的组织，无论是用烤箱烤、用腐蚀性的化学试剂浸泡、用紫外线照、像肉干一样脱水，或是暴露在核辐射中，仍旧还是具有传染性。没有什么活的东西能够经受得了这样的折腾。因此，有少数科学家提出，这个感染源严格来说可能不是活的东西，它可能只不过是生命的碎片，比如不正常的蛋白质。但是，这个想法与生物学家当时已有的知识体系大相径庭，哪怕只是让他们去考虑一下这个想法，也得有一个跟卡尔顿·盖杜谢克一样固执偏强的家伙来推动才行。

这个人就是斯担利·布鲁辛纳（Stanley B. Prusiner），他开启了库鲁病研究的下一个重要阶段。不过他的事业并非起步于一个辉煌的开始。作为一名神经学家的布鲁辛纳于1978年第一次来到高地的时候，表现几乎是不及格的。当地的医疗童子军实际上得用手推在他后背上，把他推上山。好不容易见到第一个患者之后不久，他的肠胃又出现了严重问题，导致他无法继续工作。于是村民们不得不又费了很大劲把他运下山。然而，当布鲁辛纳回到他位于旧金山的实验室之后，他满脑子都是大计划。特别是在库鲁病和克雅氏病的病原体问题上，他极为确信应该是出了问题的蛋白质。与细胞不同，蛋白质不是活的。事实上，大多数蛋白质一旦离开了细胞就变得毫无用处。但是布鲁辛纳认为，或许，仅仅是或许，有些蛋白质能够独自存活，甚至以某种方式繁殖。因为蛋白质简单，所以它们也应该能够在各种消毒措施之下有更高的存留机会，并且更有可能穿过血脑屏障。另外，蛋白质也应该能避免在脑中引发炎症反应，因为它们缺乏能够被我们免疫细胞识别的恰当特征[1]。

多多少少有些草率的是，布鲁辛纳在有任何证据证实其存在之前，就把这种出了问题的蛋白质命名为朊病毒[2]（prion）。这个词把蛋白质（protein）的前三个字母和感染（infection）的前两个字母拼到了一起。当然，其中 i 和 o 的顺序在拼接之后调了个个儿，但布鲁辛纳认为这样的结果更好，虽然拼写上有点看不出源头来。他有一次曾经声情并茂地说："这个词棒极了！很时髦！"肯定是比正确拼接出来的"proin"时髦[3]。

当时的大多数科学家看不上朊病毒这个概念，认为它是含混不清的臆造之物，轻蔑地用"P打头的那个词儿"来指代它。在讨厌这个词的同时，很多同行也对布鲁辛纳本人产生了一种不断增长的厌恶。在有些圈子里，"P打头的那

1　此处的表述并不准确。实际上，蛋白质是我们免疫系统识别外来入侵者的主要标志物之一。但如果某个蛋白质来自于我们自己的身体，那么它就不会被免疫系统识别，否则会出现免疫系统攻击自己身体组织的现象，造成各类自身免疫性疾病。准确地说，引发库鲁病的蛋白质之所以没有引起炎症反应，是因为它们不是源自人体之外的蛋白质。后文对此有详细解释。

2　朊病毒这个译法较为常见，也是目前认定的正式学名。但是由后文介绍可知，朊病毒并不是病毒，所以这个译名容易令人误解。另有一种译法为朊毒体，或许更严谨一些。朊字古已有之，现代被部分学者建议用以表示蛋白质的意思，因为"月"字旁表生物、有机之意，而"元"取了英语蛋白质protein一词希腊语词根的本意，即主要的，首要的。

3　英语中没有proin这个词，而它的问题主要是让人拿不准发音，因为就连roin这样的拼写在英语单词中也很少见，给人一种生僻词、学术词的感觉。

个词儿"也被引申为强人所难（pushy）和宣扬（publicity），因为布鲁辛纳总是精心打扮，到处推销自己的理论，甚至还雇了一位专门的公关人员。公平地说，布鲁辛纳不断地跟同行们提出过合作建议，但大多遭到了断然拒绝，其中也包括了盖杜谢克的研究组。有一次，布鲁辛纳出于礼貌把盖杜谢克作为共同作者加到了他的一篇论文上，但盖杜谢克却掌控了文章的进程，拒绝让布鲁辛纳发表它。直到布鲁辛纳把文章中所有"朊病毒"这个词全都删掉了，盖杜谢克才同意发表。布鲁辛纳的确很不错，对于这样的冒犯也只是耸耸肩就算了。在多年的努力工作之后，他的团队终于在1982年分离出了朊病毒。

然而，这项发现几乎毁了布鲁辛纳。在后续的研究工作中，他的实验室测定发现，正常的脑细胞也会制造与朊病毒蛋白有着一模一样氨基酸序列的蛋白质，而氨基酸是蛋白质的基本构成单元。换言之，非常确定的一个事实是，健康的脑也一直在生产与朊病毒几乎一样的蛋白质。但如果这是真的，为什么不是我们所有人都会得库鲁病或克雅氏病呢？布鲁辛纳不知道这个问题的答案，有几个月的时间都在纠结于这一矛盾。

布鲁辛纳从来都不是一个会太过气馁的人。他很快就意识到，这一最新结果远远没有宣判他那个感染性蛋白质理论的死刑，反而使之变得更为有趣。问题的关键之处在于，虽然氨基酸序列能够定义一种蛋白质，但决定蛋白质身份的因素还包括了它的三维结构。如果给你50块乐高积木，通过以不同的角度拼接，你可以搭建出不同的结构来，而蛋白质的情况正与此类似，一样的氨基酸序列能够以不同的角度扭转，形成有着不同形状和不同性质的不同蛋白质。在库鲁病的问题上，布鲁辛纳的团队测定发现，健康细胞生产的正常形态的朊病毒蛋白上有一段关键的螺旋形区域，在致死性的朊病毒中被改变了形状，重新发生了折叠，就像把铁丝衣架扭转打开一样。显然，既有"好的"朊病毒，也有"坏的"朊病毒，而库鲁病和克雅氏病似乎涉及从前者到后者的转变。

那么是什么导致了这种转变呢？诡异的是，促成此事的竟然就是坏朊病毒本身。也就是说，坏的朊病毒有能力锁定周围游荡的正常的朊病毒蛋白，并且摧毁后者，改变它们的形状，直到它们与坏朊病毒长得一模一样为止。这些坏

　　　　　　　　　　　　　　　　　疯脑：五百年神经学奇案

的克隆体于是会聚集在一起，形成那种微小的蛋白斑块，对神经元造成损害。这就已经够糟的了，但更要命的是，偶尔斑块长得太大了，也会碎成两块。现在，关键点来了：当这种情况发生时，把好的朊病毒转变为坏朊病毒的速度就会翻倍，因为这两半能够彼此分开，各自独立地转变其他好的朊病毒。接下来，情况还会变得更糟，这两块斑块都会长得很大，然后再分裂，生成4个朊病毒块。再经过一轮生长与分裂，4个又会变成8个，不断持续下去。也就是说，朊病毒遵循一种缓慢的链式反应。最终的结果是以指数级速度增长的朊病毒吸血鬼，以及越来越多的死神经元和海绵孔[*]。

这个朊病毒理论还解释了库鲁病的起源。与库鲁病不同，克雅氏病在世界上很多种族中都存在。它通常始于某个不走运的家伙在脑中发生的一处基因突变，于是他就开始自发地制造坏的朊病毒蛋白。在1900年左右，某个东部高地的居民几乎可以肯定患上了某种形式的克雅氏病，其小脑受到了攻击，而他同样不走运的家人吃了他的脑子。不幸的是，朊病毒实际上对于蒸煮和消化都是免疫的，也能穿过血脑屏障。结果，他的亲人脑部也被感染了，并因此去世。这些人又被更多的人吃掉，感染了更多的人。他们再死去，再被吃，再感染更多的人，如此往复循环。终于有一天，他们给这种病起了个名字，称之为库鲁病。需要注意的是，食人习俗本质上并没有导致疾病的暴发，吃脑子本质上也不是致命的行为，出问题的是不幸吃掉了那个最初的病人。可悲的是，正是法雷人的妇女在葬礼大餐上渴望得到的蛋白质最终终结了她们的生命。

自20世纪80年代以来，朊病毒研究的重要性得到大大提高。在20世纪90年代暴发的疯牛病，基本就是牛的库鲁病。英国的农场把患有朊病毒疾病的牛的脑子喂给了其他的牛，结果后者又感染了吃掉它们的人类。就在疯牛病带来的恐慌之后，布鲁辛纳于1997年获得了诺贝尔奖，表彰他在朊病毒研究方面所做出的贡献，这绝不是时间上的巧合。令人烦忧的是，现在某些人的体内可能仍旧潜伏着致命的牛朊病毒。

就在最近，朊病毒的研究与神经科学的主流研究有了交集。在库鲁病患者脑中有着凶恶的蛋白质斑块。祸害阿尔茨海默病、帕金森病以及其他神经退行性疾病患者头脑的，也是凶恶的蛋白质斑块。两者似乎在生长与扩散方面有着一样的方式：首先把无辜的蛋白质转变成有问题的，然后板结成块，毒害神经元，干扰神经突触。甚至有证据表明，阿尔茨海默病的斑块尤其需要有正常朊病毒蛋白的存在才能发挥其破坏作用。好在，你不可能被"传染上"像阿尔茨海默病和帕金森病这样的疾病。但如果科学家们能够完善朊病毒的理论，减缓这些病症的发展，甚至彻底治愈它们，那么后面肯定还会得到更多的诺贝尔奖——要知道，在美国受这些病困扰的人口就已经多达600余万，而且还会随着整体人口的老龄化而变得越来越普遍。

盖杜谢克自己就曾在几十年前最先提出了库鲁病与阿尔茨海默病之间的联系，但并没有真正进一步深入研究。事实上，在获得诺贝尔奖之后，他变得越来越懒散。满世界有那么多的报告等着他去做，偶尔还可以去像西伯利亚这种地方游览一番，研究一下某种疾病。但是，他在新几内亚岛丢掉的体重又重新长了回来，甚至还更多了一些，这在极大程度上拖慢了他的脚步，令他把越来越多的时间用来在家陪伴那些收养的孩子。

或许应该说是收养的儿子，因为那些环绕在他身边的年轻人中，绝大多数都是男性。少数同事已经注意到了其中的模式：都是魁梧的小伙子，哈？于是他们开始在盖杜谢克的背后偷笑，只要他闲聊到"我的小伙子们"，这些人就会互相递个眼色。但是，美国联邦调查局却发现事情没么有趣。

早在1989年，马里兰州警方就已经开始就性骚扰的指控调查盖杜谢克了。联邦调查局于1995年介入这项调查，探员们开始仔细检查他所发表的日志以及野外考察笔记。很多段落都让他们恶心到直打冷战。有的段落描写了不同男孩的阴毛；有的段落描写了某些男孩，"只要对他们的爱抚稍加鼓励，他们就会把手伸进我的口袋里摸索"；有的段落描写他在圣诞节早上醒来，"又睡了个好觉，就像是一个婊子让自己的五六个相好压在身上爬来爬去"；有的段落描写了某些父亲"冲着我微笑，告诉我应该让男孩子们跟我搞点性事"。所有这些文字都很含糊，可以有着不同的理解。不过，这些都发生在新几内亚岛。于是，联邦调查局开始讯问他的养子们，最终发现其中一人声称盖杜谢克在他十来岁

　　　　　　　　　　　　　　　　　　　　　疯脑：五百年神经学奇案

时曾在马里兰州与他发生过关系。后来，又有更多的受害者站了出来。最先站出来的年轻人同意给这位当时已经72岁的老科学家打个电话。在通话中，年轻人问盖杜谢克："你知不知道什么是恋童癖？"盖杜谢克自己答道："我就是。"然后承认曾经与其他男孩发生过性关系。盖杜谢克请求他不要说出去，但这次通话已经被录音了。就在1996年复活节前的一个早晨，矮胖的盖杜谢克刚从斯洛伐克的一次有关疯牛病的学术会议回来，时差都没倒过来的他才把车在自家车道上停好，就有六七辆警车从隐蔽处蜂拥而出，红蓝两色的警灯尖声啸叫着。盖杜谢克因为"变态性行为"的指控而被捕入狱。在监房里，他不停地叫嚷，发誓要"跟我的众神祈祷"以求解救，并咒骂那些告他的人都是"嫉妒、怀恨在心……可能根本就是疯子"。不过最终他承认有罪，并服了8个月的刑。

在后来的采访中*，盖杜谢克多多少少还是承认了所有的事情。"所有的男孩都想要一个爱人，"他如此声称，然后又补充道，"如果我发现他们在玩我的那活儿，我就说这很好，然后我就会玩他们的。"他进一步为自己辩解说，那些男孩总是因为性的原因而接近他，但反过来他并没有那样做，而且他们接受的那种文化认为一个男人与男孩发生性关系是正当的，所以没有造成任何伤害。作为一个知识分子，他还援引了古希腊时期广泛存在的男人与男童之间的鸡奸行为为自己辩护。但真实情况是：高地人并不是他口中所说的性自由者。他们完全了解那些移居到他们土地上的恋童癖者是怎么回事，也知道这些人利用了他们的文化，并且很鄙视这些人，视之为变态。此外，作为孩子们在美国的监护人与导师，盖杜谢克对他们有足够的影响力去改变他们的认识，而他似乎主动选择了忘记这一点。无论如何，他从未就此道歉。在服刑期满之后，他逃去了欧洲，夏天在巴黎和阿姆斯特丹度过，冬天则在挪威北部享受偏远之地的冬日永夜。2008年，在挪威特罗姆瑟（Tromsø）一家旅馆的房间里，盖杜谢克去世了，与世为敌，孑然一身。

盖杜谢克留给世人的是一笔极为复杂的遗产。他是其所处时代最为杰出的神经学家之一：他向世人发出了一种全新脑疾病的警告，他在猿类身上做的实验（以及布鲁辛纳的关键性研究）开启了一个全新领域，研究那些不那么"活"

的物质的"生物学"。他还证明，感染性的病原体可能在脑中蛰伏数年之久才重新苏醒——这在当时是一个令人困惑的概念，但却预示着还有其他长潜伏期病原体的可能，比如后来的艾滋病毒。再者，对于这种残忍的失调症的患者们，盖杜谢克付出了比任何人都多的努力去帮助他们。而且，库鲁病目前仍是除了天花之外唯一被彻底消灭的人类疾病：自 1977 年以来，共有 2 500 人死于库鲁病，但 2005 年以后再没有死亡病例。"那本书"上很可能已经写下了它的最后一个条目。然而，尽管盖杜谢克努力拯救着法雷人的社会，但他显然也在猎寻着其中脆弱的成员。更糟的是，尽管他付出了如此之多的血汗，但他在脑方面所做的工作并没有真的救活任何一个人。实际上，传教士和巡逻队在盖杜谢克到来之前就已经大体上终结了当地的食人习俗，而每一个得了库鲁病的人最终都难逃一死。最后，神经科学本身也被证明并不能改变什么——直到今天，大多数法雷人仍旧相信是巫师制造了库鲁病。

但是，或许是上天觉得这一切太过凄凉无望了，结果人们发现库鲁病患者的死亡并非是徒劳无益的。基础生物学研究是其他更多的、更好的研究工作的根基。正是由于这些患者的牺牲，我们现今已经知道库鲁病为祸人脑的方式，竟然出乎意料地与阿尔茨海默病、帕金森病等老年疾病相似。所以，或许在"世界上最罕见的疾病"中所蕴藏的知识能够阻止世界各处的人类可能遭遇的脑退化。如果事实果真如此，那么法雷人对于我们每个人的影响之深刻，肯定会等同于他们对于许许多多科学家的影响。随着神经科学不断拓展其边界，不断揭示我们脑中微小神经回路的地图，并弄清楚它们如何产生了高级的驱动力和情绪，那么或许其他某些事情也会变得有点道理了，比如为什么某些人会自欺欺人，并有着矛盾的渴望——就像卡尔顿·盖杜谢克。

第七章　性与罚

除了神经与神经元之外，脑还会通过激素来释放信号。激素在情绪调节方面扮演着尤其重要的角色，为脑与身体之间提供了一座关键的桥梁。

神经外科医生哈维·库欣（Harvey Cushing）给人的第一印象总是相当深刻。在1911年新年第一天的早上8点，一位名叫威廉·夏普（William Sharpe）的住院医师[1]来到巴尔的摩市库欣所在的医院报到，准备开始他的第一个工作日。如果夏普期望这会是简单的一天，到处参观一下、聊聊闲天、看几张统计图表，那他可就大错特错了——库欣可是另有安排。夏普走进房间的时候，发现库欣正把手伸进一只狗的头颅里，深及手腕，最终挖出了这只可怜狗的脑垂体。既没有开场白，也没有自我介绍，库欣直接就递给了夏普50美元用以贿赂一位牧师，并命令他立即赶去华盛顿特区[2]的一处殡仪馆。在那儿，夏普要从一具尸体上移除所有的内分泌腺体，再加上脑子、心脏、肺、胰脏以及睾丸。那具尸体生前是库欣的一位患者，一个巨人。他的葬礼将在下午2点开始，所以夏普得赶紧了。

1　医生职称体系中最低的一个级别，在主治医师及更高级别医师的指导与监督下工作，负责病人的一线诊疗，因需要在医院值班而得名。

2　即美国首都华盛顿，不隶属于任何一个州，有点类似我国的直辖市。华盛顿特区距马里兰州的巴尔的摩市60多千米。

神经外科医生哈维·库欣
(来自美国国家医学图书馆)

在殡仪馆当班的牧师收了他的贿金，把夏普领到了后面的一个房间。在那里，巨人约翰·特纳(John Turner)躺在一具为他量身定做的棺材中。特纳是一位目不识丁的运砖马车夫，从15岁开始就一直忍受着令人苦恼的加速生长的折磨。他去世时38岁，已经长成了身高达到了2.21米的歌利亚[1]，几乎无法走路。夏普让牧师帮他把特纳抬到棺材外面，但牧师愤怒地拒绝了。原来，虽然库欣下达了解剖的指令，但根本没有任何人得到了对特纳进行尸检的许可。事实上，特纳的家人反对此事。由于移动这样一位343磅(1磅≈0.45千克)的巨人无望，夏普不得不直接在棺材里开刀。他首先解开了死者身上像船帆一样大的燕尾服，切下了第一刀，而此时已经是中午11点了。很快他就沉浸在工作中，忘记了时间，也几乎没有听到悼念者们已经聚集到了悼念室的门口。

下午1点左右，夏普才意识到他犯了一个战术性错误——他应该首先处理头部才对。在他要搞到的所有腺体之中，最重要的一个就是脑垂体——一个小

---

1 《圣经》中的腓力斯丁人巨人勇士，令以色列人惧怕，传说被以色列第二任国王大卫在年轻的时候投石所杀。

小的激素工厂，库欣最爱的腺体。但是，它位于头颅的深处，要把它挖出来必须把颅骨锯开，那会发出很大的声响。而现在，夏普能听到特纳的家人在旁边房间里已经变得焦躁不安，因为牧师无法回答为什么他们还不能瞻仰特纳的遗体。夏普赶紧开锯，但特纳过度生长的颅骨竟然处处都有两厘米多厚。很快，夏普就听到了拳头捶在门上的声音，要求知道这噪声是怎么回事。

打开头颅之后，夏普剥开包裹着脑部的蛛网膜结缔组织，暴露出了脑垂体。垂体吊在脑的底下，就像一小团快要滴下来的组织。它正常情况下只有豆子大小，但在巨人脑子里常常因为肿瘤而发生了奇形怪状的肿胀。然而夏普没什么时间来检查特纳的腺体，因为当时前庭里的那些人已经彻底不受控了。

夏普飞速把特纳的身体缝上，收集好他的器官。就在他刚刚完事儿的时候，大坝崩塌了。好在牧师已经帮夏普叫好了一辆马车，毕竟他也不希望手里出现两个死人。当特纳的家人终于涌入房间的时候，夏普已经从后门冲了出去，蹦上了他的出租马车，呼喊着"快走"。当马车加速离开的时候，特纳家人盛怒之下扔过来的一块石头重重地砸在了车后的行李舱上。

回到巴尔的摩，夏普把那些还闪着水光的脏器放进了一个冷冻装置。他给库欣打了个电话之后，当天晚上早早就在住院医师的房间里休息了，既满足又有成就感。然而就在天亮之前，有一只手把他摇醒了。库欣站在他跟前，暴怒地叫嚷着："你忘了左副甲状腺！"夏普想要把牧师、燕尾服还有石头那些事解释给库欣听，更不要说他根本就没听说过副甲状腺这东西。库欣打断了他，炒了他的鱿鱼。

夏普虽然非常伤心，但他还是接受了另外两位住院医师在医院餐厅请他吃早餐的邀请。他们解释说库欣总是会这样突然发火，他的情绪管理很糟糕。当他们吃到一半的时候，医院广播噼啪作响，传出声音来："呼叫威廉·夏普。请威廉·夏普前往库欣医生的办公室。"夏普到达库欣办公室门口的时候肯定是浑身战栗的，他是不是还丢掉了其他什么腺体？但是他发现库欣此时很冷静，头脑清醒。他给夏普看了副甲状腺在哪儿，并解释了它的功能。然后，库欣继续自己的工作了，并祝夏普日安，此后再也没提过这次的事情。当然，夏普在他的余生中一直记着这件事。

上述这24小时是库欣典型的生活。出现一个亟需解决的正当的医学问题时，他会用他冷酷的方式追寻答案，而在此过程中，他可能会失去自制力。就连在克利夫兰的童年时期，他的家人都已经因为他常常突然发怒而称他为"小辣椒"了。成年之后，他几乎天天都会冲着护士和住院医师发火。但是库欣的怒火来得快，去得也快，而且即便是那些被骂蔫了的人也无法否认库欣的聪慧睿智。

库欣在耶鲁大学上学期间与他的父亲闹翻了，原因是他坚持要参加斗牛犬棒球队[1]，而非一心专注于学业。从耶鲁毕业之后，库欣来到哈佛医学院继续学习，依旧是游刃有余。之后，他获得了巴尔的摩市约翰·霍普金斯医院[2]的一份工作。他刚到巴尔的摩时就嘲讽这个地方索然无味，一排排房子"就像是链球菌似的"。不过他发现他在医院的上级是一个吗啡成瘾者*，这就给了他很大的方便，让他可以在不受约束的状态下尽情实验新的科技。他用电流刺激癫痫病患者的脑部，还造了一台能够自动显示病人血压和脉搏的仪器，让外科医生在病人有危险时只需瞥一眼就能知道这些数据。1896年，X线被发现后的第二年，库欣就开始将X线应用于搜寻脑瘤，以及留在病人身体里的子弹。幸运的是，除了X线之外，他还有太多其他的实验要做，而他一位没那么忙的同事则最终死于辐射中毒。

库欣最终选择投身于神经外科工作，特别是脑瘤方面。虽然他严苛的行事方式令他的手下人都不太喜欢他，但这些品性的确让他成了一名优秀的外科医生。与当时惯常的做法不同，他会费力地去区分不同种类的脑瘤，并相应调整其治疗手段。对于卫生方面他也有着严格遵守宗教仪式一般的热情，这让脑手术的死亡率从90%降到了10%。当他的患者的确在治疗中病逝时，他会通过尸体解剖来检查究竟是哪里做错了，而这种事在当时是闻所未闻的。最后，他还

1　耶鲁大学的体育吉祥物是斗牛犬，该校的所有校级运动队均称为斗牛犬队。

2　美国著名的大型综合医院，连续几十年被《美国新闻与世界报道》评为全美最佳医院，并且是医学史上多项医疗技术的发源地。

有超人的专注力。神经外科手术有可能要持续10个小时甚至更长的时间。外科医生们有时候开玩笑说，他们还没给病人缝合呢，肿瘤就又长回来了。但是库欣能够一直站着做手术，永远也不用叫停。要是让他抓到哪个助手在那儿放空做白日梦，他就会厉声喊道："眼睛盯着球[1]！"——就像他在耶鲁打棒球的旧时光一样。

到了32岁的时候，库欣已经建立了不错的事业基础，接下来几十年都可以优哉游哉了。但是，一个令他极度悲伤的错误改变了他事业的轨迹。1901年12月，他碰到了一个14岁的女孩。她胖乎乎的，近乎失明，性发育迟滞（胸部没有隆起，没有来过初潮）。库欣诊断病因是过高的颅内压，因此给她做了开颅手术，引出了多余的液体。但她的情况并未好转，且很快就去世了。令库欣懊恼的是，尸检时发现有一个囊肿压在她的脑垂体上——这个可能的病因被他忽视了。

公平地讲，那个时代的大多数外科医生可能都会忽视这个病因。虽然从严格意义上来讲，垂体并不是脑的一部分，但它位于脑的南极，相当于脑球的南极洲。所以，要想到达它所在的位置，需要一次漫长的、侵入性的大手术。就算医生到达了它的位置，也会犹豫要不要触碰它，因为它就贴在视神经的旁边（所以那个女孩才会失明）。而且也没人知道即使是好的触碰会有什么效果，因为当时它的功能仍是个谜团。有人称之为进化的遗迹，就像盲肠一样，而另一些人则把它与一大堆疾病联系了起来，包括：手部与足部畸形、肥胖症、皮肤问题，甚至是巨人症与侏儒症（虽然两者相互矛盾）。基于垂体功能的不确定性和相关手术的复杂性，大多数外科医生宁愿装作没这个东西存在。但库欣可不是大多数外科医生，他决定要对这个问题刨根问底。

但这个问题的确是个难解之谜。库欣读的相关资料越多，越觉得这个问题错综复杂，尤其是它与生长失调之间的联系。当库欣还是个孩子的时候，只要有马戏团来到克利夫兰，库欣就会跑去看杂耍表演，在巨人、矮子、胖女人，以及其他"奇观"之间流连忘返。脑垂体的研究重新唤起了他对于这些不登大

1　此处指的是球状的人脑。虽然很少会用球来指称脑，但在这里有双关的意思，借用了棒球中常用的说法。

雅之堂的表演的迷恋。在20世纪初期，库欣打着研究的幌子，拜访在东岸地区南来北往的那些马戏团中的巨人、侏儒，还有畸形的怪物，并为他们做了详细的病史记录。

像约翰·特纳等少数人对于这种打扰感到很愤怒，但是大多数人觉得这位身材纤瘦、穿着整洁的医生很亲切，甚至还会请他到家里做客。库欣印象最深刻的一次寻访发生在波士顿。那天夜里，他去赴一位世界上最丑女士的约，地点是她的一节货车车厢，停在火车站外。由于火车站就像是一个迷宫一般，库欣要求要有人给他带路才行，而他的维吉尔（Virgil）[1]竟然是一个身高不到1米的侏儒，拎着一盏晃动的提灯。摇曳的灯光给他们的行程增加了一种怪诞阴森的视觉效果。库欣后来回忆，在路上有那么一两次，侏儒似乎就在他眼前变成了"一个小妖精"。到达丑女士的车厢后，一个巨人把侏儒抬到了车上，然后又把身高1.7米的库欣也抬了上去。在车厢里，他发现沙发上就像是一场马戏团的怪人展，包括一名没有双腿的"半个女士"。库欣记得自己当时的想法，感觉就像是无意间撞进了一个童话故事。在整个交谈过程中，虽然这些人痛苦的故事已经让库欣流下了泪水，但他的唇边却总有忍不住的笑意。

在研究了几十位怪人的病历之后，库欣确定了垂体的主要工作是通信。我们一般认为脑与身体之间的通信是通过神经冲动来实现的，比如脑就是这样来指挥身体运动的，但脑也有其他发布命令的方式，其媒介是像激素这样的化学物质。只不过脑并不直接分泌激素，而是把这活儿外包给了腺体。库欣宣称，在激素调控方面，没有别的腺体比脑垂体更重要，因此它应该被称为"主宰腺体"。垂体是一个名副其实的激素工厂，有着六七种不同类别的细胞，每一种都分泌着不同的激素。任何一种激素的过度生产或产量不足都可能导致迥异的疾病，这就是垂体与如此之多的不同疾病有联系的原因。

出于对巨人与侏儒的着迷，库欣特别瞄准了一种激素——生长激素。如果一个孩子得了垂体瘤，负责分泌生长激素的细胞往往会开始扩增。于是这个腺

---

[1] 古罗马诗人，在但丁的笔下成为了《神曲》中"我"的保护者，以及探访地狱的引路人。

体就会输出过多的生长激素，让这孩子迅速长成一个巨人。与此相反，如果一处附近的囊肿压迫了这些细胞，腺体生产的生长激素就会过少，让孩子长成个侏儒。于是，事情明了了，原来垂体没有什么"自相矛盾"之处：它的问题的确既可能导致侏儒症，也可能导致巨人症。

库欣还发现，垂体在成年时期受到干扰，会导致不同的病症。对于已经长到成年人身高的人，如果其生产激素的细胞死掉，显然也不可能再缩回去，变成一个侏儒。但是他们可能在性方面发生退化，变得性冷淡，在脸上和肚子上堆积脂肪，男性的生殖器可能会收缩，而女性则可能停经。与此类似的是，一个加速运转的垂体也不可能让成年人长得更高，因为成人胳膊和腿中的生长板已经闭合了[1]，但是生长激素的洪流仍会导致肢端肥大。这种病人的手、足和面部骨骼都会增厚*，他们的眼睛会变得突出，就像是被勒死了一样。库欣拜访的那位住在车厢里的"丑女士"就有这种不怎么好看的失调症。

一方面是激动于自己的新发现，一方面也是为了拓展自己的神经外科手术清单，库欣于1909年开始施行脑垂体方面的手术。他的第一位患者是约翰·希曼斯(John Hemens)，一位来自南达科他州的农民。他在成年以后，手和脚又长大了好几倍。许多有垂体问题的人每过几年就得购买更大的手套和靴子。希曼斯的脸也已经肿得有些怪诞了：他的舌头和嘴唇已经厚到令他难以讲话；下颌骨扩张导致牙齿与牙齿之间出现了缝隙。从头到脚，他的情况看起来就是典型的肢端肥大症。库欣决定去除他的一部分脑垂体。他首先用乙醚放倒了希曼斯，然后在颅骨上打开了一个希腊字母 Ω 形状的切口，就位于鼻子上方。库欣把工具扭来扭去送进头盖骨内，随后成功地移除了三分之一的垂体。希曼斯醒来的时候失去了嗅觉，但是他那长久以来的头疼和眼痛都消失了，而他脸部和手部的生长很快也变缓了。库欣宣称他已经被治愈了。

---

1 又称骺板，是长骨骼末端的一个软骨板，也是新骨生成所在的位置。成年人不再具有生长板，变成了一条线，称为骺线，长骨骼也就不再生长。从X线影像学上来看，就好像生长板所对应的接缝闭合消失了一样。

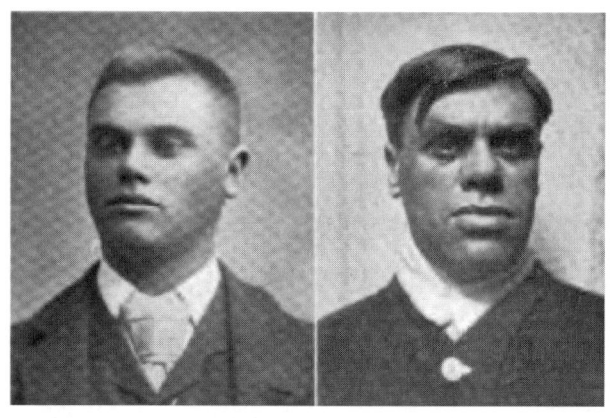

左：约翰·希曼斯，南达科他州的一位农民，患有肢端肥大症，这是他出现症状之前的样子

右：希曼斯在即将接受库欣的手术时的样子

不幸的是，缓解只是一时的。希曼斯的大多数症状在一年之内又重新出现了。但是结果已经让库欣很受鼓舞了：此前从没有人减轻过垂体失调的症状，哪怕是一点点也没有。所以库欣继续推进这项工作，开始施行更为大胆的手术。1912年，他甚至敢于把一个死亡婴儿的脑垂体移植给了一个来自辛辛那提市的男人，后者自己的脑垂体已经被囊肿摧毁了，人也陷入了昏迷之中。为了拯救他的生命，这也算是一次"死马当活马医"的努力吧。这位患者没能苏醒就死去了，结果他的病例演变成了一桩丑闻，因为一家报纸竟然愚蠢地报道称：库欣实际上把婴儿的整个脑子都移植给了别人。即便是这样的挫折也未能阻止库欣，他仍在持续开发着新的治疗方法。

很快，一位正在组稿出新书的同事让库欣撰写其中一章，大概80页左右，主题就是主宰腺体。结果库欣提供的稿件长达800页。他后来把这部分手稿压缩成了一本他自己的书《脑垂体与其失调症》（*The Pituitary Body and Its Disorders*）。坦率地说，这本书有一些缺点。由于总是执着于脑垂体，库欣一开篇就把所有未知缘由的失调症都归结于这个"威力巨大的麻烦制造者"，并且还纳入了一些不可信的病例。然而，这本书还算是配得上它的盛名。在此之前，医生们大多会无视巨人、侏儒以及肥胖的女士，认为他们是无法解释的"奇观"。而且如果有医生敢于治疗激素失衡的毛病，特别是对于女性患者，他们通常也只是简单地去除性器官而已，然后期盼着病情能够转好。库欣提供了一个更理性、更人性化的替代选项，并且为大多数患者带来了他们所体会过的第一次病情缓解。

这本书变得很著名的原因，除了其医学价值之外，还有其中令人难以忘却的照片。亏了库欣喜爱鼓捣技术，他在很久之前就已经开始用手提照相机给他的患者们照相，留作病症研究存档之用。实际上，他是"……之前"和"……之后"比较拍照的早期支持者，但其呈现的场景与现代那些骗人的鬼把戏是相反的，因为他的患者总是在第二张照片里看起来更糟糕一些。身着西装三件套的花花公子突然发生了生殖器萎缩，肚子上堆了不少脂肪，看着就跟怀孕似的；年轻的精英女士突然就出现了驼背和胡子。或许最可怜的一张照片展示的是巨人约翰·特纳：他靠两把椅子的支撑才能站立住，他的脸红得令人不安，他的腿看起来就像是快要在他身子下面散架一样。库欣有一位身高1.73米的助手，在那张照片中正好就站在特纳旁边，于是他常常会在医学学术会议上被人叫住，即便是几十年后也仍是如此，因为人们还是能认出他就是照片上那个人。

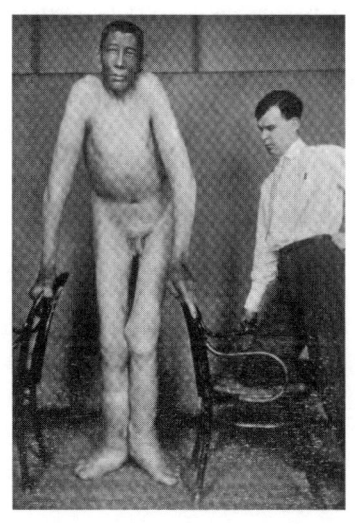

巨人约翰·特纳，即便是几十年后，右边这位库欣的助手还是会在医学学术会议上被人叫住，因为人们还是能认出他就是这张照片上的那个人

在某种意义上，这本书把维萨里在艺术上的创新性与委拉斯凯兹（Velázquez）[1]对于畸形人体的兴趣结合到了一起。但是，委拉斯凯兹给了他画笔下的人物以尊严，而库欣的照片在今天看来却令人很不舒服，在有些方面，甚至是非常残忍的。特纳以及其他大多数病人在照片上都被脱光了衣服，也没有黑条遮住他们的脸或生殖器，他们大多数人甚至都没有试着笑一下。这些照片会让人想起那个有关照相的迷信传言，说它能摄走人们的魂魄。当然，库欣对他的病人们还是当成人一样来关心的。他与数百位病人保持着联系。有一次，《时代》杂志的一篇专栏文章嘲笑了某些马戏团的怪人（包括库欣见过的"丑女士"）。库欣对此予以严厉抨击。但与此同时，库欣自己也没高尚到哪儿去，私底下也取笑过这些怪人。他肯定是利用了公众对于怪人的极大兴趣来巩固他自己的声誉。

到1913年的时候，库欣已经让他的书进一步升值了，他与哈佛大学出版社签订了出版合同。尽管他的日程安排已经相当繁重了，但他还是在20世纪10年代和20年代承担了更多的工作。他给他的导师写了一本传记，赢得了1926年的普利策奖。与此同时，他开展了一项庞大的计划，要搜寻到现存的每一份维萨里的手稿和他书中插图的原始图稿，因为他将维萨里视为自己精神上的祖先。为此，他家的各种桌子上堆满了各式各样的资料。库欣甚至还找到了一本非常稀有的第一版《人体的构造》，诡异的是发现地点，竟然在罗马的一间铁匠铺里。他全身心地投入了这件事情与其他的工作之中，以至于没有注意到1929年股灾[2]的发生。直到几个月之后，他才发现病人越来越少了。不过，1931年，库欣取出了他手术生涯中的第2 000个脑瘤*，并为此庆祝了一番。由于总是对自己的能力充满了信心，他在职业生涯中还曾给自己的家人做过几次手术：切除了他两个孩子的盲肠，还从一个女儿的脖子上切除了一个结核。

几十年不间断的工作最终耗尽了库欣。20世纪30年代后期，库欣自己也查出了一处小小的脑瘤，此后他的健康状况进一步恶化。最终，他于1939年死

1　指迭戈·委拉斯凯兹（Diego Velázquez），文艺复兴后期西班牙著名画家。

2　美国历史上最严重的一次股灾，导致美国及世界经济进入下行周期，开启了大萧条时代，在一定程度上间接导致了多国独裁政府的上台以及第二次世界大战的爆发。

于心脏病引发的综合征。如其他很多科学家一样，库欣的早期工作也并非全然经得起考验。但是远胜过他那个时代其他任何人的在于，库欣阐明了脑的腺体是如何工作的（或是如何不工作的），这为人类理解脑如何影响身体打下了关键性的基础。事实上，虽然库欣已经与世长辞了，但其他科学家们仍然在他的洞见之上进行着拓展，把他那个主宰腺体与另一个主要的脑–身关联体系联系了起来，这个体系负责产生人类的情绪。

＊　＊　＊

现代对于情绪的研究始于一个男人的怒火——这也挺合情合理的。1937年，康奈尔大学的神经学家詹姆斯·文策斯劳斯·帕佩兹（James Wenceslaus Papez）听人传言说有一项新的研究基金即将开放申请。这笔钱将帮助科学家研究脑中的情绪是如何工作的。这项基金的设立潜在地暗示着科学家们目前对于情绪的神经科学仍然一无所知。帕佩兹认为这对于他的某些同行是一种侮辱，因为这些科学家们已经揭示了这一领域的很多关键方面。于是，帕佩兹写了一篇论文概述了当时这个领域的研究现状，用他自己后来的话说，写作过程是"一挥而就"。但是，他这篇论文整体的意义远远超过了其内容的简单加和。

帕佩兹在文中援引了一些脑损伤的病例，这些病人都有情绪低落或亢奋的现象。比如损伤如果发生在丘脑上（那是脑深处的一簇灰质）就会导致自发的大笑或大哭。与之相反，如果另一个内部结构——扣带回——被毁坏，人就会变得没有情绪波动。文中最为有力的或许是帕佩兹对于狂犬病的援引。由于吞咽会造成痛苦的颈部痉挛，很多狂犬病患者实际上很畏惧水，那东西会吓着他们。无法吞咽还是他们口中起沫的原因之一，因为嘴里的唾液过多。狂犬病还很有侵略性，会攻击脑中特定的灰质簇。这种攻击导致患病的狗、浣熊以及其他动物都更容易激动，并因此更有可能咬别的动物或人，从而传播病毒。人类患者也会突然出现类似的强烈怒火，医院的工作人员常常不得不把病人强制固定在床上。

在所有这些例子中，脑损伤不是导致了情绪的增强，就是导致了情绪的衰弱。帕佩兹很快意识到，这些受损的结构肯定是共同工作的，构成了某种"情绪回路"——这正是他最深刻的洞见。后来，科学家们把这一回路命名为边缘系统。边缘这个词（limbic）与灵薄狱[1]（limbo）源自同一个拉丁语单词，而边缘系统也的确在脑的上下两个区域之间起到了沟通转换的作用。正如一位神经学家所说的："就像基督教神话中的灵薄狱一样，边缘系统是皮层之天空与爬行脑之地狱两者间的联系。"

从帕佩兹完成其论文的第一稿之后，科学家们实际上就一直都在争论哪些结构单元应该算作是边缘系统的一部分，而哪些不应该算。导致这一困扰局面的原因，部分在于不同的人对于"情绪"的定义也是不同的：是主观的感受，还是激素的洪流，抑或是身体的反应及动作？事情复杂化的原因还在于，不同的情绪激活了不同的脑结构。最后一个原因则是，边缘系统与如此之多的其他脑区域有着相互作用，以至于很难围绕着它画出一道边界来。

中脑/边缘系统

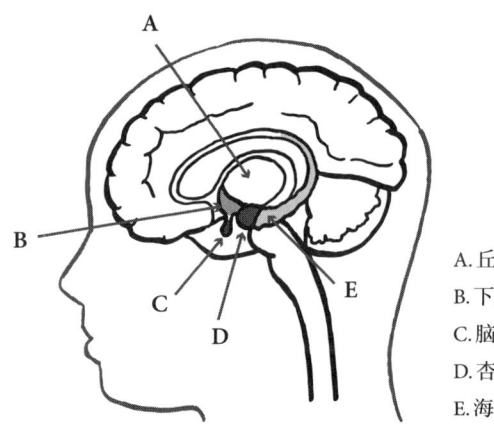

A. 丘脑
B. 下丘脑
C. 脑垂体
D. 杏仁核
E. 海马体

不过，边缘系统还是有一些核心组成部分的，其中多数居于颞叶，或是在其周边。大略来讲，它们的工作方式如下。比如你看见了某样很吓人的东西，

1　又被称为地狱边缘，安置着耶稣基督降世之前逝去的好人以及之后的未受洗者，但由于没有在《圣经》中被直接提及，因而不被基督新教的众教派所承认。在但丁的《神曲》中描述的灵薄狱是渡过冥河之后的第一狱，是地狱的第一层，因而才有下文的说法。

就说一只老虎吧。视觉和声音首先要经过丘脑的过滤。丘脑就是位于脑中心的一个两瓣状结构，它会首先检查一遍这些感官输入，包括爪子、牙齿、吼叫等，并把数据分成几道数据流供进一步处理之用。其中一道数据流传向了海马体，它能够帮助我们形成和访问记忆。另一道数据流又分成了两股，一股径直流向杏仁核，另一股则会先绕道额叶，然后才到达杏仁核。过一会儿我们再详细讨论杏仁核的事。现在，脑对于老虎的问题已经有了很好的掌握，所以是时候向身体报警了。为此，杏仁核向下丘脑发送了一个信号*，后者是身体内最繁忙的劳动者之一。对于能出现在《生物学大全》中的粗体条目，下丘脑要么就是全权负责，要么也是要分担一部分职责，比如代谢、体内平衡、食欲、性欲，以及其他很多事情。生物学家把下丘脑的这些职责总结成了"四种F"的动物性行为：吃（feeding）、逃（fleeing）、战（fighting），当然还有性交那个词。最后，下丘脑中的神经元唤醒库欣研究的那个垂体，它就会开始向血液中释放激素，导致我们疾奔、战栗、大汗淋漓，或是感觉到某种内心深处的情感。

边缘系统的影响非常深远，与脑和身体的很多其他部分都有交互作用。它向我们的面部肌肉发送信号，产生羞愧、咆哮、微笑、蔑视等表情。它也能从脸部获得反馈。比如单是微笑这个动作就能发送出鼓舞人心的激素信号流遍全身，让我们的心情为之一振。脑将微笑与好时光联系在了一起，所以只要微笑回路被点亮，好心情回路常常也会被一起点亮。类似的现象也存在于皱眉的动作与不愉快的心情之间。连线在一起，激发在一起。反过来，如果阻碍了人们的表情（比如注射肉毒杆菌毒素来使面部肌肉瘫痪），也的确能减弱像愤怒这类情绪。在精神层面上，边缘系统与额叶合作，产生了丰富的情绪体验，比如极度兴奋、忧郁、欲望，以及令我们感觉充满活力的那些高涨的情绪或兴奋的感觉。前脑叶白质切除术的部分可怕之处就在于，它切断了额叶与边缘系统之间的联络，减弱甚至完全摧毁了情绪体验。

可是足够讽刺的是，帕佩兹关于边缘系统的论文，本意是为了显示基金的提供者看起来多么愚蠢，但结果却恰恰提供了他们所要寻找的东西——情绪工作方式的整体概要。不过，虽然帕佩兹的论文展现了他惊人的才智，但他的确忽略了边缘系统当中一个关键性的组成：他1937年的那篇论文直接跳过了杏仁核。顾名思义，杏仁核的名字源于其形状。人脑中的两个杏仁核位于颞叶的深处。"吓了一跳"这种反射就是由杏仁核所启动的。它们还要处理嗅觉——唯一跳过了丘脑的感官。杏仁核还帮助我们决定我们周边的哪些事物值得加以注意。实际上，有些神经学家延伸了视觉研究中识别信息流与定位信息流的说法，宣称杏仁核与其周边结构为"那又怎样"信息流。你的脑会说："我看见这个了，但我应该花力气去在意它吗？"杏仁核会帮助我们做出决定。

　　如果我们应该给予关注，杏仁核还要做出下一步行动，帮助我们执行适当的响应动作，特别是当这种响应之中包括恐惧时。事实上，杏仁核常常被称为脑中的恐惧中心。这种说法过于简单化了，因为杏仁核要处理很多不同的情绪，包括愉快的情绪。但这种说法也有其一定的道理，专门有个结构用于扫描可怕的事物，这在很大程度上是件好事，可以驱使我们远离长着獠牙的动物、黑暗的地方、令人毛骨悚然的小丑，诸如此类。但与脑的其他所有部分一样，杏仁核也会出问题，让人整日感到恐惧。这样的患者会看到并不存在的威胁，如果再受到很大的压力，他们就可能发疯。

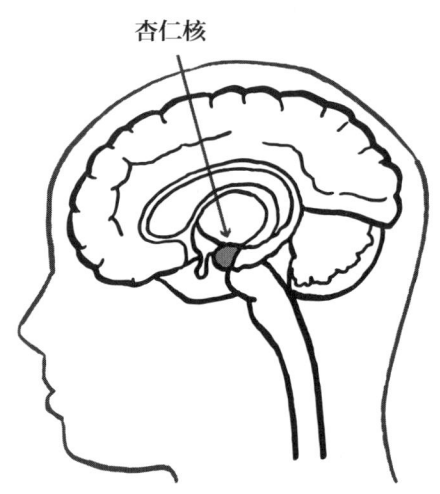

杏仁核

与之相对的是，对于一位名字缩写是S.M.的女性患者的研究表明，杏仁核的损伤也可能导致相反的问题——缺少警报性的恐惧。S.M.小时候对于可怕的事物有着正常的反应。有天半夜，她尾随着她的兄弟走进了一处墓地，当她的兄弟从一棵树后突然跳出来的时候，她吓得尖声惊叫起来。她还曾被一只杜宾犬吓得躲到了角落里，心脏跳得像敲鼓，肠子都拧起来了——都是典型的恐惧反应。但是到了10岁左右，她患上了类脂质蛋白沉积症。这是一种罕见的失调症，会僵化并杀死杏仁核的细胞。在几年之内，她脑中原本属于杏仁核的部位就出现了两个"黑洞"。自此以后，她再也没有感到过一丝恐惧。

涉及S.M.的研究工作实际上读起来别有趣味，因为在其中能看到科学家们如何想象出各式各样的吓唬人方案，这些方案达到了史无前例的精巧程度。比如曾经有医生开车带她去一家奇异宠物的商店，那里有蛇出售。在去的路上，她称自己很讨厌蛇，但等她一到店里，立刻就把一条大蛇从店员的手里扯过来玩。她甚至还想戳蛇的舌头（蛇可不太喜欢这个动作）。她还要求多待15分钟，好把一些毒蛇放在手上抚摸。她的医生还带着她去玩鬼屋。那是一个老式的精神病院场景，吱呀作响的门后和阴暗的墙角里随时都会突然蹦出来吓人的怪物。有5位女性陌生人和S.M.一起进入了鬼屋，以作为有效对照组。她们每过几秒就要尖叫一次，可S.M.总是冲在前头要看看下一个吓人的会是什么。在一个地方，她猛地一下打在了一只怪兽头上，因为她想要知道这位演员戴的面具有着怎样的触感。结果反倒是S.M.把这位当班的演员给吓坏了。

为了测试S.M.是否仅仅只是情感迟钝（也就是说所有情绪都没有了），她的医生让她观看人们做出不同表情的照片。大多数情绪她都能正确辨认出来，但恐惧却不行。类似的是，当她观看一系列电影片断时，她在适当的时间点报告说感到了悲伤、惊讶、高兴、反感，但在看《闪灵》和《沉默的羔羊》时却几乎都没眨过眼睛。此外，她的家人报告说，S.M.有时甚至还有点情绪过激，过度悲伤和落寞。这些情况很合情理，因为虽然其他情绪都能绕开杏仁核，但恐惧不能：要感受到恐惧，杏仁核就必须要唤醒我们。

这些实验或许听起来有点勉强，毕竟S.M.在鬼屋里不会面对任何真正的危险。要是你这么想的话，就来看看"刀割事件"吧。有天夜里S.M.独自一人走回家的时候，她抄了个近道，从一个教堂后面走进了一个公园。这时一个被她形容为"把药嗑光了"的男人冲她喊叫起来。然而她还是毫不犹豫地走过了他身边。可是这个男人却抓住了她，抽出一把刀来，抵在她咽喉上，低声说："婊子，我要给你割一刀。"她没有挣扎，反而是听着教堂里唱诗班排练的声音，然后就开始小声说着有上帝的天使保护着她之类的话。那个男人觉得她太奇怪了，于是放走了她。此时，S.M.没有蹦起来仓皇逃命，而仅仅只是走开了。她甚至还在第二天又回去了那个公园。S.M.还曾经被枪指着，并在一次家庭暴力事件中险些丧命。但是，尽管对于这些事情的发生感到不安，但她用来形容这些事情的语言让人觉得那些事儿只是有些费劲或烦人而已，恐惧从未被提及。

对S.M.这个病例表示反对的人认为，她的情况不太像缺少恐惧，更像是缺少常识——在她杏仁核位置的黑洞根本就是脑洞。但是关于边缘系统的知识否定了这种批评意见。请注意，当S.M.看到一条蛇或是其他危险的东西时，她并非只是耸耸肩，而是迫切地想要去触碰那些东西。这在生物学上是合理的。如果你在野外看到一条毒蛇，你肯定不希望走神去注意其他事情，最好还是关注于那条毒蛇。那么在某个层面上，S.M.的脑的确辨别出了可怕的东西，因为她被这些东西吸引了注意力。她的脑只是无法加载接下来的情绪反应而已，无法让她赶紧离开那些可怕的东西。所以，说S.M.没有常识的人，他们完全没看到问题的本质。当需要探测我们周围的危险时，恐惧就是常识。常识最初就是与恐惧联系到一起的，两者缺一不可。

* * *

尽管情绪是在边缘系统中进行处理的，但它们也常常会外溢到脑的其他区域中去，其方式既微妙又令人吃惊。有些视觉皮层受到损伤所导致的盲人，没有办法对身边的任何东西获得视觉感知，但他们仍能读出别人脸上的情绪。这是因为视觉神经除了把数据送往意识心理之外，还通过另一条潜意识的途径把数据送往了边缘系统。所以，如果意识路径被破坏了，而边缘系统的无意识路径仍是完整的，那么盲人就还是能对微笑、怒气，或是颤抖的嘴唇做出回应，但他们却意识不到自己为什么会有这样的反应。他们甚至还能被打哈欠所传染*。

与此类似的是，边缘系统还能够绕过某些类型的瘫痪。在脑的自主运动中心部位发生中风的人，常常无法想笑就笑。他们的右半边嘴可能上扬着，而左半边嘴却可怜地下垂着。如果给他们讲一个笑话，引发一个真心的欢乐情绪，他们的脸上往往就会明亮起来，出现一个完整的、喜悦的、对称的微笑。这是因为边缘系统使用了与自主运动中心不同的神经轴突来连接脸部。因此，我们的边缘脑仍旧能够活动面部的肌肉，只要我们自己真心感觉被感动到了。

更不可思议的是，边缘系统与自主运动中心所调用的面部肌肉其实是不同的两套肌肉，因此制造出了不同样子的笑容。两者的差异就解释了为什么真心的微笑与照片里那种"说茄子"的虚假笑容是不同的。人类也很难去假装其他一些真心的情感表达，比如说恐惧、惊讶，或是对某人的宠物故事很感兴趣。为了克服这一局限，演员们要么对着镜子苦练，练到能够变出劳伦斯·奥利维尔[1]（Laurence Olivier）那样的面部表情。或者，也可以用康斯坦丁·斯坦尼斯拉夫斯基[2]（Constantin Stanislavsky）的方式，居住在角色当中，真实地复刻角色的内心感受，以至于正确的表情由心而生，自然呈现。

边缘系统也跟性紧密地联系在一起，其中大体上也包含了颞叶。科学家们对这一联系的发现过程绕了很大一个圈子。在20世纪30年代中期，一位名叫海因里希·克吕弗（Heinrich Klüver）的非主流生物学家开始做一些有关墨斯卡灵（别名佩奥特掌）的实验，这是一种有致幻作用的仙人掌。有一次他在新罕布什尔州休暑假，把实验的事情都撇到了脑后。但是他渐渐感到极度无聊，又没有任何实验动物可以让他折腾。于是，他找到了一个一石二鸟的办法：让一

---

1 英国演员、导演，被誉为20世纪最伟大的演员之一，出演了120多个舞台戏剧角色，拍摄了60多部电影，其中许多都是脍炙人口的作品。

2 俄国著名戏剧和表演理论家，提出了方法派演技，对现代表演方式有重大影响。其著作《演员的自我修养》因出现在周星驰的电影作品《喜剧之王》中而广为中国观众所知。

位农民的奶牛吃点墨斯卡灵。克吕弗究竟是用注射器给奶牛打了一针，还是把风干的佩奥特掌片放在手心里喂给奶牛的，现在已经无从知晓了。确定知道的是，那头奶牛哞哞地大叫起来，而那位农民则火冒三丈。尽管这是个不祥的开始，但克吕弗还是决定自己亲自尝点墨斯卡灵，结果差点丧命。他并没有被吓倒，反而在回到他位于芝加哥大学的实验室之后进行了更多的实验，不过是在猴子身上。

1936年左右，克吕弗发展出一套理论来，认为所有的幻觉都源起于颞叶。为了测试这个想法，他让自己的一位同事，神经外科医生保罗·布西（Paul Bucy），帮他切除了几只猴子的两侧颞叶。这种手术同时也破坏了关键的边缘系统。但是实验失败了——这些猴子们仍旧能嗨起来。不过，他们两人的确注意到了一些奇怪的副作用。其中之一就是，猴子失去了识别物体的能力，甚至包括食物。它们还出现了口欲滞留的现象。科学家们之所以能够确定这一点，是因为他们做了一系列实验，比如把薄荷糖、葵花籽、香蕉片分散放在地板上，或是分散放置钉子、棉絮、梳子、蛋壳、锡纸、烟灰，以及其他一些东西，似乎是他们书桌抽屉里能够搜刮出来的任何东西。这些猴子并没有直奔食物而去，而是有条不紊地抓起了每一样东西，又舔又啃。这种特征现在被称为口欲亢进。这些猴子甚至还会把小老鼠和粪便也拿来尝一尝。同样令人担忧的是，这些猴子还变成了性魔。它们会毫无经验地对自己进行手淫，在它们看到的任何能动的东西上面蹭它们的生殖器。有个可怜的家伙把口欲亢进与女性性欲亢进可怕地结合到了一起，它由于认不出自己的阴茎，所以一直不停地咬那东西。最终，科学家们不得不对其使用了强制手段。

今天，神经学家们会将猴子无法识别食物的现象归咎于位于颞叶中的识别信息流遭到了破坏。但是它们在边缘系统功能方面的缺失也对其古怪行为的形成有所贡献，因为情绪的作用之一就是帮助动物恰当地了解物体的价值，并做出正确的反应。简而言之，如果脑中的边缘系统能够正常工作，杏仁核的"那又怎样"回路就能给不同的物体打上好情绪或坏情绪的"标签"。当我们以后再遇到同样的物体时，标签就能告诉我们应该逃跑、微笑、与之战斗，还是接近它。

比如说，猴子能够对于香蕉做出正确的反应，是因为香蕉曾经缓解过它们的饥饿感，给过它们甜头。反过来，这会让它们的脑中涌过多巴胺的浪潮，而这种神经递质是与奖励联系在一起的。于是，只要再看到香蕉，猴子就会重复这样的步骤：接近，然后吃掉。这种行为就会与以前的美好感觉联系到一起。与之相反，它们会躲开火和蛇，因为这些东西被打上了"可怕"的标签。它们还会避开粪便，因为这东西被打上了"恶心"的标签。

现在，想象一下如果这些标签都消失了。再没有任何东西看起来比其他任何东西更令人渴望，或更令人厌恶，或是更可怕——这正是克吕弗与布西的那些猴子们身上所发生的情况。没有了边缘系统，香蕉和棉絮、粪团看起来都像是可以吃的东西，而且无论它们多少次抓起点燃的火柴或是跟技术人员的腿做爱，它们都会毫不犹豫地再次重复同样的事情。要是你以为所有这些失败而无用的行为会让猴子们感到非常沮丧，那你就错了。因为没有了边缘系统，所以它们永远不会对于一遍又一遍地重复同样的错误而感到心烦。事实上，它们从未显露过任何情绪。没有愉快，没有不满，没有愤怒，什么都没有。甚至有一次，一只敌对的猴子差点把一只切除了颞叶的猴子的手给咬穿了。这种事儿没有任何有自尊的灵长类动物能忍得了，怎么着也得打上一架。结果被咬的猴子只是猛地把手抽回来，闲庭信步般地走开了。

克吕弗和布西研究的是猴子，但是人类如果边缘系统受损，也会表现出很多一样的特征。这种失调症如今被称为克吕弗－布西综合征。像那只被咬的猴子一样，克吕弗－布西综合征的表现之一就是"示痛不能"，令人对于肉体痛苦变得很冷淡。从知识层面上来讲，他们明白手被压住或针断在肉里应该会很疼，但是因为这些痛苦缺少任何情绪上的冲击，所以他们不会对这些情况产生渐次的反应。克吕弗－布西综合征的患者还会变得口欲亢进。医生们曾经发现这些病人啃咬香皂、导尿管、花、卡片、枕头、玻璃温度计，以及在他们病房里的所有其他东西。还有一位患者因为试图吞咽一卷医用胶布而窒息了。

在性方面，人类受到脑损伤之后的表现与猴子不太一样。比如癫痫发作时会向边缘系统发射一波又一波的电信号，这实际上能够抑制性欲，导致阳痿和死海[1]水平的性冲动——有些癫痫病人一生都再没有过性高潮。与之相对的是狂犬病感染能够导致自发射精，可以多达一天30次。颞叶的损伤会翻转人的性取向，让人从同性恋变成异性恋，或者反过来，也有可能把患者的性欲转向不恰当的物品。克吕弗-布西综合征的常见的副作用就包括：恋兽癖、恋粪癖、恋童癖，以及极其特别的恋某物癖，甚至都没有正式的名称。1954年，3位科学家发表了关于一位癫痫患者L.E.E.的报告。他是一位38岁的木匠，从少年时代开始，他偷偷溜进厕所里时带的就不是色情杂志，而是安全别针，而且越闪亮越好。他把别针从兜里取出来之后就盯着它看，然后就会有一种快感逐渐增加。大概1分钟之后，他就僵直了，哼哼着，舔着嘴唇，一动不动，瞳孔放大。并不清楚L.E.E.是否真的通过这种方式体验到了高潮，但是他并不在乎。他声称，这种颤抖着、呻吟着的迷你癫痫发作实际上胜过高潮，给了他更多的乐趣。而且，快感并不是这种恋物行为带给他的唯一好处。在第二次世界大战期间，当他在征兵官员面前现场表演之后，他们忙不迭地赶走了他。但是，这种恋物行为还是给他的婚姻带来了限制。他到30岁的时候还是不能在前戏中勃起，结果他的妻子威胁说要离开他。直到医生从他的颞叶上切除了将近8厘米长的一条之后，他才终于获得了解脱。从此以后，他和他太太一直享受着夫妻的"性"福。

然而事实上，L.E.E.很走运，因为为了解决一个问题而切除颞叶组织，时常只会带来另一个新的问题。最普遍的情况是，如果有侵袭性的脑组织压抑了一个人的性冲动，那么切除它可能导致这个人的性欲始终高涨，他会变得比"硬"还要"硬"。一位接受了此类手术的病人可以勃起长达数小时，而且射精之后用不了半分钟就要求跟他老婆再度云雨一番，无论多少性事都不会令他厌烦。你可以想象，这对于他们的另一半肯定是件很难应付的事情，有些伴侣干脆把他们爱人的脑科医生拉到一旁，问能不能给他们也做个颞叶切除术，好让他们能

1　位于以色列、约旦和巴勒斯坦交界处的咸水湖，其湖岸海拔负424米，是地球上裸露陆地的最低点。作者借此强调患者性欲已经低到快成负数了。

"跟得上"爱人的变化。父母们也会面临这种棘手的局面。只有3岁大的孩子可能由于顽固性癫痫而接受颞叶切除手术，然后就可能开始出现与性有关的情况，比如喜欢展现生殖器，或是戳戳他们的小屁屁。有一位24岁的病人做了切除术之后，开始到处求着别人跟她性交，从陌生人到邻居到家人。要是别人没法满足她，她就会开始自慰，无论何时何地。有一次因为癫痫发作而住院，她不到半小时就从自己的病房跑出去了。她的医生后来发现她在一位刚刚心脏病发作过的中老年患者的被单底下，脑袋一上一下地动着——性欲亢进和口欲亢进在她身上结合到了一起。如一位评论者所说："一个人的病症是另一个人的幸运日。"有趣的是，她后来再也没想起过这个"小插曲"。

除了视觉、运动和性中心，最后一个与我们边缘回路相互作用的区域是额叶，它能够帮助我们安抚和平息那些更原始的情绪。这并不是说额叶能够彻底压制一种情绪。当黑暗森林中响起一阵神秘的窸窸窣窣声，我们的杏仁核里一定会拉响警报，向我们全身发送一波恐惧的信号。但是，我们并不会被这样的恐惧压垮，因为更有辨别力也不那么活跃的前额叶会帮我们多多少少解除一部分警报，掌控一点局面。前额叶施加的这种影响力还能够让我们拥有更为微妙的全套情绪，而动物则没有这样的复杂情绪，它们通常只依赖于僵化的、模式化的反应来面对问题。

即便如此，我们也不应急于庆祝人类的聪慧与理性，就好像我们跟瓦肯人[1]似的。我们都有过偶尔被恐惧或愤怒冲昏头脑的时候。正如接下来埃利奥特（Elliot）的故事告诉我们的，就连我们人类时常自我吹嘘的额叶的"高级推理能力"也在很大程度上是原始情绪的产物。

埃利奥特是个好人。他是一位顾家的丈夫，而妻子是他高中时候的甜心；他有两个孩子；他是公司里的首席会计师；他的家在艾奥瓦州，他是所在社区的社区活动的积极参与者。但是在1975年，38岁的埃利奥特开始出现极为剧烈的头疼，疼到令他无法思考。脑部扫描证实是最糟糕的情况：在眼部的后上

1　美国著名科幻影视系列《星际迷航》中的一个外星人种族，以信仰严谨的逻辑、不受情感干扰而闻名。

方有一个棒球大小的肿瘤。实际上，肿瘤本身没什么太大的危害，问题在于颅骨内的闭合空间很有限，所以这个肿瘤正在挤压额叶。当外科医生打开埃利奥特的颅骨后，不得不在前额叶区域去除了整片整片受损的脑组织。前额叶区域位于脑的最前端，在制订计划、做出决定，以及个性特征等方面都有贡献。手术之后醒来的埃利奥特已经变成了另一个人。

新的埃利奥特连去哪儿吃饭这种简单的选择也做不了。在选餐馆之前，他不得不评价价格、菜单、氛围、离家远近的程度、服务人员的服务质量等因素，然后还要亲自开车到每一家待选的餐馆去看看那里用餐的人多不多。做了所有这一切之后，他还是做不出决定。事实上，无论是做哪方面的决定，埃利奥特都是一遍又一遍地琢磨，翻来覆去，犹豫不决，总也拿不定主意。想象一下吧：戴哪条领带？"条纹的还是圆点的，嗯……"选哪种配餐？"汤还是沙拉，嗯……"听哪个电台？"柔和爵士乐还是经典乡村音乐，嗯……"生活中每一个微不足道的选择都会成为如此严重的问题，需要毫无必要的精挑细选。

埃利奥特在工作上的遭遇也没好到哪儿去。虽然他以前很守时，但新的埃利奥特每天早上都要颇费一番周折才能把屁股挪到单位去。他可能会花几个小时刮胡子或洗头发，因为他压根就不在乎准时上班这件事，甚至可能连上不上班都不在乎。其实他就算上了班，也没多大用处。虽然他的数学技能完整保存下来了，但他无法管理好自己的时间，总是为一些不重要的任务分散注意力。比如说，他可能会花费一上午的时间来琢磨该如何归类一堆文档。"按颜色？按日期？按部门？按字母顺序？嗯……"于是他会花上一个又一个小时去整理文档，打乱，再整理。所花的大把时间对于埃利奥特而言是没有任何区别的。同样让他觉得无所谓的是老板的怒目而视。无法看到整体的全局是前额叶手术的常见后果，这往往会让患者无法跨越事情的第一或第二步，结果无法完成整个任务。

最后，埃利奥特的生活全毁了。在无可避免地遭遇解雇之后，他不停地换着工作：这个季度还在仓库工作，下一个季度又在帮人准备退税申请。没有一样工作能持续干下去。一个靠不住的当地的怪人劝他把养老金投到一个盖房的计划中。结果当这笔投资血本无归时，埃利奥特也只是耸耸肩。对于他的妻子，埃利奥特也是在性生活方面胡来了17年，最终两人离婚。之后他又娶了一个妓女，而这段婚姻也只维持了6个月。

奇怪的是，埃利奥特的记忆、语言，以及运动能力仍是完整的，而他的智商一直维持在120多。他能够详细谈论经济新闻和国内政策，以及对波兰和拉丁美洲的外交事务。最奇怪的是，在对照的设定下，他完全能够好好做出推理。在关于别人社会生活的假定情景中，当被要求预测哪种选择会带来幸福，而哪种选择会毁掉生活时，埃利奥特能够做出预测，比如知道娶一个妓女或许不是多好的主意。然而，他从不在意要不要在他自己的生活中去规避这种灾难。为什么呢？因为灾难不会令他困扰——他不会去担心大事情。

神经学家安东尼奥·达马西奥（Antonio Damasio）详尽地记述了埃利奥特的病情。虽然这是个令人难以捉摸的病例，但达马西奥认为理解埃利奥特的关键在于，他不再具备情绪上的不适感。在正常的人脑中，情绪的边缘回路与理性的前额叶区域之间有着强烈的神经连接。我们通常把两者之间的关系视为主仆关系：由理性的脑来化解我们的情绪，压抑我们的冲动。但是达马西奥说，两者的关系不止于此。情绪还会对理性脑给出建议，使后者在做决定时能够综合过往的经验一并予以考虑。与之前相同，情绪完成这项工作的方式也是给我们所面对的全部选择打上标签，A或是B，好或是坏，全都取决于过去做出过的类似选择的结局如何。有时，这些标签中甚至还产生了所谓的"直觉"，令智慧似乎是无中生有一般，反过来影响着我们的想法。达马西奥表示，总的来说，这就是情绪在进化上的基本意义所在：通过把"好"的选项与正面的感受相联系，推动我们去选择"好"；通过激起我们心中的忧虑来阻止我们做出"坏"的选择。

埃利奥特的脑瘤毁坏了他的前额叶与边缘中心之间的关键连接，于是在理智与情感之间那种苏格拉底式的对话就永远也不可能发生了。这令他在生活琐事上完全做不了选择。螺旋花纹还是苏格兰彩格？中餐还是乡村风格自助餐？这样的选择很少是基于逻辑推理的，反而是情绪所致。"我的感受如何？"是情绪左右着我们选择A而远离B。没有了情绪，埃利奥特的前额叶就无法做出决定了。逻辑并不能让我们做出选择。

这种对话的消失也让埃利奥特无法做出重大的生活抉择。他的前额叶损伤并没有改变他的基本驱动力和欲望，无论是生物学方面的（比如对于性）或是文化方面的（比如对于金钱）。事实上，他在这些方面的愿望可能是正常的，并不比我们其他人更强或更变态。只是对于大多数人来说，前额叶会克制这些愿望，使之以人们能够接受的恰当方式得到满足，这是前额叶最重要的工作之一。而埃利奥特没有了前额叶的限制，其突然性的驱动力和冲动(我要做爱)总是最终胜出的一方，劫持了他的思想，迫使他做出"现在就给我"这种决定，就像一只动物的决定一样。或许更糟的是，他由于缺少额叶－边缘系统相互作用，肯定无法给这些决定打上情绪上好或坏的标签，因此也就无法在未来避免再犯类似的错误。

我们要注意，达马西奥的这些工作*翻转了我们对于理智与情感两者关系的传统认识。情绪肯定能够破坏我们的推理能力，而抽象推理能力却能在没有情绪的情况下运转良好。当在实验室里给埃利奥特呈现假想的场景时，他能够预言出某些决定的灾难性后果，是下一步让他乱了套。对于我们大多数人而言，接下来的一步太明显了，把它在这儿写出来都显得有点傻：避免那些会走向毁灭的决定，你个白痴！然而，即便埃利奥特概括出了所有的负面后果，他却只是露出经典的笑容，承认在真实生活中，"我仍旧还是不会知道该怎么做"。似乎很蠢吧。他就像是与直觉相反的某种反直觉。但是正如我们在恐惧那部分所看到的，直觉或许是情绪的产物。当埃利奥特面对的可能选项之中没有任何一个被标记为可怕的、危险的，或是开心的，那么他就只能漫无目的地挣扎。于是，就总体而言，虽然没有情绪的理性似乎在抽象逻辑方面更为理想，但是在实践上，在埃利奥特身上，这种没有情绪的理性看起来只是没有理性的肉身而已。这是神经科学不得不接受的最为严重的事实之一：无论我们愿意相信与否，我们理性而富于逻辑性的脑并不总是真正起主导作用的。我们给自己冠以"智人"之称谓，但"边缘人"可能才更合适。

*　　*　　*

埃利奥特的痛苦挣扎带来了另外一个问题，一个伦理道德方面的深刻问题：我们到底对于自己的行为有着多大的责任？脑损伤能够释放某些黑暗的原始冲动。对于埃利奥特而言，尤其是当一种诱惑突然出现在他面前的时候，他很难在对与错之间做出正确的选择。想象一下，如果埃利奥特不是投资失败或毁了自己的婚姻，而是贪污公款或是谋杀了自己的妻子。我们的整个法律体系都是构建在一个前提之下的，那就是明白对错是非的人们要对他们自己的行为负责。但是神经科学的研究成果却让法理学家们对于一类中间案例感到左右为难。在这类案例中，当事人明白对错是非，甚至明白必须要选择对的而非错的，但他们却缺乏做出这种选择的能力。

有这样一个案例与弗吉尼亚州的一位教师有关。虽然他有着对于色情作品的小嗜好，但过着相当平凡普通的生活。然而在他40岁左右的时候，他开始去按摩店寻求幸福的结局。更麻烦的是，他开始收集未成年少女的猥亵视频。尽管他努力试图抗拒这些意愿，但他还是很快就跟他8岁的继女发生了性关系。继女告诉了他的妻子。他的妻子找到了他电脑中藏的那些儿童色情片。当他被捕后在法庭上接受审问时，他无法解释自己的行为。以前他从未对孩子产生过那方面的渴望，现在也清楚地知道他不应该有这样的渴望，但他就是控制不了自己。鉴于他此前从未犯过半点罪，法官判他参加戒瘾治疗以代替服刑。但事情并未在治疗中得以解决。他就跟罗密欧似的，不断让护士们跟他做爱，甚至有天下午尿了裤子之后，他还在跟护士们求爱。这个戒护中心把他赶回了监狱。但是就在他将要开始服刑的前一天夜里，他抱怨说头非常的疼，因此住进了医院。你能猜到结果：在他脑子里有一个鸡蛋大小的肿瘤。

这是个巧合吗？从统计学上来讲，总会有一部分的恋童癖者患有脑瘤，但这些肿瘤与其不端行为并无联系。但如果不是巧合，那么这些肿瘤是仅仅释放了他黑暗的渴求，还是创造了他本不具有的渴求呢？

当医生于2000年12月切除了他的脑瘤之后，恋童癖的症状消失了，但只是一段时间而已。这个人在次年10月重新开始骚扰儿童。但是由于他的头疼也一起重新出现了，他的医生又安排了一次脑扫描。毫无意外，医生在手术时错过了肿瘤的一点点根部，它又像杂草一样重新长回来了——这种情况经常发生。当医生第二次切除肿瘤之后，恋童癖的症状也再一次地消失了。这似乎说明，肿瘤以某种方式导致了恋童癖。但是我们还是不知道肿瘤只是释放了一种被压抑的渴求，还是它真正改变了他的精神组成。这并不是一个孤立的案例。从2000年开始的一项研究发现，至少有34名男性在出现恋童癖症状之前，其脑灰质经历过肿瘤、外伤、中风，或是其他类型的伤害。需要澄清的是，大多数恋童癖者并没有遭遇脑损伤，但肯定有一部分恋童癖者有过。

在你判断能否把一种犯罪行为（或是其他怪异的行为）归咎于脑损伤时，有几项关键因素可以用于评估。其一是有没有其他麻烦。那个弗吉尼亚人在检验中未能通过多项神经科学测试，比如无法保持身体平衡，写不出清晰易读的字句。他还显现出库鲁病患者也具有的“噘嘴反射”。同样重要的考量还包括新行为出现的速度，以及患者此前行为与当下行为的对比程度。恋童癖正常情况下出现在青春期阶段，并逐步加强，与我们所经历的所有其他性发展相同步。但是当一位从来都过着古板性生活的60岁男人，突然开始跟他未成年的女儿发生性行为，并不顾危险地追求未到青春期的男孩子时，那么就该请位神经学家来看看了——而这也是一个真实发生的案例。实际上，令所有人都出乎意料的是，那个男人甚至还开始鸡奸小牛，并给自己的阴茎绑上了红色丝带加以装饰。然而，这样的评判标准也并不能覆盖所有案例。S.M.倒是没犯罪，但这位杏仁核受损的女性一遍又一遍地向她的医生提出做爱的请求。她在失去对于蛇和劫匪的恐惧的同时，显然也失去了所有的社会性恐惧。不过她的症状出现得比较缓慢，用了许多年。

这些案例不仅给定罪提出了困难的问题，同时也把如何惩处罪犯的问题带入了窘境。如果是脑损伤导致了犯罪行为，你可能会倾向于更宽宏大量，因为在某种意义上来说，那并不是他的错。但是有些法官（以及科学家）却做出了全然相反的推理：如果永久性的脑损伤令某人受到可怕冲动的支配，对小女孩产生了欲望，那么任何改造对他可能都是无用的，或许最好是把他们扔到最高安全等级的监狱里去。

　　毫无疑问，神经科学将会改变我们的司法体系，但是没人确切地知道会发生怎样的改变。神经科学能够帮助我们理解为什么像哈维·库欣这样的人会周期性地爆发，比如为什么当他发现助手错失了左副甲状腺之后，怒火会吞没他的优雅。它也能帮助我们理解为什么S.M.缺少恐惧，或者为什么一个男人会觉得一根安全别针很性感。但是如果一个脑损伤的人因为前额叶无法控制情绪的浪潮而去攻击别人，那么即便我们能够把缘由追踪到单个的神经元，单纯靠神经科学也并不能告诉我们接下来该怎么做。要决定如何处理他们，需要做很多困难的思考与谨慎的推理，那就意味着需要听从我们的情绪，让它成为我们推理的补充，使之更为人性化。如果说没有推理的情绪是盲目的，那么同样确定的就是，没有情绪的推理是站不住脚的——一个由埃利奥特们所统治的世界将是一场灾难。所以，尽管神经科学有着很多先进的知识，有着各种神奇的设备，有着富于启发性的洞见，但我们仍旧需要我们那古老、潮湿的灰质来告诉我们如何行事，因为只有灰质才是情感与理智唯一可以共处之处，并在那里催生出了我们称之为智慧的东西。

第四部分

信仰与妄想

第八章　神圣的疾病

从这个部分开始，我们将从脑的物质层面转移到精神层面。常识告诉我们，在物质与精神之间有着鲜明的分别，但是像癫痫之类的疾病却能向我们展示，两者之间的界限其实是多么的模糊。

神经外科医生怀尔德·彭菲尔德（Wilder Penfield）已经花了好几天时间等待一封信，一封关于他姐姐的信。当信送到他手中之后，他觉得自己很蠢，简直蠢透了。几天之前他收到了一封电报，说得很简略，却足以把他带入痛苦之中：他的姐姐露丝（Ruth）病了，姐姐和妈妈已经登上了从洛杉矶市开往加拿大蒙特利尔市的火车，来寻求他的专业意见。信是1928年12月1日送达的，解释了更为详细的情况。信上说，当时已经43岁的露丝在过去十年间遭受着越来越频繁的癫痫发作的折磨，其中还包括一次长达两天的连续性发作，以及一次剧烈的抽搐，需要做心肺复苏才能把她抢救回来。现在癫痫发作几乎每天都会有，她似乎很可能得不到任何救治而死于此病。

读到这些，彭菲尔德的思绪飘回了他们在威斯康星州的童年时代，那里发生过一件不祥的事情。当时他14岁，站在露丝卧室门外偷听。露丝当时20岁，平躺在卧室的床上，僵硬在那里，动弹不得，但头和脖子一直在痉挛抽搐。彭菲尔德当时不可能知道姐姐的诊断结果。不过到了1928年的时候，他已经成了癫痫方面的世界级专家。然而在他收到这封信以前，他从没把这些事情联系到

神经外科医生怀尔德·彭菲尔德
（来自美国国家医学图书馆）

一起去想，从未意识到露丝这么多年来所有那些"头疼"和"神经质似的着魔"，都是癫痫发作。"我怎么会没注意到这些现象呢？"他们是一个循规蹈矩的基督教长老会教派的家庭，从不会谈论疾病的问题，而过去的十年间，他也太忙了，无暇关注露丝的健康状况。现在，他将不得不直接面对姐姐的癫痫——露丝在几个小时之内就会到达蒙特利尔。

彭菲尔德并不是一位循规蹈矩的外科医生。他的与众不同之处在于，他很愿意切除脑组织——他有时会挖出来一大把脑组织，只为确保所有带有疾病的细胞都已经被切除了。"没脑子总比长个坏脑子强。"他曾经如是说道。然而自相矛盾的是，对于人脑，他又带有某种近乎崇敬的情感。因为他坚信，在人脑深处的什么地方，隐藏着人类意识的一席之地，那里是我们心智的源泉所在，是我们内在自我的源泉所在，是我们灵魂的源泉所在——他并不惧怕使用灵魂这个说法。

彭菲尔德想要一瞥人类内在的本质。这种渴望是最初推动他进入神经外科领域的动力。在普林斯顿大学的时候，他差不多成了"全美呕吐对象"：他在班上是班长，在橄榄球队里是首发截锋[1]，他还是个因为脖子太粗而没有合适衬衫穿的傻大个。他曾与普林斯顿大学的前任校长伍德罗·威尔逊[2]（Woodrow Wilson）把酒言欢。富有的校友们曾经在华尔道夫-阿斯托里亚酒店[3]宴请他和他的球队队友。但是，在周六的橄榄球场上的荣耀之后，彭菲尔德的大部分星期日都是在教会学校中教书度过的。他还曾考虑过成为一名牧师，但又觉得这份工作不够男人，所以作罢了。

医学最初是彭菲尔德不想面对的方向，主要是由于他父亲就是一位内科医生。但是他父亲是个拈花惹草的人，后来抛弃了家庭到密林中生活，靠林中的原始食物为生。不过，在大学期间的某天下午，一位很有医学头脑的朋友说服了彭菲尔德帮他一起蒙混过关，溜进了纽约市一家医院的急诊室里。彭菲尔德装成一名住院医师观看了四台不同的外科手术，并被手术深深地迷住了。他甚至开始用理发师陶德[4]那种老式修面剃刀来刮胡子，以此练习手的稳定性。于是，当这位校园风云人物赢得了1914年的罗德岛奖学金之后，他决定去牛津大学学习生理学，为考取医学院做准备。

在牛津大学，彭菲尔德遇到的大多也是美国人，其中还包括一位不知名的酸腐诗人T.S.艾略特（T. S. Eliot）[5]。这是因为英国的年轻人当时都在泥泞的战壕里瑟瑟发抖呢，要不就是在法国的天空上被一一击落[6]。在英国，曾有小孩子嘲笑彭菲尔德是个逃避责任的人，于是他在假期自愿前往法国的医院。又一次，他蒙混过关，溜进了治疗中心。他甚至还第一次使用了氯仿，把一个需要接受

---

1 在美式橄榄球比赛中，截锋又称绊锋，通常都是各队体格最壮硕的球员。

2 指托马斯·伍德罗·威尔逊（Thomas Woodrow Wilson），卸任普林斯顿大学校长后，历任新泽西州州长和美国第28任总统。他在第二届总统任期内带领美国参加第一次世界大战。本书的下一章将重点介绍他的故事。

3 位于纽约市曼哈顿岛中城区的一家豪华酒店，是很多名流政要访问纽约时的下榻地点，其顶层为美国驻联合国大使官邸。

4 百老汇歌舞剧和电影《理发师陶德》中的主角，使用一把老式修面剃刀杀死富人和权贵，为其妻子复仇，然而最终丧失了人性。

5 指出生于美国的英国著名诗人托马斯·艾略特（Thomas Eliot），在牛津大学期间尚未出名。艾略特的诗作《荒原》被认为是英美现代诗歌的里程碑，还为他赢得了诺贝尔文学奖。本书的最后一章中引用了他的另外一首诗作。

6 彼时正值第一次世界大战初期，英国已经参战，与德国僵持在西线的堑壕战中，而美国尚未参战，所以彭菲尔德等美国学生可以在英国安享太平。

疯脑：五百年神经学奇案

急诊手术的病人弄晕了过去。在1916年春假乘船渡过英吉利海峡的时候，有一枚德国鱼雷就在他所站甲板的下方爆炸了，把他抛到了6米多高的空中。他摔下来之后茫然失措，右膝受伤。当船头开裂，继而开始下沉的时候，他才设法向船尾爬去。救援人员把他从来回摇晃的船身残骸上救下来之后，将其送到了一家很混乱的医院。结果，他家乡那边的一家报纸刊登了他的讣告。

在养伤期间，彭菲尔德笃定地相信：上帝让他逃过一劫一定是为了某个更崇高的目的。又过了十年，他发现这个目的就是让他去阐明那个由来已久的关于心－身关系的古老问题：一个物质的脑如何能够产生出非物质的精神。早在牛津期间，彭菲尔德就对这个问题有了思考。在那里的科研实验室中，有科学家把猫脑的上半部都切除了，这些猫吃睡照旧，行动如常。但它们都已经成了僵尸，因为它们再没有任何玩乐的乐趣，连个性也消失了。基于这样的观察，彭菲尔德想知道人类最高级的那些能力究竟在脑中的什么位置。他决定要找到答案。连亚里士多德、笛卡尔、卡哈尔等杰出人物都没能搞明白的心－身问题，一个初出茅庐的外科医生竟然想要去挑战，这并不是自大，或者至少不仅仅是自大。新的神经外科技术终于让科学家们可以直接在活脑上进行研究：可以戳它、触碰它、用电探测它。这一新形势令彭菲尔德无比激动。接下来的一二十年间，他都努力想要一窥"机器之中的鬼魂"[1]。

对这些深刻问题的思索多年来一直困扰着彭菲尔德。如今，露丝的情况将他一把拉回了索然无味的医学现实中，直面生与死的问题。他是几个月前才刚刚接受了蒙特利尔的这份工作。当姐姐来到他的新家时，看起来很茫然，摸索着想要找到可以扶着的东西。吃早饭之前，彭菲尔德就让姐姐坐下，用手电检查了她的眼睛。她的视神经看起来好像肿胀了，彭菲尔德还在她视网膜上发现了很小的出血点，就像快要崩塌的水坝上出现的裂隙。他立刻就知道了问题所在，一阵眩晕之下，不得不扶住姐姐的肩膀才能站稳。在姐姐的鼻窦后面有一个肿瘤正在挤压她的脑组织。

---

1 这一说法出自英国20世纪著名哲学家吉尔伯特·赖尔（Gilbert Ryle）的著作《心的概念》。在这本书中，赖尔批判了笛卡尔主义的心－身二元论，主张心灵并不是可以不依赖于肉体的某种非物质存在。

必须尽快手术，可谁来做呢？彭菲尔德让姐姐躺下休息之后，立刻召集了三位同事到他家客厅会商，并且提议由自己亲自主刀。他认为，自己激进的手术方式对于露丝是最好的，因为肿瘤组织会到处转移，要是留下太多的脑组织，很可能让她的未来彻底失去希望。其实彭菲尔德知道，一位明智的医生不应该给自己至亲至爱之人看病——看着他们裸露的身体躺在眼前，最稳的手也会颤抖。所以，他找来了同事询问他们的意见。他们争论了很长时间，但最终还是允许由彭菲尔德来主刀。

1928年12月11日，露丝在医院喝下了一杯高蛋白的奶昔当作早餐。护士们给露丝剃了光头，露出头皮来，然后给皮肤消了毒。彭菲尔德用一支蜡笔在姐姐右眉之上画了一个马蹄形。之后，他沿着马蹄形把头颅锯开，掀开了一块头骨，露出了里面的脑。旁边的一个喷雾器用生理盐水的水雾保持着脑表面的湿润。

他停了下来，问露丝感觉如何。"很好。"她答道。

因为脑的表面无法感觉到疼痛，所以露丝可以在手术中保持清醒*，只用奴佛卡因麻醉了头皮，跟看牙医时用的麻醉药一样。事实上，彭菲尔德更愿意让病人在手术期间保持清醒，跟护士聊天，因为这样能让他知道病人的脑仍在工作。当他们沉默的时候，就说明有危险了。然而手术开始不久，他听到露丝聊到她的6个孩子，这让他的内心无法平静了。只这一次，他让他的病人别再说话了。

露丝脑中的肿瘤生长了几十年的时间之后，已经侵占了她右侧额叶的大部分，看起来就像一条灰色的章鱼吸在她的脑上，而许多粗大的血管为它提供着养分。虽然肿瘤只是由神经胶质细胞构成的，但它大块的体积还是挤压到了旁边的神经元，导致它们错误地激发，引起了癫痫。彭菲尔德准备一部分一部分地切除这块肿瘤，但是肿瘤摸起来感觉很难下刀，因为它就像个外壳变硬的生面团似的。最终，由于附带的组织损伤，他不得不切除了姐姐八分之一的脑——这是他所切除过的最多的脑组织。从上面看，她所余下的脑就像是一个切掉了一块的意大利香草橄榄油面包似的。

这还不是最糟的。当彭菲尔德准备给姐姐缝合的时候，他注意到有一块游离的肿瘤根部已经沿着颅骨内侧滑进了脑的深处。他的眼睛顺着那块根部找

　　　　　　　　　　　　　　　　　疯脑：五百年神经学奇案

寻下去，发现它最终落到了一个隐蔽的凹陷处。在一旁辅助他的外科医生注意到彭菲尔德盯上了这块东西，于是低声说："别冒险。"但彭菲尔德提名由他自己亲自主刀正是因为他是那种会冒这个险的医生。为什么要把癌留在里面呢？他后来对露丝的丈夫承认："我当时太鲁莽了。"用他自己的话说，他在"冲动之下"，决定要把这小块肿瘤搞定。于是，他用一段丝线绕着这块肿瘤盘成一个环，像套索一样把它绞住，用力扯了出来。

这块肿瘤根部被从脑上扯下，轻松地取了出来。不幸的是，旁边的一根血管也被扯开了，露丝的颅内很快就充满了血。彭菲尔德扯了些填充棉，用力按上去止血，但她的脑还是一点点消失在了升起的一片红色海洋之中。紧张的几分钟过去之后，露丝失去了意识。在输了三袋血之后，她的情况才稳定下来。但是，就在他把最后一点血用棉团吸干净，以为自己赢了这场赌博的时候，他又看到肿瘤还侵袭到了更深的位置。它实际上已经扩展到了露丝的左脑，超出了他在当前这个开口中能触及的范围。看到这种情况，彭菲尔德的情绪低落下来。手术结束了，肿瘤赢了。多年以后，他还是会回想起当时的情景，或者应该说，是那段经历还会重新找上他。

在接下来的一两天里，露丝遭受了预料之中的术后头痛和恶心。但是她的记忆、幽默感和体力都很快就恢复了。次年2月，她已经回到家3周了，甚至还给彭菲尔德写了封信，说了她跟丈夫最近有天晚上去一家"旋转俱乐部"跳舞的事情。她戴了蓝色的帽子，穿了蓝色的裙子，感觉自己敏捷而性感，活力十足。她告诉弟弟，是他把她的生活还给了她。

然而，露丝身边的人还是发现了一些问题。最重要的是，她缺乏神经学家们所说的"基本执行力"，也就是说她总是为了做计划以及执行计划而挣扎。在我们前一章中所提到的埃利奥特也被同样的问题所困扰。彭菲尔德在1930年前往加利福尼亚州拜访姐姐的时候，亲眼观察到了她在这方面的缺失。那天晚上，他要到露丝家吃晚餐，一共只有5个人用餐的小小聚会，这种对她这样经验丰富的家庭主妇来说本应该是小意思的事情，她却用了一整天来做准备。然而等到彭菲尔德在下午晚些时候到她家时，她却在抹眼泪，孩子们在满屋疯跑，餐桌没有摆放好，配菜和沙拉的配料撒得台面上到处都是。结果那个晚上还不算太糟糕，因为露丝还是能够听从别人的指导把菜做好，所以当彭菲尔德让她冷静下来，并把要烤的东西放进烤炉之后，她又开心了起来。然而，彭菲尔德却只能默默叹气，因为他知道，露丝再也不是之前的露丝了。

最终，彭菲尔德的手术只不过是帮露丝多争取了一些时间而已——但也是她和她的家人所珍视的时间，只是仍旧太短了。1930年5月，癫痫重新发作了，她的眼睛又开始肿胀。由于无法面对再一次的手术，彭菲尔德让她转去了波士顿的哈维·库欣那里治疗。当库欣打开露丝的颅骨时，他看到那条章鱼又长了回来，像之前一样丑陋而贪婪。作为一名比彭菲尔德更谨慎的外科医生，库欣只刮除了他能刮除的部分，但是癫痫于6个月后再次发作了。至此，露丝拒绝了进一步的治疗（她此时已经改信了基督教科学派[1]），并于1931年7月死于一次中风。

露丝的去世把彭菲尔德又带回了给她进行第一次手术后的那个黑暗时刻。那天冲过澡之后，他重重地跌坐在外科医生更衣室的长椅上，把头裹在毛巾里，几近落泪。他可能是当时世界上的青年神经外科医生之中最有天赋的一个，然而却被击败了。但是他又想起了近来在德国学术休假期间刚刚获知的一种新型手术技术。这种技术包括了对大脑皮质施行电流刺激以寻找病人发生癫痫的源头所在。从外科医生的角度来看，这个方法似乎很可行，它能减少猜测的成分，更准确地标定需要切除的脑组织。但是彭菲尔德更有远见，他能够预见到这一技术有着更为广阔的可能性。在脑的不同部位施加刺激，往往能导致幻觉、幻听，或是病人肌肉的抽搐——这些都是与癫痫无关的感官，但就其本身而言仍是有趣的现象。当时的科学家才刚刚开始探索脑的拓扑结构，而彭菲尔德意识到电刺激能够帮助他们以远远高得多的精度绘制脑地图。更重要的是，这种技术或许还能帮他解决那个心-身问题，因为他能用这种技术去探索一个清醒病人的精神世界……

彭菲尔德从这些想入非非之中清醒过来的时候，他仍在更衣室中，半裸着

1　其教义相信物质世界是虚幻的，而疾病可以通过信仰和祈祷来获得治愈，因而在社会上引起广泛争议。

上身，一只脚上穿着袜子，而另一只袜子则拿在手里。他不知道自己已经这样自言自语了多久，或许是几个小时。但是当他清醒之后，他发誓要做一件长久以来都在思考的事情：建立一个新的神经科学研究所，这样他就能详细研究有意识的脑了。露丝的死令他想起了当初的誓言，并最终促使他开始行动。研究所在十年之内就落成使用了，而在接下来的二十年间，彭菲尔德在脑的实时工作方式方面的新发现，远远超过了其他任何科学家。至于上帝拯救了他，以让他去解决的那个形而上学的大问题，他从未能够回答。但是，他的确发现了某些同样令人惊奇的东西——那是一些片断、痕迹、掠影，来自于我们或许可以称之为"灵魂的科学等价物"的东西。

*　*　*

在有记录的大部分历史时期内，人类都认为精神以及由之延伸而得的灵魂并不在脑中，而是在心里。比如说，当古埃及人为了死者的来世而制作木乃伊的时候，祭司*会把心脏整个取出去，专门保存在一个祭祀罐中；相比之下，脑子则被他们用铁钩子从鼻腔中挖出来，抛弃到一边供动物食用，而空荡荡的颅腔则用锯末或树脂填充。这种处理方式倒也不是什么对当时政治人物的尖刻评价，因为他们认为所有人的脑子都没什么用处。大多数古希腊的智者也把心脏抬高到了身体中最重要的地位。亚里士多德指出，心脏具有粗大的血管，能够把信息发送到全身各处；而脑只有一小束一小束柔弱的连线。不仅如此，心脏居于身体的中央，是指挥官的合适位置；而脑却被流放到了身体最靠上的顶端。在胚胎中，心脏是最早发育出来的器官。另外，心脏能够与我们的情绪做出同步的反应，会跳得更快或更慢，而脑差不多只是待在那儿而已。因此，心脏一定是我们那些高级能力的居所。

然而与此同时，一些医生对于精神从哪里来的问题，一直持有不同的观点。这只是因为他们见过太多的病人由于头部受伤而失去了某种高级能力，这不可能全都是巧合。因此，医生们开始提出一种"脑心说"的观点用以解释人类的本质。几个世纪以来一直都有关于这个问题的激烈辩论，特别是关于人脑到底有没有特化的功能分区的问题。尽管如此，到了17世纪的时候，大多数学者都承认精神存在于脑中。有少数勇敢的科学家甚至开始寻找那个解剖学上的"黄金国[1]"——灵魂在脑中所处的确切位置。

这些开拓者之一就是瑞典哲学家伊曼纽尔·斯韦登堡（Emanuel Swedenborg），他可以说是曾经在历史舞台上粉墨登场的人物之中最为怪异的之一。斯韦登堡的家庭在17世纪末期通过采矿发了笔财。他是在虔诚的家庭环境中成长起来的，他的父亲要为每天吃到的面包撰写颂词，后来成了一名主教。但是斯韦登堡却把他的生命投入到了物理学、天文学以及地质学之中。在天文学上，他最早提出：宇宙空间一团巨大的尘埃云自身塌缩聚合才形成了太阳系。与达芬奇类似的是，他在日记中画了很多机器的设计蓝图，包括飞机、潜艇以及机关枪。同时代的人称他为"瑞典亚里士多德"。

在18世纪30年代，斯韦登堡刚刚40岁的时候，他开始涉猎神经解剖学。他并没有真正去解剖一个脑，反而是舒舒服服地坐在一把扶手椅中，开始飞速翻阅面前的一座书山。完全就通过这种查询信息的方式，他发展出了一些相当有先见之明的思想。他的理论认为脑包含数百万个微小的独立单元，彼此通过纤维连接在一起——这早于神经元学说的诞生。他还正确地推断出，胼胝体令脑的左右半球之间得以彼此通信。他确认脑垂体的功能就是"一个化学实验室"。斯韦登堡声称，在每一个问题上，他都只不过是从别人的研究工作中得出了一些显而易见的结论。然而事实上，他彻底颠覆了那个时代的神经科学，而大多数被他引用了研究工作的科学家则谴责他是狂人，满口异端邪说。

如果斯韦登堡继续从事这些研究，那么神经科学的历史很可能是另一番景象。但是在1743年，他开始总是陷入一种神秘的失神恍惚状态。在那种状态下，他能够看到不同的人脸和天使的形象在他面前徘徊，耳中则响彻着轰隆隆的雷声，甚至还闻到了奇幻的气味，感受到了诡异的触觉。当这种失神恍惚发生的时候，他往往会倒在地上颤抖。还有一次，伦敦一家旅店的老板发现他裹在一

---

1 源自中、南美洲古文明的传说，认为存在一个遍地黄金的古国，引得殖民者竞相搜寻。在此比喻灵魂在脑中的位置对于当时的科学界而言很重要，但是又难以寻获，无比神秘。

件天鹅绒的长睡衣中，口吐白沫，还在用拉丁语念叨着自己被钉在了十字架上以拯救犹太人。斯韦登堡醒来的时候坚称自己触碰到了上帝。还有一些时候，他苏醒后宣称自己与一些不在世间的人进行了对话，包括耶稣、亚里士多德、亚伯拉罕[1]，还有另外五大行星的居民。要知道，当时天王星和海王星还没有被发现，否则的话肯定会是另外七大行星的居民。有时候，幻觉中看到的东西能够提示神秘科学问题的答案，比如被虫子吃掉的身体如何能够在审判日被重新复原。另一些恍惚之中看到的场景则要轻松日常一些，比如有一次他跟天使共进了早午餐，发现有些天使不喜欢吃黄油；而另一次，上帝跟他开了个很差劲的玩笑，把他的头发变成了美杜莎一样的蛇巢。跟这些丰富的视觉体验相比，科学给脑带来的乐趣完全无法与之相提并论。于是从1744年开始，斯韦登堡把他的余生都投入到了记述这些惊人的新发现之中。

斯韦登堡逝世于1772年，而历史对于他留下的遗产有着非常割裂的评价。他那些兼收并蓄，如梦幻一般的日记，深受柯勒律治(Coleridge)[2]、布莱克(Blake)[3]、歌德(Goethe)、叶芝(Yeats)等人的喜爱。然而康德(Kant)对斯韦登堡很是不屑，称他为"所有盲信者之首"。其他很多评论者谈到斯韦登堡时也一样感到左右为难。究竟是什么原因才能够让一位颇具天赋的、矜持的科学家绅士转变成为约翰·卫斯理(John Wesley)[4]所说的"最具创造力的、最活力十足的、最有趣的疯子之一，也曾用笔在纸上写下过一些文字"。这个问题的答案就是癫痫。

从最基础的层面上来看，癫痫发作就是神经元在不该被激发时激发了，在头脑中搅起了一场电活动的风暴。导致神经元被误激发的原因有很多。有些出问题的神经元天生就带有畸形的细胞膜通道蛋白，无法调控流入和流出细胞

---

1 指的应是基督教、伊斯兰教、犹太教三教共同的先知，同时是阿拉伯人和希伯来人的祖先，在三教中占有重要地位。因此，这三种宗教又被合称为亚伯拉罕诸教。

2 指塞缪尔·泰勒·柯勒律治(Samuel Taylor Coleridge)，英国诗人，文学家，英国浪漫主义文学的奠基人。

3 指威廉·布莱克(William Blake)，英国诗人，画家，英国浪漫主义文学的代表人物之一。

4 18世纪英国国教神职人员，神学家，基督教卫理宗创始人。

的离子。另一些情况下，当轴突受到损伤时，神经元开始出现自行放电的现象，就像外皮磨损的电线一样。有时这些混乱会局限在局部，导致脑中只有一个部位发生故障，被称为局灶性发作。在另一些病例中，癫痫把整个脑都搞短路了，导致了癫痫大发作或小发作。大发作（现在称为强直－阵挛性发作）始于肌肉僵直，止于人尽皆知的全身性痉挛抽搐以及口吐白沫，正是我们大多数人想到癫痫时脑中会出现的画面。小发作没有抽搐的发生，但往往会导致"失神"，患者此时会僵住不动，脑子完全放空。威廉·麦金利总统的夫人艾达（Ida）就患有小发作。有时在国宴进行当中，麦金利总统会把一张餐巾盖在他夫人的脸上，然后高声讲上几分钟的话，以此来分散别人的注意力。

导致癫痫发作的触发因素可能会非常具体，令人觉得无比诡异，比如：令人厌恶的香水味、闪电、麻将牌、魔方、管乐器、寄生虫。虽然癫痫有可能令患者处于尴尬的境地，但不一定总会危害到患者的生活质量，在极少数情况下甚至还会令患者受益。有些第一次癫痫发作的病人发现他们突然就能画出更好的画作来了，或是突然就懂得了欣赏诗歌；还有些病人（仅包括女性，抱歉了，先生们）在癫痫发作时出现了高潮的体验。抛开这些具体的触发因素不谈，癫痫最常发生的情况仍然是患者处于压力之下或是心理上的混乱时期。或许这方面最好的例子就是费奥多尔·陀思妥耶夫斯基（Fyodor Dostoyevsky）。

对于陀思妥耶夫斯基年轻时期是否患有癫痫，他的传记作家们持有不同的观点。不过他自己说他的癫痫只是在西伯利亚差点被执行了死刑之后才出现的。陀思妥耶夫斯基和一些激进分子于1849年4月被捕，罪名是阴谋推翻沙皇尼古拉（Czar Nicholas）。当年12月，士兵们把他们之中的大部分人拽到了一处下着雪的公共广场，那里还伫立着三根高大的木桩。直到这时，这些同志们还以为他们将要接受碎石劳动的惩处。然而一名牧师来到了现场，一同来的还有行刑队。有人给囚犯们发了白色的衣服让他们换上——那是寿衣。陀思妥耶夫斯基开始慌乱起来，特别是当一位朋友把一辆马车指给他看的时候，那车上装的东西看起来像是很多棺材。与此同时，士兵们把这帮人的几个头目推到了木桩前，在他们头上套上了白色的布套遮住眼睛。行刑队举起了他们手中的来复枪。囚犯们在巨大的痛苦中煎熬了1分钟。突然，来复枪又被放下了。骑在马背上的一位信使高声宣布了一道赦免令。实际上，这一切都是沙皇尼古拉精心设计的，目的是要给这些造反的家伙一次教训。但是，这次压力却使陀思妥耶夫斯基精神崩溃了。当他在劳改营待了几个月之后（沙皇也没有轻易就饶恕他们），暴虐的狱卒和严酷的气候最终把他推过了那条线——他的第一次严重的癫痫发作了，惊叫、口吐白沫、全身惊厥，全套的。

第一次癫痫发作降低了陀思妥耶夫斯基脑中的阈值。此后，任何轻微的压力，无论是精神上的还是肉体上的，都可能让他倒下。狂饮香槟可能会触发癫痫，熬一整夜写作也能触发癫痫，玩轮盘赌输了钱同样能触发癫痫，甚至就连谈话也能引爆他。1863年，有一次在与友人闲谈哲学时，陀思妥耶夫斯基开始前后走动，激动地挥舞着手臂高声说明自己的观点。突然之间他就跟跄倒地了。他的脸扭曲着，瞳孔放大。当他张开嘴时，一阵呻吟声跑了出来，因为他的胸腔肌肉正在收缩，把空气都赶了出来。接下来的癫痫发作非常强烈。几年之后，他又有过一次类似的情况，倒在了他妻子家客厅的长沙发上，开始了吼叫。不过这倒没让他妻子的家人们感到意外。有时，做梦也能让他发作，结果总是把床单都湿透了。陀思妥耶夫斯基把癫痫发作比作是恶魔附体，还常常把这种极致的痛苦安排到他的作品中去，比如《卡拉马佐夫兄弟》（*The Brothers Karmazov*）、《被侮辱的与被损害的》（*The Insulted and Injured*）、《白痴》（*The Idiot*）当中都有关于癫痫的章节。

陀思妥耶夫斯基几乎可以肯定患有颞叶癫痫。正如前文提到过的，颞叶位于你的太阳穴背后，横向围绕着脑，多少有些像是御寒的耳罩。不是所有的颞叶癫痫都会导致抽搐和口吐白沫，但是大都体验过某种特殊的先兆。这些先兆可以是影像、声音、气味，或是刺痛感，它们发生在癫痫将要开始的时候，预示着更糟糕的事情就要发生了。大多数癫痫患者都会经历某种先兆，而大多数非颞叶性癫痫患者会发现他们的先兆令人很不舒服：有些倒霉的家伙会闻到刺鼻的粪便味，或是感觉到蚂蚁在他们的皮肤下面爬行，或是穿越恐怖的烟气。但是出于某种原因（可能是附近的边缘系统得到了加速运转），起源于颞叶的先兆有着更丰富的情绪体验，常常还会有超自然的内容。有些患者甚至还感觉他们的"魂灵"与神性合为一体。所以古代的医生称癫痫为"神圣的疾病"也就不足为奇了。对于陀思妥耶夫斯基来说，他在癫痫发作之前体验的是一种很罕见的"狂喜先兆"，他会感觉到一阵强烈的狂喜，强烈到令他疼痛。他曾对朋友说："这种喜悦在日常生活中是不可想象的……与我自身完全和谐，与整个世界完全和谐。"尔后，他会感觉自己被碾碎了：伤痕累累、压抑，满脑子与邪恶和内疚有关的想法——这些也是他的小说中为人熟知的描述。但是陀思妥耶夫斯基坚持认为这些痛苦是值得的："为了那几秒钟的狂喜，我愿意用10年或更长的生命去交换，哪怕是用我的一辈子。"

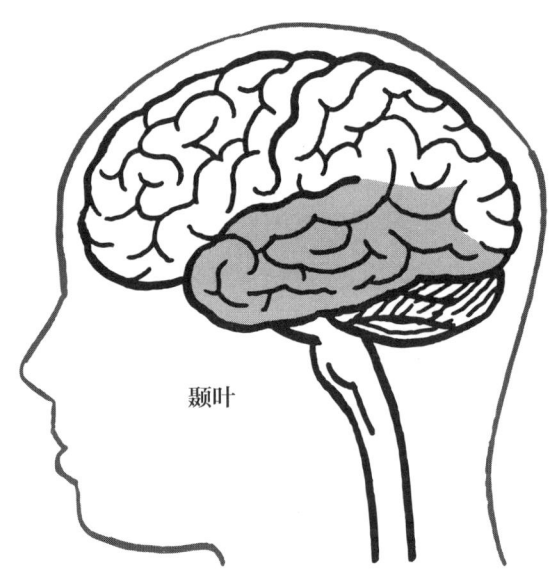

颞叶

颞叶癫痫还曾以类似的方式改变了其他人的一生。所有人似乎都有专门的精神回路能够将特定的事物辨识为神圣的，令我们倾向于产生一点宗教情感。这不过是我们脑的一种特性罢了，但是理查德·道金斯[1]（Richard Dawkins）或

1　英国进化生物学家，著名进化论科普作家，著述颇丰，在西方进化论的科普中有着重要地位。他在文章中经常强烈批判神创论，被誉为"新无神论四骑士"之一。故而作者才会有此一说。

许除外。可是，颞叶癫痫似乎给予了这些回路超级强大的电力，往往让患者成为狂热的宗教信徒，就好像上帝钦点他们为神迹的见证者一样。就算患者没有变成宗教信徒，他们的个性也往往会发生可以预计的变化。他们会变得像圣人一样满脑子道德仁义，常常也就完全失去了幽默感。陀思妥耶夫斯基脸上的笑纹就又少又稀疏。在谈话中，他们会变得"很难搞"，并"专注于"既有的话题，即便对话的参与者明显流露出不耐烦的强烈迹象，他们仍然拒绝中断自己的讲话。而且不知道是出于什么原因，许多患者会开始出现无法抑制的书写行为。他们会殚精竭虑，一页又一页地写下打油诗或是格言警句，甚至是抄写歌词或食品包装上的配料表。那些发作时去过天堂的患者则会事无巨细地记述他们在天堂中的见闻，其详细程度令人抓狂。

基于这些症状，尤其是他们端正的品行，以及突然之间的精神觉醒，现代的医生们已经将一些标签似的宗教人物重新诊断为癫痫患者，其中包括圣保罗（Saint Paul，令他致盲的强光，以及在大马士革城外的恍惚[1]）、穆罕默德（Muhammad，夜行登霄之旅[2]），以及圣女贞德（Joan of Arc，看见了某些东西，以及使命感[3]）。斯韦登堡也符合此种情况。他对基督教的皈依发生得很突然，他写起东西来就像服用了冰毒的瘾君子一样，他的一本著作《天堂与地狱》（*Arcana Coelestia*）长达200万个单词。他还会时常战栗发抖，或是在产生幻视的时候跌倒却不自知。偶尔他甚至感觉有"天使"把他的舌头拽到了牙齿中间，就好像要让他把舌头咬掉似的——这是癫痫发作时的常见危险。

与此同时，将斯韦登堡和其他一些重要宗教人物归为癫痫患者也有一定的

1　根据《圣经》中《使徒行传》的记载，使徒保罗在初期不信基督教时，曾前往大马士革迫害基督教徒，但在城外突然被强光笼罩，听到了复活的耶稣的声音，之后失明长达3天，得教徒引领入城，并在神的治疗下恢复了视力，就此受浸，皈依了基督教。

2　据传说，伊斯兰教最为重要的先知穆罕默德曾在一个夜晚在天使吉卜利里（即基督教所说的天使加百列）陪伴下，乘坐神兽瞬间转移到耶路撒冷，并在那里踏上登霄石，登上了七重天，面见了真主，确定了穆斯林一日五拜的宗教习俗。

3　圣女贞德宣称她在16岁时曾经在村后的大树下看到过天使弥额尔、玛加利和加大肋纳，从而得到了上帝的启示，让她带兵收复在英法百年战争中被英格兰占领的法国土地。此后直至她被俘并判处火刑，她一直带着强烈的使命感为法国的生死存亡而战。

问题。大多数癫痫发作只会持续几秒钟或几分钟，而非某些先知沉浸于失神恍惚状态的几个小时。而且由于颞叶癫痫会麻痹海马体，而后者是帮助我们形成记忆的，所以许多颞叶癫痫患者在事后并没有办法回忆起他们所经历的幻视的太多细节。就连陀思妥耶夫斯基试图讲述这些幻觉的详细内容时，也只能给出含混不清的描述。此外，斯韦登堡的失神状态将影像、声音和味道混合在一起，形成了一种令人陶醉的美妙泡沫，然而大多数癫痫患者的幻觉中只有一种感官。更惨的是，大多数癫痫患者的先兆很乏味，只会一次次产生同样的灿烂光线，同样的唱诵声音，或是同样的芬芳气味。

所以，虽然癫痫发作可能诱导他们产生了那些幻觉，而这也的确听起来很合理，但更重要的是要记住，圣女贞德、斯韦登堡、圣保罗，以及其他那些历史人物，他们都超越了他们自身的癫痫。可能除了贞德以外，没有别人能够收复法国的失地；除了斯韦登堡之外，没人能够想象出吃黄油的天使。正如其他神经性的抽搐一样，颞叶癫痫也不会扫清一个人的精神空间。它只不过是把那里已有的东西重新铸造，重塑其形而已。

*　*　*

对于脑中电活动的研究，包括对于癫痫的研究，不仅仅是揭示了宗教情感的起源所在而已，它还厘清了一个在神经科学历史上永恒的争论：脑是否有专门的不同部分用于控制不同精神层面的能力？又或者，是否如同不可分割的灵魂一样，脑也不能被进一步划分为更小的单元？

不可分论者在19世纪中叶占据主导地位，但是在19世纪60年代风向转变了。1861年，保罗·布罗卡（Paul Broca）发现许多失去了语言能力的人都在额叶的同一部位受到了损伤。后面我们会再多介绍一些有关布罗卡和语言的问题。与此同时，英国神经学家约翰·休林斯·杰克逊（John Hughlings Jackson）注意到，许多癫痫患者的癫痫发作过程有着令人惊异的相似之处。这里谈论的不是大发作的暴发，或是颞叶癫痫带来的狂喜，而是相对温和的抖动导致的瘫痪——总是从身体某一部位开始之后，按照不变的顺序向着身体的上端或是下端发展。如果是大脚趾首先开始颤抖，接下来肯定会是脚、小腿肚子和大腿，总是这个顺序。如果是胳膊肘开始的抖动，接下来肯定会是前臂、手和一根根手指。杰克逊推断，脑中一定包含有一张对应身体的地图，有着相邻但不相关联的区域，而癫痫的风暴肯定是从图上一个区域向另一个区域逐渐发展的。这项研究对于杰克逊而言有着甘苦自知的辛酸，因为在他的癫痫患者之中就有他自己的夫人伊丽莎白（Elizabeth），她在40岁时死于癫痫引发的综合征。虽然杰克逊从来不是一位暖男，很少费心思去记忆患者的名字，但伊丽莎白的去世还是压垮了他，令他过上了半隐居的生活。

定位研究在19世纪70年代迎来了新一轮加速发展。首先，两位大胡子柏林人，古斯塔夫·弗里奇（Gustav Fritsch）和爱德华·希齐格（Eduard Hitzig）在麻醉后的狗的脑中做了一系列实验。这些实验中的大部分是在希齐格的一间空闲的卧室中进行的，狗被用带子捆在了弗劳·希齐格（Frau Hitzig）的梳妆台上。通过给脑中不同的位置通电，他们总算让狗的四肢甩动起来，还能让狗的脸部发生抽搐。1873年，另一位科学家加入了他们的行列。他能让猫伸出爪子，就像是在玩线团一样；还能让狗收回嘴唇，就像是在咆哮一样；甚至还让兔子向后翻了个筋斗，从桌子上跳了下来。这两套实验都证明，电流能够激发脑的表面。它们提供了一张运动中心和感觉中心的粗略地图。

然而这只是隔靴搔痒，并非每个人都被这些工作说服了，因为这些实验中涉及比人类低等的动物。毫无疑问，人脑有可能是不同的，甚至有着显著的区别。于是，为了证实人脑中也存在功能专门化的分区，科学家们需要做一次人体实验。实验对象最终出现了，时间是1874年，地点是俄亥俄州。她的故事本可以成为19世纪医学的一场辉煌胜利，但恰恰相反，她的经历成了一个重要例证，体现了科学的傲慢自大以及对于权力的滥用。

在美国南北战争中的北方军队服役之后，罗伯茨·巴瑟洛（Roberts Bartholow），一位长着令人印象深刻的大胡子的医生于1864年搬到辛辛那提市。虽然人们认为他很冷漠，但他还是招徕了大批病人。很快，他在"好撒马利亚人医院"设立了全美第一间"电击治疗室"。房间里有一把供病人坐的椅子以及几台发电机。其中一台会制造交流电，看起来就像是一台超大号的缝纫机，上面缠着螺旋状的金属线；另一台能产生直流电，看起来就像是一个木头橱柜，里面塞满了装满液体的美胜瓶[1]。这些装置产生的电流会导入金属吸盘或细长的金属探针上，巴瑟洛把这些电极接到病人身上，用以治疗息肉、癌症、痔疮、瘫痪、阳痿，几乎还包括了其他每一种疾病。他甚至还设计制作了特殊的海绵拖鞋，好让电流可以刺激到病人的脚部。

关于动物脑的那些实验令巴瑟洛惊喜万分。有些历史学家怀疑，当可怜的玛丽·拉弗蒂（Mary Rafferty）在巴瑟洛的办公室里摘掉自己假发的时候，这位42岁的医生就已经决定了要如何去做。拉弗蒂是一位30岁的爱尔兰女仆，凡事都没什么主见，活得不明不白的。当她还是少女的时候，她曾经倒在大火之中，把头皮都点着了，结果严重到头发再也没有长回来过。于是她戴了一顶假发，把伤疤都遮住了。但是在1872年12月，假发底下的头皮出现了恶性溃疡。拉弗蒂认为是假发锋利的鲸骨框架钻进脑袋里造成了溃疡，巴瑟洛的诊断则是癌症。不管原因是什么，当拉弗蒂于1874年1月到好撒马利亚人医院看病时，她的头骨上已经开了一个5厘米的洞，巴瑟洛吃惊地睁大了双眼，因为他可以直接看到拉弗蒂的顶叶正在有节奏地蠕动。

在医院做护士工作的修女们竭尽全力地为拉弗蒂一遍又一遍地处理伤口，但她的情况并没有好转起来。到了3月，她显然已经救治无望了。在这个时候，巴瑟洛来到了拉弗蒂身边，以一种谦卑羞怯而又魅力十足的方式向她提出，能否请她接受一些检测。后来在为自己的行为辩护时，巴瑟洛回忆道：拉弗蒂当时"愉快地"同意了。考虑到拉弗蒂是个没什么主见又不清不楚的人，她可能根本就没搞明白自己同意去做的事情到底是什么。无论如何，巴瑟洛让她坐进了电击治疗室，把她头上缠绕了一圈又一圈的绷带解下来。然后，他把两根像针一样的电极插进了她的脑灰质中，接通了缝纫机一样的那台发电机的电路。

---

1 一种带有金属螺盖的广口玻璃瓶，在美国常被用来当作家庭自制罐头的容器。

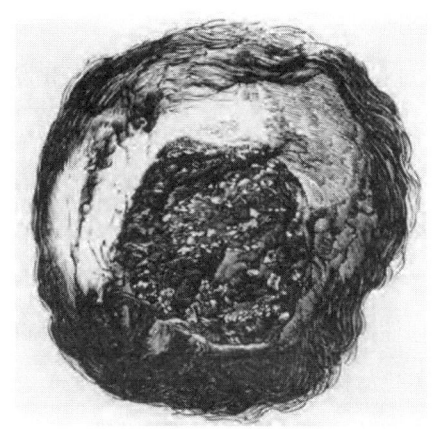

玛丽·拉弗蒂暴露在外的脑，以之为研究对象的研究
工作是医学史上最不符合伦理的实验之一

　　根据拉弗蒂的反应来看，巴瑟洛肯定是把电极插到了运动中心，因为她的腿踢了起来，手臂甩着，脖子扭向了后面，就跟猫头鹰似的。巴瑟洛后来声称：她在这场骇人的"舞蹈"之中，全程都在微笑。但是考虑到她全程也在尖叫，所以她的面部肌肉可能只是因为扭曲而僵在了一个微笑的欢乐表情上。脑的表面感受不到疼痛，但是更下面的区域是可以的。向脑发送电信号也可能导致身体上的痛苦。因为拉弗蒂一直在笑，所以巴瑟洛继续推进了自己的实验，换不同的位置插入电极，并且提高电流以期观察到"更确定性"的反应。结果他如愿以偿了：拉弗蒂的瞳孔放大了，嘴唇变紫了，嘴里也出现了白沫。她的呼吸开始变得没有规律，很快就遭受了一次癫痫发作，整整抽搐了5分钟。这时，巴瑟洛决定当天的实验到此为止。拉弗蒂终于可以瘫倒在床上，脸色苍白，头晕目眩。就连她的瞳孔也"精疲力竭"了，一动不动，毫无反应。然而巴瑟洛决定还是要在几天之后再对她的脑进行一次电击，换用那个像木橱柜的发电机。这一次，拉弗蒂一看到那台设备就诱发了一次创伤后癫痫——完全可以理解的现象。之后，她失去了意识，被巴瑟洛称为"愚蠢并且难以理解"。于是，巴瑟洛只得极不情愿地推迟了他的实验。但拉弗蒂死了，再没有给他恢复实验的机会。尸检发现，电极针插入拉弗蒂的脑深达两三厘米。

当巴瑟洛没心没肺地发表了这些研究成果之后，整个医学界就像自体免疫反应一样全都对他施以口诛笔伐。世界各地的医生为此发出了愤怒的咆哮，美国医学会也谴责了他的行为。巴瑟洛感到很懊恼，但毫无悔意。他反驳说，拉弗蒂事前已经基于对情况的了解表示了同意——她亲口说的。他还辩称，尽管受到了这么多道貌岸然的抗议，但他的确证明了他所想要证明的问题：人脑有专门化的功能分区，科学家们可以用电对这些分区进行探查。巴瑟洛坚持宣称自己的研究成果是开创性的，但也的确承认：考虑到实验对象不太理想的结局（即死亡），重复这项实验"将是最严重的犯罪"。但是他怎么可能事先就知道这些呢？这些并不真诚的道歉让巴瑟洛在某些圈子里得到了宽恕，而他的事业事实上从未受过影响：他建起了辛辛那提市最大的诊所；他与别人共同创办了美国神经学会；他还在爱丁堡和巴黎都获得了荣誉学位。巴瑟洛在这项实验之后遭遇的巨大道德谴责的确放缓了对于人脑的活体研究，因为没有其他科学家愿意沾染上玛丽·拉弗蒂的血污。

虽然还是有少数科学家（比如哈维·库欣）在接下来的一二十年间仍在用电探查人脑，但是这些工作都是断断续续进行的，不够系统。需要一个具备怀尔德·彭菲尔德这般才干的人才能彻底恢复这个领域的发展。实际上，彭菲尔德事业的起步并非一帆风顺——他的头两个外科病人都死了，这在20世纪20年代并不鲜见[*]。然而彭菲尔德不断磨炼自己的技艺，到了20世纪20年代末时已经可以接手最困难的癫痫病人了。许多癫痫病人的脑中都有伤痕或肿瘤。这类情况下的手术是神经外科手术中最为简单直接的：只要把侵犯脑的病变组织切除即可。不过彭菲尔德还接纳没有明显创伤的病人，这需要更精细复杂的治疗过程，因为在这种情况下并不清楚引发癫痫的病变中心在哪里。

为了找到引发癫痫的病变中心，彭菲尔德实质上干起了制图师的工作。因为之前曾经在有意识状态下的人脑中进行过探索的人太少了，人们对整个神经半球上"大陆"的认识都像16世纪初的美国地图一样粗略。所以彭菲尔德决定要制作一张更精细的脑地图，而他的指南针和六分仪则是电。这项工作在1934年才真正展开，因为在这一年，他在露丝去世后发誓要建立的研究所终于在蒙特利尔落成了，耗费了120万美元（大约是今天的2 100万美元），被人们简称为"神经所"。神经所吸引了20来位聪慧的科学家，包括那位做猫视觉实验的大卫·休伯尔也是在这里开始了他的科研事业。然而在他们之中，还是彭菲尔德的制图工作被证明是最有影响力的成就。

至少从表面上来看，彭菲尔德的工作很像是罗伯茨·巴瑟洛在玛丽·拉弗蒂身上开展的实验，因为他也是用带电的导线去刺激人脑表面。但是，彭菲尔德所用的电压更低，控制更精确。而且他并没有把患者当作被动的工具去利用，不是随随便便电一下，看看到底会发生什么。彭菲尔德与每位病人之间都是合作的关系，他轻柔地刺激病人大脑皮质上不同的点，询问病人有什么样的感觉。

病人往往什么感觉也没有。但只要病人的确感觉到了什么，彭菲尔德就会做一个标记——把标有数字的小纸片放在那一平方毫米的皮层组织上，而玻璃墙后面的一位助手会把结果拍摄下来。病人的反应在整个脑上都随位置的不同而不同。如果彭菲尔德刺激到了视觉皮层（位于脑的后部），病人可能会看见线条、阴影，或是十字叉——这些都是视觉的构成元素。如果他刺激到了听觉皮层（位于耳朵上方），病人可能会听见铃声、嘘声，或是巨响。如果他刺激到了运动和触觉中心，病人可能会开始用力吞咽，或者对他说："武的涩头好像麻了。"更令人不爽的是，如果语言中心受到了刺激，往往会迫使病人违背自己意志地唱起歌来——那是一首全是"啊"的咏叹调，声音会越来越响。彭菲尔德很爱搞些恶作剧，有时他让病人说话只是为了打断他们的话："我昨天去看我的女啊啊啊——"还有一次他向另一位患者发起挑战，要求他无论如何都保持沉默——竭尽全力不说任何话。患者接受了挑战。当即将要进行电击的时候，彭菲尔德还预先提醒了病人。但那也没用，这位患者还是像金丝雀一样唱了起来。"我赢了！"彭菲尔德说道。患者则大笑起来。

这些神经科学上的探查工作在两个方面对脑外科手术起到了促进作用。其一，彭菲尔德常常能够在某个点上成功地触发病人的癫痫先兆。这并不总是令人愉悦的体验，因为先兆可能会包括恶心、晕眩，或是恶臭。但是当他锁定了那种感官之后，他就知道了要切除多少脑组织才能打断癫痫的回路。其二，同样重要的是，彭菲尔德也就知道了哪些脑组织不用切除。他总是在手术的一开始探查清楚病人运动和语言中心的边界。这样一来，他就能在切除脑组织时避开那些中心。

确定需要避开的区域同时也带来了一个令人意想不到的额外好处：这让他得以对脑的运动和触觉中心绘制了前所未有的精细分布图。在彭菲尔德之前，没有人知道脸的区域与手的区域是挨在一起的，也没有人知道脸、唇和手都占据了像加拿大一样巨大的领地。这些发现为此后几十年间对于幻肢的研究奠定了基础。在更广泛的意义上来看，这些成果还证明了脑对于身体的视角是多么的不同寻常。为了更明晰地表达这一观点，彭菲尔德还在 20 世纪 50 年代画了一个著名的卡通形象——"皮层矮人"。如果一个人的每个身体部位都与脑中驱动相应部位所需的皮层区域大小相匹配的话，那么他看起来就是这个矮人所呈现的样子。原来我们都将长着棉签一样的双腿，被蜜蜂蜇了一样的双唇，以及戴了棒球手套一样的双手——我们在自己脑中的形象看起来都像贾科梅蒂[1]（Giacometti）的那些作品一样。

模仿怀尔德·彭菲尔德的创意制作的感官矮人，感官矮人和运动矮人（此处未展示）所代表的身体模样，正是每一个身体区域的尺寸都与驱动其所需的脑灰质面积成比例时的样子

1　指阿尔贝托·贾科梅蒂(Alberto Giacometti)，瑞士存在主义雕塑大师。他在第二次世界大战末期创作了一系列作品，其中的人物都像火柴棍一样纤细，表现了在战火下饱受摧残的人民。故而作者有此一说。

　　　　　　　　　　　　　　　　　　　　　　疯脑：五百年神经学奇案

彭菲尔德还发现了脑中重新建立连线的证据。事实上，他发展出来的人脑功能分区图太理想化了，不会有哪个人的脑真的与这张柏拉图式的理想分布图相一致。比如张三的语言节点可能比李四的高了几厘米或是低了几厘米。就算对于张三自己而言，他的语言节点也可能因为脑的重新连线而年复一年地改变着位置——这是彭菲尔德在给同一个人多次做手术时发现的。于是，与大多数科学家的期待不一致的是，每个脑、每个意识，都有自己独一无二的"地理分布"，而且这种分布还会随着时间推移而改变，因为脑功能区如同大陆板块一样可以漂移。

在彭菲尔德关于脑的所有发现当中，他最为珍视的一项成果与颞叶有关，而他珍视这项成果的原因在于，它超越了触觉、运动、视觉这些粗陋的、动物性的领域，飞升到了人类灵魂的所在。神经学家长久以来都不太重视颞叶，所以当彭菲尔德在1931年的一次实验中电击一位女性病人的颞叶时，他并没有指望能找到什么有意思的结果。然而，这位病人并没有出现典型的感官体验，比如含混的嗡嗡声，或是一片绿光。与之相反，她的思绪被传送回了20年前她女儿出生的时候。这是不同寻常的、新鲜的、特定的视觉体验。但是彭菲尔德感到很困惑，没再对这个现象深究下去。他后来回忆自己当时的想法是："你永远不可能期待一个男人应该彻底懂得女人是怎么回事。"但是5年之后，他在一个十几岁女孩的颞叶中激发了一次类似的短暂回忆。她被传送回了童年时代一个宁静如画的下午，当时她正和兄弟们一起在野外玩耍。不幸的是，一个变态毁了这一切。他从后方悄悄接近这个女孩，手里拿着一个皱巴巴的麻袋，问她："你想要怎么进到这个装着蛇的口袋里去？"这些回忆恰巧就是女孩触发癫痫时的先兆，于是彭菲尔德知道他必须切除这部分脑组织。但是这一次彭菲尔德还同时做了详细的记录，并在此后决定要进一步研究一下颞叶的问题。

事实上，彭菲尔德多多少少算是秘密进行着这项研究。尽管如此，他花了接下来的20年时间，调查了每一个他能弄到的颞叶视觉体验病例。有些人在体验中看到的东西是很稀松平常的。一位男性看到的是一个七喜的广告牌；一位女性看到的是她酗酒的邻居；另一位女性听到了管弦乐声，并且会随着彭菲尔德每次插入或抬起电极而变得渐强或渐弱，就好像他手中的针是压在留声机的唱片上一样。实际上，那位女性病人还真的责备了彭菲尔德，认为他不该在手术室里藏一台留声机。不过，另一些病人的视觉体验则要深刻得多。有人得以一窥天堂，有人听到天使的唱诵——这些都是能够把人转向信仰宗教的那类先兆。有几个人看见了他们的一生在眼前闪过，还有一个男人高喊："噢，噢，上帝啊！我离开了我的身体！"他发现自己正在自己的手术台上方盘旋。

起初，过于兴奋的彭菲尔德认为他已经找到了人类意识在颞叶中所处的位置。他后来又对这一观点进行了修正，认为意识所处的位置还要更深一些，在脑干附近的某处。这就解释了为什么病人在手术中永远不会失去意识，就连医生挖去一大把上半部脑组织也没有影响。但是在本书后面的章节中，我们会看到为什么彭菲尔德的推测是错误的，以及为什么企图搜寻意识所在的单一位置是没有意义的。无论如何，彭菲尔德坚持认为，对于颞叶的研究至少提供了访问人类意识的道路——沿着这条路可以触碰到人类的内在本质，或许甚至还有人类更为内在的灵魂。

这些想法让彭菲尔德走到了神经科学的主流之外，但也并不算偏离得太远。在历史上，思想家们总是把脑与其所处时代的技术奇迹做比较：古罗马的医生将之比作高架引水渠；笛卡尔将之视为一架教堂管风琴；工业革命时期的科学家用磨坊、织布机、钟表这些词汇来谈论它；在20世纪初期，电话总机的接线板又成了它流行的比喻。上述这些都是唯物主义的类比物，但神经科学中也一直都有相当比例的神秘主义成分。安德烈亚斯·维萨里的《人体的构造》之所以激起了如此之多的仇恨，部分是因为它对脑的精确描绘令灵魂失去了可以藏身的混沌不清之所。之后几代的神经学家甚至更为强烈地倾向于从精神层面认识脑。至于彭菲尔德本人，他试图将两者割裂开来加以区分：他把人脑比作是一台计算机，但是又坚持认为人脑也有自己的编程者来操纵——那才是脑的非物质性的本质。

不过，无可否认的是，神经学家在过去的百年间已经变得更加唯物主义了。老话说的"脑分泌想法就跟肝分泌胆汁一样"极大程度地总结了他们的形

　　　　　　　　　　　　　　　　　　　疯脑：五百年神经学奇案

而上学。但是，彭菲尔德对于宗教的坚定信仰却随着年龄的增长而不断加深，特别是当他发现了新的精神出口的时候。比如说，彭菲尔德在他50岁时开始辛勤写作，创作了一篇有关于亚伯拉罕的宗教教育小说，题为《没有别的上帝》（*No Other Gods*）。就像塞拉斯·威尔·米切尔一样，彭菲尔德也发现：除了通过故事这种形式以外，没有别的方法能够表达有关人类疾病的某些真相。彭菲尔德后来又发表了第二篇小说，是关于希波克拉底[1]在古希腊研究癫痫与心－身问题的。

彭菲尔德甚至还敢到处做报告，讲述意识如何从脑中产生的问题。在这些报告中，他引用了《圣经》中的《约伯记》和《箴言书》，以诡辩的方式提出了心－身二元论。人们没有因此而指责他，是因为他的二元论的建立基础是终其一生在外科手术中的切实观察。举例来说，虽然他能够让病人在手术中踢腿或是满口胡言乱语，但是他强调病人们总是感觉自己是被迫做出这些行为的。他从未成功地激活他们自己的"意愿"去做出一个动作。在他看来，这就证明意愿所在之处超越了物质的脑。彭菲尔德还宣称，纯粹的电刺激虽然能够变出花样繁多的精神场景来，但却从未能够激发出真正的高级思想。病人们会听到管弦乐演奏，但从未谱写出新的乐曲来，也没有在数学定理的证明方面产生什么深刻的洞见。彭菲尔德认为，你永远也不可能欺骗一个人脑，使之产生真正的思考，原因还是一样的：精神所在之处超越了物质的脑。

无论这些想法多么具有煽动性，彭菲尔德始终也没能真正把它们转变成为合乎逻辑的，有关于精神、脑和灵魂的哲学。于是，就在70岁生日前夕，他从繁忙的外科工作中退休了，用全部时间专心研究这些问题。时间一个月又一个月地过去，他对于自己在心－身－灵问题上取得的进展感到时而乐观，时而绝望。对于灵魂的存在，彭菲尔德始终没有失去信念。还有其他一些人也没有失去过信念，比如一部分颞叶癫痫病人——那些直接与上帝沟通过的人。但是彭

1　古希腊医师，被西方尊为"医学之父"。他所制订的医生道德规范以"希波克拉底誓言"的形式流传至今，其主要内容成为当今医生道德规范的基础。

菲尔德只能说服极少数的同行认真看待他所提出的二元论。而他年轻时所做出的一句轻浮的评论肯定在他晚年时一直萦绕心间:"当一名科学家转向哲学研究时,"他曾如此讥笑道,"我们就都知道他已经越过了顶点,开始走下坡路了。"

就像笛卡尔、斯韦登堡,以及如此之多的其他人一样,彭菲尔德从未能解决心-身-灵的悖论,而他关于二元论的证据似乎一年比一年动摇。神经学家们今天已经知道,当大脑皮质被电刺激时,的确能诱导出动作或说话的愿望。看起来,自由意愿只不过是另一个脑回路而已。下一章会介绍更多与此有关的内容。我们头颅中那团黏糊糊的东西通上电之后怎么就产生了令人赞叹的人类意识呢?对于这个问题,神经学家们可能还不知道确切的答案。但是彭菲尔德对此的解决方案是走在证据的前面,断定我们有灵魂,而且认为灵魂可以解释我们对于脑所不了解的一切。这种方式似乎是站不住脚的借口,背离了科学的精神。

不过,与那些就脑与灵魂发表过冗长演说的芸芸众生不同,彭菲尔德的确对神经科学做出了真实的贡献,并对后人产生了重要的影响。"脑外科是个很糟糕的职业,"有一次他曾在给妈妈的信中写道,"如果不是因为我觉得这个领域将会在我的一生中发生重大改变,我肯定会憎恨这项工作的。"脑外科这个领域的确得到了改进,不仅是在彭菲尔德的一生中得到了改进,而且正是由于彭菲尔德的一生才得以改进。而且,他以创新性的、坚定不移的方式绘制了脑的功能分区图,让人类第一次真正得以窥见机器中的那个鬼魂——感官、情绪,甚至毫无疑问还有错觉——这些才让我们最终得以成为人类。

第九章　精神的诡计

我们已经看到了情绪和其他精神现象如何帮助我们做出决定，并形成信仰。但是如果这些过程乱套了，而它们也的确会乱套的，那么我们就陷入了妄想。

为了确保世界和平永续，伍德罗·威尔逊首先必须征服美国参议院。在第一次世界大战结束之后，威尔逊警告称：人类文明承受不了第二次了。因此，他想让国会通过国际联盟的条约。这个国际联盟被他视为人类最后的，也是最佳的和平希望。但是他在参议院遭遇了现实政治的巨大阻力，因为参议员们感觉这个条约会让美国的主权受损。于是在1919年秋天，威尔逊总统把他的法案交给了美国人民，开始了一段为期22天，长达上万千米的演讲之旅，以期引起群众的愤怒，击倒他的对手。但是这趟旅程最终击倒的人是威尔逊自己。

在第一站西雅图之后，威尔逊和他的随行人员乘火车沿着太平洋沿岸向南行驶，然后转而向东朝着洛基山脉的方向前进。在早已感觉很虚弱的情况下，威尔逊在丹佛附近彻底被高原反应击垮了。9月25日，他强忍着穿透性的头痛，在普韦布洛跟跟跄跄地登上了演讲台。当天下午，他还是上了火车继续行程。然而，火车只沿着铁轨开了30多千米之后，他就病倒了，而他的医生建议让火车停下，让总统下车沿着土路走一走。散步的时候，威尔逊遇到了一位农民，后者给了他一棵卷心菜和一个苹果。然后他又跳过了一道篱笆，与门廊上一位受伤的士兵闲聊。回到火车上的时候，他的精神清爽多了。但是到了下午2点，他敲了敲妻子伊迪丝（Edith）卧室包间的房门，抱怨说又有一番刺痛般的头疼。更糟糕的是，威尔逊的医生卡里·格雷森（Cary Grayson）注意到总统的半边脸开始抽搐——仅仅是半边而已。

格雷森已经给威尔逊治好了不同的疾病，包括高血压、间断性偏头痛、肠道疾病（威尔逊称之为"中美洲的骚动[1]"）。回想起来，威尔逊可能还遭受过两次小型的中风，分别在1896年和1906年。西拉斯·韦尔·米切尔本人曾经在1912年检查过作为候任总统的威尔逊的病情，并宣称威尔逊连他的第一个任期都活不过去。此后年复一年，格雷森眼看着威尔逊的身体变得愈发脆弱。他甚至曾经恳求威尔逊不要进行1919年那场演讲之旅。威尔逊对此大为光火，认为格雷森是违背他的命令。现在，在离威奇托市不远的地方，格雷森命令火车停了下来，建议威尔逊取消他剩下的所有行程计划。令人意外的是，总统的态度竟然软化了，因为他已经太虚弱了，连争辩的力气都没有了。在回家的36个小时的路程中，威尔逊大部分时间只是盯着窗外，偶尔落泪。他的左半边脸每时每刻都变得越来越松弛下垂。

回到华盛顿之后，强烈的头部疼痛让威尔逊无法继续工作。他只能日复一日地打台球，乘着敞篷车出游，或在白宫电影院看无声电影。与此同时，国际联盟的条约还卡在参议院。威尔逊的宿敌，参议员亨利·卡伯特·洛奇（Henry Cabot Lodge）甚至开始嘲笑联盟那浮夸宪章的文字水平，而这宪章正是威尔逊自己撰写的。

10月2日早上8点半，伊迪丝来看威尔逊，发现他在床上醒着，很虚弱，抱怨说自己的身体麻木了。她把威尔逊架到自己肩上，拖着他去了厕所，然后去找格雷森。她回来时发现威尔逊蜷缩在地板上，半裸着，不省人事。她和格雷森立即关上了威尔逊的卧室，不让任何人进来。但是白宫的一位招待员后来偷

1　威尔逊总统执政期间，墨西哥的革命运动造成美墨边境局势动荡，此后德国又向墨西哥抛出橄榄枝，最终导致威尔逊违背竞选主张，带领美国参加第一次世界大战。考虑到大部分美国人无视地理划分，认为墨西哥是中美洲的一部分，所以威尔逊此言指的可能是墨西哥给他带来的种种麻烦。

偷往房间里看了一眼，发现威尔逊就像一尊蜡像一样瘫倒在那里，看起来完全就是个死人，只有他鼻子和太阳穴附近新添的红色伤口还有点活人的感觉，那是他摔倒的时候撞到浴缸上露出来的水管造成的。

在接下来的几个月内，服务人员必须每天早上把威尔逊架到一个轮椅上面，一口一口喂他吃饭。这最后一次中风使他整个左半边身体都瘫痪了。他大多数日子里只能听伊迪丝给他读东西听，或是在花园里不知不觉睡去。与此同时，没有了他的华盛顿仍然缓缓运转着，因为一开始只有极少的人知道中风的事情——这当然不是公众需要知晓之事。早在1915年3月，是格雷森把伊迪丝引见给了刚刚丧偶的威尔逊。作为交换，伊迪丝坚持要让威尔逊提拔尚在海军的格雷森成为海军少将，尽管其余十来位候选人都比他更有资格。现在，这两位老朋友密谋要封锁消息，不让威尔逊的内阁成员知道他的健康状况，甚至连副总统也不告诉——这在宪法上有着无法预测的风险。1919年以前，已经有5位美国总统死在了办公室里，他们大多死得很痛快，只有加菲尔德拖延了较长时间，但他在最后时刻也是清醒的。威尔逊却不是。11月下旬，一位新闻秘书对威尔逊的描述让人无法忘怀："他已经是一位绝望的、被摧毁的老人，只能拖着脚前行，他的左臂已麻木，手指像爪子一样卷曲着，左半边脸下垂着，那表情令人惊恐不安。他的嗓音不是人类的声音，在喉咙里汩汩作响，听起来就像是来自一个机器人。"在权力的真空中*，伊迪丝实质上成了美国第一任女性总统，掌控着威尔逊能够看到哪些文件，并且以威尔逊的名义发布着她自己写的备忘录。

威尔逊在几个月之后恢复了总统的权利，但仍然持续与病魔做着斗争。他挂着手杖才能一瘸一拐地走路，摄影师们也都避免去拍摄他像是融化了一样的左半边脸。从神经学上来讲，他的状况其实变得更糟了。本来他就是个冰冷的人，现在变得更加冷酷和专横，这是精神僵化的征兆。与此同时，他变得容易落泪，这是情绪不稳的征兆。最为奇怪的是，他不再能够注意到自己左边的东西。这不是眼睛方面的问题，因为理论上来讲，威尔逊完全可以看到他左侧的东西：比如他并没有撞上过左边的家具，因为他潜意识的脑可以带领他绕过左边的障碍。但是他无法有意识地"注意"到他左侧的物品，除非有人向他指出来那样东西。举个假设性的例子，如果在他办公桌的左边放十几支钢笔，但右边一支笔也不放，他就会抱怨手边没有笔可用——就好像他左边的整个世界都不存在一样。被弄迷糊了的助手们不得不重新布置他的办公室，还学会了把客人从他的右边带进来，否则他就会对客人完全不予理睬。

最终，威尔逊的拒不妥协宣告了美国加入国际联盟一事的告吹。他粗暴地回绝了所有请他修订联盟宪章的建议——要么就以威尔逊的方式迎来和平，要么就通通下地狱去。结果要求批准宪章的运动也逐渐销声匿迹了。由于威尔逊确信未来可以再次推动国际联盟的条约通过国会的批准，所以他在1920年开始为其第三个总统任期进行竞选，即便此时他已经变成了一个名副其实的隐士，几乎不与外人接触。伊迪丝、格雷森和其他一些人出于对威尔逊的关心，在旧金山召开的民主党全国大会[1]上蓄意破坏了他的竞选，散布谣言说威尔逊的病情恶化了——这其实也是实情。第二年，威尔逊哭着离开了白宫，甚至直到老年时期他仍然还相信自己丝毫没有丧失精神活力。直到1924年1月，他还坐在桌子前面起草了自己的第三份就职演说。两周之后，威尔逊去世了，他那已经受损的脑最终耗尽了自己的能量。

50年后，在最高法院这样一个分立并平等的政府分支中，一位大法官重演了威尔逊的悲剧。截至1974年，威廉·奥维尔·道格拉斯（William Orville Douglas）已经成了美国最高法院历史上在任时间最长的法官，他是在1939年被富兰克林·罗斯福[2]总统任命为最高法院法官的。他也是一位闲不住的法官，全国各地到处跑，秉持自由主义的精神唤醒底层平民，因而被保守派所蔑视：当杰拉尔德·福特[3]还在当白宫发言人的时候，就曾经试图弹劾道格拉斯。1974年12月31日，道格拉斯乘坐的飞机在巴哈尔群岛降落，他要在这里庆祝新年的

---

1 美国两党的总统竞选人要在各自的全国大会上从党内竞争者中间角逐产生。

2 美国第32任总统，领导美国度过了20世纪30年代的经济大萧条，并获得了第二次世界大战的胜利。

3 美国第38任总统，因尼克松总统的水门事件而接任辞职的副总统，既而接任引咎辞职的尼克松总统，成为美国历史上唯一一位从未经过民选就担任副总统和总统的人。

到来。陪伴他的是他第四任妻子，一位31岁的金发女郎，甚至在他加入最高法院时都还没有出生呢。降落后的几个小时之内，道格拉斯发生了一次中风，跌倒在地。

乘飞机离开拿骚[1]之后，道格拉斯被送往华盛顿的沃尔特·里德医院，接下来的几个月里都在那里接受康复治疗。总的来说，他错过了21次最高法院的投票。虽说道格拉斯的医生注意到他有一些好转的迹象，但他还是不能走路，左半身仍旧瘫痪。可即便如此，道格拉斯仍然拒绝辞去最高法院法官的职务。最后，在3月，他缠着一位医生给他批了一夜的假，去看他的老婆。然而道格拉斯没有回家，而是让司机（他当然已经无法自己开车了）把车开到了他的办公室。从那晚开始，他着手尽力了解自己错过的那些事情，恢复工作状态，并再也没回过医院。

道格拉斯拒不辞职是有理由的。他的宿敌杰拉尔德·福特已经变成了总统，而道格拉斯怕福特会"指派某个混蛋"来取代他的位置[2]。此外，最高法院能听到一些时下的重要案件信息，比如竞选资金、死刑判决等。但是道格拉斯拒不辞职的最主要原因是他内心不觉得自己出了任何问题。最初他告诉记者，他根本就不是得了什么中风，而只不过是绊了一跤，跟杰拉尔德·福特一样[3]，不过要摔得更狠一些，所以不用在意他发言时的含混不清或是坐着轮椅出场这些事情。当有人对他的解释提出质疑时，他声称关于他瘫痪的故事是个谣言，而且他还向反对者发出挑战，让他们来跟他一起远足比比看。当有人进一步就这个问题对他穷追不舍时，他发誓自己是在出事的那天早上踢了一脚40码的射门[4]才让那条腿瘫痪的。他说，该死的，他的医生竟然想让他去华盛顿红人队[5]

---

1 巴哈马首都。

2 美国最高法院法官由在任总统提名，参议院表决同意后上任，为终身制。

3 福特总统在任期内曾经两次被人看到绊倒在地，并被媒体人频频模仿，成为其广为人知的负面形象。

4 原文是field goal，专指美式橄榄球中以射门方式得分。通常职业橄榄球员的踢球手能踢出50码（约合46米）的射门已属不易，道格拉斯作为普通人尽全力踢出40码（约合37米）的射门，的确有受伤的可能。

5 美国国家橄榄球联盟(NFL)球队。

试试看。

　　道格拉斯在对付记者以外的其他事情上的表现就更差劲了。他开始在听证会上打瞌睡，忘记别人的名字，在重要的案件上搞混事实，还跟助手小声嘀咕与刺杀有关的事情。由于长期的大小便失禁，他的秘书不得不用来苏水浸泡他的轮椅。最高法院的另外八位法官虽然受制于不攻击同僚的原则，没有公开对道格拉斯施压，但他们全部同意把所有投票结果为4∶4的案件都压后到下一个时期再处理，并且不让道格拉斯来投决定性的一票。多少能够承认现实之后，道格拉斯在1975年的夏季休庭期间的确去纽约寻求了专业的中风治疗，但他并没有好转。其他法官最终强迫道格拉斯于11月辞去了法官职务。即便如此，道格拉斯还是不断回去工作，称自己为"第十位法官"，指挥着工作人员，并且试图进行再一次的投票。他坚称：我什么事儿都没有。对于一位受人尊敬的法官而言，这是一个令人难以接受的结局。

顶叶

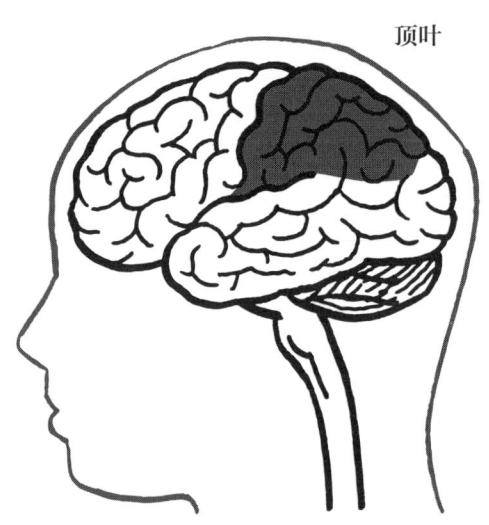

　　像威尔逊和道格拉斯这样的案例对于神经学家而言是令人沮丧却又非常熟悉的，两者都是由于顶叶受损所导致的。威尔逊患有半侧空间忽略症，失去了注意到一半世界的能力。这类患者刮胡子只刮半边脸，穿衣服也只穿半边。

让他们照抄一张简单的花朵线条图，他们会把花朵一分为二。给他们一碗沙拉，他们只会吃其中的半碗。把碗转90°，他们将只会吃掉剩下部分的一半。他们的记忆也被一分为二了。意大利神经学家有一次让几位半侧空间忽略症患者想象自己站在他们家乡米兰最著名的广场上，面对着大教堂。当被要求说出围绕着广场的所有建筑时，患者们只能想起位于一侧的建筑。科学家们于是又让他们在想象中转个身，面向与刚才相反的方向。此时，他们就能说出另一侧的所有建筑了，但几秒钟之前刚刚说过的那些建筑却一个也说不出来了。这种现象与我们的逻辑和常识是完全矛盾的，令我们无法洞察半侧空间忽略症背后的原因。一个人如果忽略他左侧的所有东西，那么当你让他在表盘上画出11:10的指针时，他就会感到很困惑。最后，他把6~12的数字都画到了错误的一边，强迫让表逆时针走。不过，这些奇奇怪怪的事情并不会令他们感到痛苦。一般的中风患者常常会为自己的身体状况感到悲伤，变得越来越消沉。但是得了半侧空间忽略症的病人却不一样，他们往往还能保持欢乐愉快的情绪。

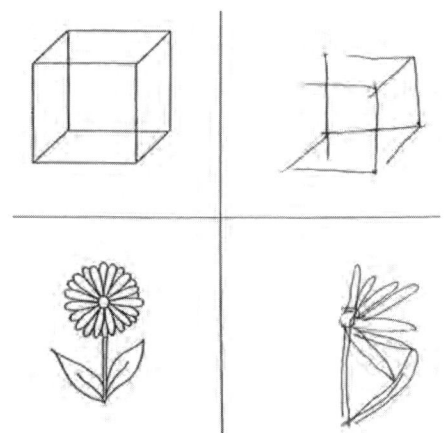

在四格图画中，右边的是由一位半侧空间忽略症患者画的，他无法注意到左侧的任何东西（马苏德·侯赛因，摘自《半侧空间忽略症》，帕尔东，马尔霍特拉，侯赛因，《神经学、神经手术与心理学期刊》, 75, No. 1 [2004]:13-21）

　　由于这一原因，一些像道格拉斯一样的中风患者拒绝承认自己瘫痪了，并且毫无愧意地对自己和他人撒谎，以维持一种自己仍旧正常的幻觉。医生们称这些患者是病感失认者，字面意思就是缺乏认识自身疾病的能力。如果让这类患者抬起他们瘫痪的胳膊，他们会笑着说那条胳膊太累了，或是说："我从来都不是左右开弓的人。"让他们拿起一个放满了鸡尾酒杯的托盘，他们会只抓住盘子的一边，就好像他们的另一只手也用上了，可以帮他们保持盘子的平衡一样。但是如果只是半身不遂的患者，他们会用能动的手抓住盘子的中间。当他们不可避免地要把全部工作翻过来再做的时候，他们就会编造出各种借口来。有一位病感失认的女性患者，当医生让她鼓掌的时候，她只举起了能用的那只胳膊，在面前的空气中摇来摇去。对此，她的医生打趣地回应称，她终于解决了一个禅宗的谜题——这就是单手拍掌的声音。真正奇怪的是这些病感失认者在其他事情上是如此的正常。他们会开玩笑，回忆旧时光，流利地讲话。但是他们的判断力唯有在一个特别的话题上有了偏见，变得很愚蠢——那就是他们的病症这个话题。有少数中风患者在遭遇失明之后，甚至连这个疾患都不承认，结果导致小腿划伤，或是独自横穿道路，让看到的人为他们担心。

目前为止，我们对于脑的硬件已经了解了很多。我们知道了神经元是如何工作的，也知道了它们是如何连接在一起形成了回路。我们还知道了互锁的回路组成的网络如何建立了视觉、运动和情感。但是现在是时候从肉体跨越到精神了，而在这两者之间没有比妄想更好的桥梁了。当然了，医生们处理过成千上万种不同的妄想症，所以长久以来一直都知道以下这些特定的心理学现象：许多妄想症都会在几周之后消失，而有一些妄想症最常出现在特定的人格类型中，比如完美主义者。但是直到20世纪，医生们才看到了足够多的案例，看到了足够多的类似的可怕症状，这才确定许多妄想症都在脑中有着器官上的基础。事实上，有些妄想症完全是可以复现的，从而展示了一些特定的精神模块内部。妄想症已经变成了一种惊人的工具，用以探测神经科学最伟大的谜题之一：细胞和生物化学信号如何能够产生出人类的精神，并且有着如此多的奇妙之处。

* * *

在1918年6月3日，一位女性冲进了巴黎警察局，气喘吁吁，几欲落泪。对于她，现在人们只称呼其为M夫人。M夫人告诉值班的警察，她知道有至少28 000人被当作人质关押在巴黎的地下室和地下墓穴中，其中大多数人还是孩子。这些人有的被活生生做成了木乃伊，有的被毒打，有的被虐待狂的医生当成了实验品，总之所有人都正在遭受难以想象的折磨。当被警察问到为什么没有人注意到如此大规模的阴谋时，M夫人解释说每一个受害者都被一个地面上的"替身"替换掉了，他们是完美的复制品，取代了原来那些人的身份。为了验证她的故事，她要求两位警察立刻陪她走一趟。警察的确这样做了，直接送她去了精神病院。

M夫人多年以来都是一名女裁缝，服装设计师。但是对于为她做检查的心理医生来说，她人生经历中的重点与她的5个孩子有关。其中4个孩子都在婴儿时期就已经死了，还包括一对双胞胎男孩，这一连串的打击基本上摧毁了她的精神。她开始告诉人们，她的小宝贝们是被人下了毒或拐骗走了。在此之后，她的妄想一发不可收拾。M夫人杜撰的传说越来越复杂，事实上就连她自己有时都会被绕进去。她自称本该是国王亨利四世的后裔，但是为了抹除她的身份并骗光她的遗产（包括800亿法郎和里约热内卢），间谍们把她亚麻色的头发染成了栗色，在她眼睛里滴水以改变她眼睛的大小，还"偷走了她的胸"。至于这些故事又是怎么跟地下墓穴图扯上关系的，原因还不太清楚。而且总体来说，她的故事不太能引起她的医生约瑟夫·卡普格拉（Joseph Capgras）的兴趣，因为他已经见过太多疯子为自己编造的显赫身世了。但是有一个细节还是引起了卡普格拉的注意，这个不同寻常的重要细节就是M夫人对于替身的执着。她不停地重复着替身这个词，并且坚称就连她仅存的家庭成员，她的丈夫和一个女儿，也已经被谋杀并替换了。

M夫人是如何确定他们是替身的？是用她作为裁缝和服装设计师那双受过训练的眼睛。当M夫人给卡普格拉讲述她的故事时，她会强调一件衣服上象牙扣子的确切色调，一件外套上所用的缎子种类，一顶帽子上装饰的羽毛种类。类似地，她对于人所回忆起来的可能会是某人准确的眼睛颜色和某位男士准确的胡子长度，对于人们的伤疤和雀斑的位置也有着同样的准确记忆，就像远古的天文学家们对于星空的记忆一样。问题在于，人是会变的。他们会理发，会不小心在手上割一道口子，还会因吃奶油松饼而变胖。无论何时，只要M夫人身边的人们发生了变化，她在头脑里就会把他们算作是另一个人——一个替身，就好像"原来"的人已经消失不见了。

事实上，由于替身们自己也会长出新的皱纹，或是头发一个月比一个月更少，她又会虚构出他们的替身，然后是替身的替身的替身。最后，M夫人说已经有80个她丈夫的替身出现过了。她女儿的情况更乱套，在1914年到1918年间已经出现了2 000多个替身。没有记录表明M夫人后来怎么样了，但是最有可能的结局是在精神病院里结束了她悲惨的一生。

在卡普格拉发表了他的病例报告之后，其他神经学家也开始在他们的病人中注意到这种替身妄想现象。今天，卡普格拉综合征虽然罕见，但人们已经对其有了清晰的认识。大多数卡普格拉患者在过去的几十年间会把他们生活中的"冒名顶替者"当成是演员或是活的蜡像。随着20世纪众多新科技的出现，闯入者又变成了外星人、机器人以及克隆人。就像M夫人一样，一些卡普格拉患者能编出精彩的肥皂剧剧情，像是狸猫换太子或是被夺走的继承权之类的。但是同样常见的情况是，也有些患者会抱怨一些平淡无奇的事情。比如有一位卡普格拉患者苦恼地向他的神父忏悔，说自己犯了重婚罪，因为他现在跟两个女人都结了婚——他的妻子和她的替身。而且，不是所有的替身都是人类。有些患者感觉他们的猫或狗被替换了。还有一个患者感觉他的头发抛弃了他，留给了他一顶假发。

至于说这些患者与那些替身的关系，则各不相同。有些人接受了"闯入者"。有一位好心的老奶奶突然开始每天下午准备三杯茶——给她自己、她丈夫的替身，以及她那失踪的丈夫本人，以防他哪天万一回来了。另一些人发现卡普格拉综合征是个很色情的事情。20世纪30年代，一位法国女性长期抱怨与她爱人的性生活不和谐，幸运的是，事实证明他的替身是匹种马。男性患者很乐于看到他们妻子的身体每过几周就变得像是另一个新人一样，这令人兴奋不已。有一位厚颜无耻的医生甚至还断言这种综合征是配偶"性福"的秘密，因为每一次性接触都感觉是新鲜的。不过，大多数卡普格拉患者还是对替身感到害怕，变得越来越多疑，而你如果想要跟他们讲道理的话，反而有可能引火烧身。有些患者的亲人试着跟他们一起回忆以前生活中那些只有他们两个人才知道的点滴细节，但是这些证明他们是本人的证据反而会吓到患者，因为"冒名顶替者"显然是靠严刑拷打才从失踪的人口中问出了这些秘密。还有几个患者甚至把替身杀死了。一位密苏里州的男子在20世纪80年代把他继父的头砍了下来，然后从颈部往里挖，以寻找"机器人"的电池和微缩胶卷。

为了解释这种综合征的起源，卡普格拉抓住了一个能够说明问题的关键现象：这些患者能够识别出他们亲人的脸，尽管他们否认那"真的"是他们。换句话说，患者对人的感官识别是准确的，但是对于识别结果没有做出恰当的回应。这就暗示问题的根源在于情绪，因为是情绪帮我们来塑造这些回应。不幸的是，卡普格拉认同弗洛伊德精神分析，并决定把他发现的综合征重新解释为精神性欲方面的神经官能症（主要是一种受到压抑的对于乱伦的欲望，肯定是这么回事呗）。但是医生们很快发现，毒素、甲基苯丙胺[1]、细菌、阿尔茨海默病，以及脑部受到打击，都能够诱发卡普格拉综合征，因而让弗洛伊德的理论显得不太牢靠。事故和疾病也能导致这种症状，这就暗示着它有一个器官性的基础，于是神经学家们最终兜了一个圈子又回到了卡普格拉颇有先见之明的关于情绪的猜测上来。

对于卡普格拉综合征的全面解释需要简要回顾一下脸盲症。如果不利用周边事物，或者借助一些小技巧，脸盲症患者甚至常常连自己的亲人也辨认不出来。不过，不管许多脸盲症患者自己怎么说，但他们的确能在某些层面上辨认出脸来。科学家们对此做过这样的实验：他们给一位脸盲症患者（姑且称他为查克吧）看一叠宝丽来相机一次成像的照片，其中有一些是陌生人，有一些是他的亲人。科学家们还在查克的皮肤上贴好了电极，监测他看到每一张照片时的情绪反应。（只要一个人正在体验一种情绪，他的皮肤就会开始微微出汗，

1　即毒品中"冰毒"的化学成分。

尽管他自己可能感觉不到湿气。汗里含有溶解的盐离子，能够提高皮肤的导电性*。）当查克开始翻看照片的时候，每张脸都无法让他回忆起什么——不认识，不认识，还是不认识。但是他的情绪认识。当他的感官辨认出一位亲人时，皮肤上流经的电流就会有一个可以测量出来的提高量。他的意识没有辨别出那张面孔的身份，但是他的潜意识轻声呼唤着爸爸，爸爸，爸爸。

这种隐秘的情绪反应暗示着人脑对于面孔的识别有两条不同的回路。两者都依赖于脑对直线、等高线与其他视觉特征的自动分析。但是当一个回路告诉我们这张脸是谁的时候，另一个回路却绕过了意识层面的路径，接入了我们的情绪中心，唤起适当的崇敬或厌恶的情绪。那么，全面识别一张脸就既需要有意识的识别，也需要被称为"光彩"的东西——我们与他人之间不可言喻的感觉联系。脸盲症患者能够感受到光彩，但是由于他们视觉识别的回路出了问题，他们必须要靠声音或其他什么线索才能真正辨别出一个人来。

现在想象一下脸盲症的镜像情况：能够认出一张脸，但是感觉不到光彩。这就是卡普格拉综合征。给这类患者一沓照片，他们的脑对于亲人和陌生人的回应都是一样的平淡。即便当他们认出妈妈来的时候，他们的皮肤也没有波澜——更说明问题的是，他们的心中也感觉不到一丝波澜。这并不是说卡普格拉患者在情绪方面受到了损伤，他们通常都能感觉到全部的人类情绪，但要来自别的刺激。然而脸不再能引发恰当的感觉，他们曾经看到亲人时的感受不同于现在感受到的死一般的平静，两者之间的落差就是导致他们巨大痛苦的根源。

卡普格拉的双回路理论在 V.S.拉玛钱德朗那里得到了进一步的推动，就是那位发明了镜箱方法来治疗幻肢的神经学家（他在这类古怪的神经科学问题上很有自己的一套）。拉玛钱德朗曾经治疗过一位名叫阿瑟（Arthur）的30岁巴西男性，他的脑袋在一次车祸中撞上了挡风玻璃。阿瑟恢复了自己的语言、记忆，以及推理能力，也从未感觉到任何幻觉或多疑的问题。但是他向他的医生吐露说有人绑架并替换了他的父亲。作为一个相当聪明的人，阿瑟在某个层面上知道这不合情理：怎么会有人要假装是他爸爸呢？然而他还是无法改变这个想法。

凭着直觉，拉玛钱德朗有了一个想法。这天，他跟阿瑟的父亲一起走到走廊另一头去，给阿瑟打电话，以隔绝直接的嗓音传递。让所有人惊喜的是，卡普格拉妄想消失得无影无踪。爸爸与儿子立即重新建立了联系——至少在电话里通话期间是这样的。一旦他们面对面会面，阿瑟的怀疑又回来了。拉玛钱德朗从这种分裂之中抓住了一个简单的解剖学因素。人脑把视觉和听觉输入都导向了边缘系统来做潜意识的处理，但是对于两种感官所用的神经通道是不同的。显然，在阿瑟的脑中，视觉－边缘系统的回路已经受到了损坏，而听觉－边缘系统的回路却未受影响。结果就是，他爸爸的声音仍能保持着光彩。

　　那么，为什么阿瑟与他爸爸面对面交谈时却感觉不到声音的光彩呢？简单的回答是，我们把脑的太多资源都用来处理视觉线索了，涉及一半的大脑皮质从不同角度的参与，这让视觉对我们的其他感官构成了压倒性的优势。所以阿瑟虽然听着他父亲的嗓音很真实，却还是忽略了它，因为在他眼里，这个男人看起来太古怪、太危险了。实际上，环境条件在卡普格拉妄想中扮演了重要的角色。另一种看待卡普格拉综合征的方式是把它当成一种识旧如新的感觉，与似曾相识的感觉正相反。似曾相识会在陌生的环境里撩拨你的记忆，给你一种好像曾经见过这一切的熟悉感；而卡普格拉患者在一个本应安全而熟悉的环境*里却会感受到危险和陌生。

　　对我来说，卡普格拉综合征是最令人感到心碎的神经系统疾病之一。当然，也有其他神经疾病会破坏患者辨认亲人的能力。但是如果亲爱的拉里叔叔得了阿尔茨海默病，突然就认不出你了，大多数人心里能够接受的解释是，拉里叔叔在某种意义上不太"正常"，而且，拉里叔叔不会对谁区别对待的。可是一名卡普格拉患者似乎是完全正常的，他的记忆、语言和幽默感都没有受到影响，情绪方面整体上也没问题，他仍然在想法上喜欢你。但是如果你要去拥抱他，他会拒绝你——只拒绝你。

　　除了情感上的苦痛，卡普格拉综合征还可能让患者陷入生存的泥潭。要知道这些人会把他们自己也视为自己的替身，特别是那个潜伏在镜中的家伙。奇怪的是，这些患者理解镜子的工作原理，他们明白地球上的其他每一个人都会在镜子里看到自己真实的反映，然而他们还是坚称镜子在这个特殊的案例中撒了谎——那根本就是自己的替身啊！患上普通的卡普格拉综合征之后，一些患者对这种侵扰保持了宽容的态度。有一位男性患者对于他的镜中替身总是与他同时刮胡子或是刷牙感到很恼怒，但是却无法真的对这个冒名顶替者发火。另一位患者评论说，他的替身"不是个长相难看的家伙"。不过更常见的情况是，患者们把镜中替身视为一个威胁，一个致力于取代自己的跟踪者。一些患者的家属不得不把家中的镜子都盖上，连能够映出倒影的窗玻璃也要用窗帘挡住，唯恐这些患者无意间看上一眼就做出攻击性的行为。

以上种种，卡普格拉综合征暴露出了我们脑中理性与情感之间的裂隙。我们已经看到了理性与情感如何能够相互支持，但是它们也能以对立的姿态行事，而卡普格拉综合征暗示着：在两者之中，情感更为主要也更为强大。若非如此，那些患者们为什么要抛弃所有的理性，编造出另一个自己，或是世界性的大阴谋，而只为了解释自己某种个人感受的缺失呢？那些无法接受镜中自己的患者，甚至认为物理定律都不起作用了。在某些案例中，你无法想象自己的精神能够在这样一个与现实割裂的世界里坚持下来。但是，它的确可以。精神的防御力是很巧妙的，其设计目的就是要把你的错乱全抛到一个问题上去，而让精神整体不受影响。

* * *

1908年春天的一个下午，当一位德国的中年女士闲逛的时候，她感觉有一只看不见的手扼住了自己的喉咙。她在地上滚来滚去，大口使劲喘着，感觉那只手快要把她的脖子掐断了。只有经过奋力抗争之后，她才用自己的右手设法撬开了掐在脖子上的手。此时，那只攻击她的手在她身边无力地垂了下来——原来是她自己的左手。几个月之前的新年夜，她曾经遭遇过一次中风，从那以后她的左手就一直像个坏孩子一样甩来甩去，有时把她喝的东西碰洒出来，有时捏住她的鼻子，有时一把将她床上的床罩扯下来——全都不在她意识的控制之下。现在这只手又想要掐死她，把她弄出很多瘀伤来。"那里面一定有一个恶魔，"她如此向她的医生忏悔道。

第二次世界大战期间，美国也出现了两个类似的案例。两个患者一男一女，都曾患有癫痫，并且为了治疗癫痫而通过手术切断了他们的胼胝体——那是连接脑的左右半球的一束神经元纤维。手术之后，癫痫的确是平静了，但是一个令人苦恼的副作用出现了：两只手各自过着各自的生活。几周之后，这位女士会用右手拉开一个抽屉，而左手又立即把它关上。或者她用右手给上衣系扣子的时候，左手跟在后面解扣子。那位男士发现自己用一只手把面包递给杂货店主时，另一只手又会立即把面包抢回来。回到家，他用一只手把一片面包扔进烤面包片的机器，另一只手就会猛地把它抓出来——真是《奇爱博士》[1] 遇上了《三个臭皮匠》[2]。

当越来越多的案例出现之后，神经科医生开始称这种症状为"任性之手"和"无政府主义之手"，不过今天大多称之为异手——一个人自己的手却做出与其意志不符的、不受控制的动作。异手可能在中风、肿瘤、手术，或是克雅氏病之后出现在患者身上。通常症状会在一年之内消失，但有时异手的无政府主义状态也会持续长达10年。

大多数的异手案例都能够归纳到两种类型之中。第一类涉及"磁性"攥握。一位终日在家无所事事的患者手里攥着电视机遥控器不肯放手；一个玩纸牌的患者无法把手里的牌放弃掉；一个玩电子游戏的患者撑着旁边的椅子站起身来，却把这把椅子一直拖到了厕所也没意识到自己还抓着它。最后这种情况似乎令人难以理解，他怎么可能不知道呢？但是常常出现的情况是，患者一直对自己的异手所做的事情毫无知觉，直到发生了糟糕的结果。《圣经》中命令一只手要对另一只手保守秘密的故事，几乎在这类患者身上变成了可怕的现实。

第二类异手是很活跃的左右互搏式对立。一只手去接电话，另一只手就去挂电话；一只手提上袜子，另一只手就把袜子脱到脚踝。下棋？想都甭想。一

1　著名反核战影片《奇爱博士》中的主角奇爱博士就患有异手症，即他的手不受自己精神的控制。

2　美国著名杂耍喜剧组合，拍摄了190部同名的电影短片，其中经常出现颠三倒四的行为，不过是发生在几个人之间。

只手会不断把另一只手走的棋子放回刚才的位置。也有些患者的情况与此不同，他们那只烦人的手可能会拒绝听从命令：它不会掸去家具上的一部分灰尘，也不会在洗澡时给一半身体抹上香皂。还有一些患者身上，两种类型的异手结合在了一起。有一个可怜的家伙，73岁的中风患者，从未有过露阴癖的历史，却偶尔会发现自己在公众场合的时候裤子拉链是打开的，左手已经伸了进去。更要命的是，一旦他的手抓着了，就再也放不开了。

许多患者把他们的异手称为"小淘气"或"恶魔"。他们常常采取严厉的措施来控制这种恼人事件的发生，甚至是打自己的异手。有些患者把异手夹到家具与墙之间，以困住异手的行动，或是用烤箱手套把它们罩起来。不过这些措施往往会失效，就好像那只手是逃脱大师胡迪尼[1]一样。所以有些患者长期生活在一种恐惧之中，生怕自己的异手接下来又要做出什么事情来。异手曾经抓住炉子上盛着沸水的锅拽到地上，也曾抓着纸巾放到火上。异手曾经挥舞过斧子，也曾突然猛拉方向盘。目前所知的唯一做过点好事的异手来自于一位女士，她的左手会把她的香烟盒紧紧攥住，让她无法取出烟来抽。

通过尸检，神经学家们已经确定了什么样的脑损伤才会导致异手的产生。首先，患者的感觉区域可能遭受过损伤。这些区域在我们自主移动手臂时提供了反馈信号。没有这些反馈，人们就会感觉手臂好像自己启动了一样。换句话说，这些患者丧失了"控制感"——一种对于自己的行动有控制的感觉。

磁性攥握常常会涉及主用的右手，通常还需要另外存在额叶方面的损伤。额叶的工作内容包括压制来自顶叶的冲动——总是很好奇、很任性的冲动，还想要通过触觉探索一切，因为顶叶是脑叶中与触觉联系最紧密的。所以当额叶上某些特定的部位出了故障，脑就无法再压制这些顶叶的冲动了，于是手就开始甩来甩去，到处乱抓。从神经医学上来讲，这种受压抑的冲动突然爆发的情况，很像是在库鲁患者身上对于噘嘴反射的释放。由于这种抓握冲动源于潜意

1　哈里·胡迪尼（Harry Houdini，1874年3月24日—1926年10月31日），匈牙利裔美国魔术师，享誉国际的脱逃艺术家，能不可思议地解开绳索、脚镣及手铐而逃脱。

　　　　　　　　　　　　　　　　　　　疯脑：五百年神经学奇案

识层面，所以意识层面的脑并不总是能中断这种冲动，停下手的抓握动作。

左右互搏，一只手抵消另一手的工作(裤子穿了又脱)，通常在胼胝体受损之后出现。这种损伤扰乱了左右半球之间的通信联络。左脑控制着右侧身体，反之亦然。但是正确的运动涉及的不只是发布运动指令，还包括了抑制信号。例如，当你的左脑告诉你的右手去抓一个苹果时，左脑还会通过胼胝体发送一个信号告诉右脑让左手冷静一点。信息内容是："我来搞定，你放松点。"然而如果胼胝体被损坏，抑制信号就永远到达不了右脑了。结果就是，右半球注意到有什么事正在进行中，因为没有指令说不要动，所以赶紧让左手行动起来。这实在是过分热情的多此一举。因为大多数人是用他们的右手来执行大多数任务的，所以通常是左手随后跳出来，导致这类异手的无政府主义。总的来讲，如果说磁性攥握通常涉及的是优势半脑，并进一步宣示了它的优势地位，那么左右互搏则通常涉及弱势半脑，在反叛中试图为自己赢得平等的地位。

＊　＊　＊

脑中左右冲突的存在能够解释的事情不只是异手。半侧空间忽略症通常出现在右半球受损之后。因此，伍德罗·威尔逊无法注意到他左侧的任何东西，类似的患者照抄一幅画的时候也通常会遗漏掉花朵和钟表的左半边。这里面的原因是头脑功能的不对称性。不管是出于何种原因，右半球在空间技能上有优势，在建立我们周边这个世界的空间图时比左半球要做得更好。所以如果左脑的功能受到了影响，右脑能够加以补偿，监视着视野的两半边，从而避免了半侧空间忽略症的出现。然而左脑却无法交换过来：如果右脑受损的话，左脑无法补偿右脑空间技能的丧失。结果就是，半边世界消失了。

威廉·奥维尔·道格拉斯拒绝承认他的病，这也有着类似的根源。道格拉斯几乎肯定是在右侧顶叶部分受到了损伤，这里监视着触觉感官，比如疼痛、皮肤上的压力，以及肢体的位置。没有了这些触碰感觉，你很难知道自己的身体部分是否在正常运动。不仅如此，这些右脑区域还负责检测偏差。如果你发布了一条命令"举起左臂！"但是由于左臂瘫痪了，什么也没发生，这就是一个偏差，那么你的右侧顶叶就应该发送一个告警信号。但是如果中风把告警系统摧毁了，脑就会找不到偏差，哪怕是显而易见的也会视而不见。这就好像是把火灾报警器给关了一样。结果就是，道格拉斯没有认识到——某种意义上是无法认识到——他的整个左半边身体已经动不了了。

在极端的案例中，这种感觉的缺失和无法检测偏差的情况将会导致中风患者彻底拒绝他瘫痪的肢体。意思是说，尽管麻木的胳膊或腿好端端地连在他自己的身体上，但是他会宣称，他无法控制胳膊或腿的原因是这些肢体实际上属于别的什么人，比如他的配偶或她的婆婆。有一位这样的患者，当她看到她已经宣称不属于自己的手指上却戴着她自己的婚戒时，她会认为戒指被人偷了。另一位在医院里的患者则抱怨说有医科学生老在跟他开一些恶劣的玩笑，把从尸体上弄来的一只胳膊塞到他的被子里。

在精神的左右关系失调的背景下来看，卡普格拉综合征也更合情理了。卡普格拉患者们总是得出一些激进的结论，这一点一直让科学家们感到困惑。与一位亲人失去情感联系，这无疑会令人感到烦恼，但是为什么要虚构出冒名顶替者呢？为什么不是一个更合逻辑的解释呢？答案似乎在于，全面的卡普格拉综合征需要有两处损伤：一是在脸-情绪回路，二是在脑的右半球——在此又体现出了左右脑的问题。根据这一理论，脑的左半球和右半球合作才能帮助我们理解这个世界。右脑专门负责收集感觉数据或其他一些简单的事实。与此同时，左脑更愿意去解读这些数据，把它们捏合成为关于世界如何运转的理论。在一个正常的脑中，这些过程之间有必要的调整余地。比如说，如果左脑转得太快，得出的理论太不严谨，右脑就会用冰冷而坚硬的事实来检查这个理论，防止有什么疯狂的想法掌控全局。

得了卡普格拉综合征之后，亲人身上情感光彩的突然丧失会让人感觉到威胁，这需要有一个解释，而这正是左脑的业务范围。如果只有脸-情感回路遭受损伤，右脑还是会提供一些相关的事实（这看起来还是爸爸啊，说话也像他），从而引导左脑得出合理的结论。然而当右半球遭受了损伤之后，忠告也就消失了。于是，再没有什么能够阻挡左脑去歪曲事实，以此来配合一个预先编好的故事了。这些故事所质疑的那些对于亲人的信念恰恰是脑极其珍视的，因为你毕竟还深爱着你的妈妈、爸爸和你自己的孩子。考虑到这一点，也就不奇怪为什么脑宁愿搞出冒名顶替者或是世界性大阴谋这样的故事来，也不愿意就此放手。的确，结论似乎与常识相悖，但常识基于完整的脑回路。

在脑功能失调的背景下来看，许多妄想症就算不是合情合理的，似乎至少也是可以理解的。它们只不过是一个脆弱的脑出了故障。然而可悲的是，向一位患者解释是什么原因导致了他的妄想症，很少会有助于缓解问题。考虑到这类问题的本质，你无法轻易说服一个人走出自己的妄想。这很类似于：即便我们知道光学错觉不过是一些小把戏，但还是会受到它的欺骗。我们的脑就是无法避免这些。事实上，与有妄想症的患者发生争论还会引火烧身，因为如果你证明他们是错的，他们常常会加倍妄想，脱口而出一些更加疯狂的话来："你是对我妹妹施加酷刑才问出来这些回忆的。"或是："我应该试试去加入华盛顿红人队。"

有些妄想发展的程度太深了，以至于患者整个宇宙的架构都被瓦解了。所谓的爱丽丝梦游仙境综合征是偏头痛或癫痫产生的一种副作用。患了这种病之后，时间和空间就会乱成一团。当你接近一堵墙时，墙会自行向后退去，或是脚下的地面突然感觉像是海绵一样。更糟的是，患者会感觉自己缩小到了十几厘米高，或是长大到了三四米高。或者他们会觉得自己的头胀大了，就像个脑袋形状的气球一样。爱丽丝患者*基本上已经变成了哈哈镜中映像的化身，这可能是由于负责身体姿态与位置的顶叶区域出了问题所造成的。精神分裂症也会经历严重的妄想，比如"双头错觉"，你也可以称之为连体双胞胎失调——感觉自己多长出一个脑袋来。1978年，澳大利亚一名精神分裂症患者由于危险驾驶导致了他妻子的死亡。两年之后，他突然之间发现妻子的妇科医生的头长在了自己的肩膀上，对他小声嘀咕着什么。上帝才知道这是为什么。不过这个男人认为这是一个征兆，说明妇科医生骗了他妻子，于是他试图用一把斧子把这个医生的脑袋砍下来。失败之后，他开始用枪朝着那个脑袋射击，最后不小心击中了自己的脑袋。由这颗子弹所导致的头部损伤倒是的确治愈了他的这种妄想。

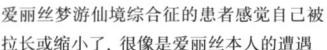
爱丽丝梦游仙境综合征的患者感觉自己被拉长或缩小了，很像是爱丽丝本人的遭遇

　　或许最为荒谬——萨特[1]/加缪[2]/存在主义[3]意义上的荒谬——的妄想就是科塔尔综合征，其患者坚持认为他们已经死了，甚至为此而赌咒。这种病也被称为行尸综合征，通常发生在老年女性身上，并且常常出现在一次意外之后：他们或是确信自己的自杀企图已经成功了，或是确信自己已经在送来医院之前的车祸里死掉了。很直接明了的事实是，他们就坐在那儿，跟你谈论所有这一切，但是这个情况对他们完全没影响。他们这些人估计就算听到笛卡尔的"我思故我在"，也会回应说：别急，不一定吧。有些患者甚至宣称他们能够闻到自己肉体腐烂的气味，少数患者还试图把自己火化。在有些案例中，他们的妄想探测了虚无主义的终极深度。正如第一位描述这种症状的医生朱尔·科塔尔（Jules Cotard）所说："你去问他们的名字是什么？他们没有名字。他们的年龄？他们没有年龄。他们在哪儿出生？他们从未出生过。"神经医学家对于科塔尔综合征的解释还有分歧，但是大都认为与卡普格拉综合征一样，肯定是脑有两个部

1　让-保罗·萨特（Jean-Paul Sartre），法国哲学家、文学家，存在主义思潮领军人物。

2　阿尔贝·加缪（Albert Camus），法国文学家、哲学家，存在主义代表人物。

3　当代西方哲学主要流派之一，主要观点是存在优先于本质，个人对于存在的恐惧，以及世界的荒谬性。

分同时出问题了。其中一种理论把科塔尔综合征解释为一种内化的卡普格拉综合征：患者对于他们自己感觉不到"光彩"了，这种死寂令他们确信自己事实上已经死了，于是逻辑崩塌了。

所有这些妄想症撬动了人类的精神领域，所暴露出的那些似乎坚固的、不可动摇的关于我们内在自我的方方面面，竟然其实是很脆弱的。半侧空间忽略症抹掉了患者的半个世界，而患者本人还永远都注意不到；卡普格拉患者失去了感到与人亲近的能力；爱丽丝患者感觉他们的身体融化成了不稳定的形态；异手症状颠倒了我们关于自由意志的概念，因为患者似乎已经丧失了对于一部分身体的自由意志。但是如果说神经科学的历史证明了什么事情的话，那就是，只要在恰当的位置上遭到损毁，关于任何精神特性的任何回路都可能失效，甚至包括我们对于自己活着的感觉。

无论你喜欢与否，但事实是，妄想甚至能欺骗健康的脑。只需要摄像机和人体模型，科学家们就能轻易在志愿者身上引发灵魂出窍的体验；或是能把一条额外的手臂嫁接到某人身上，只需要同时轻抚志愿者的真手和附在他身上的假手即可。由此得到灵感的一些装置能够让人们感觉自己好像改变了性别，或是在与自己握手一样。"嗨！我是山姆。很高兴认识你，山姆。"

或许更让我们感到无力的是20世纪80年代在旧金山开始进行的一系列实验。一位叫本杰明·利贝（Benjamin Libet）的神经学家让包括他女儿在内的一些大学生坐在他的实验室里，每个人面对着一个计时器。他给他们都戴上了一个像头盔一样的奇妙装置，能够记录他们脑中的电活动。然后，他让他们都静止不动。这些学生们在整个实验过程中唯一要做的事情就是，动动一根手指。动的时机由他们自己自由决定，感觉就像：等等，再等等，走你！然后，他们要告诉利贝当他们决定要动手指的时候，计时器上所显示的精确时刻。于是，他就可以把他们的答案与电子扫描测量到的结果进行比较了。

在每次扫描中，利贝都能看到在运动神经活跃度的曲线上有一个尖峰出现在动手指之前不太久的时候，这理所当然。出问题的是接下来的事情：他想要看看动手指的决定是什么时候发生的，结果发现在每一次实验中，意识层面的决定都要比潜意识的运动神经的尖峰恒定地滞后三分之一秒。事实上，那个尖峰通常在决定做出的时候几乎已经结束了。因为"因"必须要在"果"之前，利贝不情愿地总结道：潜意识的脑一定是在精心安排整个工作顺序，而"决定"不是别的，只是一个合理的事后解释，是给意识层面的脑留点面子的声明而已："呃，我刚才的意思是要这样做。"这个实验已经被重复了许多次，非常可靠。在许多情况下，科学家们能够预测一个人什么时间会做出动作，甚至是在他自己知道自己要动之前。

同样会让我们失去信心的还有另一套实验，与在手术过程中用电极刺激患者暴露出来的脑有关。当科学家们刺激特定的运动脑区时，病人的胳膊和腿就会甩动起来。但是除非这个人确实看到了自己在动，否则他就会否认自己做了任何动作，因为他没有感觉到任何要动的内在愿望。与此相反，刺激脑的其他某些部分只能引发要动的愿望，尽管胳膊和腿只是松软地瘫在那里。更强的电流甚至能够引发一种做了动作的错觉，但实际上还是没有任何真的动作发生。有一位女性非常认真地问："我刚才动嘴了，我刚才说话了。我刚才说什么了？"总结起来，你的行动，你要行动的愿望，以及你对于已经做出了行动的确信，都能够被解耦和操控。这三件事情中没有谁必须要跟在谁后面，它们之间的联系比松散还要松散。

如果你此刻正在咬指甲，好奇在脑里面哪儿才是自由意志的位置，那么你并不是唯一感到疑惑的人。这些实验留下的回旋空间极小，实际上很多科学家都认为这些实验消除了自由意志的存在。这样来想的话，精神的意识、做决定的"意志"其实都是潜意识的脑已经决定要去做的某件事情的副产品而已。自由意志是回响的幻象，不过倒是很有说服力，让我们真的感觉有去做某事的"愿望"，但那件事只不过是我们反正也正要去做的事情而已。唯有骄傲才会让我们坚持认为还有别的解释。如果这都是正确的*，那么异手症和其他一些综合征的患者可能只是丧失了一种错觉而已，那是自己能够自由控制某一部分身体的错觉。在某种意义上，他们可能比我们其他人更接近脑的工作方式的真相。这会让你怀疑，到底谁才是被欺骗的那个人。

第五部分

意　识

第十章　诚实的谎言

我们目前已经介绍过的结构，几乎每一个都对记忆的形成和存储有所贡献。因此，记忆是一种绝佳的方式，可以在大尺度上展示脑的不同部分是如何一起工作的。

士兵们在东南亚的墓穴中埋葬的不只是人。在1942年2月攻占新加坡时，日军抓获了1万名主要来自英国的战俘，人数多到他们不知道该如何处理。日军让其中几千人在严酷的缅甸–暹罗[1]"死亡铁路"项目上一直工作至死。这个项目需要徒步穿越400多千米的高山丛林，并在像桂河[2]这样的河流上架桥。包括许多医生在内的剩下的大多数战俘被集中在了声名狼藉的日军战俘营。事实上，有两位被关押在樟宜战俘营的英国军医，伯纳德·伦诺克斯（Bernard Lennox）和休·爱德华·德·沃德纳（Hugh Edward de Wardener）意识到，日军实质上就等于在这里开展着一项可怕的实验：对于健康的犯人，剥夺他们的一种营养物质，观察他们脑的恶化情况。

无论一个医生的专科背景是什么，他们在战俘营里都要同时担任外科医

1　即今天的泰国。由于泰国这一国名是在1949年启用的，而本章中所涉及的都是第二次世界大战期间的泰国，故以当时的称呼称之为暹罗。翻译时遵照原文。

2　出自奥斯卡最佳影片《桂河大桥》，桂河是虚构的河流，而影片的故事就取材于英军战俘修筑缅泰铁路的真实历史。

生、牙科医生、精神科医生以及验尸官，而他们本人也患有在战士们当中肆虐的那些疾病：痢疾、疟疾、白喉。他们把竹子削成尖锐的细片当作针用，把降落伞上拆下来的丝线当作缝线用，把人胃里放出来的东西当作酸用。季风吹透了他们的"诊所"——那不过是在杆子上搭出来的帐篷。有些医生还要面对毒打，或是被威胁如果不能治好足够的战士以达到工作配额的话，就把他们丢进滚开的油锅里炸。看守人员让事情变得更糟，他们会把患者的配给限制到一半，以"激励"他们尽快复原。但是即便在健康的战俘中间，以白饭为主的食物也从没给足过，还导致了脚气病[1]。

人们在亚洲以米为食，一直就有医生报告过脚气病的暴发，症状包括心脏问题、厌食、眼睛颤搐、腿部严重肿胀，以至于皮肤能够爆裂开。患者走路时会拖着脚，步态蹒跚，在当地人看来像是羊一样，故此得名[2]。欧洲人从17世纪开始在东南亚殖民以来，他们的医生就开始发现脚气病的病例了。一个较早的病例报道来自尼古拉斯·蒂尔普（Nicolaes Tulp）医生，他就是在伦勃朗的画作《尼古拉斯·蒂尔普医生的解剖课》中获得永生的那位荷兰人。在19世纪末，随着蒸气动力的磨米磨坊出现，脚气病的病例呈现了爆炸式的增长。磨坊加工时磨掉了米粒的外壳，生产出了所谓的白米。当时的人们称之为抛光米[3]，而廉价的抛光米已经成为当时农民、士兵以及囚犯的主食，甚至是唯一食物。仅在日俄战争期间，就有20万日本军人成为脚气病的受害者。

终于，科学家们开始怀疑脚气病是一种营养缺乏症，可能是由于维生素 B_1（又名硫胺）的缺乏所致。在脱去富含营养物质的米粒外壳时，几乎所有的维生素 B_1 都被磨掉了，而许多人也没有从蔬菜、豆类或肉类中摄取足够多的硫胺。我们的身体利用维生素 B_1 来从葡萄糖中获取能量，这是摄取碳水化合物的最终

1　与我们日常生活中说的真菌感染造成的脚气不是同一种病症，两者没有联系。由于中国食用稻米的历史悠久，所以脚气病在古代就已经引起了医生的注意。因为其明显可见症状先是出现于脚部，被认为是毒气由脚部侵入所致，所以古人称之为脚气病。实为足癣的脚气则是近一二百年才有的说法。

2　脚气病的英文俗称为beriberi，其中的beri为当地语言中"羊"的发音。

3　相当于我国的精米，已去掉了胚芽等内保护层的营养物质。

结果。脑细胞尤其依赖葡萄糖所供给的能量，因为其他的糖都无法穿过血脑屏障。脑还需要硫胺来制造髓鞘以及合成特定的神经递质。

新加坡日军战俘营中的一所医院

　　樟宜战俘营最早的脚气病出现在开营两周之后，患病者是几个突然没酒可喝的酒鬼。更多的病例是又过了一个月之后出现的。医生们竭尽所能去照料这些患者，有时甚至编造盟军进展的假消息来鼓舞他们。当所有其他手段都失效之后，有些医生就命令患者要么活下去，要么就上军事法庭（这种威胁让人想起了古老的中世纪把自杀规定成违法行为的法律）。然而，到了1942年6月，仅在樟宜战俘营就已经有1 000多名脚气患者了。无力阻挡疾病的流行，德·沃德纳和伦诺克斯开始秘密进行尸体解剖，提取脚气病死者的脑组织，以研究这种疾病的病理机制。

　　虽然这些组织样本和尸检记录是违禁品，但它们在樟宜战俘营内大多还是安全的。但是到了1943年，伦诺克斯被转移到了另外的战俘营，位于死亡铁路的暹罗段附近。于是他和德·沃德纳不得不把这些医学资料分开保存。由于担心被没收，伦诺克斯走之前想办法把脑组织偷运出了战俘营，然而它们在一场火车事故中全被毁了。德·沃德纳守护着最重要的纸质记录，足有10厘米厚的一摞。但是到了1945年初，战事对日本越来越不利的时候，德·沃德纳意识到日军高层不会对让战俘挨饿的铁证坐视不管的。所以，当他也接到被转移的命令，看着看守给同样被转移的战俘们搜身并搜查其个人物品时，他做了一个仓促的决定。他让一位从事冶金工作的朋友把他的文件封到了一个15升的空汽油罐里，然后他把这个罐子裹在了一件披肩里，埋到了一个地下1米深的新墓穴中，让那位死去的士兵承担了守卫的工作。因为那里的坟墓太多了，为了记住具体是哪个墓，他和几个朋友记下了附近巨大无比的树木作为方向标记。当德·沃德纳离开这个战俘营时，他只能祈祷暹罗的高温、腐败和瘴气不会在他回来之前就把罐子咬穿，如果他能回来的话。

这些记录非常珍贵，因为它们解决了一个长达半个世纪的关于脑、维生素B_1和记忆的争论。1887年，俄国神经学家谢尔盖·科尔萨科夫（Sergei Korsakoff）描述了一种在酒鬼身上的奇怪病症。症状包括消瘦、蹒跚，没有膝跳反射，而且尿液"红得像浓茶一样"，但是最显著的症状还是记忆丧失。科尔萨科夫的患者能下国际象棋，能开玩笑，能说俏皮话，还能正常推理，但就是不能记起前一天的事情，甚至是连前一小时的事情也记不起来。在对话中，他们会一遍又一遍地重复一段逸闻趣事，一字不差。要是科尔萨科夫离开房间一会儿，再回来的时候他们还是一遍又一遍地重复那一段逸闻趣事，一字不差。当然，也有别的脑部疾病会导致记忆丧失，但是科尔萨科夫注意到他的这些患者有些不太一样的特点。如果问一个他们无法回答的问题，大多数记忆缺失的患者会承认他们不知道，而科尔萨科夫的患者从不会承认——他们总是会撒谎。

今天，人们对于科尔萨科夫综合征这种由于脑损伤而造成的强迫性撒谎倾向已经有了清晰的认识。当真相被以一种黑色幽默的方式讲述出来的时候，有可能相当有意思。当一位科尔萨科夫患者被问到为什么居里夫人很有名时，他回答说："因为她的发型。"另一位患者说自己知道查理大帝最爱吃的东西是"玉米粥"，而亚瑟王骑的马是"黑色"的。患者们尤其常常会编造一些有关自己生活的谎言。一位患者声称记得自己在30年前的1979年夏季的第一天穿的什么衣服；另一位患者用连贯的句子告诉他的医生，他已经结婚4个月了，和他的妻子生了4个孩子了，然后他迅速算了算，也对自己的性能力表示惊讶："不赖啊！"

除了这种牛皮大王似的谎言，大多数科尔萨科夫患者还会讲一些有可能成立，甚至有些平淡的谎言。除非你知道他们过去的生活，否则你永远不会发现他们是撒谎的大师。与我们大多数时候的谎言不同，他们不会通过撒谎来让自己看起来很好，或是为了胜过某人，或是为了隐藏某事。而且与妄想症患者不同的是，他们如果被人揭穿了，也不会使劲为自己辩护，很多患者只是耸耸肩就算了。但是不管有人揭穿了他们多少次，他们还是会继续扯谎。这种没有明显理由或隐秘理由的小小谎言被称为虚谈。

科尔萨科夫关注于虚谈的心理学层面，但是其他科学家在20世纪初进一步发展了他的工作，开始把这种心理学症状与特殊的脑损伤联系到一起，特别是他们在患者的脑中发现了微小的出血点以及成片的死亡神经元。病理学家还把科尔萨科夫综合征和另一种叫作韦尼克（Wernicke）综合征的相关疾病联系到了一起。实际上，由于韦尼克综合征常常会转变为科尔萨科夫综合征，所以这两种疾病最终被合称为韦尼克－科尔萨科夫综合征。

少数科学家在20世纪30年代晚期就认为韦尼克－科尔萨科夫综合征与维生素B_1的缺乏有关，但其根本病因又过了更长的时间才被调查清楚。正如今天的医生们已经知道的，酒精阻止了肠道对于食物中硫胺的吸收，这种短缺于是又造成了脑中的变化，特别是在神经胶质细胞方面。在神经胶质细胞的众多功能中，有一项是将神经元之间的突触里过量的神经递质吸收掉。没有了硫胺，神经胶质细胞就无法吸收能够刺激神经元的谷氨酸。由于这种神经递质的过量，神经元会受到过度刺激，最终精疲力竭，死于兴奋型毒剂。

因为脚气病和韦尼克－科尔萨科夫综合征似乎具有共同的根源——维生素B_1缺乏，所以两者应该会引发类似的症状与类似的脑内部损毁。但是在整个20世纪40年代都没有人能够找到过硬的证据把两者联系到一起。这一方面是由于韦尼克－科尔萨科夫综合征始终很罕见，主要就在酒鬼这个群体里；另一方面是由于研究脚气病的医生所关注的主要是神经和心脏的损伤，而非脑损伤。最终结果就是，人们困惑于这到底是一种还是两种疾病？更重要的是，它突出了一个不断增长的疑虑，针对的是将生理学与心理学联系在一起的努力：许多医生直接质疑只是一种维生素的简单缺乏，一种分子所造成的问题，如何能够猛然造成如此之多不同规模的复杂精神问题，比如虚谈。

樟宜战俘营证明这是可能的。在那里的 1 000 多名脚气病患者中间，有几十人也有了韦尼克－科尔萨科夫综合征的症状，包括虚谈。比如有一次德·沃德纳为了测试一位重病患者的精神状态，问他："你记不记得咱们在布赖顿认识的那个时候？当时我骑着一匹白马，你骑着一匹黑马，咱们在海滩上并肩骑行。"这全是胡诌的，但是那位患者回答说他当然记得，还补充了细节。可悲的是，这样的想象常常会变成此类患者脑中的真实，还有一些患者就在这种状态中死去了——他们最后的"回忆"不过只是编造出来的幻象。从医学上来讲，脚气病总是先于韦尼克－科尔萨科夫综合征，而且最严重的脚气病患者才会有最严重的韦尼克－科尔萨科夫综合征症状，这暗示着两者有着共同的病因。接下来，尸检确证了两者之间的联系：即便没有显微镜，伦诺克斯作为一名受过训练的病理学家也能看到患者脑中标志性的出血点和成片死亡的神经元。脚气病和韦尼克－科尔萨科夫综合征似乎本质上是一种疾病的两个阶段——慢性的和急性的。

可以进一步佐证的是，给患者提供纯硫胺（战俘营中有一些医生私藏了一点）通常能同时缓解韦尼克－科尔萨科夫综合征和脚气病的症状，有时几个小时之内就会起效。德·沃德纳记得有几个患者呼喊着活了过来，吃掉了堆积如山的米饭以对抗突如其来的饥饿感。像虚谈之类的精神症状需要几周时间才会消失。对于不是那么急性的患者，医生们可能会在食物中添加马麦酱（虽然勾不起食欲，但是这种以酵母为基础的提取物富含维生素 B_1）或是用米和土豆制作发酵食物以获取大量的酵母，里面同样富含维生素 B_1。也有些医生让人去采摘富含硫胺的芙蓉叶子。聪明点的医生会骗患者说芙蓉能够让他们在回家见女孩子时有更强的性欲，于是，这些军人们怎么也吃不够芙蓉叶子。

接下来，两条事实启发了伦诺克斯和德·沃德纳：一是摄入过少的硫胺会导致韦尼克－科尔萨科夫综合征；二是在食物中恢复硫胺摄入就能缓解症状。于是，他们确信一种简单营养物质的缺乏就会导致如记忆这般坚实的东西被摧毁，甚至是我们对于真实的感觉。不过这两个人必须要向医学界公布他们的病例研究才行，这就意味着他们不仅要在战俘营中活下来，还要保存好他们的尸检记录。这在交战地区并不容易。正如德·沃德纳所认为的，隐藏此类物品的唯一方法就是把它们埋在地底下，祈祷上苍能让这些材料保存下来。

在日本宣布投降之后，德·沃德纳收到了一个神秘的命令，让他到曼谷去报到。虽然心里急着去寻找他的那些文件，但他还是很享受去往曼谷的旅程："我以胜利者的姿态乘坐一辆吉普车穿越暹罗，一路上都是日本鬼子向我鞠躬……让我感到很满意。"令他意外的是，他发现自己的记录就在曼谷总部等着他呢。显然是有一位朋友不久之前已经带着铲子回过了樟宜，挖走了那位死亡守卫上面的泥土，取出了那个罐子。当时的情况其实很悬：披肩已经烂没了，给罐子封口的焊料已经脱落了，但里面的纸保存下来了，大概自己撑了几天的样子。最终，伦诺克斯和德·沃德纳于1947年发表了这项具有突破性的成果*。

＊　＊　＊

从第二次世界大战结束之后，神经学家们继续挖掘着虚谈现象，以期获得对于记忆工作方式的深入认识，而这种现象也被证明是个取之不尽的宝藏。比如，虚谈表明，每一段记忆都像计算机文件一样，似乎都有一个彼此区别的时间戳。同样像计算机文件的是，这个时间戳是可以被破坏掉的。大多数虚谈者说的是可能发生的谎言，而事实上，这些虚假"记忆"中的大多数的确曾经在某一时刻发生在他们身上过。但是虚谈者时常搞错了这些记忆所发生的时间，他们生活中的场景被洗牌洗乱了。所以当他们声称自己昨天晚上吃的是松露鸭的时候，事实是他们的确吃过，不过是30年前在巴黎度蜜月期间。那么在某种意义上来说，虚谈者遭到破坏的是他们以前后连贯的方式讲述其生活故事的能力。

一个事实是，所有虚谈者都有额叶损伤，这也告诉了我们一些事情。我们已经知道，额叶能帮助我们协调多步骤过程。尽管记忆这事看起来根本不用费力气，但是记住特定的一件事（比如你所收到过的最差劲的圣诞礼物）也是很复杂的。脑大概有十分之一秒的时间来搜索一段记忆，取回这段记忆，播放这段记忆，然后召唤出适当的感觉和情绪——这是假设你最开始已经准确记录了这段记忆的前提下。如果额叶受损，上述过程的任何一步都可能被扭曲。或许虚谈者只是在每次他们"回调"某段记忆的时候取出来了错误的另一段而已，而且还不知道自己搞错了。

有些科学家从虚谈一直追溯到了羞耻感和掩盖这种缺陷的需求。虚谈者普遍不会在没有诱因的情况下就滔滔不绝，你必须要问他们问题才能引出谎言。根据这个理论，承认自己不知道某事会令人苦恼和难堪，所以他们才会假装知道。例如说，大多数医生会在收治此类患者时问他们有几个孩子。如果不得不回答"我不知道"，这对于一个人的精神状态来说简直是场灾难。什么样的怪物才会不记得自己有几个孩子啊？简而言之，虚谈可能是一种防御机制，一种让人们隐藏他们的脑损伤的方式，甚至是对他们自己隐藏。

作为另一种防御机制，有些虚谈者编造出了虚构的人物，并把自己的失败推卸到它们身上。有一个酒精性虚谈者愤怒地向他的医生大谈特谈一帮淘气孩子的事情，他们不断闯进他家，甚至他换了门锁也拦不住他们，这些淘气鬼还从他家偷东西，比如遥控器之类的。终于，在1月一个寒冷的夜晚，他把这些淘气鬼扔到了门外。但是，他又觉得自责，于是过了不久就冒着严寒出来，给孩子们披上了衣服，然后叫了一辆救护车。现实中，医务工作者发现他自己在严寒之中仍在室外，烂醉如泥，几乎全裸。在讲述他的故事时，他基本上是匆忙虚构了一个反讽故事。这对于有脑损伤的人来说是件不同寻常的事情，而且这种计策能让他以更客观的视角去审视他自己的缺陷，也不用牵涉他自己。

正如最后一个案例所展示的，人们并不总是能搞清楚一名虚谈者是不是明白自己正在说谎。大多数患者似乎很欢快，对撒谎一无所知，而许多神经学家都坚持认为科尔萨科夫综合征患者并没有意识到正在发生的事情。但这有可能吗？掩盖一道记忆鸿沟，哪怕是下意识地掩盖，也说明他们在某个层面上知晓这一鸿沟的存在。这就意味着，他们同一时间既知道也不知道。这是很独特的一道谜题，会引发各式各样稀奇古怪的问题，其核心问题是你能否真正欺骗自己，更宽泛地说就是实话与谎话的本质问题。比如，假设我们问一位虚谈者早上吃的什么早餐。如果她头脑清醒，她就会脱口而出："剩比萨饼。"但是当然也有可能她早餐的确吃的是剩比萨饼，那样她说的就是实话——即便她的大脑有意无意地试图欺骗你。那么到底这种情况应该算是什么呢？既算不上说谎话，也算不上说实话。这种更为令人难以捉摸的状况被部分神经学家称为"诚实的谎言"。

除了这些哲学上的谜题之外，研究虚谈还在20世纪帮助记忆成为一个适当的神经科学研究对象，因为科学家们终于可以把记忆联系到脑及关于脑的生物学上。虽说如此，近百年来在记忆研究方面最重大的突破性成果并不是源自虚谈者的精神研究。实际上，直到20世纪50年代，大部分记忆研究仍旧依赖于一个有瑕疵的假设：脑的所有部分都对记忆的形成和存储有着同等的贡献。这个想法的推翻是源于一件很极端的事情——一台糟糕至极的前额叶白质切除手术。

*　　*　　*

20世纪30年代早期，一个人在康涅狄格州骑自行车的时候撞上了一个小男孩。男孩摔倒在地，撞破了头。没有人知道这次事故是不是导致他癫痫的唯一原因。他的三个堂兄弟也患有癫痫，所以他可能也有对于该病的易感性。但是他头部的重击可能是促成癫痫最终形成的原因。10岁的时候，他开始出现癫痫的症状，每次持续40秒左右，其间嘴不受控地张着，眼皮耷拉下来，胳膊和腿时而交叉、时而打开，就像是被一位看不见的傀儡师操控着。他的第一次癫痫大发作是在15岁生日那天跟父母坐在车上时。接下来还有更多次，在班级里，在家里，在购物的时候，每天多达10次，每周至少会有一次严重的发作。所以，在一个大多数人都在挣扎着寻找自我的年纪，他所担负的自我却不是他想要的：一个常常抽搐的孩子；一个会咬到自己舌头的孩子；一个会突然倒下，不省人事，把自己的裤子尿湿的孩子。同龄人对他的嘲笑太伤人了，他不得不从高中退学。直到21岁，他才在一所特殊的学校拿到了毕业证书。后来，他只能住在父母家，在一家摩托车商店上班。

终于，这位绝望的年轻人决定尝试手术。很快，他就将以H.M.这个姓名缩写永远载入神经科学研究的史册。在更年轻的时候，H.M.还曾梦想过自己成为一名神经手术的主刀医生，研究脑是如何工作的。不过，H.M.最终的确对于神经科学有了深刻的贡献，只是他的不幸令他永远不可能理解到他自身的重要性。

H.M.于1943年左右开始在威廉·斯科维尔（William Scoville）医生那里就诊。这位医生是个出了名的冒失鬼。曾经有一次，在西班牙召开的一个医学会议的前夕，他在斗牛场脱下外衣挥舞着来激怒公牛。斯科维尔也喜欢冒险的手术，早早就加入了美国流行起来的前额叶白质切除手术这股风潮*。不过，他不喜欢看到他的病人在术后性情大变，所以他开始实验"部分"前额叶白质切除术，以减少受损毁的脑组织。年复一年，他基本上都在专注于脑的手术，这儿挖一块，那儿挖一块，看看结果如何，直到他终于挖到了海马体。

海马体

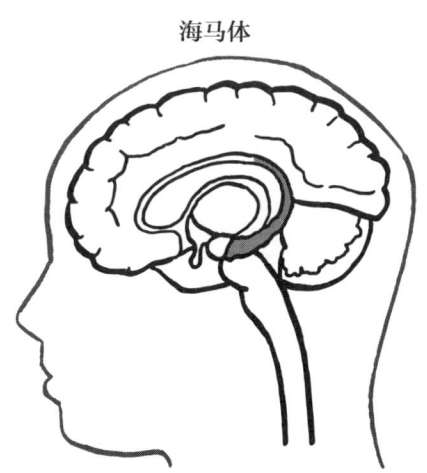

由于海马体是边缘系统的一部分，当时的科学家们相信海马体是帮助处理情绪的，但一直不清楚其确切功能。狂犬病会摧毁海马体，詹姆斯·帕佩兹在他那篇文章中专门提醒大家要注意海马体的问题。作为一位蹩脚的诗人，帕佩兹甚至曾经给他夫人写过一首小诗："是珍珠，我那在百老汇的女儿／我所想念的……我的海马体如是对我说。"斯科维尔就没那么文艺了，他已经见过了海马体的损伤可能引起的精神错乱，所以在20世纪50年代早期，他开始在少数精神病患者的手术中切除海马体(你的每侧脑半球中各有一个海马体)。虽然在精神如此混乱的患者身上很难确定手术的影响，但他们看起来似乎没有患上什么新的疾病，特别是其中两位女性患者，癫痫发作明显减少。不幸的是，斯科维尔疏于开展更加仔细的后续测试，就于1953年11月说服了H.M.来尝试这项手术。

H.M.的手术是于1953年9月1日在康涅狄格州首府哈特福德市进行的。斯科维尔剥开患者的头皮，在两眼上方的头骨上各钻了一个瓶塞大小的洞，所用的工具就是从当地五金店买的手摇曲柄和1美元直径的锯钻。把脑脊髓液都放干之后，洞里的脑就已经准备好了，给了斯科维尔足够的操作空间。他用一种看起来像是长鞋拔子的工具把H.M.的额叶和颞叶轻轻拨到一边，凝视着里面更深处的东西。

海马体位于耳朵这个高度上，大体的形状和直径都像是一根弯曲的拇指。由于希望移除尽量少的脑组织，斯科维尔首先给每个海马体通电，以确定癫痫的来源。不太走运，没查出结果。于是他拿起一个长长的金属管子，开始一克一克地切除并吸走脑组织。最终，他从每一侧的海马体上都移除了近8厘米长的一段。有两小块海马体留在了后面，但是由于斯科维尔把这两块海马体与其他脑组织的联系也切断了，所以它们已经没有用了，就像是拔了电源的计算机。此外，斯科维尔还把杏仁核和旁边其他一些结构也切掉了。考虑到所有这些结构埋在脑中如此之深的位置，也只有一名神经外科医生能够如此精准地切除它们了。

手术之后，H.M.有好几天都是昏昏沉沉的，但是他能认得他的家人，还能进行似乎还算正常的对话。从很多角度来看，这个手术都是成功的。他的性情从未改变，癫痫也基本不再发作了（每年最多两次），而且病症消散之后，他的智商从104跳到了117。只有一个问题：他的记忆受到了影响。手术之前整整十来年的记忆都消失不见了，只剩下少数如同孤岛一样的片断回忆，比如斯科维尔医生给他做了手术这件事。同样糟糕的是，他无法形成新的记忆了。名字记不住，星期几也记不住。他会把同样的话重复一遍又一遍，一字不差。他可能会记起去卫生间的方向，并且记得足够久，足够让他能走到卫生间，可是以后他还会再问别人卫生间在哪儿。如果没有人阻止他的话，他甚至还会吃好几次午饭或早饭，就好像他的食欲也没有记忆一样。他的心智变成了一个漏勺。

有了现代神经科学知识的话，我们就会发现H.M.的缺陷很合理。记忆的形成涉及了好几个步骤。首先，皮层神经元草草记下我们的感官神经元所看到的、感觉到的、听到的。H.M.仍然具备这种记录第一印象的能力。但是就像海滩上写下的字迹，这些印象很快会被侵蚀掉。接下来的一个涉及海马体神经元的步骤才是能够让记忆保存下来的步骤。这些神经元产生了一些特殊的蛋白质，能够促进轴突末端突触小体的膨大。结果就是，轴突能向它在突触另一边的邻居输送更多的神经递质小泡。反过来，这会在记忆消退之前进一步强化突触两侧两个神经元的联结。如果最初的印象足够强，或者我们一次又一次地回想这个事件，那么经年累月之后，海马体就会把记忆转移到大脑皮质，做永久存储。简而言之，海马体在背后协调着记忆的记录和存储工作，如果没有了它，上述"记忆强化"的过程就不会发生。

斯科维尔当时不可能知道这一切，但是他显然已经毁掉了H.M.的记忆，而且还不知如何是好。于是在几个月之后，当斯科维尔看到怀尔德·彭菲尔德将要发表一篇关于海马体损伤的论文时，他给这位颇有名望的外科医生打了个电话，坦白了H.M.的事情。

彭菲尔德当时刚刚做了两台海马体癫痫患者的手术。保险起见，他只切除了一侧的海马体，但是他并不知道，癫痫发作已经摧毁了两位患者另一侧的海马体。于是，切除手术导致两位患者都没有了能工作的海马体，结果他们都发展出了彭菲尔德所见过的最纯粹的失忆症。虽然他还在为这两个病例伤脑筋，但是他的一个研究生已经准备在1954年芝加哥召开的一个科学会议上报告这件事了。

据传闻，当斯科维尔打电话来的时候，彭菲尔德一听就疯了，痛斥了他的鲁莽。不过等到冷静之后，彭菲尔德那科学家的理性意识到（就像脚气病故事里的医生一样）斯科维尔实际上进行了一次价值无法估量的试验：这是一个机会，能够测定海马体的功能到底是什么。彭菲尔德在蒙特利尔的诊所除了看病之外，还有一部分任务就是跟踪那些接受了神经外科手术的患者在术后所经历的心理变化。所以彭菲尔德从他的神经所派了一名叫布伦达·米尔纳（Brenda Milner）的博士研究生去往康涅狄格州研究没有海马体的H.M.。

记忆消失之后，H.M.丢了工作，不得不继续跟他的父母生活在一起。他现在说话声音很单调，对性也没了兴趣，其他方面倒是显得还算正常。对于邻居来说，他看起来可能只是在虚度光阴而已。他找了份兼职工作，把橡胶气球包装到塑料袋里，还会在家干些零散的家务活，尽管每一次父母都得提醒他割草机放在哪儿，但是他修剪草坪的活干得还不错，因为他能看到哪里的草坪还没有割过。他的脾气的确偶尔会爆发一下：他的妈妈比较唠叨，曾有几次，他打断了妈妈的话，还踢了妈妈的小腿。还有一次，他的一位叔叔从他家的枪械中拿走了几把上等的步枪，他勃然大怒。尽管他有失忆症，但是他的一生都保持着对于枪械的热爱，还总会记得更新他的美国全国步枪协会会员资格。但是他的大部分日子都是平淡度过的，要么条理清晰地根据提示按顺序做填字游戏，要么就是跌坐在电视机前看看礼拜日的弥撒或是老电影——这些老电影对他而言永远不会成为经典。这有点像是提早退休，除了米尔纳到达之后对他进行测试的那些日子。

米尔纳是乘夜里的火车从蒙特利尔出发的，于凌晨3点到达了哈佛。接下来的几天里，她都跟H.M.在一起。她的一系列测试很快就证实了斯科维尔的基本观察：H.M.对于过去几乎没有什么记忆了，而且也没有能力形成新的记忆。这已经是一个巨大的进步了——证明了脑的某些部分，也就是海马体，在记忆的形成和存储方面比其他脑结构有着更多的贡献，而米尔纳接下来的发现甚至重新定义了"记忆"究竟意味着什么。

与其不断问 H.M. 一些他答不上来的问题，米尔纳决定要测试一下他的运动能力。最重要的是，她给了 H.M. 一张纸，上面画有两个嵌套在一起的五角星。外面的五角星有大约15厘米宽，内外五角星之间有差不多1厘米宽的缝隙。这项测试要求 H.M. 要用一支铅笔在两个五角星之间画出第三个五角星来。难点在于，他不能直接看到这幅图。米尔纳把图遮了起来，而他只能在一面镜子里看到纸上的两个五角星。这样一来，左就是右，右就是左，所有关于该往哪个方向移动铅笔的自然直觉都是错的。任何人第一次做这个镜子测试的时候都会做得一塌糊涂，画出来的铅笔线看着就跟心电图似的，H.M. 果然也不例外。不过不知为什么，H.M. 做得越来越好。他虽然不记得米尔纳已经让他做了30次训练，但是他无意识的运动中心还是记得。3天之后，他能看着镜子流畅地画出五角星了。他甚至还在最后做出了评论："这很有意思……我还以为这会相当难呢，但是似乎我做得相当不错。"

在米尔纳的记忆中，这个五角星测试就是一次突然之间的重大发现。在此之前，神经学家认为记忆是一个整体：脑把记忆存在脑中各处，而所有的记忆本质上都是一样的。但是米尔纳现在梳理出了两种不同类型的记忆。一种是陈述性记忆，令人们可以记住名字、日期、事件，这也是我们大多数人所说的"记忆"；但是还有一种程序性记忆，是无意识的记忆，记得如何蹬自行车，如何签自己的名字。对于五角星线条的跟踪证明，H.M. 尽管患有失忆症，但是能够形成新的程序性记忆。因此，程序性记忆肯定依赖于脑中的另一处结构。

在程序性记忆（有时称为"知道怎么做"）与陈述性记忆（有时称为"知道是什么"）之间的这种差异是当今所有记忆研究的基础所在。它还有助于对基本精神发育过程的研究。婴儿先发育出程序性记忆，这也就解释了为什么它们能很快就学会走路和说话。陈述性记忆要晚一些才会发育出来，而它最初的孱弱状态导致我们无法记住自己孩提时代的太多事情。

另一种不同类型的记忆也是从米尔纳的测试中浮现的。有一天，米尔纳让 H.M. 记住一个随机的数字，584，记的时间越久越好。然后她就留下 H.M. 一个人待了15分钟，自己则去喝了一杯咖啡。与她的预计相反的是，H.M. 在她回来的时候仍然记得那个数字。他是怎么做到的？原来他一直用几乎听不到的声音一遍又一遍重复着这个数字。类似的，H.M.能把"蜗牛"和"沙拉"这两个词记好几分钟，他的方法是想象有一只蜗牛咬穿了沙拉里的一片绿叶，并一遍一遍提醒自己不要把带洞的叶子吃到肚子里。在这几分钟的时间里，任何会让H.M.分心的事情都会把这些单词从他的脑子里彻底清除掉，而在测试结束5分钟之后，就连需要记住单词或数字这件事情本身也已经从他的脑子里消失了。不过，只要H.M.集中注意力并持续更新他的记忆，他也能坚持下来。这是第一次有线索表明存在着短期记忆，而且这个证据表明，短期记忆（是H.M.所拥有的）和长期记忆（是H.M.所缺乏的）肯定利用了不同的脑结构。

有了米尔纳的发现之后，H.M.成了一位科学名人，其他神经学家开始强烈要求要去研究他那独一无二的精神世界。他没有让大家失望。1958年4月，手术5年之后，H.M.和他的父母一起搬到了哈特福德一处平房里。1966年，几名美国神经学家让他依靠回忆画出家里的平面图。他成功了。他不知道房子的地址，但是在这6个房间之间进进出出已经把它的平面布局刻在了他的脑海里。这表明，我们的空间记忆系统虽然正常情况下是依赖于海马体的，但是也能在必要的时候绕开它（可能是通过海马旁回实现的，这是海马体附近的一个导航中心）。

科学家们还发现，时间在H.M.那里似乎有着不同的工作方式。对于大约20秒以内的时间，他估算的准确度跟任何正常人差不多。但是对于更长的时间，他的感觉就像失控了一样。5分钟的时间给他的主观感受只有40秒；1小时是他的3分钟；1天是他的15分钟。这一情况暗示着，脑有两套不同的计时器：一套是用于短时间的，一套用于任何比20秒更长的时间——而只有这一套在H.M.的脑中被损坏了。又一次，H.M.令科学家们得以将一个复杂的心理概念划分成了两个不同的组成部分，并将它们与脑中具体的结构建立了联系。最终，共有100多位神经学家检查过H.M.，这让他成了历史上可能算是被研究得最多的一个神经科学研究对象。

纵然如此，H.M.终究还是会老去，至少在身体层面上。在精神上，他被困在了20世纪40年代。他记不得在那之后的任何一次生日或是参加的葬礼；冷战和性解放都没在他脑子里存在过；"格兰诺拉"麦片和"极可意"按摩浴缸这样的新词汇永远处于未定义的状态。更糟的是，一种模模糊糊的不安感时常浮上他的心头，而他一直也没能摆脱这种感觉。米尔纳的报告中说，这种感觉"就像是早晨在一个陌生的酒店中醒来的那一刹那，在一切头绪回来之前"。只不过对于H.M.而言，那种井然有序的感觉永远也回不来了。

1980年，H.M.的父亲已经去世了，母亲也病得照顾不了他了，于是他被送到了一家看护中心。从那时开始，他走路变得有点跛，因为长年服用大量的癫痫药物已经令他的小脑失去了活力，而他来回摇晃、拖着脚的步态也很像库鲁病患者。他还变得很胖，因为吃了太多遗忘之后的第二份蛋糕和布丁。不过总体上，他是位还算正常的患者，过着大体上温和的生活。不再有测试的日子里，他过得百无聊赖，读读诗，翻翻枪械杂志，看着火车隆隆驶过，轻轻拍着疗养院里养的狗、猫和兔子。他学会了使用助行架，这还得感谢他那并未受损的运动记忆能力。他甚至还在1982年参加了他那一届的第35次高中聚会。他到了那儿谁也不认识，而其他参加者也有同样的问题。当他晚上做梦的时候，他常常会梦到山——不是奋力要爬上山，而是驻足山顶，一览众山小。

不过，上了年纪的H.M.很容易激动，时不时就会爆发一次。他有时会拒绝服药，而他的护士就会开始责骂他，警告他如果不听话的话，斯科维尔医生会很生气的。其实斯科维尔已经在一次车祸中丧生了，但这对H.M.来说也像没发生过一样。他一直对斯科维尔保持着当初的害怕感觉。H.M.也会与看护中心的其他住院者发生冲突。这里有个贪心的凶恶女人，会把他玩到一半的游戏卡牌全扒拉到地上，还总嘲笑他。有时候，H.M.的回应就是跑回自己的房间，把头往墙上撞，或者抓住床使劲摇晃，就像大猩猩摇晃自己的笼子一样。有一次他发火时太暴力了，他的护士把警察都叫来了。这些是纯粹动物性的挫折感所导致的结果，然而从某种意义上来说，似乎又是他最像人类的时候。有那么几秒钟，一个真正的人冲破了那了无生气而又呆滞迟钝的外在。如果把他这样的命运给了我们，那么我们都会用与他那几秒钟一样的方式来回应，那就是——愤怒！

当然，只要有个护士分散掉H.M.的注意力，他就会忘了他的痛苦。除了这些偶尔的爆发之外，他过得很平静，只是健康每况愈下。他最终于2008年死于呼吸系统衰竭，终年82岁。此时，科学家们才向全世界公布了他的真名实姓：亨利·古斯塔夫·莫莱森(Henry Gustav Molaison)。

全世界的神经科学研究者都哀悼了莫莱森的离世。众多的悼念文章赞颂了他的耐心与善良，还用很多双关语表达了他不应该被人们遗忘。他的脑今天仍在为我们提供研究上的帮助。在他去世之前，他的看护中心就已经开始囤积大量的冰袋做准备。当他去世后，工作人员立刻用冰袋把他的头颅围了起来，将其维持在低温下。医生们很快就赶来取走了尸体，并在当天晚上就对他的脑做了原位扫描，然后才把脑从头颅中取出。经过在福尔马林中长达两个月的硬化之后，莫莱森的脑被放进一个冷藏器内用飞机(坐的还是靠窗的座位)运往了圣地亚哥的一家脑科学研究机构。科学家们在那儿把莫莱森的脑泡在了糖溶液中以吸收多余的水分，然后通过冷冻让它变得更坚硬。最终，他们用像是熟食店切片机一样的一种医学设备把莫莱森的脑刨成了2 401片，每一片都镶到玻璃板上，以20倍的放大倍率拍照，形成了一张张精细到单个神经元级别的可放大的数码脑图。整个切片过程在网上进行了直播，有40万人观看了直播，来与H.M.说再见。

H. M.的脑，来自一个不会被遗忘的遗忘症患者，它正在进行切片，为未来的研究做好准备(致谢"脑观测站"的雅各布·安内塞Jacopo Annese)

　　　　　　　　　　　　　　　疯脑：五百年神经学奇案

　　　　　　　　*　*　*

　　尽管H.M.占据了大部分科研资料和普通人的想象，还是有相当多的其他失忆症患者也为我们对于记忆的理解做出了贡献。就以K.C.为例吧，他是一名生活在多伦多市近郊的失忆症患者。K.C.那狂野的青春期比一般人长得多，他加入了摇滚乐队，在忏悔节狂欢日疯狂派对，不休不眠地打牌，还卷入过酒吧斗殴。他曾两次被撞到不省人事，一次是沙滩车事故，一次是被整捆干草迎面砸到。最终，在1981年10月，30岁的K.C.骑着他的摩托车在一处高速出口的坡道上滑出了路面。他在重症监护病房里住了一个月，失去了一些脑结构，其中就包括双侧海马体。

　　在事故之后，一位名叫恩德尔·图威（Endel Tulving）的神经科学家检查了K.C.，确认他完全可以回忆起特定的一些事物。但是他所记起的所有东西都能放到某一个严格限定的分类之中。这就好像你能在参考书上找到的所有概念似的，比如钟乳石与石笋的差别，或是保龄球比赛中击倒和全中的区别。图威称这些直白的事实为"语义记忆"，没有上下文也没有情绪的记忆。

　　与此同时，K.C.完全没有了"情节记忆"，也就是对于他所做过、感觉过或见过的事情没有记忆。比如K.C.曾在1979年他兄弟的婚礼那一晚吓了他的家人们一跳，因为他那天烫了头发。发生事故之后，他仍旧知道他的兄弟结婚了，也能在婚礼相册中认出他的家人来（事实），但是他却不记得参加了那场婚礼，也不记得他的家人对他的卷发做何反应（个人经历）。K.C.对于他事故前生活的点滴回忆，听起来就像是他在一本关于他自己的干巴巴的自传中读到的，就连他生命中的那些重要时刻也被简化成了一张索引表里列出来的几条重点。他知道他们家不得不放弃了他小时候家人所住的房子，因为有列火车出轨，导致一些有毒的化学品泄漏在了那附近。他知道有位他深爱的兄弟在他自己出事故之前两年去世了。但是这些事件不会再让他有任何情绪上的波动。它们只不过是发生过的事情而已。

　　这些细节以及对K.C.脑部的扫描提供了有力的证据，说明我们的情节记忆和语义记忆依赖于脑中不同的回路。海马体最初帮助记录了这两类记忆，并在中期帮助保存它们。海马体可能还帮助我们访问长期存储中的老旧个人记忆。但是，要访问旧的语义记忆，脑似乎要用到海马旁回，海马体的一个延伸部分，位于脑最底部的表面。K.C.的海马旁回还在，所以能够记得打花式台球时要最后打黑色8号球（语义知识），然而所有与他的伙伴一起打台球的记忆全都消失了（个人认知*）。

不仅如此，一个健康的海马体通常承担着记录新的语义记忆的任务，而海马旁回如果在必须的情况下也能吸收新的事实，只是慢得令人感到痛苦。举例来说，K.C.后来在当地一家图书馆做了好多年整理书架的工作，他的海马旁回最终学会了杜威十进制图书分类法。即便如此，他完全不知道为什么他会知道这种知识。与此类似的是，H.M.健康的海马旁回在他1953年的手术之后，也学会了几样重要的事实。看了填字游戏的提示上千遍之后，H.M.能模模糊糊地回忆起"索尔克疫苗的目标"等于脊髓灰质炎。另外，由于持续不断地接收相关信息，他对于1969年登陆月球和1963年的肯尼迪遇刺事件都有些许的碎片记忆。但是如他在其他方面的记忆表现一样，他还是不能记起他是在哪儿或是何时学到这些知识的——那都属于情节记忆。而且他对于这些事件的知识始终是微弱的、碎片化的，因为海马旁回并不能学得很好。不过，他还是知道了这些事情发生过。

通过与此类似的方式，K.C.帮助神经科学家们掌握了记忆研究领域另一样重要的区别，就是回忆与熟悉之间的区别。通俗来讲，回忆意味着"我明确记得这个"，而熟悉意味着"这听起来耳熟，即便它的细节很模糊"。显然，我们的脑也需要区分这两者。在一项测试中，K.C.的医生编了一张单词表，其中的词汇都是在他出事故的1981年之后才成为大众用语的，比如厄尔尼诺等。然后他们又把这些单词混到了一张伪单词表中，这些似是而非的伪单词都是没有任何意义的字符串。K.C.屡次都能从中挑出那些真正的单词来，而且信心十足。但是当被要求解释这些词的含义时，他只是耸耸肩。从一张人名表中，他能挑出1981年之后才出名的人，比如总统比尔·克林顿。但是他对于克林顿做了什么才出名的却完全没有想法。也就是说，K.C.发现这些词汇或名字很熟悉，然而他却无法确切地回忆起它们。这再次表明，回忆是需要海马体的，而一种熟悉的感觉只需要特定的皮层区域即可。

最后一个由失忆症患者帮助阐明的记忆类型是情绪记忆。这很合理，因为海马体就属于边缘系统。可能是由于H.M.没有杏仁核，他对于来访的科学家们总是表现得很友善，尽管他从来都认不出他们来。甚至就连跟他一起工作了半个世纪的米尔纳，H.M.也同样认不出来。不过其他的失忆症患者就没有他这么随和的态度了，有几个患者还对科学家当场大喊大叫起来。1992年，单纯疱疹病毒，也就是前文中曾经提到过的去除了患者识别水果、动物或工具的能力的病毒，吃空了E.P.脑中的海马体和其他一些结构。E.P.是一位来自圣地亚哥的70岁老人，他在生病之后开始一遍遍地重复同一段逸闻趣事，一字不差，还会每天吃多达3次的早餐。此外，尽管他曾是一位海员，住的地方离海边不到3 000米，但是他突然就连太平洋的大致方向也想不起来了。

医生们安排E.P.做一些测试，他却逐渐开始怀疑"陌生人"入侵了他家，但实际上每次去的都是同一位女士。每次她去访问，E.P.都很固执；每次她去访问，E.P.的太太都得去说服他表现得好一点，并把他拖到桌子旁才能开始测试。不过最终，在100多次访问之后，E.P.放松了戒心。他开始向测试者亲切地问好，尽管他仍然认为自己从未见过她，他甚至会自愿来到桌子旁开始测试。出于某种原因，尽管他的精神还在告诉他这是个陌生人，但是他的情绪已经记住了要去信任这个测试者。失忆症患者也能保留下来负面的情绪记忆。当H.M.得知自己的父亲已经去世之后，他意识层面的脑当然仅在几分钟之内就把这事忘了，但是他的情绪脑还记得。他太难以接受这件事情了，以至于他持续消沉了一个月的时间，然而他并不能解释自己为什么感觉沮丧。在另一个案例中，一位名叫爱德华·克拉帕雷德（Édouard Claparède）的瑞士医生于1911年左右做了一个实验。他在问候一位中年失忆症女性患者之前在手指之间藏了一根大头针，当他们握手的时候，患者就被他扎到了。虽然她对此没有任何记忆，但是她以后每次会面的时候都会收回自己的手，用眼睛盯着医生看。

总的来讲，这一串串的字母（如H.M.，K.C.，E.P.）所代表的失忆症患者帮助科学家们理清了脑是如何划分责任*来完成记忆工作的。非陈述性记忆（比如运动记忆）依赖于小脑以及像纹状体这样的一些内部灰质簇。情节（个人）记忆严重依赖于海马体，而语义（事实）记忆更大程度上利用了海马旁回，特别是在对其进行取回的时候。额叶也有所贡献，包括在搜索记忆的过程中，以及对于脑是否从皮层的长期存储中取回了正确的记忆进行复查。感官和边缘回路也参与进来，帮助在我们的精神中重放那些记忆。与此同时，顶叶和额叶轻声低语地告诉我们，我们正在回看旧的信息，这样我们就不会又一次惊慌失措或是激情燃烧。每一个步骤都是独立工作的，而且每一个步骤都可能出现功能失常，然而却丝毫不影响其他方面的精神能力。

　　至少，理论上如此。实际上似乎不太可能把记忆的任何一个方面单独剥离出来却不导致更多记忆相关的损失，特别是我们的情节记忆，关于假日、爱人，以及我们感觉过得太快的那些时间的记忆。K.C.记得如何玩单人纸牌游戏，记得如何换轮胎，但他永远也回忆不起一个满足的时刻、平和的时刻、孤独的时刻，或是欲望的时刻。无论这或许看起来有多么荒谬，但是对于过去的丧失也抹去了他的未来。本质上来讲，记忆的终极生物学目的并不是回忆过去，而是通过给我们提供在某种特定情况下应当如何行动的线索，让我们为未来做好准备。结果就是，当K.C.丢掉了过去的自己时，他未来的自己也就一同死去了。他无法告诉你他接下来的一小时、一天、一年要做些什么事，他甚至无法去想象这些。这种对于未来自我的丢失并不会让K.C.感到痛苦，因为他对自己的命运也无法感到痛苦或追悔。但是在某种角度来看，缺乏感受痛苦的能力本身似乎也是很悲伤的一件事。无论公平与否，你很难不认为他已经是一个不完整的人了。

　　在我们的意识中，我们多多少少会把我们的自我等同于我们的记忆。我们真正的自我似乎就是我们做过的、感受过的以及见到过的总和。这就是为什么我们总是紧紧抓着自己的记忆不放，甚至是那些受到伤害的相关记忆，这也正是为什么像阿尔茨海默病这类会剥夺我们记忆的疾病会显得如此残酷。实际上，我们大多数人希望自己可以把记忆保存得更安全一些，因为那似乎是一座最后的堡垒，让我们得以对抗K.C.和H.M.所经历的那种对于自我的逐步蚕食。正是因为有上述这些认识，我们才会对以下这一事实感到惊异：与上述相反的一种负担，即不断积蓄、无所不记、无法遗忘的记忆，也能够以同样的方式压垮一个人的自我。

＊　　＊　　＊

每天早晨，当莫斯科的记者所罗门·舍列舍夫斯基（Solomon Shereshevsky）来上班的时候，他的编辑会给他和其他记者指派他们这天要负责的故事、要去的地方、要去找的事以及要去访问的人。尽管布置的事情错综复杂，舍列舍夫斯基却从不用记笔记，而且据某些报道所说，他在采访时也从不记笔记。他全记住了。不过，舍列舍夫斯基并不是个出色的记者。在20世纪20年代中期的某次晨会时，他的编辑看他开心地点着头，手里却连支笔也没有，终于再也按捺不住了。他把舍列舍夫斯基叫出来，让他复述自己做的布置。舍列舍夫斯基复述出来了，一字不差，然后还把编辑那天早上说的每一个字也都复述出来了。当他的同事们惊得目瞪口呆时，他却眉头紧锁，感到很困惑。难道不是每一个人都应该能全部复述出来吗？一半是因为吃惊，一半是因为吓着了，那位编辑把舍列舍夫斯基送去见了当地的神经学家亚历山大·卢里亚（Aleksandr Luria）。

虽然当时还很年轻，但卢里亚已经走在了成为20世纪最著名的神经学家之一的道路上了。他是神经科学浪漫一面的捍卫者，认为神经科学包含的不仅仅只是细胞与回路。他想要捕捉到人们实际上是如何去体验生活的，甚至是其中艰辛的部分。为了做到这一点，他与当时的现代科学潮流背道而驰，而当时的科学家都尽力去掉记述之中的故事性。但是，个体案例的研究对于神经科学而言总是残酷的，因为就像是最好的小说一样，是人们生活之中的细节揭示了神经科学的普遍性真理。实际上，卢里亚像书一样厚的病例报告就曾被称为"神经医学小说"，而其中最好的一本写的就是舍列舍夫斯基。

在他们合作的那些年里，卢里亚发现舍列舍夫斯基的记忆"没有明显的限制"*。这个人能够按顺序背诵出长达30、50,甚至70项的列表,里面全是随机选取的词汇或数字,而且只要听或读一遍就可以,正序倒序都行。他所需要的只是每两项之间留3秒钟,让海马体把它们固定下来。在此之后,这些信息就像被刻在了他的脑中一样。更令人惊叹的是,他所记住的任何事情都会在他的脑中存上好几年。在一项测试中,卢里亚用意大利语给舍列舍夫斯基读了但丁《神曲》中《地狱篇》的开篇章节,而后者并不会讲意大利语。15年之后,在从未复习过的情况下,舍列舍夫斯基靠着回忆复述了这些诗句,有着所有恰当的重音和诗的韵律。

你可能认为舍列舍夫斯基能随便挑一些6位数年薪的工作来做,但是与很多所谓的超忆者一样,他漂泊的生活过得有些失败,在乐手、记者、高效的顾问、歌舞剧演员(记住台词是小菜一碟)等职业之间消磨了时光。由于不适合做其他工作,他最终稳定下来的一份工作实质上是一种神经医学怪人秀,全国各地跑,向观众们展示他复诵数字和毫无意义的单词的能力。他显而易见的才华与他糟糕的生活状态之间形成了巨大的反差,啃噬着舍列舍夫斯基的灵魂。但是对于卢里亚来说,这种差异是合理的。这是因为卢里亚追踪到了他非凡的超忆能力与他倒霉的工作表现所共同具有的根源——过度通感。

在舍列舍夫斯基意识中,感官之间不存在真正的界限。卢里亚报告中写道:"他所听到的每一个声音,立即就会产生其他的体验,包括光与颜色……还有味道与触觉。""正常的"通感者所感受到的额外的感官体验相当乏味(简单的气味,单一的音调),而舍列舍夫斯基与他们不同,能够感受到全景式的体验,把整个精神舞台都占据的表演。这一点在记忆中很有用。舍列舍夫斯基看到的不是简单的紫色2或黄绿色6,在他眼里,2变成了"眉飞色舞的女人",6是"肿脚的男人"。数字87变成了一个壮实的女人正在奉承身边一个捻胡子的男人。每样要记的东西都有这种生动的画面,让之后的回忆过程变得很简单。

那么要记住这些项目在一个列表中的顺序,舍列舍夫斯基用了一个小技巧。他想象自己走在莫斯科的一条街道上,或是家乡的一条街上(不用说,那里的布局他一清二楚),然后把每幅图像存到一个地标中。例如,但丁诗中的每个音节都会唤起一幅图像，或是芭蕾舞女演员，或是一只山羊，或是一个尖叫的女人。那么他就会在自己的精神漫游中把这些图像赋予他刚好正在经过的东西上，比如什么篱笆、石头，或是一棵树。过后需要回忆这个列表时，他只需再把路线走一遍，把之前留下的图像重新"拾起来"就行了。专业的超忆者今天仍在使用着同样的技巧。虽然舍列舍夫斯基总是用这同一种方法，但它偶尔也有失效的时候，就是当他做了一些蠢事的时候，比如有时他会把图像扔进黑暗的小巷。这种情况下，他在回忆时就无法把图像取出来了，他就只能跳过列表中相应的项目。在外人看来，这似乎是失误，是舍列舍夫斯基记忆中的弱点。但是卢里亚认识到，这实际上与其说是记忆的缺陷，倒不如说是感知力的缺陷，因为舍列舍夫斯基就是看不见那张图罢了，仅此而已。

舍列舍夫斯基的记忆还有其他一些花样。他仅仅靠着回忆自己某次追逐一列离站火车的场景，就能让自己的脉搏加速，甚至流下汗来。他还能通过回忆自己某次右手靠近火炉的事情，就让自己右手的温度升高（卢里亚用温度计测量证实了这一点），同时通过回忆冰的感觉让左手的温度下降。舍列舍夫斯基甚至还能在牙科治疗椅上通过精神方法阻断痛感。由于某种原因，他的记忆能够推翻额叶和顶叶发来的指令信号——"这只是回忆而已，不是真实发生的事情"，而这种信号本应压制那些身体反应。

不幸的是，舍列舍夫斯基并不总是能把他的联想能力关起来，或者把它限制在表演超忆把戏上面。当他读一本书时，通感图像就会从文字中溢出来，堆叠在他脑中。一个故事读不了几句，他就已经不堪其苦了。对话也会让他产生错误的感受。有一次他在一家冰淇淋店里问售货员有什么口味的，他说，那个女孩回复"水果味冰淇淋"的音调（可能是无意的）让他感觉"有一大堆煤块，夹杂着黑色的煤灰，从她嘴里喷涌而出。我再没有兴致买什么冰淇淋了"。他听起来有点疯，或是像嗑了太多药的亨特·S.汤普森（Hunter S. Thompson）[1]。如果

菜单打印得太潦草，舍列舍夫斯基的这顿饭就会受到牵连，他会吃得很别扭。他不能吃蛋黄酱，因为这个词在俄语发音中的一个音节会让他感到恶心。这样说来也就无须奇怪他为什么需要奋力保住工作了，因为简单的指令在他的想象中也会变形，令他感到难受。

即使是到处旅行进行超忆表演这份工作，最终也变得压抑得难以承受。做了太多年这种表演之后，舍列舍夫斯基觉得以前表演中的列表总是缠着他，在他头脑中发出刺耳的声音，把新的记忆挤到一边去。为了摆脱这一切，他多多少少还曾求助于巫术，将那些列表写在纸上再用火烧掉。不走运的是，驱除术也没什么用。只有压制这些记忆才能让他有所缓解，方法就是训练自己的意识不去承认这些记忆的存在。只有削减他的记忆才能弱化痛苦。

大多数见过舍列舍夫斯基的人都认为他有点迟钝，还很害羞，像是装模作样的普鲁弗洛克[1]。实际上，他也认为自己很可悲，一个把才华浪费在杂耍表演中的人。但他还能做点什么别的呢？脑袋里面有如此之多的记忆拥挤在一起，甚至一直可以回溯到他第一次生日之前的记忆，所以他的意识已经成了某位评论者所说的"一大堆垃圾一样的印象"。结果就是，他生活在一团名副其实的雾霾之中，几乎与H.M.和K.C.一样迷迷糊糊而又无助。一份太好的记忆力就像一份完全不好的记忆力一样，是残缺不全的。

为了对我们有所帮助，为了使我们的生活变得更丰富，记忆不能只是简单地记录我们周围的世界。它需要去过滤、去分辨。事实上，当我们开玩笑说一个人的记性差得像漏勺一样的时候，其实恰恰说反了。漏勺让水漏出去了，但是把坚实的东西都拦住了，它抓住了我们所想要保留的东西。同样的，功能最棒的意识应该能够放弃一些东西，比如那些造成伤痛的记忆。所有正常的脑都是漏勺，这真要感谢老天爷。

---

1 著名诗人托马斯·艾略特（Thomas Eliot）的第一部公开发表诗作《J.阿尔弗雷德·普鲁弗洛克的情歌》。普鲁弗洛克这个角色是艾略特虚构的，在诗作中代表了一种整体负面、消沉的世人心态，是英美现代文学中最著名的人物形象之一。

*　　*　　*

虽然很方便大家的理解，但是漏勺这个比喻并不完美。人类的记忆不仅仅是过滤东西。对于过滤得到的内容，我们的记忆还会进行雕琢、加工，甚至是扭曲——其扭曲的频繁性和狡诈性令人咋舌。

神经学家似乎应该对此更为了解，但即便是他们也会落入歪曲记忆的陷阱。奥托·勒维梦到了蛙心实验，帮他证明了关于神经传导的汤派理论。他声称自己是在1920年的复活节周末做了那个关键的梦。但是根据他发表结果的那家期刊的记录，他们是在那一年复活节前一周收到他最初的投稿的。有几位煞风景的历史学者还认为勒维并没有在夜里3点从他的床上直接冲去实验室，而只不过是把实验的细节一步一步地写了下来，然后继续去打他的呼噜了。或许，喜欢讲故事的勒维让自己对于戏剧化叙事的需求重塑了自己的记忆。类似的，威廉·夏普从巨人脑中摘取腺体的时候，巨人的家属正在前庭焦虑地等待，但是他不太可能如他所声称的那样在新年当天做这件事，因为那位巨人是在1月中旬去世的。不仅如此，还有一位夏普的同事后来声称自己是陪他一起去做的这项秘密任务，而且他们解剖巨人尸体的时间不是在葬礼快要开始之前，而是在葬礼的前夜，大概凌晨2点。这两个人不可能都是对的。

为什么会有这样的事情？为什么记忆会像烈火中的金属梁架一样被扭曲，然后冷却硬化成为错误的形状？神经学家们对于这些问题的答案也有不同的意见。但是其中势头比较猛的一个理论认为，正是记忆某事这个动作本身让错误有机可乘——即便我们以为这个动作会让细节固定下来。

当捕捉到记忆时，神经元临时搭建了连接来实现短期记忆。而后，这些神经元会把这些连接用一些专门的蛋白质牢牢焊在一起，这个过程称为巩固。但是脑可能会把这些蛋白质用在捕捉记忆之外的事情上，它们可能还帮助我们来取回和重放记忆。设想一下，如果我们播放一声"哔"，然后对小鼠进行一次电击，那么它肯定会把这事记下来。再播放这个声音，小鼠就会因为恐惧而动弹不得，准备好接受一次预期之中的电击。不过，科学家们已经发现，他们有办法让小鼠忘掉这种恐惧。他们的做法是在第二次"哔"声之前向小鼠脑中注射一种药物，能够压制记忆捕捉的蛋白质。令人震惊的是，再下一次播放"哔"声的时候，小鼠继续做着小鼠该做的事情。没有那些蛋白质之后，这段记忆显然消散掉了，这只小鼠再也不会对"哔"声感到畏惧了。这就暗示着，我们的脑在调取一个记忆时，可能不是每次仅仅重放最初的"原始拷贝"就行了。与此相反，脑可能每次都需要重建和重录这份记忆。如果这个重新记录的过程被打断了，比如这个实验中的小鼠，那么这份记忆就会消失。这个理论就被称为再巩固，认为第一次记录一个记忆印象与以后回忆起这份记忆没有什么内在区别。

当然，小鼠不是人类。人类有着更丰富、更全面的记忆，而且我们记忆的工作方式也不同。但是也没那么不同，特别是在分子层面上。如果再巩固也在人脑中发生着（的确有证据表明是这样的），那么每次都必须再次录制可能就会让记忆变得更加可靠，同时也有了被腐蚀的可能。要明确说明的是，我们人类并不常常会像小鼠那样彻底忘掉一些事情，但是我们的确常常会对细节进行歪曲和篡改*，特别是个人所知的一些细节。一个麻烦的推论就是，那些真正定义了我们是谁的记忆，无论是我们最脆弱的时刻，还是受伤害的时刻，也都最容易被扭曲，因为我们也最常会回忆起那些时刻。

那么，到底为什么记忆会无声无息地发生扭曲呢？就因为我们是人类。后面的所知永远能够玷污先前的记忆。如果你的混蛋爱人背着你出轨，那你永远不会再记得两人第一次约会时的深情。所以，你会追溯此前的记忆，重新触摸它们，说服自己对方从一开始就对你不公。我们也不会以计算机硬件的方式来存储记忆，把每一项数据都存在清晰定义的位置。人类的记忆存在彼此重叠的神经回路中，它们随着时间的推移会一起释放。有些评论者把这与维基百科的编辑进行了类比，因为每一个神经元都能稍稍扭曲原始拷贝。或许最重要的是，我们感到有保住面子的需要，或是提升我们声望的需要，于是就把一些不太方便的事实滑过去，或是错误地呈现出来。的确，有些科学家认为我们的潜意识会去虚构一些事情，编造一些可能成立的故事来掩盖我们真实的动机，这种情况远比我们愿意承认的次数要多得多。与科尔萨科夫综合征患者不同的是，正常人不是因为记忆出现断层才编造虚谈的。但是我们的确会给回忆起来的事情稍加润色，也会压抑那些很方便就能压抑的细节，直到我们"回忆"起了我们想要的回忆，甚至会相信一个改变了自己一生的梦的确发生在复活节。记忆就是记忆，不是自传，而我们最珍视的记忆很可能让我们都成了诚实的说谎者。

第十一章　左边，右边，中间

脑中最大的结构是左右半球。人脑左右半球的差异之大令人震惊，特别是关于语言的部分，而语言这种能力正是令我们成其为人类的最佳界定。

他叫什么名字？他为什么会朝自己开枪？精神错乱？极度痛苦？倍感厌倦？这些问题的答案都已经消逝在历史的长河之中了。不过我们知道的是，在1861年初，这位法国人在巴黎附近把一支手枪干活的那一头顶在了自己的额头上，并扣下了扳机。他没打中。并非全然没打中：他正面的颅骨被打碎了，像鱼鳍一样向上翻起，但是他的脑逃过了一劫，未受损伤。这个人的医生其实都已经能够看到脑在打开的伤口里面有节奏地脉动着，所以根本无法抗拒用压舌刀去触碰它的冲动。

这位医生不太确定病人会有什么样的反应，会不会昏过去、尖叫或是抽搐至死，所以他只是轻柔地把压舌刀按在了病人脑的不同部位上，问其感受如何。虽然没有人记录病人的回答，但是你可以想象一个病人这时候会想什么、说什么。"头疼，医生。他——"到这时为止，什么都还没发生。但是当医生按到一个特定的位置时，就在额叶后部附近，病人嘴里的话猛地断为两截——他突然就说不出话来了。当医生把压舌刀抬起来的时候，病人又说上了："妈的疼死了，医——"医生又按下去，再一次截断了他的话。医生试了一次又一次，这种现象就一次又一次发生，把那病人变成了结巴、哑巴。然后，检验很快就结束了。不幸的是，这位病人几周之内就去世了。

　　一位名叫西蒙·奥比坦（Simon Auburtin）的科学家于1861年4月4日在巴黎召开的一次"巴黎人类学会"会议上宣读了有关这个病例的报告。他这样做的动机并非全然单纯。他想要借此提拔一位朋友，就是那位拿压舌刀的医生，而更重要的是，他想要用这个病例来支持自己最宠爱的神经学理论——定位论。这个理论认为脑中不同的区域控制着每一个不同的精神功能。奥比坦尤其对于语言的定位很着迷，而他的岳父同样着迷于此。从19世纪30年代起，他的这位岳父就在分类整理各种脑损伤，还曾于1848年跟在场所有人打赌500法郎，说没有人能够找到一种不伴随着语言能力丧失的大面积额叶损伤。奥比坦抓住了压舌刀这个病例，认为这是最好的证据证明脑中还是存在着"语言位点"的。

　　相信定位理论使得奥比坦无法成为同行们之中的大多数，因为他们大多看不上定位理论，把它当成是2.0版的颅相学而不屑一顾。最初的颅相学运动早在几十年前就已经在嘲笑声中下台了，而奥比坦自己也承认颅相学家们已经走得太远了，竟然把诸如无神论或"食肉本能"之类的个人精神特性与脑袋上具体的隆起部位相联系。他想要拯救的只是脑区域功能专门化这个一般性原则。但是无论奥比坦如何仔细地阐述他的想法，同行们还是吵嚷着说他是个骗子。他的讲解不可能改变一个事实：定位理论违背了许多科学家那形而上学的信仰，即脑和灵魂不可被分割为更小单元。正如你可以想象的，这根本不是那种你能在一个小时内解决的争论，于是在4月这一天的这场会议最终恶化为一场嘴仗。

　　那天下午的听众中间坐着37岁的学会秘书，保罗·布罗卡，他的任务是为学会的报纸做当天会议的记录。布罗卡是一位陆军军医的儿子，十几年前才来到巴黎。一开始，他靠写作和绘画打发时间。后来，他找到了一份教书的工作，但是他很不喜欢，而且他非常缺钱，于是还考虑过要跑到美国去闯一闯。到了快30岁的时候，他已经让自己回到了正轨，成了一名解剖学家和外科医生。但是随着时间一年一年过去，他把越来越多的时间投入了自己毕生的兴趣所在——头颅，而且已经积攒了相当丰富的收藏。更广泛地来说，布罗卡喜爱人类学，并于1859年与别人共同创立了巴黎人类学会。他想象过要开展一些不设范围的讨论，议题包括人类起源、原始社会，还有头颅，但是可没有关于脑定位理论的争吵。实际上，这个议题几乎没有引起他的兴趣——至少在他遇到谭之前都是如此。

谭(Tan)的真实姓名是莱沃尔涅(Leborgne)。从童年时代就患有癫痫的他，靠制作帽模为生，是一种木头的头部模型，帽子裁缝要围绕着这种帽模来制作帽子。但是年复一年的癫痫逐渐侵蚀了他讲话的能力。到了31岁的时候，他回应任何问题时都只能回答"谭、谭"，这很快就成了他的绰号。1840年，谭已经做不了任何工作了，他被送到了比塞特，一家位于巴黎附近，半是医院、半是看护中心的机构。他不太适应这种受限制的生活，或许是因为无法正常说话所导致的沮丧感压垮了他，又或许是因为像H.M.一样受到了别的病友的烦扰。无论如何，谭进入比塞特之后变成了一个讨厌鬼。其他病人发现他很自我，很刻薄，并且有仇必报，甚至还有病人指责他偷东西。奇怪的事情是，当谭被逼急了的时候，也能说出"谭、谭"之外的话来。他会冲着他们大喊："真见鬼！"这震惊了每一个听到这话的人。但是谭并不能自主地说出这些咒骂的话来，必须要在怒火中烧的时候才行。

无论谭这个人有多么糟糕，他也不应该遭遇他接下来的命运。1850年，他的右臂失去了知觉；4年后，他的右腿也瘫痪了。此后的7年，他都是在床上度过的。在当时，褥疮常常会要病人的命。由于谭从不会把大小便弄到床上，所以护士们很少给他换床单，也很少给他翻身。他右半边身体又没感觉，所以当有人注意到他有坏疽的时候，实际上已经从脚踝蔓延到屁股了。他需要截肢。1861年4月12日，他的医生向他介绍了一位新来比塞特工作的外科医生，保罗·布罗卡。

布罗卡首先着手了解谭的病史。你的名字，先生？"谭。"职业？"谭，谭。"你哪里不舒服？"谭——谭！"每一声"谭"都很纯正、悦耳、甜美，谭的嗓音听起来很好。但是这场荒诞的对话于布罗卡而言毫无意义。好在谭已经成了一位比划手势的大师，能用手势来交流。比如当布罗卡问他已经在比塞特待了多久的时候，谭用左手做了4次爵士手的姿势[1]，又把食指伸出来一次——一共21

---

[1] 爵士手(jazz hand)指在多种舞蹈表演中会出现的一种舞者手势，从握拳状态猛地将五指伸出变为手掌张开的状态，因常见于爵士舞而得名。

年，回答正确。为了检验这是不是一次巧合，布罗卡第二天又问了同样的问题。为了确保没问题，布罗卡之后一天又问了一次。这一回，谭意识到医生是在测试他，于是大喊："真见鬼！"当布罗卡后来在病例报告中描述这些咒骂时，他委婉地用了破折号来代替。从这些交流中，布罗卡确定谭尽管失去了讲话的能力，但仍然能够理解语言。

出于职责所在，布罗卡为谭截掉了右腿。但是坏疽已经让谭变得很虚弱了，他最终于4月17日上午去世了。仍在琢磨最近学会会议上"语言位点"争论的布罗卡，在24小时之内打开了谭的脑袋。

布罗卡发现里面已经乱成一锅粥了。左半球看起来像是瘪下去了，碰一碰几乎就要解体了。额叶的情况看起来尤其严重，有一个"鸡蛋大小"的腐烂空洞，里面积着一摊黄色的脓水。尽管眼前的景象乱糟糟的，布罗卡那受过训练的双眼还是捕捉到了一个关键的细节：腐烂的区域分布很广，似乎越靠近中心某个位置就腐烂得越厉害。这种像是靶环一样的腐烂分布模式，其中心就位于额叶后部的某处——恰恰就是那个病例报告里医生用压舌刀按压的部位。布罗卡由此推断，这里就是最初发生脑损伤的位置。由于谭最初的症状正是讲话能力的丧失，所以布罗卡得出结论，这一区域肯定是一个语言节点。做出这个判断，布罗卡实质上就与奥比坦和"新颅相学家"们站到了一起，这对他的职业生涯而言是冒险的一步。更冒险的是，布罗卡决定要把谭的脑展示给他深爱的巴黎人类学会，时间就在学会下一次的会议上——4月18日，他打开谭的头颅的当天下午。

这次会议具备一个极富戏剧性的科学故事所应具有的全部要素。布罗卡带着谭那刚刚脱离躯壳的脑走进了会场，勇敢面对着一群心中充满了疑虑的听众，而武装他的是前所未有的关于脑定位的第一份可靠证据。这本该是一场赫胥黎[1]（Huxley）对威尔伯福斯[2]（Wilberforce）之战的续集，而布罗卡当代的门徒

---

1 指托马斯·亨利·赫胥黎（Thomas Henry Huxley），英国生物学家、比较解剖学家，因为积极捍卫达尔文的进化论而为人所知，甚至被称为"达尔文的斗牛犬"。

2 指塞缪尔·威尔伯福斯（Samuel Wilberforce）主教，是当时一位著名的公众演说家，反对达尔文的进化论，因其在1860年参与了一场有赫胥黎等人参加的关于进化论的公开论战而广为人知。

们也的确给他那一天的演讲赋予了几乎超凡的意义。然而事实是，布罗卡差不多仅仅是展示了谭的脑以供检视，并总结了谭的病史。他也简要提到了他得出的关于语言节点的结论，但并未加以突出强调，而那些本该成为他对手的听众们却只是打着哈欠，等到布罗卡一讲完，便马上全身心地投入了有趣得多的争论之中，关于种族、脑容积以及智能。

种族、脑容积以及智能也是令布罗卡着迷的主题，他也有很多可以参与这些讨论的所知所想，结果这些讨论几乎霸占了学会此后几个月的日程。然而，布罗卡也在接下来的会议中时常提起谭的脑，他自己的脑中也始终有一小部分一直思考着谭的"失语症"，也就是今天所知道的神经性语言能力丧失的症状。他把谭的脑保存在了酒精中，放到一个大罐子里留待以后研究之用。与此同时，他也在寻找着其他的失语症患者，并很快碰到了一个这样的病人，其症状足以令他与谭齐名。

像谭一样，"勒洛（Lelo）"也是因为他唯一能说的几个词而得到了这个绰号。勒隆（Lelong）先生是一位80多岁的挖沟人，他得了一次中风，并于18个月后的1861年10月见到了布罗卡。他当时已经丧失了所有讲话的能力，只剩下5个单词："勒洛"是他称呼自己的名字；"是"（法语oui）；"不"（法语non）；"衫"（tois），意思是三（法语trois），代表了所有的数字；"总是"（法语toujours），代表了词典里所有其他的词汇。问他有几个女儿，他会一边回答说"衫"，一边举起两根手指。问他是做什么工作的，他会一边回答说"总是"，一边比划着用铲子挖土的动作。

关于勒隆，历史上没有留下太多别的信息，除了一次股骨骨折所引发的并发症很快就夺走了他的性命。当他死后，布罗卡对他进行了脑部尸检，这可能是自亨利二世以来最为重要的一次。逐步打开头颅的过程中，布罗卡感到紧张不安：要是他发现勒隆的脑中没有损伤怎么办？或者损伤不在正确的位置怎么办？那他就要被人嘲笑了！他小心地锯断颅骨，并把锯断的部分敲掉。他根本用不着担心。虽然谭的脑看起来全毁了，遍布腐烂之处，但是勒隆的脑中只有一处BB弹[1]孔大小的损伤。当时布罗卡本人肯定也喊着那句"真见鬼"，因为他看到那个损伤的位置就在额叶的后部。这个位置*今天被称为布罗卡区。

布罗卡宣布人脑之中有一个语言节点，但是此事并未在公众中引发太大的骚动。巴黎的报纸当时都在嘲讽理查德·瓦格纳(*Richard Wagner*)[2]的《唐怀瑟》(*Tannhäuser*)首次公演未能掀起波澜，充斥着轻蔑和唾弃的语言。不过布罗卡的发现在欧洲的学术圈中产生了巨大反响，令科学家们激动不已。定位理论可能是真的吗？接下来的两项进展令人相信答案是"是的"。第一，布罗卡在更多的患者脑中确证了他最初的发现。1861年之后，医生们开始把失语症患者都推荐给布罗卡，供他进行进一步的研究。到1864年的时候，他已经在25位患者的尸体上做了尸检。除了其中一人之外，其他每一位患者都在额叶后部存在损伤。此外，损伤的原因并不重要，肿瘤、中风、梅毒、撞击伤都一样，而重要的只有定位，定位，定位！

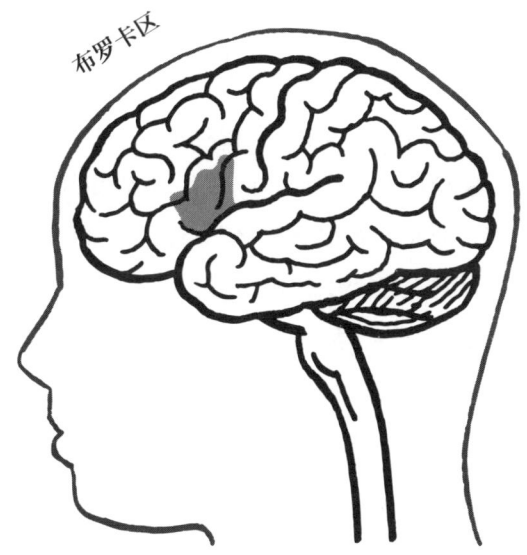

布罗卡区

1　专门用于发射球形金属弹丸的气枪被称为BB枪，因为其最早发射的是直径4.6毫米的"BB"号鸟枪铅丸，所以相应的球形气枪弹被称为BB弹。

2　德国著名音乐家、歌剧作家，作品对后世有重要影响，但因为在反犹太主义等政治问题上的观点而备受争议。

第二个进展对于理解语言在脑中是如何工作的，甚至有着更为深远的影响。1876年，一位26岁的德国医科学生卡尔·韦尼克（Karl Wernicke）（就是"韦尼克-科尔萨科夫综合征"中的韦尼克）发现了一种新的失语症类型。更确切地说，韦尼克发现在远离布罗卡区的颞叶后部发生的损伤，会破坏患者语言中的含义。布罗卡失语症的患者知道他们想要说什么，但是结结巴巴说不出来，而韦尼克失语症的患者能说出如同普鲁斯特那意识流风格般的长句子，还相当押韵，但是那句子根本就不合情理。有些神经学家称之为词汇沙拉——把一堆胡乱挑选的词语拌在一起而成。我则称之为《芬尼根的守灵夜》[1]综合征。与布罗卡失语症患者那种强烈的沮丧感不同，韦尼克失语症患者察觉不到自己的问题，而且如果医生们对着他们回喷一大堆莫名其妙的胡言乱语，他们竟然还会点头微笑。一般而言，布罗卡区的损坏会除去患者产生语言的能力，而韦尼克区的损坏则损害了他们对于语言的理解能力。

从功能上讲，布罗卡区帮助嘴巴形成并发出词语的声音。所以当这个区域有了问题，句子就会变得不连贯，说的话就会时常被打断。此外，它还帮助我们形成恰当的句法，所以布罗卡失语症患者几乎不会使用句法或是连词来把概念串接在一起："狗——咬了——女孩[2]。"相对而言，韦尼克区则联系着词汇和其含义，把概念与其所指在你脑中融合在一起。要想知道这两个区域如何一起工作，可以想象你旁边的人突然说"齐柏林"。首先，你的耳朵会把这个输入传送到你的听觉皮层，而它又把信号送到了韦尼克区。于是韦尼克区开始在你的记忆中竭力搜寻这个信号的恰当含义，导致你瞥了一眼天上[3]，或是听到了吉他

1　爱尔兰作家詹姆斯·乔伊斯（James Joyce）创作的最后一部长篇小说，是意识流小说的巅峰之作，也是其走向衰败的开始。这部作品极其晦涩难懂，糅杂了60多种语言和方言，以及海量的自创词汇，甚至有整页整页的段落是无法理解的梦语。

2　原文是Dog-bit-girl，译成中文似乎问题不太大，但作为英文来讲，dog和girl这两个名字，既不是泛指意味的复数形式，也没有定冠词或不定冠词，因而是不符合语法的，表达的意思是含混不清的。

3　齐柏林可能指德国工程师斐迪南·冯·齐柏林伯爵（Ferdinand von Zeppelin）所设计的硬式飞艇，后虽因安全问题而被淘汰，但已经成了西方世界中飞艇的代名词。

的乐曲声[1]，或是想："哦，人性啊[2]！"声音和含义由此就统一到了一起。如果你决定要大声地重复"齐柏林"这个单词（为什么不呢），韦尼克区首先要把"齐柏林"这个概念与你脑中存储的音频呈现方式对应上。然后，韦尼克区会发出一个信号，激发布罗卡区，后者又会接着激发运动皮层上控制你嘴唇和舌头的带状区。如果你的韦尼克区没办法把词语和想法匹配的话，就要到了词汇沙拉时间了。婴儿无法形成或理解语言，部分原因就在于他们的韦尼克区还没有发育成熟。如果布罗卡区出了问题，你就变成了结巴。

韦尼克不仅仅是发现了一个新的语言节点，还在脑处理语言的方式方面说明了一个更具普遍性的论点，一个值得加以强调的论点：在脑里没有单一的"语言位点"。就像记忆的问题一样，许多不同的脑区域都对理解和形成语言有所贡献，这就解释了为什么人们能失去讲话的能力却还有理解语言的能力，或者是完全相反。如果有其他的语言节点出了问题，或是连接两个语言节点的脑白质线缆被切断了，那么语言技能就可能出现其他形式的问题，其中某些问题具有令人惊异的专一性。

有些中风患者能够记得名词，可是忘了动词，或者反之。能够流利地讲两种语言的人如果遭受了脑部的创伤，可能会失去运用其中任何一种语言的能力，因为第一和第二语言*调动的是不同的神经回路。语言缺失甚至还能影响数学。我们似乎在顶叶有一个天然的"数字回路"，用于处理比较和数值的问题，而这两者都是大多数算术问题的基础。但是我们学习某些数学问题（比如乘法表）是通过语言来实现的，靠的是死记硬背。所以如果语言出了故障，这些以语言为基础的能力也会跟着一起出问题。

更令人吃惊的是，有些人甚至连3个单词的句子也说不顺，但是却能流利地歌唱。不管是出于什么原因，旋律和节奏能够绕过损毁的回路，启动语言

1　齐柏林可能指英国著名重金属乐队"齐柏林飞艇"，在硬摇滚和重金属音乐的发展过程中占有重要地位，因而广为人知。

2　齐柏林可能指英国电影《齐柏林飞艇》，讲述了一个虚构的第一次世界大战故事。在影片中，主角这名双面间谍以及其他英德两国的情报人员，围绕着德国最新研发的军用齐柏林飞艇和英国象征着人性自由解放的《大宪章》展开了反复争夺。

的生成，让只能结结巴巴地说"我——要——火腿"的人顺利地唱出《共和国战歌》[1]。前众议院国会议员加布丽埃勒·吉佛斯(Gabrielle Giffords)在头部遭受枪击之后，通过练习《女孩只想玩乐》等歌曲重新掌握了如何讲话。类似地，情绪也能让死去的语言回路复活：很多像谭一样的失语症患者如果受了刺激，能够顺利咒骂出来，但是永远不能有意地主动做到这一点。歌唱、讲话、咒骂彼此之间的解离再一次暗示着，我们的脑有着不止一个语言位点，并没有一个神经意义上的"储藏室"存放着我们所有的词语。

语言解离方面最为令人震惊的例子或许就是非失写性失读症了。阅读实际上比讲话需要更高级的神经灵巧性。印刷出来的字词很容易就可以通过视觉皮层进入我们的脑，但是由于人类在进化历史上很晚才开始阅读，也就是公元前3000年左右，所以视觉皮层并没有自然地将自己连线到韦尼克区（为什么要连上呢）。然而做一点迪克与简[2]这种训练就能重写脑中的连线方式，把这两个区域连到一起，让我们从简单的墨水笔画中想象出概念和故事。阅读改变了我们脑的工作方式。

有非失写性失读症的患者却连一笔一画都认不出来，因为他们视觉皮层的神经元轴突有损伤。于是，字词的线条和形状虽然都能完好地到达他们的脑，但是数据从未被传送给韦尼克区，也从未转化成有意义的信息。结果就是，句子看起来都像是用自己没掌握的外国语言写出来的。不过这些患者写字没有问题，因为他们脑中负责字词含义的中心仍旧可以访问下游控制书写的运动回路。这就导致了一些荒唐可笑的局面，比如某人能够写下一句"我对啤酒过敏"，却看不懂自己刚写出来的这句话。

如果说有什么因素让人类成其为人类，语言一定是其中最重要的之一。正因如此，布罗卡发现了第一个语言节点，令他足以在神经科学的"拉什莫尔山[3]"

---

1 美国创作于南北战争期间的战歌，在美国民间广为流传并有多个改编版本，是美国的爱国主义歌曲。

2 迪克和简是美国20世纪30—70年代广泛流传的基础读物中的主人公，这类读物有教孩子认识单词的功能。

3 美国的拉什莫尔山又称总统雕像山，最初为吸引游客而雕刻了华盛顿、杰斐逊、老罗斯福和林肯4位美国历史上的伟大总统的巨大头像，后成为美国总统的一种象征。

疯脑：五百年神经学奇案

上留下自己的雕像。不过说实话，韦尼克对于语言回路的想法与我们今天对于语言的认识更为一致。此外，虽然布罗卡还总是因为发现了脑定位而被人们赞誉，但奥比坦*（甚至是颅相学家们）才是最早提出定位理论的人，并且不遗余力地推广这一理论。只不过是布罗卡在科学界的地位，他生动的临床报告，特别是他发现谭和勒隆的幸运，才把其他科学家们对于这个问题的看法从凭直觉做出判断转变成了相信科学事实。

＊　＊　＊

　　布罗卡还完全有权分享另外一份通常归功于他的荣誉，那就是关于脑功能偏侧化的重大发现。到19世纪中叶，科学家们已经知道左脑控制着右侧身体，而右脑控制着左侧身体。而且科学家们仍然深信脑的对称性，认为脑的两个半球以同样的方式工作着。毕竟，两个半球看起来是完全一样的，而且我们身上成对的器官或组织中（比如眼睛、肾、生殖腺）也没有哪一对在功能上有着左右差异性。所以，当对失语者做尸检的时候，布罗卡忽略了任何两个半球之间的差异性，只是集中关注脑上不同经纬度位置的差异。直到1863年初，他才意识到自己的所有失语症患者都是在左侧额叶上出现了损伤。他私下琢磨着这一现象潜在的意义：有没有可能是左半球控制着语言？他后来承认："但是我当时无法轻易让自己屈从于这样一个颠覆性的结论。"

　　事实证明，别人不都像他这样谨小慎微。1863年3月，当布罗卡还在犹豫不决的时候，一位不出名的乡村医生古斯塔夫·达克斯（Gustave Dax）向法国国立医学科学院提交了一份30来年前的论文手稿，期望能够将其发表。在一封一并提交的信中，达克斯解释说这份手稿属于他刚刚去世的父亲，马克·达克斯（Marc Dax）医生。老达克斯一生汇编了数十位由于额叶损伤而失去讲话能力的患者的病例报告，并于1836年在蒙彼利埃的一次学术会议上讲解了这份手稿，但是自那以后一直受到不公正的无视。由于所有这些患者差不多都在同一个位置有着损伤，所以老达克斯得出了结论：额叶包含一个语言节点。这个27年前的结论与布罗卡两年前才提出的理论一模一样。更进一步地说，由于所有损伤都出现在左侧，老布罗卡认为左半球肯定控制着语言——正是布罗卡如今正在琢磨的事情。

在科学的历史上，充斥着两人或更多人各自独立发现某些知识的案例：氧气、太阳黑子、微积分、元素周期表，无不是这样。但是很少有关于发现优先性的争议会像布罗卡－达克斯这事儿闹得这么乱。1863年4月，布罗卡试探性地首次公开宣布脑的左半球是语言所在的位置。这件事就发生在达克斯手稿在巴黎浮出水面的几天之后。一份投给医学科学院的手稿，其内容本应该是保密的，但是布罗卡在那儿有朋友，几乎可以肯定，他在别人之前知道了手稿的结论。不仅如此，医学科学院不急不忙地审议着这份等待发表的论文，先是把它推荐给了委员会审议（官僚障碍的终极工具），然后又放了一年置之不理。最终，小达克斯不得不自己发表了这份手稿，而这之间的耽搁给了布罗卡时间来发展他的理论。

但是，小达克斯可不会在这样的花招面前轻易认输——当时的人们都说他不是个省油的灯。他不断斥责医学科学院的拖延手段，还争取到了法国南部科学家们的支持，而后者一向反感那些高傲自大的巴黎同行。达克斯还指责布罗卡窃取了他亲爱的父亲的思想，故意没有引用他父亲的工作。布罗卡对于这一指责非常认真，并开始寻找其他参加过1836年蒙彼利埃那次学术会议的人，以便询问有关老达克斯那次报告的情况。

不过奇怪的是，没有与会者记得达克斯的工作。钻了几个月的死胡同之后，布罗卡甚至不太确定老达克斯是否参加过那次学术会议，更不用说在会上的报告了。事实上，关于老达克斯曾经进行过语言损伤研究的唯一证据就是那份最初的手稿，它应该是来自19世纪30年代的。但是这个证据也只是依赖于小达克斯的言辞而已，布罗卡自然会对其有所怀疑。他甚至还分析了两位达克斯医生的书写习惯，看看是不是小达克斯伪造了那份手稿。布罗卡由此确定了那份文档的真实性，不过他可不是语言学家。

布罗卡－达克斯之争至今仍是疑云密布。没有问题的是，布罗卡是这里面地位更高的那位科学家。不过就像达尔文之于进化论，或门捷列夫之于元素周期表，布罗卡也不是单独发现脑偏侧化的，但也正如其他那几个事例一样，布罗卡的工作与竞争对手的理论相比，其发展程度高出了一个数量级。达克斯甚至没能通过尸检确定其病人脑损伤的位置，他只是根据病人所说的受伤的情况做出了猜测。但是达克斯的确猜对了，就是左脑控制语言。在科学上，常常是第一个猜对的人才拥有一切。

更麻烦的争论在于，布罗卡到底对老达克斯的工作知道多少，以及他何时知道的。尽管小达克斯抱怨不停，但布罗卡基本上肯定没有原样照搬老达克斯的成果。不过这份手稿是否影响到了布罗卡？或许这只是个巧合，恰巧就在这份手稿到达巴黎不久之后，布罗卡觉得有足够的自信去讲述脑左侧的特异化了。或者可能是布罗卡听说了这手稿的事情，这才确信自己是走在正确的道路上。多数历史学者认同，马克·达克斯和保罗·布罗卡可能是各自独立发现了脑功能的左右偏侧化。至于达克斯到底在多大程度上影响了布罗卡？或者是否是达克斯给了布罗卡他所没有的勇气，以继续在其思想道路上深入下去？这些问题的答案只有天知道了。

处于这些争议漩涡的中心，布罗卡多少不再投入于神经科学。大概在1866年之后，他决定更多地专注于其他的科学议题上，比如头颅。1867年，他做出一项震惊世人的发现，确认来自秘鲁的一个刻有方孔的颅骨是古代神经外科手术的证据，而这个头骨的时代早于哥伦布发现美洲的时间。布罗卡甚至正确地宣称，这个古代病人在手术之后存活了下来，证据就是孔边缘周围的愈合痕。同一时期，布罗卡还根据定位理论成功地实施神经外科手术，救了一个人的性命。这个病人在头部受伤之后就失去了讲话的能力。布罗卡没有移除他的半个头骨来寻找问题的根源，而仅仅是在用他名字命名的那个区域上开了个小洞，释放了颅压。

与此同时，布罗卡开始参与政治。在1871年一次热闹的政变过程中，他用一辆运干草的马车（也有别的说法称是一辆运土豆的马车）向凡尔赛秘密运送了价值7 500万法郎的黄金，以帮助流亡政府。当权者从未回报过他，倒是法国人民在1880年选举布罗卡当选为一名"终身参议员"。然而在他能够真正享受这份荣耀之前，56岁零几个月的布罗卡就去世了。与其身份相一致的是，他死于一种脑部疾病——脑溢血。

布罗卡死得不是时候。在他身后，科学家们多多少少把他捧上了神坛，而脑偏侧化也成了20世纪神经科学的一根支柱。事实上，正如历史重复过无数次的，这个曾经的异端邪说变成了新的正统信仰：到了20世纪50年代的时候，大多数神经学家宣称，脑的左半球不仅仅是语言功能的家园，还掌控着我们所有的高级功能和技能。人类就在于它的左脑。由于不再满足于只是赞美左脑，科学家们同时还贬低了右脑，不屑地称它是左脑的一个迟缓的、愚笨的，甚至是"碍事的"孪生兄弟。不过，只需要一个被惹火的纳粹，以及几十年的后续研究，就能证明这是错的。

＊　＊　＊

1944年，一名30岁的美国军官W.J.在荷兰上空跃出了一架飞机的机舱，要去帮助解放荷兰人民。他的降落伞只打开了一部分，结果他像沙袋一样撞到了地上，腿折了，人也被撞晕了过去。醒来之后，他就开始尿血，并且很快成了纳粹的一名俘虏。在某个时间点——可能是他在战俘营附近放风的时候，他惹怒了一名看守，后者火冒三丈，用步枪的枪托把他的脑袋砸开了花。W.J.倒在了地上，可能还出现了脑溢血的问题。接下来的一年，他几乎没接受什么治疗，整个人瘦了45千克。

战后，W.J.在洛杉矶找到一份工资单快递员的工作。但是他开始出现被称为"失神"的状况：他可能启动了汽车，开出来——然后就发现自己已经身在50千米以外了，并且完全不知道自己是怎么跑到这儿来的。他也开始出现癫痫的症状。他的先兆是感觉体内好像有个活的摩天轮正在隆隆地滚动，而他的头会猛地向左边抽搐，在崩溃之前，他的脸也会跟着抽搐，偶尔还会大喊一声："保释出来，杰瑞！"他不会把自己的裤子尿湿，但是会撞到头并弄出很多擦伤来，还有一次甚至跌进了火堆里。或许最糟糕的是癫痫发作的频率，到了20世纪50年代末的时候已经多达每天20次，令他的意识每天都很茫然。尽管在战前，他热衷于阅读的是希腊历史和维克多·雨果的作品，但是现在他只能应付报纸的新闻头条。于是，他在1962年同意接受两位洛杉矶医生为他进行手术。从任何角度来看，这台手术都与十来年前H.M.的那台手术一样，是铤而走险的举动。两位医生提议彻底切除W.J.的胼胝体。

把两个脑半球扒开，朝中间的深沟里看进去，你才有可能看到胼胝体。它看起来就像是一捆白色的细线，把两个半球连接在一起，就像是连体孪生子一样。胼胝体是极少数我们只有一份的脑结构之一，所以20世纪至少还有几位科学家据此相信我们那不可分割的人类灵魂就居于此处。其实在20世纪，科学家们并不认为胼胝体是一个多么神圣的所在，但要是他们真知道它的功能是什么，那他们就真真该死。胼胝体含有2亿根白质纤维，暗示着它在两个脑半球的沟通方面扮演了重要的角色。要知道，在两个半球之间起连接作用的神经束中，排在第二位的只含有5万根纤维。然而，X线检测表明有的人生下来就没有胼胝体，可是他们似乎活得很好。

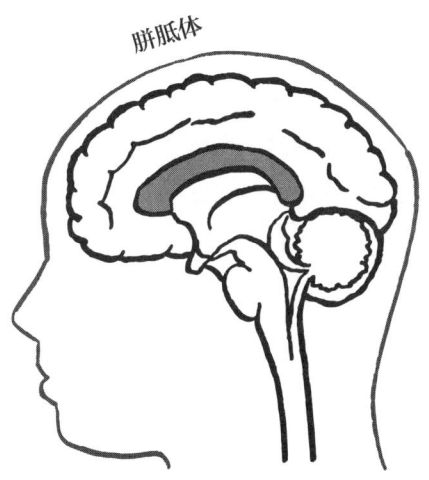

胼胝体

神经学家当时只能说出一件胼胝体绝对会做的事情——传播癫痫。用一种头盔装置，科学家们那时已经能够监测脑中癫痫发作时的电信号模式。不知是出于什么原因，小型的癫痫风暴似乎在抵达胼胝体之后就在积聚势头，然后很快扫荡整个脑。癫痫的危险性令人们提出了一种阻止癫痫的办法——切断胼胝体。那两位洛杉矶的医生先是在尸体上练习这个手术，然后终于在1962年说服了W.J.来实施这项手术。他们在他的颅骨上钻了两个孔，一前一后，然后把压舌刀滑进洞里，抬起前后的脑叶。你可能以为这样的手术会很快结束：把刀伸进去开切！但这台手术实际上需要10个小时的工作量，因为虽然上面的脑组织像木薯一样可以用勺去挖，而胼胝体却像板筋一样结实。

W.J.恢复得很慢，但总算在1个月后开始讲话了，又过了3个月后他能走路了。医生们还监控了他的精细运动技能，并且欣喜地看到他能够完成像用打火机点烟这样的双手协作任务（那是旧时代，很多地方都还可以吸烟）。最棒的是，W.J.的癫痫消失了。这个手术本来的目标是把发作限制在一个脑半球内，但是由于未知的原因，手术彻底根除了W.J.的癫痫。十年以来，他第一次睡了一整夜，而且还增加了他非常需要的18千克体重。同样重要的是，W.J.没有遭受任何像H.M.那样的危机：他的人格、语言能力、记忆都保持完整。受此鼓舞，两位洛杉矶医生开始进行更多的胼胝体切除术。手术带来了短期的头痛，如一位病人醒来之后的俏皮话所说，像"裂开似的头痛"。但是除此以外，病人们没有显现出任何其他的问题。他们仍旧能阅读、推理、记忆；他们也能讲话、行走、感动。他们的心智与手术前的工作状态一模一样。

然而，这真的可能吗？砍断了2亿根纤维却没有造成任何副作用？神经学家罗杰·斯佩里（Roger Sperry）可不买账，开始着手证明事实并非如此。

证明事实并非如此是斯佩里的一个习惯。他的背景对于科学家来说绝非典型，他年轻时在体育和学术上花的时间一样多。他在高中时就打破了康涅狄格州的标枪记录，在欧柏林学院读书时则因为在棒球、篮球以及径赛方面的出色成绩而被授予了校名首字母[1]。当斯佩里不训练的时候，他的大学时光主要都花在专心致志地阅读17世纪的诗上。但是他的心理学入门课程激发了他的兴趣。当斯佩里结束了他在欧柏林的运动员身份之后，他留在这里拿了一个心理学的

1　美国中学、大学会将学校首字母授予学校某支运动队的所有成员，以奖励他们达到某一标准的体育竞赛成绩。

硕士学位。随后，他去了芝加哥大学攻读动物学博士学位。斯佩里在那儿做了一件虽不明智但无疑令自己非常满意的事情——他推翻了自己博士论文导师毕生的研究成果。

保罗·韦斯（Paul Weiss）推动了当时关于脑功能的时髦理论"空白石板"。他主张，任何一个神经元都能完成任何另一个神经元的工作，而脑回路可以被无限制地重写。斯佩里认为这种超级可塑性听起来很酷，所以于1941年开始在大鼠身上开展一系列残忍的实验以检验这一理论。这些实验之一就是切开大鼠的两条后腿，找到向脑传输疼痛感的两根神经，并进行交换，这样左边的疼痛神经现在就定位到了右腿，反之亦然。

当大鼠从手术中恢复之后，斯佩里就会把它放到一个电极格栅上。如果它踩到一个特定的点上，就会遭到电击。实验的结果就是一出黑色喜剧。如果大鼠的左后腿被电击，交换过的神经就会让它的脑感觉刺痛是从右腿上传来的。于是大鼠就会猛地抬起右腿，跛足前行。不幸的是，这让更多的重量放到了左腿上，那才是伤害的真正来源。更糟的是，只要大鼠重又转到电击点附近，它的左后腿会再次被电击。这时由于交换的神经让它感觉像是右后腿越走越疼，所以大鼠会更愿意一直用那条真正受伤的左后腿走路。这会导致下次走过来时更多的痛苦和更多的电击，如此往复不止。这真是一个恶毒的循环。残酷的是，大鼠的神经元从未能学会吸取教训，而这与韦斯的理论相悖。一个又一个月的时间过去了，但是无论这个可怜呆瓜的一条腿被电了多少次，它总是要把另一条腿抬起来。

斯佩里对鱼做了甚至更为莫洛医生[1]的事情。他会把鱼的眼球挤出来，切断连接的视神经，再把眼球在眼眶里转180º，然后重新缝合回去。鱼的神经能够自己重新生长出来，所以鱼能够重新获得视觉。但是因为眼球旋转过了，神经重新形成的连接就是反的，强迫让鱼看到一个上下颠倒的世界。把一只扭动的

1　出自英国著名作家H.G.威尔斯（H. G. Wells）的科幻小说《莫洛博士岛》，莫洛博士是一位疯狂的学者和外科医生，对岛上的动物做了很多残忍的实验，最终被失控的实验动物杀死。

鱼虫放在它的嘴下方，它会猛地向上咬去；在嘴上方钓一小块食物，它会突然向下咬去。再一次碰到相似的情况，鱼也从未能改掉自己的行为习惯。

斯佩里从大鼠和鱼的神奇行为中认定：所有的动物都有一些硬件的神经回路，有的神经元生下来就是为了完成某个特定的工作，因而无法学会执行其他的任务。这并不是说脑中就没有可塑性，尤其是人脑其实有着很强的可塑性，但是斯佩里推翻了我们生来就是一块空白的神经石板的理论。

仅仅只是毁了韦斯的工作还不能让斯佩里满足，他又在哈佛大学找了份博士后的工作，把他在那里的导师也"干掉"了。卡尔·拉什利（Karl Lashley）从20世纪20年代开始就帮助推动了一个永远经典的心理学实验的普及，那就是大鼠走迷宫实验。在他的研究工作中，当大鼠学会走一个迷宫之后，拉什利会将之麻醉，给它的脑制造一些损伤，再来重新测试它。令他震惊的是，无论他在鼠脑的哪个位置制造伤害，大鼠通常仍然能够穿越迷宫，这说明他整体上没有破坏太多的脑组织。换言之，他声称损伤的位置并不重要，只有大小才重要。基于这一工作，拉什利发展出一套反定位理论。他承认脑肯定有一些专一化的组成部分，但是对于像学走迷宫这样的高级任务来说，拉什利认为动物会同时动用脑的所有部分。作为一个必然的推论，拉什利提出脑的所有部分都对记忆的形成和存储有着同等的贡献——这个想法在 H.M. 出现之前还是一个很重要的理论。

拉什利的理论要想成立，脑中相距很远的两个区域，甚至是没有通过轴突彼此联系的两个区域，必须要能几乎立即建立通信联系才行。所以，神经元只把消息发送给直接邻居的想法，也就是像一排人传递水桶那样来传递信息，遭到了他的贬斥。相反地，他想象神经元应该能够发射长距离的电波，就像当时还很新鲜的无线电这种媒介手段一样。又一次，斯佩里觉得这个想法很棒，而他也又一次证明自己是个相当好的科学家。从20世纪40年代中期开始，他会打开猫的头颅，在脑里面嵌入一条条的云母（以实现绝缘）或是钽导线（以实现短路）。上述两者中的任何一种添加物都应该能够扰乱脑里面电波的传播，并因此关闭高级思考功能，但不是那么回事儿！斯佩里让这些猫接受了每一种他所知道的神经学测试，而它们的表现与猫本该有的表现以及应该会有的表现一模一样。这就推翻了拉什利的理论*，长距电波通信看来不成立，而斯佩里的实验也加强了人们对于神经到神经的化学通信方式的信念。

让各地的导师们松了一口气的是，斯佩里于1954年在加州理工学院建立了自己的实验室。在安顿下来之后，他决定要拓展一些自己早期所做的关于胼胝体的工作。这些实验包括把猫和猴子脑中的这一束神经纤维切断，再观察它们的行为。

所有这些脑分裂的动物似乎都是正常的——至少大部分方面是正常的。偶尔它们也会干一些搞笑的事情、一些差劲的事情。比如说，如果他教会一只戴眼罩的裂脑猫如何穿越迷宫，然后把眼罩换到猫的另一只眼睛上，再把猫放回到迷宫里，那么它会重新迷失方向*。但是在对照组的身上就没有这种现象。斯佩里已经看了太多这样的怪事，足以令他不相信切除胼胝体竟会没有任何副作用。所以，当洛杉矶的两位外科医生请斯佩里来为W.J.和其他接受了胼胝体切除术的患者做检查时，他同意了，并且又一次地证明事实并非如此。

每周，斯佩里和他的研究生迈克尔·加扎尼加（Michael Gazzaniga）都要一起为W.J.和其他患者做测试，每次测试持续3小时。最开始W.J.似乎还正常，他在日常交际相关的测试中表现得还不错，甚至在大量的心理测试中也没表现出奇怪之处。然后就是视速仪的测试。视速仪基本上就是罩在投影仪上面的一个机械遮光板，它能猛地打开，又快速关闭，令科学家们可以在一块银幕上快速闪现画面，时长短至十分之一秒。在20世纪50年代以前，视速仪最为人所知的应用是在第二次世界大战期间帮助训练美国战斗机飞行员。心理学家们会为飞行员们闪放飞机的轮廓，既有盟军的，也有敌人的。经过适应性训练之后，飞行员们就学会了如何能够在一瞬间分辨敌我双方的飞机。

W.J.看的不是飞机，而是单词或物体。他坐在一张距离银幕将近2米远的桌子前，凝视着银幕中央。在桌子下面有一个电报发报器的按键，他按下去就表示他已经看见了图像。嗒！在每一轮后，作为后备手段，斯佩里和加扎尼加还要让W.J.说出来自己是否看到了图像，是或否。这个实验最关键的在于，斯佩里和加扎尼加闪放单词或物体的位置都在银幕的边上，要么在最左边，要么在最右边，总是远离中心线。结果就是，这些图像只会进入 W.J. 一侧的脑。他对于这些一闪而过的画面所做出的回应令两位科学家头皮发麻。

W.J. 对于在自己右侧闪现的画面所做的回应与预期一致。这些图像进入了他的左脑，而左脑控制着语言和他的右手，所以他的右手按下发报按键并回答说：是的，他看见了图像。在他左侧闪现的画面则完全不一样了。这些图像进入了他的右脑，而右脑无法产生语言，并且由于胼胝体被切断了，右脑的信号也无法送往左脑，所以 W.J. 否认他看到了任何东西。但是，他的左手还是会按下发报按键。他的左手知道，而他的左脑却不知道。这种情况反复发生。W.J. 坚持说他没看到任何东西——没有——没有！与此同时，他实际上一直在桌子下面发报。

其他裂脑病人也显示出类似的左右联系中断。在一个测试中，斯佩里和加扎尼加遮住病人的双眼，然后把不同的东西放在他们左手上，包括铅笔、香烟、帽子、手枪，还有一些其他物品。这些病人都能正常使用这些物体涂鸦、吸烟、脱帽、扣动扳机，但是他们永远不能说出那是什么东西。在另一项测试中，科学家们使用视速仪在银幕两边同时闪放"热"和"狗"这两个词，然后让病人把他们看到的词画下来*。当正常人做这项测试时，他们会画出一个吃的热狗来——面包中间夹着根香肠，可能还有一些芥末酱。裂脑病人则会画出两幅画来：用右手画出来的是一条狗，用左手画出来的是灼热的太阳。他们可能还会添补一些东西，比如石头或天空。总而言之，他们在任何需要右脑和左脑共享信息的测试中都失败了。减去胼胝体之后，两个脑半球被隔离开了。

不过，斯佩里和加扎尼加并不只是在寻找缺陷。裂脑患者也帮助他们梳理清楚了每一个脑半球独特的天赋，现在我们称之为"左脑对右脑"理论。前面已经提到过，当时的科学家认为几乎在每一样重要的技能方面，左脑都比右脑更优秀。但是对裂脑患者的研究表明右脑能够更好地识别人脸：当裂脑患者看见一幅阿尔钦博托的肖像画作时，左脑看见的是作为组成部分的水果和蔬菜，而右脑看见的是"人"。右脑还在空间任务方面有着更好的表现，比如在想象之中旋转一个物体，或是看见一小段圆弧之后估计整个圆有多大。或许最有意思的是，右脑在投机方面的水平优于自作聪明的左脑。想象这样一个游戏，让你从一个巨大的桶中随机抽取小球出来。80%的小球是蓝色的，剩下的20%是红色的。如果你每次抽球之前能够猜中颜色的话，你就能得到一美元。在像这样的任务中，正常人普遍会在十次中有八次猜是蓝色，两次猜是红色——其实是一个蠢策略。如果你算一算就会知道，用这种方法猜中的概率只有68%。更好的策略是每次都猜蓝色，因为这样就能确保80%的成功率。如果把这个游戏改造成适合动物的版本，大鼠和金鱼都能做出正确的选择：它们总是会猜同一种颜色。裂脑病人的左脑做出的反应与正常人一样，而右脑则不同。右脑猜测的方式与大鼠和金鱼一样，能够得到最多的奖赏。

朱塞佩·阿尔钦博托画的一幅"肖像"，取决于脑伤害位置的不同，有的患者看到的只是构成肖像的水果和蔬菜，有些患者看到的只是整体的脸，右脑倾向于只注意到脸，而左脑则瞄准了那些食物

在这项工作的基础之上，其他神经学家发现了更多右脑的天赋，进一步削弱了左脑的统治地位。裂脑患者的右脑被证明是位更棒的音乐家，而右脑更占优势的空间技能使得它能更迅速地辨认地图。右脑甚至还主宰着语言的某些方

面，如果右脑中对应布罗卡区的位置受到损伤，患者最后就会患上一种叫失语韵症的病症，他们能够理解词语的字面意思，但是却无法察觉当时的实际对话中韵律和情绪的微妙之处——这些才是让语言鲜活起来的关键。右脑倾向于主管任何我们可以想象为"附庸风雅"的事情。事实上，如果嚣张跋扈的左脑遭受损伤，右脑的艺术本能常常就能跑到前台来了。在一些详细记录的病例中，左脑受伤的患者突然就变得着迷于绘画或诗歌，而且都是他们以前从不关心的事情。类似地，许多痴呆天才都患有先天性的左脑损伤，而他们超乎寻常的天赋（比如对音乐的模仿）可能实际上只是正常的右脑天赋总算找到了出口而已。

然而，尽管有这些明显的天赋，斯佩里和加扎尼加却警告人们不要过分强调左脑与右脑的差异性。并不是说好像一个脑半球能够只靠自己就拥有讲话或绘画的能力，而另一个脑半球就坐在那儿无所事事，捻着自己的轴突打发时间。左脑与右脑的关系是更为互补的，更像左手与右手之间的关系。多数人的右手是优势手，但是左手也会帮忙系鞋带、打字、倒水，以及挠某些特定部位的痒痒。与此类似，脑要完成大多数任务都需要两个脑半球的通力协作。这方面的一个很好的例子就是科学推理。裂脑患者的研究已经证明，右脑在确定两个事件是否有因果关联方面比较出色（也就是说，确定 A 是否的确导致了 B，还是说两者的联系是虚假的），它还对于我们所看到的、听到的、感觉到的事物有着很可靠的记录。左脑占优的工作是从数据中发现某种模式，而且只有左脑才能从基础信息中总结出一些新的东西，比如定理或定律。总而言之，两侧的脑都能领悟到现实，但是所采取的方式是不同的。如果缺少了其中任何一方的独特视角，我们对于科学的认识就会出现鸿沟。

科学家们怀疑左右脑功能各自的专一化最初是在上亿年前进化出现的，因为许多其他动物也表现出微妙的脑半球差异*：比如它们更愿意用某一边的爪子吃东西，或者它们更常从某一侧向猎物发起袭击。在这种差异进化出现之前，左脑和右脑对于感官数据的监控，对于周围世界细节的记录，可能有着一样的程度。但是没有什么好的理由要让两个脑半球做一样的基本任务，特别是当胼胝体可以在两者之间传递数据的情况下。所以脑去除了冗余性，而左脑接受了新的任务。这个过程在人类身上进一步加速了，而我们人类也体现出了比任何其他动物都显著得多的左右脑差异。

在进化的过程中，左脑还承担了主要解释者的重要角色。神经学家长久以来都在争论一个问题：裂脑患者是否有两套独立的意识在其头颅中同时运行？这听起来很吓人，但有证据表明答案可能是肯定的。举例来说，裂脑患者轻而易举就能用两只手同时各画出一个不同的几何图案（比如凵和匚）。正常人在这个测试中表现很差，你自己试试看就知道这事有多难了。有些神经学家对这种特别的技能表示了嘲讽，认为据此就声称有两个分离的意识也太夸张了。但是有一件事情是确定的：无论到底有没有两个意识，但是裂脑患者感觉自己在精神上是统一的。他们从未感觉两个半球为了争夺控制权而打起来了，或者感觉自己的意识翻来覆去的。这是因为只有一个脑半球主要负责，通常是左脑。有一些神经学家认为在正常人的脑中也发生着一样的事情，有一个脑半球可能总是主导着意识，其所扮演的角色被迈克尔·加扎尼加称为解释者，根据乔治·W.布什（George W. Bush）的说法，你也可以称之为"决定者"。

正常情况下，有一个解释者/决定者对于人是有好处的——可以避免我们出现认知不一致。但是对于裂脑患者来说，左脑假装无所不知的秉性就可能扭曲他们的想法。在一个著名的实验中，加扎尼加向一位名叫P.S.的十几岁裂脑患者闪放了两张照片：右脑看到的是一幅雪景，而左脑看到的是一只鸡爪。接下来，加扎尼加让P.S.在一堆物品中挑选两样。P.S.的左手抓了一支雪铲，右手抓了一只鸡的橡胶玩具。目前为止还都正常。加扎尼加接下来问P.S.为什么会挑这两样东西。P.S.管语言的左脑当然知道鸡的事情，但是对于雪景则一无所知。然而，由于无法接受自己可能不知道某些事情，作为解释者的左脑发明出自己的一套理由来。"这很简单，"P.S.说，"鸡爪子与鸡有关，而你需要一把铲子来清理鸡窝。"他完全确信他所说的就是实情。不委婉地说，你完全可以把左脑解释者称为一名兼职的虚谈者。

裂脑患者也会在其他一些情况下编造虚谈。正如我们已经看到的，当没有胼胝体的连接时，想法和感官数据无法从左脑传到右脑，反之也不行。但是自然的情感却可以做到，因为情绪更原始，能够从颞叶穿过一条古老的后巷来抵达对面的脑半球，从而绕过胼胝体的限制。在一个实验中，科学家向一位裂脑的女性闪放了一张位于左侧的希特勒照片。她的右脑变得心烦意乱（右脑主管情绪），而这种情绪又被强加于左脑，但是她主管语言的左脑并没有看到希特勒。所以，当被问到自己为什么看起来心烦意乱时，她编造说："我刚才想起来有一次被别人激怒的事情。"这个把戏换别的照片也能奏效，比如送葬的队伍、笑脸、花花公子的兔女郎，而人们的反应是眉头紧锁、面露微笑、咯咯窃笑，然后指着旁边的什么物体来找理由，或是说自己突然想起某件往事来。这样的结果似乎颠倒了神经科学的因与果，因为情绪是先出现的，而意识层面的脑必须得快速跟进来对其进行解释。这让你不由得感到奇怪：我们在日常生活中到底能在多大程度上理解我们的情绪？

采用这样的方式，裂脑患者能够帮助我们阐明一些我们所面对的特定的情绪挣扎。以那位虚构了鸡和铲子的十几岁的 P.S. 为例，科学家们在另一个实验中给他的右脑闪放了"女朋友"这个词。依照典型的裂脑患者的反应，他声称自己什么也没看见。但是依照典型的十几岁青少年的反应，他咯咯地笑了起来，脸也红了。接着他的左手就用旁边的拼字游戏字母块拼出了 L-I-Z。当被问到为什么他要这么做的时候，他说他不知道。喜欢一个女孩这样的蠢事他当然不会去做了！测试还揭示了他右脑和左脑之间相互冲突的渴望。P.S. 在佛蒙特州的一家高级贵族学校上学，当被问到他将来想要做什么工作的时候，他的左脑命令自己说出了"法律文件者[1]"，一份令人尊敬的职业，与此同时，他的左手用字母块拼出了"赛车（手）"。他的脑甚至在红 / 蓝[2]政治划分方面也背叛了他。当时正是水门事件之后，他的左脑表达了对于尼克松总统的同情，而他的右脑却提示自己很高兴看到这个耍花招的混蛋下台。当面对危机或论战时，我们对自身感受的表述常常是分裂的，像是来自两个意识一样，或许这些并不只是比喻而已[*]。

1　通常只有律师才有资格起草法律文件。

2　在美国大选时，通常以红色标记共和党拿下的州，以蓝色标记民主党拿下的州。所以红 / 蓝在谈到政治时就指的是美国的两党之争。

*　*　*

脑中的这种左右不对称也会影响到我们如何读懂别人的情绪。想象我们简单画两张脸，都是半边微笑半边蹙眉，但其中一张的微笑在左脸上，而另一张的微笑在右脸上。表面上来看，这两张脸的高兴与不高兴应该是等量的。但是对于多数人来说，左脸上的情绪（以观察者的角度来说）是占优势的，决定着整体的情绪体验。这是因为你左侧的视野传导到了主管情绪和主管脸识别的右脑。与此道理一致的是，如果你把一个人的照片一分为二，单独看每一半，人们通常会认为左边那半张比右边那半张"看起来更像"他本人。

艺术家很久以前就知道利用这种左右不对称来让他们的肖像画看起来更立体。一般而言，一个人的左脸（由情绪化的右脑控制着）有更丰富的表情。在欧洲和美国的艺术馆进行的调查发现，肖像画中差不多有56%的男性和68%的女性面朝着画布的左侧，从而把他们的左脸更多地展示出来。耶稣在十字架上的受难像则表现出了更强的偏向性，有90%以上都是朝画面左侧的。单纯谈概率的话，这个数值应该是33%，因为人物有可能朝左边、右边，或正对着中间。而且，这一偏向性与画家本人是左撇子还是右撇子没有关系。不过并不清楚这种情况是因为被画的人更愿意展示他们表情更丰富的左脸，还是画家自己发现被画者的左脸更有趣。不过，这种偏向性似乎是普遍存在的，就连在高中年鉴的照片中也存在着。朝左的姿势还能让画家把被画者的左眼定位到画作中央。

在这种布局之下，被画者的大部分脸就会出现在画作的左半边，从而让我们对脸如饥似渴的右脑可以去研究它。

在肖像画中也存在这种朝左偏向性的例外，但这些例外情况其实也说明了问题。左右手都极其灵巧的达芬奇就常常打破这种传统，画出朝向右侧的肖像来，但是那幅或许是他最为著名的作品《蒙娜丽莎》的主角却是朝向左侧的。另一个例外就是自画像常常是朝向右侧的，不过，画家一般都是照着镜子来画自画像的，这就让画家的左脸出现在了画作中的右边。所以这个"例外"可能实际上确证了这种偏向性。最后，有一项研究发现杰出科学家的画像通常都是朝右的，至少英国皇家学会的科学家官方肖像是这样的，或许他们只是更愿意让自己看起来更冷静，更不情绪化，更像是规规矩矩的理性主义者。

与肖像相反的是，艺术总体上并没有显示出朝左的偏向性，但在不同的文化中也有不同。在西方绘画中，所谓的扫视曲线，也就是观看者的眼睛自然追随的线条，常常是从左向右的，而在东亚的绘画中，扫视曲线更经常是从右到左的，更遵从那里的阅读习惯。类似的偏向性还存在于剧院中。在西方剧院，只要大幕拉起，观众就会看向左侧预期会有演员出现；而在中国的剧院中，观众会转向右侧[1]。

我们会对一些事情表现出左右偏好性（肖像），而对另一些事情则没有（景色），可能是源于我们作为动物的进化遗产。动物对于环境中的左右差异大多会安全地忽略掉，因为如果考虑食物、性、遮蔽物这类的问题时，一个场景与其镜像之间差不多就是一回事。就连很有分辨力的聪明动物，比如能够轻松分辨正方形与长方形的大鼠，也很难把镜像的图像区分开来。而人类实际上也是动物性强于非动物性，所以也会类似地不太察觉左右差异性，甚至对我们自己的身体也如是。19世纪俄国训练新兵的士官长对于目不识丁的农民不知左右这件事情简直厌烦透了，于是让他们在一条腿上绑麦秆，另一条腿上绑干草，然后喊着"麦秆、干草、麦秆、干草"，驱使他们齐步走。即便如西格蒙德·弗

1　原文如此。实际上，中国有代表性的京剧等剧种中，从观众方向来看，上场门也是位于舞台左侧的。

　　　　　　　　　　　　　　　　　　　　　疯脑：五百年神经学奇案

洛伊德（Sigmund Freud）和理查德·费曼（Richard Feynman）这样智慧超群的人也承认自己在分辨左右方面有些问题。还有一幅著名的歌德肖像（朝右侧的）显示他有两只左脚，而毕加索显然对于他的画作被印反了表示毫不在意，要知道，甚至他的签名都被反过来了。

那么为什么人类要注意到左右差异呢？部分原因在于脸。我们是社会动物，由于我们脑的偏侧性，导致我们右脸的微笑与左脸的微笑所呈现的意思并不完全一致。但是真正的原因还是在于读和写。还没有学会读写的孩子常常会把不对称的字母搞反，比如S和N，因为他们的脑无法把这些字母与其镜像区分开来。中世纪时期目不识丁的工匠在制作印书用的木头字母块时，也会受到同样问题的困扰。他们所制作出来的反S和反N给枯燥无趣的拉丁书稿添加了一些诙谐轻松的元素。只有我们在不断阅读和书写时所获得的持续练习才让我们记住了这些字母偏向一侧的正确样子。事实上，很可能直到几千年前出现书写文字之后，才迫使人类的意识注意到了左与右的差异。这又是文化改变我们脑的一种方式。

* * *

在斯佩里事业上"证明事实并非如此"的三次经历中，裂脑的相关研究是成果最丰硕的，也是最引人入胜的。这项工作让斯佩里成了一位科学巨人，把世界各地的同行吸引到了他的实验室。虽然斯佩里不是个闲人，但是他的确懂得举办像样子的派对，让参与者们有舞可跳、有酒可喝，而其中一种酒就叫裂脑潘趣酒，估计名字的由来是因为这种酒喝上几杯就会把你的意识切成两半。对裂脑的研究也进入了流行文化之中。作家菲利普·K. 迪克（Philip K. Dick）[1]就从关于裂脑的研究中汲取了故事灵感，而"左脑人"对"右脑人"等教育理论（虽然很不严谨）也是源自斯佩里等人的研究。

斯佩里早期所证明的并非如此的事实可能也是诺贝尔奖级别的工作，但还

1　美国著名科幻小说作家，赛博朋克类型小说的先驱人物，架空历史小说的开创者。

是对裂脑的研究工作让他最终于1981年获得了诺贝尔生理学或医学奖。他当年是与大卫·休伯尔和托斯坦·威泽尔分享的奖项，后两人是因为对于视觉神经工作原理的研究而获奖的，不过他们得感谢那张歪掉的幻灯片。作为整日窝在实验室的科学家，他们三个人都没怎么穿过很正式的服装。休伯尔后来回忆称，就在斯德哥尔摩的诺贝尔奖颁奖典礼将要开始之前，他在旅馆房间里听到有人敲门。打开门，只见斯佩里的儿子站在门口，手里拿着他爸爸的白色领结，软塌塌的样子："有谁知道怎么搞这东西吗？"休伯尔最小的儿子保罗点了点头。他在家是一个青年交响乐团里的小号手，所以太知道礼服的事情了。保罗最后帮那位天才打好了领结。

获得诺贝尔奖并未熄灭斯佩里的壮志雄心。事实上，就在他获奖的时候，他已经放弃了对于裂脑的研究，转而追寻神经科学中永远的麦高芬[1]——心-身问题。像在他之前的许多人一样，斯佩里不相信你可以把意识还原成纯粹的神经元活动，但是他也不相信心-身二元论，即认为意识可以独立于脑而单独存在。相反地，斯佩里主张意识是神经元的一种"浮现特性"。

一个关于浮现特性的例子就是湿的感觉。就算你知道水分子的每一个量子假设，你也永远无法预测出把手伸进一桶水里会产生湿的感觉。巨量的粒子必须一起工作才能让这种特性浮现出来。引力也是如此，也是一种在巨尺度上像魔法一样浮现出来的特性。斯佩里主张，我们的意识也是以一种类似的方式浮现的：它需要数量巨大的神经元以协同的方式工作，才能让一个意识鲜活起来。

多数科学家到此为止还是赞同斯佩里的，但他接下来的主张就有很大争议了。斯佩里认为，意识虽然是非物质的，但是却能够影响脑的生理活动。也就是说，纯粹只是想法就具有某种力量，能够以一种未知的方式影响产生想法的神经元当中的分子的行为。出于某种未知的原因，意识与脑能够相互影响彼此。这是个令人振奋的想法，倘若为真，就解释了意识的本质，也为自由意志的存在打开了一扇门。但这非常明显是基于"某种未知原因"的，斯佩里也从未

---

1 电影用语，指推动剧情发展的线索，可以是物品、人物、目标，但可以不是电影的主题。

　　　　　　　　　　　　　　　　　　　疯脑：五百年神经学奇案

变出一个有可能成立的机制来解释他的理论。

斯佩里在1994年去世时还想着他关于意识的工作，而他的思想成了他的遗产。有些同行对此无法赞同，有些科学家回想起斯佩里人生最后几年的工作（就像怀尔德·彭菲尔德晚期的工作一样），总是带着一种不相信和感到难堪的复杂心情。正如一位科学家所评论的：研究意识模糊不清的方面会让每个人都望而却步，除了"傻子和诺贝尔奖得主"。然而，斯佩里在一件事情上是正确的：解释人类的意识是如何从脑中产生的，这过去一直是，今天也仍旧是，定义了神经科学的唯一问题。

第十二章　那人，那迷思，那传说

神经科学的终极目标是理解意识。它是人脑中最复杂、最精密、最重要的进程——也是最容易为人所误解的一个。

1848年9月13日，一个美丽的秋日，晴空万里，略带一丝新英格兰地区的凉意。大概下午4:30，在人们开始走神犯困的时候，一位名叫菲尼亚斯·盖奇的铁路工头在一个钻孔里填好了火药，然后转过头来查看他的手下。在医学记录中的患者名字几乎总是用首字母或假名来代替，但盖奇不是，他有着神经科学史上最著名的名字。然而讽刺的是，我们对于这个人的其他事情却知之甚少。

在那个秋天，拉特兰与伯林顿铁路公司正在佛蒙特州中部的卡文迪许附近清除一些露出地表的巨大岩层。他们雇了一帮爱尔兰人来炸出一条通路来。虽然干活还算不错，但这些爱尔兰人同时也喜欢打架、酗酒、打枪，需要幼儿园级别的管理才行。这就是需要25岁的盖奇去做的事情。这些爱尔兰人敬重他的坚韧、有商业头脑，也懂得与人打交道的技巧，所以都喜欢为他工作。事实上，在9月13日之前，这家铁路公司认为盖奇是他们手下最棒的工头。

作为工头，盖奇必须要确定在哪里设置钻孔，这是一门半是地质学、半是几何学的学问。这些钻孔深入黑色的岩石达到1米左右，必须沿着天然的连接处和裂隙分布，以将岩石炸开。当孔钻好以后，工头要把火药填进去，然后用一根铁棒轻轻夯实。这步完成以后，他要把一根导火索伸进钻孔中。最后，由一位助手灌进沙子或黏土并且用力夯实，以将爆炸限制在一个狭小的空间内。大多数工头用一根铁撬棍来夯炸药，而盖奇让一位铁匠为他打造了自己的铁棍。与撬棍的S形不同，盖奇的铁棍是直的、光滑的，就像标枪一样。这根铁棍重6千克，长约1.1米（盖奇身高1.68米），最粗的地方直径3.2厘米，而盖奇握着它夯炸药时靠近他脑袋的那一头则逐渐收细成为一个尖端。

4:30左右，盖奇的手下显然让他分心了。他们当时正在把碎裂下来的石头装到一辆车上，车离开的时间已经快到了，所以可能这些爱尔兰人开始大呼小叫起来。盖奇刚刚往一个钻孔里倒了火药，然后转头去看自己的手下。接下来发生的事情在不同的记录中有所不同。有些说盖奇没有转回头来就试图继续夯实火药，结果铁棍刮到了洞壁，打出了火花；有些说盖奇的助手（或许也被分散了注意力）没有向孔内加沙土，等盖奇转回头来把铁棍用力猛戳下去的时候，他以为自己正在压实的是钝性的物质。无论如何，黑暗的洞中迸出了一个火花，向下夯实用的铁棍反转成了推进器。

盖奇在那个瞬间可能正在说话，下巴向下张开着。铁棍尖端在前，进入了盖奇的脑袋，像是抵近射击一样打到了左颧骨的下方。这根棍子打碎了一颗上排的白齿，刺穿了左眼眶，从眼睛后部穿过，钻入了头盖骨。从这儿开始，事情就变得不太清楚了。脑在颅骨中的尺寸和位置都是因人而异的，而每一项脑功能在脑中所对应的区域的尺寸和位置也是因人而异的，脑就像脸一样有很多变化。所以，没人确切知道在盖奇的脑中到底有哪些部位遭受了损伤（你要记住这一点）。但是，铁棍的确进入了他额叶的左下部，并且整体穿过了他颅骨的顶部，从婴儿囟门的位置钻了出来。据说那根棍子还在飞行的过程中发出了啸叫，沿着抛物线飞了20多米远，直直地插进了土里。目击者形容说那根棍子上挂着血红色的条纹，肥腻的脑组织像油一样涂在整根棍子上。

棍子的冲量把盖奇带飞了出去，他重重地摔在地上。不过惊人的是，他说他从始至终都没有失去过意识，一瞬间也没有。他只是在地上抽搐了几下，几分钟之后就又能说话了。他走到了附近的一辆牛车边，爬了上去，有人抓住了缰绳，赶车走了。尽管受了严重的伤，盖奇在前往卡文迪许的将近2千米的路上始终能够坐直身体，然后只需简单的帮助就下了车，回到自己暂住的酒店。他把东西卸到门廊的一张椅子上，甚至还跟经过的人聊了几句，后者能够看到有像烟囱一样的骨头向上翻起，从盖奇的头皮里钻出来。

后来还是有两位医生赶来了。盖奇向第一位医生歪了歪头以示致意，面无表情地说："我这儿有的是活给你干了。"第一位医生的"治疗"名不副实。他后来回忆说："脑的一些部分看起来还行，我就把它们又塞了回去。"他还把"不行"的部分扔掉了。除此以外，他花了大部分的时间来询问盖奇经历的真实性。你确定吗？那根棍子穿过了他的颅骨？此时这位医生还在质疑盖奇本人，因为与所有的预计相反的是，他在事故发生之后一直保持着完全的冷静和神志清醒，没有暴露出任何的不适、痛苦、压力或是担忧。盖奇对医生的回应就是指指自己左侧的脸颊，上面满是锈色和黑色的粉末。在那挂着一条5厘米长的东西，直接延伸到了他的脑中。

最后，约翰·哈洛（John Harlow）医生在下午6点左右来了。他只有29岁，自称为"非著名乡村医生"。他那时的主要工作是治疗那些从马背上摔下来的人或是马车事故中的伤者，但不包括神经医学的病例。他从没听说过在欧洲蓄势待发的最新的定位理论，也没有认识到他这位新患者在几十年后会变成这个领域的中心。

像其他所有人一样，哈洛一开始也不相信盖奇。当然，那棍子没有穿过你的颅骨吧？但是在得到确认之后，哈洛看着盖奇蹒跚着上楼回到自己的酒店房间，还躺到了床上。这肯定把床单什么的都毁了，因为他的上半身满是血污。至于接下来发生的事情，胃浅的读者最好跳过这一段（我不是在开玩笑）。哈洛刮开了盖奇的头皮，剥掉了干的血块和胶状的脑组织。然后，他从上下两端把手指头伸进伤口里取出了头骨的碎片。在整个过程中，盖奇每20分钟就会干呕一次，主要是因为血和脑的脂肪组织不断滑进他喉咙后部，噎着了他。他用力干呕还导致有"半茶杯"的脑从上方的出口溢了出来。惊人的是，即便尝到了自己的脑，盖奇也从未被激怒。整个过程中他都意识清醒，保持理智。唯一虚假的东西只有盖奇的夸夸其谈，宣称自己两天内就能回去炸石头。

晚上11点，出血停止了。盖奇的左眼球仍然突出来1厘米多，而他的头和胳膊仍然用厚厚的绷带裹着（他的胳膊肘上曾经短暂地烧起来了）。然而哈洛还是在第二天早上允许别人来探视盖奇，他认出了自己的妈妈和叔叔——一个好的征兆。他的状态接下来几天都保持稳定。这得感谢哈洛细致而坚持不懈的照料，包括更换新的纱布，并给盖奇做冷敷。但是，就在哈洛觉得盖奇有了更大的生存希望时，后者的病情却急转直下。他的脸肿了起来，脑也肿胀起来，而伤口上还出现了迅速增大的真菌感染，这无疑是由于哈洛指甲缝里的什么东西造成的。更糟的是，随着他的脑不断肿胀，盖奇开始语无伦次，要求别人把他的裤子找来，要出去走走。他很快就陷入了昏迷，甚至有一位当地的木匠还为了做棺材给他量过尺寸。

盖奇可能本该死于颅内压，就像3个世纪前亨利二世的情况一样。不过哈洛为他做了个紧急手术，刺穿了他鼻子里面的组织，把伤口的脓和血都放了出来，这才救了他一命。这种危急的情势此后又持续了几周，而盖奇也的确失去了他左眼的视力。在他的余生中，左眼皮都一直是缝合着的。但是盖奇最终还是稳定下来，并且在11月末回到了他在新罕布什尔州黎巴嫩镇的家中。在病例记录中，哈洛没有强调自己的贡献，甚至还引用了安布鲁瓦兹·帕雷的话："我治疗了他，上帝治愈了他。"但实际上，正是哈洛倾心尽力的照料和他在施行紧急手术方面的勇敢果决才救了菲尼亚斯·盖奇，而这都是帕雷拒绝为亨利做的事情。

或者，不是这样？哈洛的确让盖奇活了下来，但是盖奇的朋友和家人发誓说回到黎巴嫩镇的这个人不是几个月前离开黎巴嫩镇的那个。的确，大多数方面是一样的。他有一些记忆短暂丧失的问题（可能是不可避免的），但是其他的基本精神能力都是完整的。发生改变的是他的人格，而且不是向着好的方向。虽然盖奇在出事之前是一个坚守计划的人，但现在这个盖奇却是反复无常的，几乎像注意力缺陷多动症一样，制订了计划又很快放弃它去制订另一份蓝图。虽然盖奇以前对于人们的愿望都很恭顺，但是现在这个盖奇对于任何对他愿望的限制都会暴怒。虽然以前是位精明的生意人，但是现在这个盖奇对钱缺乏敏感性。哈洛曾经测试过他，愿意用1 000美元兑换盖奇从河床上随便捡来的一些鹅卵石，但是盖奇拒绝了。虽然以前是个彬彬有礼的、恭敬的人，但是现在这个盖奇满嘴脏话。公平来讲，如果一根铁棍也像火箭一样穿过你的脑袋，你大概也会骂脏话的。哈洛总结了盖奇的人格改变，说："他的智能能力和他的动物倾向之间的均势与平衡似乎被打破了。"盖奇朋友们的说法更简洁一些，他们说盖奇"不再是盖奇了"。

银版照相法拍摄的菲尼亚斯·盖奇(杰克·威尔格斯和贝弗利·威尔格斯的藏品)

虽然盖奇有着明星级别的工作记录，但是铁路经理拒绝恢复他工头的工作。于是他开始在农场里打一些零工。为了再多赚点钱，他甚至在P.T.巴纳姆(P. T. Barnum)位于纽约的博物馆里展出他自己和他的铁棍(这现在已经成了常伴他左右的东西)，用他那只好眼睛回瞪着那些盯着他看的观众。如果愿意多出10分钱，尚有怀疑的观众就可以把他的头发拨开，盯着头颅上那个2厘米宽5厘米长的柔软部位看得目瞪口呆，而在那下面还有盖奇的脑在有节奏地脉动着。辞去巴纳姆的这份工作之后，他享受着对于马新产生的热爱之情，成了一名马夫和一名新罕布什尔州的长途马车夫。他还会被小孩子吸引，这种感觉在回到家乡时会变得尤其强烈，而且完全不真实。他会给他的侄子侄女们讲他并不存在的冒险过程中的奇闻轶事。没有人知道这只是对于难以置信的传说的简单热爱，还是虚谈的征兆。考虑到他额叶受损的事实，后者完全有可能。

讽刺的是，盖奇自己的生活故事很快变成了一个令人难以置信的传说。但并不是立即就成了传说。盖奇在出了事故之后的大部分时间都过着籍籍无名的生活。但是在他死后几十年间，谣传开始围绕着他。有的谣传听起来像是有可能的，有些谣传全然是歪曲，所有这些谣言可能都是假的。其中一个谣传声称盖奇有一种喝东西的麻烦，在小酒馆里就跟别人打起来了。另一个谣传说他成了一个骗术艺术家，他本该把他独一无二的头颅的身后权利卖给某一家医学院，但他把同样的权利卖给了另一家医学院，然后是另一家，再另一家，全在不同的城镇，赚了个盆满钵满。还有一个消息来源说盖奇脑袋上插着那根铁棍生活了十几年。

对于神经科学来说更为重要的是，他所经历的人格改变缺乏更为过硬的细节。我们不清楚盖奇是怎么度过他事故之后的余生的，也不知道他的行为到底是怎样的。哈洛的病例报告写得很清楚的是，盖奇的确出于不清楚的原因发生了改变，但是哈洛更多关注的是他肮脏的语言，以及对于鹅卵石的非理性依恋，而非今天的神经学家会去研究的东西，比如盖奇的预见性、情绪能力，或是完成一系列步骤的能力。所有这一切所造成的结果就是，对于盖奇生活的了解中，传说与事实一样多，而那些最能令人激动的问题却得不到回答：他的意识是如何工作的？他对于自己的认识有变化吗？他是否恢复了任何失去的技能？

不过，也不一定就是永远丢掉了。如果我们很仔细就会发现，神经科学近来有一些案例至少能触及这些问题。有"现代菲尼亚斯·盖奇"可以帮我们瞥见：当那根铁棍对盖奇的脑进行重塑之后，他的意识作为回应是如何发生改变的。

* * *

在有关盖奇事故的所有那些不可思议的细节之中，或许最为不可思议的就是他宣称自己从始至终没有失去过意识。不过，从现代科学的角度来看，他的说法也有些道理。

昔日的神经学家搜遍了大脑的每一道裂隙来寻找人类意识的所在，而今天的神经学家寻找的东西却不太一样。正如其中一位神经学家所说："意识不是存在于某处的某样东西，它是存在于群体之中的一个进程*。"这就是说，意识不能定位于某处，它是脑中多个部位和谐共鸣的产物。

这些参与的脑部位当中，有一些提供的是基础设施方面的支持。在脑干部位的一个神经元网络被称为网状结构，它控制着睡眠和苏醒的循环，并且就像电灯开关一样控制着意识的开启关闭。如果它遭到了破坏，像呼吸和消化等基本的身体进程仍会继续，但是脑就再也不能"启动"它的高级功能了。稍轻一些的伤害，比如脑震荡，会产生一波波的涟漪传遍整个脑，这也会扰乱网状结构，导致昏迷。与之相反，盖奇的伤害更加集中：虽然伤害的过程很可怖，但是伤害的范围被限制在了一根细管之内的脑组织，没有产生毁灭性的冲击波伤害。结果就是，他的网状结构逃过一劫，安然无恙，于是他的意识也就有可能从未中断过。

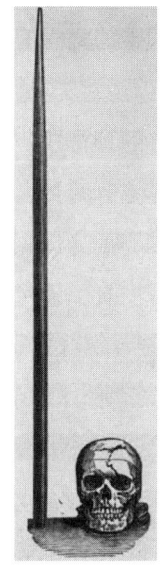

画中比较了盖奇头骨与那根铁棍的尺寸
（来自美国国家医学图书馆）

疯脑：五百年神经学奇案

不过，无论网状结构和相关脑结构对于意识的支撑作用有多么重要，它们也不能真正让意识活跃起来。这一责任更多地落在了丘脑和前额叶-顶叶网络上。

丘脑位于脑的核心部位，是信息的中间商。它从整个脑的各处接收信息，对其进行分析，然后再转发给脑的各处，就像旧时候的电话接线员一样把脑的不同部分连接到一起。无论具体原因是什么，但对于丘脑信息中转中心的破坏能够彻底抹除意识的存在，导致所谓植物人的状态。与昏迷者不同的是，植物人始终醒着，但是他们无法将注意力集中于任何事情上，也无法产生任何高级脑功能才有的思想。他们的意识每时每刻都在毫无差别的风中倦怠地飘舞着。如果你的前额叶-顶叶网络受损，也能变成植物人。前额叶-顶叶网络由额叶皮层的一部分，顶叶皮层的一部分，以及两者之间的连接部分组成。当我们注意力非常集中的时候，这两块皮层几乎总是先后活跃起来，而注意力的集中是意识的一个重要方面。总而言之，丘脑和前额叶-顶叶网络并不能全靠自己就引发意识，但是它们维持着意识之火的旺盛燃烧。

丘脑

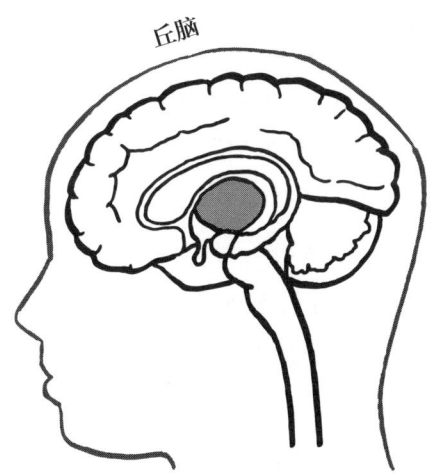

意识的另一个先决条件是短期记忆，因为意识的进行需要你每分每秒都知道想法的状态。像H.M.和K.C.等大多数失忆症患者都具备能够正常工作的短

期记忆，所以才有连贯的意识。但是也有些患者的失忆症非常严重，比如英国音乐家克莱夫·韦尔林(Clive Wearing)，其意识的工作方式就不太一样了。

韦尔林在20世纪70年代就因为其在古典音乐和指挥方面的才能而颇有名气。他关于文艺复兴时期音乐的音乐会复现的不仅仅是古代的音乐和音乐家们的穿戴，甚至连他们在演出前所吃的食物也依古代方式制作。因此，他的音乐会被形容为"除了真正返回过去之外最棒的时间旅行"。在查尔斯（Charles）和黛安娜（Diana）1981年的婚礼期间，他还负责编排了英国广播公司(BBC)的一个庆祝婚礼的广播节目的配乐。韦尔林自己也在两年后结婚了。但是在1985年3月，46岁的他得了一场久病不愈的"流感"，还伴随着头疼。医生诊断他得了脑膜炎，是伦敦那一周正在流行的疾病。他变得没精打采的，又急躁易怒。还有一次他在外面闲逛，竟然迷路了，随手拦了一辆出租车，却记不起自己家的地址。司机把他送到了当地的一家警察局，他的妻子最终才在那里找到他。这样的状态又持续了6天，他才最终被拽去了医院。医生诊断他感染了疱疹病毒，咱们这本书里反复出现的家伙。他开始出现癫痫的症状，意识也开始时断时续。

韦尔林最终恢复了健康，今天仍然健在。但是他遭受了严重的边缘系统损伤，醒来的时候已经没有了任何一点情节记忆(个人的)，而许多语义记忆也消失了。他无法界定普通的词汇，比如"树""眼皮""失忆症"（这倒是挺相符的）；他也记不起来是谁写了《罗密欧与朱丽叶》；还有一次，他连皮一起吃了一整个柠檬，因为他认不出来那是什么东西。所有情况之中最令人绝望的是，韦尔林还失去了他的短期记忆，而这是几乎所有其他失忆症患者都没有的情况。当他转过头去再转回来，人们的衬衫似乎就像换了颜色；当他眨一下眼，他的纸牌游戏中的纸牌似乎就自己重排了。尤其是在最初的时候，他的记忆甚至还没有他的感官产生的知觉信号的时间长。

结果，韦尔林失去了在过去与现在之间的所有连续感：就他所知，没有任何其他一天曾经存在过。无论这听起来多么奇怪，但他的确把这种与过去的割裂解释成是他刚刚"醒过来"的证据。也就是说，他开始每隔几分钟就不断地宣称这是他第一次变得有了意识，说这话时还带着布道者般的热忱。需要说明的是，韦尔林并没有真的昏迷或是类似的情况，每一个看到他的人都会知道他一直是清醒着的。但是在他自己的意识中，基于他所能得到的极少的证据，他只能得出一个结论：过去这几秒是他有了意识之后的最初时刻。这种重又出生一次的狂喜每天都要重复发生几十次。

这种对于意识的着迷在他的日记中体现得尤为清晰。他在1985年开始坚持写日记，来为自己的过去找一个锚点，证明他还是有过去的。可是，韦尔林整页整页写的都是这样的内容：

> 上午8:31：现在我真的完全地醒过来了。
> 上午9:06：现在我完美地绝对地醒过来了。
> 上午9:34：现在我全然地真正地醒过来了。

还有更多。每过几分钟，刚刚变得有意识所带来的狂喜就会淹没他，迫使他去记录下这个时刻。有几次他无法立刻找到他的日记本，于是就抓了一支笔，把激动之情记到了墙上或家具上。但是因为他只是刚刚醒来而已，刚刚，前面的记录明显都是假的，于是，他把之前的记录都划掉了。

韦尔林有几十本这样的日记，里面写的都是这些凌乱的条目，每一条都以令人难以置信的写作水平灵活使用副词来否认他在此之前是清醒的。如你可能会想到的，奥卡姆剃刀原理并不能消灭这种妄想：他甚至能辨认出在那些划掉的段落中自己的笔迹，但是任何人如果试图告诉他这可能是他自己刚刚写下的，那一定会惹得他暴怒。他以前弹钢琴的视频也一样会惹他发火。同样的，他能认出视频中的自己，但是却否认他当时真的是有意识的。那么这些视频里的你当时脑子里在想什么呢？对于这个显而易见的后续问题，他可能会突然爆发："见鬼，我怎么就应该知道呢？我可是刚刚才醒过来！"

那么为什么韦尔林不断地失去意识，而盖奇却根本从未失去过意识？就盖奇这边来说，我们刚刚已经谈过粗略的答案：那根用来夯实的细细的铁棍肯定是绕开了所有帮助产生意识的脑区域，否则意识早就跟着一起飞得无影无踪了。可能你会觉得盖奇保持清醒这事只是19世纪的以讹传讹，不足采信，那么你可以看看现代版的故事，也有人被金属棍或轴刺穿了脑袋，却也始终保持着意识*。盖奇在这事上没什么特别的。

韦尔林的案例要更难理解一些。他的意识回路肯定仍在一定程度上工作着，因为他在那一个又一个的瞬间能够意识到自己有意识。但是意识这件事情的一部分就在于一直要维持着对于意识的知觉。不管在脑中是什么结构支撑着这项功能，它似乎在韦尔林的脑中每过几秒钟就被放干掉了，就像一个充不进电的电池一样。所以虽然韦尔林从未全然进入一个植物人的状态，但他也从未全然进入一个全面的、持久的意识状态。如果韦尔林的丘脑、前额叶-顶叶网络或是网状结构遭受了损伤，那么上述分析是能够成立的。但是，脑扫描显示他脑中的这些部分没有什么问题。于是，科学家们只能猜测了。或许是把这些结构连接在一起的区域被破坏了，或许是这些结构遭受的损伤并不能在脑扫描上呈现出来。韦尔林有虚谈的现象，这是额叶受损的一个迹象。有些神经学家已经把他无穷无尽的胡说和"俏皮话失禁"的症状定为另一种额叶失调——强迫性笑话病，名副其实的讲笑话病。或许对于韦尔林单个脑结构的损伤对各自影响不大，但对脑的整体有更大的破坏；又或许韦尔林的问题能够追溯到某个我们还不了解的脑区域，其对意识的形成无疑有着重要的作用。我们同样不知道的是，为什么其他的失忆症患者逃脱了韦尔林的命运。H.M.和其他患者的确能感觉到"现在"总是不断地滑走，陷入无法区分的状态，并为此感到焦躁。但是与韦尔林不同的是，他们并不否认自己过去的存在。只有韦尔林失去了自己的连续性，并不断"突然醒来"。

最后，盖奇和韦尔林构成了一条谱带，盖奇意识的倔强位于谱带的一端，而韦尔林意识的脆弱位于谱带的另一端。你当然不能说盖奇是幸运的，但是他相对集中的损伤至少放过了他的意识。与此同时，韦尔林既不能享受完全的意识知觉，也不能享受永久的遗忘。相反，他自己的脑折磨着他自己，所用的方

　　　　　　　　　　　　　　　疯脑：五百年神经学奇案

式是如同神话一般的怨恨之法。就像西西弗斯(Sisyphus)的巨石[1]一样，只要他追上了他的意识，它就立刻又滑走了。就像普罗米修斯（Prometheus）的肝[2]一样，它每一秒都在长回来，但只是为了再次被掏空*。

*   *   *

盖奇的亲友在事故之后评价他"不再是盖奇了"，这话带来了另一个值得深入探讨的问题。对于亲友们来说，盖奇显然已经改变了，但是盖奇本人对于自己的改变是如何理解的呢？他的自我意识发生改变了还是消失了？不幸的是，盖奇在这个问题上的想法没有被记录下来。不过，好在还有其他的脑损伤案例，可以让我们从中推断出盖奇自我意识方面的某些情况。

对于"自己"，神经科学的历史包含了一些相当混乱的观点。科塔尔综合征的患者确信自己是尸体。其他一些妄想症患者发誓说自己有三条胳膊或三条腿。H.M.在自己的意识中从未成熟到超过17岁的年龄。当H.M.年老以后看到镜中的自己时，他会目瞪口呆地盯着自己的皱纹和灰发，一本正经地说："我不是个孩子了。"其他失忆症患者还会忘掉你觉得不可能被忘掉的事情，甚至是最基本的生物功能。研究记忆狂人舍列舍夫斯基的俄罗斯神经学家亚历山大·卢里亚还写过另一部"神经医学小说"，故事的主人公是一位名叫札兹斯基（Zazetsky）的战士，于1943年在白俄罗斯与纳粹战斗时被一颗子弹击中了顶叶。顶叶能帮助我们监控身体的感觉，当顶叶被破坏之后，札兹斯基就忘了什么是上厕所。他会感觉到括约肌膨胀，知道有什么事儿要发生了，但就是想不起接下来该干什么。

不过，就算是最绝望的失忆症患者也永远不会忘记他们自己，在内心深处永远也不会忘了自己是谁。比如说，多数失忆症患者能够形容他们自己的人

---

1 西西弗斯是古代小亚细亚的一个国王，在希腊神话中因为生前狡诈无比，死后被判将一块巨石推上陡峭的山坡，但是每次快要到山顶的时候，巨石就会从他手中滑脱，滚回山脚，只得重推，永无止境。

2 普罗米修斯是希腊神话中的泰坦神之一，违背了宙斯的禁令，将火种盗取给人类，因此被判锁在高加索山的悬崖上，每日被鹰啄食肝脏，每天又重新长出来，令其永受被啄食之痛。

格，他们知道自己是慷慨的，或是没耐心的，或是别的什么，然而他们可能连一件自己表现出这些人格的往事都想不起来。他们可以通过唤起不同类型的记忆来显现核心的自己。克莱夫·韦尔林仍能看着乐谱弹钢琴，因为这些技能利用的是他的程序性（无意识）记忆。不管是出于什么原因，音乐家这个身份深深根植于他的心中，并且这些音乐相关的程序性记忆能够复活他原本那个失去的自我之中的某些东西。只要他弹出第一个和弦，乐曲的冲劲就让他保持了完整，拽着他前进，提供了他在没有音乐的时候所欠缺的协调与统一。这就好像他滑进了一个虫洞，进入了另一个维度，在那里，他的脑回路从未遭遇过损伤。当然，在最后一个音符奏响之后，他又从那个世界被弹了出来。发现自己再次迷失所产生的失望与迷惘会导致汹涌的情感，其强烈程度会让他的身体开始抽搐。但是在那些练习曲和回旋曲中，韦尔林又是韦尔林了。

不仅仅是音乐，韦尔林的情感记忆也能为他提供锚点。他失去了自己这两年婚姻的相关记忆，但是从那以后的三十年间，他对于他的德博拉（Deborah）的热情连半丝半毫也没有失去过。每一次德博拉来到看护中心看望他，都会让他立刻高兴起来。如果德博拉出去上趟卫生间，韦尔林就可能会崩溃掉，并在德博拉回来的时候重新开心起来。有那么几年，只要德博拉离开看守中心，韦尔林就开始在她的答录机里留言，恳求她告诉自己为什么从来都不来看望自己。"嗨，我的爱人，是我，克莱夫。现在是4:05……我第一次醒过来了……"哔——"亲爱的？……已经4:15了，我现在第一次醒过来了……"哔——"亲爱的？是我，克莱夫。现在是4:18，我醒了……"虽然很讨好人，这也是我们都很希望得到的爱，但是德博拉承认有时候很难去装出又一次"重新团聚"的虚假热情。但是无可否认的是，韦尔林在这件事上动用了内在核心中的那个自我——那是他永远不会抛弃的，也是永远不会抛弃他的*。

自我的坚韧性在另一个意识扭曲的病例中甚至有着更为清晰的展现。塔蒂亚娜（Tatiana）和克丽斯塔（Krista）是于2006年出生在不列颠哥伦比亚省[1]的一

1　加拿大的一个省，位于西南部，临太平洋，与美国北部接壤。

对连体孪生女。外科医生拒绝在她们出生时为她们施行分离手术，因为她们实质上有着连体脑，颅骨是融合在一起的。两个女孩面朝着同一侧，塔蒂亚娜在右边。她们看不到对方，但是能够正常行走，彼此斜倚着对方，就像是三角形的两条腿。在她们融合在一起的头颅中，有一束轴突连接着两个人的丘脑。就医生所知，这个"丘脑桥"在医学史上是前所未有的。随着塔蒂亚娜和克丽斯塔逐渐长大，能够更流利地表达自己的观点，她们开始出现某些惊人的行为。她们常常会同时开口说话，就像是两个立体声音箱一样。她们每个人都能尝到另一个人嘴里的味道。为了验血而给其中一个人扎针时，另一个人也会想要躲开。把她们放到床上，两个人会同时入睡，可能也会做同一个梦。

换言之，两个女孩中的任何一个人都能访问到另一个人的意识，而两个人都不能清楚地区分自己和对方的想法，或自己和对方的感觉。她们对于代词的使用反映出了这种模糊性。她们会在一些情况下使用"我"，比如给她们两个各递一张纸，她们就会宣布："我有两张纸。"她们也从不会说"我们"，就好像她们一体化的丘脑把两个人统一了。这两个女孩的确还有别的脑部畸形，比如她们各自的胼胝体都很微小，而塔蒂亚娜的左脑半球和克丽斯塔的右脑半球（也就是两人中间的两个脑半球）都从未完全发育起来。不过，丘脑桥可能才是导致她们具有杂合意识的原因所在。

然而，尽管分享着彼此的意识，两个女孩却表现出强烈的个体性的征兆。比如说食物，克丽斯塔只要一吃玉米罐头就会出荨麻疹，而塔蒂亚娜就不会；克丽斯塔喜欢吃番茄酱，塔蒂亚娜则很讨厌那个味道，还会在克丽斯塔吃番茄酱时试图把酱从她舌头上刮下来。两个女孩还会像两个单独的人那样打架，用拳头打对方，用手指捅对方眼睛，拽对方的头发。这会导致像是《三个臭皮匠》电影里演的那种荒谬情况，比如当一个女孩搧了另一个女孩耳光的时候，紧接着又会因为痛感而揉自己的脸。但是她们显然感觉两人是彼此区分开的，区分的程度足以让她们将对方视为他人去攻击。其中一个女孩甚至有时会出人意料地说："我就是我。"就好像是为了证实这一点。当然了，她的姐妹常常也会紧接着用同样的话来反击："我就是我。"——《闪灵》中的恐怖之处重复了两次。

不过，她们显然有需要，有冲动，去宣布自己的独立性。

有着自己信念的一些心理学家们一直都否认人有一个固定的核心、固定的自我。从一种情况下到另一种情况下，我们会改变自己的角色，在精神上改变自己，而如何改变则取决于我们所处的社会环境以及我们在与谁说话。考虑到我们这种改变的程度，那些心理学家也有点道理。然而从神经科学的角度来看，我们似乎的确有一个核心的脑回路，它定义并且建立了自我。这种意义上的自我是由许多不同的丝线编织而成的：自传式的记忆；身体的外表；对于时间的连续感；个人的操控感；对于我们自身人格特征的认识等。不过就像挂毯一样，自我并不取决于其中任何一股丝线自身的完整性：K.C.失去了他的自传记忆；第一次世界大战中的伤兵失去了他们的脸；克莱夫·韦尔林失去了所有的连续性；异手症患者失去了对自身的控制。然而他们所有人都保留了对于自我的感觉。像意识一样，自我不是存在于某处的某样东西，而是在一个群体中浮现出来的一个进程，这才让自我变得更坚韧、更强大，超越了生活的任何变迁。

所以，如果你要是能问菲尼亚斯·盖奇本人的话，他十有八九也会告诉你：他仍然感觉自己是菲尼亚斯·盖奇。一向如此。

* * *

盖奇这个病例中最重要的细节涉及他所经历的心理学改变，而引发的原因在于他额叶前部所遭受的破坏。不幸的是，也正是在这个问题上最难获得过硬的事实真相。从没有人对盖奇做过任何心理学评估，而且除了说"前额叶区域"之外，我们甚至不知道到底是他脑中的哪个部分遭受了来自那根铁棍本身以及后续的肿胀及感染所导致的破坏。然而，现代神经学家们发现自己无法抗拒一种诱惑，要去阅读盖奇的医生那份严格的报告中所记录的内容，并把盖奇与一些现代的患者画等号。

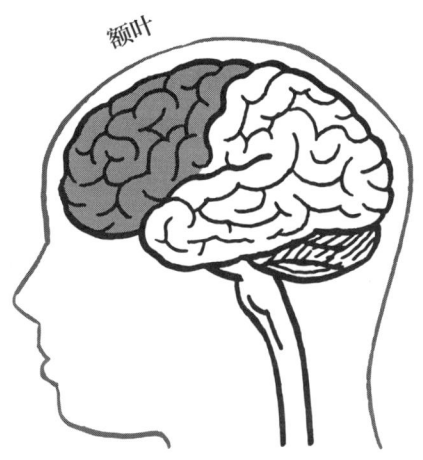

额叶

最常被称为"现代菲尼亚斯·盖奇"的患者就是埃利奥特。我们在讨论情绪的那章里讲过他的故事。由于一个肿瘤挤坏了他的额叶，埃利奥特要花几个小时来考虑去哪家餐馆吃饭，或是如何排列税务文件。他还在一次可疑的投资中失去了他的养老金。神经学家之所以会把埃利奥特和盖奇联系到一起，是因为他们都表现出了可能算是前额叶损伤的典型症状——人格的改变。遭受前额叶损伤的人很少会因之丧命，而且他们的感觉、反射、语言、记忆和推理都能完整地保存下来。的确，一个陌生人如果与盖奇或埃利奥特聊上1分钟，可能并不会注意到他们有什么毛病。但是任何以前就认识他们并关心他们的人立即就能发现差异所在，因为他们精神层面上的改变就像脸上的一道伤疤一样显眼。前额叶损伤可能不会杀死一个人，但是它能杀死我们所珍视的那个他/她。

然而，除了他们发生改变的人格之外，很难知道盖奇的生活与埃利奥特的生活实际上还有如此多的相似性。一方面，相似之处很诱人，足够让一个好律师说服你相信这种相似性，甚至比需要的还多得多。两个人在脑损伤之后都无法继续从事以前的工作；两个人都暴露出金钱观念的突然丧失，埃利奥特做了糟糕的投资，盖奇拒绝用一些鹅卵石换1 000美元；两个人都在社交环境中表现出不知何为难堪：盖奇像个海盗一样满嘴脏话，还会为了10分钱就让别人在他的头发里扒来扒去，而埃利奥特交代了他生活中每一个丑陋的细节，也不会觉得有一丝羞愧，甚至包括在40岁时还搬回去跟父母同住；两人都表现出对于无生命物体的依恋：盖奇去哪儿都要带着他那根铁棍，埃利奥特囤积了很多报纸、死掉的室内植物，以及冷冻浓缩橙汁的罐子；两人似乎都成了凭冲动行事的人：埃利奥特娶了一位妓女，而盖奇的医生评论说他的"动物热情"令他在自己的所有病人中独树一帜，这两件事听起来一样糟糕；两人都因为自己的麻木不仁而伤害了所爱的人；两人都表现出可能的情绪紊乱迹象：埃利奥特的感觉死气沉沉，音乐、绘画，甚至是他强烈鄙视的政治，都不能激起他的兴趣，盖奇在事故之后异常镇定，以一种神秘的无差别态度对待一切，就好像做过额叶切除术一样——有些现代的评论者就是这么认为的。

即便是这么说，你也可以用另外一种方式来阅读盖奇的故事，在这种方式之下，与埃利奥特进行比较就显得夸张了，也不公平。我们实际上对于盖奇的精神生活知之甚少，而我们所知道的部分似乎是含糊不清的，甚至有着隐含的另一种解读——只要我们仔细阅读的话。就说那条关于盖奇的评论中提到的突然的"动物热情"吧，听起来让人印象深刻，但是这话到底是什么意思？他像动物一样吃得多睡得多？要与动物发生性关系？还是冲着月亮号叫？这完全取决于你如何去解读。至于说他所谓的对于物体的依恋，的确，他去哪儿都携带着那根铁棍，但你能怨他吗？依恋一根改变了你的脑的铁棍，这肯定比囤积冷冻橙汁罐子要理性得多。至于盖奇的情绪，除了他在事故刚刚发生之后就毫无情绪变化之外（这可能是由于震惊所致），我们对他后来几年中的情绪状态一无所知。虽然盖奇的确在遵从计划方面有些问题，而且似乎也失去了对于冲动的控制，无法阻止自己在公众场合对好人出言不逊，但是他在对话中使用的那些粗鲁的"见鬼"或"该死"很难让他就成为内战前版本的埃利奥特。

实际上，已经有一些当代的历史学者*强力主张，虽然盖奇在他的事故之后的确表现出了额叶受损的迹象，但与埃利奥特不同的是，他似乎在接下来的十几年间恢复了部分脑功能。他从未变成以前的菲尼亚斯·盖奇（这是没有希望的），但是他的一些负面特征要么减弱了，要么消失了，这可能是因为他的脑有着足够的可塑性来恢复那些失去的功能。

在巴纳姆博物馆和新罕布什尔州马厩的两份工作之后，盖奇于1852年出发去了智利，可能是为了追赶一股淘金潮。他在整个航程中都在晕船。等到船一靠岸，他就找到了一份工作，驾着马车穿梭在瓦尔帕莱索和圣地亚哥之间蜿蜒崎岖的山路上运送乘客。考虑到盖奇的脑损伤情况，他在这份工作上的成功令人难以置信，要知道，这份工作他足足干了7年。他驾驭的可能是6匹马，这活儿所需要的可不是一点半点的灵巧性，因为他必须分别控制每一匹马才行。比如说，要沿着一个弯道转弯还不能让马车翻倒，就需要让内侧的3匹马减速的程度比外侧的3匹马稍微多一些，具体的做法是用不同的力量来拉不同的缰绳。想象一下分别控制4个轮子来驾驶一辆汽车转弯，你就知道这事儿的难度了。除此之外，道路上还很拥挤，迫使盖奇做出一些急刹车和躲避，而且由于他有时可能是在夜间驾车，所以他必须要记住路上的每一道弯，每一处转角，以及每一个致命的急下坡，同时还要一直留神着强盗土匪。他可能还要照顾自己的马匹，自己向乘客收钱（与他缺乏金钱观念的说法相反）。更不要说他在智利估计还得多多少少学点西班牙语。你可能会好奇有多少盖奇的乘客在爬上车的时候知道他们这位独眼赶车人在几年前的那场小小事故？但不管怎么说，他把一切都处理得挺好，远远比埃利奥特的所作所为好多了。

盖奇在智利闯出了自己的生活，这并不意味着他的脑已经完全恢复了。这只是说明，他的脑多多少少恢复了一些。正如我们已经看到的，脑的神经回路在特定的环境下能够重写自己，或许盖奇保留了足够多的额叶（尤其是右侧的）来补偿他所失去的社交和执行计划的能力。最起码，盖奇没有堕落成很多现代的记叙中所描绘的样子——一个醉醺醺的反社会者。

有一个可能帮助了盖奇，使他重新强大起来的因素就是他那份工作日复一日的规律性，这或许也能解释为什么埃利奥特没有。盖奇可能很多天都要在日出前起床，准备好马匹和车辆，然后花13个小时在瓦尔帕莱索与圣地亚哥之间的同一条路上驾车往返一次。正如前面提到的，额叶受损的患者常常在完成任务方面有些问题，特别是开放结局类型的任务，因为他们会被其他事情分散注意力，甚至被彻底吸引走。但是盖奇所需做的一切就是保持驾车向前行驶，直到需要转弯的时候就转弯。他的每一天差不多都是这样度过的。这就给他的生活带来了结构，可能也帮助他避免了生活的崩溃。盖奇可能不再是盖奇了，但他也不是一个废物。

不过，盖奇还是不能完全摆脱他的脑损伤。当它终于追上他的时候，结局来得很突然。健康状况的每况愈下迫使盖奇离开了智利。1859年，他搭上一艘汽船回到了旧金山，这里离他家人搬家后的地方不远。歇了几个月之后，他找了一份农场工人的工作，似乎做得挺好。直到1860年初，有一次他犁了一天的地，筋疲力尽，这最终击倒了他。在第二天晚上的晚餐时间，他的癫痫发作了。更多的发作接踵而至。

盖奇不愿屈服，试图在这段期间继续工作，但他突然就变得难以入睡、反复无常，从一个农场漂泊到另一个农场，总是找个理由就辞去当下的工作。最终，在5月20日早上5点，当他在母亲家休息的时候，发生了一次比以往都更严重的癫痫发作。事实上，这次发作此后从未真正停止过，盖奇陷入了一种被称为癫痫重积的状态——一种连续不断的癫痫。他于5月21日去世了，时年36岁，在那次事故之后已经存活了将近12年。他的家人于两天后埋葬了他，估计他挚爱的铁棍也随他而去了。令世界承受了无法估量之损失的是，没有一位旧金山的布罗卡来保存他的脑。

如果没有约翰·哈洛医生的话，盖奇的故事可能会就此打住——一个含糊不清的小镇悲剧以及其他多一点点的轶事而已。在盖奇于1852年乘船去往智利之后，哈洛就与盖奇失去了联络。哈洛后来的兴趣不再只是医学了，甚至还包括从政。此后不久，他在马萨诸塞州参议院赢得了一个席位。不过，盖奇的故事一直困扰着哈洛。他无法摆脱的一个想法是，自己以前的这位病人还能教给医学界更多的东西。所以当哈洛在1866年得知了盖奇母亲的地址后（借由某些未曾言明的"好运气"），他马上往加利福尼亚州发了一封信了解最新的情况。

虽然对于他们没有安排尸检而感到异常痛心，哈洛还是与盖奇的家人通了几回信，向他们打听尽可能多的关于盖奇生活的细节。此后，他又说服了盖奇的妹妹费布（Phebe）同意在1867年末打开了盖奇的墓，以抢救出他的头骨。取

　　　　　　　　　　　　　　　　　　　　　　疯脑：五百年神经学奇案

出尸体的那天应该很喧闹，因为费布、费布的丈夫、他们的家庭医生、市里的殡葬工作人员，甚至是旧金山的市长库恩(Coon)医生，都出现在了现场，想要看看棺材里面。盖奇的家人于几个月后在纽约亲手把头骨和那根铁棍都交给了哈洛。与盖奇的家人谈过之后，哈洛又研究了盖奇的头骨，最终于1868年写了一份详尽的关于盖奇的病例报告，包括了我们所知道的大多数关于他心理转变的情况。完成了关于盖奇的工作之后，哈洛把头骨和铁棍都捐给了哈佛大学的一家解剖学博物馆，并至今保存在那里。

哈洛坚持要找到盖奇并记录他的故事，部分原因在于他认为如果不这么做的话，后世就将忘记盖奇。但是在盖奇事故之后的二十年间，神经科学已经有了显著的改变。欧洲突然之间已经在口沫横飞地辩论脑功能的定位理论了。虽然大多数欧洲人不太把美国的科学当回事，但是盖奇所受的异常伤害还是太令人着迷了，无法被忽略——你确定吗，纽约佬？那根棍子真的穿过了他的头颅？在接下来的一二十年间，神经学家开始热烈地争论盖奇的病例。

实际上，缺乏关于盖奇的过硬的细节，这可能反而保住了他的名声，因为这给解读和争议留下了无限的空间。盖奇变成了，并且至今仍是，某种意义上的为神经科学家准备的罗夏克墨迹测验[1]，显示着过去每一个时代的热情与执着。颅相学家把盖奇的咒骂等症状解释为脑中的"尊敬器官"已经被炸成了碎片。罗伯茨·巴瑟洛引用了盖奇的病例来辩护他在玛丽·拉弗蒂暴露的脑上所做的实验，因为如果盖奇能够在头颅上有个洞的情况下活下来，巴瑟洛辩称，自己怎么可能知道一个小小的电击会杀死拉弗蒂呢？奇特的是，神经外科医生将盖奇视为一个启发。不管他的内在有没有变化，盖奇至少证明人类能够在损失了相当多脑组织的情况下仍旧存活下来。这在一个有着骇人听闻的手术高死亡率的时代，可以让外科医生们消除疑虑，也可以为治疗特定脑功能失调的手术疗法正名。

---

1 由瑞士精神科医生，弗洛伊德学派的赫曼·罗夏克(Hermann Rorschach)所创，通过受试者对于一些墨迹图案的辨认和联想来判断他们的性格特征。随着现代心理学研究对于弗洛伊德学派基础的否定，罗夏克墨迹测试已经被正统的心理学研究弃用了。

最重要的是，盖奇被拽到了神经科学一直以来的经典论战之中，即关于定位理论以及我们人性所应该具有的位置的争论。大多数反对定位理论的人实际上都把盖奇当成一个证据，以证明脑功能是统一的、非定位化的，用盖奇来对抗谭和勒隆。他们强调，首先，尽管有着大范围的伤害，但是盖奇保持了大多数的精神功能：他还能推理、记忆、辨认脸以及学习新的技能。更进一步，出于误解，反对者们以为那用来夯实的铁棍毁坏的是额叶后部，恰恰是布罗卡和其他定位理论的支持者所认定的语言及运动中心。既然盖奇从未失去过这些技能，反对者宣称定位理论必定是夸夸其谈。

　　定位理论的支持者见招拆招。虽然他们承认盖奇保持了他大多数的精神功能，但是那些天赋可能只是定位在其他脑叶上而已。不仅如此，他们还从故纸堆中挖出了一个于1849年完成的实验：有位医生在尸体的头颅上钻了个洞，以确定那根铁棍从盖奇脑袋中穿过的路径。这听起来有点像是亨利二世的医生们用长枪的枪柄猛击死刑犯的头颅所做的实验。不过，这个关于盖奇的实验实际上得到了有用的信息：它证明铁棍几乎可以肯定是错过了盖奇的语言和运动中心，这让所有反对声音都安静了。最重要的是，定位理论的支持者注意到，不管其他什么部分逃过了一劫，但盖奇的人格的确显著改变了。人类的意识不仅仅是记忆加上语言，加上推理，加上感官数据，各自独立工作。这些组成模块必须合起来，找到一种共同的表达方式。它们是在额叶中完成这件事情的，而额叶在其中所起的作用就像是一个把单独的天赋整合在一起的集线器。当这个集线器被毁掉的时候，盖奇就丢掉了某些本质上人性的东西。他就不再是盖奇了。

　　最终，还是定位理论的主张占了上风。因为有太多的证据表明对于盖奇额叶前部的损伤改变了他的人格。从这开始，只需要一小步就可以到达现代神经科学的一条根本性教义：脑与意识是相互锁定在一起的。在我们灰质与白质之中的某个位置，我们真的只能在那儿找到血肉而已，但如果以特定的方式点亮一个电信号的火花或是灌下一种特定的化学物质汤，就能产生出慷慨、耐心、善良、坚持以及常识，或是以上任意一种品质的欠缺。盖奇这个案例本身并不

　　　　　　　　　　　　　　　　　　疯脑：五百年神经学奇案

能让神经科学得出这样的结论，但是在他之后，科学家们已经有了真实的证据证明，人类意识的荣光直接诞生于人脑的错综复杂性。无论盖奇的生活中有哪一部分仍是模糊不清的、充满争议的，但他可能仍是神经科学历史上最重要的病例，因为他的故事为我们指明了真理所在的方向。

＊　＊　＊

盖奇的故事之所以能够始终保持着对我们的吸引力，其中还有别的原因。相较于其他科学领域而言，故事对于神经科学来说可能意味着更多的东西。正如我们在这本书中已经看到的，这些神经科学的故事并不总是些让人容易接受的故事。事实上，有些故事根本就是难以读下去的，因为它们与我们家庭的距离实在是近了点。与其他领域不同的是，我们每一个人都可能在某一天为神经科学做出至关重要的贡献，但不一定是我们自己的过错所导致的。我们的姓名（或至少是姓名首字母）可能会在教科书中永远流传下去，这既令人兴奋，同时又让人害怕——如同神经科学的许多其他方面一样。

就盖奇而言，恰当的说法是，他的生命已经转变成了一个传说。他，以及库鲁食人族、脑垂体巨人，甚至是盲眼的詹姆斯·霍尔曼等其他很多从神经科学历史中走出来的人，有时真的像是来自传说或是童话中的角色一样，而且就像寓言一样，他们的故事也教会了我们非常多的东西。我们现在知道了我们的神经元是如何被激发的，如何交换神经递质的。我们知道了回路看到一张熟悉的脸时是如何共同鸣叫的。我们知道了我们的冲动和动物性驱动力的背后到底是什么。基于这些建筑模块，我们就能重建我们是如何推理的、如何运动的、如何沟通的。最重要的是，我们知道了在每一样我们所拥有的心理学特征之下，都有着生理性的基础。只要把脑中恰当的部位破坏掉，我们就能够失去几乎是任何一种精神能力，无论那种能力有多么神圣。虽然我们还没有完全理解究竟是什么魔力能够把数十亿细胞的蜂鸣转化为古灵精怪、有创造性的人类意识，但是新的传说将持续不断地将幕布扯向舞台两侧更远的地方。

或许，甚至比科学更为重要的是，这些故事丰富了我们对于人类状态的理解，而这才是故事真正的意义所在。无论何时，只要我们读到一个人的一生，虚构的或非虚构的，我们都会把我们自己放到那个角色的内心世界中去。坦率地说，在这本书之前，我的心灵从来没有像现在这样伸展得这么远，也从来没有像现在这么努力，因为这是居住在脑损伤者的内心世界所必须要付出的代价。他们在如此之多的方面都会被认为是人类，然而却又不知怎么地不太像是人类——哈姆雷特如果站在 H.M. 身边一比，简直就是透明的。

但是，这就是故事的力量，能够帮助我们跨越鸿沟。的确，这些人意识的工作方式跟我们的不太一样。不过我们仍然能够在一个最基本的人类层面上认同他们：他们想要的也是我们想要的；他们也忍受着与我们相同的失望；他们也感受着与我们相同的欢喜；他们也承受着生活抛弃他们所带来的迷惘。甚至他们的悲剧也为我们提供了某种慰藉，因为我们从他们的经历中知道了：如果我们当中的某人遭遇了灾难性的伤害，或是罹患了老年人当中常见的病症——阿尔茨海默病或帕金森病，那么我们的意识仍将牢牢地附着在我们内在的自我之上，有着与他们相同的坚韧性。你内心的你不会消失。

这本书中有很多关于伤害和悲哀的故事，但是也有特别多的反转。我们都很脆弱，但我们又都非常强壮。即便是菲尼亚斯·盖奇——脑损伤导致生活分崩离析的典型案例，他的恢复情况可能也比大多数科学家预期的还要更好。没有谁的脑能在一生中从不受伤，但是脑的特点在于：无论有什么改变，还有更多的部分完好如初。尽管人与人之间在精神层面有如此多的差别，但是上述这一点却是我们所共有的。在盖奇的事故之后，他的朋友和家人发誓说菲尼亚斯·盖奇不再是菲尼亚斯·盖奇了。好吧，他既是，也不是。他也是我们所有人。

注释与杂记

第一章　神经外科医生的对决

第10页，能不能满足那个女孩：

欢迎来阅读尾注！只要你在文中看到星号(*)，就可以翻到这儿来，寻找关于那个话题的有趣附加信息，或是为了阐明某个观点所做的解释。如果你想在每个注释处立刻翻到书末来，当然可以；或者如果你愿意的话，也可以看完一章后把该章的尾注一气读完，就像是读一个尾声一样。但是，无论如何一定要翻到后面来看注释，我保证会有足够多的劲爆材料和香艳八卦等着你。比如下面这则：

让一位陌生的公爵来爱抚一位14岁公主赤裸的大腿，无论这事儿听起来有多么令人毛骨悚然，也比不过这位公主的母亲，凯瑟琳王后的新婚之夜。她到巴黎的时候也只有14岁，在跟亨利圆房的时候，却不得不忍受他的公公，坐在房间角落里的国王弗朗索瓦注视的双眼。弗朗索瓦次日对他的顾问们宣称：亨利和凯瑟琳"在马上长枪比武中都表现得很英勇"。

第14页，艺术与科学最为完美的联姻之一：

在维萨里之后，让解剖学教科书中的插图尽可能栩栩如生成了一种流行趋势，甚至达到了荒谬的程度。为了表明自己是何等忠实地复制了眼前的一切细节，有些画家把在尸体内脏上享用美食的苍蝇也画了进去，另一个人则把包裹着胎儿的羊膜上倒映的窗格都画了出来。还有少数绅士甚至用人皮来装订《人体的构造》以及其他解剖学教科书的封面。

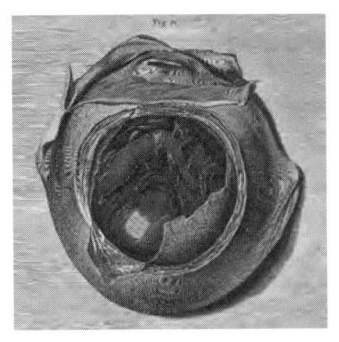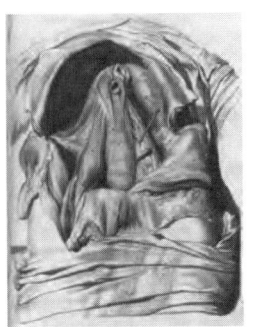

现实主义有点现实过头了
左：窗玻璃倒映在包裹着胎儿的完整羊膜囊上
右：一只苍蝇正准备在肢解开的尸体上大快朵颐

第18页，与打击相反的方向上：

即使是今天，我们也不太确定为什么亨利的脑部只遭受了对侧冲击性伤害。现代科学研究显示，通常由于运动物体击打头部而造成的脑部突然加速，更常会在击打的同一侧造成伤害，称为同侧伤害。与之相反，由于运动的头部撞击在静止的物体上而造成的脑部减速，通常会造成对侧伤害。但这些规律并不是绝对的，在两种情况下，脑部受到任何一种伤害的可能性都存在，甚至是两种伤害同时发生，因为脑部会在颅骨里来回弹碰。无论如何，亨利致命遭遇的物理模型是复杂的，因为当一个运动的物体(断枪)击中他时，他的头部已经处于运动之中了。值得指出的是，帕雷注意到，早在很久以前，古代的医生希波克拉底和塞尔苏斯就已经发现了对侧伤害的存在，但是后来却不知为什么被医学遗忘了。科学并不总是以一种平稳、线性的方式向前发展的。

第22页，富有男子气概的现代运动员们：

小塞奥[1]（Junior Seau）以及许多其他的职业运动员在其职业生涯中都曾经

1　指小提阿拿·塞奥(Tiaina Seau Jr.)，美式橄榄球著名球员，司职线卫，多次入选全明星阵容，以其在球场上的激情而著称。退役两年后的2012年，他在家中吞枪自尽。虽然法医的尸检没有发现任何问题，但他的家人把脑组织捐献给美国国立卫生研究院后，在研究院两名科学家及其他单位的三名科学家各自独立检测下均发现，小塞奥的脑部呈现由于反复脑震荡所导致的慢性创伤性脑病变的显著特征。这种脑损伤可能导致了小塞奥的抑郁症状，甚至是此后的自杀。为此，他的家人向美国国家橄榄球联盟提起了旷日持久的诉讼，并且选择拒绝了下文中提到的7.65亿美元的和解。

历过一次又一次的脑震荡，这些暴力伤害显然与他们后来的麻烦甚至是自杀有着关联。我们不敢说他们所有的问题都是脑伤害的结果，因为许多运动员退役后的确是由于别的原因出了问题。比如日复一日、年复一年地按别人的指令来做事情，退役后的生活突然就丧失了原有的结构；比如长年置身于人群的欢呼与爱戴之中，退役后会突然感到很孤独；比如在20岁就成为百万富翁，退役后却突然就破产了。他们会变得抑郁也并不奇怪。

但是，问题还不止于此。他们40岁的脑不应该看起来跟90岁并患有神经退行性疾病的脑差不多（有尸检结果为证）。而且，他们脑部所受的伤害很像是现代战争中的简易爆炸装置导致的创伤。军医们已经宣称，慢性的、广泛性的脑损伤是近年的伊拉克战争以及阿富汗战争中的"标志性伤害"。美式橄榄的球迷们常常因为喜爱的球星发生前十字韧带撕裂或是跖趾关节扭伤而感到郁闷，但实际上美式橄榄的标志性伤害也是脑震荡。

国家橄榄球联盟与球员之间就脑震荡与其他脑部伤害达成了7.65亿美元的和解，标志着这个联盟终于开始认真对待这个问题了。但我内心愤世嫉俗的那一面又担心不会有什么真正的改变，而这些钱只不过是用来抚慰我们这些球迷共同的良知罢了。从某种角度来讲，关注于联盟球员其实也没找对重点。高中和大学里的橄榄球员也存在这样的问题，而且更易受到伤害，但却没有因为所受的病痛得到经济上的补偿。我有时在想，在十年之后，母亲们还会让自己的孩子去打擒摔式的橄榄球吗？我们已经有了"母亲反醉驾组织"，接下来会不会出现"母亲反擒摔式橄榄球组织"？

第二章　刺客之汤

第35页，黑色反应：

关于这段传说的另一个版本中，为高尔基清扫房间的女士至少应该在黑色反应的发明之中占有一定之功。根据这段记述，有天晚上这位女士把猫头鹰脑和银溶液都扔进了垃圾桶里，两者在那儿混合在了一起。第二天早上，高尔基又把这些样品从垃圾中翻了出来，并决定看一看。

第36页，垂直的组织形式：

大脑皮质中的神经元整体上组织成了6层。除去卡哈尔的诸多发现之外，他是第一个描述了这种构造的人。本书不会在每一个层级的功能上探究得太过深入，但如果你想了解一个大概的话，请接着往下看吧。

这些层级被标记为数字1到6，其中第1层最靠近头皮，而第6层最深入脑的内部。数据通常是从第4层进入大脑皮质的，这也是最复杂的一层（实际上，它还常常被进一步细分为亚层：4a，4b，等等）。第4层的神经元既可以向上，也可以向下传递信息。如果向上传的话，第2和第3层就开始处理信息了。这个处理过程可能需要联络旁边相邻的其他垂直柱，但大多数情况下都不需要邻居帮忙。第4层的神经元也可以把信号向下送到第5和第6层。这两层负责把信息送到脑的其他部分。这种安排很合理，因为这两层距离白质最近，可以把信息转发到其他地方去。总体来说，第5层神经元联系着脑中较远的部分，或者是脊髓；而第6层联系着最为重要的丘脑。（关于这个部分，后面再详细说……）

有趣的是，有些科学家宣称，在任何时间，只要看看大脑皮质的哪一层是活跃的，就能知道脑子正在忙些啥。如果只有顶部那层在忙活的话，就意味着脑正在思考、推测、计划。如果所有6层都在活跃的话，人很可能就要做出行动了，因为只有底下两层连接着丘脑这个中继站，以及脊髓。

顺便说一句，把这些不同层次中的神经元视为执行计算的逻辑门，这种想法长久以来都很流行。这并不是一个糟糕的比喻，因为我们的脑的确计算了很多事情。但是这种理论忽略了神经元最为本质的某些东西。在电子电路中的逻辑门在某种意义上是静态的——它们每次都做着同样的事情。神经元却不是静态的，而是动态的，而且会随着时间推移而改变自己的行为方式，甚至是在小时或分钟这种级别上发生改变。正如一些科学家和哲学家（可以追溯到柏拉图）已经指出的，更精确的比喻应该是把脑想象成一座城市，而神经元是生活在其中的小人。城市里的人们在很多方面都是相似的：我们都要吃饭、呼吸、睡觉、工作、抱怨，等等。我们每一天都做着不同的事情，而且随着我们长大成人，我们也会改变自己的行为方式。神经元也是如此。

第42页，像雨点一样朝他落下来：

关于乔戈什开了第二枪之后到底发生了什么事情，不同的记述之间有所分歧，特别是对于人们是在哪儿排队的，以及究竟是谁率先打倒了乔戈什。我尽己所能重建了当时的经过。问题之一在于，麦金利的保镖们在乔戈什的审判之前改变了他们对于事情的描述，或许是因为他们感到太难堪了，竟然让一个普通市民，还是个黑人，率先发起了对刺客的进攻。

无论如何，大块头吉姆·帕克成了当地的一位明星人物。人们争相购买他身上所穿衣物的碎片，还有人出价买他踢混蛋乔戈什时所穿的鞋。但是，当保镖们改变了他们的证词之后，吉姆的境遇变得多少有些酸楚。一家报纸上标题为《吉姆干了那件事吗？》的文章甚至提出一种观点，认为是帕克自己扣的扳机，而非乔戈什。

第45页，死亡时间，早上7:15：

在10月29日早上，托马斯·爱迪生运营的一家电影公司出现在了奥本监狱外面，想要记录乔戈什的行刑过程。请求被拒之后，他们决定几天之后让演员来重现这个场景。爱迪生这么做的原因有些卑鄙，他是直流电技术专利的所有人，想借这个事件来抹黑他的商业竞争对手，后者所拥有的交流电技术为电椅提供了能量。

第46页，出问题的脑子就再也不存在了：

在乔戈什死后，小斯皮茨卡继续研究电击会对脑造成哪些改变。在那些不那么引人注目的死刑案中，他甚至常常能把犯人的脑自己保留下来。不幸的是，他常常顺走别人脑子的习惯被黑社会那类罪犯注意到了。他们对他的偷盗行为非常愤怒。斯皮茨卡开始接到匿名电话："把胖托尼的脑子放下，不然你会后悔的！"或是诸如此类的话。在一系列这样的威胁之后，斯皮茨卡变得极为多疑。有故事说他去礼堂里演讲时，腰带上会挂着两把叮当作响的手枪。他会一一检查每扇门的背后，手里还拿着拉开了枪栓的枪，手指放在扳机上。他最后总算是把这件事放下了，还做了一场与之有关的精彩报告，主题是，呃，神经质类的慢性精神疾病。可悲的是，年复一年的持续多疑，又伴随着恶魔一样的工作伦理问题，最终导致斯皮茨卡开始严重地酗酒，成为一个心事沉沉的酒鬼。他在38岁就"退休"了，并在46岁时死于脑溢血，那恰恰也是夺走他父亲生命的疾病。

第49页，他不得不仓皇出逃：

勒维实际上在逃跑之前先是被逮捕了。我觉得他完全可以关注一下该如何让自己脱困的问题，但是他反而把确保自己的最新研究成果能够发表当成了首要任务。那本可能是他生命中最后的时日，他却纠缠着守卫要来了纸和笔，然后凭着记忆起草了一篇科学论文。幸运的是，纳粹最终释放了勒维。不过他已经在狱中掉了45千克的体重。

勒维移民到了英国，然后又接受了一份纽约大学的工作。唯一的阻碍在于，他首先需要一个签证，而美国使馆要求他证明自己的确曾经在奥地利担任过教师。此时的勒维手中只有一份纳粹开具的释放文件，可不是什么充满溢美之词的介绍信。最后，勒维找到了一本《名人录》，并在其中找到了关于自己的记述。这个条目对勒维给予了最高评价，并给处理他签证申请的官员留下了深刻印象。在得到了所需的签字之后，勒维问那名官员知不知道是谁写的这个条目，官员说不知道。勒维承认是他自己撰写的这个条目，然后立刻溜之大吉。

勒维千钧一发的事情并未就此结束。在爱丽丝岛（Ellis Island）[1]，他把自己密封着的医疗记录递给了一位医生。当医生打开时，勒维反着读到了医疗记录上的词句："高龄，没有能力赚钱维生。"一瞬间，勒维仿佛看见自己被船运回了奥地利，扔进了监狱等死。不过那位医生还算讲道理，总算让勒维通过了。

第50页，神经递质有100余种：

这个注释很长，但值得一看！

1　爱丽丝岛位于曼哈顿岛西南方向，毗邻自由女神像所在的自由岛，曾经是移民管理局所在地。从欧洲乘船来到美国的移民都要在此递交文件并接受身体检查，以杜绝疾病被传入美国。

　　　　　　　　　　　　　　　　　　　　　疯脑：五百年神经学奇案

在100来种神经递质中，大多数的发现过程都有一个类似的模式：科学家偶然在脑中发现了一种新的化学物质，于是分离了它，然后证明它能以某种方式改变神经元的行为。不同于这种模式的一个例外是我们脑中天然的止痛剂，叫作内啡肽。在它的发现过程中，科学家本来是在研究像吗啡和鸦片这些药物，它们能够锁死在脑内的受体上，从而让我们的感觉变得迟钝。当神经递质学说兴起后，科学家们意识到，脑肯定本来就使用了某种有着类似结构的化学物质来实现这一功能，否则神经元上也不会有能够让吗啡和鸦片来对接的受体。

内啡肽的发现是在20世纪70年代前期，在科学史上算得上是最脏的活儿之一。约翰·休斯（John Hughes）是一位来自伦敦东区的年轻而莽撞的大男孩。他在苏格兰从事的研究工作就是要在猪脑中寻找到内啡肽——他当时称之为"X物质"的东西。为此，休斯每天早上天不亮就要骑车去屠宰场，车筐里还放着钢锯、小斧子以及刀。他在路上还要顺便取一些干冰。为了能得到这些猪脑，休斯只能依靠屠宰场工人的慷慨赠予，他们会用链锯把猪头锯下来。最初，休斯为了确保他们能够合作，给他们详细讲解了这项医学研究的崇高性。但他很快意识到，威士忌能更有效地赢得工人们的合作，于是每天在车筐里又多加了一瓶酒。每天，工人们会给休斯20来个猪头，他要一边与老鼠战斗，一边用斧子在10分钟内把一个柚子大小的猪脑劈出来，再放到干冰里。回到实验室后，他要把猪脑砸成灰泥，然后溶解在丙酮里。同事们回忆称，当时实验室里的气味闻起来就像是模型胶的气味加上腐烂肥肉的气味。最后，他要对样品进行离心，再蒸发掉不同的分层组分，然后检测每一层组分是不是X物质。

接下来就是比较诡异的地方了。休斯的导师，汉斯·科斯特利茨（Hans Kosterlitz）在两个极为特定的解剖结构方面是世界上毋庸置疑的权威，分别是豚鼠的回肠和小鼠的输精管。让他的背景重新与我们的故事挂上钩的是，科斯特利茨发现，这两个像卷曲的小虫子似的东西都对吗啡一类的化学物质有着极高的敏感性。也就是，如果你把豚鼠回肠和小鼠输精管放入溶液中悬浮着，并给连接着它们的某根特定神经一个电信号，它们会一遍又一遍地收缩，就像是勒维的蛙心一样。但是，哪怕只有一丁点的吗啡就能立即中止这种收缩。所以，科斯特利茨和休斯花了一个又一个月的时间来刺激这些肠子和管子，在烧杯里制造着脱离了躯体的肠蠕动和性高潮，然后再在其中注入一种又一种提取自猪脑的化学物质，看是否有哪样东西能够起到阻断的作用。最终，他们找到了那种物质，看起来像是黄色的蜡，闻起来像是放久了的黄油。它对收缩的干扰作用就像吗啡的作用一样。这种物质被人们称为内啡肽，混合了"内源性"和"吗啡"的意思[1]。

顺便提一下，在研究神经传导过程中涉及的所有不同步骤时（合法或非法的），药物都是很棒的研究手段。举例来说，摇头丸能够在神经元之间的突触里人为释放 5- 羟色胺的狂潮，令你得以研究神经递质的释放。当多巴胺或其他化学物质被释放后，可卡因能够防止它们被清除掉。在"天使尘"（PCP）的多种效应中，有一项就是干扰树突上的受体，阻止某些特定的神经递质与之结合并传递信息。麦角酸二乙酰胺(LSD)降低了神经元抑制其邻居的能力，因此能够让感官输入从一个脑区蔓延到另一个脑区。基本上，对于神经传导过程中的任何一个步骤，都有一种药物能够通过篡改扰乱这个步骤来让你嗨起来。

关于休斯的故事来自杰夫·戈德堡（Jeff Goldberg）的《科学发现的解剖学》。关于汤派与火花派的整体历史，你可以在埃利奥特·瓦伦斯坦（Elliot Valenstein）那本充满着精彩故事的《汤派与火花派的战争》中找到更多相关内容。

第52页，李·哈维·奥斯瓦尔德:

另外还有两位美国总统死于刺客之手，分别是亚伯拉罕·林肯和约翰·F.肯尼迪。从医学角度来讲，这两件案子更直接一些——两人遇刺时当场就已经死了。但是，肯尼迪在达拉斯的遇刺的确引起了一件神经科学上有意思的小

1　内啡肽的英语单词 endorphin 中，endo 源自 endogenous，即"内源性的"，而 orphin 来自 morphine，即"吗啡"，其中并无"肽"的含义。现在学术界所用中译名"内啡肽"更科学，因为吗啡是小分子，而内啡肽则大得多，属多肽类物质。从结构上来讲，内啡肽仅仅是在某个局部与吗啡有一定的相似性。

事。在扎普鲁德影片[1]中,肯尼迪有一个人尽皆知的向上猛抬手臂的动作,就像是窒息的样子似的。阴谋论者们把这个动作认为是肯尼迪从正面被子弹击中的证据。但几位医生已经声明,肯尼迪的动作实际上是一种原始的神经反射现象——在遭遇伤害时,我们的手臂会下意识地向上猛然抬起。

顺带一提,林肯也与神经科学有着一个有趣的联系。在1850年担任公诉人的时候,他曾经为美国历史上第一个关于暂时性精神失常的案件进行过法庭辩论,不过他最后败诉了。出于篇幅的原因,这个故事我就不多讲了,但是你可以在下面这个网址找到更多关于林肯的故事: http://samkean.com/dueline-notes。我还把其他许多神经科学方面的奇闻轶事放在了那儿,从"为什么知觉就像是一台老式的任天堂游戏机"到"为什么说菲尼亚斯·盖奇就像是手机安卓系统",不一而足。去看看吧!

第三章 连线与重连线

第55页,40万千米:

我能想到历史上可能有另外几套旅行装备比霍尔曼那套东西旅行的距离更远,那就是阿波罗登月计划中宇航员们身上穿的太空服——虽然这个比较有点不太恰当。到了人们换衣服越来越勤的今天,一些现代人的旅行距离当然要远远超过霍尔曼力所能及的程度。据估计,作为美国的国务卿,希拉里·克林顿(Hillary Clinton)在4年中旅行了1 539 713千米,相当于往返月球两趟。

第56页,一些片断死掉了:

在贾森·罗伯茨(Jason Roberts)所著的一本精彩的霍尔曼传记《对世界的感觉》中解释了这种被称为眼色素层炎的病症。几乎可以肯定,这种病摧毁了霍尔曼的视神经。但是这一诊断告诉我们的信息少得令人羞愧,因为在大多数

1　由市民亚伯拉罕·扎普鲁德使用家用电影摄影机拍摄,恰好记录了肯尼迪总统遇刺的全过程。相比于现场专业摄影机拍摄的影片,扎普鲁德影片在一个相对较高的视角上提供了更为清晰完整的信息。

病例中，没有人知道是什么原因引起了这种疾病。

在霍尔曼的一生中，他一直保持着像幻觉一样的视觉闪现。举例来说，在跟一位女性友人闲聊的时候，他想象中这位女士的样子会出现在他的视觉中。根据我们在这一章结尾处所做的讨论，这就证明他的脑部仍旧能够"看到"，即便是眼睛已经看不到了。这类的视觉现象会让他欣喜一时，但最终却更加沮丧，因为这令他想起了自己失去的东西。

顺便一提，在数十个清晰记录下来的病例中，病人在数十年的失明之后又重获光明。其中最早的一例可以追溯到公元1020年，而大多数现代病例涉及角膜移植手术。你可能觉得，对于这种像《绿野仙踪》似的从黑暗到光明的转变，一般的反应会是"哇噻"，但实际上，大多数重获视力的人感觉视觉很无聊，对于看到自己所爱之人的脸庞感觉尤其失望。总体上，大多数人仍旧更愿意继续通过触觉来探索周围的世界。

第58页，一名更棒的旅行者：

失明让霍尔曼成了一名更棒的旅行者。这句话还可以从另外一个角度来理解：他不会感到晕眩。例如，每次当他新搭乘一艘船时，他就会把手杖交给别人，脱下衣服，攀着帆索爬上主桅杆的顶端，"骑"在船上，就像是骑着一匹难以驯服的野马。霍尔曼不仅非常享受这种叫作云雀飞行的绝技表演，而且这也让船员们知道了不必对他进行特别的照料。关于霍尔曼还有许多其他的故事，比如钻入洞穴深处闲逛，或是把自己塞进无比巨大的加农炮口中。或许最为令人不敢相信的是，他曾经在梵蒂冈从外面爬上了圣彼得大教堂，几乎要到最上面的黄金拱顶了。

作为一个注脚值得一提的是，罗马的确在某些方面是最适合霍尔曼的城市：角斗场和其他古代的建筑都已然残破不堪，因此"想象"是看到这些建筑的最佳方式。他在当地还有一帮朋友可以帮助他。去梵蒂冈的艺术博物馆参观时，朋友们会告诉霍尔曼什么时候警卫已经转过身去了，这样他就可以伸手感受一下那些雕塑了。

第58页，称为夜间写字框的代书装置：

夜间写字框是为夜间书写而设计的，无需墨水，而霍尔曼用硬的尖笔在复写纸上使用它，能够在下面的另一张纸上留下灰色的字迹。有一个时期，有些人签张吧单都要用华丽的美术体，夜间写字框方方正正的字迹都不那么招人喜欢了：它写出来的t没有交叉，i没有点，y、g、j的尾巴都被截掉了（因为有一条对齐线的存在，令人无法在线以下进行书写）。但是比起花钱请人代为书写，使用这个装置仍然要更快也更便宜。

第62页，成千上万的神经元就会按顺序激发：

这只是关于神经以及神经元传递信息方式的一种简略描述。自"汤派"与"火花派"之争以来，科学家们已经完善了他们对于这一过程的理解。如果你想了解更多相关知识，接着往下读：

首先，神经和神经元要传递一个消息，那么输入的信号必须要达到一定的阈值才行。以听觉来说吧，就是要达到一定的音量才行。否则的话，耳部的绒毛弯曲的程度不足，神经就不会激发，也就不会有信息到达脑部。同样的情况也适用于视觉、嗅觉以及其他感官输入——总有一个阈值强度。一旦手杖敲击的哒哒声或其他什么信号达到了阈值，神经或神经元就会激发了，而一旦一个神经元激发了，它就停不下来了，也不能把信号收回来了。就像开一把枪一样，你不可能半激发一个神经元。这被称为神经响应的悉无律。

"激发"在微观上的情景是，一旦神经递质结合到一个神经元的树突上之后，被称为离子通道的特殊大门就被开启了。这会使得钠离子（Na^+）、钾离子（K^+）、钙离子（Ca^{2+}）等离子冲进或冲出细胞。离子的净流量会将神经元内部的电势从负改为正。这一极性的翻转就是神经激发被检测为放电的原因所在。接下来，正电荷会高效地沿着轴突冲向轴突尖端，如果条件恰当，就会导致神经递质的释放。所有的神经元都是以同样的这种基本方式来激发的。所以要注意，令运动神经元区别于视觉神经元或其他神经元的，不是它们激发的方式。令神经元彼此不同，并借此可以彼此区别的，是它们所连入的回路。

最后一个微妙的细节问题是，较大的声响（就像霍尔曼有一次在锡兰参加猎象一样，四周全是来复枪的枪声）并不会让神经元比在安静环境下激发更强的信号。神经元总是用同样的强度来激发的。更强的声响只会让神经元激发得更快而已。而且这个速度的提高也是有极限的，因为当一个神经元激发之后，需要休息几个毫秒的时间来重新充电。如果声响强度提升的幅度超过了神经元所能跟上的极限，我们的脑会在整体上激发更多的神经元，以此给我们发出警告。

第68页，成人的脑不能够生长出新的神经元：

在过去一二十年间，神经科学领域最具争议性的话题之一就是，成人脑到底能不能生长出新的神经元来？这个过程被称为神经发生。过去的神经学家对于这个问题一定会说：不可能，永远不可能。但是今天，大多数神经学家接受的理论是，新的神经元能够出现在两个位置：一是嗅球，处理气味的地方；还有就是海马体的一部分，它对于形成记忆至关重要。至于其他部位有没有可能长出新的神经元来，至少目前还没有一致的结论。

第73页，是一场灾难：

迈克尔·芬克尔（Michael Finkel）写过一篇介绍基什的精彩文章，发表在2011年3月那期的《男人》杂志上。我最喜欢的一段写的是基什取笑芬克尔的停车技术，责怪芬克尔把车停得离人行道边缘太远了。后面还有一段写到基什把自己的义眼拿了下来。那篇文章还解释了一件事情：虽然回声定位能够给盲人的生活带来彻底的变革，但只有百分之十的盲人能够掌握这种技术。

第四章　面对脑损伤

第78页，起到遮盖的作用：

中世纪和文艺复兴时期的外科医生有时会把一个人的皮肤移植给另一个人，算是某种早期的整容手术。但是很多人都不想做这样的手术，因为他们相信，如果提供皮肤的那个人先死了，那么他们提供的那块皮肤也会一块死掉的。他们还相信，接受皮肤移植的人应该会跟提供皮肤的人产生某种心灵感应的联系。

"挂臂式"方法，可以让病人自己身体上的皮肤长到鼻子上去，这是源自16世纪的一种早期形式的鼻整形术

第79页，弗朗西斯·培根笔下的那些肖像画一样：

弗朗西斯·培根会从老旧的教科书中寻找一些牙床病变或有其他畸形的病人的图片，把它们撕下来作为参照来创作他那些骇人的肖像画，其中就包括"尖叫的教皇"系列。与之类似，引起巨大反响的电子游戏《生化奇兵》（于2007年发售）的设计者们，就从第一次世界大战的整形手术档案中挖掘了不少被损毁的面孔照片，并据此创作出了游戏中的一个变种人种族。

第83页，传送到了脑的左半球：

请注意此处小心谨慎的措辞。如果说左眼看到的一切都传送到了右脑，那是错误的。实际上，你的右脑所处理的是位于左视野中的一切——也就是说，你的左眼的左半边以及右眼的左半边所看到的一切。与之类似，右视野中的一切——右眼的右半边以及左眼的右半边所看到的一切——都被传送到了左脑。换言之，有一部分视觉信号被交叉传送了。注意，仅是一部分而已，并非全部，因为鼻子在中间很碍事。在最右边以及最左边的一些视觉碎片只会被传送到同侧的脑中，这一点在第11章中会变得很重要，我们将在那一章介绍"裂脑"患者。从解剖学上来讲，两只眼睛都能够把信息送到两侧的脑中，因为视觉神经离开眼部之后会分叉，具体位置就在脑的下面，称为视交叉。在那里，视神经会彼此交错而过。

第88页，整个视觉区域：

以下是关于初级视觉皮层几何形状的一个小注解。我一直在本章中使用"柱"这个说法，因为神经学家就是这样用的。但实际上，它并不是那么像一根柱子。皮层中的细胞不会完美地堆叠成一根根微型古希腊石柱，而在宏观的尺度上，事情更是乱成一锅粥。超级柱运作的时候多多少少有点像是昆虫的复眼一样，但是超级柱的样子看起来完全不像是昆虫的眼睛。这是因为，它们缺少昆虫眼睛那种像晶格一样优美的规律性，也没有规则且分明的分界。实际上，超级柱在某些部位看起来就像是一片片平行摆放的面包片，而在另一些部位看起来又像是风车。整个初级视觉皮层看起来就像是指纹的漩涡图案一样，没有真正的有序性或是大尺度上的规律。"柱"和"昆虫复眼"是便于理解的比喻，但也仅仅就是比喻而已。

第90页，一辆红色超跑啊：

按照这个逻辑推下去，你可能认为识别信息流中的神经元随着层次的深入，对于它们做出响应的物体会有着越来越细化的特定性。比如说，你最终会发现一个神经元，它被点亮时（就像是脑袋里点亮一个灯泡那样），只对应着某一辆特定的红色超跑：后视镜上挂着毛绒骰子[1]，保险杠上贴着不着调的贴纸，只有你那个鬼鬼祟祟的邻居才会开这样的车。有些神经学家曾经一度相信这种一层层收敛至某一个神经元的理论，并称这种最终的神经元为"祖母细胞"——你的脑中肯定有一个神经细胞是最终对应着你祖母的。但是这种理论目前已经没什么人相信了。实际上，对于某一个单独的事物，脑中不会只点亮单个的神经元，而几乎总是点亮某一个模式所属的那些神经元。你肯定没有祖母细胞，但可能会有"祖母细胞群"。

1　美国从20世纪50年代开始流行的一种汽车装饰物，通常要挂两个，大小为8厘米左右。据说源自第二次世界大战时期美国空军飞行员在飞机上挂两个骰子，意指飞行任务的高风险，借此祈求平安，而他们退役后将此习俗带入民间。但是由于时代变迁，当代美国人大都认为这样的装饰非常俗气。

第90页，重要的注解：

如果你忘掉了这本书中所讲的一切，比如书名、我的名字，还有性与暴力的部分，但是请一定记住一点：脑中没有任何东西是严格定位于一处的。脑的所有功能都依赖于许多部分的通力协作——没有所谓的"语言部位"，没有"记忆部位"，没有"恐惧部位"，也没有"上帝部位"（感谢上帝）。

现在来看，脑的确有某些部位在语言或其他某一功能中扮演了更为重要的角色，而人们有时的确也会为了省事，而用某种功能来指称脑的某个部位（我自己也这么干）。但是真的详细讨论某个特定部位的功能则是有意的过度简化了。

如果你看到新闻上说，通过那些花里胡哨的脑部扫描图像鉴定出了某个在解剖学上独立的脑区，能够"解释"人类意识的某种复杂特性，那么你一定要对这事持高度怀疑的态度。脑的事情从来不会这么简单。有些神经学家批评称，最糟糕的脑扫描研究简直就是"脑的色情片""脑的巫术""新颅相学"。

第95页，重新回归人类社会：

这个关于牧羊人的故事带来了一个有趣的问题：如果这个人能凭长相辨别出每一只绵羊，那么绵羊能辨别出他来吗？恐怕不能。绵羊似乎没有认知回路。但至少有一种动物可以分辨不同人的面孔，那就是乌鸦。非凡的罗伯特·克鲁维奇（Robert Krulwich）是一名科学记者，同时也是电台主持人，在他的一个节目中曾经讲述了一个故事：有位生物学家在某项研究中严重骚扰了乌鸦的生活，以至于乌鸦只要看到他经过，就会俯冲下来攻击他，而且只攻击他一个人。这位生物学家奇怪乌鸦是如何认出他来的，于是通过一系列实验得出了结论，乌鸦认得他的脸。

首先，他戴上了一个原始人的面具，不断去骚扰一大群乌鸦，直到它们对这张面具产生了憎恨。然后，他把面具给各种各样不同的人戴上——不同身材的、不同体型的、不同步态的，老人、儿童，跛脚的、秃头的。乌鸦立刻就把它们的愤怒转移到了戴面具的人身上。意外的发现是，如果他把面具颠倒过来戴上，乌鸦也会倒转身体俯冲下来，以便观察清楚这张脸。

第99页，语言诞生之前靠手势沟通所留下来的遗产吧：

搞笑的是，神经学家查尔斯·格罗斯（Charles Gross）发现专门喜欢对手做出反应的神经元的过程，与休伯尔和威泽尔发现喜欢对直线做出反应的神经元的过程很相似。当时是1969年的一天夜里，格罗斯已经花费了好几个小时在一只蜘蛛猴身上，想要让它视觉皮层中的特定神经元对什么东西做出点反应来，然而却一无所获。绝望之际，他在蜘蛛猴看着的投影屏幕前面挥了挥手，本意是说：嘿，你倒是注意看啊！神经元的确注意了，发出了"咔嗒咔嗒"的响声。格罗斯接下来又花了12个小时表演皮影戏，剪出不同的形状举起来给猴子看，想要确定那个神经元最喜欢什么形状。答案是什么？当然是纤细的猴手啦——有着比人手更长更瘦的手指。

关于格罗斯的事情，我强烈推荐他自己的两本书《头上有洞》和《脑、视觉、记忆》。

第101页，没有安装任何面部器官的土豆头先生：

这里以及下文引用的文字，还有关于达拉斯·文斯先生的更多细节，都能在拉菲·卡察多里安（Raffi Khatchadourian）发表在2012年2月13日《纽约客》上的一篇精彩报道中找到。

第五章　动与脑

第110页，松果体：

事实上，松果体是脊椎动物曾经拥有的第三只眼的残留物（这是真的）。它能帮助我们检测光的强弱，进而影响我们睡眠/清醒的循环。我知道你在想什么，松果体这个名字似乎像是来源于另一个身体部位。是的，你想对了，因为一些早期的解剖学家坚持认为它看起来就像是阴茎[1]。那个时候，神经结构的不

---

[1]　松果体的英文是pineal gland，其中gland意为腺体，而pineal发音与"阴茎的"penile较为接近，故而作者说读者可能会有这样的猜测。

雅名称远不止这一个。思想"龌龊"的解剖学家们还给脑的其他部分取了与以下这些部位有关的名字：屁股、睾丸、阴户以及肛门。

第115页，环绕着每一家医院：

在消毒技术诞生之前的那些岁月里，医生自己也有着很高的死亡率。弗罗伦斯·南丁格尔在克里米亚战争（1853—1856年）期间是一名护士。她目睹了一位极其无能的军医在施行截肢手术时犯下的错误，不仅割伤了他自己，还割伤了旁边一位无关者。两个人都被感染，并继而死去。那位截肢伤员也是同样的下场。南丁格尔评价说：那是她所见过的唯一一场死亡率达到了300%的手术。

第118页，与幻肢捆绑到一起：

在过去一二十年间，从男性到女性的变性手术的兴起会不会导致了幻阴茎现象报告数量的相应提升？没有人知道答案，但或许并非如此。研究幻肢现象的科学家们发现，大多数从男性转变为女性的变性者根本就从未觉得他们的男性性器官是属于他们的——这可能是由于他们脑中关于身体的神经架构从解剖学的意义上来看是女性的。如果这是真的，幻阴茎当然就不会出现。沿着同样的思路来想，既然生来没有胳膊或腿的人也能感觉到相应的幻肢，科学家们预计：从女性转变为男性的变性人应该在年纪不大的时候就有过幻阴茎的感受。

第121页，更强烈的快感：

神经学家V.S.拉玛钱德朗曾经提出，常见的一种性癖，恋足癖，可能就是脑图中足区域与生殖器区域交互连通的结果。他承认这只是一个猜测，但他认为这个猜测的可信度跟弗洛伊德给出的解释也差不了多少。弗洛伊德认为，在我们短视的潜意识中，脚与阴茎很相像。顺便一提，拉玛钱德朗是当今最聪明和最有创造力的神经学家之一。我强烈推荐他的著作《讲故事的脑》（*The Tell-Tale Brain*）和《脑中魅影》（*Phantoms in the Brain*）。

第126页，认真对待幻肢的问题：

需要澄清的是，米切尔并不相信招魂术，也并未有意让《乔治·戴德罗病例》的结尾看起来像是出闹剧。事实上，他热衷于揭露灵媒们欺诈的本质。当招魂师们紧紧抓住这个故事不放，把它当作是降神会能够起作用的"证据"时，米切尔感到无比困扰。此外，也不清楚为什么人们聚在伤残医院外吵嚷着要见戴德罗，因为故事中明确（但只是一带而过）地说明了这位病人后来被转去了另一家医院。

要是你感到好奇的话，我可以告诉你，美国陆军军医博物馆（现在的美国国家卫生与医学博物馆）的确有两份标本的编号是3486和3487，但都不是腿。第3486号是一位来自伊利诺伊州的列兵在亚特兰大附近受伤之后取下的头盖骨；而第3487号则是一位来自密歇根州的列兵的左臂肱骨片段，同样是在亚特兰大附近受的伤。后者活了下来。

第六章　笑与病

第136页，迷你版的脑：

古怪的事实：小脑差不多含有全部脑神经元的四分之三。对此有两种可能的解读方式：其一，尽管我们或许会认为运动是一种"低级"脑功能，而认知是一种"高级"脑功能，但实际上运动需要大量精密搭建的神经连线；其二，或许小脑在认知中所扮演的角色比科学家们的传统认识要重要得多。

第144页，大洋洲土著都是野蛮人的刻板印象：

盖杜谢克总是觉得自己要保护法雷人。除了反击"野蛮人"的刻板认识之外，当有一家澳大利亚小报给库鲁病取了个"笑病"的外号时，盖杜谢克勃然大怒，认为这种说法既不尊重，又油腔滑调的。然而另一方面，当盖杜谢克想要达到惊人效果时，他自己也没高尚到哪儿去，同样会纵容自己使用一些"刻板认识"。他在一封给妈妈的信中就曾吹嘘说："（接待我的当地人）几天前还用矛互相捅对方呢！"

第149页，死神经元和海绵孔：

没有人知道朊病毒究竟是直接还是间接杀死神经元的。也许朊病毒斑块的堆积只是制造了一种有毒性的副产品，或是扰乱了交通枢纽中的某个重要进程。但是很确定的是，在朊病毒斑块与神经元的破坏之间有着非常强烈的关联

　　　　　　　　　　　　　　　　　　疯脑：五百年神经学奇案

关系。一个复杂的因素在于，科学家们仍旧不知道正常的、健康的朊病毒蛋白有什么样的功能。不同的实验已经把它与多个不同的功能联系起来，其中包括：髓磷脂的制造、新脑细胞的诞生、神经回路的可塑性重连线（特别是在年轻的脑中），以及铜离子的转运。虽然它在脑细胞中尤其活跃，但实际上所有细胞都会生产它。

顺便一提，库尔特·冯内古特[1]（Kurt Vonnegut）的粉丝或许已经注意到了，朊病毒与《猫的摇篮》中的"九号冰"有异曲同工之妙。这种特殊形式的冰在室温下就是固体，并且能把它所碰到的其他水分子也都转变成更多的九号冰[2]。布鲁辛纳读过这本书，很喜欢引用两者之间这种比较。

第151页，在后来的采访中：

那些过去认识并爱戴盖杜谢克的人从未停止过关于他有罪还是无辜的争论。他生活的很多细节看起来都像是典型的恋童癖的征兆，包括他选择成为一名儿科医生这一点。另一方面，他承认了骚扰罪的指控，应该是为了避免马拉松式的审判，因为这会把他搞破产的。他的朋友们还辩称，联邦调查局还许诺为第一个站出来指控盖杜谢克的人提供经济上的支持——这并不能让他的证词失效，但的确使之变得可疑。另外，这场官司发生在20世纪90年代，那时候美国人对于虐待儿童事件的态度几近歇斯底里，这也引发了一定的质疑。况且，上帝知道美国警察曾经逼出过多少冤假错案。

具体来说，在联邦调查局介入之前，共出现了4起针对盖杜谢克的性虐待或不当触碰的指控，但全都因为证据不足而销案了。不过，这么多起指控仍旧

1　美国作家，黑色幽默文学代表人物之一。

2　《猫的摇篮》是冯内古特的小说中黑色幽默风格的代表作之一，故事中的科学家制造了一种具有文中所述性质的"9号冰"，但真实世界中并没有这样的冰。不过，9号冰这一说法并非纯粹的臆想。在物理学中，将水冰在不同温度及不同压力下形成的不同排列的晶体划分为17种，其中的9号冰处于300MPa左右的压力下，即3 000个大气压下，但温度要在零下100多摄氏度以下。真正可以在室温下结冰的是6号冰、7号冰、10号冰和11号冰，只不过所需的气压极高，都在1GPa以上，即10 000个大气压以上。"9号冰"会把碰到的水都变成冰，这种现象倒是可以在现实生活中见到，即过冷水的结冰过程：当超纯水冷却到零度以下，但缺少结晶核时就无法结冰，可是只要稍加晃动，引入气泡，就会看到冰在水中某处形成，然后迅速不断把周围的水也变成冰，直至整个容器里的水都冻上。所以，冯内古特很可能是了解了这些科学事实，才有了"9号冰"的创意。

令人忧心。另外，在BBC那部令人心碎的纪录片《天才与男孩们》（*The Genius and the Boys*）中，盖杜谢克在镜头前承认曾经与世界各地的数百名男孩有过性接触。但那可能只是他夸张的一种表述而已，因为盖杜谢克就喜欢跟人们对着干，喜欢在镜头前扮丑。在影片中的另一处，他还毫无保留地支持"两代人之间的"乱伦，说孩子夜里应该进入他们父母的卧室去帮着做爱。但是纪录片中声称，至少有7个男人现在已经控告盖杜谢克在他们还是小孩子的时候与其有过性接触，七人中有一位美国人是在镜头前做出这番指控的。

第七章 性与罚

第156页，吗啡成瘾者：

在那个时代，社会对于瘾君子有着更高的容忍度，特别是在绅士的专业人士当中。作为一个吗啡成瘾者，威廉·霍尔斯特德（William Halsted）也尝试过可卡因。对于医生中的成瘾者，威廉·夏普曾经讲过一个令人忧心的故事。他有一次看见一位令人尊敬的外科医生就在手术开始前吞了一大口威士忌。5分钟后，这位医生试着要在患者颅骨的后部凿一个洞以对脑进行操作，但他用的劲太大了，直接凿穿了脑干。患者当场就死了。他对几位来参观的医生小声说道："看来手术结束了。"然后就开溜了。夏普后来发现他在医生的更衣室里，喝着更多的威士忌，手一直在发抖。

第159页，手、足和面部骨骼都会增厚：

合成生长激素是一种非常棒的兴奋剂药物，能显著提高运动水平。使用这种药物的专业运动员就常常会出现肢端肥大的问题。简单来说，他们的颅骨和下颌骨会肿大，帽子和头盔的尺码也会显著增大。

第162页，他手术生涯中的第2 000个脑瘤：

这2 000个脑瘤当中有11个来自同一位患者的脑中，他的名字叫蒂姆·多诺万（Tim Donovan）。库欣最终从多诺万的头颅里取出了1.3千克的癌变组织，几乎相当于额外一个脑子。

第165页，向下丘脑发送了一个信号：

1916年3月29日，一位O.先生在艾奥瓦州中北部冲着自己的右侧太阳穴开了一枪。有人在十几个小时之后发现了他，然后当地医院的一位医生救活了他。子弹切断了O.先生的视神经，他醒来的时候已经成了盲人，但是直到几天之后才出现了一些复杂的现象，令他的案例被人们所记住。在恢复期的头两天，O.先生一共只尿了0.4升的尿。在第五天，水坝开闸了，他开始不停地排尿、排尿、排尿。到了4月10日的时候，他每天要尿4.5升的尿，是正常男性的3倍。这还没算他尿在床上的那3次。4月12日，他尿了5.7升，同样没包括尿在床上的。

他的医生最终找到了这条尼亚加拉瀑布的源头，原来是下丘脑。现在科学家们已经知道，下丘脑会制造一种叫作血管升压素的神经递质，又被称为抗利尿激素。当它被缓缓加入血液之后，就会打开肾脏里负责重新回收H_2O的水泵，不让这些水分子进入膀胱。O.先生那一枪并没有直接击中下丘脑，但是在枪伤路径上的组织发生了肿胀，慢慢压迫了下丘脑。当抗利尿激素的生产停止之后，他的膀胱就会迅速装满，除了一次又一次地释放，没有别的办法。可怜的O.先生在收容所里度过了他的余生。

边缘系统与更广泛的身体部位相互作用的另一个例子发生在南非。丽塔·赫夫林（Rita Hoefling）是一位40岁的白人主妇，被诊断患有库欣综合征。这种病是肾上腺分泌了过多的皮质醇所导致的。因此，外科医生在20世纪70年代早期切除了赫夫林的肾上腺。手术解决了她的问题，却带来了其他的麻烦。肾上腺能够检查脑垂体的活跃性，现在没有了肾上腺管着垂体，后者开始源源不断地生产某些激素，能够导致皮肤细胞提高黑色素的产量，而黑色素改变着肤色。于是，赫夫林开始变成古铜色，然后是浅棕色。这是移除肾上腺的著名副作用（称为纳尔逊综合征），不会造成什么大麻烦——除了在种族隔离的南非。赫夫林开始被赶下白人专用的公交车。她的丈夫和儿子也抛弃了她。她甚至未被允许参加她父亲的葬礼。赫夫林被放逐之后，有色人群慷慨地接纳了她。后来，她毫无保留地讲出了自己的经历，控诉罪恶的种族隔离制度。

第169页，被打哈欠所传染：

打哈欠是一个涉及方方面面的神经科学课题。就像微笑一样，有些人由于运动区域中风而导致瘫痪，但在哈欠的诱导下仍能抬起胳膊伸懒腰。这是因为哈欠的神经反射起源于脑干，因此能够通过另一条渠道绕过受损的神经元，去联系胳膊的肌肉。起源于脑干这一点还暗示着，打哈欠是一个古老的反射活动，远远比人性古老得多。当然可以肯定，还有很多其他的哺乳动物也会打哈欠，蛇、鸟、龟也同样会。生下来就只有脑干的人（也就是说没有更上面的脑结构）也能打哈欠，就连子宫中的胎儿也会。

但是，只有两种生物会被打哈欠所"传染"，那就是黑猩猩和人类。人类直到四五岁之后才会受到传染性哈欠的影响，暗示着我们需要首先让脑中的特定部分发育好，然后才能传染上哈欠。这些部位可能是与社交技能和共情有关的。沿着这个思路分析，孤独症患者要么完全不会受到传染性哈欠的影响，要么要到很大年纪才会受此影响。此外，我们从不同人那里受到哈欠影响的程度也是不同的。我们所爱的人打的哈欠最容易传染我们，其次是好朋友，再其次是熟人，最后是陌生人。这让我在想：能不能通过测量两个人打哈欠滞后的时间差来判断他们是不是已经不再彼此相爱了呢？

最后，最关键的问题在于，也一直在于，我们到底为什么要打哈欠，而答案是，也一直是，没有人知道。

第176页，达马西奥的这些工作：

达马西奥在他的著作《笛卡尔的错误》（*Descartes' Error*）中详细讨论了埃利奥特的情况。读一读这本书就可以全面了解到这个案例中所有的细节。

第八章　神圣的疾病

第186页，在手术中保持清醒：

前额叶切除术的专家沃尔特·弗里曼（Walter Freeman）很喜欢讲述他职业早期生涯中的一件事。当时，他问正在做手术的病人脑子里正在想什么。病人的回答是："一把刀。"在网上还有一段关于蓝草音乐家埃迪·阿德科克（Eddie Adcock）的惊人视频。为了在手术期间确保他的脑没出任何问题，他的医生没有让他讲话，而是让他弹奏一把班卓琴。

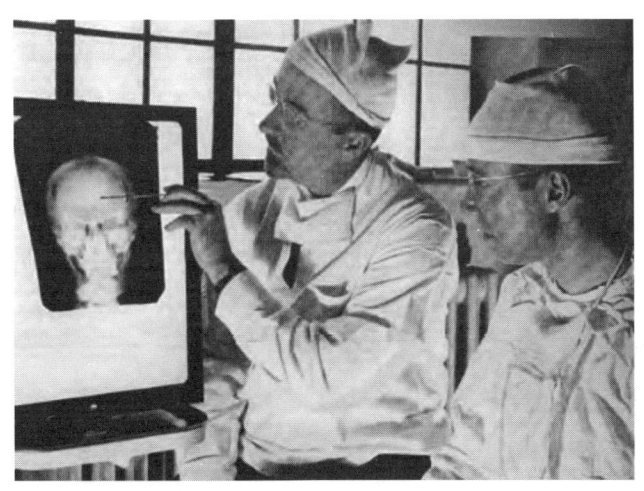

声名狼藉的美国前额叶切除术专家沃尔特·弗里曼

第189页，祭司：

古埃及的祭司们可能没太重视脑，但是至少古埃及的医生们采取了不同的态度。被称为埃德温·史密斯（Edwin Smith）莎草纸的文档，正是基于编纂于约 5 000 年前的材料，早于大多数金字塔的建造时间。这些内容概述了对于几十种不同类型的头部或脑创伤的可能诊断以及可选治疗方案。这份文档还在历史上第一次将脑独立出来，视为一个截然不同的器官，而非只是头的普通一部分。莎草纸上对应于"脑"的象形文字意思是"头之髓"。

埃及象形文字中的"脑"，它的字面意思是"头之髓"

第200页，在20世纪20年代并不鲜见：

虽然库欣在他自己的医院里大大地降低了神经外科手术的风险，但是其他外科医生却迟迟没有采取他的方法。于是神经外科手术当时仍是致死率最高的手术之一。甚至直到1900年的时候，伦敦医院中差不多75%的神经外科手术病人会死于术后综合征。同一时间在新几内亚采用原始方法施行的环截开颅术中，使用鲨鱼牙来切开头颅，用香蕉叶来处理伤口，可病人的死亡率只有30%。这真的值得我们深思。除了消毒措施之外，对于脑功能分区的定位也有助于大大降低死亡率。以前神经外科医生只能敲开头颅，乱找一通肿瘤或伤痕，然而现在却可以先研究病人的问题所在，对于在哪个位置开颅做出有把握的猜测。

第九章　精神的诡计

第209页，在权力的真空中：

对于总统是否在精神上有能力行使他的职权，如果有人可以加以评判的话，那么目前仍没有明确的准则来决定谁是这个人。我们常说副总统距离总统宝座只有一步之遥，特别是考虑到错觉已经在困扰那些中风的总统了，但是这个国家距离这种宪法危机却总是还差撕裂一条动脉的距离。

第218页，皮肤的导电性：

测谎仪也会测量皮肤的导电性（以及心率、血压、呼吸节奏，还有其他一些压力之下的生理指标）。这听起来或许有点奇怪，因为测谎常被公开指责为伪科学的骗术，但是科学家们使用它的方式与典型的混蛋审问者的使用方式是有区别的。审问者宣称，就因为你表现出紧张的迹象，说明你在撒谎。但你当然有可能因为一大堆的理由而感到紧张，不仅仅是因为他威胁你可能会把你送进监狱。科学家只是用这类测试来简单地测量你是否正在经历一种情绪体验，仅此而已，另外就是这些指标会不会在不同的刺激之下发生改变。科学家不会（或者至少不应）宣称是在以这些指标为依据读取你的实际想法，而在这个更加具体的案例中，皮肤导电性的测试的确能提供一些有意义的信息。

一件有意思的逸闻是，第一台粗糙的测谎仪是由哈佛大学的一位本科生威廉·莫尔顿·马斯顿（William Moulton Marston）开发出来的，主要由一些像蟒蛇一样缠在被测者身上的管子组成。马斯顿后来用一个笔名去画漫画书了，还创造了神奇女侠这个人物——她当然会有一根金色的"真言之索"，用来把坏人绑住，强迫他们变得诚实而直接。不幸的是，马斯顿在自己的事业上却不总是这么诚实和直接：他将测谎仪用于商业推广活动的研究，想要检测年轻男性在两种品牌的一次性剃刀中更喜欢用哪一种，但他被人发现在数据上造了假。

第219页，一个本应安全而熟悉的环境：

有些人经常性地会有似曾相识的感觉，就好像此刻发生在他们身上的一切此前都已经在他们身上发生过了。这会导致一些并非有意为之的搞笑抱怨。有的人会拒绝看电视，因为所有节目似乎都像重播一样；一个女人扔掉了借书卡，因为她好像已经读过图书馆里的每一本书；另一个女人则不再打网球了，因为她似乎预先知道了每一分的结果；一个男人甚至宣称他已经在许多年前就参加过这个葬礼了，虽然这很不合逻辑。科学家还不知道为什么似曾相识这种现象会发生，不过倒是有相当多的猜测。一个比较好的猜测是脑中的记忆组织的方式就像是循环播放的视频一样。通常情况下，我们先录好素材，日后再重放。但是如果由于某种原因，你录好记忆之后马上就回放出来，你就会经历似曾相识的感觉。有其他科学家把似曾相识归结于不同的原因，而这种现象当然也有可能是多重原因造成的。

怕你好奇，我在此顺带提一下，听觉-边缘系统的回路也有可能出问题，切断一个人的嗓音与其"光彩"之间的联系。实际上，有一些来自盲人的案例，得了听觉上的卡普格拉妄想症。边缘系统-触觉回路，边缘系统-嗅觉回路也可能被摧毁：一位饱受卡普格拉困扰的盲眼巴西女性就抱怨说，她丈夫的替身摸起来油腻腻的，闻起来也不一样。

第225页，爱丽丝患者：

如果你想谈下面这个话题的话，咱们就来聊聊。神经学家已经指出，

《爱丽丝梦游仙境》里面满是潜在的有趣神经医学案例。矮胖子[1]认不出别人的脸（脸盲症），而且还在跌落后受了严重的脑损伤；在疯狂下午茶中的睡鼠有嗜睡症；白皇后有计算障碍症，无法进行算术运算（她说："我在任何情况下都无法做减法。"）。书中的其他角色也暴露出了对于空间、时间以及存在性本质的怪诞信念。

另一个似乎是从《爱丽丝梦游仙境》这本书中萌芽的妄想是玻璃妄想。这类病人相信自己是用玻璃做的。奇怪的是，患者常常把自己想成是某样特定的物体，比如尿壶或油灯。还有数量惊人的患者相信自己有个玻璃屁股，其中就包括法兰西国王查尔斯六世，他穿了加厚的衣物来保护他的玻璃屁股。这类事情的另一个变体就是巴伐利亚的亚历山德拉公主，她坚称自己吞下了一架玻璃钢琴，而且还在她体内保持完好。

第228页，如果这都是正确的：

虽然利贝关于"自由意志"的实验结果是很可靠的，但对于这一结果的解释仍然存在争议——这还是客气的说法。有些科学家和哲学家反驳称，无论一个人的反应有多快，他决定要动手指的时间和他的眼睛看到并记下计时器上的时间之间，一定会有滞后。另一些人不赞同以下观点，即认为一个人可以在毫秒的级别上精确地捕捉到意识。或许意识弥散在很宽的一段时间内，又或者，我们可能在举起一根手指这样粗糙的运动任务上的确是个"僵尸"，但是我们在做更大，结果更重要的决定时，的确有自由意志。沿着这些思路去想，或许我们的自由意志在事情开始之前就给我们的脑编好了程序。所以，即便我们每一天都要用自动导航来做很多事，但是我们所建立起的习性的确是自由选择的。

利贝本人发现大多数反对声音要么是毫无基础的，要么是站不住脚的。不过，他并不认为自己抹除了自由意志的存在，至少不是全抹除了。利贝的确认为我们意识层面上的自我没有自由的、不受管制的能力去启动一个动作，这种天赋是属于潜意识的。但是，他争辩说，人们的确是有选择的——真正的、自

1　矮胖子不是《爱丽丝梦游仙境》中的人物，而是其续作《爱丽丝镜中奇遇记》里的人物。

由的选择——来遏制这些潜意识中的冲动，并且拒绝执行。照他来说，我们可能没有自由意志，但是我们有自由的否定权。取缔潜意识决定的时间窗口很窄，只有150毫秒，但这足以让人们在道德上对其行动负责。正如利贝曾经写的："'十诫'中大多是'不要'做某事的命令。"这不是我们之中大多数人所相信的那种自由意志，但它或许是神经科学给自由意志留下的唯一余地。

第十章　诚实的谎言

第236页，突破性的成果：

惊人的是，休·爱德华·德·沃德纳仍然健在，并住在英格兰。他欣然同意了接受因为写作这本书而进行的采访。

第239页，美国流行起来的前额叶白质切除手术这股风潮：

如前所述，前额叶白质切断手术切除了额叶与边缘系统之间的白质联系。虽然前额叶白质切除术源于一位葡萄牙医生，还让他因此获得了诺贝尔奖，但这种手术真正的推广是在美国，并且总是伴随着庸医和所谓立竿见影的疗效。从20世纪30年代中期到20世纪50年代末，总计大约有5万美国人接受了前额叶白质切除手术，其中有3 000人都是由同一位医生沃尔特·弗里曼主刀的。到达这样的巅峰，弗里曼却是以一种独辟蹊径的方式实现的。他在一个移动诊所，绰号"前额叶白质切除车"里实施这种手术，而工具就是他从厨房里拿来的橡胶锤子和碎冰锥。他曾经在只有4岁大的孩子身上实施这种手术，最高纪录是一天做25台手术。他最为著名的病人是约翰·肯尼迪总统的妹妹罗斯玛丽·肯尼迪（Rosemary Kennedy），术后的她是在慈善机构里度过的余生。

第248页，个人认知：

在正常的脑中，所有我们所了解到的可能最初都是情节性的记忆，所以要依赖于海马体。只有过一段时间，其中一部分记忆终于离开了海马体及周边结构组成的网络，变成了与背景无关的知识，它们才被转变成了语义记忆。比如你最初可能是在去华盛顿特区的一次游学旅行中知道了亚伯拉罕·林肯是第

16任美国总统，或者更有可能的情况是，你在某次测验时答错了一道题才搞清楚这件事。但是最终你可能会忘掉你到底是什么时候学到这条知识的，而只是维持了更为抽象的知识本身，即林肯＝16。

情节记忆与语义记忆之间的区别也让我们对于虚谈者有了新的认识，因为他们主要都是在关于自身的情节经历上扯谎。可以预计的是，虚谈者通常对他们那些最为离谱的牛皮大话也会既有回忆，也有熟悉感。的确，一言以蔽之，这才是他们的问题所在。

第250页，划分责任：

这只是关于脑如何处理记忆的一张有可能成立的简图，不过相当一部分神经学家并不认同此处所展示的一些细节。换言之，就像当下神经科学的几乎每一件事一样，记忆的问题也是有可能被进一步修订的。特此说明。

第252页，舍列舍夫斯基的记忆"没有明显的限制"：

当然了，舍列舍夫斯基有限的脑并没有无限的信息存储能力。但是对于文中这样的评论，我们要明白大家对于记忆的一般认识，也就是像"罐子"或"硬盘"或是其他什么能够填满的东西一样，但这是一种误导。正如有一些科学家所评论的，最好把记忆想成是像肌肉一样，只要锻炼就能越来越强大。所以舍列舍夫斯基连续获取新的资料并不一定就要把旧的资料挤掉。

第256页，对细节进行歪曲和篡改：

关于人们歪曲个人记忆的最佳例证可能就要算是与2001年9月11日有关的事情了。一次又一次的调查发现，人们明确地记着自己在当天的电视上看到了两架飞机撞击世贸中心双子塔的新闻报道。但是这从未发生过。没有电视台在当天就播放了那些冲击力巨大的画面，直到第二天相关画面才出现在电视上。

第十一章　左边，右边，中间

第263页，这个位置：

确切地说，布罗卡将谭和勒隆脑中的损伤定位于额叶的第三个沟回处，靠近额叶与顶叶交界的地方。这个区域最终被称为布罗卡区。

虽然布罗卡为后世的研究保存了谭和勒隆的脑，但是后人几乎把它们搞丢了。而且还是两次。去世之前，布罗卡将两个病人的脑交给了杜普伊特伦博物馆保存，这家博物馆的展厅之前是一家修道院的餐厅。1940年的一次炸弹抢劫炸毁了杜普伊特伦博物馆的墙，而在将展品转移到一处更为永久性的场所时，两个脑都找不到了。直到1962年，一位学者终于找到了脑的下落，但是它们又迅即消失了，因为一位看门人挪动了它们，可是到死也没告诉任何人把它们挪到哪儿了。不过，这两个脑又于1979年再次出现了，并且至今仍是安全的。出于某种原因，布罗卡将谭的脑竖着放置在了罐子里，于是它就坐在额叶上。

第265页，第一和第二语言：

无论是英语，他加禄语[1]，还是塞尔维亚－克罗地亚语，你所学会的第一种语言存储在你的程序性记忆中。这就解释了为什么人在讲母语时总是如此自然，因为它是下意识的动作。对于第二语言，情况会各不相同。如果你是"自然"学习第二语言的（即在日常生活中学习），它也会进入程序性记忆，会变得几乎是自动工作的，特别是如果是在小时候学会的。如果你是通过正式的测验与教学才学会的第二语言，那么它进入的是陈述性记忆，并不那么容易存留下来。这种区分解释了为什么掌握双语的人有可能在脑受损伤时失去其中任何一种语言，因为不同的记忆系统可以分别遭受破坏。顺带一提，双语人士通常会用母语咒骂或用母语对着宝宝轻声细语，是因为下意识之下的第一语言与我们的情绪之间有着更牢固的纽带。

与掌握多门语言有关的一种奇特的失调症叫"外国口音综合征"。当患者在中风或头部遭受重创之后醒来，突然开口说话的时候就有可能发生这种病症，说话带着奇怪的腔调。比如一位英国女士，醒来说话却像是在模仿一位法国女士，说着各种好笑的话。这种失调症听起来很有意思，但是背后的原因其实很乏味。原来是脑损伤降低了病人脑中的"听觉带宽"，结果就是，他的牙齿、舌

1　菲律宾吕宋岛当地居民使用的语言，是菲律宾语的基础。

头和嘴唇无法生成所有他所需要的声音。不管是出于什么原因，反正其他人就会把这种带宽受限的语音老套地解释成外国口音。

第267页，奥比坦：

奥比坦的岳父让－巴普蒂斯特·布约（Jean-Baptiste Bouillaud）曾经出了500法郎，悬赏任何能够不伴随语言能力丧失的大范围额叶损伤的证据。最终他丢掉了这笔钱，但是当时的情况很是可疑。在1865年的一次巴黎人类学会会议上，阿尔弗莱德·韦尔波（Alfred Velpeau）医生详细讲述了一个60岁假发工匠的病例，后者曾经在几年前因为严重尿失禁而接受过他的治疗。显然，从没有人像这位病人这样有如此之多的胡言乱语。他持续不停地讲话，强迫性地讲话，甚至在睡觉的时候也在闲扯。没有什么方法能让他闭嘴。他此后不久就去世了。虽然韦尔波并未计划要在尸检时检验这位病人的脑部，但是他在最后一分钟又决定要这么做了。看呀！他发现病人的额叶已经被一个肿瘤毁掉了。至少，韦尔波是如此声称的。由于这位假发工匠早在1843年就病逝了，而韦尔波直到将近四分之一个世纪之后才说出这件事，有些人就怀疑他是在欺诈。当他在人类学会的会议上要求获得奖金时发生了争吵，但是布约最终还是把钱给他了。从现代观点来看，那位假发工匠可能的确遭受了某种额叶损毁，这导致他的语言抑制能力被降低了，所以才会不停说胡话。但是额叶是非常大的，上面相当多的部位受损时都不会影响到布罗卡区。

第275页，推翻了拉什利的理论：

从今天的观点来看，拉什利的想法并非全然都是胡扯。语言和记忆，还有其他一些复杂的功能的确需要运用脑的多个部位。但是脑信号不会通过电波来传播，而是要借助于离子和化学物质。而且，说脑的多个部位对于某事有贡献，这还远远不是拉什利的理论，他认为脑的所有部位有着相同的贡献。

至于说拉什利的实验，大鼠在遭受了脑创伤之后还能在迷宫里导航的原因在于，大鼠这种狡猾的小混蛋有着多种不同的方式来找到变通的办法。触觉、嗅觉、听觉、视觉都能被它们利用。大鼠甚至还在脑的不同部位有着不同的视觉中心。脑的损伤无疑影响了这些系统，但你只有把这些系统全部都除去之后才能得到一只无助的大鼠。这也是为什么人类从地球表面消亡很久之后，大鼠仍将一直存活在地球上的原因所在。

第275页，它会重新迷失方向：

敏锐的读者可能已经注意到了，这个猫/迷宫/眼罩的实验不会如描述的这样进行，因为每一只眼睛都会向脑的两个半球同时提供输入。再重复一次前文提到过的，从视野的左侧和右侧来的输入最终会分别来到右脑和左脑，而非是从左眼和右眼来的输入。斯佩里当然知道这一点，所以当他切断猫的胼胝体时，也通过手术重新连接了它们的视神经，这样一个眼睛的神经就会把信号只送入同一个脑半球了。显然，斯佩里是一名很有天赋的外科医生：他在欧柏林球场上锻炼出来的手眼协调能力令他获益匪浅。

第276页，画下来：

强迫裂脑病人用他们的弱侧手（通常是左手）来画画，会产生一些相当糟糕的作品，即便以神经科学测试的一般性标准来看也不怎么样（见下图）。但是这种把左脑与右脑的能力分开来检验的实验是很重要的。不过有趣的是，从某种角度来看，裂脑病人的左手在艺术上是优于右手的。由于缺乏使用，左手画的线往往是抖动的，但是总体而言，左手画出的画的确像它所画的东西，因为右脑有着出色的空间技能。与之相反，右手画的线条确定而坚实，但是整体上看不出来是什么东西，因为左脑缺乏空间感。

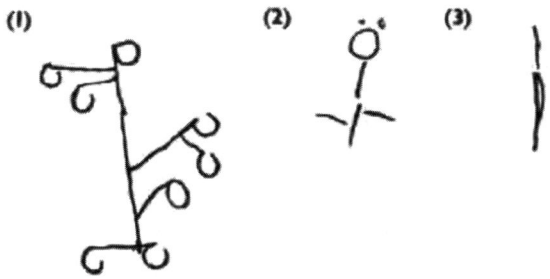

脑中患有断裂性视觉失认症的病人画出的画
(1) 一棵树　(2) 一个人　(3) 一只船
请注意看，那个人的眼睛似乎是在头外面的

第278页，动物也表现出微妙的脑半球差异：

与大多数动物不同的是，大自然本身并非不在意左右差异，尤其是在小尺度上。有些亚原子粒子就有左手型或右手型之分，两者与一种自然界的基本作用力（弱相互作用）的相互作用也是不同的。更为重要的是，所有地球上已知的生物都使用了形成右手螺旋的DNA。把你的右手大拇指指向天花板，你的另外四根手指握拳的逆时针方向就是DNA螺旋向上卷曲的方向。实际上，左手型DNA会杀死我们的细胞，然而可能会有连着好几版的生物学教科书上都显示着"反的"DNA，却没有任何人注意到。我可能不该说这个话，但我写的第二本书《小提琴家的大拇指》（*The Violinist's Thumb*）的封面上就是反的DNA螺旋，而我根本没有注意到，直到有一位眼尖的读者指出了这一点。

第280页，或许这些并不只是比喻而已：

说到比喻，有强烈的证据表明，只要我们听到或读到一个动作动词时（比如跑、打、跳），或者甚至当我们使用与动作相关的比喻时（比如他吞下了他的骄傲；她奔波于两份工作之间；它延伸了我们的理解），我们的运动中心就开始嗡嗡地做出响应了。这个信号不足以驱动身体，但是已经跃跃欲试了。显然，这种受刺激产生的生理活动能帮助我们的意识去更好地掌握这些比喻的含义。很多语言都以这样或其他的方式具象化。想要对这个话题了解更多，可以读一读本杰明·伯根的《比词语更大声》（*Louder Than Words*）。

第十二章　那人，那迷思，那传说

第292页，存在于群体之中的一个进程：

意识不是存在于某处的某样东西，而是群体之中的一个进程。如果你很难接受这个想法的话，可以想想V.S.拉玛钱德朗给出的这个绝妙类比。在他的著作《脑中魅影》里提到了电视剧集《海滩护卫队》，然后他问道：这个剧集中的某一集到底存在于什么地方呢？在演员们拍摄剧集时的海滩上？在拍摄剧集用的摄影机里？在把剧集一个比特一个比特送到你家电视的线缆中？在电视里面？如果是这个答案，那么具体又是在电视里面的什么地方呢？电路深处，还是液晶显示屏？或许这出戏存在于到达你眼睛的光子风暴中？或许是存在于你的脑中？

想上几秒钟就会明白，这个问题本身是有问题的。或者应该说，它没问到点子上。真正的问题不是某一集存在于哪里，而应该是，不同的科技如何能够组合在一起，把一些动态的图片跨越时间和空间传送到你的脑中？与此类似，拉玛钱德朗觉得，随着我们对于脑产生意识的方式有了越来越多的了解，我们也就会越来越不在意其具体所在的位置。

第296页，始终保持着意识：

《过去150年间由金属棍或金属管所造成的经颅脑损伤》是一篇既令人愉悦，又令人毛骨悚然的论文。它涵盖了12个遭受金属物体穿脑的病例，12人中有5位患者自始至终也没有昏迷过。其中有两个值得一提的病例，一个是在喝醉之后玩"威廉·退尔[1]"游戏，另一个是遭遇了包装流水线上的一次事故——一根8米长的轴在被卡住之前几乎整体穿过了患者的头颅。由于他始终没有晕过去，所以他能够感觉到那东西一寸一寸地滑过自己的脑子。

更有意思的是，2009年发生在密西西比州的一次激烈争执中，一位女士的前额被点38口径的子弹击中。那颗子弹干净利落地穿过了她的脑，从前到后。她不仅始终保持着意识，甚至还保持着礼貌。一位警官在几分钟之后敲响她家前门的时候，发现她不顾自己的伤势，竟然正在冲茶，还坚持要让警官喝上几口。

第297页，为了再次被掏空：

悲哀的是，克莱夫·韦尔林永远不会复原。话虽如此，可是他的失忆症在他生病后的最初十年是最严重的，而有证据表明他的症状大概在2000年以后就减轻了——可能是因为他脑中的可塑性改变令他恢复了一些功能。神经学家尚

1　威廉·退尔（William Tell）是瑞士传说中的英雄，在与总督对抗时被要求用弓箭射中自己儿子头上的苹果。所谓威廉·退尔游戏就是指一个人用弓箭射击另一个人头上摆放的物品，通常是醉酒情况下做的事情，并且频频导致严重的伤害事件。

未通过适当的研究来正式记录他的进展，所以我们必须要谨慎对待。不过韦尔林的夫人德博拉与他在一起的时间比任何其他人都多，而她坚持认为韦尔林有所好转。

例如，韦尔林的记忆已经进步到了可以和德博拉进行有意义的简单对话的程度，而不再只是一遍又一遍地重复某些话。虽然他仍然会不断地"突然醒来"，但是在上百万次之后，他已经习惯了这种顿悟的感觉，也不会再热忱地将之记录下来。看某些电影（比如《007》系列）时，他甚至能跟上一小段。他还能到公共场所去，不会突然迷失。德博拉在她的回忆录《永远今日》（*Forever Today*）的最后讨论了上述以及其他一些进展。

第 298 页，永远不会抛弃他的：

即便是失忆症患者也不会失去自我——这条规则似乎有一种例外情况。罹患所谓"解离性失忆症"的患者似乎的确忘了他们的个人身份。他们更像是电视剧里面演的那种失忆症，醒过来就不知道任何有关自己过去的事情了。但即便是解离性失忆症患者也保留着一些来自他们过去的东西：例如他们或许能够登录自己的电子邮件账户，靠的是肌肉记忆。通常来讲，解离性失忆症患者的确会为自己假定一个新的身份，因为脑显然无法在没有自我的情况下工作。

我曾经写了很多有关历史上最著名的解离性失忆症患者的故事。他是一位美国农场主，名叫安塞尔·伯恩（Ansel Bourne）。你可以在下面这个网址读到他的故事：http://samkean.com/dueling-notes。

第 302 页，一些当代的历史学者：

在修订我们对于盖奇的看法这件事情上，首先要归功于一位名叫马尔科姆·麦克米伦（Malcolm Macmillan）的历史学者，他也证明了盖奇有可能在后来的生活中恢复了一些技巧和功能。他写了一本有趣的书叫《另类的名声》（*An Odd Kind of Fame*）。每一个想要引用盖奇这个病例的人都应该首先读一读麦克米伦这本书，因为他修正了一个广泛流传却并不准确的传说，所以完全应该收获众多的支持者。麦克米伦还提出，盖奇的故事值得被人们记住，因为"它向我们描绘了一点点陈旧的事实是多么容易被转变成流行的科学迷思"。真是至理名言。

既然说到不准确，我要在此指出：显然，我不得不简化了盖奇的故事，略过了一些细节。例如，除了约翰·哈洛之外，还有另一位医生在事故一年之后检查了盖奇。这位名叫亨利·比奇洛（Henry Bigelow）的医生提供了一些重要的补充信息。我在书中专注于哈洛的记录而非比奇洛的，主要是因为只有哈洛讨论了盖奇的精神功能问题。你可以参见《另类的名声》以获知完整的故事。

话虽如此，我还是忍不住要在此写一写比奇洛自己的一些事情，因为我们应该说，他有一个色彩斑斓的青年时期。如一位历史学者所说，比奇洛为今天的人们所知是因为他是一位"大胡子外科巨人"，15岁就进入了哈佛医学院。不过，虽然进入了哈佛，比奇洛却把大部分时间用在了"制造巨大的噪声，加入饮酒俱乐部，以及为化学课每年的例行狂欢制造一氧化二氮"。比奇洛最终被从哈佛赶了出来，因为他"在他的宿舍房间里练习枪法"，这种危险行为还导致他"被禁止在那一年剩余的时间里进入剑桥镇[1]。然而，尽管被罚休学，他还是设法按期毕业了"。

---

1 剑桥镇是波士顿市的一个地区，也是哈佛大学的所在地。

参考文献

全书

Albright, Thomas D., et al. "Neural Science: A century of progress and the mysteries that remain." *Cell* 100, no. 25 (2000): S1–55.

Bergen, Benjamin K. *Louder than words: the new science of how the mind makes meaning.* New York: Basic Books, 2012.

Bor, Daniel. *The ravenous brain: how the new science of consciousness explains our insatiable search for meaning.* New York: Basic Books, 2012.

Doidge, Norman. *The brain that changes itself: stories of personal triumph from the frontiers of brain science.* New York: Viking, 2007.

Feinberg, Todd E. *Altered egos: how the brain creates the self.* Oxford: Oxford University Press, 2001.

Finger, Stanley. *Origins of neuroscience: a history of explorations into brain function.* New York: Oxford University Press, 1994.

Gazzaniga, Michael S., Richard B. Ivry, and G. R. Mangun. *Cognitive neuroscience: the biology of the mind.* New York: W. W. Norton, 1998.

Goldstein, E. Bruce. *Sensation and perception.* Belmont, Calif.: Wadsworth, 1989.

Gross, Charles G. *Brain, vision, memory: tales in the history of neuroscience.* Cambridge, Mass.: MIT Press, 1998.

———. *A hole in the head: more tales in the history of neuroscience.* Cambridge, Mass.: MIT Press, 2009.

Harris, Sam. *Free will.* New York: Free Press, 2012.

Klein, Stephen B., and B. Michael Thorne. *Biological psychology.* New York: Worth, 2006.

Macmillan, Malcolm. *An odd kind of fame: stories of Phineas Gage.* Cambridge, Mass.: MIT Press, 2000.

Magoun, Horace Winchell, and Louise H. Marshall. *American neuroscience in the twentieth century: confluence of the neural, behavioral, and communicative streams.* Lisse, Netherlands: A. A. Balkema, 2003.

Ramachandran, V. S., and Sandra Blakeslee. *Phantoms in the brain: probing the mysteries of the human mind.* New York: William Morrow, 1998.

Ramachandran, V. S. *The tell-tale brain: a neuroscientist's quest for what makes us human.* New York: W. W. Norton, 2011.

Satel, Sally, and Scott O. Lilienfeld. *Brainwashed: the seductive appeal of mindless neuroscience.* New York: Basic Books, 2013.

Stien, Phyllis T., and Joshua C. Kendall. *Psychological trauma and the developing brain: neurologically based interventions for troubled children.* New York: Haworth Maltreatment and Trauma Press, 2004.

引言

Cheyne, James Allan, and Gordon Pennycook. "Sleep Paralysis Postepisode Distress." *Clinical Psychological Science* 1, no. 2 (2013): 135–48.

D'Agostino, Armando, and Ivan Limosani. "Hypnagogic Hallucinations and Sleep Paralysis." *Narcolepsy: a clinical guide.* New

York: Springer, 2010.

Davies, Owen. "The Nightmare Experience, Sleep Paralysis, and Witchcraft Accusations." *Folklore* 114, no. 2 (2003): 181–203.

Santomauro, Julia, and Christopher C. French. "Terror in the Night." *The Psychologist* 22, no. 8 (2009): 672–75.

第一章　神经外科医生的对决

Baumgartner, Frederic J. *Henry II, king of France 1547–1559.* Durham: Duke University Press, 1988.

Faria, M. A. "The Death of Henry II of France." *Journal of Neurosurgery* 77, no. 6 (1992): 964–69.

Frieda, Leonie. *Catherine de Medici.* New York: Harper Perennial, 2006. Goldstein, Lee E., et al. "Chronic Traumatic Encepha-
lopathy in Blast-Exposed Military Veterans and a Blast Neurotrauma Mouse Model." *Science Translational Medicine* 4, no.
134 (2012): 134–60.

Keeton, Morris. "Andreas Vesalius: His times, his life, his work." *Bios* 7, no. 2 (1936): 97–109.

Martin, Graham. "The Death of Henry II of France: A sporting death and postmortem." *ANZ Journal of Surgery* 71, issue 5
(2001): 318–20.

Milburn,C.H. "An Address on Military Surgery of the Time of Ambroise Paréand That of the Present Time." *British Medical
Journal*1, no.2112(1901):1532–35.

Miller, Greg. "Blast Injuries Linked to Neurodegeneration in Veterans." *Science* 336, no. 6083 (2012): 790–91.

O'Malley, Charles Donald. *Andreas Vesalius of Brussels, 1514–1564.* Berkeley, Calif.: University of California Press, 1964.

O'Malley, Charles Donald, and J. B. De C. M. Saunders, "The 'Relation' of Andreas Vesalius on the Death of Henry II of
France." *Journal of the History of Medicine and Allied Sciences* 3, no. 1 (1948): 197–213.

Princess Michael of Kent. *The serpent and the moon: two rivals for the love of a Renaissance king.* New York: Simon & Schuster,
2004.

Rose, F. Clifford. "The History of Head Injuries: An overview." *Journal of the History of the Neurosciences* 6, no. 2 (1997): 154–80.

Simpson, D. "Paré as a Neurosurgeon." *The Australian and New Zealand Journal of Surgery* 67, no. 8 (1997): 540–46.

Strathern, Paul. *A brief history of medicine: from Hippocrates to gene therapy.* New York: Carroll & Graf, 2005.

Vesalius, Andreas, and J. B. de C. M. Saunders. *The illustrations from the works of Andreas Vesalius of Brussels.* Cleveland, Ohio:
World, 1950.

第二章　刺客之汤

Ackerman, Kenneth D. *Dark horse: the surprise election and political murder of President James A. Garfield.* New York: Carroll &
Graf, 2003.

De Carlos, Juan A., and José Borrell. "A Historical Reflection of the Contributions of Cajal and Golgi to the Foundations
of Neuroscience." *Brain Research Reviews* 55, no. 1 (2007):8–16.

Everett, Marshall. *Complete life of William McKinley and story of his assassination.* Cleveland, Ohio: N. G. Hamilton, 1901.

Finger, Stanley. *Minds behind the brain: a history of the pioneers and their discoveries.* Oxford: Oxford University Press,2000.

Goldberg, Jeff. *Anatomy of a scientific discovery.* New York: Bantam Books, 1989. Guiteau, Charles Julius, and C. J. Hayes.
Acompletehistory of the trial of Guiteau, assassin of President Garfield. Philadelphia: Hubbard Bros., 1882.

Haines, D. E. "Spitzka and Spitzka on the Brains of the Assassins of the Presidents." *Journal of the History of the Neurosciences* 4,
no. 3/4 (1995): 236–66.

Johns, A. Wesley. *The man who shot McKinley.* South Brunswick, N.J.: A. S. Barnes, 1970.

Loewi, Otto. *An autobiographic sketch.* Chicago: University of Chicago, 1960.

Marcum,JamesA. "'Soup'vs. 'Sparks': Alexander Forbes and the synaptic transmission controversy." *Annals of Science* 63, no. 2
(2006): 139–56.

Menke, Richard. "Media in America, 1881: Garfield, Guiteau, Bell, Whitman." *Critical Inquiry* 31, no. 3 (2005): 638–64.

Miller, Scott. *The President and the assassin: McKinley, terror, and empire at the dawn of the American century.* New York: Random House, 2011.

Paulson,George. "Death of a President and his Assassin—Errorsin Their Diagnosis and Autopsies." *Journal of the History of the Neurosciences* 15, no. 2 (2006):77–91.

Peskin, Allan. "Charles Guiteau of Illinois, President Garfield's Assassin." *Journal of the Illinois State Historical Society* 70, no. 2 (1977): 130–39.

Rapport, Richard L. *Nerve endings: the discovery of the synapse.* New York: W. W. Norton, 2005.

Rauchway, Eric. *Murdering McKinley: the making of Theodore Roosevelt's America.* New York: Hill and Wang, 2003.

Sourkes, Theodore L. "The Discovery of Neurotransmitters, and Applications to Neurology." *Handbook of Clinical Neurology* 95, no. 1 (2009): 869–83.

University at Buffalo Libraries. "Pan-American Exposition of 1901." http:// library.buffalo.edu/pan-am/ (accessed November 4, 2013).

Valenstein, Elliot S. *The war of the soups and the sparks.* New York: Columbia University Press, 2005.

Vowell, Sarah. *Assassination vacation.* New York: Simon & Schuster, 2005.

第三章　连线与重连线

Brang, David, and V. S. Ramachandran. "Survival of the Synesthesia Gene: Why do people hear colors and taste words?" *PLoS Biology* 9, no. 11 (2011): 1–5.

Finkel, Michael. "The Blind Man Who Taught Himself to See." *Men's Journal*, March 2011. http://www.mensjournal.com/magazine/the-blind-man-who-taught-himself-to-see-20120504 (accessed November 4, 2013).

Fisher, Madeline. "Balancing Act." *On Wisconsin.* http://www.uwalumni.com/home/onwisconsin/archives/spring2007/balancingact.aspx (accessed November 4, 2013).

Hofmann, Albert. *LSD, my problem child.* New York: McGraw-Hill, 1980.

Holman, James. *A voyage round the world: including travels in Africa, Asia, Australasia, America, etc. etc. from MDCCCXXVII to MDCCCXXXII.* London: Smith, Elder, 1834.

Roberts, Jason. *A sense of the world.* New York: Harper Perennial, 2007.

第四章　面对脑损伤

Alexander, Caroline. "Faces of War." *Smithsonian.* February 2007. http://www. smithsonianmag.com/history-archaeology/mask.html (accessed November 4,2013).

Caramazza, Alfonso, and Jennifer R. Shelton. "Domain-Specific Knowledge Systems in the Brain." *Journal of Cognitive Neuroscience* 10, no. 1 (1998): 1–34.

Dubernard, Jean-Michel. "Outcomes 18 Months after the First Human Partial Face Transplant." *The New England Journal of Medicine* 357, no. 24 (2007): 2451–60.

Glickstein, Mitchell, and David Whitteridge. "Tatsuji Inouye and the Mapping of the Visual Fields on the Human Cerebral Cortex." *Trends in Neurosciences* 10, no. 9 (1987): 349–52.

Glickstein, Mitchell. "The Discovery of the Visual Cortex." *Scientific American.* September 1988: 118–27.

Hubel, David H. *Eye, brain, and vision.* New York: Scientific American Library, 1988.

———. "Evolution of Ideas on the Primary Visual Cortex, 1955–1978: A biased historical account." *Bioscience Reports* 2, no. 7 (1982): 435–69.

Khatchadourian, Raffi. "Transfiguration." *The New Yorker.* February 13 and 20, 2012: 66–87.

Moscovitch, Morris, Gordon Winocur, and Marlene Behrmann. "What is Special about Face Recognition?" *Journal of Cognitive Neuroscience* 9, no. 5 (1997): 555–604.

Nicolson, Juliet. *The great silence, 1918–1920: living in the shadow of the Great War.* London: John Murray, 2009.

Pinker, Steven. "So How Does the Mind Work?" *Mind & Language* 20, no. 1 (2005): 1–24.

Pomahac, Bohdan. "Three Patients with Full Facial Transplantations." *The New England Journal of Medicine* 366, no. 8 (2012): 715–22.

"Visual neuroscience: visual central pathways." *Visual neuroscience: visual central pathways.* http://camelot.mssm.edu/~ygyu/visualpathway.html(accessed August 15, 2012).

第五章 动与脑

Anonymous. "The Case of George Dedlow." *The Atlantic Monthly.* July 1866. Beatty, William K. "S. Weir Mitchell and the Ghosts." *Journal of the American Medical Association* 220, no. 1 (1972): 76–80.

Canale, D. J. "Civil War Medicine from the Perspective of S. Weir Mitchell's 'The Case of George Dedlow.'" *Journal of the History of the Neurosciences* 11, no. 1 (2002): 11–18.

———."S.Weir Mitchell's Prose and Poetry on the American Civil War." *Journal of the History of the Neurosciences* 13, no.1 (2004): 7–21.

Finger, Stanley, and Meredith P. Hustwit. "Five Early Accounts of Phantom Limb in Context: Paré, Descartes, Lemos, Bell, and Mitchell." *Neurosurgery* 52, no. 3 (2003): 675–86.

Freemon, Frank R. "The First Neurological Research Center: Turner's Lane hospital during the American Civil War." *Journal of the History of the Neurosciences* 2, no. 2 (1993):135–42.

Goler,Robert I. "Loss and the Persistence of Memory: 'The Case of George Dedlow' and disabled Civil War veterans." *Literature and Medicine* 23, no. 1 (2004):160–83.

Herschbach, Lisa. " 'True Clinical Fictions': Medical and literary narratives from the Civil War hospital." *Culture, Medicine, and Psychiatry* 19, no. 2 (1995): 183–205.

Howey, Allan W. "The Rifle-Musket and the Minié Ball." *The Civil War Times,* October 1999. http://www.historynet.com/minie-ball(accessed November 4,2013).

Lein, Glenna R. *The encyclopedia of Civil War medicine.* Armonk, N.Y.: M. E. Sharpe, 2008.

Mitchell, S. Weir. *Injuries of nerves and their consequences.* Philadelphia: J. B. Lippincott, 1872.

Ramachandran, Vilayanur S., and Diane Rogers-Ramachandran. "Synaesthesia in Phantom Limbs Induced with Mirrors." *Proceedings of the Royal Society of London, Biology* 263, no. 1369 (1996): 377–86.

———. "Phantom Limbs and Neural Plasticity." *Archives of Neurology* 57, no. 3 (2000): 317–20.

Ramachandran, Vilayanur S., and William Herstein. "The Perception of Phantom Limbs: The D. O. Hebb lecture." *Brain* 121, no. 9 (1998): 1603–20.

第六章 笑与病

Anderson, Warwick. *The collectors of lost souls: turning kuru scientists into whitemen.* Baltimore: Johns Hopkins University Press, 2008.

Beasley, Anne. "Frontier Journeys: Fore experiences on the kuru patrols." *Oceania* 79, no. 1 (2009): 34–52.

"The End of Kuru: 50 years of research into an extraordinary disease." *Philosophical Transactions of the Royal Society B* 353, no. 1510 (2008): 3607–763.

Gajdusek, D. Carleton. *South Pacific expedition to the New Hebrides and to the Fore, Kukukuku, and Genatei peoples of New Guinea, January 26, 1967 to May 12, 1967.* Bethesda, Md.: Section of Child Growth and Development and Disease Patterns in

Primitive Cultures, National Institute of Neurologi-cal Disease and Blindness,1967.

The Genius and the Boys. DVD. Directed by Bosse Lindquist. Stockholm: SVT Documentary, 2009.

Georgopoulos, Apostolos P. "Movement, Balance, and Coordination —The Dana Guide." The Dana Foundation.http://www. dana.org/news/brainhealth/detail.aspx?id=10070 (accessed November 4, 2013).

Hainfellner, Johannes A., et al. "Pathology and Immunocytochemistry of a Kuru Brain." *Brain Pathology* 7, no. 1 (1997): 547–53.

Ledford, Heidi. " 'Harmless' Prion Protein Linked to Alzheimer's Disease." Nature.com. http://www.nature.com/ news/2009/090225/full/news.2009.121.html (accessed November 4, 2013).

Lindenbaum, Shirley. "Kuru, Prions, and Human Affairs: Thinking about epidemics." *Annual Review of Anthropology* 30, no. 1 (2001): 363–85.

Miller, Greg. "Could They All Be Prion Diseases?" *Science* 326, no. 5958 (2009): 1337–39.

Nelson, Hank. "Kuru: The Pursuit of the Prize and the Cure." *The Journal of Pacific History* 31, no. 2 (1996): 178–201.

Norrby, Erling. *Nobel prizes and life sciences.* Singapore: World Scientific, 2010. Spark, Geridwen. "Carleton's Kids." *The Journal of Pacific History* 44, no. 1, (2009): 1–19.

Stern, Nicholas C. "Agents Investigated Nobel Prize Winner Daniel Gajdusek as Far Back as 1950s." *Frederick News-Post,* October 25, 2009. http://www.fredericknewspost.com/archive/article_9c620533-8d25-5ed5-8a53-96ac 409697f5.html?mode=story (accessed November 4, 2013).

第七章　性与罚

Batts, Shelley. "Brain Lesions and Their Implications in Criminal Responsibility." *Behavioral Science and the Law* 27, no. 2 (2009): 261–72.

Bliss, Michael. *Harvey Cushing: a life in surgery.* New York: Oxford University Press, 2005.

Byrne, John H. *Learning and memory.* New York: Macmillan Reference USA, 2003.

Cushing, Harvey. "Partial Hypophysectomy for Acromegaly." *Annals of Surgery* 50, no. 6 (1909): 1002–17.

———. *The pituitary body and its disorders.* Philadelphia and London: J. B. Lippincott, 1912.

Damasio, Antonio R., Daniel Tranel, and Helen Damasio. "Individuals with Sociopathic Behavior Caused by Frontal Damage Fail to Respond Autonomically to Social Stimuli." *Behavioural Brain Research* 41, no. 2 (1990): 81–94.

Damasio, Antonio R. *Descartes' error: emotion, reason, and the human brain.* New York: Putnam, 1994.

Denzel, Justin F. *Genius with a scalpel.* New York: Messner, 1971.

Devinsky, Julie, Oliver Sacks, Orrin Devinsky. "Kluver-Bucy Syndrome, Hypersexuality, and the Law." *Neurocase* 16, no. 2 (2010): 140–45.

Devinsky, Orrin. *Neurology of cognitive and behavioral disorders.* Oxford: Oxford University Press, 2004.

Eslinger, Paul J., and Antonio R. Damasio. "Severe Disturbance of Higher Cognition after Bilateral Frontal Lobe Ablation: Patient EVR." *Neurology* 35, no. 12 (1985): 1731–41.

Feinstein, Justin S.,et al. "The Human Amygdala and the Induction and Experience of Fear." *Current Biology* 21, no. 1 (2010):34–38.

Fulton, John F. *Harvey Cushing: a biography.* New York: Arno Press, 1980. Greenwood, Richard, et al. "Behaviour Disturbances During Recovery from Herpes Simplex Encephalitis." *Journal of Neurology, Neurosurgery, and Psychiatry* 46, no. 9 (1983): 809–17.

Kalat, James W., and Michelle N. Shiota. *Emotion.* Belmont, Calif.: Thomson Wadsworth, 2007.

Lehrer, Steven. *Explorers of the body.* Garden City, N.Y.: Doubleday, 1979. Morte, Paul D. "Neurologic Aspects of Human Anom-alies." *Western Journal of Medicine* 139, no. 2 (1983): 250–56.

Papez,JamesWenceslaus. "A Proposed Mechanism of Emotion." *Archives of Neurology and Psychiatry* 38, no. 4 (1937):725–43.

Sapolsky, Robert M. "The Frontal Cortex and the Criminal Justice System." *Philosophical Transactions of the Royal Society B*

359, no. 1451 (2004):1787–96.

Sharpe, William. *Brain surgeon: the autobiography of William Sharpe*. London: Gollancz, 1953.

第八章　神圣的疾病

Cassano, D. "Neurology and the Soul: From the origins until 1500." *Journal of the History of the Neurosciences* 5, no. 2 (1996): 152–61.

Costandi,Mo. "Diagnosing Dostoyevsky's Epilepsy." Science Blogs. http://neuro philosophy.wordpress.com/2007/04/16/diag-nosing-dostoyevskys-epilepsy/ (accessed November 4,2013).

———. "Wilder Penfield, Neural Cartographer." Science Blogs. http://scienceblogs.com/neurophilosophy/2008/08/27/wild-er-penfield-neural-cartographer/ (accessed November 4, 2013).

Eccles, John. "Wilder Graves Penfield." In *Memoirs of Fellows of the Royal Society*. London: The Royal Society, 1978: 473–513.

Finger, Stanley. "The Birth of Localization Theory." *Handbook of Clinical Neurology* 95, no. 1 (2010): 117–28.

Foote-Smith, Elizabeth, and Timothy J. Smith. "Historical Note: Emanuel Swedenborg." *Epilepsia* 37, no. 2 (1996): 211–18.

Harris, Lauren Julius, and Jason B. Almerigi. "Probing the Human Brain with Stimulating Electrodes: The story of Roberts Bartholow's (1874) experiment on Mary Rafferty." *Brain and Cognition* 70, no. 1 (2009): 92–115.

Hebb, Donald O., and Wilder Penfield. "Human Behavior after Extensive Bilat-eral Removal from the Frontal Lobes." *Archives of Neurology and Psychiatry* 44, no. 2 (1940): 421–38.

Jones, Simon R. "Talking Back to the Spirits: The voices and visions of Emanuel Swedenborg." *History of the Human Sciences* 21, no. 1 (2008): 1–31.

Lewis, Jefferson. *Something hidden: a biography of Wilder Penfield*. Toronto, Ont. : Doubleday Canada,1981.

Morgan, James P. "The First Reported Case of Electrical Stimulation of the Human Brain." *Journal of the History of Medicine and Allied Sciences* 37, no.1 (1982): 51–64.

Newberg, Andrew B., Eugene G. Aquili, and Vince Rause. *Why God won't go away: brain science and the biology of belief*. New York: Ballantine Books, 2001. Penfield, Wilder. "The Frontal Lobe in Man: A clinical study of maximal removals." *Brain* 58, no. 1 (1935): 115–33.

———. "The Interpretive Cortex." *Science* 129, no. 3365 (1959): 1719–25.

———. *No man alone: a neurosurgeon's life*. Boston: Little, Brown, 1977.

———. "Some Mechanisms of Consciousness Discovered During Electrical Stimulation of the Brain." *Proceedings of the Nation-al Academy of Science* 44, no. 2 (1958): 51–66.

———. "The Twenty-Ninth Maudsley Lecture: The role of the temporal cortex in certain psychical phenomenon." *Journal of Mental Science* 101, no. 424 (1955): 451–65.

Taylor, Charlotte S. R., and Charles G. Gross. "Twitches Versus Movements: A story of motor cortex." *Neuroscientist* 9, no. 5 (2003): 332–42.

Zago, Stefano, et al. "Bartholow, Sciamanna, Alberti: Pioneers in the electrical stimulation of the exposed human cerebral cortex." *Neuroscientist* 14, no. 5 (2008): 521–28.

第九章　精神的诡计

Biran, Iftah, et al. "The Alien Hand Syndrome: What makes the alien hand alien?" *Cognitive Neuropsychology* 23, no. 4 (2006), 563–82.

Breen, Nora, et al. "Towards an Understanding of Delusions of Misidentification: Four case studies." *Mind and Language* 15, no. 1 (2000): 74–110.

Cooper, John Milton. *Woodrow Wilson: a biography*. New York: Alfred A. Knopf, 2009.

Custers, R., and H. Aarts. "The Unconscious Will: How the pursuit of goals operates outside of conscious awareness." *Science* 329, no. 5987 (2010): 47–50. Draaisma, Douwe. "Echoes, Doubles, and Delusions: Capgras syndrome in science and litera-ture." *Style* 43, no. 3 (2009): 429–41.

Ellis, Hadyn D., and Michael B. Lewis. "Capgras Delusion: A window on face recognition." *Trends in Cognitive Science* 5, no. 4, (2001): 149–56.

Ellis, Hadyn D., et al. "Reduced Autonomic Responses for Faces in Capgras Delusion." *Proceedings of the Royal Society of Lon-don B* 264, no. 1384 (1997): 1085–92.

Fisher, C. M. "Alien Hand Phenomena: A review of the literature with the addition of six personal cases." *Canadian Journal of Neurological Sciences* 27, no. 3 (2000): 192–203.

Hirstein, William, and Vilayanur S. Ramachandran. "Capgras Syndrome: A novel probe for understanding the neural represen-tation of the identity and familiarity of persons." *Proceedings of the Royal Society of London B* 264, no. 1380 (1997):437–44.

Klemm, W. R. "Free Will Debates: Simple experiments are not so simple." *Advances in Cognitive Psychology* 6, no. 1 (2010): 47–65.

Libet, Benjamin, et al. "Time of Conscious Intention to Act in Relation to Onset of Cerebral Activity (Readiness-Potential)." *Brain* 106, no. 3 (1983): 623–42. McKay, Ryan, Robyn Langdon, and Max Coltheart. " 'Sleights of Mind': Delu-sions, defens-es, and self-deception." *Cognitive Neuropsychiatry* 10, no. 4 (2005): 305–26.

Morris, Errol. "The Anosognosic's Dilemma: Something's wrong but you'll never know what it is." *New York Times*. http://opin-ionator.blogs.nytimes.com/2010/06/20/the-anosognosics-dilemma-1/ (accessed November 4, 2013).

Prigatano, George P., and Daniel L. Schacter. *Awareness of deficit after brain injury: clinical and theoretical issues.* New York: Ox-ford University Press, 1991. Ramachandran, Vilayanur S. "What Neurological Syndromes Can Tell Us about Human Nature." *Cold Spring Harbor Symposium on Quantitative Biology* 61, no. 1 (1996): 115–34.

Roskies, Adina. "Neuroscientific Challenges to Free Will and Responsibility." *Trends in Cognitive Science* 10, no. 9 (2006): 419–23.

Scepkowski, Lisa A., and Alice Cronin-Golomb. "The Alien Hand: Cases, categorizations, and anatomical correlates." *Behavioral and Cognitive Neuroscience Reviews* 2, no. 4 (2003): 261–77.

Todd, J. "The Syndrome of Alice in Wonderland." *Canadian Medical Association Journal* 73, no. 9 (1955): 701–4.

Weinstein, Edwin A. "Woodrow Wilson's Neurological Illness." *Journal of American History* 57, no. 2 (1970):324–51.

第十章　诚实的谎言

Berrios, German E. "Confabulations: A conceptual history." *Journal of the History of the Neurosciences* 7, no. 3 (1998): 225–41.

Bruyn, G. W., and Charles M. Poser. *The history of tropical neurology: nutritional disorders.* Canton, MA: Science History Publi-cations/USA, 2003.

Buckner, Randy L., and Mark E. Wheeler. "The Cognitive Neuroscience of Remembering." *Nature Reviews: Neuroscience* 2, no. 9 (2001): 624–34.

Corkin, Suzanne. "Lasting Consequences of Bilateral Medial Temporal Lobectomy." *Seminars in Neurology* 4, no. 2 (1984): 249–59.

———. *Permanent present tense: the unforgettable life of the amnesic patient, H. M.* New York: Basic Books, 2013.

———. "What's New with Amnesic Patient H.M.?" *Nature Reviews: Neuroscience* 3, no. 2 (2002): 153–60.

Dalla Barba, Gianfranco. "Consciousness and Confabulation: Remembering 'another' past." In *Broken memories: case studies in memory impairment.* Oxford: Blackwell, 1995: 101–23.

De Wardener, Hugh Edward, and Bernard Lennox. "Cerebral Beriberi (Wernicke's Encephalopathy): Review of 52 cases in a Singapore prisoner-of-war hospital." *The Lancet* 249, no. 6436 (1947): 11–17.

Dittrich, Luke. "The Brain That Changed Everything." *Esquire*. http://www.esquire.com/features/henry-molaison-brain-1110 (accessed November 4,2013).

Gabrieli, J. D. E. "Cognitive Neuroscience of Human Memory." *Annual Review of Psychology* 49, no. 1 (1998): 87–115.

Hirstein, William. "What Is Confabulation?" In *Brain fiction: self-deception and the riddle of confabulation*. Cambridge, Mass.: MIT Press, 2005: 1–23.

Klein, Stanley B., Keith Rozendal, and Leda Cosmides. "A Social-Cognitive Neuroscience Analysis of the Self." *Social Cognition* 20, no. 2 (2002): 105–35. Kopelman, Michael D. "Disorders of Memory." *Brain* 125, no. 10 (2002), 2152–90.

Luria, A. R. *The mind of a mnemonist*. New York: Penguin, 1975.

MacLeod, Sandy. "Psychiatry on the Burma-Thai Railway (1942–1943): Dr. Rowley Richards and colleagues." *Australasian Psychiatry* 18, no. 6 (2010): 491–95.

Martin, Peter R., Charles K. Singleton, and Susanne Hiller-Sturmhöfel. "The Role of Thiamine Deficiency in Alcoholic Brain Disease." *Alcohol Research and Health* 27, no. 2 (2003): 134–42.

McGaugh, James L. "Memory: A century of consolidation." *Science* 287, no. 5451 (2000): 248–51.

Postle, Bradley R. "The Hippocampus, Memory, and Consciousness." In *The neurology of consciousness: cognitive neuroscience and neuropathology*. Amsterdam: Elsevier Academic Press, 2009: 326–38.

Rosenbaum, R. Shayna, et al. "The Case of K.C.: Contributions of a memoryimpaired person to memory theory." *Neuropsychologia* 43, no. 7 (2005): 989–1021.

Scoville,WilliamB.,andBrendaMilner. "Loss of Recent Memory after Bilateral Hippocampal Lesions." *Journal of Neurology, Neurosurgery, and Psychiatry* 20, no. 1 (1957):11–21.

Van Damme, Ilse, and Géry d'Ydewalle. "Confabulation Versus Experimentally Induced False Memories in Korsakoff's Syndrome." *Journal of Neuropsychology* 4, no. 2 (2010):211–30.

Wilson, Barbara A., Michael Kopelman, and Narinder Kapur. "Prominent and Persistent Loss of Past Awareness in Amnesia." *Neuropsychological Rehabilitation* 18, no. 5–6 (2008):527–40.

Xia, Chenjie. "Understanding the Human Brain: A lifetime of dedicated pursuit." *McGill Journal of Medicine* 9, no. 2 (2006): 165–72.

Zannino, Gian Daniele, et al. "Do Confabulators Really Try to Remember When They Confabulate? A Case Report." *Cognitive Neuropsychology* 25,no. 6 (2008):831–52.

第十一章 左边，右边，中间

Berlucchi, Giovanni. "Revisiting the 1981 Nobel Prize to Roger Sperry, David Hubel, and Torsten Wiesel on the Occasion of the Centennial of the Prize to Golgi and Cajal." *Journal of the History of the Neurosciences* 15, no. 4 (2006): 369–75.

Borod, Joan C., Cornelia Santschi Haywood, and Elissa Koff. "Neuropsychological Aspects of Facial Asymmetry During Emotional Expression: A review of the normal adult literature." *Neuropsychological Review* 7, no. 1 (1997): 41–60.

Broca, Paul. "On the Site of the Faculty of Articulated Speech(1865)." *Neuropsychology Review* 21, no. 3 (2011):230–35.

Broca, Paul,andChristopher D.Green(trans.). "Remarks on the Seat of the Faculty of Articulated Language, Following an Observation of Aphemia (Loss of Speech)(1861)." *Classics in the History of Psychology*. http://psychclassics.yorku.ca/Broca/aphemie-e.htm (accessed November 4, 2013).

Christiansen, Morten H., and Nick Chater. "Language as Shaped by the Brain." *Behavioral and Brain Sciences* 31, no. 5 (2008): 489–508.

Critchley, Macdonald. "The Broca-Dax Controversy." In *The divine banquet of the brain and other essays*. New York: Raven Press, 1979: 72–82.

Engel, Howard. *The man who forgot how to read*. New York: Thomas Dunne Books/St. Martin's Press, 2008.

Gazzaniga, Michael S. "Cerebral Specialization and Interhemispheric Communication." *Brain* 123, no. 7 (2000): 1293–326.

———. "Forty-Five Years of Split-Brain Research and Still Going Strong." *Nature Reviews: Neuroscience* 6, no. 8 (2005): 653–59.

———. "The Split Brain in Man." *Scientific American* 217, no. 2 (1967): 24–29. Gazzaniga, MichaelS., Joseph E. Bogan, and Roger W.Sperry. "Observations on Visual Perception After Disconnexion of the Cerebral Hemispheres in Man." *Brain* 88, no. 2 (1965): 221–36.

———. "Some Functional Effects of Sectioning the Cerebral Commissures in Man." *Proceedings of the National Academy of Sciences* 48, no. 10 (1962): 1765–69.

Gazzaniga, Michael S., et al. "Neurologic Perspectives on Right Hemisphere Language Following Surgical Section of the Corpus Callosum." *Seminars in Neurology* 4, no. 2 (1984): 126–35.

Henderson, VictorW. "Alexiaand Agraphia." *Handbook of Clinical Neurology* 95, no. 1 (2009):583–601.

MacNeilage, Peter F., Lesley J. Rogers, and Giorgio Vallortigara. "Origins of the Left and Right Brain." *Scientific American*. June 24, 2009.

Schiller, Francis. *Paul Broca, founder of French anthropology, explorer of the brain*. Berkeley: University of California Press, 1979.

Skinner, Martin, and Brian Mullen. "Facial Asymmetry in Emotional Expressions: A meta-analysis of research." *British Journal of Social Psychology* 30, no. 2 (1991):113–24.

Sperry, Roger. "Some Effects of Disconnecting the Cerebral Hemispheres." *Science* 217, no. 4566 (1982): 1223–26.

Wolman, David. "A Tale of Two Halves." *Nature* 483, no. 7389 (2012): 260–63.

第十二章　那人，那迷思，那传说

Alvarez, Julie A., and Eugene Emory. "Executive Function and the Frontal Lobes." *Neuropsychological Review* 16, no. 1 (2006): 17–42.

Devinsky, Orrin. "Executive Function and the Frontal Lobes." In *Neurology of cognitive and behavioral disorders*. Oxford: Oxford University Press, 2004: 302–29.

Dominus, Susan. "Could Conjoined Twins Share a Mind?" *New York Times Magazine,* May 29, 2011: MM28–35.

Gordon, D. S. "Penetrating Head Injuries." *Ulster Medical Journal* 57, no. 1 (1988): 1–10.

Harmon, Katherine. "The Chances of Recovering from Brain Trauma: Past cases show why millimeters matter." *Scientific American*. http://www.scientific american.com/article.cfm?id=recovering-from-brain-trauma (accessed November 4,2013).

Kotowicz, Zbigniew. "The Strange Case of Phineas Gage." *History of the Human Sciences* 20, no. 1 (2007): 115–31.

Macmillan, Malcolm. "Phineas Gage — Unraveling the Myth." *Psychologist* 21, no. 9 (2008): 828–31.

Macmillan, Malcolm, and Matthew L. Lena. "Rehabilitating Phineas Gage." *Neuropsychological Rehabilitation* 20, no. 5 (2010): 641–58.

Sacks, Oliver. "The Abyss." *The New Yorker*, September 24, 2007: 100–108.

Stone, James L. "Transcranial Brain Injuries Caused by Metal Rods or Pipes Over the Past 150 Years." *Journal of the History of the Neurosciences* 8, no. 3 (1999): 227–34.

Wearing, Deborah. *Forever today: a memoir of love and amnesia*. London: Doubleday, 2005.

Wilson, Barbara A., and Deborah Wearing. "Prisoner of Consciousness: A state of just awakening following herpes simplex encephalitis." In *Broken memories: case studies in memory impairment*. Oxford: Blackwell, 1995: 14–30.

Wilson, Barbara A., Alan D. Braddeley, and Narinder Kapur. "Dense Amnesia in a Professional Musician Following Herpes Simplex Virus Encephalitis." *Journal of Clinical and Experimental Neuropsychology* 17, no.5 (1995): 668–81.

Wilson, Barbara A., Michael Kopelman, and Narinder Kapur. "Prominent and Persistent Loss of Past Awareness in Amnesia." *Neuropsychological Rehabilitation* 18, no. 5–6 (2008): 527–40.

Wilgus, Jack, and Beverly Wilgus. "Face to Face with Phineas Gage." *Journal of the History of the Neurosciences* 18, no. 3 (2009): 340–45.